Het Matarese Mysterie

Van dezelfde auteur:

De Scarlatti erfenis*
Het Osterman weekend
Het Matlock document
Het Rhinemann spel*
De Fontini strijders*
Het Parsifal mozaïek*
Het Trevayne verraad*
Het Hoover archief*
Het Holcroft pact*
Het Bourne bedrog*
Het Shepherd commando
De Aquitaine samenzwering
Het Jason dubbelspel*
Het Medusa ultimatum*
Het Omaha conflict
De Scorpio obsessie
De Icarus intrige*
De Daedalus dreiging
Het Halidon komplot

*In Poema-pocket verschenen

Robert Ludlum

Het Matarese Mysterie

Uitgeverij Luitingh ~ Sijthoff

Zeventiende, geheel herziene, druk
© 1979 Robert Ludlum
Published in agreement with the author,
c/o Baror International Inc.,
Bedford Hills, New York, U.S.A.
All rights reserved
© 1979, 1997 Nederlandse vertaling
Uitgeverij Luitingh ~ Sijthoff B.V., Amsterdam
Alle rechten voorbehouden
Oorspronkelijke titel: *The Matarese Circle*
Vertaling: Ad van der Snee
Omslagontwerp: Rob van Middendorp
Omslagfotografie: Gerhard Jaeger, met dank aan Kerba wapenhandel,
Amsterdam

CIP/ISBN 90 245 2670 1
NUGI 331

Voor Jonathan

met genegenheid en hoogachting

Deel een

I

Wij zijn drie koningen uit het Oosten,
Beladen met geschenken komen wij van ver...

Het zangkoor stond opeengedrongen op de hoek, stampte met de voeten, zwaaide met de armen. De jonge stemmen drongen door de koude avondlucht tussen de scherpe geluiden van autoclaxons en politiefluitjes en de metaalachtige tonen van kerstmuziek die door de luidsprekers aan de gevels van de winkels schalden. Een zware sneeuwbui die het verkeer in de war bracht en de horden die op het laatste moment inkopen deden met de handen boven de ogen. Niettemin slaagden ze erin elkaar te ontwijken en ook de slingerende auto's en de hopen halfgesmolten sneeuw. Banden slipten op de natte straten, bussen reden stapvoets, trokken op en stopten, om dol van te worden, en de bellen van heilssoldaten in uniform lieten hun onophoudelijke, zij het vergeefse geklingel horen.

Veld en bron
Heide en be-erg...

Een donkere Cadillac kwam de hoek om en reed langzaam langs de zangers. De zanger die de leiding had, gekleed in een kostuum naar iemands idee over Dickens' Bob Cratchit, naderde het rechter achterportierraam, zijn gehandschoende hand uitgestoken, zijn gezicht met zingend grimas vlak bij het glas.

Volgend gi-indse ster...

De boze bestuurder toeterde en gaf met een handbeweging te kennen dat de bedelende zanger weg moest gaan, maar de passagier van middelbare leeftijd op de achterbank greep in zijn jaszak en haalde er wat bankbiljetten uit. Hij drukte op een knop: het achterportierraam gleed naar beneden en de grijze man duwde het geld in de uitgestoken hand. 'God zegene u, meneer,' riep de zanger. 'De Jongensclub van East Fiftieth Street dankt u. Vrolijk kerstfeest, meneer!'
  De woorden zouden indrukwekkender zijn geweest als er geen stank van whisky uit de mond was gekomen van degene die ze riep.
  'Vrolijk kerstfeest,' zei de passagier en drukte op de knop van het raam om verdere communicatie af te snijden.
  Het was even rustig in het verkeer. De Cadillac schoot vooruit maar werd tien meter verder in de straat gedwongen om plotseling

slippend te stoppen. De bestuurder greep het stuurwiel vast. Het was een gebaar in plaats van hardop vloeken.

'Rustig maar, majoor,' zei de grijze passagier op hartelijke en tegelijk bevelende toon. 'Opwinding lost niets op. Daarmee komen we niet vlugger naar waar we heen gaan.'

'U hebt gelijk, generaal,' antwoordde de bestuurder met niet gemeend respect. Gewoonlijk was het respect er wel, maar vanavond niet, niet op dit speciale ritje. Afgezien van de genotzucht van de generaal, hij had verdomme het lef om zijn adjudant te verzoeken op kerstavond voor de dienst beschikbaar te zijn. Voor het rijden van een gehuurde burgerauto naar New York zodat de generaal zijn spelletjes kon spelen. De majoor kon minstens tien aanvaardbare redenen bedenken om vanavond dienst te doen, maar deze was daar niet bij.

Een hoerenkast. Afgezien van de mooie benamingen was het dat. De voorzitter van de verenigde chefs van staven ging op kerstavond naar een hóerenkast! En omdat er spelletjes werden gedaan, moest de vertrouwelijkste adjudant van de generaal er zijn om het stuk vuil op te pikken als de spelletjes voorbij waren. Oppikken, op de been houden, de volgende morgen verzorgen in een of ander obscuur hotel en er verdomd goed voor zorgen dat niemand te weten kwam wat de spelletjes waren of wie dat stuk vuil was. En morgen tegen de middag zou de voorzitter zijn kaarsrechte houding weer aannemen, zijn orders uitvaardigen en 's avonds zou de vuiligheid vergeten zijn.

De majoor had deze tripjes gedurende de laatste drie jaar dikwijls gemaakt – sinds de dag nadat de generaal zijn eerbiedwaardige positie aangenomen had – maar de tochtjes volgden altijd op perioden van intensieve activiteit van het Pentagon, of ogenblikken van nationale crisis, als de generaal zijn professionele kunnen had getoond. Maar nooit op een avond als deze. Nooit op kerstavond, jezus nog aan toe! Als de generaal iemand anders was dan Anthony Blackburn zou de majoor bezwaar hebben gemaakt omdat zelfs het gezin van een ondergeschikte officier voorrang had op bepaalde feestdagen.

Maar de majoor maakte nooit ook maar enig bezwaar over iets wanneer het om de generaal ging. 'Gekke Anthony' Blackburn had een gebroken jonge luitenant uit een Noordvietnamees gevangenkamp gedragen, weg van foltering en hongerdood, en hem door de bossen naar de Amerikaanse linies teruggebracht. Dat was jaren geleden en de luitenant was nu majoor, eerste adjudant van de voorzitter van de verenigde chefs van staven.

Militairen praatten vaak tot vervelens toe over bepaalde officieren met wie ze door de hel waren gegaan. En de majoor was door een hel gegaan met gekke Anthony Blackburn en hij zou er meteen weer door gaan als de generaal maar met zijn vingers zou knippen.

Ze kwamen bij Park Avenue en draaiden naar het noorden. Het verkeer was minder chaotisch dan op de route door de stad, zoals dat ook paste bij deze betere wijk. Ze moesten nog vijftien blokken verder. Het herenhuis was op Seventy First Street tussen Park en Madison.

De eerste adjudant van de voorzitter van de verenigde chefs van staven parkeerde de Cadillac altijd op een gereserveerde plaats voor het huis en keek dan hoe de generaal uit de wagen stapte en de trap naar de vergrendelde voordeur opliep. Hij zei dan niets, maar terwijl hij wachtte overviel de majoor een gevoel van droefheid.

Tot na drieëneenhalf of vier uur een slanke vrouw, gekleed in een donkere zijden japon met een geruite sjaal om haar hals, de deur weer opendeed en de buitenlichten aanknipte. Dat was het teken voor de majoor om naar boven te komen en zijn passagier op te halen.

'Hallo, Tony!' De vrouw bewoog zich statig door de flauw verlichte hal en kuste de wang van de generaal. 'Hoe gaat het, schat?' vroeg ze en tastte naar haar sjaaltje terwijl ze zich naar hem voorover boog.

'Gespannen,' antwoordde Blackburn en liet zijn armen uit zijn burgerjas glijden die aangenomen werd door een geüniformeerde dienstbode. Hij keek naar het meisje, ze was nieuw en verrukkelijk.

De vrouw zag zijn blik. 'Zij is nog niet klaar voor jou, schat,' merkte ze op en nam zijn arm. 'Misschien over een maand of twee. Kom maar mee, dan zullen we eens kijken wat we aan die spanning kunnen doen. We hebben alles wat je nodig hebt. De beste hasj uit Ankara, absint uit de beste distilleerderij van Marseille, en het beste van het beste uit onze eigen speciale catalogus. Tussen twee haakjes, hoe maakt je vrouw het?'

'Gespannen,' zei de generaal rustig. 'Je moet de groeten van haar hebben.'

'Doe haar ook mijn groeten, schat.'

Ze liepen door een overwelfde gang een grote kamer in met zachte, veelkleurige lichten die uit onzichtbare bronnen kwamen: cirkels blauw en magenta en amber draaiden langzaam over het plafond en de wanden. De vrouw sprak weer.

'Er is een meisje dat ik mee wil laten doen met jou en je vaste partner. Haar achtergrond is gewoonweg maatwerk, schat. Ik kon het niet geloven toen ik een gesprek met haar had. Het is verbazend. Ik heb haar pas uit Athene. Je zult weg zijn van haar.'

Anthony Blackburn lag naakt op een heel groot bed. Kleine lampjes schenen naar beneden uit een spiegelend plafond van blauw glas. Er hingen aromatische rookwolken van hasj in de stille lucht van de schemerige kamer. Drie glazen heldere absint stonden op het nachtkastje. Het lichaam van de generaal was bedekt met strepen en cirkels waterverf, overal vingerafdrukken, fallische pijlen die naar zijn lendenen wezen, zijn testikels en stijve penis bedekt met rood, zijn borsten zwart, passend bij het dichte verwarde haar op zijn borstkas, de tepels blauw en verbonden door een vleeskleurige streep. Hij kreunde en zwaaide zijn hoofd van achteren naar voren in seksuele vergetelheid terwijl de meisjes hun werk deden.

De twee naakte vrouwen masseerden om beurten en spreidden dikke klodders verf op zijn kronkelende lichaam. Terwijl de een haar borsten voor zijn kreunend, heen en weer bewegend gezicht liet draaien, hield de ander zijn genitaliën in haar handen en zuchtte sensueel bij elke streling. Ze uitte voorgewende, gedempte kreten van hoogste opwinding als de generaal bijna een orgasme kreeg dat uitgesteld werd door de vrouw die haar vak verstond.

Het meisje met het kastanjebruine haar bij zijn gezicht bleef ademloos onverstaanbare zinnen in het Grieks fluisteren. Ze ging heel even weg om een glas van de tafel te pakken. Ze hield Blackburns hoofd vast en goot de dikke vloeistof op zijn lippen. Ze glimlachte tegen het andere meisje dat haar een knipoog gaf, het rood geverfde orgaan van Blackburn in haar hand.

Toen gleed het Griekse meisje van het bed en gebaarde naar de badkamerdeur. Haar collega knikte, stak haar hand uit naar het hoofd van de generaal, plaatste haar vingers tussen zijn lippen om te voorzien in de korte afwezigheid van haar collega. De roodharige vrouw liep over het zwarte kleed en ging de badkamer in. De kamer weergalmde van de kreunende geluiden van de generaal die zich behaaglijk kronkelde.

Een halve minuut later kwam het Griekse meisje weer opdagen, maar ze was niet langer naakt. Ze had nu een donkere tweedjas aan met een capuchon die haar haar bedekte. Ze stond een ogenblik in de schaduw, liep toen naar het dichtstbijzijnde raam en trok zacht de zware gordijnen open.

Het geluid van brekend glas vulde de kamer en een windvlaag deed de gordijnen bewegen. De gestalte van een breedgeschouderde, gedrongen man doemde op voor het venster. Hij had de ruiten ingeslagen en sprong nu door het raam, het gezicht bedekt met een skibril, een pistool in zijn hand.

Het meisje op het bed draaide zich snel om en gilde van schrik toen de moordenaar zijn wapen richtte en de trekker overhaalde. De knal klonk zacht door een demper, het meisje viel neer over het obsceen geverfde lichaam van Anthony Blackburn. De man naderde het bed. De generaal hief zijn hoofd, probeerde duidelijk te zien door de nevels van narcotica, zijn ogen traanden en hij uitte keelklanken. De moordenaar vuurde weer en nog een keer en nog eens. De kogels drongen in Blackburns hals en borst en lendenen, de uitbarstingen van bloed mengden zich met de glinsterende kleuren van de verf.

De man knikte tegen het meisje uit Athene. Ze snelde naar de deur, opende die en zei in het Grieks: 'Ze zal beneden zijn in de kamer met de draaiende lampen. Ze heeft een lange rode jurk aan en een geruite sjaal om.' De man knikte weer en ze liepen snel de gang in.

De gedachten van de majoor werden verstoord door de onverwachte geluiden die ergens vanuit het huis leken te komen. Hij luisterde met ingehouden adem.

Er klonken een soort kreten... gillen... geschréeuw. Mensen gilden!

Hij keek op naar het huis. De zware deur vloog open en twee gestalten renden naar buiten de trap af, een man en een vrouw. Toen zag hij het en een zware pijn schoot door zijn maag: de man schoof een pistool onder zijn riem.

Mijn god!

De majoor stak zijn hand onder de stoel naar zijn automatische legerpistool, trok het en sprong uit de wagen. Hij rende de trap op en de hal in. De kreten klonken daarachter, door de gewelfde gang. Mensen liepen te rennen, enkelen de trap op, anderen naar beneden.

Hij snelde de grote kamer in met de vreemd draaiende gekleurde lampen. Op de vloer zag hij het lichaam van een slanke vrouw met een geruite sjaal om haar hals. Haar voorhoofd was een en al bloed. Ze was doodgeschoten.

Jezus!

'Waar is hij?' riep hij.

'Boven!' schreeuwde een meisje dat in elkaar gedoken in de hoek zat.

De majoor keerde zich in paniek om en rende terug naar de gebeeldhouwde trap, nam drie treden tegelijk, kwam voorbij een telefoon op een tafeltje op de overloop en het beeld bleef in zijn hoofd hangen. Hij kende de kamer. Het was altijd dezelfde kamer. Hij liep de smalle gang in, kwam bij de deur en schoot naar binnen.

Jezus! Het ging zijn voorstellingsvermogen te boven. Het was erger dan alle vuiligheid die hij ooit had gezien. De naakte Blackburn overdekt met bloed en beschilderde obsceniteiten, het dode meisje over hem heen gevallen, haar gezicht op zijn geslachtsdelen. Het was een schouwspel uit de hel, als de hel tenminste zo verschrikkelijk kon zijn.

De majoor zou nooit weten waar hij zijn zelfbeheersing vandaan haalde, maar hij vond die toch. Hij sloeg de deur dicht en stond in de gang, zijn automatisch pistool geheven. Hij greep een vrouw die langs rende naar de trap en riep tegen haar: 'Doe wat ik zeg of ik schiet je dood! Daar is een telefoon. Draai het nummer dat ik je geef! Zeg de woorden die ik je vertel, dezèlfde woorden!' Hij duwde het meisje ruw naar de telefoon op de overloop.

De president van de Verenigde Staten liep grimmig door de deur naar de Oval Office en naar zijn bureau. De minister van buitenlandse zaken en de directeur van de Central Intelligence Agency stonden daar al bij elkaar.

'Ik ken de feiten,' zei de president streng op zijn bekende temerige toon, 'en ik word er beroerd van. Vertel me eens wat jullie eraan doen.'

De directeur van de CIA stapte naar voren. 'De afdeling moordzaken van New York werkt mee. We hebben nog geluk, in zoverre dat de adjudant van de generaal bij de deur bleef en iedereen met de dood bedreigde die langs hem probeerde te komen. Onze mensen kwamen en waren het eerst ter plekke. Ze ruimden de zaak zo goed ze konden op.'

'Dat is bijzaak, verdomme,' zei de president. 'Ik geloof wel dat dat nodig is, maar dat is niet iets wat mij interesseert. Wat denkt u ervan? Was het een van die enge, excentrieke Newyorkse moordenaars, of was het iets anders?'

'Volgens mij,' antwoordde de directeur, 'was het iets anders. Ik zei het gisteravond ook al tegen Paul hier. Het was een door en door geanalyseerde voorbereide moord. Briljant uitgevoerd. Zelfs wat betreft de moord op de eigenares van het etablissement, de enige die wat licht op de zaak zou kunnen werpen.'

'Wie is verantwoordelijk?'

'Ik zou zeggen de KGB. De kogels werden afgevuurd uit een Russische automatische Graz-Boerja, een geliefd wapen van ze.'

'Ik moet bezwaar maken, meneer de president,' zei de minister van buitenlandse zaken. 'Ik kan Jims conclusie niet onderschrijven. Dat wapen kan ongebruikelijk zijn, maar het kàn worden gekocht in Europa. Ik ben vanmorgen een uur bij de Russische ambassadeur geweest. Hij was even geschokt als wij. Hij ontkende niet alleen dat Rusland bij de zaak betrokken zou kunnen zijn, maar wees er terecht op dat generaal Blackburn voor de Russen veel aanvaardbaarder was dan degene die hem onmiddellijk op zou kunnen volgen.'

'De KGB,' interrumpeerde de directeur, 'heeft vaak ruzie met het corps diplomatique van het Kremlin.'

'Zoals de CIA met dat van ons?' vroeg de minister.

'Niet erger dan je eigen Consular Operations, Paul,' antwoordde de directeur.

'Verdomme,' zei de president, 'ik heb geen behoefte aan die onzin van jullie tweeën. Geef me feiten. Jij eerst Jim. Omdat je zo zeker van jezelf bent. Wat ben jij te weten gekomen?'

'Heel wat.' De directeur opende de documentenmap die hij in zijn hand had, nam er een stuk papier uit en legde het voor de president neer. 'We zijn vijftien jaar teruggegaan en hebben alles wat we over gisteravond weten in de computers gestopt. We hebben alles van verschillende kanten gecontroleerd, de opvattingen omtrent de methode, locatie, uitgang, timing en teamwork. We hebben het allemaal vergeleken met elke bekende KGB-moord gedurende die periode. We kwamen tot drie profielen. Drie van de moeilijkst te pakken en succesvolste moordenaars van de Russische inlichtingendienst. In elk geval werkt de man natuurlijk volgens de normale geheime methode, maar ze zijn allemaal moordenaars. We hebben ze genoteerd in volgorde van deskundigheid.'

De president bestudeerde de drie namen.

Talenjekov, Wasili. Laatst gerapporteerde standplaats:
zuidwestelijke sectoren van Rusland.
Krylovitsj, Nikolai. Laatst gerapporteerde standplaats: Moskou,
VKR.
Zjoekovski, Georgi. Laatst gerapporteerde standplaats: Oost-
Berlijn, attaché bij de ambassade.

De minister van buitenlandse zaken was opgewonden. Hij kon niet blijven zwijgen. 'Meneer de president, dit soort speculatie – op zijn best gegrond op de rekbaarste variabele grootheden – leidt alleen maar tot een confrontatie. Daar is het het ogenblik niet voor.'

'Ho, wacht even, Paul,' zei de president. 'Ik vroeg naar feiten en het kan me niets verdommen of het de tijd is voor een confrontatie of niet. De voorzitter van de verenigde chefs van staven werd gedood. Hij mag dan een misselijke zak zijn geweest in zijn privé-leven, maar hij was een verduiveld goed soldaat. Als het een Russische moord was, wil ik dat weten.' De president van de Verenigde Staten legde het papier op het bureau, zijn ogen nog op de minister gericht.

'Bovendien,' voegde hij eraan toe, 'zolang er niet meer bekend is, zullen er geen confrontaties zijn. Ik weet zeker dat Jim dit ten strengste geheim heeft gehouden.'

'Natuurlijk,' zei de directeur van de CIA.

Er werd haastig op de deur van de Oval Office geklopt. De eerste zegsman van de president kwam binnen zonder op antwoord te wachten.

'Meneer, de premier van Rusland is op de rode lijn. We hebben de verbinding bevestigd.'

'Dank je,' zei de president en hij reikte naar een telefoon achter zijn stoel. 'Meneer de premier? Dit is de president.'

De Russische woorden werden vlug en levendig gesproken en bij de eerste pauze vertaalde een tolk. Zoals gebruikelijk stopte de Russische tolk en een andere stem – die van de tolk van Amerikaanse zijde – zei alleen maar: 'Juist, meneer de president.'

De viervoudige conversatie ging door.

'Meneer de president,' zei de premier, 'ik betreur de dood – de moord – op generaal Anthony Blackburn. Hij was een uitstekend soldaat die oorlog verafschuwde, zoals u en ik oorlog verafschuwen. Hij werd hier gerespecteerd, zijn kracht en opvatting over wereldwijde problemen hadden een heilzame invloed op onze eigen militaire leiders. We zullen hem erg missen.'

'Dank u, meneer de premier. Ook wij betreuren zijn dood, de moord op hem. We hebben er geen verklaring voor.'

'Dat is de reden waarom ik bel, meneer de president. U zult ongetwijfeld weten dat de dood van generaal Blackburn – de moord op hem – nooit gewenst zou zijn door de verantwoordelijke leiders van de Socialistische Sovjet Republieken. Neemt u mij niet kwalijk, zo'n overweging zou een anathema zijn. Ik hoop dat ik duidelijk ben, meneer de president.'

'Dat denk ik wel, meneer de premier, en ik dank u nogmaals. Maar neemt u mij niet kwalijk, zinspeelt u op de mogelijkheid van buitenaf van ònverantwoordelijk leiderschap?'

'Niet meer dan degenen in uw Senaat die de Oekraïne wilden bombarderen. Zulke idioten worden ontslagen, zoals het hoort.'

'Dan weet ik niet zeker of ik uw subtiele woordgebruik begrijp, meneer de premier.'

'Ik zal duidelijker zijn. Uw Central Intelligence Agency heeft drie namen genoemd die volgens haar op de dood van generaal Blackburn betrekking kunnen hebben. Dat is niet zo, meneer de president. Daar geef ik u plechtig mijn woord op. Zij zijn verantwóórdelijke mannen, die volkomen onder controle van hun superieuren staan.

Het is een feit dat één man, Zjoekovski, een week geleden in het ziekenhuis lag. Een ander, Krylovitsj, is de laatste elf maanden gestationeerd geweest aan de Mantsjoerijse grens. En de geachte Talenjekov is, in elk opzicht, met pensioen. Hij verblijft tegenwoordig in Moskou.'

De president zweeg en staarde naar de directeur van de CIA. 'Dank u voor de uitleg, meneer de premier, en voor de nauwkeurigheid van uw inlichtingen. Ik besef dat het niet eenvoudig was voor u om op te bellen. De Russische inlichtingendienst is te prijzen.'

'Evenals de uwe. Er zijn tegenwoordig minder geheimen. Sommigen zeggen dat dat goed is. Ik heb de belangen afgewogen en vond dat ik me met u in verbinding moest stellen. Wij waren er niet bij betrokken, meneer de president.'

'Ik geloof u. Ik ben benieuwd wie het was.'

'Ik ben verontrust, meneer de president. Ik denk dat we beiden het antwoord op die vraag moeten weten.'

2

'Dimitri Joeri Joerjevitsj!' galmde de mollige vrouw vriendelijk terwijl ze het bed naderde met een ontbijtblad in haar hand. 'Het is de eerste morgen van uw vakantie. Er ligt sneeuw die smelt in de zon en voordat u de wodka uit uw hoofd geschud hebt, zullen de bossen weer groen zijn!'

De man begroef zijn gezicht in het kussen, draaide zich toen om, opende zijn ogen en kneep ze weer dicht voor het felle wit van de kamer. Buiten de grote ramen van de *datsja* bogen de takken van de bomen door onder het gewicht van de sneeuw.

Joerjevitsj lachte tegen zijn vrouw, zijn vingers voelden aan zijn sik die meer grijze haren had dan bruine. 'Ik geloof dat ik mezelf gisteravond gebrand heb,' zei hij.

'Dat heb je ook!' lachte de vrouw. 'Gelukkig heeft onze zoon mijn boereninstincten geërfd. Hij ziet vuur en verdoet geen tijd met na te denken over hoe het ontstaan is, maar maakt het uit!'

'Ik herinner me dat hij op me af sprong.'

'Dat deed hij zeker.' Joerjevitsj' vrouw zette het blad op het bed en duwde de benen van haar man weg om ruimte voor zichzelf te maken. Ze ging zitten en legde haar hand op zijn voorhoofd. 'Je bent warm, maar je overleeft het, mijn kozak.'

'Geef me een sigaret.'

'Niet vóór het vruchtensap. Je bent een heel belangrijk man. De kasten staan vol blikken vruchtensap. Onze luitenant zegt dat ze er zeer waarschijnlijk staan om de sigaretten te doven die je baard verbranden.'

'De soldatenmentaliteit zal nooit beter worden. Wij geleerden begrijpen dat. De blikken sap zijn er om gemengd te worden met wodka.' Dimitri Joerjevitsj lachte weer, niet in het minst wanhopig. 'Een sigaret, lieveling? Ik zal hem jou zelfs aan laten steken.'

'Je bent onmogelijk!' Ze nam een pakje sigaretten van het nachtkastje, schudde er een uit en stopte hem tussen de lippen van haar man. 'Niet blazen als ik de lucifer aanstrijk. We zouden beiden ontploffen en ik zal oneervol worden begraven als de moordenares van Ruslands meest vooraanstaande kernfysicus.'

'Mijn werk gaat door na mijn dood. Laat me begraven worden met rook.' Joerjevitsj inhaleerde terwijl zijn vrouw de lucifer vasthield. 'Hoe is het met onze zoon vanmorgen?'

'Best. Hij was vroeg op en oliede de geweren. Zijn gasten zullen over ongeveer een uur hier zijn. De jacht begint om een uur of twaalf.'

'O god, dat was ik vergeten,' zei Joerjevitsj en ging tegen het kussen zitten. 'Moet ik echt gaan?'

'Jij en hij vormen een span. Weet je niet meer dat je bij het diner aan iedereen vertelde dat vader en zoon de jachttrofee mee naar huis zouden brengen?'

Dimitri huiverde. 'Het was mijn geweten dat sprak. Al die jaren in de laboratoria terwijl hij ergens zonder mij opgroeide.'

Zijn vrouw glimlachte. 'De buitenlucht zal je goed doen. Rook nu je sigaret op, ontbijt en kleed je aan.'

'Weet je wat?' zei Joerjevitsj die de hand van zijn vrouw pakte. 'Ik begin het nu pas te beseffen. Dit is een vrije dag. Ik kan me onze laatste niet herinneren.'

'Ik weet niet eens of we er ooit een hadden. Jij werkt harder dan alle mannen die ik ooit gekend heb.'

Joerjevitsj haalde zijn schouders op. 'Wat aardig dat onze zoon verlof kreeg.'

'Hij heeft het aangevraagd. Hij wilde bij jou zijn.'

'Dat was ook aardig van hem. Ik hou van hem, maar ik ken hem nauwelijks.'

'Hij is een goed officier zegt iedereen. Je kunt trots zijn.'

'O, dat ben ik. Alleen weet ik niet wat ik tegen hem moet zeggen. We hebben zo weinig gemeen. Gisteravond maakte de wodka alles gemakkelijker.'

'Jullie hebben elkaar bijna twee jaar niet gezien.'

'Ik had mijn werk, dat weet iedereen.'

'Je bent een geleerde.' Zijn vrouw drukte Dimitri's hand. 'Maar vandaag niet. De volgende drie weken niet! Geen laboratoria, geen schoolborden, geen zittingen van hele nachten met leergierige jonge professoren en studenten die tegen iedereen willen vertellen dat ze gewerkt hebben bij de grote Joerjevitsj.' Ze nam de sigaret van tussen zijn lippen en drukte hem uit. 'Kom, eet je ontbijt op en kleed je aan. Een winterjacht zal je heel erg goed doen.'

'Lieve vrouw,' protesteerde Dimitri lachend, 'het zal waarschijnlijk mijn dood betekenen. Ik heb in geen twintig jaar een geweer afgevuurd!'

Luitenant Nikolai Joerjevitsj sjokte door de diepe sneeuw naar het oude gebouw dat eens de stal was van de *datsja*. Hij keerde zich om en keek naar het reusachtige hoofdgebouw van drie verdiepingen. Het schitterde in de ochtendzon, een albasten paleisje in een albasten dal dat gehouwen was uit het met sneeuw bedekte woud.

In Moskou hadden ze een hoge dunk van zijn vader. Iedereen wilde alles weten over de grote Joerjevitsj, die briljante, lichtgeraakte man wiens naam alleen al de leiders van de westelijke wereld schrik aanjoeg. Er werd beweerd dat Dimitri Joeri Joerjevitsj de formules van een twaalftal tactische nucleaire wapens uit zijn hoofd kende, dat hij in z'n eentje in een munitiedepot met een laboratorium erbij een bom kon ontwerpen die Londen, heel Washington en het grootste deel van Peking kon verwoesten.

Dat was de grote Joerjevitsj, een man die immuun was voor kritiek of discipline, ondanks soms heftige woorden en daden. Dat betrof niet zijn toewijding aan de staat, daar was nooit sprake van. Dimitri Joerjevitsj was het vijfde kind van arme boeren uit Koerov. Zonder de staat zou hij achter een muilezel lopen op het land van een of andere aristocraat. Nee, hij was een communist tot in zijn vingertoppen, maar zoals alle briljante mannen kon hij bureaucraten niet uitstaan. Hij was openhartig geweest over bemoeizucht en hij was er nooit over onderhouden. Dat was waarom zo velen hem wilden kennen in de veronderstelling, vermoedde Nikolai, dat zelfs het kennen van de grote Joerjevitsj iets van zijn immuniteit op hen zou doen overgaan.

De luitenant wist dat dat vandaag het geval was en het gaf hem een onbehaaglijk gevoel. De 'gasten' die nu op weg waren naar zijn vaders *datsja* hadden zichzelf eigenlijk uitgenodigd. De een was de commandant van Nikolais bataljon in Vilnius, de ander was een man die Nikolai niet eens kende. Een vriend van de commandant uit Moskou, iemand, zei de commandant, die een goed woordje voor een jonge luitenant kon doen als het op benoemingen aankwam. Nikolai gaf niet om zulke lokmiddelen. Hij was in de eerste plaats zichzelf, op de tweede plaats de zoon van zijn vader. Hij zou zelf zijn weg vinden. Dat was heel belangrijk voor hem. Maar hij kon juist deze commandant niet afwijzen, want als er één man in het Russische leger was die een vleugje immuniteit verdiende, dan was het kolonel Janeck Drigorin.

Drigorin had zich tegen de corruptie uitgesproken die algemeen was in het keurkorps van officieren. De vakantiesociëteiten aan de Zwarte Zee die betaald werden uit verduisterde fondsen, de magazijnen gevuld met smokkelwaar, de vrouwen die tegen alle reglementen in meegenomen werden in militaire vliegtuigen. Hij werd opzijgeschoven door Moskou en naar Vilnius gestuurd om in middelmatigheid onder te gaan. Terwijl Nikolai Joerjevitsj een eenentwintigjarige luitenant was met veel verantwoordelijkheid op een lagere post. Drigorin was een van de grotere militaire talenten die verbannen werden naar de vergetelheid op een minder belangrijke post. Als zo'n man een dag bij zijn vader wilde doorbrengen, kon Nikolai geen bezwaar hebben. En per slot van rekening was de kolonel een hoogst aangenaam man. Hij vroeg zich af hoe de ander was.

Nikolai kwam bij de stallen en opende de grote deur die naar de gang met de boxen leidde. De scharnieren waren gesmeerd, de oude deur draaide zonder geluid weer dicht. Hij liep langs de keurig onderhouden ruimtes die eens de hoogst bekroonde dieren hadden gehuisvest en probeerde zich voor te stellen hoe dat Rusland van toen was. Hij kon het gehinnik van de hengsten met vurige ogen bijna horen, het ongeduldig schrapen van de hoeven, het snuiven van jachtpaarden die vol verlangen waren om naar de velden te rennen.

Dat Rusland moest iets geweest zijn. Als je tenminste niet achter een muilezel liep.

Hij kwam aan het eind van de lange gang waar nog een brede deur was. Hij opende hem en liep naar buiten de sneeuw weer in. In de verte trok iets zijn aandacht dat niet op zijn plaats leek. Zij leken niet op hun plaats. Om de hoek van de graanschuur naar de rand van het bos waren er sporen in de sneeuw. Voetstappen misschien. Maar de twee bediendes die door Moskou waren toegewezen aan de *datsja* hadden het woonhuis niet verlaten. En de jachtopzieners waren in hun barak aan de weg. Het kon ook zijn, dacht Nikolai, dat de warmte van de morgenzon de randen van allerlei indrukken in de sneeuw gesmolten had en het verblindende licht speelde de ogen parten.

Het waren ongetwijfeld de sporen van een of ander dier dat op voedsel uit was. De luitenant lachte in zichzelf bij de gedachte aan een dier uit het bos dat hier graan zocht, bij dit verzorgde overblijfsel van wat eens de stallen van de voorname *datsja* waren. De dieren waren niet veranderd, maar Rusland wel.

Nikolai keek op zijn horloge. Het was tijd om terug te gaan naar het huis. De gasten zouden nu gauw komen.

Alles ging zo goed, Nikolai kon het nauwelijks geloven. Er was helemaal niets onprettigs en dat was vooral te danken aan zijn vader en de man uit Moskou. Kolonel Drigorin leek eerst niet op zijn gemak – de commandant die zich liet ontvangen door de bekende, of van goede familie zijnde, ondergeschikte – maar Joeri Joerjevitsj wilde daar niets van weten. Hij verwelkomde de superieur van zijn zoon als een bezorgde – zij het ook beroemde – vader, die alleen geïnteresseerd was in het bevorderen van de positie van zijn zoon. Nikolai vond het wel grappig. Zijn vader was zo gemakkelijk te doorzien. Bij het vruchtensap werd wodka en koffie geserveerd en Nikolai hield goed het oog op rondslingerende sigaretten.

Verrassend en aangenaam was de vriend van de kolonel uit Moskou, een man genaamd Broenov, een hoge functionaris van de partij in de militair-industriële planning. Broenov en Nikolais vader hadden niet alleen gemeenschappelijke vrienden, het werd algauw duidelijk dat ze een oneerbiedige houding deelden jegens veel van Moskous bureaucratie, waaronder natuurlijk ook velen van hun gemeenschappelijke vrienden. Er werd algauw gelachen, de ene rebel probeerde de ander te overtreffen in scherpe kritiek op deze commissaris-met-een-echoput-in-plaats-van-een-hoofd en die econoom-die-geen-roebel-in-zijn-zak-kon-houden.

'We zijn slecht, Broenov!' brulde Nikolais vader en zijn ogen lachten.

'Dat is maar al te waar, Joerjevitsj!' gaf de man uit Moskou toe. 'Het is jammer dat we zo nauwgezet zijn.'

'Maar wees op je hoede, er zijn soldaten bij. Ze zullen ons rapporteren!'

'Dan zal ik ze van de loonlijst halen en u ontwerpt een terugslagbom.'

Dimitri Joerjevitsj' lachen bedaarde even. 'Ik wou dat er geen behoefte was aan de doelmatige soort.'

'En ik dat er niet zulke lange loonlijsten nodig waren.'

'Genoeg,' zei Joerjevitsj. 'De jachtopzieners zeggen dat het hier geweldig jagen is. Mijn zoon heeft beloofd voor me te zorgen en ik beloofde het grootste wild te schieten. Kom, wat je ontbreekt hebben we hier. Laarzen, bont... wodka.'

'Niet bij het schieten, vader.'

'Bij god, u hèbt hem iets geleerd,' zei Joerjevitsj lachend tegen de kolonel. 'Tussen twee haakjes, heren, ik wil niet horen dat u vandaag vertrekt. U blijft vannacht natuurlijk hier. Moskou is royaal, er is gebraden vlees en verse groente uit Lenin mag weten waar...'

'En flessen wodka, naar ik hoop.'

'Geen flessen, Broenov. Váten! Ik zie het in uw ogen. We zullen samen een feestelijke dag hebben. U zult blijven.'

'Ik blijf,' zei de man uit Moskou.

Er klonken geweerschoten door het bos die in de oren trilden. Ze werden echter niet gelost op de wintervogels. Gekrijs en vleugelgeklap vormden een rollende coda op de echo's. Nikolai hoorde bovendien opgewonden stemmen, maar ze waren te ver weg om verstaanbaar te zijn. Hij wendde zich tot zijn vader.

'We moeten binnen een minuut de fluit horen als ze iets geraakt hebben,' zei hij. Zijn geweer was naar beneden op de sneeuw gericht.

'Het is een schande!' antwoordde Joerjevitsj met voorgewende boosheid. 'De jachtopzieners bezwoeren me – opzij, denk erom – dat al het wild in dit deel van de bossen zat. Bij het meer. Er was daar niets! Daarom drong ik erop aan dat ze daarheen gingen...'

'U bent een oude boef,' zei de zoon die naar het wapen van zijn vader keek. 'Uw veiligheidspal is los. Waarom?'

'Ik dacht dat ik daar geritsel hoorde. Ik wilde paraat zijn.'

'Neem me niet kwalijk, vader, maar zet hem weer op veilig. Wacht tot u ziet wat u hoort, voordat u hem overhaalt.'

'Neem me niet kwalijk, soldaat, maar dan heb ik te veel tegelijk te doen.' Joerjevitsj zag de bezorgdheid in de ogen van zijn zoon. 'Bij nader inzien heb je waarschijnlijk gelijk. Ik zou kunnen vallen en een knal kunnen veroorzaken. Dat weet ik wel.'

'Dank u,' zei de luitenant en draaide zich plotseling om. Zijn vader had gelijk. Er ritselde iets achter hen. Het kraken van een gewricht, het knappen van een tak. Hij haalde de veiligheidspal van zijn wapen over.

'Wat is het?' vroeg Dimitri Joerjevitsj met opwinding in zijn ogen.

'Sst,' fluisterde Nikolai en gluurde in de ruig begroeide gangen van wit om hen heen.

Hij zag niets. Hij beveiligde zijn wapen weer.

'Hoorde jij het ook dan?' vroeg Dimitri. 'Het was dus niet alleen dit paar oren van vijfenvijftig jaar.'

'De sneeuw is dik,' opperde zijn zoon. 'De takken breken onder het gewicht. Dat hoorden we.'

'Nou, één ding hoorden we niét,' zei Joerjevitsj, 'een fluit. Ze hebben verdomme niets geraakt!'

Er klonken in de verte nog drie schoten.

'Ze hebben iéts gezien,' zei de luitenant. 'Misschien zullen we nu hun fluit horen...'

Opeens hoorden ze het. Een geluid, maar het was geen fluit. Het was in plaats daarvan een panische, langgerekte schreeuw, zwak maar duidelijk. Beslist een afschuwelijke gil. Hij werd gevolgd door een andere, nog hysterischer.

'Mijn god, wat is er gebeurd?' Joerjevitsj greep zijn zoon bij de arm.

'Ik weet...'

Het antwoord werd onderbroken door een derde schreeuw, angstaanjagend en verschrikkelijk.

'Blijf hiér!' riep de luitenant tegen zijn vader. 'Ik ga naar ze toe!'

'Ik kom je na,' zei Joerjevitsj. 'Ga gauw, maar wees voorzichtig!'

Nikolai rende door de sneeuw in de richting van het geschreeuw. Het vulde nu de bossen, minder schel, maar pijnlijker door het verlies aan kracht. De soldaat gebruikte zijn geweer om zich met geweld een weg te banen door de zware takken en deed de sneeuw opstuiven. Zijn benen deden pijn, de koude lucht deed zijn longen zwellen. Zijn zicht werd verduisterd door tranen van vermoeidheid.

Hij hoorde eerst het brullen en toen zag hij wat hij het meest gevreesd had, wat geen jager ooit wilde zien.

Een enorme wilde zwarte beer, zijn afschuwelijke kop helemaal vol bloed, nam wraak op hen die zijn wonden veroorzaakt hadden, klauwend, scheurend om zich heen slaand naar zijn vijand. Nikolai vuurde tot er geen patronen meer in de kamer zaten.

De reusachtige beer viel. De soldaat rende naar de twee mannen. De adem die hij nog had stokte toen hij naar ze keek. De man uit Moskou was dood, zijn keel opengereten, zijn bebloede hoofd nog nauwelijks vast aan zijn lichaam. Drigorin was nog net in leven, en Nikolai wist, dat als hij niet binnen enkele seconden stierf, hij zijn wapen weer zou laden en voltooien wat het dier niet gedaan had. De kolonel had geen gezicht. Het was er niet meer. In plaats daarvan was iets te zien dat zich in de geest van de soldaat brandde.

Hoe? Hoe had het kunnen gebeuren?

En toen dwaalden de ogen van de luitenant naar Drigorins rechterarm en de schok ging alles wat hij zich voor kon stellen te boven.

Hij was half van de elleboog afgescheurd en de chirurgische methode was duidelijk: kogels van zwaar kaliber.

De arm waarmee de kolonel vuurde was kapotgeschoten!

Nikolai rende naar Broenovs lijk. Hij bukte en rolde het om.

Broenovs arm was heel, maar zijn linkerhand was eraf geschoten. Alleen de knokige, bloedige buitenkant van de palm was over, de vingers stukjes bot. Zijn linkerhand. Nikolai Joerjevitsj dacht terug aan de ochtend: de koffie en het vruchtensap en de wodka, de sigaretten.

De man uit Moskou was linkshandig.

Broenov en Drigorin waren weerloos gemaakt door iemand met een wapen, iemand die wist wat er op hun pad kwam.

Nikolai stond behoedzaam op, de soldaat in hem kwam naar boven en zocht een ongeziene vijand. En dit was een vijand die hij met hart en ziel wilde vinden en doden. Zijn gedachten vlogen terug naar de voetstappen die hij achter de stallen had gezien. Die waren niet van een azend dier – ofschoon ze wel van een beest waren – het waren de sporen van een onbekende moordenaar.

Wie was het? En vooral, waarom?

De luitenant zag een lichtflits. Zonlicht op een wapen.

Hij bewoog zich naar rechts, daarna draaide hij zich plotseling naar links en viel op de grond, rolde achter de stam van een eik. Hij haalde het lege magazijn uit zijn geweer en verving het door een nieuw. Hij keek op naar de bron van het licht. Het kwam van hoog uit een pijnboom.

Een gestalte stond wijdbeens zeventien meter boven de grond met een telescoopgeweer in zijn handen. De moordenaar droeg een witte sneeuwparka met een witte bontmuts, zijn gezicht verborgen achter een grote, zwarte zonnebril.

Nikolai dacht dat hij moest kotsen van woede en afschuw. De man lachte en de luitenant wist dat hij hem uitlachte.

Woedend hief hij zijn geweer. Uiteenspattende sneeuw die hem verblindde ging vergezeld van de luide knal van een geweer van zwaar kaliber. Een tweede geweerschot volgde. De kogel sloeg in het hout boven zijn hoofd. Hij trok zich terug in de bescherming van de boomstam.

Weer een geweerschot, deze keer in de onmiddellijke nabijheid, niet van de moordenaar in de pijnboom.

'Nikolai!'

Zijn verstand stond stil. Er bleef alleen woede over. De stem die schreeuwde was die van zijn vader.

'Nikolai!'

Nog een schot. De soldaat sprong op van de grond, vuurde zijn geweer af in de boom en rende door de sneeuw.

Er werd een ijskoude snee gemaakt in zijn borst. Hij hoorde niets en voelde niets tot hij wist dat zijn gezicht koud was.

De premier van de Sovjetunie legde zijn handen op de lange tafel onder het raam dat uitkeek op het Kremlin. Hij leunde voorover en bestudeerde de foto's. Het vlees van zijn grote boerse gezicht was uitgezakt door uitputting, zijn ogen waren vol boosheid en ontzetting.

'Afschuwelijk,' fluisterde hij. 'Dat mannen zo moeten sterven is ontzettend. Joerjevitsj is wel dood, maar hem werd tenminste zo'n einde bespaard.'

Aan de andere kant van de kamer zaten twee mannen en een vrouw aan een tafel. Met strenge gezichten keken ze naar de premier. Ze hadden elk een bruine documentenmap voor zich en het was duidelijk dat ieder van hen graag wilde beginnen met de beraadslaging. Maar de premier kon je niets opdringen of hem storen in zijn gedachten. Als mensen ongeduld toonden kon dat zijn drift ontketenen. De premier was een man wiens verstand sneller werkte dan van wie ook in die kamer, maar zijn overwegingen waren niettemin bedachtzaam. Ingewikkelde zaken werden goed overwogen. Hij was de overlevende in een wereld waar alleen de sluwste – en scherpzinnigste – overleefde.

Angst was een wapen dat hij met buitengewone kundigheid gebruikte.

Hij stond op, schoof de foto's walgend van zich af en stapte terug naar de conferentietafel.

'Alle nucleaire stations zijn gealarmeerd. Onze onderzeeërs naderen hun afvuurposities,' zei hij. 'Ik wil dat deze inlichting aan alle ambassades geseind wordt. Gebruik codes die Washington gebroken heeft.'

Een van de mannen aan de tafel leunde voorover. Hij was een diplomaat, ouder dan de premier en blijkbaar een dienaar met een lange staat van dienst, een bondgenoot die zich wat vrijer kon uitspreken dan de andere twee. 'U riskeert een reactie. Ik weet niet of dat verstandig is. Wij zijn daar niet zo zeker van. De Amerikaanse ambassadeur was diep geschokt. Ik ken hem, hij loog niet.'

'Dan was hij niet op de hoogte,' zei de tweede man kortaf. 'Wat de VKR betreft, wij zijn er wèl zeker van. De kogels en hulzen werden geïdentificeerd: zeven millimeter, met groeven voor implosie. De merktekens zijn onmiskenbaar. Ze werden afgevuurd met een Browning Magnum nummer vier. Wat wil je nog meer?'

'Heel wat meer dan dat. Het is niet zo moeilijk om aan zo'n wapen te komen en ik betwijfel of een Amerikaanse moordenaar zijn visitekaartje achter zou laten!'

'Misschien, als het het wapen was waarmee hij het meest vertrouwd was. We hebben een patroon gevonden.' De VKR-man wendde zich tot de vrouw van middelbare leeftijd wier gezicht als uit graniet gehouwen was. 'Wilt u dat uitleggen, kameraad directeur?'

De vrouw opende haar documentenmap en keek de bovenste bladzij door voor zij sprak. Ze sloeg om naar de tweede bladzij en richtte zich tot de premier. Haar ogen meden de diplomaat. 'Zoals u weet waren er twee moordenaars, waarschijnlijk beiden mannen. De een moet een scherpschutter zijn met een buitengewone bekwaamheid en coördinatievermogen, de ander iemand die ongetwijfeld dezelfde kwaliteiten bezit, maar ook expert is in elektronische bewaking. Er waren bewijzen van in de stallen – schraapsel van de wanden, afdrukken van zuignappen, voetstappen die duiden op onbelemmerde gunstige posities – dat brengt ons ertoe te geloven dat alle gesprekken in de *datsja* afgeluisterd werden.'

'U beschrijft een CIA-onderzoek, kameraad,' interrumpeerde de premier.

'Of van Consular Operations, meneer,' antwoordde de vrouw. 'Het is belangrijk dat niet te vergeten.'

'O ja,' gaf de premier toe. 'De kleine bende van "onderhandelaars" van het ministerie van buitenlandse zaken.'

'Waarom niet de Chinese Tao-pans?' voerde de diplomaat rustig aan. 'Ze behoren tot de efficiëntste moordenaars ter wereld. De Chinezen hadden meer te vrezen van Joerjevitsj dan alle anderen.'

'Hun uiterlijk schakelt hen uit,' weerlegde de man van de VKR. 'Als er een was gepakt, zelfs na de cyaankali, zou Peking weten dat het vernietigd zou worden.'

'Laten we terugkomen op het patroon dat u gevonden hebt,' viel de premier hem in de rede.

De vrouw vervolgde: 'We stopten alles in de KGB-computers en concentreerden ons op Amerikaans inlichtingenpersoneel waarvan we weten dat ze in Rusland doorgedrongen zijn, die de taal vloeiend spreken en bekende killers zijn. We zijn bij vier mannen uitgekomen. Dit zijn ze, meneer de premier. Drie van de Central Intelligence Agency en een van Consular Operations van het ministerie van buitenlandse zaken.' Ze overhandigde het papier aan de VKR-man die op zijn beurt opstond en het aan de premier gaf.

Hij keek naar de namen.

Scofield, Brandon Alan. Ministerie van buitenlandse zaken, Consular Operations. Staat bekend als verantwoordelijk voor moorden in Praag, Athene, Parijs, München. Ervan verdacht in Moskou zelf te hebben geopereerd. Betrokken bij meer dan twintig gevallen van overlopen.
Randolph, David. Central Intelligence Agency. Dekmantel: directeur van importvervoer, Dynamax Corporation, afdeling West-Berlijn. Alle stadia van sabotage. Van hem is bekend dat hij behulpzaam is geweest bij ontploffingen in waterkrachtcentrales in Kazan en Tagil.
Saltzman, George Robert. Central Intelligence Agency. Opereerde zes jaar als geldkoerier en moordenaar in Vientiane onder-AID-vlag. Verre-Oostexpert. Tegenwoordig – zes weken geleden nog – in de Tasjkent-sector. Dekmantel: Australisch immigrant, verkoopdirecteur bij Perth Radar Corporation.
Bergstrom, Edward. Central Intelligence Agency...

'Meneer de premier,' viel de VKR-man in de rede, 'mijn assistent bedoelde uit te leggen dat de namen in orde van belangrijkheid zijn. Naar onze opvatting draagt de valstrik voor en de executie van Dimitri Joerjevitsj alle kenmerken van de eerste man op de lijst.'

'Die Scofield?'

'Ja, meneer de premier. Hij verdween een maand geleden in Marseille. Hij heeft meer schade aangericht, meer operaties in gevaar gebracht dan enig agent die de Verenigde Staten sinds de oorlog in het veld gebracht hebben.'

'Werkelijk?'

'Ja, meneer.' De VKR-man zweeg even, sprak daarna aarzelend, alsof hij niet verder wilde gaan, maar wist dat hij moest. 'Zijn vrouw werd tien jaar geleden gedood. In Oost-Berlijn. Sindsdien is hij een maniak geweest.'

'Oost-Berlijn?'

'Het was een valstrik van de KGB.'

De telefoon op het bureau van de premier rinkelde. Hij liep snel de kamer door en nam hem op.

Het was de president van de Verenigde Staten. De tolken waren aan de lijn. Ze gingen aan het werk.

'Wij betreuren de dood – de afschuwelijke moord – van een zeer groot geleerde, meneer de premier. Evenals het afschuwelijke dat zijn vrienden overkwam.'

'Uw woorden worden gewaardeerd, meneer de president, maar zoals u weet, deze moorden en dit afschuwelijks werden beraamd. Ik ben dankbaar voor uw sympathiebetuiging, maar ik kan niet nalaten me af te vragen of u misschien niet wat opgelucht bent dat de Sovjet-Unie zijn voornaamste kernfysicus heeft verloren.'

'Nee meneer. Zijn briljantheid ging onze grenzen en geschillen te boven. Hij was een man voor alle volken.'

'Toch koos hij ervoor om deel uit te maken van één volk, niet waar? Ik zeg u in alle openheid, mijn bezorgdheid gaat onze geschillen niet te boven. Beter gezegd: ze dwingen me op mijn flankdekkingen te letten.'

'Dan, neemt u me niet kwalijk, meneer de premier, zoekt u naar spoken.'

'Misschien hebben we ze gevonden, meneer de president. We hebben bewijzen die me zeer verontrusten. Zo erg dat ik...'

'Nogmaals, neemt u me niet kwalijk,' interrumpeerde de president van de Verenigde Staten. 'Uw bewijs drong mij ertoe u op te bellen, ondanks mijn natuurlijke tegenzin om dat te doen. De KGB heeft een grote fout gemaakt. Vier fouten om precies te zijn.'

'*Vier?*'

'Ja, meneer de premier. Met name Scofield, Randolph, Saltzman en Bergstrom. Geen van hen was erbij betrokken, meneer de premier.'

'U verbaast me, meneer de president.'

'Niet meer dan u mij verleden week verbaasde. Er zijn tegenwoordig minder geheimen, weet u nog?'

'Woorden zijn goedkoop, het bewijs is sterk.'

'Dan is het zo berekend. Laat het me ophelderen. Twee van de drie mannen van de Central Intelligence zijn niet meer in bijzondere dienst. Randolph en Bergstrom zitten tegenwoordig op kantoor in Washington. Meneer Saltzman ligt in het ziekenhuis in Tasjkent. De diagnose is kanker.' De president zweeg.

'Dan blijft er één naam over, niet waar?' zei de premier. 'Uw man van de beruchte Consular Operations. Zo vriendelijk in diplomatieke kringen, maar bij ons berucht.'

'Dit is het pijnlijkste aspect van mijn verklaring. Het is ondenkbaar dat meneer Scofield bij de zaak betrokken kan zijn geweest. Er was minder kans dat hij er iets mee te maken had dan een van de anderen, eerlijk gezegd. Ik vertel u dit omdat het er niet langer toe doet.'

'Woorden zijn goedkoop...'

'Ik moet openhartig zijn. De laatste jaren is er een geheim dossier bijgehouden over dr. Joerjevitsj. Er werd bijna dagelijks, zeker elke maand, informatie toegevoegd. Naar het oordeel van sommigen was het tijd dr. Dimitri Joerjevitsj te benaderen met aantrekkelijke premies.'

'Wat?'

'Ja, meneer de premier. Omkoping. De twee mannen die naar de *datsja* reisden om in contact te komen met dr. Joerjevitsj, deden dat in ons belang. Hun bron van inlichtingen was Scofield. Het was zijn operatie.'

De premier van de Sovjetunie staarde door de kamer naar de stapel foto's op tafel. Hij sprak zacht. 'Dank u voor uw openhartigheid.'

'Let op andere flanken.'

'Dat zal ik doen.'

'Dat moeten we beiden.'

3

De late middagzon was een vuurbal, zijn stralen weerkaatsten als verblindende golfjes op het water van de gracht. De drommen die haastig in westelijke richting liepen door de Amsterdamse Kalverstraat knepen hun ogen half dicht, dankbaar voor de februari-zon en de windvlagen vanaf de talloze waterwegen die met de Amstel in verbinding stonden. Februari bracht maar al te vaak mist en regen, overal nattigheid; dat was vandaag niet het geval en de bewoners van de belangrijke havenstad aan de Noordzee schenen opgevrolijkt door de heldere, bijtende lucht die van bovenaf verwarmd werd.

Eén man echter was niet vrolijk. Hij was ook geen bewoner en ook niet op straat. Zijn naam was Brandon Alan Scofield, attaché in algemene dienst, Consular Operations, ministerie van buitenlandse zaken van de Verenigde Staten. Hij stond voor een raam, vier verdiepingen hoog boven de gracht en de Kalverstraat, en tuurde door een verrekijker naar beneden naar de menigte, vooral naar het gedeelte van de straat waar een glazen telefooncel de felle zonnestralen weerkaatste. Het licht deed hem de ogen half dicht knijpen. Er straalde geen energie van Scofields bleke gezicht, een gezicht waarvan de scherpe trekken strak en gespannen waren onder slordig gekamd lichtbruin haar dat aan de randen een franje van grijze lokken had.

Hij bleef de kijker scherp stellen en vervloekte het licht en de vlugge bewegingen beneden. Zijn ogen waren vermoeid, de holten eronder donker en gespannen, het gevolg van te weinig slaap om te veel redenen, waaraan Scofield liever niet dacht. Er was werk te doen en hij was beroeps; zijn concentratie mocht niet verslappen.

Er waren nog twee mannen in de kamer. Een kalende technicus zat aan een tafel met een gedemonteerde telefoon, met draden verbonden met een bandapparaat, de hoorn van de haak. Ergens onder de straten waren maatregelen getroffen in een telefooncomplex. Dat was de enige medewerking die de Amsterdamse politie gaf, iets dat men verschuldigd was aan een attaché in algemene dienst van het Amerikaanse ministerie van buitenlandse zaken. De derde persoon in de kamer was jonger dan de andere twee, begin dertig en die had wél een energiek gezicht, die had géén vermoeide blik. Als zijn trekken gespannen waren, was dat omdat hij geboeid was. Hij was een jongeman die graag wilde doden. Zijn wapen was een snelfilmcamera op een statief en met een telelens. Hij had liever een ander wapen gehad.

Beneden op straat verscheen een gestalte binnen de gekleurde cirkels in Scofields kijker. De gestalte aarzelde bij de telefooncel en werd op dat moment door de menigte weggeduwd naar de kant van het trottoir, voor het schitterende glas. Hij bedekte met zijn lichaam de gloed, een doel omgeven door een stralenkrans van zonlicht. Het zou voor iedereen die erbij betrokken was gemakkelijker zijn als op het doel gericht zou kunnen worden waar het nu stond. Met een geweer van zwaar kaliber, afgesteld op vijfenzestig meter, zou het kunnen. De man voor het raam kon de trekker overhalen. Hij had dat al zo vaak gedaan. Maar gemak was hier niet aan de orde. Er moest een lesje gegeven worden en een ander lesje geleerd en zo'n opdracht hing af van het samengaan van belangrijke factoren. Zij die les gaven en zij die les kregen moesten hun respectievelijke rollen begrijpen. Anders had een executie geen betekenis.

De gestalte beneden was een oudere man, midden of achter in de zestig. Hij had gekreukte kleren aan, een dikke overjas met opgezette kraag tegen de kou, met een gedeukte hoed over zijn voorhoofd. Hij had een stoppelbaard op zijn bange gezicht. Hij was een man op de vlucht en voor de Amerikaan die door zijn verrekijker naar hem keek was er niets zo verschrikkelijks of spookachtigs als een oude man die op de vlucht is. Behalve misschien een oude vrouw. Hij had ze allebei gezien. Hij dacht er liever niet aan hoe vaak al.

Scofield keek op zijn horloge. 'Ga je gang,' zei hij tegen de technicus aan de tafel. Daarna wendde hij zich tot de jongere man, die naast hem stond. 'Ben je klaar?'

'Ja,' was het korte antwoord. 'Ik heb die klootzak in beeld. Washington had gelijk. Jij hebt het bewezen.'

'Ik weet niet wat ik nu bewezen heb. Wist ik het maar. Als hij in de cel is, stel dan op zijn lippen in.'

'Goed.'

De technicus draaide de vooraf geregelde nummers en drukte op de knoppen van het bandapparaat. Hij kwam snel overeind van zijn stoel en gaf Scofield een half ronde hoofdtelefoon met een microfoon en een enkele oortelefoon. 'Hij gaat over,' zei hij.

'Ik weet het. Hij staat door het glas te kijken. Hij weet niet of hij het wil horen. Dat bevalt me niet.'

'Vooruit, klootzak!' zei de jongeman met de camera.

'Hij doet het wel,' zei Scofield, die de kijker en de hoofdtelefoon stevig in zijn handen hield. 'Hij is bang. Iedere seconde is lang voor hem en ik weet niet waarom... Daar gaat hij. Hij doet de deur open. Allemaal rustig nu.' Scofield bleef door de kijker turen, luisterde en sprak toen kalm in de microfoon. *'Dobri dyen, prijatjel...'*

De conversatie, geheel in het Russisch gesproken, duurde achttien seconden.

'Dosvidanija,' zei Scofield en voegde eraan toe: *'zavtra notsjin. Na mostje.'* Hij bleef de hoofdtelefoon tegen zijn oor houden en keek naar de bange man beneden. Het doel verdween in de menigte. De cameramotor stopte en de attaché in algemene dienst legde de kijker neer en gaf de hoofdtelefoon aan de technicus. 'Kon je het allemaal krijgen?' vroeg hij.

'Duidelijk genoeg voor een stemopname,' zei de kalende operateur die zijn wijzertjes controleerde.

'En jij?' Scofield wendde zich tot de jongeman bij de camera.

'Als ik de taal beter verstond zou ik zelfs van zijn lippen kunnen lezen.'

'Mooi. Dat doen anderen, die verstaan het heel goed.' Scofield haalde een leren notitieboekje uit zijn zak en begon te schrijven. 'Ik wil dat je de band en de film naar de ambassade brengt. Laat de film meteen ontwikkelen en laat van beide kopieën maken. Ik wil miniaturen. Hier zijn de specificaties.'

'Sorry, Bray,' zei de technicus, die Scofield even aankeek toen hij een rol telefoonkabel opwond. 'Ik mag niet binnen een afstand van vijf huizenblokken van het terrein komen, dat weet je.'

'Ik heb het tegen Harry,' antwoordde Scofield en knikte met zijn hoofd in de richting van de jongere man. Hij scheurde het blaadje uit zijn notitieboekje. 'Als de verkleiningen gemaakt zijn, laat ze dan in één enkel, waterdicht doosje doen. Ik wil het zo ingepakt hebben dat het een week in het water kan liggen.'

'Bray,' zei de jongeman, die het papiertje aannam. 'Ik verstond één op de drie woorden die je door de telefoon zei.'

'Je gaat vooruit,' viel Scofield hem in de rede en liep terug naar het raam en de kijker. 'Als je om het andere woord kunt verstaan, zullen we je voor bevordering voordragen.'

'Die man wilde een ontmoeting vanavond,' vervolgde Harry. 'Jij hebt hem geweigerd.'

'Juist,' zei Scofield, bracht de kijker naar zijn ogen en richtte hem door het venster.

'Onze instructies waren dat we hem zo gauw mogelijk moesten pakken. Het codebericht was daar duidelijk over. Geen tijd verliezen.'

'Tijd is betrekkelijk, niet? Toen die oude man de telefoon hoorde bellen, was elke seconde een martelende minuut voor hem. Voor ons kan een uur een dag betekenen. In Washington, jezus nog aan toe, dáár duurt een dag gewoon even lang als alle andere.'

'Dat is geen antwoord,' drong Harry aan, die naar het papiertje keek. 'We kunnen dit spul in drie kwartier laten verkleinen en inpakken. We zouden hem vanavond kunnen ontmoeten. Waarom doen we dat niet?'

'Het weer is beroerd,' zei Scofield met de kijker voor zijn ogen.

'Het weer is uitstekend. Geen wolkje aan de lucht.'

'Dat bedoel ik. Het is rotweer. Een heldere avond betekent dat er een heleboel mensen langs de grachten slenteren. Met slecht weer doen ze dat niet. Voor morgen wordt regen voorspeld.'

'Wat maakt dat nou uit. In tien seconden houden we hem tegen op een brug en ligt hij over de leuning dood in het water.'

'Zeg tegen die grapjas dat hij zijn mond houdt, Bray!' riep de technicus bij de tafel.

'Je hoorde hem,' zei Scofield die op de gevel van de gebouwen buiten richtte. 'Nou word je niet bevorderd. Je gewelddadige verklaring dat we de bedoeling hebben lichamelijk letsel te veroorzaken, bezoedelt onze vrienden bij onze Firma.'

De jongere man grijnsde. Het standje was verdiend. 'Sorry. Het heeft nog steeds geen zin. Dat codebericht ging over wat er eerst moest. We moesten hem vanavond pakken.'

Scofield liet de kijker zakken en keek Harry aan. 'Ik zal je zeggen wat wél zin heeft,' zei hij. 'En iets meer dan die onnozele verdomde zinnen die iemand vond op de achterkant van een graankist. Die man daar was doodsbang. Hij heeft dagenlang niet geslapen. Hij is gebroken van spanning en ik wil weten waarom.'

'Daar kunnen wel tien redenen voor zijn,' opperde de jongere man. 'Hij is oud. Onervaren. Misschien denkt hij dat we achter hem aan-

zitten, dat hij gepakt gaat worden. Wat maakt het voor verschil?'
'Het leven van een man, meer niet.'
'Kom nou, Bray, begin jij nou niet. Hij is Russisch vergif, een dubbelspion.'
'Ik wil het zeker weten.'
'En ik wil hier weg,' onderbrak de technicus, gaf Scofield een bandspoel en pakte zijn apparaat op. 'Zeg tegen de clown dat we elkaar nooit gezien hebben.'
'Dank u, meneer zonder naam. Ik ben u erkentelijk.'
De CIA-man ging weg, knikte tegen Bray en vermeed elk contact met zijn collega.
'Er was hier niemand dan wij twee jongetjes, Harry,' zei Scofield nadat de deur dicht was. 'Dat begrijp je.'
'Hij is een vervelende zak...'
'Die de wc's van het Witte Huis af zou kunnen luisteren, als hij het al niet gedaan heeft,' zei Bray, die Harry de band toegooide. 'Breng onze ongevraagde aanklacht over aan de ambassade. Neem de film uit het toestel en laat dat hier.'
Harry wilde niet afgescheept worden. Hij pakte de rode spoel maar stak geen hand uit naar de camera. 'Ik ben hier ook bij betrokken. Dat bericht ging mij evengoed aan als jou. Ik wil antwoorden hebben voor het geval mij vragen gesteld worden, als er iets gebeurt tussen vanavond en morgen.'
'Als Washington gelijk heeft, zal er niets gebeuren. Dat heb ik je gezegd. Ik wil zeker zijn van de zaak.'
'Wat heb je nog meer nodig? De schietschijf denkt dat hij zojuist contact heeft gehad met KGB-Amsterdam! Jij hebt het klaargespeeld. Je hebt het bewezen!'
Scofield keek zijn collega even in de ogen, wendde zich daarna af en liep terug naar het raam. 'Weet je wat, Harry? Alle training die je krijgt, alle woorden die je hoort, alle ervaringen die je doormaakt, nemen nooit de plaats in van de eerste regel.' Bray pakte de kijker op en richtte op een punt in de verte boven de daken. 'Leer jezelf te denken zoals de vijand denkt. Niet hoe jij zou willen dat hij denkt, maar hoe hij wérkelijk denkt. Het is niet gemakkelijk. Je kunt jezelf iets wijsmaken, want dàt is gemakkelijk.'
Geërgerd zei de jongere man kwaad: 'In godsnaam, waar slaat dat op? We hebben ons bewijs!'
'O ja? Zoals je zei, onze overloper had contact met zijn eigen mensen. Hij is een duif die zijn eigen speciale route naar moedertje Rusland heeft gevonden. Hij is veilig; hij staat niet meer in de kou.'
'Dat denkt hij, ja!'

'Waarom is hij dan geen gelukkig man?' vroeg Bray Scofield die zijn kijker nu naar beneden richtte op de gracht.

De mist en de regen beantwoordden aan Amsterdamse verwachtingen van de winter. De avondlucht was een ondoordringbare deken, de randen ervan gevlekt door de glinsterende lichten van de stad. Er waren geen wandelaars op de brug, geen boten in de gracht eronder. Flarden mist waaiden over, een bewijs dat de Noordzeewinden onbelemmerd naar het zuiden trokken. Het was drie uur in de morgen.

Scofield leunde tegen de ijzeren leuning langs de westelijke toegang tot de oude stenen brug. In zijn linkerhand had hij een transistorradiootje, niet voor gesproken communicatie, maar alleen voor het ontvangen van signalen. Zijn rechterhand had hij in de zak van zijn regenjas, zijn gestrekte vingers tegen de loop van een .22 automatisch pistool, niet veel groter dan een startpistool en met een schot dat bij lange na niet zo luid was. Van dichtbij was het een zeer geschikt wapen. Het vuurde snel, met een nauwkeurigheid die voldoende was voor afstanden die je in centimeters mat en was nauwelijks hoorbaar boven de geluiden van de nacht.

Tweehonderd meter verder stond Brays jonge assistent verscholen in een portiek aan de Sarphatistraat. De schietschijf zou hem op weg naar de brug passeren. Er was geen andere route. Wanneer de oude Rus dat deed, zou Harry op een knop van zijn zender drukken: het sein. De executie was aan de gang. Het slachtoffer liep zijn laatste honderd meter, naar het midden van de brug waar zijn persoonlijke beul hem zou begroeten, een waterdicht pakje in zijn jaszak zou stoppen en de vastgestelde taak zou uitvoeren.

Na een dag of zo zou dat pakje zijn weg vinden naar KGB-Amsterdam. Er zou een bandje beluisterd worden en een film nauwkeurig bekeken. En er zou weer een lesje geleerd worden.

En, natuurlijk, er zou geen acht op geslagen worden – zoals op geen enkele les achtgeslagen werd – zoals zij nooit ergens acht op sloegen. Daarin lag de doelloosheid, dacht Scofield. De nooit eindigende nutteloosheid die de gevoelens bij elke herhaling verdoofde.

Wat voor verschil maakt het? Een vragende opmerking van een onstuimige, niet zo opmerkzame jonge collega.

Niets, Harry. Helemaal niets. Niet meer.

Maar juist op deze avond bleven de naalden van twijfel Brays geweten prikken. Niet zijn moraal, die was lang geleden vervangen door de werkelijkheid. Als iets werkte, was het moreel verantwoord. Als het niet werkte, was het niet praktisch en dus immoreel. Wat hem vanavond kwelde vond zijn grond in die nuttigheidsfilosofie. Was de executie praktisch? Was de les die zo gegeven zou worden de beste les, de geschiktste keuze? Was het de risico's waard en de gevolgen na de dood van een oude man die zijn leven als volwassene doorbracht met ruimtetechniek?

Oppervlakkig zou het antwoord ja blijken te zijn. Zes jaar geleden was de Russische ingenieur overgelopen tijdens een internationale ruimtevaarttentoonstelling in Parijs. Hij had asiel gevraagd en het was hem verleend. Hij werd welkom geheten door de ruimtebroederschap in Houston. Hij kreeg een baan, een huis en bescherming. Hij werd evenwel niet als een bijzondere prijs beschouwd. De Russen hadden in feite grappen gemaakt om zijn ideologische afvalligheid en gaven daarbij te kennen dat zijn talenten wel meer gewaardeerd zouden worden door de minder eisende kapitalistische laboratoria dan door de hunne. Hij werd heel gauw een vergeten man.

Tot acht maanden geleden, toen ontdekt werd dat Russische volgstations met alarmerende frequentie Amerikaanse satellieten stoorden en de waarde verminderden van fotografische controle door de kunstmatige grondcamouflage heen. Het was alsof de Russen van tevoren de grote meerderheid van de ruimtevaartbanen wisten.

Dat was ook zo. Er werd een spoor nagetrokken. Het leidde naar de vergeten man in Houston. Wat volgde was betrekkelijk eenvoudig: er werd een technische bespreking gehouden in Amsterdam die uitsluitend ging over het kleine werkgebied van een vergeten man. Hij werd overgevlogen in een regeringsvliegtuig en de rest werd overgelaten aan een specialist in deze zaken: Brandon Scofield, attaché in algemene dienst, Consular Operations.

Scofield had sinds lang de codes van KGB-Amsterdam en de contactmethodes doorzien. Hij stelde ze in werking en was lichtelijk verbaasd over de reacties van het doelwit. Het was de basis van zijn bezorgdheid nu. De oude man vertoonde geen opluchting bij de oproepen. Na zes jaar op het slappe koord had het doelwit alle recht te verwachten dat hij eervol met pensioen kon gaan, de dankbaarheid van zijn regering, en de laatste jaren van zijn leven comfortabel doorbrengen. Verwachten... loop naar de hel. Bray had evenwel daarop geduid in de met hem gevoerde gecodeerde conversatie.

Maar de oude Rus was geen gelukkig man. Er waren klaarblijkelijk geen bindende persoonlijke verhoudigen in Houston. Scofield had het Four-zerodossier over het doelwit opgevraagd, een dossier zo compleet dat het uitgebreid verslag deed van het tijdschema van de stoelgang. Er was niets te vinden in Houston. De man deed zijn werk blijkbaar goed verborgen als een mol. En dat hield Bray ook bezig.

Een mol in de spionage nam niet de eigenschappen aan van zijn soortgenoten in de maatschappij.

Er was iets mis. Toch was er het bewijs, het bewijs van de dubbelrol stond vast. Het lesje moest gegeven worden.

Uit het radiootje in zijn hand klonk een scherp geluid. Drie seconden later werd het herhaald. Scofield bevestigde de ontvangst met de druk op een knop. Hij deed de radio in zijn zak en wachtte.

Er was nog geen minuut voorbij of hij zag de gestalte van een oude man door de deken van mist en regen komen, een straatlantaarn achter hem vormde een luguber silhouet. De gang van het doelwit was aarzelend maar op een zekere manier nauwkeurig bepaald, alsof hij op weg was naar een rendez-vous dat hij tegelijk graag wenste en verfoeide. Hij kon er niét uit wijs worden.

Bray wierp een blik naar rechts. Zoals hij verwachtte was er niemand op straat, er was nergens iemand te zien in het op dit uur verlaten deel van de stad. Hij draaide naar links en begon de helling naar het midden van de brug op te lopen, de oude Rus aan de overkant. Hij bleef in de schaduw. Dat kon gemakkelijk daar de eerste drie lampen boven de linker brugleuning uitgeschakeld waren.

De regen plensde op de oude kinderhoofdjes. Over de eigenlijke brug heen stond de oude man neer te kijken op het water, zijn handen op de leuning. Scofield stapte van het looppad af en naderde van achteren. Het geluid van de plensbui deed zijn voetstappen vervagen. Zijn hand greep nu in de linkerzak van zijn regenjas een rond, plat doosje van vijf centimeter doorsnee en minder dan de helft dik. Het was verpakt in waterdicht plastic. Op de zijkanten zat een chemisch middel dat wanneer het in een vloeistof ondergedompeld werd na dertig seconden plotseling lijm werd. Onder zulke omstandigheden zou het blijven waar het geplaatst was tot het losgesneden werd. In het doosje zat het bewijs: een filmrolletje en een geluidsbandje. Beide zouden nauwkeurig bekeken worden door KGB-Amsterdam.

'*Plakhaja notsj, stary prijatjel,*' zei Bray achter de rug van de Rus en hij nam de automaat uit zijn zak.

De oude man draaide zich geschrokken om. 'Waarom nam u contact met mij op?' vroeg hij in het Russisch. 'Is er iets gebeurd?...' Hij zag het pistool en was stil. Daarna vervolgde hij, en een vreemde kalmte nam plotseling de plaats in van de angst: 'Ja, ik zie het, en ik ben niet langer van waarde. Ga je gang, kameraad. Je zult me een geweldige dienst bewijzen.'

Scofield staarde de oude man aan, in de doordringende ogen die niet langer angstig stonden. Hij had die blik eerder gezien. Bray antwoordde in het Engels.

'U hebt zes jaar actief doorgebracht. Jammer genoeg hebt u ons in het geheel geen dienst bewezen. U was niet zo dankbaar als we dachten dat u zou zijn.'

De Rus knikte. 'Amerikaan,' zei hij, 'ik vroeg me al af. Een haastig bijeengeroepen conferentie in Amsterdam over problemen die even makkelijk in Houston behandeld konden worden. Dat mij toegestaan werd het land uit te gaan, alhoewel heimelijk en bewaakt. Die bescherming was wat minder volledig toen ik eenmaal hier was. Maar u kende al de codes, u zei precies alle juiste woorden. En uw Russisch is vlekkeloos, *prijatjel*.'

'Dat is mijn vak. Wat is het uwe?'

'U weet het antwoord. Daarom bent u hier.'

'Ik wil weten waarom.'

De oude man glimlachte grimmig. 'O nee. U komt niets meer te weten dan u al weet. Ziet u, ik meen wat ik zei. U zult me een plezier doen. U bent mijn *listok*.'

'Oplossing voor wat?'

'Sorry.'

Bray hief zijn automatische wapen; de kleine loop glinsterde in de regen. De Rus keek ernaar en ademde diep. De angst keerde terug in zijn ogen, maar hij beefde niet en zei geen woord. Plotseling, weloverwogen, duwde Scofield het wapen onder het linkeroog van de oude man, het staal tegen het vlees. De Rus rilde, maar bleef zwijgen.

Bray voelde zich misselijk.

Wat maakt het uit?

Niets, Harry. Helemaal niets. Nu niet meer.

Er moet een lesje gegeven worden...

Scofield liet het pistool zakken. 'Smeer hem,' zei hij.

'Wat?...'

'Je hebt gehoord wat ik zei. Weg hier. De KGB opereert vanuit de diamantbeurs aan de Tolstraat. De dekmantel is een firma van Hasidim, Diamant Bruusteen. Weg jij.'

'Ik begrijp het niet,' zei de Rus. Zijn stem was nauwelijks hoorbaar. 'Is dit weer een streek?'

'Godverdomme!' gilde Bray die nu trilde. 'Ga weg hier!'

Een ogenblik wankelde de oude man, daarna greep hij de leuning om zich staande te houden. Hij liep onhandig achteruit en begon toen door de regen te rennen.

'Scofield!' De roep kwam van Harry. Hij stond bij de westelijke toegang tot de brug, direct op de weg van de Rus. 'Scofield, in godsnaam!'

37

'Laat hem gaan!' schreeuwde Bray.

Het was of te laat of zijn woorden gingen verloren in het plenzen van de regen. Hij wist het niet. Hij hoorde drie gedempte, scherpe schoten en zag met walging dat de oude man zijn hoofd vasthield en tegen de leuning viel.

Harry was een beroeps. Hij steunde het lichaam, loste een laatste schot in de nek en schoof met een opwaartse beweging het lijk over de leuning in de gracht naar beneden.

Wat maakt het uit?

Helemaal niets. Nu niet meer.

Scofield wendde zich af en liep naar de oostzijde van de brug. Hij stopte de automaat in zijn zak. Hij leek zwaar.

Hij kon de snelle voetstappen horen die door de regen naderden. Hij was vreselijk moe en wilde ze niet horen. Evenmin als hij de rauwe stem van Harry wilde horen.

'Bray, wat gebèurde daarginds verdomme? Hij ontsnapte bijna!'

'Hij ontsnapte niet,' zei Scofield, die nu sneller liep. 'Daar zorgde jij wel voor.'

'Daar heb je gelijk in, verdomme! In godsnaam, wat is er mis met jou?' De jongere man liep links van Bray. Zijn blik viel op Scofields hand. Hij kon de rand van het waterdichte doosje zien. 'Jezus! Je hebt het niet eens geplaatst!'

'Wat?' Toen besefte Bray waar Harry het over had. Hij hief zijn hoofd, keek naar het ronde doosje en gooide het langs de jongere man, over de leuning.

'Wat dóe je nou?'

'Barst,' zei Scofield kalm.

Harry bleef staan. Bray niet. Na een paar seconden haalde Harry hem in en greep de rand van Scofields regenjas. 'God allemachtig! Je liet hem gaan!'

'Laat me los.'

'Néé, verdomme! Je kunt...'

Verder kwam Harry niet. Brays rechterhand schoot uit, zijn vingers grepen de uitgestoken duim van de jongeman en rukte hem linksom.

Harry gilde. Zijn duim was gebroken.

'Barst,' herhaalde Scofield. Hij liep verder de brug af.

Het veilige adres was op de Rozengracht, de samenkomst zou plaatsvinden op de tweede verdieping. De zitkamer werd verwarmd door een vuur, dat ook diende om notities die gemaakt zouden worden te vernietigen. Er was een ambtenaar van het ministerie van buitenlandse zaken uit Washington komen vliegen. Hij wilde Scofield als het ware op de plaats van het gebeuren ondervragen, bij het gebeurde waren er omstandigheden die alleen die bepaalde plaats op kon leveren. Het was belangrijk om te begrijpen wat er was gebeurd, vooral met iemand als Brandon Scofield. Hij was de beste die er was, de koelste die ze hadden. Hij was van buitengewone betekenis voor de Amerikaanse inlichtingengemeenschap, een veteraan die tweeëntwintig jaar de meest ingewikkelde 'onderhandelingen' gevoerd had die je je voor kon stellen. Hij moest met zorg behandeld worden... bij de bron. Niet teruggeroepen op grond van een ministeriële klacht, ingediend door een mindere. Hij was een specialist en er was iets gebeurd.

Bray begreep dat en de regeling amuseerde hem. Harry was de volgende morgen uit Amsterdam weggehaald op een manier dat er geen kans was dat Scofield hem zag. Door de enkelen op de ambassade die van het incident moesten weten, werd Bray behandeld alsof er niets gebeurd was. Hem werd gezegd een paar dagen vrij te nemen: er zou iemand uit Washington komen vliegen om over een probleem in Praag te praten. Dat stond in het bericht. Was Praag niet een oud jachtgebied van hem?

Een voorwendsel natuurlijk. En niet eens erg goed. Scofield wist dat elke stap van hem in Amsterdam nu in de gaten gehouden werd, waarschijnlijk door teams van CIA-mensen. En als hij naar de diamantbeurs in de Tolstraat was gelopen, zou hij ongetwijfeld zijn neergeschoten.

Hij werd op het veilige adres binnengelaten door een zonderlinge dienstbode van niet te schatten leeftijd, een dienster die ervan overtuigd was dat het oude huis van het gepensioneerde echtpaar was dat er woonde en haar betaalde. Hij zei dat hij een afspraak had met de eigenaar en zijn advocaat. De meid knikte en bracht hem de trap op naar de zitkamer op de tweede verdieping.

De oude heer was er, maar de man van buitenlandse zaken niet. Toen de dienstbode de deur sloot zei de eigenaar: 'Ik wacht een paar minuten en ga dan terug naar mijn appartement. Als u iets nodig hebt, druk dan de knop op de telefoon in. Die belt boven.'

'Dank u,' zei Scofield die naar de Nederlander keek die hem herinnerde aan een andere oude man op een brug. 'Mijn collega zal gauw hier zijn. We hebben niets nodig.'

De man knikte en ging weg. Bray liep de kamer door en betastte afwezig de boeken op de planken. Hij merkte dat hij niet probeerde de titels te lezen. Hij zag ze eigenlijk niet eens. En het viel hem op dat hij niets voelde, kou noch warmte, zelfs geen boosheid of gelatenheid. Hij voelde helemaal niéts. Hij bevond zich ergens in een wolk, verdoofd, alle zintuigen sluimerend. Hij vroeg zich af wat hij zou zeggen tegen de man die 5600 kilometer gevlogen had om hem te ontmoeten.

Het kon hem niet schelen.

Hij hoorde voetstappen op de trap achter de deur. De meid was blijkbaar weggestuurd door een man die de weg wist in dit huis. De deur ging open en de man van buitenlandse zaken stapte binnen.

Scofield kende hem. Hij was van Planning en Ontwikkeling, een strateeg voor geheime operaties. Hij was ongeveer van Brays leeftijd, maar magerder, wat kleiner en geneigd tot een overdreven klassebewustzijn dat hij niet voelde, maar waarvan hij hoopte dat het zijn ambitie zou verhullen. Maar dat was niet zo.

'Bray, hoe gáát het met je, ouwe jongen?' zei hij half roepend en stak uitbundig een hand uit voor een nog uitbundiger greep.

'Mijn god, het moet verdomme wel bijna twee jaar geleden zijn. Zal ik jou een paar verhalen te vertellen hebben!'

'Werkelijk?'

'En of!' Een ongetwijfeld overdreven verklaring. 'Ik ging voor een reünie naar Cambridge en ontmoette natuurlijk links en rechts vrienden van jou. Nou ouwe jongen, ik werd strontlazarus en wist niet meer wat voor leugens ik tegen wie vertelde! God allemachtig, ik maakte van jou een importanalist op Malakka, een taalkundige in Nieuw-Guinea, een onderminister in Canberra. Het was te gek. Ik bedoel, ik wist het niet meer, zo zat was ik.'

'Waarom zou iemand jou iets vragen over mij, Charlie?'

'Nou, ze wisten dat we allebei bij buitenlandse zaken waren. We waren vrienden, dat wist iedereen.'

'Vergeet het maar. We zijn nooit vrienden geweest. Ik vermoed dat je bijna net zo'n hekel aan mij hebt als ik aan jou. En ik heb je van mijn leven nog niet dronken gezien.'

De man van buitenlandse zaken stond onbeweeglijk. De uitbundige glimlach verdween van zijn lippen. 'Wil je het hard spelen?'

'Ik wil het spelen zoals het is.'

'Wat is er gebeurd?'

'Waar? Wanneer? In Harvard?'

'Je weet best waar ik het over heb. Die avond laatst. Wat gebeurde er onlangs op een avond?'

'Vertel jij het maar. Jij bent ermee begonnen, jij draaide aan de eerste wielen.'

'We ontdekten een gevaarlijk veiligheidslek. Een patroon van actieve spionage dat al jaren bestond, dat de effectiviteit van de ruimte-controle reduceerde tot het punt dat, zoals we weten, een lachertje is. We wilden het bevestigd zien. Jij bevestigde het. Je wist wat er gedaan moest worden en je liep ervoor weg.'

'Ik liep weg,' gaf Scofield toe.

'En toen je geconfronteerd werd met het feit door een assistent bracht je hem lichamelijk letsel toe. Je éigen man!'

'Dat deed ik zeker. Als ik jou was zou ik me van hem ontdoen. Plaats hem over naar Chili. Daar kun je niet zo verrekt veel meer verzieken.'

'Wát?'

'Aan de andere kant, dat zul je niet doen. Hij is te veel zoals jij, Charlie. Hij leert het nooit. Kijk uit. Op een goede keer neemt hij jouw baantje over.'

'Ben je bezopen?'

'Nee, jammer genoeg niet. Ik heb erover gedacht, maar ik heb een beetje het zuur. Natuurlijk, als ik geweten had dat ze jou stuurden, zou ik mijn best gedaan hebben om het te proberen. Om vroeger, natuurlijk.'

'Als je niet dronken bent, dan ben je ontspoord.'

'Het spoor had een bocht. De wielen die jij in beweging zette, konden de bocht niet nemen.'

'Geen flauwe kul!'

'Wat een ouderwetse uitdrukking, Charlie. Tegenwoordig zeggen we gelul, hoewel ik liever zeg gezeik.'

'Zo is het wel genoeg! Jouw activiteit – of moet ik zeggen non-activiteit – heeft een belangrijk aspect van de contraspionage in opspraak gebracht.'

'Zo, lul jíj niet!' brulde Bray en deed dreigend een stap in de richting van de man van buitenlandse zaken. 'Ik heb alles gehoord wat ik van je wilde horen! Ik heb niets in opspraak gebracht. Dat deed jij! Jij en die andere klootzakken. Jij vond een kunstmatig lek in je verdomde zeef en daarom moest je het dichten met een lijk. Dan kon je naar de Commissie van Veertig gaan en díé klootzakken vertellen hoe efficiënt jij was!'

'Waar heb je het over?'

'De oude man wás een overloper. Hij werd te pakken genomen, maar hij was een afvallige.'

'Wat bedoel je "te pakken genomen"?'

'Dat weet ik niet. Wist ik het maar. Ergens in dat Four-zerodossier werd iets weggelaten. Misschien een vrouw die niet gestorven was, maar zich verborg. Of kleinkinderen, die niemand de moeite waard vond op de lijst te zetten. Ik weet het niet, maar het is zo. Gij-

zelaars, Charlie! Daarom deed hij wat hij deed. En ik was zijn *lisrok*.'
'Wat betekent dat?'
'Jezus, leer die taal toch eens. Je wordt verondersteld een expert te zijn.'
'Kom me niet aan met die taal, ik bén expert. Er is geen bewijs om een theorie van afpersing te staven, geen vermelding van familie of ooit een zinspelen daarop door het doelwit. Hij was een toegewijde agent voor de Russische geheime dienst.'
'Bewíjs? Ach, kom, Charlie, zelfs jij weet wel beter. Als hij goed genoeg was om het klaar te spelen over te lopen, was hij ook slim genoeg om te begraven wat begraven moest worden. Ik denk dat het tijdschema de sleutel was en dat schema liep mis. Zijn geheim – of geheimen – werd ontdekt. Hij werd te pakken genomen, dat blijkt uit zijn hele dossier. Hij leefde abnormaal, zelfs voor een abnormaal bestaan.'
'We hebben deze benadering verworpen,' zei Charlie nadrukkelijk. 'Hij was zonderling.'
Scofield zweeg en keek hem aan. 'Je verwierp?... Een zonderling? Godverdomme, je wíst het. Je had dat kunnen gebruiken, hem alles kunnen voeren wat je wilde. Maar nee, jij wilde een snelle oplossing, zodat de mannen aan de top zouden zien hoe goed je was. Je had hem kunnen gebrúiken, niet doden! Maar je wist niet hoe, dus liet je het maar rusten en riep de beulen op.'
'Dat is belachelijk. Je kunt op geen enkele manier bewijzen dat hij te pakken genomen werd.'
'Bewijzen? Ik hoef het niet te bewijzen, ik weet het.'
'Hoe?'
'Ik zag het in zijn ogen, klootzak.'
De man van buitenlandse zaken zweeg even en zei toen zacht: 'Je bent moe, Bray. Je hebt rust nodig.'
'Met pensioen,' vroeg Scofield, 'of in een doodkist?'

4

Talenjekov liep het restaurant uit. Een koude rukwind bracht de sneeuw in beweging, deed met zo'n kracht de sneeuw van het trottoir opwarrelen dat er even een nevel hing die het licht van de lantaarn erboven verduisterde. Het zou vannacht weer gaan vriezen. Het weerbericht van radio Moskou vermeldde een minimumtemperatuur van acht graden onder nul.
Toch was het die morgen vroeg opgehouden met sneeuwen. De

startbanen van het vliegveld Sjeremetjewo waren schoongemaakt en dat was alles wat Wasili Talenjekov op dat ogenblik kon schelen. Vlucht 85 van Air France was tien minuten geleden naar Parijs vertrokken. Aan boord van dat vliegtuig was een jood die twee uur later met Aeroflot naar Athene zou vertrekken.

Hij zou niet naar Athene vertrokken zijn als hij was komen opdagen bij de Aeroflot-terminal. In plaats daarvan zou hem gevraagd zijn in een kamer binnen te gaan. Hij zou begroet zijn door een groep van de VKR, de Vodennaja Kontra Rozwedka, en het belachelijke zou begonnen zijn.

Het was stom, dacht Talenjekov, toen hij rechtsaf ging, de kraag van zijn jas opzette en de rand van zijn *addjel* dieper over zijn hoofd trok. Stom in die zin dat de VKR niets bereikt zou hebben, maar een massa moeilijkheden gegeven zou hebben. Ze zouden niemand om de tuin geleid hebben, het minst van allen wel degenen die ze probeerden te imponeren.

Een dissident die zijn eigen dissident-zijn herriep! Wat lazen die jonge fanaten van de VKR voor grappige lectuur? Waar waren de oudere en wijzere koppen als er dwazen met zulke plannen op de proppen kwamen?

Toen Wasili van het plan hoorde had hij gelachen, werkelijk gelachen. De bedoeling was een korte maar krachtige campagne op te zetten tegen de zionistische beschuldigingen, om de mensen in het Westen te laten zien dat niet alle joden in Rusland gelijk dachten.

De joodse schrijver was een minder belangrijk geval geworden in de Amerikaanse pers – de Newyorkse pers om precies te zijn. Hij had bij degenen behoord die hadden gesproken met een senator die 13000 kilometer van zijn district stemmen probeerde te winnen. Maar ondanks zijn ras was hij gewoonweg geen goed schrijver, en in feite bracht hij zijn geloofsgenoten in verlegenheid.

De schrijver was niet alleen de verkeerde keus voor een dergelijke test, maar om redenen die van belang waren voor een andere operatie was het geboden om hem toe te staan Rusland te verlaten. Hij was een onduidelijke ruil voor de senator in New York. Men had de senator doen geloven dat het zijn bekendheid met een attaché van het consulaat was, die de Russische immigratiedienst een visum deed uitgeven. De senator zou munt slaan uit het gebeuren en er zou een geschilpuntje zijn waar er eerder geen was geweest. Meer van die geschilpuntjes en er zou plotseling een onaangename relatie ontstaan tussen de senator en 'bekenden' binnen de Russische machtsstructuur. Dat kon nuttig zijn. De jood moest vanavond Moskou verlaten. De senator had als welkom een persconferentie vastgesteld, over drie dagen op Kennedy Airport.

Maar de jonge agressievelingen van de VKR waren hard als een bikkel. De schrijver zou gedetineerd worden, naar de Loebjanka-gevangenis gebracht en het omvormingsproces zou beginnen. Niemand buiten de VKR werd iets verteld over de operatie. Het succes hing af van plotselinge verdwijning, volkomen in het geheim. Er zouden chemische middelen toegepast worden tot de persoon klaar was voor een andersoortige persconferentie. Een waarin hij onthulde dat Israëlische terroristen hem bedreigd hadden met represailles tegen familieleden in Tel Aviv als hij hun instructies niet opvolgde en in het openbaar bekend zou maken dat hij Rusland kon verlaten.

Het plan was voorbarig en Wasili had zoiets gezegd tegen zijn contactman bij de VKR. Maar hem werd vertrouwelijk meegedeeld dat zelfs de buitengewone Talenjekov zich niet kon bemoeien met Groep Negen van de Vodennaja Kontra Rozwedka. En wat was in de naam van alle tot schande strekkende tsaren Groep Negen? Het was de nieuwe Groep Negen, had zijn vriend verklaard. Het was de opvolger van de beruchte Sectie Negen van de KGB. Smert Sjpjononam. De afdeling van de Russische geheime dienst die exclusief gewijd was aan het breken van geest en wil bij mensen door dwang, marteling en de verschrikkelijkste van alle methoden: het doden van geliefden voor de ogen van geliefden.

Doden was voor Wasili Talenjekov niet vreemd, maar dat soort doden maakte hem misselijk. Het dréigen met zo'n moord was vaak nuttig, maar niet de daad zelf. De staat eiste het niet en alleen sadisten bevalen het. Als er werkelijk een opvolger van de Smert Sjpjononam was, dan zou hij die laten weten met wie ze het aan de stok zouden krijgen binnen de ruimere kring van de KGB. In het bijzonder met een zekere 'buitengewone Talenjekov'. Ze zouden leren een man, die vijfentwintig jaar door heel Europa had gezworven voor de staat, niet tegen te spreken.

Vijfentwintig jaar. Het was een kwart eeuw geleden dat een eenentwintigjarige student met talent voor talen uit zijn studie aan de universiteit van Leningrad werd gehaald en naar Moskou gezonden werd voor drie jaar intensieve opleiding. Het was een training waarin mensen zoals de zoon van nadenkende, socialistische docenten nauwelijks konden geloven. Hij was uit een rustig thuis weggerukt, waar boeken en muziek de voornaamste dingen waren, en neergezet in een wereld van samenzwering en geweld, waar cijfers, codes en lichamelijke mishandeling de hoofdbestanddelen waren. Waar alle vormen van onderzoek en sabotage, spionage en het nemen van leven – niet moord, moord was een uitdrukking die niet gebruikt werd – de onderwerpen van studie waren.

Hij zou misschien mislukt zijn als er niet een voorval was geweest dat zijn leven veranderde en hem motiveerde om uit te blinken. Het kwam door beesten, Amerikaanse beesten.

Hij werd naar Oost-Berlijn gestuurd op een trainingsoefening, als waarnemer van geheime tactieken op het hoogtepunt van de koude oorlog. Hij was een verhouding aangegaan met een jonge vrouw, een Duits meisje dat vurig geloofde in de zaak van de marxistische staat en dat geworven was door de KGB. Haar positie was zo weinig belangrijk dat haar naam zelfs niet op een loonlijst voorkwam. Ze was een onbetekenende organisatrice van demonstraties, betaald met losse rijksmarken uit een uitgavenpotje. Ze was heel gewoon een universiteitsstudente, veel hartstochtelijker in haar overtuigingen dan kundig, een radicaal met wilde ogen die zichzelf een soort Jeanne d'Arc vond. Maar Wasili had van haar gehouden.

Ze hadden een aantal weken samengeleefd en dat waren heerlijke weken, vol van de opwinding en verwachting van een jonge liefde. En toen werd ze op zekere dag door de controlepost Kasimir gestuurd. Het was iets heel onbelangrijks, een protestdemonstratie op de Kurfürstendamm. Een kind dat andere kinderen leidde, woorden schreeuwend die ze nauwelijks begrepen, zich overgevend aan daden waar ze niet goed op voorbereid waren. Een onbelangrijk ritueel. Onbeduidend.

Maar niet voor de beesten van het Amerikaans bezettingsleger, afdeling G2, die andere beesten tegen haar opzetten.

Haar lichaam werd in een lijkwagen teruggebracht, haar gezicht onherkenbaar verwond, de rest van haar lichaam opengekrabd tot het vlees was opengereten, het bloed klodders rood stof. En de dokters hadden het ergste bevestigd. Ze was herhaaldelijk verkracht door mannen, door beesten.

Op het lichaam – het briefje werd op zijn plaats gehouden door een spijker die in haar arm geslagen was – stonden de woorden: *Weg met jullie communisten. Net als met haar!*

Beesten!

Amerikaanse beesten die hun weg kochten naar de overwinning zonder dat er een granaat op hun grond was gevallen, wier macht bepaald werd door de ongebreidelde industrie die enorme winsten behaalde uit het bloedbad in andere landen, wier soldaten met blikken voedsel leurden bij hongerige kinderen, om andere lusten te bevredigen. In alle legers waren beesten, maar de Amerikaanse waren

45

het weerzinwekkendst. Ze verkondigden gerechtigheid. Schijnheiligen waren altijd het walgelijkst.

Talenjekov was naar Moskou teruggegaan. De herinnering aan de vuile moord zat in zijn geest gebrand. Hoe hij ook was geweest, hij veranderde. Volgens velen werd hij de beste die er was en, naar zijn eigen inzicht was het onmogelijk dat iemand kon wensen het beter te doen dan hij. Hij had de vijand gezien en die was een stuk vuil. Maar die vijand had onvoorstelbare hulpbronnen, ongelooflijke rijkdom. Het was dus nodig om beter dan de vijand te zijn in dingen die niet te koop waren. Je moest leren denken zoals hij deed. En hem daarna door denken de baas te worden. Wasili had dat begrepen. Hij werd de meester van strategie en tegenstrategie, hij zette onverwachte valstrikken, hij veroorzaakte onverwachte schrik – de dood in de ochtendzon op de hoek van een drukke straat.

De dood in de Unter den Linden om vijf uur 's middags. Op het uur dat het verkeer het drukst was.

Dat had hij ook teweeggebracht. Hij had de moord op een jonge vrouw gewroken. Jaren later toen hij directeur van de KGB-operaties in Oost-Berlijn was had hij de vrouw van een Amerikaanse moordenaar over de grens getrokken. Ze was netjes overreden, professioneel, met een minimum aan pijn. Het was een veel genadiger dood dan die van vier jaar geleden door die beesten.

Hij had goedkeurend geknikt toen hij het nieuws over die dood vernam. Toch was hij er niet blij om. Hij wist wat die man doormaakte, en hoe verdiend het ook was, het gaf geen triomfantelijk gevoel. Want Talenjekov wist ook dat die man niet zou rusten eer hij zich gewroken had.

Hij nam wraak. Drie jaar later in Praag.

Een broer.

Waar zat die gehate Scofield tegenwoordig? vroeg Wasili zich af. Ook voor hem was het al bijna een kwarteeuw. Zij hadden hun zaak goed gediend, dat kon je van allebei wel zeggen. Maar Scofield had meer geluk. In Washington was alles minder ingewikkeld, de vijanden waren duidelijker. De verachte Scofield hoefde zich geen amateuristische maniakken te laten welgevallen als Groep Negen van de VKR. Bij het Amerikaanse ministerie van buitenlandse zaken waren ook idioten, maar er werd strengere controle toegepast, dat moest Wasili toegeven. Binnen een paar jaar zou Scofield, als hij in leven bleef in Europa, zich terugtrekken op een of andere stille plek en varkens gaan fokken of sinaasappels telen of gaan drinken om te kunnen vergeten. Hij hoefde zich geen zorgen te maken over het overleven in Washington, alleen maar in Europa.

Talenjekov moest wel bezorgd zijn over zijn overleven in Moskou.

De zaken waren veranderd in een kwarteeuw. En hij was veranderd. Deze avond was daar een voorbeeld van, maar niet het eerste. Hij had heimelijk de doelen van een andere afdeling van de geheime dienst gedwarsboomd. Hij zou dat vijf jaar eerder niet gedaan hebben – waarschijnlijk twee jaar geleden zelfs niet. Hij zou de strategen van die eenheid het hoofd hebben geboden en zou op professionele gronden krachtig tegen hen in zijn gegaan. Hij was een expert en naar zijn deskundig oordeel was de operatie niet alleen een misrekening, maar ook minder essentieel dan een andere die erdoor werd belemmerd.

Tegenwoordig ondernam hij niet zulke acties. Dat had hij gedurende de laatste twee jaar als directeur van de zuidwestelijke sectoren niet gedaan. Hij nam zijn eigen besluiten en trok zich weinig aan van de reacties van verdomde idioten die veel minder wisten dan hij. Deze reacties veroorzaakten steeds meer kleine irritaties in Moskou. Toch deed hij wat hij juist achte. Uiteindelijk werden deze kleine irritaties grote grieven en hij werd teruggeroepen naar het Kremlin en naar een kantoor verweg van strategieën, waar hij te maken had met steeds theoretischer zaken zoals het leggen van vage contacten met een Amerikaanse politicus.

Talenjekov was gevallen, dat wist hij. Het was alleen maar een kwestie van tijd. Hoeveel tijd had hij nog? Zouden ze hem een klein *fverma* ten noorden van Grasnov geven en hem vertellen dat hij zijn eigen gewassen moest verbouwen en zijn geheimen bewaren? Of zouden de maniakken zich ook met die gang van zaken bemoeien? Zouden ze de 'buitengewone Talenjekov' als werkelijk te gevaarlijk bestempelen?

Terwijl hij door de straat liep, voelde Wasili zich moe. Zelfs de afkeer die hij voelde voor de Amerikaanse moordenaar die zijn broer vermoord had, werd gedempt in de vaagheid van zijn gevoelens. Hij had nog maar weinig gevoelens over.

De plotselinge sneeuwbui werd verblindend, de wind bereikte stormkracht en veroorzaakte reusachtige witte vlagen over het Rode Plein. Lenins graf zou tegen de morgen bedekt zijn. Talenjekov liet de ijskoude vlokken zijn gezicht masseren terwijl hij zich tegen de wind in naar zijn flat voortsleepte. De KGB was welwillend geweest. Zijn kamers waren tien minuten van zijn kantoor af aan het Dzerzjinskyplein, drie straten van het Kremlin af. Het was welwillendheid of iets minder dan dat, maar in elk geval praktisch: zijn flat was tien minuten van de crisiscentra, drie minuten met een snelle auto.

Hij liep de ingang van zijn flatgebouw in, stampte met zijn voeten terwijl hij de zware deur dichttrok, wat een eind maakte aan het snerpende geluid van de wind. Zoals altijd keek hij in zijn brievenbus in de muur en zoals altijd was er niets. Het was een onbeduidende handeling die een gewoonte zonder betekenis was geworden. Jarenlang zoveel brievenbussen in zoveel verschillende gebouwen.

De enige persoonlijke post die hij ooit ontving kwam in het buitenland – onder vreemde namen – als hij helemaal ondergedoken was. En dan was de correspondentie in code en de betekenis ervan hield geen enkel verband met de woorden op het papier. Toch waren die woorden soms warm en vriendelijk en vaak stelde hij zich een paar minuten voor dat wat er stond ook die betekenis had. Maar slechts even. Hij had er niets aan om zich iets voor te stellen. Behalve wanneer je een vijand analyseerde.

Hij liep de smalle trap op, geïrriteerd door het gedempte licht van de zwakke lampen. Hij was er zeker van dat de planners van de Moskouse Iliktritsjiskaja niet in zulke gebouwen woonden.

Toen hoorde hij het gekraak. Dat kwam niet door de trap. Het had niets te maken met de vrieskou of de wind buiten. Het was het geluid van een menselijk wezen dat zijn gewicht verplaatste op een houten vloer. Zijn oren waren de oren van een geoefend vakman die vlug afstanden schatte. Het geluid kwam niet van de overloop boven, maar van hoger in het trappenhuis. Zijn flat was op de volgende verdieping. Er stond iemand te wachten op zijn komst. Misschien wilde iemand hem in zijn appartement hebben, waar een valstrik was opgezet omdat de uitgang te gevaarlijk was.

Wasili liep verder naar boven, het ritme van zijn voetstappen ononderbroken. Door de jaren had hij geleerd dingen als sleutels en munten in zijn linkerzak te dragen zodat de rechterhand altijd vrij was om vlug een wapen te pakken, of om zelf als wapen gebruikt te worden. Hij kwam op de overloop en nam de draai; zijn deur was maar een paar meter verder.

Daar was het gekraak weer, flauw, nauwelijks hoorbaar, gemengd met het geluid van de verre wind buiten. Degene die op de trap stond had zich teruggetrokken en daaruit maakte hij twee dingen op: de indringer zou wachten tot hij beslist binnen zijn flat was. En die persoon was óf onvoorzichtig, óf onervaren, óf beide. Je bewoog je niet als je zo dicht bij een prooi was. De lucht geleidde beweging.

In zijn linkerhand hield hij de sleutel. Zijn rechterhand had zijn jas losgeknoopt en hield nu de kolf van zijn automaat vast die in een open holster op zijn borst zat. Hij stak de sleutel in het slot, opende de deur, gooide die dicht, stapte stil vlug achteruit in de schaduw van de trap. Hij bleef tegen de muur staan, zijn wapen naar voren over de leuning gericht.

Het geluid van de voetstappen ging voor de gehaaste gestalte uit toen deze naar de deur snelde. De persoon had een voorwerp in zijn linkerhand, hij kon het nu niet zien, het was verborgen achter het zwaar geklede lichaam. Er was geen seconde te verliezen. Als het voorwerp een explosief was, zou het een tijdafstelling hebben. De gestalte had zijn rechterhand geheven om op de deur te kloppen.

'Ga tegen de deur staan! Je linkerhand voor je. Tussen je maag en het hout! Nú!'

'Alstublieft!' De gestalte draaide zich half om. Talenjekov greep hem en duwde hem tegen het paneel. Het was een jongeman, een jongen eigenlijk, nauwelijks dertien of veertien, dacht Wasili. Hij was groot voor zijn leeftijd die te zien was aan zijn gezicht dat baardeloos was, de ogen wijd open, helder en angstig.

'Langzaam achteruit,' zei Talenjekov ruw. 'Steek je linkerhand omhoog. Langzaam.'

De jongeman liep achteruit, zijn linkerhand omhoog; deze was gebald tot een vuist.

'Ik deed geen kwaad, meneer. Dat zweer ik!' De fluisterende stem van de jongeman sloeg over van angst.

'Wie ben je?'

'Andreev Danilowitsj, meneer. Ik woon in de Tsjeremoesjki.'

'Je bent een heel eind van huis,' zei Wasili. De nieuwe woonwijk waar de jongen het over had was bijna drie kwartier ten zuiden van het Rode Plein. 'Het weer is verschrikkelijk en iemand van jouw leeftijd zou opgepakt kunnen worden door de *militsianjer*.'

'Ik moest hier heen, meneer,' antwoordde Andreev. 'Er is een man neergeschoten. Hij is heel erg gewond. Ik denk dat hij doodgaat. Ik moest dit aan u geven.' Hij opende zijn linkerhand; er zat een koperen embleem in, een legerinsigne dat de rang van generaal aangaf. Deze uitvoering was meer dan dertig jaar niet meer in gebruik. 'De oude man zei dat ik de naam Kroepskaja moest noemen, Aleksie Kroepskaja. Hij liet me het een paar keer zeggen, zodat ik het niet vergeten zou. Het is niet de naam die hij in de Tsjeremoesjki gebruikt, maar het is de naam waarvan hij zei dat ik die aan u moest vertellen. Hij zei dat ik u bij hem moest brengen. Hij gaat sterven, meneer!'

Bij het horen van de naam snelden Talenjekovs gedachten terug in de tijd. Aleksie Kroepskaja! Het was een naam die hij in geen jaren had gehoord, een naam die maar weinigen in Moskou graag hoorden. Kroepskaja was eens de grootste leraar van de KGB, een man met oneindig veel talent voor doden en overleven... dat zou hij kunnen zijn. Hij was de laatste van de beruchte Istrebiteli, de zeer gespecialiseerde groep uitroeiers die een elite-tak van de oude NKVD was geweest en zijn wortels had in de OGPU die men zich nauwelijks nog herinnerde.

Maar Aleksie Roepskaja was verdwenen – zoals zovelen waren verdwenen – twaalf jaar geleden tenminste. Er waren geruchten geweest dat hij te maken had met de dood van Beria en Zjoerkov, sommigen noemden zelfs de naam van Stalin. In een aanval van woede was Chroesjtsjov eens opgestaan in het Presidium en had Kroepskaja en zijn helpers een bende maniakale moordenaars genoemd. Dat was niet waar. De Istrebiteli ging nooit manisch te werk, daarvoor waren ze te methodisch. Niettemin, op zekere dag werd Aleksie Kroepskaja plotseling niet meer gezien in de Loebjanka.

Er waren nog meer geruchten. Die noemden documenten, voorbereid door Kroepskaja en verborgen op een veilige plaats, die zijn eigen oude dag garandeerden. Men zei dat deze documenten diverse leiders van het Kremlin beschuldigden van tientallen moorden – vermelde, onvermelde en verbloemde. Daarom werd aangenomen dat Aleksie Kroepskaja ergens ten noorden van Grasnov woonde, op een *fverma* misschien, gewassen verbouwde en zijn mond hield.

Hij was de beste leraar die Wasili ooit had gehad. Zonder de geduldige lessen van zijn oude meester zou Talenjekov jaren geleden al gedood zijn. 'Waar is hij?' vroeg Wasili.

'We hebben hem naar onze flat gebracht. Hij bleef op de vloer stampen, ons plafond. We liepen naar boven en vonden hem.'

'Wij?'

'Mijn zuster en ik. Hij is een goede oude man. Hij is goed geweest voor mijn zuster en mij. Onze ouders zijn dood. En ik denk dat hij ook gauw zal sterven. Vlug alstublieft meneer!'

De oude man op het bed was niet de Aleksie Kroepskaja die Talenjekov zich herinnerde. Het kortgeknipte haar en het gladgeschoren gezicht dat vroeger zo'n kracht vertoonde, waren er niet meer. De huid was bleek en uitgerekt, gerimpeld onder de witte baard en het lange witte haar leek een vogelnest van dunne vervilte strengetjes waartussen plekjes grijzig vlees te zien waren van Kroepskaja's magere schedel. De man was stervend en kon nauwelijks spreken. Hij deed het dek even naar beneden en haalde een met bloed doordrenkte doek van een gat in het vlees, een schotwond.

Er werd geen tijd besteed aan begroetingen. Het respect en de liefde in de ogen van de mannen waren voldoende.

'Mijn open pupillen zijn als van een dode,' zei Kroepskaja en glimlachte flauw. 'Hij dacht dat ik dood was. Hij had zijn werk gedaan en ging weg.'

'Wie was het?'

'Een sluipmoordenaar, gestuurd door de Corsicanen.'

'De Corsicanen? Welke Corsicanen?'

De oude man ademde diep en pijnlijk en beduidde Wasili dichterbij te komen. 'Binnen het uur zal ik dood zijn en er zijn dingen die ik je moet zeggen. Niemand anders zal het je vertellen. Jij bent de beste die we hebben en aan jou móet het verteld worden. Jij beschikt, meer dan alle anderen, over bekwaamheid die even groot is als de hunne. Jij en iemand anders, van beide kanten een. Jullie zijn alles wat er over is.'

'Waar hebt u het over?'

'De Materese beweging.'

'De wát?'

'Het Materese genootschap. Zij weten dat ik het weet... wat ze doen en wat ze gaan doen. Ik ben de enig overgeblevene die hen zou herkennen, die over hen zou durven praten. Eens heb ik de contacten verbroken, maar ik had noch de moed, noch de ambitie om hen te ontmaskeren.'

'Ik kan u niet volgen.'

'Ik zal het proberen uit te leggen.' Kroepskaja pauzeerde en verzamelde kracht. 'Kort geleden werd in Amerika een generaal genaamd Blackburn gedood.'

'Ja, dat weet ik. De voorzitter van de verenigde chefs van staven. Daarbij waren wij niet betrokken, Aleksie.'

'Ben je je ervan bewust dat jij degene was die door de Amerikanen gezien werd als de meest waarschijnlijke moordenaar?'

'Niemand heeft me dat verteld. Dat is belachelijk.'

'Er is niemand meer die je nog veel vertelt, hè?'

'Ik hou mezelf niet voor de gek, oude vriend. Ik heb gebogen. Ik weet niet hoeveel meer ik nog moet toegeven. Grasnov is niet ver weg misschien.'

'Als dat toegestaan wordt,' onderbrak Kroepskaja.

'Ik denk van wel.'

'Hoe dan ook... Vorige maand, de natuurkundige Joerjevitsj. Hij werd vermoord terwijl hij met vakantie was op een *datsja* in Provasota, samen met kolonel Drigorin en Broenov, die man van de industriële planning.'

'Ik heb ervan gehoord,' zei Talenjekov. 'Ik heb begrepen dat het afschuwelijk was.'

'Heb je het verslag gelezen?'

51

'Welk verslag?'
'Dat samengesteld is door de VKR...'
'Gekken en dwazen,' interrumpeerde Talenjekov.
'Niet altijd,' corrigeerde Kroepskaja. 'In dit geval hebben ze bepaalde feiten, die voor een groot deel nauwkeurig zijn.'
'Wat zijn die zogenaamde nauwkeurige feiten?'
Kroepskaja ademde met moeite, slikte en vervolgde: 'Hulzen, zeven millimeter, Amerikaans. Droegen de sporen van een Browning Magnum nummer vier'
'Een beestachtig wapen,' zei Talenjekov en knikte. 'Zeer betrouwbaar. En het laatste wapen dat gebruikt zou worden door iemand die door Washington werd gestuurd.'
De oude man scheen hem niet te horen. 'Het wapen dat gebruikt werd om generaal Blackburn te doden was een Graz-Boerja.'
Wasili trok zijn wenkbrauwen op. 'Een gewaardeerd wapen, als het te krijgen is.' Hij zweeg even en voegde er rustig aan toe: 'Ik ben gesteld op het mijne.'
'Juist. Zoals de Magnum nummer vier het favoriete wapen van iemand anders is.'
Talenjekov verstijfde. 'Hè?'
'Ja, Wasili. De VKR noemde verschillende namen die volgens hen verantwoordelijk zouden kunnen zijn voor Joerjevitsj' dood. De eerste verdachte was een man die jij veracht: "Beowulf Agate".'
Talenjekov dreunde op: 'Brandon Scofield, Consulaire Operaties. Codenaam: Praag – Beowulf Agate.'
'Ja.'
'Was hij het?'
'Nee.' De oude man worstelde om zijn hoofd op het kussen te krijgen. 'Net zo min als jij bij de dood van Blackburn was betrokken. Snap je het niet? Ze weten alles, zelfs van agenten wier kundigheden zijn bewezen, maar moe zijn van geest. Die misschien een belangrijke executie nodig hebben. Ze proberen de hoogste machtniveaus voor ze in actie komen.'
'Wie. Wie zijn zé?'
'De Matarese beweging. De Corsicaanse koorts...'
'Wat betekent dat?'
'Hij verspreidt zich. Hij is veranderd en in zijn nieuwe gedaante is hij veel dodelijker.' De oude Istrebiteli viel op het kussen terug. 'U moet duidelijker zijn, Aleksie. Ik begrijp er niets van. Wat is die Corsicaanse koorts, die... Matarese beweging'
Kroepskaja's ogen stonden wijd open en staarden nu naar het plafond. Hij fluisterde: 'Niemand spreekt, niemand durft iets te zeggen.

Ons eigen Presidium, het Engelse ministerie van buitenlandse zaken, het bestuur van MI-6, de Franse Société Diable d'Etat. En de Amerikanen. Ja, vergeet de Amerikanen niet!... Niemand zegt wat. We maakten er allemaal gebruik van! We zijn allemaal besmet met de Matarese beweging.'

'Besmét? Hoe dan? Wat probeert u te zeggen? Wat is in 's hemelsnaam de Matarese?'

De oude man draaide langzaam zijn hoofd om. Zijn lippen trilden. 'Sommigen zeggen dat het teruggaat tot aan Serajewo. Anderen zweren dat het aanspraak maakt Dollfuss, Bernadotte... zelfs Trotski op zijn lijst te hebben. Van Stalin weten we het. Wij namen het op ons hem te doden.'

'Stalin? Is het dan waar wat er gezegd werd?'

'O ja. Met Beria hebben we ook afgerekend.' De ogen van de Istrebiteli leken nu in het niets te staren. 'In vijfenveertig.. dacht de hele wereld dat Roosevelt aan een zware beroerte bezweek.'

Kroepskaja schudde langzaam zijn hoofd, hij had speeksel in zijn mondhoeken. 'Er waren financiële belanghebbenden die geloofden dat zijn politiek ten opzichte van de Russen rampzalig was voor de economie. Ze konden geen verdere besluiten van zijn kant toestaan. Ze betaalden en er werd een injectie gegeven.'

Talenjekov was stomverbaasd. 'Wilt u me vertellen dat Roosevelt gedóód werd? Door dat Matarese genootschap?'

'Vermoord, Wasili Wasiliwitsj Talenjekov. Dat is het juiste woord, en dat is een van de waarheden waarover niemand zal praten. Zo velen... zo veel jaar. Geen van hen durft iets te zeggen over de contracten, de betalingen. Toegeven ervan zou catastrofaal zijn... voor regeringen, overal.'

'Maar waaróm? Waarom werd die Matarese beweging gebruikt?'

'Omdat die beschikbaar was. En daardoor kon de opdrachtgever achter de schermen blijven.'

'Het is ongerijmd! Er zijn moordenaars gegrépen. Nooit is een dergelijke naam genoemd!'

'Je zou beter moeten weten, Wasili Wasiliwitsj. Je hebt zelf dezelfde tactieken gevolgd, niet verschillend van die van de Matarese beweging.'

'Wat bedoelt u?'

'Je doodt... én programmeert mensen die doden.' De oude man merkte op dat Talenjekov knikte. 'De Matarese beweging sluimerde jarenlang. Daarna kwam hij terug, maar was niet dezelfde. Het doden vond plaats zonder opdrachtgevers, zonder betalingen. Zinloze slachtingen zonder enig patroon. Belangrijke mannen werden ontvoerd en gedood; vliegtuigen gestolen of in de lucht opgeblazen, regeringen verlamd – betaling van geldsommen werd geëist of moord op grote schaal was het gevolg. De gevallen zijn verfijnder geworden, professioneler.'

'U beschrijft het werk van terroristen, Aleksie. Het terrorisme heeft geen centraal orgaan.'

De oude Istrebiteli deed nogmaals moeite om zijn hoofd te heffen. 'Nu wél! De laatste jaren wel. Bader-Meinhoff, de Rode Brigades, de Palestijnen, de Afrikaanse maniakken, ze neigen alle tot de Matarese beweging. Die doodt straffeloos. En nu brengt hij de twee supermachten in verwarring, voordat hij zijn brutaalste zet doet. Dat is de een of de ander in zijn macht te krijgen. Uiteindelijk beide.'

'Hoe weet u dat zo zeker?'

'Er is een man gepakt, met een kring op zijn borst, een soldaat van de Matarese beweging. Er werden chemische middelen toegediend iedereen moest de kamer uit, behalve mijn zegsman. Ik had hem gewaarschuwd.'

'U?'

'Laat me uitspreken. Er is een tijdschema, maar erover spreken zou betekenen het verleden erkennen. Niemand durft dat! Moskou door moord, Washington door politiek gekuip, zonodig moord. Twee, op zijn hoogst drie maanden. Alles is nu in beweging. Actie en reactie zijn op de hoogste niveaus beproefd, onbekenden zijn in de machtscentra geplaatst. Het zal spoedig gebeuren, en als het zover is, worden we vernietigd. We worden uitgeroeid, onderworpen aan het Matarese genootschap.'

'Waar is die man?'

'Dood. De chemische middelen raakten uitgewerkt. Er zat een cyaankalipil in zijn huid genaaid. Hij trok de huid open en nam hem in.'

'Sluipmoord? Politiek gekuip, moord? U moet duidelijk zijn.'

Kroepskaja's adem werd korter en hij viel weer terug op het kussen. Maar vreemd genoeg werd zijn stem vaster. 'Er is geen tijd – ik héb geen tijd. Ik heb het uit de betrouwbaarste bron van Moskou, van heel Rusland.'

'Neem me niet kwalijk, Aleksie, u was de beste, maar u bestaat niet meer. Dat weet iedereen.'

'Je moet Beowulf Agate zien te bereiken,' zei de oude Istrebiteli, alsof Wasili niets gezegd had. 'Jij en hij moeten hen vinden. Ze tegenhouden. Voordat een van de landen is overgenomen en de vernietiging van het andere gegarandeerd is. Jij en die Scofield. Jullie zijn de besten en de besten zijn nodig.'

Talenjekov keek de stervende Kroepskaja onverstoord aan. 'Dat kan niemand van me vragen. Als Beowulf Agate onder mijn ogen komt, zou ik hem doden. Zoals hij mij zou doen, als hij daartoe in staat was.'

'Je bent onbelangrijk!' De oude man moest langzaam ademen om wanhopig weer lucht in zijn longen te krijgen. 'Je hebt geen tijd voor jezelf, begrijp je dat niet? Ze zitten in onze geheime diensten, in de machtigste kringen van beide regeringen. Eens gebruikten ze jullie beiden. Ze zullen jullie weer gebruiken, en nóg eens. Ze gebruiken alleen de beste en ze zullen alleen de beste doden! Ze vermaken zich met jou, met jou en met mannen als jij!'

'Waar is het bewijs?'

'In het patroon,' fluisterde Kroepskaja. 'Ik heb er een studie van gemaakt. Ik ken het goed.'

'Welk patroon?'

'De Graz-Boerja-patronen in New York, de zeven-millimeterhulzen uit een Browning Magnum in Provasoto. Binnen een uur hadden Moskou en Washington elkaar bij de keel. Dat is de manier van de Matarese beweging. Die doodt nooit zonder bewijs achter te laten – vaak de moordenaars zelf – maar het is nooit het juiste bewijs, het zijn nooit de werkelijke moordenaars.'

'Er zijn mensen gepakt die trekkers overhaalden, Aleksie.'

'Om verkeerde redenen. Om redenen die het Matarese genootschap verschafte... Nu brengt het ons tot de rand van de chaos en omverwerping.'

'Maar waaróm?'

Kroepskaja draaide zijn hoofd om, keek hem scherp aan en verklaarde: 'Ik weet het niet. Het patroon is er, maar niet de rédenen ervoor. Dat maakt me zo bang. We moeten teruggaan om het te begrijpen. De wortels van de Matarese beweging bevinden zich op Corsica. De waanzinnige van Corsica. Het begon met hem. De Corsicaanse koorts. Guillaume de Matarese. Hij was de hogepriester.'

'Wanneer?' vroeg Talenjekov. 'Hoe lang geleden?'

'In de eerste jaren van deze eeuw. Guillaume de Matarese en zijn raad. De hogepriester en zijn ministers. Ze zijn terug. Ze moeten tegengehouden worden. Jij en Scofield!'

'Wie zijn ze?' vroeg Wasili. 'Waar zijn ze?'

'Dat weet niemand.' De stem van de oude man begon het te begeven. Hij was stervende. 'De Corsicaanse koorts. Hij verspreidt zich.'

'Aleksie, lúister naar me,' zei Talenjekov, verontrust over een mogelijkheid die niet over het hoofd gezien kon worden: de fantasieën van een stervende man konden niet ernstig genomen worden. 'Wie is die betrouwbare zegsman van u? Wie is die man die het best ingelicht is in Moskou, in heel Rusland? Hoe kwam u aan de inlichtingen die u me hebt gegeven? Over het doden van Blackburn, het VKR-verslag over Joerjevitsj? En vooral die onbekende man die over tijdschema's praat?'

Door de nevelen van zijn naderende dood om zich heen, begreep Kroepskaja het toch. Een flauwe glimlach verscheen op zijn dunne, bleke lippen. 'Om de paar dagen,' zei hij en hij deed zijn best om gehoord te worden, 'komt er een chauffeur bij me op bezoek, om me soms voor een ritje naar buiten mee uit te nemen. Soms om elkaar rustig te ontmoeten. Het is een gunst van de staat voor een gepensioneerde oude soldaat wiens naam toegelaten werd. Ik word op de hoogte gehouden.'

'Ik begrijp het niet, Aleksie.'

'De premier van de Sovjetunie is mijn bron.'

'De premier! Maar waarom jij?'

'Hij is mijn zoon.'

Talenjekov voelde een koude rilling door zich heen gaan. De openbaring verklaarde zoveel. Kroepskaja moest ernstig genomen worden. De oude Istrebiteli had de inlichtingen in zijn bezit gehad – de munitie – om allen die de opmars van zijn zoon naar het premierschap van Sovjet-Rusland in de weg stonden, uit te schakelen.

'Zou hij mij willen ontvangen?'

'Nooit. Zodra je de Matarese zou noemen, zou hij je laten doodschieten. Probeer het te begrijpen, hij zou geen keus hebben. Maar hij weet dat ik gelijk heb. Hij is het er mee eens, maar dat zal hij nooit toegeven; dat kan hij zich niet permitteren. Hij vraagt zich alleen af of hij het is of de Amerikaanse president op wie de loop gericht zal zijn.'

'Ik begrijp het.'

'Ga nu weg,' zei de stervende Kroepskaja. 'Doe wat je te doen staat, Talenjekov. Ik heb niet veel adem meer. Zoek Beowulf Agate op en vind de Matarese. Er moet een eind aan gemaakt worden. De Corsicaanse koorts mag zich niet verder verspreiden.'

'De Corsicaanse koorts?... In Corsica?'

'Misschien vind je daar het antwoord. Het is de enige plaats waar je kunt beginnen. Namen. De eerste raad! Vele jaren geleden.'

5

Een slecht functionerende kransslagader had het nodig gemaakt dat Robert Winthrop een invalidenwagentje moest gebruiken, maar verzwakte helemaal niet zijn geestelijk bewustzijn, evenmin als dat hij lang bleef stilstaan bij zijn gebrek. Hij had zijn leven in regeringsdienst gesleten. Er waren altijd problemen die hij belangrijker vond dan zichzelf.

De gasten in zijn Georgetown-huis dachten algauw niet meer aan het wagentje. De slanke figuur met de elegante gebaren en het intens geïnteresseerde gezicht deed hen denken aan de man die hij was: een energieke aristocraat die zijn privé-vermogen had gebruikt om een leven als praktiserend advocaat te gaan leiden. In plaats van aan een gebrekkige oudere staatsman met grijs dunnend haar en de nog steeds perfect geknipte snor, dacht men aan Jalta en Potsdam en een agressieve jonge man van het ministerie van buitenlandse zaken, die altijd over de stoel van Roosevelt leunde of over Trumans schouder om zijn standpunt te verduidelijken of een afwijzing voor te stellen.

Er waren velen in Washington – en in Londen en Moskou ook – die dachten dat de wereld beter zou zijn als Robert Winthrop door Eisenhower tot minister van buitenlandse baken benoemd zou zijn, maar de politieke wind was gedraaid en hij was geen geschikte keus. En later kon Winthrop niet in aanmerking komen. Hij was betrokken geraakt bij een ander regeringsterrein dat zijn volle aandacht vroeg. Hij was zonder omslag aangesteld als eerste adviseur van diplomatieke betrekkingen op het ministerie van buitenlandse zaken.

Zesentwintig jaar geleden had Robert Winthrop een keur-afdeling gevormd binnen het ministerie, genaamd Consular Operations. En na zestien jaar daaraan verbonden te zijn geweest, had hij zich teruggetrokken. Sommigen zeiden omdat hij geschrokken was om wat er van zijn schepping geworden was, anderen beweerden dat hij maar al te zeer erkende dat de nodige maatregelen genomen waren, maar dat hij er zelf niet toe kon komen om bepaalde besluiten te nemen. Niettemin had men hem gedurende de tien jaar sinds zijn vertrek voortdurend opgezocht voor advies en raad. Zoals vanavond.

Consular Operations had een nieuwe directeur. Een carrière makende inlichtingenofficier, genaamd Daniel Congdon, was overgeplaatst van een hoge positie bij de National Security Agency naar de geheime post bij buitenlandse zaken. Hij was in de plaats gekomen voor Winthrops opvolger en paste zich prachtig aan bij de harde besluiten die van Consular Operations geëist werden. Maar hij was nieuw en hij had vragen. Hij had ook een probleem met een man genaamd Scofield en wist niet goed hoe hij dat moest afdoen. Hij wist alleen dat hij een eind wilde maken aan Brandon Alan Scofield, voorgoed weg van het departement van buitenlandse zaken. Zijn acties in Amsterdam konden niet getolereerd worden; ze verrieden een gevaarlijk en onevenwichtig man. Zou hij des te gevaarlijker worden als hij niet langer onder toezicht van Consular Operations zou staan? Dat was een ernstige vraag. De man met de codenaam Beowulf Agate wist meer over het ondergrondse netwerk van buitenlandse zaken dan welke levende ziel ook. En daar Scofield jaren geleden door ambassadeur Robert Winthrop naar Washington gebracht was, ging Congdon naar de bron.

Winthrop was dadelijk bereid geweest om zich ter beschikking te stellen van Congdon, maar niet in een onpersoonlijk kantoor of werkkamer. Met de jaren had de ambassadeur geleerd dat mannen, die te maken hadden met geheime zaken, te instinctief reageerden op hun omgeving. Korte, geheimzinnige zinnen kwamen in de plaats van een vrije, wijdlopige conversatie waarin heel wat meer werd geopenbaard en gehoord. Daarom had hij de nieuwe directeur voor het diner uitgenodigd.

De maaltijd was afgelopen en er was niets belangrijks besproken. Congdon begreep het: de ambassadeur tastte het oppervlak af voordat hij dieper spitte. Maar nu was het ogenblik gekomen.

'Zullen we naar de bibliotheek gaan?' zei Winthrop en reed zijn wagentje weg van de tafel.

Eenmaal in de met boeken beklede kamer verspilde de ambassadeur geen tijd. 'U wilt dus over Brandon praten.'

'Heel graag,' antwoordde de nieuwe directeur.

'Hoe kunnen we zulke mannen danken voor wat ze gedaan hebben?' vroeg Winthrop. 'Voor wat ze verloren hebben? Het slagveld eist een verschrikkelijke tol.'

'Ze zouden daar niet zijn als ze dat niet wilden,' zei Congdon. 'Als ze het om de een of andere reden niet nodig hadden. Maar als ze er eenmaal zijn geweest en het overleefd hebben, is er een andere vraag. Wat doen we met ze? Ze zijn wandelende bommen.'

'Wat probeert u te zeggen?'

'Ik weet het niet precies, meneer Winthrop. Ik wil meer over hem weten. Wie is hij? Wat is hij? Waar kwam hij vandaan?'

'Het kind dat de vader van de man is?'

'Zoiets ja. Ik heb zijn dossier gelezen – een aantal malen in feite – maar nu moet ik met iemand praten die hem echt kent.'

'Ik weet niet of u wel zo iemand zult vinden. Brandon...' De oudere staatsman hield even op met spreken en lachte. 'Tussen twee haakjes, hij wordt Bray genoemd om redenen die ik nooit begrepen heb. Dat is iets wat hij nooit zou doen, schetteren bedoel ik.'

'Dat is een van de dingen die ik te weten ben gekomen,' interrumpeerde de directeur, die Winthrops lach beantwoordde toen hij in een leren leunstoel ging zitten. 'Toen hij een kind was had hij een jongere zuster die niet de naam Brandon kon zeggen; ze noemde hem Bray. Die naam bleef hij gewoon houden.'

'Dat moet na mijn vertrek aan het dossier zijn toegevoegd. Er zal naar ik aanneem wel veel toegevoegd zijn aan dat dossier. Maar wat zijn vrienden aangaat, of zijn gebrek aan vrienden: hij is gewoon een privé-persoon, en dat is hij nog meer sinds zijn vrouw stierf.'

Congdon zei rustig: 'Ze werd gedood, hè?'

'Ja.'

'Ze werd in feite gedood in Oost-Berlijn, volgende maand tien jaar geleden. Zo is het toch?'

'Ja.'

'En volgende maand tien jaar geleden trad u terug als directeur van Consular Operations. De hoog gespecialiseerde afdeling die u opbouwde.'

Winthrop draaide zich om, zijn ogen gericht op de nieuwe directeur. 'Wat ik ontwierp en wat zich uiteindelijk voordeed waren twee heel verschillende dingen. Consular Operations werd opgezet als een humanitair instrument, om het overlopen van duizenden van een politiek systeem dat ze ondraaglijk vonden te vergemakkelijken. Mettertijd – en de omstandigheden schenen een rechtvaardiging – werden de doelen beperkt. De duizenden werden honderden, en toen men anderen hoorde, werden de honderden gereduceerd tot tientallen. We waren niet langer geïnteresseerd in de tientallen mannen en vrouwen die zich op ons beriepen, maar zochten daarvoor in de plaats een paar mensen wier talenten en informaties van veel meer belang beschouwd werden als die van gewone mensen. De eenheid concentreerde zich op een handjevol geleerden en militairen en geheimedienstspecialisten. Zoals nu ook. Dat is niet zoals wij begonnen zijn.'

'Maar zoals u reeds aanstipte, meneer,' zei Congdon, 'de omstandigheden rechtvaardigden de verandering.'

Winthrop knikte. 'Begrijp me niet verkeerd. Ik ben niet naïef. Ik heb met Russen te maken gehad in Jalta, Potsdam, Casablanca. Ik was getuige van hun brutaliteit in Hongarije in '56 en ik zag de verschrikkingen van Tsjechoslowakije en Griekenland. Ik geloof dat ik weet waartoe de Russen in staat zijn, zoals elke strateeg in geheime dienst. En ik heb jarenlang die agressievere stemmen toegestaan met autoriteit te spreken. Ik begreep de noodzaak. Dacht u soms van niet?'

'Natuurlijk niet. Ik bedoelde alleen...' weifelde Congdon.

'U legde zomaar verband tussen de moord op Scofields vrouw en mijn aftreden,' zei de staatsman vriendelijk.

'Ja, meneer, het spijt me, het was niet mijn bedoeling mijn neus erin te steken. Het is alleen zo dat de omstandigheden...'

'Een verandering rechtvaardigden,' vulde Winthrop aan. 'Dat gebeurde zoals u weet. Ik nam Scofield in dienst. Ik weet zeker dat het in zijn dossier staat. Ik neem aan dat u daarom hier bent vanavond.'

'En dat verband?'... Congdons woorden stierven weg.

'Precies. Ik voelde me verantwoordelijk.'

'Maar er zullen vast wel andere ongelukken zijn geweest, andere mannen... en vrouwen.'

'Niet zulke, meneer Congdon. Weet u waarom Scofields vrouw uitgekozen werd om die middag in Oost-Berlijn het doelwit te zijn?'

'Ik neem aan dat het een val was die voor Scofield zelf was bedoeld. Alleen kwam zij en hij niet. Zo gaat dat.'

'Een valstrik voor Scofield? In Oost-Berlijn?'

'Hij had contacten in de Russische zone. Hij drong er dikwijls door, zette zijn eigen cellen op. Ik veronderstel dat ze hem wilden pakken met zijn lijsten van contacten. Haar lichaam werd gefouilleerd, haar beurs afgenomen. Dat is niets ongewoons.'

'U veronderstelt dat hij zijn vrouw gebruikte voor de operatie?' vroeg Winthrop.

Congdon knikte. 'Nogmaals, dat is niet ongebruikelijk, meneer.'

'Niet ongebruikelijk? Ik vrees dat het in Scofields geval onmogelijk was. Zij maakte deel uit van zijn dekking op de ambassade maar stond in de verste verte niet in verband met zijn geheime activiteiten. Nee, meneer Congdon, u hebt het mis. De Russen wisten dat ze Bray Scofield in Oost-Berlijn nooit in de val zouden krijgen. Hij was te knap, te efficiënt... te ongrijpbaar. Daarom lokten ze zijn vrouw door de grenspost en doodden haar voor een ander doel.'

'Wat zegt u?'

'Een woedend man is een onvoorzichtig man. Dat wilden de Russen bereiken. Maar evenals u, begrepen ze deze man verkeerd. Met zijn woede werd hij er opnieuw van overtuigd dat hij de vijand moest raken, op welke manier hij maar kon. Was hij brutaal professioneel vóór de dood van zijn vrouw, na die tijd was hij boosaardig.'

'Ik geloof dat ik het nog steeds niet begrijp.'

'Probeer het, meneer Congdon,' zei Winthrop. 'Tweeëntwintig jaar geleden ontmoette ik een majoor van het ministerie op de Harvard-universiteit. Een jongeman met aanleg voor talen en met een zekere autoriteit over zich die op een schitterende toekomst wezen. Hij werd via mijn bureau in dienst genomen, naar de Maxwell-school in Syracuse gestuurd en daarna in Washington geplaatst om deel uit te maken van Consular Operations. Het was een mooi begin voor een mogelijk briljante carrière bij buitenlandse zaken.' Winthrop zweeg, dwaalde af alsof hij alleen zat te mijmeren. 'Ik had nooit verwacht dat hij bij Consular Operations zou blijven. Vreemd genoeg dacht ik dat het een springplank voor hem was. Naar het corps diplomatique, naar het niveau van ambassadeur misschien. Zijn talenten schreeuwden erom aan internationale conferentietafels gebruikt te worden... Maar er gebeurde iets,' ging de staatsman verder die de nieuwe directeur weer afwezig aankeek. 'Evenals Consular Operations veranderde ook Brandon Scofield. Van hoe meer belang die hoog gespecialiseerde overlopers werden beschouwd, des te sneller nam het geweld toe. Van beide kanten. Al heel gauw verzocht Scofield om commandotraining. Hij bracht vijf maanden in Midden-Amerika door en onderwierp zich aan de meest rigoureuze overlevingstechnieken – offensief en defensief. Hij maakte zich tientallen codes en cijferschriften eigen. Hij was er zo bedreven in als welke cryptograaf in de NSA dan ook. Daarna ging hij terug naar Europa en werd dé expert.'

'Hij begreep wat er nodig was voor zijn werk,' zei Congdon, onder de indruk. 'Zeer prijzenswaardig, zou ik zeggen.'

'O, zeker,' beaamde Winthrop. 'Want, ziet u, het was gebeurd: hij had zijn richting gevonden. Er was geen terugkeer mogelijk, geen verandering. Hij zou nooit geaccepteerd worden aan een conferentietafel. Zijn aanwezigheid zou in de sterkste diplomatieke termen van de hand gewezen worden, omdat zijn reputatie gevestigd was. De briljante jonge majoor die ik voor buitenlandse zaken geworven had was nu een moordenaar. Hoe gerechtvaardigd ook, hij was een beroepsmoordenaar.'

Congdon ging verzitten in de stoel. 'Velen zouden zeggen dat hij een soldaat was in het veld, op het uitgestrekte slagveld, gevaarlijk... zonder eind. Hij moest het overleven, meneer Winthrop.'

'Dat moest hij en dat deed hij,' stemde de oude heer in. 'Scofield was in staat om te veranderen, zich aan te passen aan de nieuwe regels. Maar ik niet. Toen zijn vrouw gedood werd, wist ik dat ik er niet thuishoorde. Ik zag wat ik gedaan had: een begaafde student genomen voor een doel en dat doel was verdraaid. Net zoals de heilzame opzet van Consular Operations verdraaid was – door omstandigheden die de veranderingen rechtvaardigden waarover we spraken. Ik moest mijn eigen beperkingen onder ogen zien. Ik kon niet langer doorgaan.'

'Maar u verzocht een aantal jaren op de hoogte te worden gehouden van Scofields activiteiten. Dat staat in het dossier, meneer. Mag ik vragen waarom?'

Winthrop fronste het voorhoofd, als vroeg hij zichzelf iets af. 'Ik weet het niet precies. Een begrijpelijke belangstelling voor hem; geboeid zelfs, denk ik. Of als een soort straf, dat is niet uitgesloten. Soms bleven de rapporten dagenlang in mijn safe liggen voor ik ze las. En na Praag wilde ik ze natuurlijk niet meer toegestuurd krijgen. Dat staat zeker in het dossier.'

'Ja. Met Praag doelt u op het koeriersongeluk, neem ik aan?'

'Ja,' antwoordde Winthrop zacht. 'Ongeluk is zo'n onpersoonlijk woord, niet waar? Het paste bij Scofield in dat rapport. De beroepskiller gemotiveerd door de noodzaak te overleven, zoals een soldaat overleeft, veranderd in een moordenaar in koelen bloede slechts gedreven door wraak. De verandering was totaal.'

Weer verschoof de nieuwe directeur van Consular Operations op zijn stoel en sloeg zijn benen onrustig over elkaar. 'Er werd vastgesteld dat de koerier in Praag de broer was van de KGB-agent die de opdracht gaf Scofields vrouw te doden.'

'Het was de broer, niet de man zelf die de order gaf. Hij was een jongen, niet meer dan een koerier op laag niveau.'

'Hij zou wat anders hebben kunnen worden.'

'Waar is het einde?'

'Dat weet ik niet. Maar ik kan begrijpen wat Scofield deed. Ik weet niet of ik niet hetzelfde gedaan zou hebben.'

'Zonder gevoel voor rechtvaardigheid,' zei de oudere staatsman. 'Ik weet niet of ik het gedaan zou hebben. Ik weet ook niet of die jongeman, tweeëntwintig jaar geleden in Cambridge, het gedaan zou hebben. Kom ik duidelijk bij u over, zoals ze tegenwoordig vaak zeggen?'

'Zeer duidelijk, meneer. Maar tot mijn verdediging – en ter verdediging van de huidige Scofield – wij hebben de wereld waarin we opereren niet gemaakt. Ik geloof dat dat eerlijk gezegd mag worden.'

'Heel eerlijk, meneer Congdon. Maar u zorgt dat hij zo blijft.' Winthrop rolde zijn stoel naar zijn bureau en pakte een doos sigaren. Hij hield de doos aan de directeur voor die zijn hoofd schudde. 'Ik hou er ook niet van, maar sinds Kennedy wordt er van ons allemaal verwacht dat we een voorraadje havanna's hebben. Keurt u dat af?'

'Nee. Als ik me goed herinner was de Canadese leverancier één van Kennedy's betrouwbaarste inlichtingenbronnen over Cuba.'

'Zit u al zo lang in het werk?'

'Ik kwam bij de National Security Agency toen hij senator was... Wist u dat Scofield de laatste tijd is beginnen te drinken?'

'Ik weet niets af over de huidige Scofield, zoals u hem noemde.'

'Zijn dossier wijst op eerder gebruik van alcohol, maar er is geen bewijs van buitensporigheid.'

'Dat zou ik ook niet denken. Het zou zijn werk belemmeren.'

'Misschien hindert het nu.'

'Misschien? Het is zo of het is niet zo. Ik denk dat het niet zo moeilijk is om dat vast te stellen. Als hij veel drinkt is dat buitensporig en zou het moeten hinderen. Het spijt me het te moeten horen, maar ik kan niet zeggen dat het me verbaast.'

'O nee?' Congdon ging vooroverzitten. Het was duidelijk dat hij dacht dat hem nu de informatie gegeven zou worden die hij zocht. 'Als u hem zo goed kende, waren er tekenen van mogelijke instabiliteit?'

'Geen enkel.'

'Maar u zei dat u niet verbaasd was.'

'Dan ben ik ook niet. Van geen enkel denkend wezen zou het me verbazen als hij aan de drank ging na zo veel jaar onnatuurlijk leven. Scofield is – of was – een denkend wezen, en god weet dat hij onnatuurlijk leefde. Als iets me verbaast dan is het dat het zo lang geduurd heeft dat het hem overkwam, hem aantastte. Hoe kwam hij de nachten door?'

'Mannen beheersen zich. Zoals u zei, hij paste zich aan. Met buitengewoon succes.'

'Maar toch onnatuurlijk,' hield Winthrop vol. 'Wat gaat u met hem doen?'

'Hij wordt teruggeroepen. Ik wil hem uit het veld hebben.'

'Goed. Geef hem een bureau en een aantrekkelijke secretaresse en laat hem theoretische problemen analyseren. Is dat niet de gebruikelijke weg?'

Congdon aarzelde voor hij antwoordde: 'Meneer Winthrop, ik denk dat ik hem liever helemaal verwijder van buitenlandse zaken.'

De schepper van Consular Operations trok zijn wenkbrauwen op. 'Werkelijk? Tweeëntwintig jaar is onvoldoende voor een gepast pensioen.'

'Dat is geen probleem. Er wordt een gunstige regeling getroffen. Dat is de gewone gang van zaken tegenwoordig.'

'En wat moet hij met zijn leven doen? Hoe oud is hij? Vijf... zesenveertig?'

'Zesenveertig.'

'Nog niet rijp voor zo'n ding, hè?' zei de staatsman en raakte even een wiel van zijn rolstoel aan. 'Mag ik vragen waarom u tot dat besluit gekomen bent?'

'Ik wil hem niet in de buurt hebben van personeel dat met geheime zaken te maken heeft. Volgens onze laatste informaties legt hij vijandige reacties aan de dag tegen de grondslagen van de politiek. Hij zou een negatieve invloed kunnen hebben.'

Winthrop glimlachte. 'Iemand moet iets fraais uitgehaald hebben. Bray heeft nooit veel geduld gehad met dwazen.'

'Ik zei de grondslagen van de politiek, meneer. Het gaat niet om personen.'

'Personen, meneer Congdon, behoren tot het wezenlijke van principiële politiek. Zij maken die. Maar daarom gaat het waarschijnlijk niet helemaal... op dit punt. Waarom bent u bij me gekomen? U hebt blijkbaar uw besluit genomen. Wat kan ik daaraan toevoegen?'

'Uw oordeel. Hoe zal hij het opnemen? Kan hij vertrouwd worden? Hij weet meer van onze operaties, onze contacten, onze tactieken dan wie ook in Europa.'

Winthrops ogen werden plotseling koud. 'En wat is uw alternatief, meneer Congdon?' vroeg hij koel.

De nieuwe directeur bloosde. Hij begreep wat hier bedoeld werd. 'Toezicht, controle. Aftappen van de telefoon en controle op de post. Ik wil eerlijk tegen u zijn.'

'O ja?' Winthrop loerde nu naar de man voor hem. 'Of wacht u op een woord van mij – of een vraag – die u kunt gebruiken voor een andere oplossing?'

'Ik weet niet wat u bedoelt.'

'Ik denk van wel. Ik heb gehoord dat het nu en dan wordt gedaan, en ik vind het ontzettend. Er wordt een boodschap gestuurd naar Praag of Berlijn, of Marseille, dat een man niet langer in een goede reuk staat. Het is gebeurd met hem, afgelopen. Maar hij is rusteloos en drinkt veel. Er zouden namen van contacten onthuld kunnen worden door deze man, hele netwerken blootgelegd. In wezen gaat het verhaal rond: jullie levens worden bedreigd. Dus is men het erover eens dat iemand anders, of misschien twee of drie man, in Praag, Berlijn of Marseille op het vliegtuig stappen. Ze komen in Washington samen met maar één doel: het zwijgen opleggen aan die man die eruit ligt. Iedereen voelt zich dan meer op z'n gemak en de gemeenschap van de Amerikaanse geheime dienst ademt vrijer. Ja, meneer Congdon. Ik vind het ontzettend.'

De directeur van Consular Operations bleef bewegingloos in de stoel. Zijn antwoord klonk rustig en monotoon: 'Naar mijn beste weten, meneer Winthrop, wordt er zeer sterk overdreven gepraat over de praktijk van die oplossing. Nogmaals, ik zal heel eerlijk tegen u zijn. In vijftien jaar heb ik uitvoering ervan maar twee keer vernomen, en in beide... ongelukken... waren de agenten die uit de gratie waren niet meer te redden. Ze hadden aan de Russen verkocht, ze gaven namen door.'

'Is Scofield "niet meer te redden"? Dat is de juiste definitie, niet waar?'

'Als u bedoelt of ik denk dat hij zich laat omkopen, natuurlijk niet. Dat is het laatste wat hij zou doen. Ik kwam hier echt om meer over hem te weten te komen, dat meen ik oprecht. Hoe zal hij reageren als ik hem zeg dat hij eruit ligt?'

Winthrop zweeg, hij had verteld wat hij wilde zeggen, en fronste toen weer zijn voorhoofd. 'Ik weet het niet omdat ik de Scofield van nu niet ken. Het is nogal wat. Wat zal hij gaan doen? Is er geen tussenoplossing?'

'Als ik er een zou weten die voor ons beiden aanvaardbaar was, zou ik die meteen kiezen.'

'Als ik u was zou ik er een proberen te vinden.'

'Op het ministerie is er geen mogelijkheid,' zei Congdon vastbesloten. 'Daar ben ik zeker van.'

'Mag ik dan iets voorstellen?'

'Alstublieft.'

'Stuur hem zover weg als u maar kunt. Naar een plek waar hij een serieuze vergetelheid vindt. Stel het zelf voor. Hij zal het begrijpen.'

'Ja. Bray houdt zichzelf niet voor de gek, tenminste dat deed hij nooit. Dat was een van zijn betere eigenschappen. Hij zal er begrip voor hebben, omdat ik denk dat ik dat heb. Ik geloof dat u een stervend man beschreven hebt.'

'Daarvoor bestaat geen medische indicatie.'

'God nog aan toe,' zei Robert Winthrop.

Scofield zette de televisie uit. Hij had in geen jaren een Amerikaanse nieuwsuitzending gezien sinds hij de laatste maal teruggehaald was voor een interoperationele instructie en hij wist niet of hij er nog wel een wilde zien de eerstkomende jaren. Het was niet omdat hij vond dat al het nieuws gebracht moest worden op een zware begrafenistoon, maar het gegiechel en de wellustige blikken die gepaard gingen met beschrijvingen van brand en verkrachting kwamen hem ontoelaatbaar voor.

Hij keek op zijn horloge. Het was tien voor halfacht. Dat wist hij omdat zijn horloge tien voor halfeen aangaf; het stond nog op de Amsterdamse tijd. Zijn afspraak op buitenlandse zaken was om acht uur.

Acht uur 's avonds. Dat was gewoon voor specialisten van zijn rang, maar dat het op het ministerie zelf was, was niet de gewoonte. Attachés in algemene dienst bij Consular Operations hielden zonder uitzondering gesprekken over strategie op veilige adressen, meestal ergens buiten in Maryland, of in hotelsuites in de binnenstad van Washington.

Nooit op het ministerie. Niet voor specialisten van wie verwacht werd dat ze weer naar het veld teruggingen. Maar Bray wist nu dat hij niet naar het veld terug hoefde. Hij was maar voor één doel teruggeroepen. Het was afgelopen.

Tweeëntwintig jaar en nu lag hij eruit. Een heel korte tijd, waarin alles wat hij wist gecomprimeerd was – alles wat hij had geleerd in zich opgenomen en onderwezen. Hij bleef op zijn eigen reactie wachten, maar er was er geen. Het was alsof hij een toeschouwer was die naar de beelden van een ander keek op een witte muur, en de onontkoombare conclusie kwam nader, maar die betrok hem niet bij de gebeurtenissen toen ze plaatsvonden. Hij was alleen wat nieuwsgierig. Hoe zou het gebeuren?

De muren van het kantoor van staatssecretaris van buitenlandse zaken Daniel Congdon waren wit. Dat was een zekere troost, dacht Scofield, terwijl hij half luisterde naar Congdons opgedreunde verhaal. Hij zag de beelden. Gezicht na gezicht, tientallen, ze werden duidelijk en vervaagden snel. Gezichten van mensen die hij zich herinnerde en die hij zich niet herinnerde, starend, denkend, huilend, lachend, stervend... dood.

Zijn vrouw. Om vijf uur 's middags. Unter den Linden. Mannen en vrouwen die hardliepen en stilstonden. In de zon, in de schaduw.

Maar waar was hij? Hij was er niet.

Hij was een toeschouwer.

Opeens was hij dat niet meer. Hij wist niet of hij de woorden juist verstaan had. Wat had deze kille, efficiënte staatssecretaris gezegd? Bern, Zwitserland?

'Wat zei u?'

'De fondsen zullen op uw naam gezet worden en jaarlijks worden evenredige toewijzingen gedaan.'

'In aanvulling op het pensioen dat mij toekomt?'

'Ja, meneer Scofield. En wat dat betreft is uw indiensttreding vroeger gedateerd. U krijgt het maximum.'

'Dat is erg vriendelijk.' Dat was het ook. Met een vlugge berekening schatte Bray dat zijn inkomen meer dan $ 50 000 per jaar zou zijn.

'Zuiver praktisch. Deze fondsen zijn bedoeld om de plaats in te nemen van baten die u zou kunnen verkrijgen uit de verkoop van boeken of artikelen gebaseerd op uw activiteiten bij Consular Operations.'

'Juist,' zei Bray langzaam. 'Dat is nogal vaak gebeurd de laatste tijd, niet waar? Marchetti, Agee, Snepp.'

'Precies.'

Scofield kon het niet nalaten. De rotzakken leerden het nooit. 'Wilt u zeggen dat als u fondsen voor hen had gestort zij niet zouden hebben geschreven wat ze geschreven hebben?'

'De motieven verschillen, maar we achten de mogelijkheid niet uitgesloten.'

'Dat kunt u beter wel doen,' zei Bray kortaf. 'Ik ken twee van die mannen.'

'Wijst u het geld van de hand?'

'Om de bliksem niet. Ik neem het aan. Als ik besluit een boek te gaan schrijven, bent u de eerste die het weet.'

'Ik zou het u niet aanraden, meneer Scofield. Zulke inbreuken op de veiligheid zijn verboden. U zou vervolgd worden en jaren gevangenis zou onvermijdelijk zijn.'

'En als u het proces verloor, zouden er zekere buitenrechtelijke straffen kunnen volgen. Een schot door het hoofd terwijl ik an het verkeer deelneem, bijvoorbeeld.'

'De wet is duidelijk,' zei de staatssecretaris. 'Ik kan me zoiets niet voorstellen.'

'Ik wel. Kijk maar eens in mijn Four-zero-dossier. Ik was in training met een man in Honduras. Ik doodde hem in Madrid. Hij kwam uit Indianapolis en hij heette...'

'Ik ben niet geïnteresseerd in activiteiten uit het verleden,' interrumpeerde Congdon scherp. 'Ik wil alleen dat we elkaar begrijpen.'

'En daarover kunt u gerust zijn, ik doe geen... inbreuk op enige veiligheid. Daar heb ik geen zin in. En zo dapper ben ik ook niet.'

'Hoor eens, Scofield,' zei de staatssecretaris. Hij ging achterover zitten en hij keek vrolijk. 'Ik weet dat het afgezaagd klinkt, maar er komt voor ons allemaal een tijd dat we de actievere gebieden van ons werk moeten verlaten. Ik wil eerlijk tegen u zijn.'

Bray glimlachte, een beetje grimmig. 'Ik word altijd zenuwachtig als iemand dat zegt.'

'Wat?'

'Als hij eerlijk tegen je wil zijn. Alsof eerlijkheid het laatste is wat je zou kunnen verwachten.'

'Ik bén eerlijk.'

'Ik ook. Als u ruzie zoekt, zult u die met mij niet krijgen. Ik verdwijn rustig.'

'Maar dat hoeft van ons niet,' zei Congdon die voorover leunde met zijn ellebogen op het bureau.

'O nee?'

'Natuurlijk niet. Een man met uw achtergrond is buitengewoon waardevol voor ons. Er zullen crises blijven ontstaan. We zouden graag een beroep op uw deskundigheid willen kunnen doen.'

Scofield keek de man onderzoekend aan. 'Maar niet voor het veld.' Een verklaring. 'Niet voor de strategie.'

'Nee. Niet officieel. Natuurlijk willen we wel weten waar u woont, welke reisjes u maakt.'

'Dat zal zeker wel,' zei Bray zacht. 'Maar op papier lig ik eruit.'

'Ja. Hoewel, we maken er liever geen verslag van. Het is een Four-zero-kwestie.'

Scofield bleef stil zitten. Hij had het gevoel dat hij in het veld was en een zeer gevoelige verandering aanbracht. 'Wacht even, laat me u goed begrijpen. U wilt me officieel laten stoppen, maar dat mag niemand weten. En ofschoon ik officieel weg ben, wilt u contact houden op een permanente basis.'

'Uw kennis is van onschatbare waarde voor ons, dat weet u. En ik vind dat we ervoor betalen.'

'Waarom dan de Four-zero?'

'Ik had gedacht dat u het op prijs zou stellen. U behoudt zonder officiële verantwoordelijkheid een zekere status. U hoort nog steeds bij ons.'

'Ik zou graag willen weten waarom op deze manier.'

'Ver...' Congdon zweeg plotseling, een wat verlegen glimlach op zijn gezicht. 'We willen u echt niét kwijtraken.'

'Waarom laat u me dan stoppen?'

De glimlach verdween van het gezicht van de staatssecretaris. 'Ik zal vertellen hoe ik het zie. U kunt het laten bevestigen door een oude vriend van u als u wilt. Robert Winthrop. Ik heb hem hetzelfde verteld.'

'Winthrop? Wat hebt u hem verteld?'

'Dat ik u hier niet in de buurt wil hebben. En ik ben bereid een bedrag uit te trekken voor betaling en de indiensttreding op een vroegere datum te stellen om u eruit te krijgen. Ik heb geluisterd naar wat u verteld hebt, wat op de band werd opgenomen door Charles Englehart in Amsterdam.'

Bray floot zacht. 'Ouwe Rode Charlie. Ik had het kunnen weten.'

'Ik dacht dat u het wist. Ik dacht dat u ons een persoonlijke boodschap stuurde. Niettemin, we hebben het. We hebben veel te doen hier en uw soort stijfhoofdigheid, uw cynisme, kunnen we niet gebruiken.'

'Zo, nu weten we wat meer.'

'Maar verder is alles waar. We hébben uw deskundigheid nodig. We moeten u altijd kunnen bereiken. U moet ons kunnen bereiken.'

Bray knikte. 'En de Four-zero betekent dat mijn verwijdering zeer geheim is. In het veld weten ze niet dat ik eruit lig.'

'Precies.'

'In orde,' zei Scofield en haalde een sigaret uit zijn zak. 'Ik denk dat u zich een hoop moeilijkheden op de hals haalt door mij aan het lijntje te houden. Maar, zoals u al zei, u betaalt ervoor. Met een eenvoudige veldorder zou u hetzelfde bereiken: vergunning tot vernietiging. Speciale categorie.'

'Er zouden te veel vragen gesteld worden. Zo is het gemakkelijker.'

'Werkelijk?' Bray stak de sigaret aan, pretlichtjes in zijn ogen. 'In orde.'

'Goed.' Congdon verschoof in zijn stoel. 'Ik ben blij dat we elkaar begrijpen. U hebt alles verdiend wat we u hebben gegeven en ik weet zeker dat u het zult blijven verdienen... Vanmorgen heb ik in uw dossier gekeken. U houdt van water. Bij god, u hebt honderden contacten op uw naam staan die 's nachts in boten gemaakt werden. Waarom probeert u het niet eens overdag? U hebt het geld ervoor. Waarom gaat u bijvoorbeeld niet naar de Caribische Zee en daar van het leven genieten? Ik ben jaloers op u.'

Bray stond op van zijn stoel. De bijeenkomst was ten einde. 'Dank u, misschien doe ik dat wel. Ik hou van een warm klimaat.' Hij stak zijn hand uit. Congdon stond op en drukte hem. Terwijl ze elkaar de hand schudden vervolgde Scofield: 'Dat Four-zero-gedoe zou me zenuwachtig hebben gemaakt, weet u, als u me niet hier had laten komen.'

'Wat bedoelt u?' Hun handen omklemden elkaar nog, maar bewogen nu niet meer.

'Nou, ons eigen veldpersoneel zal niet weten dat ik weg ben, maar de Russen wel. Die zullen me nu niet lastig vallen. Als iemand als ik uit het veldwerk wordt gehaald, verandert alles. Contacten codes, cijferschriften, veilige adressen, niets blijft hetzelfde. Zij kennen de regels en zullen me met rust laten. Dank u zeer.'

'Ik geloof niet dat ik u helemaal kan volgen,' zei de staatssecretaris.

'Ach kom, ik zei dat ik u dankbaar ben. We weten beiden dat de KGB-agenten in Washington hun camera's vierentwintig uur per dag op deze plek gericht houden. Geen enkele specialist die in functie blijft wordt ooit hierheen gehaald. Sinds een uur weten ze dat ik eruit lig. Nogmaals dank, meneer Congdon. Het was attent van u.'

De staatssecretaris van buitenlandse zaken, afdeling Consular Operations, keek hoe Scofield door het kantoor liep en zichzelf uitliet.

Het was voorbij. Alles. Hij zou nooit meer terug hoeven te hollen naar een steriele hotelkamer om te zien wat voor geheime boodschap er was gekomen. Het zou niet langer nodig zijn om te regelen dat hij om van punt A naar punt B te gaan drie keer van voertuig verwisselde. Niettegenstaande de leugen tegen Congdon zouden de Russen nu wel weten dat het afgelopen was met hem. Als dat niet zo was, zouden ze het binnenkort wel weten. Na een paar maanden niet actief te zijn geweest zou de KGB het feit accepteren dat hij niet langer belangrijk was. Dat was een vaste regel. Tactieken en codes werden veranderd. De Russen zouden hem met rust laten. Ze zouden hem niet doden.

Maar de leugen tegen Congdon was nodig geweest, al was het alleen maar om de uitdrukking op zijn gezicht te zien. We willen er liever geen verslag van maken. Een Four-zero-zaak. De man was zo'n open boek! Hij geloofde werkelijk dat hij het klimaat geschapen had voor de executie van zijn eigen man, een man die hij gevaarlijk achtte. Dat een actief verondersteld agent door de Russen gedood zou worden omwille van een moord. Daarna – met verwijzing naar de officiële verwijdering – zou het ministerie van binnenlandse zaken elke verantwoordelijkheid van de hand wijzen, en zonder twijfel nadrukkelijk beweren dat de man bescherming had geweigerd.

De smeerlappen veranderden nóóit, maar ze wisten zo weinig. Een executie als doel op zichzelf had geen zin, de gevolgen vaak te gevaarlijk. Doden deed je voor een doel, om iets te weten te komen door het verwijderen van een vitale schakel in een keten, of te voorkomen dat iets gebeurde. Of om een bijzonder lesje te geven. Maar altijd met een reden.

Behalve in gevallen als Praag en zelfs dat zou als een lesje beschouwd kunnen worden. Een broer voor een vrouw.

Maar het was voorbij. Er hoefden geen strijdplannen gemaakt te worden, geen beslissingen genomen te worden die resulteerden in overlopen, over terugkomen van iemand die leefde of die niet leefde. Het was afgelopen.

Misschien kwam er nu ook zelfs een eind aan de hotelkamers. En de stinkende bedden in vervallen huizen waar kamers werden verhuurd in de slechtste buurten van honderden steden. Hij had er zo zijn buik van vol. Hij verafschuwde ze allemaal. Met uitzondering van een enkele korte periode – te kort, zo verschrikkelijk kort – had hij tweeëntwintig jaar lang nooit op een plek gewoond die hij de zijne kon noemen.

Maar die erbarmelijk korte periode, zevenentwintig maanden van een mensenleven, was lang genoeg om hem door de foltering van duizend nachtmerries heen te helpen. De herinneringen bleven hem altijd bij en ze zouden hem kracht geven tot de dag van zijn dood.

Het was maar een kleine flat in West-Berlijn, maar het was het huis van dromen en liefde en lachen, waarvan hij nooit had gedacht dat hij die zou kunnen leren kennen. Zijn mooie Karine zijn aanbiddelijke Karine. Zij met haar grote nieuwsgierige ogen en de lach die diep van binnenuit haar kwam, en de rustige ogenblikken als ze hem aanraakte. Hij was van haar en zij was van hem en...

Dood in Unter den Linden.

O god! Een telefoongesprek en een wachtwoord. Haar man had haar nodig. Wanhopig. Waarschuw iemand van de bewakingsdienst, ga de grenspost over.

Vlug!

En een KGB-zwijn had ongetwijfeld gelachen. Tot Praag. Na Praag lachte die man niet meer.

Scofield voelde de steek in zijn ogen. De paar tranen die plotseling verschenen kwamen in aanraking met de avondwind. Hij veegde ze weg met zijn handschoen en stak de straat over.

Aan de overkant was de verlichte voorgevel van een reisbureau de posters in de etalage toonden onechte lijven die zich in de zon lieten bakken. De amateur uit Washington Congdon, had in één ding gelijk: de Caribische Zee was een goed idee. Er is geen zichzelf respecterende geheime dienst die agenten naar de eilanden in de Caribische Zee stuurt om iets te winnen. Als hij op die eilanden zat, zouden de Russen weten dat hij uit de strijd was genomen. Hij had een tijdje op de Grenadines door willen brengen; waarom nu niet? Morgenvroeg zou hij...

De gestalte werd weerspiegeld in het glas, klein en onduidelijk, op de achtergrond aan de overkant van de brede straat, nauwelijks te zien. Eigenlijk zou Bray hem niet hebben opgemerkt als de man niet om de lichtbundel van een straatlantaarn was heen gelopen. Wie het ook was, hij wilde de bescherming van de schaduwen in de straat. Wie het ook was, hij volgde hem. En hij deed het goed. Er waren geen abrupte bewegingen, geen plotseling wegspringen uit het licht. De loop was nonchalant, niet opvallend. Hij vroeg zich af of het iemand was die hij had getraind.

Scofield waardeerde vakmanschap. Hij zou de man aanbevelen en hem een gemakkelijker persoon toewensen om de volgende keer in de gaten te houden. Buitenlandse zaken liet geen ogenblik verloren gaan. Congdon wilde dat er meteen gerapporteerd werd. Bray lachte. Hij zou de staatssecretaris zijn beginrapport geven. Niet het rapport dat hij wilde hebben, maar dat hij moest hebben. De vermakelijkheid begon, een kortstondige pavane tussen vakmensen. Scofield liep weg van de etalage, ging sneller lopen tot hij de hoek bereikte waar de lichtcirkels van de tegenover elkaar staande straatlantaarns elkaar overlapten. Hij sloeg plotseling linksaf, alsof hij naar de overkant van de straat terugging, daarna stopte hij halverwege het kruispunt. Hij bleef midden in het verkeer staan en keek omhoog naar het straatnaambordje: een verward man, niet zeker van waar hij was. Daarna keerde hij om en liep snel terug naar de hoek, met steeds snellere passen tot hij bijna hardliep toen hij bij het trottoir kwam. Hij liep door over de stoep tot de eerste onverlichte etalage, draaide het duister van de portiek in en wachtte.

Door de rechthoekige ruit had hij een duidelijk uitzicht op de hoek. De man die hem volgde moest nu in de overlappende kringen licht komen. Die konden niet ontweken worden. Er ontsnapte een prooi en er was geen tijd om schaduwen op te zoeken.

Zo ging het. De figuur met de overjas stormde de straat over. Zijn gezicht kwam in het licht.

Zijn gezicht kwam in het licht.

Scofield verstarde. Zijn ogen deden pijn, het bloed vloog naar zijn hoofd. Zijn hele lichaam trilde en wat er van zijn bewustzijn overbleef probeerde wanhopig de woede te bedwingen en de smart die opwelde en door hem heen schoot. De man op de hoek was niet van buitenlandse zaken, het gezicht onder de lamp was van niemand die in de verste verte maar iets met de Amerikaanse geheime dienst te maken had.

Het behoorde bij de KGB. De KGB van Oost-Berlijn!

Het was een gezicht op een van de zes foto's die hij had bekeken – bekeken tot hij elk vlekje kende, elk haarlokje – tien jaar geleden in Berlijn.

Dood in de Unter den Linden. Zijn mooie Karine, zijn aanbiddelijke Karine. In de val gelokt door een groep aan de andere kant van de grenspost, een eenheid die gevormd was door de vuilste moordenaar van Rusland. W. Talenjekov. Het beest.

Dit was een van die mannen. Van die eenheid. Een van Talenjekovs beulen.

Hier! In Washington! Een paar minuten na zijn ontslag bij buitenlandse zaken!

Dus de KGB was erachter gekomen. En in Moskou had iemand besloten een mooi slot te maken aan het einde van Beowulf Agate. Slechts één man kon met zulk een dramatische precisie denken. W. Talenjekov. Het beest.

Terwijl Bray door de ruit keek, wist hij wat hij zou gaan doen, wat hij moest doen. Hij zou een laatste boodschap naar Moskou sturen; het zou een passende deksteen zijn, een laatste gebaar, als teken van het einde van het ene leven en het begin van het andere – wat dat ook zou zijn.

Hij zou de moordenaar van de KGB in de val laten lopen. Hij zou hem doden.

Scofield stapte de portiek uit, liep hard over het trottoir en rende in een zigzagpatroon over de verlaten straat. Hij kon iemand achter zich aan horen rennen.

6

De Aeroflot-nachtvlucht uit Moskou naderde de Zee van Azov ten noordoosten van de Krim. Hij zou om één uur 's nachts aankomen in Sebastopol, over ongeveer een uur. Het vliegtuig zat vol passagiers die over het algemeen in een jubelende stemming waren, op wintervakantie van hun kantoren en fabrieken. Een klein aantal militairen, soldaten en matrozen, was minder uitbundig. Voor hen betekende de Zwarte Zee geen vakantie, maar de terugkeer naar het werken op de marine- en luchtmachtbases. Ze hadden verlof gehad in Moskou.

Op een van de achterste stoelen zat een man met een donkere, leren vioolkist stevig tussen zijn knieën. Zijn kleren waren gekreukt en onopvallend en ze pasten eigenlijk niet bij het sterke gezicht en de scherpe, heldere ogen die bij een andere verschijning leken te horen. Zijn papieren identificeerden hem als Pietre Rydoekov, musicus. Op zijn vliegpas stond de korte verklaring dat hij op weg was om zich als violist bij het Symfonie-orkest van Sebastopol te voegen.

Beide gegevens waren vals. De man was Wasili Talenjekov, meesterstrateeg van de Russische geheime dienst.

De vroegere meesterstrateeg. Ex-directeur van de KGB-operaties in Oost-Berlijn, Warschau, Praag, Riga en de zuidwestelijke sectoren die bestonden uit Sebastopol, de Bosporus, de Zee van Marmora en de Dardanellen. Die laatste post dicteerde de documenten die hem aan boord brachten van het vliegtuig naar Sebastopol. Dat was het begin van zijn vliegtocht vanuit Rusland. Er waren tientallen ontsnappingsroutes vanuit de Sovjetunie en in zijn professionele hoedanigheid had hij ze openbaar gemaakt zodra hij ze gevonden had. En hij had de agenten van het Westen die de routes organiseerden vaker wel dan niet gedood, diegenen die ontevredenen met leugens en beloften van geld verleidden om Rusland te verraden. Altijd geld. Hij had nooit geweifeld in zijn houding ten opzichte van de leugenaars en de proselietenmakers van de hebzucht. Geen ontsnappingsroute was te onbelangrijk om geen aandacht te verdienen.

Behalve één. Een onbelangrijke netwerk-route door de Bosporus en de Zee van Marmora naar de Dardanellen. Hij had hem maanden geleden al ontdekt, gedurende zijn laatste week als directeur van de KGB, afdeling zuidwestelijke Russische sectoren. Tijdens de dagen dat hij zich voortdurend geconfronteerd zag met heethoofdige dwazen op de militaire bases en ezelachtige bevelschriften van Moskou zelf.

Op dat tijdstip wist hij niet goed waarom hij hem niet openbaar maakte. Een poosje had hij zichzelf wijs gemaakt dat door de route open te laten en hem nauwkeurig in de gaten te houden, deze naar een groter netwerk zou kunnen voeren. Toch wist hij in zijn achterhoofd dat dat niet waar was.

Zijn tijd was gekomen. Hij maakte te veel vijanden op te veel plaatsen. Er zouden erbij kunnen zijn die vonden dat een rustig verblijf ten noorden van Grasnov niets was voor een man die de geheimen van de KGB in zijn hoofd had. Nu had hij nóg een geheim, angstaanjagender dan alles wat hij bij de Russische geheime dienst te weten was gekomen. Het Matarese genootschap. En dat geheim dreef hem Rusland uit.

Het was zo snel gegaan, dacht Talenjekov, die kleine slokjes van de hete thee dronk die de steward hem gebracht had. Alles was zo vlug gegaan. Het gesprek aan het bed – het doodsbed – van de oude Aleksie Kroepskaja en de verrassende dingen die de stervende man had gezegd. Sluipmoordenaars, die gestuurd waren om de elite van de natie te doden; van beide naties. Het tegen elkaar opzetten van de Sovjetunie en de Verenigde Staten tot men de een of de ander in zijn macht had. Een premier en een president, een of beiden met een wapen op zich gericht. Wie waren ze? Wat was het, deze koorts die in de eerste decennia van de eeuw in Corsica begonnen was? De Corsicaanse koorts. De Matarese beweging.

Maar hij bestond en functioneerde, levend en dodelijk. Nu wist hij het. Hij had de naam ervan genoemd en om het noemen van die naam werd een plan uitgevoerd dat om zijn arrestatie vroeg. De uitvoering daarvan zou binnenkort volgen.

Kroepskaja had hem verteld dat hij absoluut niet naar de premier kon gaan. Daarom had hij vier mensen gezocht die vroeger machtige leiders waren in het Kremlin, nu met een flink pensioen, wat betekende dat geen van hen iets durfde te doen. Hij had met elk van hen gesproken over het vreemde verschijnsel Matarese en de woorden herhaald die de stervende Istrebiteli had gefluisterd.

Eén man wist blijkbaar niets. Hij was even stomverbaasd als Talenjekov was geweest. Twee zeiden niets, maar de herkenning was in hun ogen te zien en in hun verschrikte stemmen te horen toen zij het tegenspraken. Geen van beiden wilde deelnemen aan het verspreiden van zulke waanzin. Beiden hadden ze Wasili hun huis uit gestuurd.

De laatste man, een Georgiër, was de oudste – ouder dan de gestorven Kroepskaja – en ondanks zijn kaarsrechte houding had hij nog maar weinig tijd over om daarvan nog lang te genieten. Hij was zesennegentig, had nog een wakkere geest, maar gaf snel toe aan de angst van een oude man. Bij het noemen van de naam Matarese hadden zijn magere, beaderde handen gebeefd en daarna leken er zenuwtrekken over zijn oude gerimpelde gezicht te gaan. Zijn keel werd opeens droog, zijn stem kraakte en zijn woorden waren nauwelijks te verstaan.

Het was een naam van ver terug in het verleden, had de oude Georgiër gefluisterd, een naam die niet genoemd moest worden. Hij had de eerste zuiveringen, de krankzinnige Stalin en de verraderlijke Beria overleefd, maar niemand kon de Matarese overleven. In naam van alles wat heilig was in Rusland, smeekte de dodelijk verschrikte man, blijf uit de buurt van de Matarese!

'Wij waren dwazen, maar we waren niet de enigen. Overal werden machtige mannen verleid door de aangename omstandigheid dat vijanden en hinderpalen uit de weg werden geruimd. De garantie was absoluut: de eliminaties zouden nooit een spoor kunnen laten leiden naar hen die erom verzocht hadden. De overeenkomsten werden door partijen gesloten die vier of vijf maal van personen wisselden en deelden in fictieve opbrengsten, onbekend met wat ze kochten. Kroepskaja zag het gevaar. Hij wist het. Hij waarschuwde ons in achtenveertig nooit meer contact te zoeken.'

'Waarom deed hij dat?' had Wasili gevraagd. 'Als de garantie echt was gebleken. Ik zeg dat beroepsmatig.'

'Omdat de Matarese er een voorwaarde bij stelde: het Matarese genootschap eiste het recht van keuze. Dat is wat mij verteld werd.'

'Het voorrecht van huurmoordenaars, zou ik denken,' had Talenjekov opgemerkt. 'Sommige doelwitten zijn niet geschikt.'

'Die voorkeur werd vroeger nooit gevraagd. Kroepskaja geloofde niet dat het gebaseerd was op geschiktheid.'

'Waarop dan wel?'

'Op afdwingen tot het uiterste.'

'Hoe werden de contacten gemaakt met deze raad?'

'Dat heb ik nooit geweten. Aleksie ook niet.'

'Iemand moet het toch gedaan hebben.'

'Als ze nog leven, zullen ze niets zeggen. Kroepskaja had daar gelijk in.'

'Hij noemde het de Corsicaanse koorts. Hij zei dat de antwoorden misschien in Corsica te vinden waren.'

'Dat is mogelijk. Daar is het begonnen, met de maniak van Corsica. Guillaume de Matarese.'

'U hebt nog steeds invloed op de partijleiders, meneer. Wilt u me helpen? Kroepskaja vertelde me dat deze Matarese...'

'Néé!' had de oude man geroepen. 'Laat me met rust! Ik heb al meer gezegd dan ik had moeten doen, meer toegegeven dan waartoe ik het recht had. Maar alleen om u te waarschuwen, om u tégen te houden! De Matarese kan Rusland geen goed doen. Keert u zich ervan af!'

'U hebt me verkeerd begrepen. Ik ben het die daar een eind aan wil maken. Aan hén. Deze Matarese raad. Ik heb Aleksie mijn woord gegeven dat...'

'Maar met mij hebt u niet gesproken! had de verschrompelde, eens machtige leider geschreeuwd en zijn stem klonk door zijn paniek als die van een kind. 'Ik zal altijd ontkennen dat u hier ooit bent geweest, alles ontkennen wat u zegt! U bent een vreemdeling en ik ken u niet!'

Wasili was weggegaan, verward en verslagen. Hij was naar zijn flat teruggegaan in de verwachting dat hij de nacht door zou brengen met het analyseren van het raadsel dat de Matarese was en met te proberen tot een besluit te komen wat hij verder moest doen. Zoals gewoonlijk had hij in de brievenbus gekeken. Hij was er al een stap vandaan voor het tot hem doordrong dat er iets in zat.

Het was een briefje van zijn contactman bij de VKR, geschreven in een van die duistere codes die ze onderling hadden afgesproken. De woorden waren onschuldig: een afspraak voor een laat etentje om 11.30 uur en ondertekend met een meisjesnaam. In dat heel vriendelijke van dat briefje lag de betekenis verborgen. Er was een probleem van de hoogste orde. Het gebruik van *elf* betekende noodgeval. Er mocht geen tijd verloren gaan met contact zoeken. Zijn vriend zou op de gebruikelijke plaats op hem wachten.

Hij was daar geweest. In een *piva kafe* bij de Lomonosov Staatsuniversiteit. Het was een kroeg die paste bij wat de studenten zich nu konden veroorloven. Ze waren achter in de hal gegaan. Zijn contactman kwam direct ter zake.

'Bereid je plannen voor, Wasili, je staat op hun lijst. Ik begrijp het niet, maar dat is het bericht.'

'Vanwege die jood?'

'Ja, en dat is onzin! Toen die idiote persconferentie in New York gehouden werd, hebben wij van het district erom gelachen. We noemden het "Talenjekovs verrassing". Er was zelfs een afdelingshoofd van Groep Negen die zei dat hij bewondering had voor wat je gedaan had; dat je die wilde aardappeleters een lesje gegeven had. En gisteren veranderde alles ineens. Wat jij gedaan had, was niet langer een grap, maar eerder een ernstige aantasting van de principiële politiek.'

'Gisteren?' had Wasili zijn vriend gevraagd.

'Laat in de middag. Na vier uur. Die teef van een directeur marcheerde als een bronstige gorilla door de kantoren. Ze kreeg de lucht van een verkrachting door een bende en dat vond ze heerlijk. Ze zei tegen elke man van de afdeling om vijf uur op haar kantoor te zijn. Toen we daar kwamen en luisterden, was het niet te geloven. Het was of jij persoonlijk verantwoordelijk was voor elke tegenslag die we de laatste twee jaar gehad hebben. Die idioten van Groep Negen waren er ook, maar de sectiechef niet.'

'Hoeveel tijd heb ik?'

'Drie, hoogstens vier dagen. Er wordt belastend materiaal tegen jou verzameld. Maar in stilte, niemand hoeft iets te zeggen.'

'Gisteren?...'

'Wat is er gebeurd, Wasili? Dit is geen VKR-operatie. Het is iets anders.'

Het was ook iets anders en Talenjekov had het onmiddellijk herkend. Die dag van gisteren was de dag dat hij bij de twee voormalige Kremlinleiders was geweest die hem uit hun huis gezet hadden. Dat andere was de Matarese.

'Eens zal ik het je vertellen, vriend,' had Wasili geantwoord. 'Vertrouw me.'

'Natuurlijk. Je bent de beste die we hebben. De beste die we ooit gehad hebben.'

'Juist nu heb ik zesendertig, misschien achtenveertig uur nodig. Heb ik die?'

'Dat denk ik wel. Ze willen je kop, maar ze zullen voorzichtig zijn. Ze zullen zich zo veel mogelijk documenteren.'

'Dat denk ik ook wel. Ze willen een mooie grafrede houden. Dank je wel. Je hoort wel van me.'

Wasili was niet naar zijn flat teruggegaan, maar in plaats daarvan naar zijn kantoor. Hij had uren in het donker gezeten en was tot zijn buitengewone besluit gekomen. Uren geleden zou het nog ondenkbaar zijn geweest, maar nu niet. Als de Matarese beweging de hoogste niveaus van de KGB kon corrumperen, kon ze hetzelfde in Washington doen. Als alleen het noemen van die naam de dood van een meesterstrateeg van zijn rang vereiste – en daar ging niets van af: de dood was het doel – dan was de macht die ze had onvoorstelbaar. Als ze werkelijk verantwoordelijk was voor de moorden op Blackburn en Joerjevitsj, had Kroepskaja gelijk. Er was een tijdschema. De mannen van de Matarese naderden, de premier of de president kwam binnen schootsafstand.

Hij moest een man zoeken die hij verafschuwde. Hij moest Brandon Alan Scofield vinden, de Amerikaanse moordenaar.

's Morgens had hij een aantal raderen in beweging gezet, het ene na het andere. Met zijn gebruikelijke – al was het beperkte – beslissingsvrijheid, liet hij rustig weten dat hij vermomd naar de Oostzee reisde voor een conferentie. Daarna zocht hij in de registers van de beschermde musici en vond de naam van een violist die zich vijf jaar tevoren in het Oeralgebergte had teruggetrokken. Die was wel geschikt. Tenslotte had hij de computers laten zoeken naar een aanwijzing van de verblijfplaats van Brandon Scofield. De Amerikaan was verdwenen in Marseille, maar in Amsterdam was een voorval geweest dat onmiskenbaar het teken van Scofields deskundigheid droeg. Wasili had een bericht in cijferschrift naar een agent in Brussel gestuurd, een man die hij kon vertrouwen omdat hij zijn leven bij meer dan één gelegenheid had gered.

Benader Scofield, neutrale status. Amsterdam. Contact moet gelegd. Verplicht. Blijf bij hem. Bericht over situatie in zuidwestelijke sector-codes.

Alles was snel verlopen en Talenjekov was dankbaar voor de jaren die het mogelijk maakten voor hem om vlug tot besluiten te komen. Sebastopol was minder dan een uur. In Sebastopol – en verder – die jaren van harde ervaringen zouden op de proef gesteld worden.

Hij nam een kamer in een hotelletje aan de Tsjersonesoes-boulevard en belde een toestel op het KGB-hoofdkwartier dat niet met een recorder was verbonden. Hij had het zelf geïnstalleerd.

VKR-Moskou had nog geen berichten verzonden waarin voor hem gewaarschuwd werd, zo veel kon hij wel opmaken uit de warme begroeting door het hoofdkwartier. Een oude vriend was weer terug. Dat gaf Wasili de vrijheid die hij nodig had.

'Om de waarheid te zeggen,' zei hij tegen de officier van de nachtdienst, een vroegere assistent, 'hebben we nog steeds problemen met de VKR. Ze hebben zich weer ergens mee bemoeid. Misschien krijg je telefonische verzoeken om inlichtingen. Je hebt van mij niets gehoord, akkoord?'

'Dat is geen probleem zo lang je je hier niet laat zien. Je belde het goede toestel. Ben je ondergedoken?'

'Ja. Ik zal je niet lastig vallen met mijn verblijfplaats. We zitten met een koeriersonderzoek, konvooien trucks in de richting van Odessa en daarna naar het zuiden naar de bergen. Het is een CIA-netwerk.'

'Dat is gemakkelijker dan met vissersboten door de Bosporus. Tussen twee haakjes, past Amsterdam in je plannen?'

Talenjekov was verrast. Hij had van zijn man daar niet zo vlug een reactie verwacht. 'Misschien. Wat heb je?'

'Het kwam twee uur geleden. Zo lang duurde het om het te ontcijferen. Onze cryptograaf – de man die je uit Riga meebracht – herkende een oude code van jou. We zouden het met de ochtendzending naar Moskou sturen.'

'Doe dat niet,' zei Wasili. 'Lees het me voor.'

'Wacht even.' Er werd in papieren gesnuffeld. 'Hier is het: *Beowulf uit de kring verwijderd. Storm trekt over Washington. Zal krachtens order gevolgd worden en neutraal contact opleveren. Telegraafinstructies naar depot hoofdstad.* Dat is het.'

'Dat is genoeg,' zei Talenjekov.

'Het klinkt indrukwekkend, Wasili. Een neutraal contact? Je hebt denk ik een overloper van hoog niveau aan de haak. Goed zo. Houdt het verband met je onderzoek?'

'Dat denk ik,' loog Talenjekov. 'Maar zeg niets. Hou de VKR erbuiten.'

'Met plezier. Moeten we telegraferen voor je?'

'Nee,' antwoordde Wasili. 'Dat kan ik wel. Het is routine. Ik zal je vanavond bellen. Laten we zeggen om halftien; dan heb ik tijd genoeg. Vertel mijn oude vriend uit Riga dat ik langs ben geweest. Maar aan niemand anders. En welbedankt.'

'Laten we eens gaan dineren als je onderzoek afgelopen is. Het is fijn dat je weer terug bent in Sebastopol.'

'Ik vind het ook fijn om hier weer te zijn. We praten nog wel.' Talenjekov hing op en concentreerde zich op de boodschap uit Amsterdam. Scofield was teruggeroepen naar Washington, maar de omstandigheden waren niet normaal. Beowulf Agate had ernstige moeilijkheden met buitenlandse zaken. Dat feit alleen was genoeg om een agent uit Brussel op een transatlantische achtervolging te sturen, ondanks de hoge kosten. Een neutrale status was een wapenstilstand voor een ogenblik, een wapenstilstand die meestal betekende dat er iemand iets radicaals ging doen. En als er ook maar in de verste verte de mogelijkheid bestond dat de legendarische Scofield over zou kunnen lopen, was geen risico te groot. De man die Beowulf Agate binnenbracht, zou de hele Russische geheime dienst aan zijn voeten vinden.

Maar overlopen was niet mogelijk voor Scofield... evenmin als het dat voor hemzelf was. De vijand was de vijand, dat zou nooit veranderen.

Wasili pakte de telefoon weer op. Er was een 's nachts te bereiken nummer in het Lazarev-district aan de kust, door Griekse en Iraanse zakenlieden gebruikt om hun telegrammen naar de kantoren in hun eigen land te zenden. Als hij de juiste woorden gebruikte, zou voorrang gegeven worden boven het gewone telegraafverkeer. Binnen enkele uren zou zijn telegram het 'hoofdstedelijke station' bereiken. Het was een hotel aan Nebraska Avenue in Washington D.C.

Hij zou Scofield op neutraal terrein ontmoeten, ergens waar geen van beiden voordeel kon putten uit de lokatie. In de vertrekhal van een luchthaven waar de veiligheidsmaatregelen het strengst waren, West-Berlijn of Tel Aviv, dat deed er niet toe. De afstand was onbelangrijk. Maar ze moesten elkaar ontmoeten en Scofield moest overtuigd worden van de noodzaak van die ontmoeting. De cijfercode naar Washington gaf de agent uit Brussel de opdracht het volgende aan Beowulf Agate over te brengen.

> We hebben in bloed gehandeld dat ons beiden zeer dierbaar was. Om eerlijk te zijn ik meer dan u, maar u kon dat niet weten. Nu is er iemand anders die ons verantwoordelijk zou willen stellen voor de internationale slachting op een schaal waarvoor wij geen van beiden kunnen tekenen. Ik opereer buiten de autoriteiten om, en alleen. We moeten onze meningen uitwisselen, hoe afschuwelijk het ook voor ons beiden mag zijn. Kies een neutrale plek, binnen een bewaakt luchthavencomplex. Ik stel voor El Al in Tel Aviv of de Duitse binnenlandse vrachtlijn in West-Berlijn. Deze koerier weet hoe geantwoord moet worden.
> Mijn naam is u bekend.

Het was bijna vier uur in de morgen voor hij zijn ogen sloot. Hij had in bijna drie dagen niet geslapen en toen de slaap kwam, was die diep en lang. Hij was naar bed gegaan voor er enig teken van de zon was aan de oostelijke hemel en hij ontwaakte een uur nadat hij in het westen ondergegaan was. Dat was goed. Zijn geest en zijn lichaam hadden de rust nodig gehad. Naar de plek in Sebastopol waar hij heen moest, kon je het best 's avonds gaan.

Het duurde drie uur voordat de dienstdoende officier bij de KGB was. Het was eenvoudiger om niemand anders op het hoofdkwartier erbij te betrekken. Hoe minder mensen het wisten dat hij in de stad was, hoe beter. Natuurlijk wist de cryptograaf het, die had het verband opgemaakt uit de cijfercode uit Amsterdam. Maar die man zou niets vertellen. Talenjekov had hem opgeleid, hem als briljante jongeman uit de eenvoudige omgeving van Riga naar het vrijere leven in Sebastopol gebracht.

De tijd kon goed benut worden, dacht Wasili. Hij zou eten en daarna de passage regelen in het scheepsruim van een Grieks vrachtschip dat de zee recht over zou steken, dan de zuidkust volgen door de Bosporus en verder naar de Dardanellen. Als een van de Griekse of Iraanse eenheden die betaald werden door de CIA of de SAVAK hem herkende – en dat was mogelijk – zou hij geheel professioneel zijn. Als vorige directeur van de KGB-afdeling had hij deze ontsnappingsroute om persoonlijke redenen niet openbaar gemaakt. Als echter een musicus genaamd Pietre Rydoekov binnen twee dagen niet opbelde naar Sebastopol, was bekendmaking gegarandeerd en zouden KGB-represailles volgen. Het zou een schande zijn. Andere bevoordeelde mannen zouden de route later willen gebruiken, en hun talenten en inlichtingen zouden het waard zijn.

Talenjekov trok de onopvallende, slecht passende overjas aan en zette zijn deukhoed op. Hij voegde er nog een bril met een stalen montuur aan toe en een slungelachtige houding. Hij controleerde zijn verschijning in de spiegel en was tevreden. Hij pakte de leren vioolkoffer op. Die vervolmaakte zijn vermomming, want geen musicus liet zijn instrument in een vreemde hotelkamer liggen. Hij ging naar de deur, de trap af – er was ook nooit een lift – en naar buiten, de straten van Sebastopol in. Hij zou naar de kust lopen, hij wist waar hij heen moest gaan en wat hij moest zeggen.

Er kwam mist opzetten vanaf de zee, de flarden kronkelden door de stralen van de schijnwerpers op de pier. Er was overal activiteit terwijl het ruim van het vrachtschip werd geladen. Reusachtige kranen zwaaiden kabels waar enorme goederenwagons aan gehaakt waren over de rand van het schip. De laadbemanningen waren Russen met Griekse opzichters. Er liepen soldaten rond, de wapens nonchalant over de schouder, zinloze patrouilles die er meer in geïnteresseerd waren naar de machines te kijken dan om op onregelmatigheden te letten.

Als ze het wilden weten, peinsde Wasili, terwijl hij de officier bij de ingang naderde, kon hij het ze vertellen. De onregelmatigheden zaten in de reusachtige containers die boven de romp van het schip werden gehesen. Mannen en vrouwen verpakt in snippers karton, waar nodig met buisjes van de mond naar luchtgaten; er was opdracht gegeven om blaas en ingewanden tevoren te legen; dat kon pas weer na middernacht als ze op zee waren.

De officier bij de toegang was een jonge luitenant die zich verveelde bij zijn werk, de irritatie stond op zijn gezicht te lezen. Hij keek dreigend naar de bebrilde, slungelige oude man voor hem.

'Wat wilt u? De pier is verboden gebied tenzij u een pas hebt.' Hij wees op de vioolkist. 'Wat is dat?'

'Mijn levensonderhoud, luitenant. Ik ben bij het Symfonie-orkest van Sebastopol.'

'Ik was me er niet van bewust dat er havenconcerten op het programma stonden.'

'Uw naam, alstublieft?' zei Wasili terloops.

'Wat?'

Talenjekov verhief zich in zijn volle lengte, het slungelige verdween langzaam maar duidelijk. 'Ik vroeg u uw naam, luitenant.'

'Waarvoor?' De officier was iets minder vijandig. Wasili zette de bril af en keek streng in zijn verwonderde ogen.

'Voor een aanbeveling of een berisping.'

'Waar hebt u het over? Wie bent u?'

'KGB-Sebastopol. Dit maakt deel uit van ons inspectie-programma van de kustlijn.'

De jonge luitenant weifelde beleefd. Hij was niet gek. 'Ik vrees dat het mij niet verteld werd, meneer. Ik moet u vragen u te legitimeren.'

'Als u dat niet deed, zou dat de eerste berisping worden,' zei Talenjekov die de KGB-kaart uit zijn zak haalde. 'De tweede zou komen als u over mijn verschijnen hier vanavond spreekt. Uw naam alstublieft.'

De luitenant zei hem en voegde eraan toe: 'Verwachten jullie hier moeilijkheden?' Hij bekeek de plastic kaart en gaf hem terug.

'Moeilijkheden?' Talenjekov glimlachte. Zijn ogen stonden vrolijk en samenzweerderig. 'De enige moeilijkheid, luitenant, is dat ik beroofd ben van een heerlijk diner in gezelschap van een dame. Ik geloof dat de nieuwe directeuren in Sebastopol zich verplicht voelen hun roebels te verdienen. Jullie doen goed werk, dat weten ze, maar ze willen het niet erkennen.'

Opgelucht lachte de officier terug. 'Dank u, meneer. We doen ons best in een saai baantje.'

'Maar zeg er niets over dat ik hier ben geweest, daar zijn ze streng op. Twee officieren van de wacht werden verleden week gerapporteerd.' Wasili glimlachte weer. 'In het stilzwijgen van de directeur ligt hun echte veiligheid. Hun baan.'

De luitenant grinnikte. 'Ik begrijp het. Hebt u een wapen in die kist?'

'Nee. Eigenlijk is het een heel goede viool. Ik wou dat ik erop kon spelen.'

Beide mannen knikten bewust. Talenjekov ging verder naar de pier, de mengelmoes van machines, havenarbeiders en opzichters. Hij zocht naar één opzichter in het bijzonder, een Griek uit Kavalla, genaamd Zaimis. Wat betekende dat hij een man zocht die uit Griekenland stamde en wiens moeders naam Zaimis was, maar die een Amerikaanse staatsburger was.

Karras Zaimis was een CIA-agent, voorheen chef van de post in Saloniki, nu veldhelper van de ontsnappingsroute. Wasili kende het gezicht van de agent van verscheidene foto's die hij uit de dossiers van de KGB had gehaald. Hij keek naar de gestalten in de mist en de schijnwerpers en hij kon de man niet ontdekken. Talenjekov baande zich een weg langs haastige vorkheftrucks en ploegen kankerende arbeiders naar de reusachtige vrachtloods. Binnen de enorme ingesloten ruimte was het licht gedimd, de schijnwerpers met draadroosters te hoog bij de zoldering om veel effect te hebben. Lichtbundels uit zaklantaarns gingen kriskras over de containers. Mannen controleerden nummers. Wasili vroeg zich even af hoeveel talent er zat in die goederenwagons, hoeveel inlichtingen uit Rusland meegenomen werden. Eigenlijk van geen van beide erg veel, dacht hij. Dit was een kleinere ontsnappingsroute. Voor belangrijker talent en voor dragers van geheime kennis werd voorzien in gerieflijker accommodaties.

Met zijn slungelige gang en zijn bril slordig op zijn neus passeerde hij beleefd een Griekse opzichter die ruziede met een Russische arbeider. Hij liep naar de achterkant van het pakhuis, voorbij stapels karton en paden die vol stonden met kisten, en bekeek de gezichten van degenen die de zaklantaarns vasthielden. Hij raakte geërgerd, hij had geen tijd te verliezen. Waar was Zaimis? Er was geen verandering in zijn status geweest. Het vrachtschip was de boodschapper, de agent nog het contact. Hij had elk rapport dat vanuit Sebastopol verstuurd was. Er was geen enkele vermelding van de ontsnappingsroute. Waar wás hij?

Plotseling voelde Talenjekov een pijnlijke schok toen de loop van een wapen heftig tegen zijn rechternier werd gestoten. Sterke vingers grepen in de losse stof van zijn overjas en klauwden in het vlees onderaan zijn borstkas; hij werd een verlaten pad ingeduwd. In het Engels werden rauwe woorden gefluisterd.

'Ik zal niet de moeite nemen om Grieks te spreken of te proberen om me in het Russisch verstaanbaar te maken. Ik heb gehoord dat je Engels even goed is als van wie dan ook in Washington.'

'Ik denk beter dan van de meesten,' zei Wasili door zijn tanden.

'Zaimis?'

'Nooit van gehoord. We dachten dat je weg was uit Sebastopol.'

'Ben ik ook. Waar is Zaimis? Ik moet Zaimis spreken.'

De Amerikaan negeerde de vraag. 'Je hebt lef, dat moet ik toegeven. Er is in deze buurt niemand van de KGB.'

'Weet je dat zeker?'

'Heel zeker. We hebben daar een troep nachtuilen. Die kunnen in het donker zien. Ze zagen jou. Een violist, jezus!'

'Kijken ze naar het water?'

'Dat doen zeemeeuwen.'

'Jullie zijn goed georganiseerde vogels.'

'En jij bent niet zo briljant als iedereen zegt. Wat dacht je daar te doen? Een kleine persoonlijke verkenning?'

Wasili voelde dat de greep op zijn ribben minder werd, hoorde toen het gedempte geluid van een voorwerp dat uit rubber getrokken wordt. Een flesje serum. Een naald.

'Niet doen!' zei hij vastberaden. 'Doe dat niet! Waarom denk je dat ik hier alleen ben. Ik wil weg!'

'Dat is precies wat er gebeuren gaat. Als ik moest raden waarheen, zou ik zeggen een jaar of drie in een ondervragingshospitaal ergens in Virginia.'

'Néé. Je begrijpt het niet. Ik moet contact zoeken met iemand. Maar niet op dié manier.'

'Vertel dat maar aan die aardige dokters. Ze luisteren naar alles wat je zegt.'

'Er is geen tijd!' Er was geen tijd. Talenjekov kon voelen dat de man zijn gewicht verplaatste. Binnen enkele seconden zou een naald zijn kleren doorboren en in zijn vlees gaan. Op deze manier kon het niet gaan! Hij kon niet officieel onderhandelen met Scofield!

Niemand mag iets zeggen. Het zou rampzalig zijn om toe te geven... voor regeringen in allerlei landen... De Matarese beweging.

Als hij in Moskou vernietigd kon worden, zouden de Amerikanen zich niet tweemaal bedenken om hem tot zwijgen te brengen.

Wasili hief zijn rechterschouder – een gebaar van pijn door het wapen tegen zijn nier. Het was plotseling verder in zijn rug gedrukt – een reactie op de beweging. In dat onderdeel van een seconde lag het drukpunt van de hand met het wapen op de palm niet op de wijsvinger. Talenjekovs beweging was daarop berekend.

Hij draaide naar links, zijn arm boog naar boven en kwam met geweld neer op de elleboog van de Amerikaan, klemde hem tegen zijn heup tot de onderarm kraakte. Hij duwde de vingers van zijn rechterhand tegen de keel van de man en kneusde de luchtpijp. Het wapen viel op de grond, het gekletter ging verloren in het geraas van het pakhuis. Wasili pakte het op en schoof de CIA-agent tegen een goederenwagoncontainer. In zijn pijn hield de Amerikaan de onderhuidse naald krom in zijn linkerhand; de naald viel ook op de grond. Zijn ogen waren glazig, maar ze konden nog wel iets waarnemen.

'Zo, nu luister je naar mij,' zei Talenjekov, met zijn gezicht tegen Zaimis' gezicht. 'Ik weet al bijna zeven maanden over die Operatie Dardanellen. Ik weet dat je Zaimis bent. Je zit in het middelmatige verkeer. Je bent niet onbelangrijk, maar dit is niet de reden dat ik je niet kapot schoot. Ik dacht dat je me eens van nut zou kunnen zijn. Die tijd is gekomen. Je kunt het wel of niet accepteren.'

'Talenjekov afvallig?' zei Zaimis en hield zijn keel vast. 'Dat kan helemaal niet. Je bent Russisch vergif, een dubbelspion, maar geen overloper.'

'Je hebt gelijk. Ik loop niet over. En als dat ondenkbare idee ooit in mijn hoofd op zou komen, zou ik eerder in contact treden met de Britten of met de Fransen dan met jou. Ik zei dat ik Rusland uit wil, niet het verraden.'

'Je liegt,' zei de Amerikaan, die zijn hand naar beneden liet glijden over de revers van zijn dikke jasje. 'Je kunt gaan waar je wilt.'

'Op het ogenblik niet, vrees ik. Er zijn moeilijkheden.'

'Wat heb je gedaan, ben je kapitalist geworden? Ben je er vandoor gegaan met een paar zakken vol geld?'

'Kom nou, Zaimis. Wie van ons heeft niet een kistje met geld? Vaak legitiem gestorte bedragen kunnen vastgezet worden. Waar is het jouwe? Athene betwijfel ik en Rome is te onstabiel. Ik denk Berlijn of Londen. Het mijne is heel gewoon in deposito-certificaten bij de Chase Manhattan in New York City.'

De uitdrukking van de CIA-man bleef passief, zijn duim stak achter zijn jasrevers. 'Dus je bent gepakt,' zei hij afwezig.

'We verknoeien tijd!' blafte Wasili. 'Breng me naar de Dardanellen. Vandaar kom ik zelf wel verder. Als je het niet doet, als er hier op de verwachte tijd in Sebastopol niet opgebeld wordt, dan is je operatie afgelopen. Je zult...'

Zaimis' hand schoot omhoog naar zijn mond, Talenjekov greep de vingers van de agent en draaide ze met geweld naar buiten. Op de duim van de Amerikaan zat een tabletje geplakt.

'Jij verdomde gék! Wat ga je doen?'

Zaimis huiverde, de pijn was folterend. 'Ik ga liever zo dan in de Loebjanka-gevangenis.'

'Jij ezel! Als er iemand naar de Loebjanka gaat, ben ik dat! Omdat er idioten als jij aan hun bureaus zitten in Moskou. En gekken – zoals jij – die liever een tabletje nemen dan naar de waarheid luisteren! Jij wilt sterven, ik zal je wel helpen. Maar zorg eerst dat ik naar de Dardanellen kom!'

De agent ademde met moeite en staarde Talenjekov aan. Wasili liet zijn hand los en pakte het tabletje van Zaimis' duim.

'Jij meent het, niet waar?' zei Zaimis.

'Ik meen het. Wil jij me helpen?'

'Ik heb niets te verliezen,' zei de agent. 'Jij gaat met de vrachtvaarder mee.'

'Denk eraan. Er moet hier bericht ontvangen worden vanuit de Dardanellen. Als dat niet gebeurt, is het met jou gedaan.'

Zaimis zei niets, daarna knikte hij. 'Goed. Wij doen een ruilhandel.'

'Wij ruilen,' gaf Talenjekov toe. 'Kun je me nu naar een telefoon brengen?'

In het pakhuis waren twee telefoons geplaatst door de Russen en ongetwijfeld werden ze gecontroleerd op aftappen door de SAVAK en de CIA, dacht Wasili. Ze zouden steriel zijn en hij kon spreken. De Amerikaan nam de telefoon op toen Talenjekov net klaar was met draaien. Op dat moment sprak Wasili.

'Ben jij het, oude kameraad?'

Dat was hij en dat was hij niet. Het was niet de chef van het station met wie hij eerder had gesproken, maar in plaats daarvan de cryptograaf die Talenjekov jaren geleden in Riga opgeleid had en naar Sebastopol gebracht. De stem van de man klonk zacht en bezorgd.

'Onze wederzijdse vriend werd naar de codekamer geroepen; dat was zo geregeld. Ik zei dat ik op je telefoon zou wachten. Ik moet je direct spreken. Waar ben je?'

Zaimis stak zijn hand uit en zijn gekneusde vingers grepen de microfoon van Wasili's telefoon. Talenjekov schudde zijn hoofd ondanks het feit dat hij de cryptograaf vertrouwde, was het niet zijn bedoeling de vraag te beantwoorden.

'Dat doet er niet toe. Kwam het telegram van het "depot"?'

'Er kwam nog heel wat meer, oude vriend.'

'Maar kwám het?' vroeg Wasili met nadruk.

'Ja, maar het is in een cijferschrift waar ik nog nooit van gehoord heb. Niet iets dat jij en ik ooit eerder gebruikten. Noch gedurende onze jaren in Riga, noch hier.'

'Lees het me voor.'

'Er is nog iets ánders,' hield de codeman vol, nu op emotionele toon. 'Ze zoeken je openlijk. Ik heb het telegram naar Moskou gestuurd voor bevestiging en verbrandde het origineel. Het zal binnen twee uur terug zijn. Ik kan het niet geloven. Ik wil het niet geloven!'

'Rustig maar. Wat is het?'

'Er is een waarschuwing uitgegaan voor jou van de Oostzee tot de Mantsjoerijse grens.'

'De VKR?' vroeg Wasili, geschrokken maar beheerst. Hij verwachtte dat Groep Negen snel zou handelen, maar niet zó vlug.

'Niet alleen de VKR. De KGB en alle geheime afdelingen die we hebben! En ook alle militaire eenheden. Overal. Jij bent het niet over wie het hebben, dat kan niet. Ik geloof het niet!'

'Wat zeggen ze dan?'

'Dat je de staat hebt verraden. Je moet gegrepen worden, maar je hoeft niet in hechtenis genomen te worden en helemaal niet ondervraagd. Je moet... geëxecuteerd worden... zonder uitstel.'

'Juist,' zei Talenjekov. En hij begreep het. Hij verwachtte het. Het was niet de VKR. Het waren machtige mannen die hem een naam hadden horen zeggen die niemand mocht horen. De Matarese.

'Ik heb niemand verraden. Geloof me.'

'Ja. Ik ken je.'

'Lees me het telegram van het "depot" voor.'

'Goed. Heb je een pen? Het lijkt onzin.'

Wasili haalde zijn pen uit zijn zak. Er lag papier op tafel. 'Ga je gang.'

De man sprak langzaam en duidelijk als volgt: 'Uitnodiging Kasimir. Schrankenwarten vijf goals'... De cryptograaf stopte; Talenjekov kon door de telefoon stemmen horen in de verte. 'Ik kan niet verder gaan. Er komen mensen aan,' zei hij.

'Ik móet de rest van het telegram hebben!'

'Over een halfuur. Het Amar Magazin. Daar zal ik zijn.' De verbinding werd verbroken.

Wasili sloeg met zijn vuist op tafel en legde de hoorn neer. 'Ik móet het hebben,' herhaalde hij in het Engels.

'Wat is het Amar Magazin? De kreeftenwinkel?' vroeg de CIA-man.

'Een visrestaurant aan de Kerenskistraat, ongeveer zeven blokken van het hoofdkwartier. Niemand die Sebastopol kent gaat erheen, het eten is er afschuwelijk. Maar het is geschikt voor wat hij me probeerde te vertellen.'

'Wat is het?'

'Altijd als de cryptograaf me bepaald binnengekomen materiaal wilde laten bekijken vóór anderen het zagen, stelde hij voor me in het Amar te ontmoeten.'

'Kwam hij niet gewoon naar je kantoor om te praten?'

Talenjekov keek de Amerikaan aan. 'Je weet wel beter.'

De agent keek Wasili strak aan. 'Ze willen je zelfs dood, hè?'

'Het is een reusachtige vergissing.'

'Dat is altijd zo,' zei Zaimis met gefronst voorhoofd. 'Vertrouw je hem?'

'Je hebt het gehoord. Wanneer vaar je uit?'

'Om halftwaalf. Over twee uur. Ongeveer op dezelfde tijd dat de bevestiging uit Moskou verwacht wordt.'

'Ik zal er zijn.'

'Dat weet ik,' zei de agent. 'Want ik ga met je mee.'

'Wat?'

'Ik heb bescherming daar in de stad. Natuurlijk wil ik mijn pistool terug. En het jouwe. We zullen zien hoe graag je door de Bosporus wilt.'

'Waarom wil je dat?'

'Ik heb zo'n idee dat je van je onvoorstelbare idee terugkomt. Ik wil je aanbrengen.'

Wasili schudde langzaam zijn hoofd. 'Er verandert nooit iets. Dat zal niet gebeuren. Ik kan je nog steeds ontmaskeren en je weet niet hoe. En door jou te ontmaskeren blaas ik je Zwarte Zee-netwerk op. Het herstel zou jaren vergen. Het is altijd een kwestie van tijd, niet waar?'

'We zullen zien. Wil je naar de Dardanellen?'

'Natuurlijk.'

'Geef me het pistool,' zei de Amerikaan.

Het restaurant was vol, de schorten van de diensters zo vuil als het zaagsel op de vloer. Talenjekov zat alleen bij de rechter achterwand, Zaimis twee tafels verder in gezelschap van een Griekse handels-zeeman, betaald door de CIA. Aan de rimpels op het gezicht van de Griek was zijn minachting voor deze omgeving te zien. Wasili nipte ijs-wodka die hielp de smaak van de vijfderangs kaviaar te camoufleren.

De cryptograaf kwam binnen, kreeg Talenjekov in de gaten en zocht zich een weg tussen diensters en klanten door naar het tafeltje. Zijn ogen achter de dikke brilleglazen drukten tegelijkertijd vreugde en angst uit, en duizend en een onuitgesproken vragen.

'Het is allemaal zo onvoorstelbaar,' zei hij en ging zitten. 'Wat hebben ze je aangedaan?'

'Ze doen zichzelf wat aan,' antwoordde Wasili. 'Ze willen niet luisteren, ze willen niet horen wat gezegd moet worden, waar een eind aan gemaakt moet worden. Dat is alles wat ik je kan zeggen.'

'Maar ze eisen je executie! Het is onvoorstelbaar!'

'Maak je geen zorgen, oude vriend. Ik kom terug – en, zoals dat heet – in ere hersteld.' Talenjekov glimlachte en legde zijn hand op de arm van de man. 'Vergeet dit nooit. Er zijn goede en fatsoenlijke mensen in Moskou, die meer gebonden zijn aan hun land dan aan hun eigen angsten en ambities. Ze zullen er altijd zijn, en dat zijn de mensen die ik zal bereiken. Ze zullen me welkom heten en me bedanken voor wat ik gedaan heb. Geloof dat... Zo, het gaat om minuten. Waar is het telegram?'

De cryptograaf deed zijn hand open. Het papier lag netjes opgevouwen in zijn handpalm. 'Ik wou het weggooien als dat nodig was. Ik ken de woorden.' Hij gaf het codeschrift aan Wasili.

Angst beving Talenjekov toen hij de boodschap uit Washington las.

Uitnodiging Kasimir. Schrankenwarten vijf goals, Unter den Linden.
Przseslvac nul. Praag. Herhaal tekst. Nul. Naar believen herhalen. Nul.
Beowulf Agate

Toen hij klaar was met lezen, fluisterde de vroegere meesterstrateeg van de KGB: 'Er verandert nooit iets.'

'Wat is het?' vroeg de cryptograaf. 'Ik heb het niet begrepen. Het is een code die we nooit gebruikt hebben.'

'Je zou het ook niet kunnen begrijpen,' antwoordde Wasili met boosheid en droefheid in zijn stem. 'Het is een combinatie van twee codes. Een van ons en een van hen. De onze uit de tijd in Oost-Berlijn, de hunne uit Praag. Dit telegram werd niet door onze man uit Brussel verstuurd. Het werd verzonden door een moordenaar die niet zal ophouden te doden.'

Het gebeurde zo vlug dat er slechts seconden overbleven om te reageren en de Griekse zeeman bewoog het eerst. Zijn verweerde gezicht was naar de binnenkomende klanten gekeerd. Hij blies de woorden uit: 'Pas op! Daar heb je ze!' Talenjekov keek op, de cryptograaf draaide zich om in zijn stoel. Op zeven meter afstand stonden in een pad met diensters twee mannen die niet waren gekomen om te eten. Hun gezichten stonden gespannen, hun blikken schoten heen en weer door de ruimte. Ze zochten de tafels af, maar niet naar vrienden.

'O god,' fluisterde de cryptograaf, die zich weer tot Wasili wendde. 'Ze vonden de telefoon en luisterden hem af. Daar was ik al bang voor.'

'Ze volgden je, ja,' zei Talenjekov en keek naar Zaimis die half op was gestaan van zijn stoel, de idioot. 'Ze weten dat we vrienden zijn en je wordt in de gaten gehouden. Maar ze vonden de telefoon niet. Als ze zeker wisten dat ik hier was, zouden ze binnenvallen met een stuk of tien soldaten. Ze zijn van de districts-VKR. Ik ken ze. Rustig nu, zet je hoed af en glip van je stoel. Loop naar de achtergang, naar het herentoilet. Daar is een achteruitgang, weet je nog?'

'Ja, ja, ik weet het,' brabbelde de man. Hij stond op met gebogen schouders en wilde naar de nauwe gang een paar tafeltjes verder lopen.

Maar hij was een theoreticus, geen man van het veld en Wasili vervloekte zichzelf dat hij geprobeerd had hem instructies te geven. Een van de VKR-mannen kreeg hem in de gaten en kwam naar voren. De diensters in het pad duwde hij opzij.

Toen zag hij Talenjekov en de hand schoot in de opening van zijn jasje naar een verborgen wapen. Terwijl hij dat deed, liep de Griekse zeeman plotseling slingerend weg van zijn stoel, waggelde heen en weer en zwaaide met zijn armen als iemand die te veel wodka op heeft. Hij sloeg tegen de VKR-man aan die hem probeerde weg te duwen. De Griek deed of hij een beledigde dronkaard was en duwde terug, met zo'n kracht dat de Rus over een tafeltje sloeg. Borden en eten vielen op de grond.

Wasili sprong op, rende langs zijn oude vriend uit Riga en trok hem naar de smalle gang. Toen zag hij de Amerikaan. Zaimis stond weer, met zijn pistool in de hand. Idioot!

'Doe dat ding weg!' schreeuwde Talenjekov. 'Laat het niet zien...'

Het was te laat. Er klonk een schot door de geluiden van de chaos die meteen aangroeiden tot een hels lawaai. De CIA-man greep met beide handen naar zijn borst terwijl hij viel, het hemd onder zijn jasje was plotseling doordrenkt met bloed.

Wasili greep de cryptograaf bij zijn schouder en trok hem door de nauwe gang. Er klonk een tweede schot. De codeman boog zich stuiptrekkend, zijn benen tegen elkaar. Zijn hals was opengebarsten. Hij was door zijn nek geschoten.

Talenjekov dook naar de vloer van de gang, stomverbaasd over wat nu volgde. Hij hoorde een derde schot en daarna een schrille kreet die door de kakofonie van gegil drong. De Griekse zeeman rende woest door de ingang met een automatisch pistool in zijn hand.

'Is er een achteruitgang hier?' brulde hij in gebroken Engels. 'We moeten rennen. Die eerste vent is weggegaan. Er komen er nog meer!'

Talenjekov krabbelde overeind en beduidde de Griek hem te volgen. Samen renden ze door een deur een keuken in die vol stond met verschrikte koks en diensters, en van daaruit een steegje in. Ze gingen linksaf en renden door een doolhof van donkere verbindingssteegjes tussen de oude gebouwen door tot ze de buitenwegen van Sebastopol bereikten.

Ze bleven bijna twee kilometer doorrennen. Wasili kende de stad op zijn duimpje, maar de Griek riep wanneer ze af moesten slaan. Toen ze een gedempt verlichte straat inliepen, greep de zeeman Talenjekov bij de arm. De man was buiten adem.

'Hier kunnen we even uitrusten,' zei hij naar lucht happend. 'Ze zullen ons niet vinden.'

'Het is geen plekje waar je meteen gaat zoeken,' gaf Wasili toe, en keek naar de rij nette flatgebouwen.

'Verstop je altijd in een nette buurt,' zei de zeeman. 'De bewoners zijn afkerig van ruzies en ze geven je meteen aan. Dat weet iedereen en dus kijken ze niet op zulke plaatsen.'

'Je zei dat we even kunnen blijven,' zei Talenjekov. 'Ik weet niet waar we daarna heen moeten. Ik heb tijd nodig om na te denken.'

'Zie je dan af van het schip?' vroeg de Griek. 'Dat dacht ik al.'

'Ja. Zaimis had papieren bij zich. Wat erger was, hij had mijn pistool. De VKR zal binnen een uur over de kades zwermen.'

De Griek keek naar Wasili in het gedempte licht. 'Dus de grote Talenjekov vlucht uit Rusland. Hij kan alleen blijven als lijk.'

'Niet uit Rusland, alleen weg van bange mannen. Maar ik moet wel weg – een poosje. Ik moet alleen bekijken hoe.'

'Er is een manier,' zei de handelaar-zeeman simpelweg. 'We gaan in de richting van de noordwestkust, dan naar het zuiden de bergen in. Over drie dagen ben je in Griekenland.'

'Hoe dan?'

'Er is daar een konvooi vrachtwagens dat eerst naar Odessa gaat...'

Talenjekov zat op de harde bank achterin de truck. Het eerste licht van de dag drong door de golvende lappen zeildoek dat de zijkanten bedekte. Straks zouden hij en de anderen onder de vloer moeten kruipen, en bewegingloos en zwijgend op een verborgen rand tussen de assen moeten blijven, terwijl ze de volgende grenspost passeerden. Maar over ongeveer een uur konden ze zich uitrekken en lucht inademen die niet stonk naar olie en vet.

Hij haalde de codeboodschap uit Washington uit zijn zak, het telegram dat al drie levens had gekost.

Uitnodiging Kasimir. Schrankenwarten vijf goals, Unter den Linden.
Przseslvac nul. Praag. Herhaal tekst. Nul. Naar believen herhalen. Nul.
Beowulf Agate

Twee codes. Eén betekenis.
Met zijn pen schreef Wasili die betekenis onder de code.

Kom en pak me zoals je een ander pakte bij een controlepost om vijf uur Unter den Linden. Ik heb je koerier laten praten en gedood, evenals een andere koerier in Praag. Herhaal: Kom. Ik zal je doden.
Scofield

Behalve het brutale besluit van de Amerikaanse moordenaar was het schrikaanjagendste aspect van Scofields telegram het feit dat hij niet langer in dienst van zijn land stond. Hij was verwijderd uit de geheime dienst. En gezien wat hij had gedaan en de ziekelijke krachten die hem ertoe dreven het te doen, was de verwijdering ongetwijfeld wreed. Want geen regeringsfunctionaris zou een koerier vermoorden onder de omstandigheden waaronder deze bijzondere Russische contactman zich bevond. Hoe het ook zij, Scofield was een beroeps.

De donkere wolken die boven Washington hingen, waren catastrofaal geweest voor Beowulf Agate. Ze hadden hem vernietigd. Zoals de dreiging boven Moskou een meesterstrateeg genaamd Talenjekov had vernietigd.

Het was vreemd, het grensde aan het macabere. Twee vijanden die elkaar minachtten waren door de Matarese beweging uitgekozen als de eersten van hun dodelijke lokeend-karweitjes en schijnbewegingen, zoals de oude Kroepskaja het had uitgedrukt. Een van de vijanden wist het echter maar; de andere niet. Hij was er alleen in geïnteresseerd om oude wonden open te halen en weer bloed te laten vloeien.

Wasili stopte het papier in zijn zak en ademde diep. De komende dagen zouden vol zetten en tegenzetten zijn, twee specialisten die op elkaar jaagden tot de onvermijdelijke confrontatie.

Mijn naam is Talenjekov. We zullen elkaar doden of met elkaar praten.

7

Staatssecretaris van buitenlandse zaken Daniel Congdon sprong uit zijn stoel op, de telefoon in zijn hand. Sinds zijn eerste tijd bij de NSA had hij geleerd dat fysieke beweging op een kritiek moment een manier was om een uitbarsting te bedwingen. En beheersing was de sleutel tot alles in zijn beroep, tenminste de schijn ervan. Hij luisterde toe terwijl zijn crisis-toestand verwoord werd door een boze minister van buitenlandse zaken.

Godverdomme, híj werd in bedwang gehouden.

'Ik heb de Russische ambassadeur persoonlijk ontmoet en we zijn het er beiden over eens dat het incident niet openbaar mag worden. Het gaat er nu om Scofield te pakken.'

'Weet u zéker dat het Scofield was, meneer? Ik kan het niet gelóven!'

'Laten we zeggen dat we, tot hij onweerlegbaar bewijst dat hij er duizend kilometer vandaan was, aan moeten nemen dat het Scofield wel móest zijn. Niemand anders van de geheime diensten zou zo'n daad begaan hebben. Dat is ondenkbaar.'

Ondenkbaar? Ongelóóflijk. Het lichaam van een dode Rus bezorgd door de poort van de Russische ambassade op de achterbank van een gele taxi, om halfnegen 's morgens in het spitsuur van het Washingtonse verkeer. En een chauffeur die absoluut niets anders wist dan dat hij twéé dronken kerels had opgepikt, niet één – hoewel de een er erger aan toe was dan de ander. Wat was er in 's hemelsnaam met die andere vent gebeurd? Degene die zo te horen een Rus was, een hoed droeg en een zonnebril en zei dat het zonlicht te fel was na een hele nacht wodka. Waar was hij? En was de kerel op de achterbank in orde? Hij zag er smerig uit.

'Wie was die man, meneer de minister?'

'Hij was een officier van de Russische geheime dienst, gestationeerd in Brussel. De ambassadeur was openhartig; de KGB wist niet dat hij in Washington was.'

'Een overloper misschien?'

'Er is geen enkel bewijs om dat te ondersteunen.'

'Wat verbindt hem dan met Scofield? Behalve de manier van verzenden en afleveren.'

De minister van buitenlandse zaken zweeg even en antwoordde toen voorzichtig: 'U moet begrijpen, meneer Congdon, de ambassadeur en ik hebben een unieke verhouding die al tientallen jaren duurt. We zijn vaker ongedwongen bij elkaar dan diplomatiek. Altijd met de afspraak dat niets van wat we beiden zeggen zwart op wit komt.'

'Dat begrijp ik, meneer,' zei Congdon, die besefte dat officieel nooit verwezen zou kunnen worden naar het antwoord dat gegeven zou worden.

'De inlichtingenofficier in kwestie was lid van de KGB-eenheid in Oost-Berlijn. Ik neem aan, gezien uw recente besluiten, dat u op de hoogte bent met Scofields dossier.'

'Zijn vrouw?' Congdon ging zitten. 'De man was een van degenen die Scofields vrouw doodden?'

'De ambassadeur maakte geen toespeling op Scofields vrouw, hij noemde alleen het feit dat de dode tien jaar geleden deel uitgemaakt had van een betrekkelijk autonome afdeling van de KGB in Oost-Berlijn.'

'Die afdeling werd beheerd door een strateeg genaamd Talenjekov. Hij gaf de orders.'

'Ja,' zei de minister. 'We praatten nogal uitvoerig over de heer Talenjekov en het latere voorval in Praag. We zochten naar het verband waar u net over sprak. Misschien is dat er.'

'Hoe dan, meneer?'

'Wasili Talenjekov verdween twee dagen geleden.'

'Verdwéén?'

'Ja, meneer Congdon. Denkt u dat eens in. Talenjekov hoorde dat hij officieel gepensioneerd zou worden, ging in een eenvoudige maar effectieve dekking en verdween.'

'Scofield is ook uitgerangeerd...' Congdon sprak zacht, meer tot zichzelf dan in de telefoon.

'Precies,' gaf de minister toe. 'De overeenkomst is onze onmiddellijke zorg. Twee teruggetrokken specialisten die zich nu toeleggen op wat ze niet officieel konden doen of nastreven. Elkaar doden. Ze hebben overal contacten, mannen die hen trouw zijn om een aantal redenen. Hun persoonlijke vete zou voor beide regeringen ongedachte problemen kunnen opleveren gedurende deze kostbare maanden van verzoening. Dit mag niet gebeuren.'

De directeur van Consular Operations fronste zijn voorhoofd. Er was iets mis met de conclusies van de minister. 'Ik heb zelf met Scofield gesproken, drie dagen geleden. Hij leek niet verteerd door boosheid of wraak of iets dergelijks. Hij was een vermoeide veldagent die lang... abnormaal... geleefd had. Jarenlang. Hij vertelde dat hij gewoon weg wilde en ik geloofde hem. Ik heb trouwens met Robert Winthrop over Scofield gepraat en hij dacht net zo over hem. Hij zei...'

'Winthrop weet niéts,' interrumpeerde de minister van buitenlandse zaken met onverwachte scherpte. 'Robert Winthrop is een briljant man, maar hij heeft nooit de betekenis van een vergelijking begrepen, behalve dan in de zuiverste vormen. Denkt u er wel aan, meneer Congdon, Scofield heeft die geheime agent uit Brussel gedood.'

'Misschien waren er omstandigheden die wij niet kenden.'

'O ja?' Weer zweeg de minister en toen hij sprak was de betekenis achter zijn woorden onmiskenbaar. 'Als er zulke omstandigheden zijn, dan geef ik toe dat we een potentieel gevaarlijker situatie hebben dan een persoonlijke vete zou kunnen veroorzaken. Scofield en Talenjekov weten meer over de operaties van beide inlichtingendiensten dan welke twee andere mensen ter wereld. We moeten niet toelaten dat ze met elkaar in aanraking komen. Noch als vijanden die erop uit zijn elkaar te doden, noch wegens omstandigheden die we niet kennen. Ben ik duidelijk genoeg, meneer Congdon? Als directeur van Consular Operations is het uw verantwoordelijkheid. Hoe u die verantwoordelijkheid uitoefent, is mijn zaak niet. Misschien hebt u een man die niet te redden is. Dat moet u uitmaken.'

Daniel Congdon bleef onbeweeglijk zitten toen hij de klik hoorde aan de andere kant van de lijn. Gedurende al zijn dienstjaren had hij nooit zo'n slecht verbloemde en toch duistere opdracht ontvangen. Over de taal kon getwist worden, over het bevel niet. Hij legde de hoorn op de haak en pakte een andere op de linkerkant van zijn bureau. Hij drukte op een knop en draaide drie cijfers. 'Interne veiligheid,' zei een mannenstem.

'Dit is staatssecretaris Congdon. Pak Brandon Scofield op. U hebt de informatie. Breng hem onmiddellijk hier.'

'Een ogenblik, meneer,' antwoordde de man beleefd. 'Ik geloof dat er een paar dagen geleden een opsporingsbevel voor Scofield binnen is gekomen. Laat me even de computer raadplegen. Alle gegevens zijn er.'

'Een paar dagen geleden?'

'Ja, meneer. Het is nu op het scherm. Scofield heeft zijn hotel om ongeveer elf uur 's avonds op de zestiende verlaten.'

'De zestiende? Vandaag is het de negentiende.'

'Ja, meneer. Er is geen tijd verlopen voor zover het het bevel betreft. De directie lichtte ons binnen een uur in.'

'Waar is hij?'

'Hij liet twee toekomstige adressen achter, maar geen data. Het adres van een zuster in Minneapolis en een hotel in Charlotte Amalie, St. Thomas, op de Virgin Islands van de Verenigde Staten.'

'Zijn ze gecontroleerd?'

'Voor alle nauwkeurigheid wel, meneer. Er woont een zuster in Minneapolis en het hotel in St. Thomas heeft een vooruitbetaalde reservering voor Scofield op de zeventiende. Het geld werd overgemaakt vanuit Washington.'

'Dan is hij daar dus.'

'Vanmiddag nog niet, meneer. Er is een routinegesprek gevoerd. Hij is niet aangekomen.'

'En de zuster?' onderbrak Congdon.

'Die is ook gebeld. Ze bevestigde het feit dat Scofield haar opgebeld heeft en zei dat hij langs zou komen, maar hij zei niet wanneer. Ze voegde eraan toe dat het niet ongewoon was. Het was normaal voor hem ongeregelde bezoeken af te leggen. Ze verwachtte hem in de loop van de week.'

De directeur van Consular Operations voelde de drang om weer op te staan, maar hij onderdrukte die. 'Wilt u me vertellen dat u echt niet weet waar hij is?'

'Meneer Congdon, er is een surveillance-twee van kracht op de ontvangen rapporten, niet op voortdurend visueel contact. We zullen meteen overgaan op niveau één. Minneapolis zal geen probleem zijn, maar de Virgin Islands misschien wel.'

'Waarom?'

'We hebben daar geen betrouwbare bronnen, meneer. Niemand.' Daniel Congdon stond op van zijn stoel. 'Laat me proberen u te begrijpen. U zegt dat Scofield op niveau twee gevolgd wordt, hoewel mijn instructies duidelijk waren. Zijn verblijfplaats moest te allen tijde bekend zijn. Waarom werd er geen niveau één uitgevaardigd? Waarom werd er géén voortdurend visueel contact gehandhaafd?'

De man van Interne Veiligheid antwoordde weifelend: 'Het is niet mijn besluit, meneer, maar ik denk dat ik het wel begrijp. Als een niveau één voor Scofield was bevolen, zou hij het in de gaten hebben gekregen en... nou, dan zou alleen het tegengestelde gebeuren en zou hij ons misleiden.'

'Wat denkt u verdomme dat hij net gedáán heeft? Zorg dat u hem vindt! Rapporteer uw vorderingen elk uur aan dit kantoor!' Congdon ging kwaad zitten, legde de hoorn zo hard neer dat de bel rinkelde. Hij staarde naar het apparaat, pakte weer op en draaide weer.

'Overzeese Verbindingen, juffrouw Andros,' zei de vrouwenstem.

'Juffrouw Andros, dit is staatssecretaris Congdon. Stuurt u alstublieft direct een codespecialist naar mijn bureau. Classificatie Code A, hoogste veiligheid en voorrang.'

'Een spoedgeval, meneer?'

'Ja, juffrouw Andros, een spoedgeval. Het telegram zal binnen een halfuur verzonden worden. Maak alle lijnen vrij naar Amsterdam, Marseille... en Praag.'

Scofield hoorde de voetstappen in de gang en stond op uit de stoel. Hij liep naar de deur en gluurde door het rondje in het midden. De gestalte van een man kwam voorbij. Hij bleef niet stilstaan bij de deur aan de overkant van de gang, de ingang naar de kamers in gebruik bij de koerier van Talenjekov. Bray ging terug naar de stoel en ging zitten. Hij leunde met zijn hoofd tegen de leuning en staarde naar het plafond.

Het was drie dagen en drie nachten geleden dat hij de boodschapper van Talenjekov gepakt had – drie nachten geleden koerier tien jaar daarvoor moordenaar in Unter den Linden. Het was een vreemde nacht geweest, een gekke race met een finish die anders had kunnen aflopen.

De man zou nog hebben kunnen leven. Het besluit om hem te doden verloor geleidelijk zijn dringende noodzakelijkheid voor Bray, zoals zo veel niet meer urgent was. De koerier had het zichzelf op de hals gehaald. De Rus was in paniek geraakt en had een tien centimeter lang stuk ijzer, zo scherp als een scheermes, uit de hoek van de hotelstoel getrokken en had aangevallen. Zijn dood was het gevolg van Scofields reactie. Het was geen moord met voorbedachten rade.

Er veranderde nooit veel. De KGB-koerier was door Talenjekov gebruikt. De man was ervan overtuigd dat Beowulf Agate naar hun kant kwam en de Rus die hem meebracht zou de glanzendste medaille van Moskou krijgen.

'Je bent bedrogen,' had Bray de koerier verteld.

'Onmogelijk!' had de Rus gegild. 'Het is Talenjekov!'

'Dat is het zeker. En hij kiest de man van Unter den Linden om contact te zoeken, een man wiens gezicht, dat weet hij, ik nooit vergeten zal. De grootste kans was dat ik mijn zelfbeheersing zou verliezen en je doden. In Washington. Ik ben ontdekt en kwetsbaar... En jij bent beetgenomen.'

'Je hebt het mis! Het is een neutraal contact!'
'In Oost-Berlijn ook, smeerlap.'
'Wat ga je doen?'
'Wat van mijn overlooppremie verdienen. Jij doet mee.'
'Nee!'
'Ja.'
De man was op Scofield afgesprongen.

Drie dagen waren voorbijgegaan sinds dat gewelddadige ogenblik, drie ochtenden sinds Scofield het pak had afgeleverd bij de ambassade en het codebericht naar Sebastopol gestuurd. Nog was er niemand door de hal naar de deur gekomen en dat was niet normaal. De suite werd verhuurd door een makelaarskantoor in Bern in Zwitserland, om ter beschikking te staan voor zijn 'hoge functionarissen'. De gewone gang van zaken voor internationale zakenlieden en bovendien een doorzichtige dekmantel voor een Russische val.

Bray had de zaak geforceerd. Het codebericht en het lijk van de koerier moesten iemand wel prikkelen tot het doorzoeken van de suite. Toch had niemand het gedaan. Het had geen zin.

Al was het telegram gedeeltelijk niet waar. Hij trad alléén op. Als dat het geval was, was er maar één verklaring: de Russische moordenaar was eruit gezet en voordat hij zich terugtrok ergens in de buurt van Grasnov, had hij besloten om een bestaande schuld te vereffenen.

Hij had gezworen dat na Praag te doen. De boodschap was duidelijk geweest: Ik krijg je, Beowulf Agate. Op zekere dag, op zekere plaats. Ik zal ervoor zorgen dat je de laatste adem uitblaast.

Een broer voor een vrouw. De man voor de broer. Het was wraak die wortelde in minachting en die minachting duurde altijd voort. Er zou voor geen van beiden rust zijn, voordat het einde voor één van hen kwam. Het was beter om dat nu te weten, dacht Bray liever dan het te ontdekken op een drukke straat of een verlaten stuk strand, met een mes in je zij of een kogel door het hoofd. De dood van de koerier was een ongeluk, die van Talenjekov zou dat niet zijn. Er zou geen vrede zijn tot ze bijeenkwamen, en dan zou de dood komen – hoe dan ook. Het was nu zaak om de Rus uit te horen. Hij had de eerste zet gedaan. Hij was de jager, die rol stond vast.

De strategie was klassiek: de sporen duidelijk bepaald voor de jager om ze te volgen en op het gekozen ogenblik – het minst verwachte – zouden er geen sporen meer zijn, de jager verrast, ontdekt – de val sloeg dicht.

Talenjekov kon, evenals Bray, overal heen reizen waar hij wilde, met of zonder officiële toestemming. Met de jaren hadden beiden zo veel maniertjes geleerd. Er was een overvloed van valse papieren te koop, honderden mannen waren bereid om hen te helpen met verbergen of vervoeren, beschermen of wapens, van alles. Er waren in principe slechts twee dingen nodig: identiteit en geld. Daaraan had hij noch Talenjekov gebrek. Beide gingen samen met het beroep, de identiteiten vanzelfsprekend, het geld wat minder – vaker wel dan niet het gevolg van het oponthoud door bureaucratisch uitstel bij het overmaken van de gevraagde sommen. Elke specialist die zijn rang waard was, had zijn eigen geldbronnen. Betalingen werden overdreven, gelden onttrokken en gedeponeerd in stabiele gebieden. Het doel was niet diefstal of rijkdom, alleen overleving. Een man in het veld hoefde maar een of twee keer zijn vingers te branden om te leren dat het nodig was economische steuntjes te hebben.

Bray had rekeningen onder verschillende namen in Parijs, München, Londen, Genève en Lissabon. Rome en het Oostblok werden gemeden. De Italiaanse schatkist was een gekkenhuis en het bankwezen in de oostelijke satellietlanden was corrupt.

Scofield dacht zelden aan het geld dat hij uit mocht geven. In zijn achterhoofd had hij de gedachte dat hij het op zekere dag terug zou geven. Als de roofzuchtige Congdon niet zo te koop had gelopen met zijn eigen aanvechtingen en de officiële ambtsbeëindiging niet zo gecompliceerd had gemaakt, zou Bray de volgende morgen bij hem binnengelopen zijn en hem de bankboekjes gegeven hebben.

Nu niet. De daden van de staatssecretaris sloten dat uit. Je gaf geen honderdduizenden dollars aan een man die jouw uitschakeling probeerde te regelen terwijl hij zelf buiten schot bleef. Dat was een zeer professionele opvatting. Scofield moest er weer aan denken hoe die jaren geleden tot zijn hoogtepunt was gekomen door de moordenaars van de Matarese beweging. Maar zij waren huurmoordenaars. Zulken waren er in eeuwen niet geweest, sinds de tijd van Hassan Ibn-al-Sabbah. Er zou er nooit meer zo een zijn, en iemand als Daniel Congdon was een flauwe afschaduwing.

Congdon. Scofield lachte en haalde zijn sigaretten uit zijn zak. De nieuwe directeur van Consular Operations was niet gek en alleen een gek zou hem onderschatten, maar hij had de mentaliteit van de upper-ten in Washington die zo veel voorkwam bij de geheime dienst. Hij begreep niet echt wat het was voor een man om in het veld te zijn. Hij kon het misschien wel verwoorden, maar hij zag niet de eenvoudige lijn van actie en reactie. Er waren er maar weinigen die het begrepen, of wilden begrijpen. Erkennen betekent toegeven dat je weet van een abnormaliteit bij een ondergeschikte zonder wiens functie het ministerie – of de dienst – niet kon. Heel eenvoudig, pathologisch gedrag was een volmaakt normale manier van leven voor een veldwerker en er werd geen bijzondere aandacht aan besteed. De man te velde accepteerde het feit dat hij een crimineel was voordat hij enige criminaliteit had begaan. Daarom nam hij bij de eerste aanduiding van activiteit maatregelen om zichzelf te beschermen voor er iets gebeurde. Dat was een tweede natuur.

Bray had dat zojuist gedaan. Terwijl de koerier van Talenjekov in de kamer in het hotel aan Nebraska Avenue had gezeten, had Scofield een aantal telefoongesprekken gevoerd. Het eerste was met zijn zuster in Minneapolis. Hij zou binnen enkele uren naar het middenwesten vliegen en over één of enkele dagen zou ze hem zien verschijnen. Het tweede was naar een vriend in Maryland die aan diepzeevissen deed en een kamer vol opgezette slachtoffers en trofeeën aan de wanden had. Waar was er een goed plekje in het Caribisch gebied waar hij op korte termijn terecht kon? De vriend had een vriend in Charlotte Amalie. Hij bezat een hotel en hield altijd twee of drie kamers vrij voor zulke noodgevallen. De visser uit Maryland zou hem bellen voor Bray.

Dus zou hij de avond van de zestiende feitelijk op weg zijn naar het middenwesten of het Caribisch gebied. Beide meer dan 2400 kilometer van Washington – waar hij onopgemerkt kon blijven en de hotelkamer tegenover de hal van de Russische schuilplaats niet zou verlaten.

Hoe dikwijls had hij jongere, minder ervaren agenten die les niet ingehamerd? Ontelbare keren. Een man die stilstaat in een menigte was moeilijk waar te nemen.

Maar de zaak werd met het uur ingewikkelder. Alle mogelijke verklaringen moesten onderzocht worden. Het meest voor de hand lag dat de Rus een sluimerende schuilplaats had geactiveerd die hem en zijn koerier bekend was. Instructies konden rustig naar Bern gezonden worden, de hotelsuite per telegram gehuurd. Het zou weken duren voor de inlichtingen tot Moskou door zouden dringen – één schuilplaats onder duizenden in de hele wereld.

Als dat zo was – en het was misschien de énige verklaring – werkte Talenjekov niet alleen in zijn eentje, dan handelde hij in strijd met KGB-belangen. Zijn vendetta was niet langer trouw aan zijn regering, als die term tenminste nog iets betekende. Voor Scofield niet veel. Het was de enige verklaring. Anders zou de suite aan de andere kant van de hal krioelen van de Russen. Ze zouden misschien vierentwintig of zesendertig uur wachten om de FBI-surveillance na te gaan, maar langer niet. Er waren genoeg manieren om aan het toezicht van de FBI te ontsnappen.

Bray had het gevoel dat hij gelijk had, een instinct dat door de jaren heen ontwikkeld was tot een hoogte dat hij er onvoorwaardelijk in geloofde. Nu moest hij zich in Talenjekovs plaats stellen, denken zoals Wasili Talenjekov zou denken. Dat was zijn bescherming tegen een mes in de rug of een kogel uit een zwaarkaliber geweer. Het was de manier om het tot een goed einde te brengen en niet elke dag door te hoeven brengen met zich af te vragen wat er zich in de schaduw ophield. Of in de drukke straten. De KGB-man had geen keus: het was zijn zet en het moest in Washington gebeuren. Je begon met de fysische verbinding en dat was de schuilplaats aan de overkant van de hal. Het was een kwestie van dagen, misschien van uren, dat Talenjekov naar Dulles Airport zou vliegen en de jacht zou beginnen.

Maar de Rus was niet gek. Hij zou niet in de val lopen. Voor hem in de plaats zou er een ander komen, iemand die niets wist, die betaald was om een onwetende lokeend te zijn. Een onverdachte passagier die voorzichtig op goede voet was gekomen op een transatlantische vlucht, of één van de tientallen blinde contacten die Talenjekov gebruikt had in Washington. Mannen en vrouwen die er geen notie van hadden dat de Europeaan die ze goed betaalde gunsten bewezen een strateeg van de KGB was. Onder hen zou de lokeend zijn, of de lokeenden, en de vogel. Lokeenden weten niets. Ze waren het lokaas. Vogels keken, riepen waarschuwingen wanneer het aas gepakt werd. Vogels en lokeenden, dat zouden Talenjekovs wapens zijn.

Er zou iemand naar het hotel aan Nebraska Avenue komen. Wie het ook was, hij zou geen andere instructies hebben dan om die kamers in te gaan. Geen telefoonnummer, geen naam die iets betekende. En vlakbij zouden de vogels erop wachten dat het slachtoffer op het aas afging.

Als het slachtoffer waargenomen was, zouden de vogels de jager inlichten. Dat betekende dat de jager ook dichtbij was.

Dat zou de strategie van Talenjekov zijn, want er was geen andere. Het was ook de methode die Scofield zou gebruiken. Drie of vier, hoogstens vijf personen waren vlug beschikbaar voor zulk werk. Eenvoudig opgezet: telefoontjes naar het vliegveld, een bijeenkomst in een restaurant in de binnenstad. Een goedkope actie, gezien de persoonlijke waarde van de prooi.

Er klonken geluiden achter de deur. Stemmen. Bray stond op uit zijn stoel en liep vlug naar het ronde glaasje in het paneel.

Aan de overkant van de hal stond een goedgeklede vrouw met de portier die haar weekendtas droeg. Geen koffer, geen bagage van een transatlantische vlucht, maar een kleine weekendtas. De lokeend was gearriveerd en de vogels zouden niet ver weg zijn. Talenjekov was geland. Het was begonnen.

De vrouw en de portier verdwenen in de suite.

Scofield liep naar de telefoon. Dat was het ogenblik om de tegenactie te beginnen. Hij had tijd nodig, misschien twee of drie dagen.

Hij belde de diepzeevisser aan de kust van Maryland, zorgde voor een directe verbinding. Hij hield zijn rechterhand over de microfoon en liet zijn stem door zijn nauwelijks gespreide vingers klinken. De begroeting was vluchtig, de man die belde had haast. 'Ik ben in de Keys en kan dat verdomde hotel in Charlotte Amalie niet bereiken. Bel het voor me, wil je? Zeg dat ik met een vrachtschip uit Tavernier kom en er over een paar dagen zal zijn.'

'Zeker, Bray. Je hebt echt vakantie, hè?'

'Echter dan je denkt. En bedankt.'

Voor het volgende telefoontje was zo'n kunstgreep niet nodig. Dat was naar een Française met wie hij in Parijs jaren geleden korte tijd had samengewoond. Ze was één van de succesvolste geheime agenten bij Interpol geweest tot ze verklikt werd. Nu werkte ze voor CIA-zaken en was gestationeerd in Washington. Er was geen seksuele aantrekkingskracht meer tussen hen, maar ze waren vrienden. Zij stelde geen vragen.

Hij gaf haar de naam van het hotel aan Nebraska Avenue. 'Bel over een kwartier en vraag naar suite twee-elf. Een vrouw zal aannemen. Vraag naar mij.'

'Zal ze erg kwaad zijn, schat?'

'Ze zal niet weten wie ik ben. Maar iemand anders wel.'

Talenjekov leunde tegen de muur van de donkere steeg tegenover het hotel. Hij liet zich enige ogenblikken doorzakken en bewoog zijn hoofd naar voren en dan naar achteren om te proberen te ontspannen en de uitputting te verminderen. Hij had bijna drie dagen gereisd, meer dan achttien uur vliegen, naar steden en dorpen rijden om degenen te vinden die hem konden voorzien van valse documenten om door drie immigratiekantoren te komen. Van Saloniki naar Athene, van Athene naar Londen, van Londen naar New York. Tenslotte een retourvlucht naar Washington, na drie banken in Manhattan bezocht te hebben.

Het was hem gelukt. Zijn mensen waren op hun plaats. Een dure hoer die hij meegebracht had uit New York en drie anderen uit Washington, twee mannen en een oudere vrouw. Op één na waren ze allen uitgesproken *nitsjivo*, wat Amerikanen beroepsmisdadigers noemen. Elk van hen had in het verleden diensten verleend aan de royale 'zakenman' uit Den Haag, die een neiging had zijn assistenten te onderzoeken en tot vertrouwelijkheid en voor beide betaalde hij grote bedragen.

Ze werden ingelicht over hun taak van de avond. De hoer bevond zich in de suite dat de Bern-Washington post was. Over enkele minuten zou Scofield het weten. Maar Beowulf Agate was geen amateur. Hij zou het nieuws vernemen, van iemand aan de balie of een telefoniste, en iemand sturen om het meisje te ondervragen.

Wie het ook was, hij zou gezien worden door één of alle vogels van Talenjekov. De twee mannen en de oudere vrouw. Hij had elk van hen voorzien van een mini-walkie-talkie die niet groter was dan een draagbare cassetterecorder. Vier had hij er gekocht in de Mitsubi-winkel op Fifth Avenue. Ze konden hem elk ogenblik bereiken zonder op te vallen. Behalve de hoer. Hij kon niet het risico lopen dat bij haar zo'n apparaat gevonden zou worden. Zij was voor gebruik.

Een van de beide mannen zat in een hoekje van de gedempt verlichte cocktail-ruimte waar op alle tafels kandelaars stonden. Naast hem stond een geopend koffertje. Hij had er papieren uitgehaald en in het kaarslicht gelegd, een verkoper die de gebeurtenissen van een zakenreis samenvatte. De andere man zat in de eetzaal aan een tafel gedekt voor twee en gereserveerd door een hooggeplaatste functionaris van het Witte Huis. De gastheer was verlaat, de gerant ontving enkele verontschuldigende telefoontjes. De gast zou behandeld worden zoals paste bij iemand die zulke verontschuldigingen ontving van Pennsylvania Avenue 1600.

Maar Talenjekov vond de oudere vrouw het belangrijkst. Ze werd een stuk beter betaald dan de anderen en met reden. Ze was helemaal geen *nitsjivo*. Zij was een moordenares.

Zijn onverwachte wapen. Een bevallige, beschaafd sprekende vrouw die geen scrupules had om een wapen af te vuren op een doelwit aan de andere kant van de kamer, of een mes te steken in de maag van een tafelgenoot. Ze kon haar uiterlijk in een oogwenk veranderen van waardige vrouw tot feeks – en alle schakeringen daar tussenin. Wasili had haar duizenden betaald de laatste zes jaar, liet haar verschillende malen naar Europa vliegen voor zaakjes die pasten bij haar buitengewone talenten. Ze had hem niet teleurgesteld en ze zou hem vanavond niet teleurstellen. Hij had haar spoedig na aankomst op Kennedy Airport bericht en zij had een hele dag om zich op de avond voor te bereiden. Dat was genoeg.

Talenjekov duwde zichzelf af van de stenen muur, schudde zijn handen, haalde diep adem en zette gedachten aan slaap van zich af.

Hij had zijn flanken gedekt. Nu bleef er niets anders over dan te wachten. Als Scofield de afspraak tenminste na wilde komen, die naar het idee van de Amerikaan fataal zou zijn voor één van hen beiden. En waarom zou hij dat niet denken? Het was beter om ermee af te rekenen dan om gekweld te worden door ieder donker plekje of elke drukke straat in de zon en je af te vragen wie erin verstopt kon zitten... mikken, een mes trekken. Nee, het was veel wenselijker om de jacht te besluiten, zou Beowulf Agate denken. En toch, wat had hij ongelijk! De Matarese beweging was er! Er moest met mensen gepraat worden, een beroep op hen gedaan worden en ze overtuigen! Samen konden ze dat. Er waren fatsoenlijke lieden in Moskou én Washington, mannen die niét bang zouden zijn.

Maar er was geen mogelijkheid om Scofield op neutraal terrein te ontmoeten, want voor Beowulf Agate was geen enkel terrein neutraal. Zodra hij zijn vijand in het oog kreeg, zou de Amerikaan elk wapen gebruiken dat hij tot zijn beschikking had om die tegenstander uit de wereld te helpen. Wasili begreep dat, want als hij Scofield was, zou hij hetzelfde doen. Het was dus een kwestie van afwachten, omcirkelen, in de wetenschap dat ieder dacht dat de ander de prooi was die zichzelf het eerst bloot zou geven. Beiden legden het erop aan om te bereiken dat de tegenstander die fout zou maken.

De afschuwelijke ironie was dat de enige fout zou gebeuren als Scofield won. Talenjekov kon dat niet laten gebeuren. Waar Scofield ook was, hij moest gepakt worden, onschadelijk gemaakt worden, gedwongen om te lúisteren.

Daarom was het wachten nu zo belangrijk. En de meesterstrateeg van Oost-Berlijn en Riga en Sebastopol was een expert in geduld.

'Het wachten is beloond, meneer Congdon,' zei de opgewonden stem door de telefoon. 'Scofield zit op een vrachtschip vanuit Tavernier in de Florida Keys. We schatten dat hij overmorgen op de Virgin Islands aan zal komen.'

'Wat is de bron van uw informatie?' vroeg de directeur van Consular Operations bezorgd. Hij schraapte de slaap uit zijn keel, keek op de klok op zijn bedtafeltje. Het was drie uur in de morgen.

'Het hotel in Charlotte Amalie.'

'Waar hebben zij hun informatie vandaan?'

'Ze kregen een telefoontje van overzee waarin gevraagd werd of de reservering gehandhaafd kon blijven. En dat hij er over twee dagen zou zijn.'

'Wie belde er op? Waar vandaan?'

Het was even stil aan de andere kant van de lijn van buitenlandse zaken. 'We vermoeden Scofield. Vanaf de Keys.'

'Geen vermoedens. Uitzoeken.'

'We bevestigen alles nog, natuurlijk. Onze man in Key West is nu op weg naar Tavernier. Hij zal alle vrachtlogboeken nagaan.'

'Controleer dat telefoongesprek. Laat het me weten.' Congdon belde af en hees zich op het kussen. Hij keek naar zijn vrouw op het tweelingbed naast hem. Ze had het laken over haar hoofd getrokken. Door de jaren heen had ze geleerd door de nachtelijke telefoontjes heen te slapen. Hij dacht aan het telefoontje van daarnet. Het was te eenvoudig, te aannemelijk. Scofield dekte zichzelf in door overduidelijke, plotseling opborrelende reizen. Een uitgeput man die er voor een tijdje uitging. Maar daar zat de tegenstelling: Scofield was geen man die ooit zo uitgeput was dat hij iets zomaar deed. Hij had opzettelijk zijn bewegingen verdoezeld... en dat betekende dat hij de inlichtingenofficier uit Brussel gedood had.

KGB. Brussel. Talenjekov.

Oost-Berlijn.

Talenjekov en de man uit Brussel hadden samengewerkt in Oost-Berlijn. In een 'betrekkelijk autonome afdeling van de KGB' – wat betekent Oost-Berlijn... en verder.

In Washington? Had die 'betrekkelijk autonome' eenheid uit Oost-Berlijn mannen naar Washington gestuurd? Dat was niet ongegrond. Het woord 'autonoom' had twee betekenissen. Het was niet alleen een woord om superieuren vrij te spreken van bepaalde daden van hun ondergeschikten, maar het betekende ook vrijheid van beweging. Een CIA-agent in Lissabon kon een man volgen tot Athene. Waarom niet? Hij was op de hoogte met een operatie. Omgekeerd kon een KGB-agent in Londen een van spionage verdachte volgen tot New York. Daar werd hem de volle vrijheid voor gegeven, het lag in het verlengde van zijn plicht. Talenjekov had in Washington geopereerd. De schatting was dat hij de laatste tien jaar twaalf of meer reizen naar de Verenigde Staten had gemaakt.

Talenjekov en de man uit Brussel, dat was het verband dat ze moesten onderzoeken. Congdon ging voorover zitten en pakte de telefoon, maar liet hem toen weer los. Het juiste ogenblik kiezen was nu alles. De telegrammen waren bijna twaalf uur geleden ontvangen in Amsterdam, Marseille en Praag. Volgens betrouwbare zegslieden hadden ze de ontvangers versteld doen staan. Geheime bronnen in alle drie de steden hadden met enige paniek gereageerd op het nieuws van Scofields wanhoopsdaden. Er zouden namen kunnen worden onthuld, mannen en vrouwen gemarteld, gedood, hele netwerken blootgelegd. Er mocht geen tijd verloren gaan met het elimineren van Beowulf Agate. Vroeg in de avond werd het bericht ontvangen dat er al twee mannen waren uitgekozen om hem te doden. In Praag en Marseille. Die waren nu in de lucht, op weg naar Washington, er werd geen oponthoud verwacht wat betreft paspoorten of immigratieprocedures. Een derde man zou voor de ochtend uit Amsterdam vertrekken en het was nu ochtend in Amsterdam.

Tegen de middag zou een executieteam dat geheel los stond van de regering van de Verenigde Staten in Washington zijn. Iedere man moest hetzelfde telefoonnummer bellen, een onvindbaar toestel in het getto van Baltimore. Alle inlichtingen die over Scofield verzameld waren zouden doorgegeven worden door de persoon aan dat toestel. En slechts één man kon die informatie aan Baltimore geven. De verantwoordelijke man: de directeur van Consular Operations. Niemand anders van de Amerikaanse regering kende dat nummer.

Kon er nog een laatste verbinding gemaakt worden? vroeg Congdon zich af. Er was maar weinig tijd en het zou buitengewone samenwerking vereisen. Kon die samenwerking gevraagd worden, kon hij ze zelfs maar benaderen? Zoiets was nooit gebeurd. Maar als het kón, zou een lokatie bekend zijn en was een dubbele executie gegarandeerd.

Hij had op het punt gestaan de minister van buitenlandse zaken te bellen en een zeer ongebruikelijke vergadering in de vroege ochtend voor te stellen met de Russische ambassadeur. Maar er zou te veel tijd verloren gaan met diplomatieke ingewikkeldheden waarbij geen van beide kanten zou willen erkennen dat het doel geweld was. Er was een betere manier, het was gevaarlijk maar veel directer.

Congdon stapte geruisloos uit bed, liep de trap af en ging het studeerkamertje in dat thuis zijn kantoor was. Hij ging naar zijn bureau dat aan de vloer was vastgemaakt en waarvan de la rechtsonder een safe verborg met een combinatieslot. Hij deed het licht aan, opende het paneel en draaide de schijf. Het slot klikte en de stalen plaat sprong open. Hij stak zijn hand naar binnen en haalde er een kaart uit waarop een telefoonnummer geschreven stond. Het was een nummer dat hij nooit gedacht had te bellen. Het districtsnummer was 902 – Nova Scotia – en het werd altijd beantwoord. Het was het nummer van een computercomplex, het centrum van alle operaties van de Russische geheime dienst in Noord-Amerika. Door dat te bellen maakte hij inlichtingen openbaar die niet onthuld zouden moeten worden, het complex in Nova Scotia was vermoedelijk niet bekend bij de geheime dienst van de Verenigde Staten. Maar tijd en buitengewone omstandigheden waren belangrijker dan de veiligheid.

Er was een man in Nova Scotia die het zou begrijpen. Hij zou zich niet bekommeren om de schijn. Hij had te veel doodstraffen geëist. Hij was de hoogste KGB-officier buiten Rusland.

Congdon nam de telefoon.

'Cabot Strait exporteurs,' zei de mannenstem in Nova Scotia. 'Afdeling nachtelijke verzendingen.'

'Dit is Daniel Congdon, staatssecretaris van buitenlandse zaken, Consular Operations, van de Verenigde Staten. Ik verzoek u te verifiëren dat ik u bel vanuit een particuliere woning in Herndon Falls in Virginia. Wilt u intussen een elektronisch onderzoek instellen of deze lijn afgetapt wordt? U zult bemerken dat dat niet het geval is. Ik zal wachten zolang u wilt, maar ik moet Voltage Eén spreken, *Vol't Adin*, noemt u hem geloof ik.'

Zijn woorden werden in Nova Scotia met zwijgen begroet. Er was niet veel voorstellingsvermogen nodig om een stomverbaasde telefonist voor je te zien, die de noodknoppen bediende. Eindelijk antwoordde de stem: 'Er lijkt storing te zijn. Wilt u uw boodschap alstublieft herhalen?'

Dat deed Congdon.

Weer stilte. Daarna: 'Als u aan de lijn blijft zal de opzichter met u spreken. We denken echter dat u aan het verkeerde adres bent hier in Cape Breton.'

'U bent niet in Cape Breton. U bent in St. Pietersbaai, Prins Edward-eiland.'

'Blijf aan de lijn alstublieft.'

Het wachten duurde bijna drie minuten. Congdon ging zitten. Het werkte.

Voltage Eén kwam aan de lijn. 'Wacht alstublieft enkele ogenblikken,' zei de Rus. Nu volgde het holle geluid van een verbinding die er nog wel is maar die tijdelijk onderbroken wordt. Er waren elektronische apparaten aan het werk. De Rus meldde zich weer: 'Dit gesprek komt inderdaad van een privé-telefoon in de plaats Herndon Falls in Virginia. De controletoestellen kunnen geen afluisteren ontdekken, maar dat zegt misschien niets.'

'Ik weet niet wat voor bewijs ik u nog meer kan geven...'

'U begrijpt me niet, meneer de staatssecretaris. Het feit dat u het nummer weet is op zichzelf niet wereldschokkend. Dat u de onbeschaamdheid hebt het te gebruiken en naar mij te vragen en mijn codenaam te noemen is het misschien wel. Ik heb het bewijs dat ik nodig heb. Wat hebt u te bespreken met ons?'

Congdon vertelde het hem met zo weinig mogelijk woorden. U wilt Talenjekov. Wij willen Scofield. Ze ontmoeten elkaar in Washington, daar ben ik van overtuigd. De sleutel tot de plaats is uw man uit Brussel.'

'Als ik me goed herinner werd zijn lichaam een aantal dagen geleden bij de ambassade bezorgd.'

'Ja.'

'U denkt dat het te maken heeft met Scofield?'

'Uw eigen ambassadeur ook. Hij wees erop dat de man deel uitmaakte van een KGB-afdeling in Oost-Berlijn in 1968, Talenjekovs eenheid. Er was een incident waarbij Scofields vrouw betrokken was.'

'Juist,' zei de Rus. 'Dus Beowulf Agate doodt nog steeds uit wraak.'

'Dat is wat veel gezegd, niet waar? Mag ik u eraan herinneren dat het lijkt of Talenjekov achter Scofield aan zit en niet andersom.'

'Geeft u bijzonderheden, meneer de staatssecretaris. Daar we het in principe eens zijn, wat wilt u van ons?'

'Het zit in jullie computers, of in een dossier ergens. Het gaat waarschijnlijk een aantal jaren terug, maar het is er. Als wij u waren, zouden wij het hebben. We geloven dat de man uit Brussel en Talenjekov eens in Washington geopereerd hebben. We hebben het adres van die schuilplaats nodig. Het is het enige verband dat we hebben tussen Scofield en Talenjekov. We denken dat ze elkaar daar zullen ontmoeten.'

'Juist,' zei de Rus weer. 'En aangenomen dat er zo'n adres is, of adressen, wat zou de houding van uw regering zijn?'

Congdon was op deze vraag voorbereid. 'Geen enkele houding,' antwoordde hij op vlakke toon. 'De informatie zal doorgegeven worden aan anderen, mensen die zich erg bezorgd maken over Beowulf Agates recente gedrag. Buiten mij zal niemand van mijn regering bij de zaak betrokken zijn.'

'Er werd aan drie reactionaire cellen in Europa een gelijkluidend codetelegram gestuurd. Naar Praag, Marseille en Amsterdam. Zulke telegrammen kunnen moordenaars opleveren.'

'Ik vertrouw erop dat u ze kunt tegenhouden,' zei de directeur van Consular Operations.

'U doet voor ons elke dag hetzelfde. Plichtplegingen zijn niet nodig.'

'U hebt geen stappen gedaan om tussenbeide te komen?'

'Natuurlijk niet, meneer de staatssecretaris. Zou u dat wel gedaan hebben?'

'Nee.'

'Het is elf uur in Moskou. Ik bel u binnen een uur terug.'

Congdon hing op en ging achterover zitten. Hij verlangde wanhopig naar een borrel, maar zou niet aan die behoefte toegeven. Voor het eerst in zijn lange loopbaan had hij direct met de anonieme vijanden in Moskou te maken. Hij deed niets onverantwoordelijks. Hij was alleen en in dat eenzame contact lag zijn bescherming. Hij sloot zijn ogen en zag in gedachten lege muren van wit beton.

Tweeëntwintig minuten later ging de telefoon. Hij schoot voorover en pakte hem op.

'Er is een klein, exclusief hotel aan Nebraska Avenue...'

8

Scofield liet het koude water in de bak lopen, leunde tegen het aanrecht en keek in de spiegel. Zijn ogen waren rood door gebrek aan slaap, de stoppels van zijn baard waren duidelijk te zien. Hij had zich in bijna drie dagen niet geschoren, de periodes van rust waren bij elkaar niet veel meer dan drie uur. Het was iets over vier in de morgen en geen tijd om over slapen of scheren te denken.

Aan de andere kant van de gang kreeg de goedgeklede lokeend van Talenjekov niet meer slaap dan hij. Elk kwartier werd er nu opgebeld.

'Mag ik alstublieft meneer Brandon Scofield?'

'Ik ken geen Scofield! Hou op met dat bellen! Wie bent u?'

'Een vriend van meneer Scofield. Ik moet hem dringend spreken.'

'Hij is hier niet! Ik ken hem niet. Hou op! U maakt me gek. Ik zal het hotel vragen dit toestel niet meer te bellen!'

'Dat zou ik niet doen als ik u was. Uw vriend zou dat niet goedvinden. Hij zou u niet betalen.'

'Hou op!'

Brays vroegere minnares uit Parijs deed haar werk goed. Ze had maar één vraag gesteld toen hij haar verzocht had of ze steeds wilde blijven bellen.

'Zit je in moeilijkheden, schat?'

'Ja.'

'Dan doe ik wat je vraagt. Vertel me zoveel je kunt, zodat ik weet wat ik zeggen moet.'

'Praat niet langer dan twintig seconden. Ik weet niet wie het schakelbord bedient.'

'Je bént in moeilijkheden.'

Binnen een uur zou de vrouw aan de overkant in paniek raken en het hotel ontvluchten. Wat haar beloofd was, was niet de macabere telefoontjes waard, het groeiend gevoel van gevaar. De lokeend zou weg zijn, en de jager gehinderd.

Talenjekov was dan genoodzaakt zijn vogels in te zetten en het proces zou opnieuw beginnen. Alleen de telefoontjes zouden minder frequent zijn, misschien eenmaal per uur, net na het in slaap vallen. Ten slotte zouden de vogels wegvliegen omdat er grenzen zijn aan de tijd dat ze in de lucht konden blijven. De hulpbronnen van de jager waren uitgebreid, maar ook weer niet zó uitgebreid. Hij opereerde op buitenlands territorium. Hoeveel lokeenden en vogels had hij ter beschikking? Hij kon niet eeuwig doorgaan verborgen contactpersonen op te roepen, haastig bijeengeroepen vergaderingen te organiseren, orders uit te vaardigen en geld uit te geven.

Nee, dat kon hij niet. Teleurstelling en uitputting zouden samengaan en de jager zou alleen zijn, aan het eind van zijn middelen. Ten slotte zou hij zich laten zien. Hij had geen keus. Hij kon de schuilplaats niet zonder toezicht laten. Het was de enige val die hij had, de enige band tussen hem en de prooi.

Vroeg of laat zou Talenjekov de gang van het hotel in lopen en stil blijven staan voor de deur van suite 211. Als hij dat deed, was dat nummer het laatste wat hij ooit zou zien.

De Russische moordenaar was knap, maar hij zou zijn leven verliezen aan de man die hij Beowulf Agate noemde, dacht Scofield. Hij draaide de kraan dicht en stak zijn gezicht in het koude water. Hij hief zijn hoofd en hij hoorde iets bewegen op de gang. Hij liep naar het kijkgaatje. Aan de overkant draaide een matroneachtige dienstbode de deur los. Over haar rechterarm droeg ze handdoeken en lakens. Een dienstmeisje om vier uur 's morgens? Bray erkende zwijgend Talenjekovs fantasie. Hij had een dienstmeid voor de nacht gehuurd om voor hem rond te kijken. Het was een knappe zet, maar toch ook zwak. Eén zo'n persoon was te beperkt, te gemakkelijk weg te werken. Ze kon weggeroepen worden door de balie: een gast had een ongelukje gehad, een brandende sigaret, een omgevallen waterkan. Te beperkt. En ook wel zwak.

's Morgens zou haar dienst erop zitten. En als ze wegging zou ze geroepen worden door een gast tegenover de hal.

Scofield wilde net teruggaan naar zijn wastafel toen hij de opschudding hoorde. Hij keek weer door het ruitje.

De goedgeklede vrouw was haar kamer uitgekomen met haar weekendtas in de hand. De dienstmeid stond in de deuropening. Scofield kon de woorden van de lokeend horen.

'Zeg hem dat hij naar de bliksem kan lopen!' riep de vrouw. Hij is een idiote zak, mijn lieve mens. Ze zijn hier allemaal gek!'

De dienstmeid stond stil toe te kijken toen de vrouw vlug de gang doorliep. Daarna deed ze de deur dicht en bleef binnen.

De matrone-achtige meid was goed beloond. De volgende morgen zou ze door een gast aan de overkant nog beter betaald worden. De onderhandelingen zouden meteen beginnen als ze de kamer uitging.

Het koord werd strakker aangehaald, het was nu een kwestie van geduld. En van wakker blijven.

Talenjekov liep door de straten en merkte dat zijn benen het bijna begaven. Hij had moeite om waakzaam te blijven en te voorkomen dat hij tegen iedereen aan botste op het trottoir. Hij deed gedachtenspelletjes om zijn concentratie levend te houden, telde zijn stappen en scheuren in het plaveisel en aantallen huizen tussen telefooncellen. De radio's konden niet meer gebruikt worden, de bandbreedtes waren vol met gewauwel. Hij vervloekte het feit dat er geen tijd was geweest om een betere uitrusting te kopen. Maar hij had niet gedacht dat het zó lang zou kunnen duren. Waanzin!

Het was twintig over elf in de ochtend, de binnenstad van Washington was vol leven; de straten vol haastige mensen, auto's en bussen... en nog steeds kwamen die gekke telefoontjes naar de suite in het hotel aan Nebraska Avenue.

'Brandon Scofield, alstublieft. Ik moet hem dringend spreken...'
Idioterie!
Wat dééd Scofield? Waar wás hij? Waar waren zijn tussenpersonen?

Alleen de oude vrouw bleef in het hotel. De hoer had het verder vertikt, de twee mannen waren allang uitgeput. Hun aanwezigheid was alleen maar lastig, daar had hij niets aan. De vrouw bleef in de suite en rustte zoveel ze kon tussen de gek makende telefoontjes door, en gaf elk woord van degene die belde door. Een vrouw met een uitgesproken 'buitenlands' accent, waarschijnlijk Frans, geen enkele keer langer dan vijftien seconden aan de lijn en ze kon niet uitgehoord worden en was kortaf. Ze was óf een beroeps óf geïnstrueerd door een beroeps, het nummer kon niet opgespoord worden, noch de plaats vanwaar gebeld werd.

Wasili naderde de telefooncel die veertig meter ten noorden van de hotelingang stond aan de andere kant van de straat. Het was de vierde maal dat hij had gebeld vanuit deze cel en hij had de nummers die op het grijze metaal van de rand waren gekrast uit zijn hoofd geleerd. Hij ging naar binnen, deed de glazen deur dicht en gooide een munt in het toestel. De toon zoemde in zijn oor en zijn hand ging naar de schijf.

Práág!

Bedrogen zijn ogen hem? Aan de overkant van Nebraska Avenue stapte een man uit een taxi en ging op het trottoir de weg af staan kijken in de richting van het hotel. Hij kende die man!

Tenminste, hij kende het gezicht. Het wás Praag!

De man had een gewelddadig verleden, binnen en buiten de politiek. Zijn strafregister stond vol met aanrandingen, diefstallen en onbewezen moorden. De tijd die hij in de gevangenis had gezeten, was eerder tien dan vijf jaar. Hij had meer om de winst tegen de staat gevochten dan om ideologische redenen. Hij was goed betaald door de Amerikanen. Hij kon goed schieten en nog beter met een mes overweg.

Dat hij in Washington was en minder dan veertig meter van dit hotel, kon alleen betekenen dat hij iets met Scofield te maken had. Toch had die connectie geen zin! Beowulf Agate had in tientallen steden tientallen mannen en vrouwen wie hij om hulp kon vragen, maar hij zou nu niet iemand uit Europa vragen, en hij zou zeker déze man niet roepen. De sadistische trek was begrijpelijkerwijs nauwelijks te onderdrukken. Waarom was hij hier? Wie had hem laten komen?

Wie had hem gestuurd? En waren er nog meer?

Maar het was het waarom dat in Talenjekovs hoofd brandde. Het was zeer verontrustend. Behalve het feit dat de Bern-Washington-schuilplaats onthuld was – ongetwijfeld onbewust door Scofield zelf – iemand die het wist had Praag benaderd voor een wandelend pistool dat bekend stond als uitsluitend voor de Amerikanen gewerkt te hebben.

Waarom? Wie was het doelwit?

Beowulf Agate?

O god! Er wás een methode die al eerder was gebruikt door Washington... en vreemd genoeg was er een vage overeenkomst met de methodes van de Matarese beweging. Dreigende wolken boven Washington... Scofield was in een bui terechtgekomen die zo zwaar was dat hij niet alleen aan de kant gezet was, maar het was zelfs denkbaar dat zijn executie was bevolen. Wasili moest het zeker weten. De man uit Praag zou zelfs een grap kunnen zijn, een briljante grap, uitgedacht om een Rus in de val te laten lopen en niet om een Amerikaan te doden.

Hij hield nog steeds zijn hand uitgestoken naar de kiesschijf. Hij drukte de hefboom die de munten teruggaf naar beneden, dacht even na en vroeg zich af of hij het risico zou nemen. Toen zag hij de man aan de overkant op zijn horloge kijken en naar de ingang van een koffiehuis gaan. Hij zou iemand ontmoeten. Er waren anderen en Wasili wist dat hij zich niet kon veroorloven het risico niét te nemen. Hij moest erachter komen; hij kon niet te weten komen hoeveel tijd er nog was. Het waren misschien maar minuten.

Er was een *pradavjet* op de ambassade, een diplomatiek assistent wiens rechtervoet weggeschoten was bij een anti-oproer-operatie enkele jaren geleden in Riga. Hij was een KGB-veteraan en hij en Talenjekov waren eens vrienden geweest. Het was misschien niet het juiste ogenblik om die vroegere vriendschap op de proef te stellen, maar Wasili had geen keus. Hij kende het nummer van de ambassade, het was jarenlang niet veranderd. Hij stopte de munt in de gleuf en draaide.

'Die verschrikkelijke avond in Riga is al lang geleden, ouwe jongen,' zei Talenjekov nadat hij doorverbonden was met het kantoor van de *pradavjen*.

'Wilt u aan het toestel blijven alstublieft,' was het antwoord. 'Ik heb een ander gesprek.'

Wasili staarde naar de telefoon. Als het wachten langer duurde dan dertig seconden zou hij zijn antwoord hebben. De oude vriendschap zou niet baten. Er waren voor de Russen zelfs manieren om een gesprek op te sporen in de hoofdstad van de Verenigde Staten. Hij draaide zijn pols en hield zijn ogen op de dunne, verspringende wijzer van zijn horloge. Achtentwintig, negenentwintig, dertig, eenendertig... tweeëndertig. Hij hief zijn hand om de verbinding te verbreken toen hij de stem hoorde.

'Talenjekov? Ben jij het?'

Wasili herkende het echoënde geluid van een ingeschakeld storingsapparaat dat over de microfoon geplaatst werd. Het werkte volgens het principe van elektronische verstoring en afluisterapparaten zouden erdoor geblokkeerd worden. 'Ja, ouwe jongen. Ik had bijna neergelegd.'

'Riga is ook weer niet zó lang geleden. Wat is er gebeurd? Wij horen de gekste verhalen.'

'Ik ben geen verrader.'

'Niemand hier denkt dat je dat bent. We nemen aan dat je op lange Moskovietische tenen hebt getrapt. Maar kun je terug?'

'Eens, ja.'

'Ik kan de beschuldigingen niet geloven. Toch ben je hier!'

'Dat moet wel. Voor de Russische zaak, voor ons aller belang. Vertrouw me. Ik moet snel iets weten. Als iemand op de ambassade het weet, ben jij het.'

'Wat dan?'

'Ik heb net een man uit Praag gezien, iemand die de Amerikanen gebruikten om zijn gewelddadige talenten. We hadden een uitgebreid dossier over hem. Ik neem aan dat we dat nog steeds hebben. Weet jij iets...'

'Beowulf Agate,' viel de diplomaat kalm in de rede. 'Dat is Scofield, niet waar? Dat is wat je nog steeds bezielt.'

'Zeg me wat je weet!'

'Laat het rusten, Talenjekov. Laat hem met rust. Laat hem over aan zijn eigen mensen. Het is uit met hem.'

'Mijn god, ik heb gelijk,' zei Wasili, zijn blik op het koffiehuis aan de overkant van Nebraska Avenue.

'Ik weet niet waarin je gelijk denkt te hebben, maar ik weet dat er drie telegrammen onderschept zijn. Naar Praag, Marseille en Amsterdam.'

'Ze hebben een team gestuurd,' onderbrak Talenjekov.

'Blijf er vandaan. Je hebt je wraak gehad, een zo zoet mogelijke wraak. Na een heel leven wordt hij gepakt door de zijnen.'

'Dat mag niet gebeuren! Er zijn dingen die jij niet weet.'

'Het gebeurt ondanks wat ik weet. We kunnen het niet tegenhouden.'

Plotseling werd Wasili's aandacht getrokken door een voetganger die net het kruispunt, op nog geen tien meter van de telefooncel, over zou steken. Er was iets met die man, de strakke uitdrukking op zijn gezicht, de ogen die heen en weer gingen achter de lichtgekleurde bril en, verbijsterd misschien, maar niet verloren, zijn omgeving bekeken. En de kleren van de man, slechtzittend, goedkope tweed, dik en duurzaam... waren Frans. De bril was Frans, het gezicht was dat van een zuiderling. Hij keek over de straat naar het baldakijn van het hotel en versnelde zijn pas.

Marseille was aangekomen.

'Kom naar ons toe.' De diplomaat sprak. 'Wat er ook gebeurd is, het kan niet onherstelbaar zijn, gezien je buitengewone verdiensten.' De vroegere kameraad uit Riga was overtuigend. Té overtuigend. Dat hoorde niet tussen beroeps. 'Het feit dat je vrijwillig komt zal in je voordeel zijn. Bij god, je weet dat je onze steun hebt. We zullen je vlucht een tijdelijke dwaling noemen in een zeer emotionele toestand. Scofield doodde per slot van rekening je broer.'

'Ik doodde zijn vrouw.'

'Een vrouw is geen bloedverwant. Zulke dingen zijn begrijpelijk. Wees verstandig en kom hierheen, Talenjekov.'

De overdadige overredingskracht was nu onlogisch. Je gaf jezelf niet vrijwillig over zolang het bewijs van het eerherstel niet concreter was. Niet als er een bevel boven je hoofd hing dat je geëxecuteerd moest worden. Misschien kon de oude vriendschap uiteindelijk toch niet de spanning dragen. 'Bescherm je me?' vroeg hij aan de *pradavjet*.

'Natuurlijk.'

Een leugen. Zo'n bescherming kan je niet beloven. Er was iets mis.

Aan de overkant naderde de man met de gekleurde bril het koffiehuis. Hij hield zijn pas wat in, bleef toen staan en ging naar het raam alsof hij een menukaart bestudeerde die op de ruit geplakt zat. Hij stak een sigaret aan. Binnen, nauwelijks zichtbaar in het zonlicht, was een vlammetje van een lucifer te zien. De Fransman ging naar binnen. Praag en Marseille waren met elkaar in contact.

'Bedankt voor je advies,' zei Wasili door de telefoon. 'Ik zal erover denken en bel je terug.'

'Het zou het beste zijn als je het niet uitstelt,' antwoordde de diplomaat, die nu begon met aandringen in plaats van sympathiek overreden. 'Je situatie zou er niet beter op worden als je je inlaat met Scofield. Je kunt daar beter niet gezien worden.'

Daar gezien worden? Talenjekov reageerde op de woorden alsof er een geweer voor zijn gezicht afgevuurd werd. Zijn oude vriend wist van het verraad! Wáár gezien worden? Zijn collega uit Riga wist het! Het hotel aan Nebraska Avenue. Scofield had de Bernschuilplaats niet verraden – onbewust of anderszins. Dat had de KGB gedaan! De Russische geheime dienst nam deel aan de executie van Beowulf Agate. Waaróm?

De Matarese beweging? Er was geen tijd om na te denken, alleen om te handelen... Het hotel! Scofield zat niet in zijn eentje bij een telefoon ergens op een plaats te wachten tot hij iets vernam van zijn tussenpersoon. Hij was ín het hotel. Niemand hoefde het gebouw te verlaten om Beowulf Agate verslag uit te brengen, geen vogel kon gevolgd worden naar het doelwit. Het doel had een briljante manoeuvre gemaakt. Hij was in de onmiddellijke omgeving van het vuur, maar ongezien, waarnemend, maar niet waar te nemen.

'Je moet écht naar me luisteren, Wasili.' De woorden van de *pradavjet* klonken nu vlugger. Hij voelde blijkbaar besluiteloosheid. Als zijn vroegere collega uit Riga gedood moest worden, kon dat op elke mogelijke manier binnen de ambassade. Dat was verreweg te verkiezen boven een lijk van een kameraad dat in een Amerikaans hotel gevonden werd, dat op de een of andere manier in verband stond met de moord op een Amerikaanse inlichtingenofficier door buitenlandse agenten. Wat betekende dat de KGB de lokatie van de schuilplaats aan de Amerikanen had verraden, maar toen niet het precieze schema van de executie had geweten.

Nú wisten ze het. Iemand van buitenlandse zaken had het ze verteld, een duidelijk bericht. Zijn landgenoten moesten wegblijven van het hotel – evenals de Amerikanen. Niemand kon zich erin mengen. Wasili moest minuten winnen, want minuten waren misschien alles wat hij nog had. Een afleidingsmanoeuvre!

'Ik luister.' Talenjekov liet zijn stem heel oprecht klinken, een uitgeput man die tot zijn zinnen komt. 'Je hebt gelijk. Ik heb nu niets te winnen, alleen alles te verliezen. Ik leg mezelf in je handen. Als ik een taxi kan krijgen in dit krankzinnige verkeer, ben ik binnen een halfuur op de ambassade. Kijk naar me uit. Ik heb je nodig.'

Wasili verbrak de verbinding en stopte weer een munt in de gleuf. Hij draaide het nummer van het hotel, hij had geen seconde te verliezen.

'Is hij hiér?' zei de oude vrouw ongelovig in antwoord op Talenjekovs bewering.

'Mijn vermoeden moet haast wel juist zijn. Dat zou de timing verklaren, de telefoontjes, dat hij wist wanneer er iemand in de kamer was. Hij kon geluiden horen door de wanden, een deur openen als hij iemand in de gang hoorde. Ben je nog in uniform?'

'Ja, ik ben te moe om het uit te doen.'

'Controleer de kamers in de omgeving.'

'Goede hemel, weet je wel wat je vraagt? En als hij...'

'Ik weet wat ik betaal en je krijgt meer als je het doet. Doe het! Er mag geen moment verloren gaan. Ik bel je over vijf minuten weer.'

'Hoe kan ik hem herkennen?'

'Hij zal je niet binnenlaten.'

Bray zat zonder overhemd tussen het open raam en de deur en liet zijn lichaam rillen door de koude lucht. Hij had de temperatuur in de kamer tot tien graden teruggebracht. De kilte was nodig om hem wakker te houden. Een koude vermoeide man was waakzamer dan een warme.

Daar klonk het lichte, korte geluid van metaal dat tegen metaal sloeg, daarna het draaien van een deurknop. In de gang werd een deur geopend.

Scofield ging naar het raam en deed het dicht, liep daarna naar een ander raampje, zijn minuscule uitkijk op een klein wereldje dat spoedig het toneel zou zijn van zijn omgekeerde val. Het moest gauw zijn, hij wist niet hoeveel langer hij het nog vol kon houden.

Aan de overkant was de vriendelijk uitziende oudere dienstmeid de suite uitgekomen, de handdoeken en lakens nog over haar arm. Aan de uitdrukking op haar gezicht te zien was ze verward maar rustig. Vanuit haar gezichtspunt was het ongetwijfeld een ongehoorde som gelds die een buitenlander haar geboden had, die alleen maar wilde dat ze in een deftige suite verbleef en wakker bleef om een reeks vreemde telefoontjes aan te nemen.

En er was nóg iemand wakker gebleven om steeds te bellen. Iemand aan wie Bray veel verschuldigd was. Eens zou hij haar terugbetalen. Maar nu concentreerde hij zich op Talenjekovs vogel. Ze ging weg, niet in staat nog langer in de lucht te blijven.

Ze had de schuilplaats verlaten. Het was nu slechts een kwestie van tijd en dan nog wel heel weinig tijd. De jager zou gedwongen zijn zijn val te controleren. En erin gevangen worden.

Scofield liep naar zijn open koffer op het bagagerek en haalde er een schoon overhemd uit. Gesteven, niet zacht, een krakend, gesteven hemd was als een koude kamer. Een heilzame plaag die je waakzaam hield.

Hij trok het aan en liep naar het nachtkastje waar hij zijn pistool op had gelegd, een Browning Magnum nummer vier, met een op bestelling, naar zijn aanwijzingen gemaakte geluiddemper.

Bray draaide zich om bij een onverwacht geluid. Er klonk een aarzelend klopje op zijn deur. Waarom? Hij had ervoor betaald om in het geheel niet gestoord te worden. Aan de balie hadden ze de enkele employés die reden konden hebben om kamer 213 binnen te gaan, duidelijk gemaakt dat het teken op de deurknop gerespecteerd moest worden.

NIET STOREN.

Toch was er nu iemand die de order in de wind sloeg, een verbod van een gast overtrad dat benadrukt was met enkele honderden dollars. Die moest wel doof zijn of analfabeet of...

Het was de dienstmeid. Talenjekovs vogel, toch nog in de lucht. Scofield loerde door het glazen rondje dat de trekken op het gezicht op slechts centimeters afstand vergrootte. De vermoeide ogen, omsloten door gerimpelde huid en wallen eronder door het gebrek aan slaap, keken naar links, dan naar rechts, daarna naar de onderkant van de deur. De oude vrouw moest het bordje NIET STOREN wel opmerken, maar ze trok zich er niets van aan. Behalve het tegenstrijdige gedrag was er iets vreemd in haar gezicht... maar Bray had geen tijd het nader te bekijken. Onder deze nieuwe omstandigheden moesten de onderhandelingen snel beginnen. Hij schoof het pistool in zijn overhemd, de stijve stof beperkte de bult tot een minimum.

'Ja?' vroeg hij.

'Kamerservice, meneer, was het antwoord, gesproken in een onbepaald dialect, met onbeschrijflijke keelklanken. 'De directie heeft verzocht om alle kamers te controleren op aanvullingen, meneer.'

Het was een goedkope leugen, de vogel was te zwak om een betere te bedenken.

'Kom binnen,' zei Scofield en pakte de deurklink.

'Er wordt niet geantwoord in kamer twee-elf,' zei de telefoniste, geïrriteerd door de vasthoudendheid van degene die belde.

'Probeer het wéér,' antwoordde Talenjekov met zijn blik op de ingang van het koffiehuis aan de overkant. 'Ze kunnen even de deur uit zijn, maar ze zullen zo terug zijn. Dat wéét ik. Blijf bellen, ik blijf aan de lijn.'

'Zoals u wilt, meneer, snauwde de telefoniste.

Waanzin! Negen minuten waren voorbijgegaan sinds de oude vrouw was gaan zoeken, negen minuten om bij vier deuren aan te kloppen in de gang. Zelfs als je aannam dat al de kamers waren bezet en dat een dienstmeid uitleg moest geven aan de bewoners, was negen minuten veel langer dan ze nodig had. Een van de vier gesprekken zou kortaf zijn: Ga weg. Ik wil niet gestoord worden. Tenzij...

Een lucifer flikkerde in het zonlicht en weerkaatste fel in het donkere glas van het raam van het koffiehuis. Wasili gluurde en staarde. Van een van de onzichtbare tafeltjes binnen kwam er eenzelfde teken, vlug weer uitgedoofd.

Amsterdam was aangekomen. Het executieteam was compleet. Talenjekov bekeek de gestalte die naar het restaurantje liep. Hij was lang en gekleed in een zwarte overjas, een grijze zijden sjaal om zijn hals. Zijn hoed was ook grijs en verduisterde zijn profiel. Het bellen van de telefoon was nu een schurend geluid. Lange, plotselinge uitbarstingen door een woedende telefoniste die op een knop van het schakelbord sloeg. Er werd niet opgenomen en Wasili begon het ondenkbare te denken: Beowulf Agate had zijn lokaas onderschept. Als dat zo was, dan was de Amerikaan in groter gevaar dan hij zich voor kon stellen. Drie mannen waren van Europa komen vliegen voor zijn executie en – niet minder dodelijk – een aardig uitziende oude vrouw met wie hij misschien een compromis probeerde te sluiten zou hem doden op het ogenblik dat ze zich in de hoek gedrongen voelde. Hij zou nooit weten waar het schot vandaan kwam en evenmin dat ze zelfs maar een wapen had.

'Neem me niet kwalijk, meneer!' zei de telefoniste boos. 'Er wordt nog steeds niet opgenomen in suite twee-elf. Ik stel voor dat u nog eens belt.' Ze wachtte niet op antwoord. De lijn van het schakelbord werd verbroken.

Het schakelbord? De telefoniste?

Het was een wanhopige tactiek, een die hij nooit vergoelijkte, uitgezonderd als een allerlaatste maatregel; het risico van ontdekking was te groot. Maar het was de laatste mogelijkheid en als er alternatieven waren, was hij te moe om ze te bedenken. Nogmaals, hij wist alleen dat hij iets moest doen, vertrouwend op het instinct dat iedere beslissing nam als in een reflex. Hij haalde zijn geld uit zijn zak en pakte er vijf honderd-dollar-biljetten vanaf. Daarna nam hij zijn paspoort-etui en haalde er een brief uit die hij vijf dagen geleden in Moskou op een Engelse schrijfmachine geschreven had. Het briefhoofd was van een makelaardij in Bern; het identificeerde de bezitter als één van de partners van de firma. Je kon nooit weten...

Hij liep de telefooncel uit en voegde zich in de stroom voetgangers tot hij direct tegenover de ingang van het hotel was. Hij wachtte op een opening in het verkeer en stak toen vlug Nebraska Avenue over.

Twee minuten later stelde een bezorgde directeur ene meneer Blanchard voor aan de telefoniste aan het schakelbord van het hotel. Deze zelfde directeur – even onder de indruk als hij was met meneer Blanchards geloofsbrieven als met de 200 dollar die de Zwitserse financier hem terloops, en met aandringen, had gegeven voor de moeite – zorgde plichtmatig voor een andere telefoniste terwijl de vrouw alleen praatte met de goedgeefse meneer Blanchard.

'Ik vraag u vergeving voor de lompheid door de telefoon van een bezorgd man,' zei Talenjekov, terwijl hij drie honderd-dollar-biljetten in haar bevende hand stopte. 'De methodes van de internationale financiering kunnen afschuwelijk zijn tegenwoordig. Het is een bloedeloze oorlog, een voortdurende strijd om te voorkomen dat gewetenloze mensen misbruik maken van eerlijke makelaars en legitieme instituten. Mijn maatschappij heeft nu juist zo'n kwestie. Er is iemand in dit hotel...'

Een minuut later las Wasili een lijst van telefoonrekeningen die bijgehouden werd door een hersenloze computer. Hij concentreerde zich op de gesprekken gevoerd vanaf de tweede verdieping. Er waren twee gangen, de suites 211 en 212 tegenover drie dubbele kamers in de westelijke vleugel, vier enkele kamers aan de andere kant. Hij bekeek alle noteringen voor de toestellen van 211 tot en met 215. Namen betekenden niets. Lokale gesprekken werden niet onder een nummer geplaatst, interlokale gesprekken waren de enige die inlichtingen zouden kunnen geven. Beowulf Agate moest voor een schuilplaats zorgen en die zou niet in Washington zijn. Hij had in Washington een man gedood.

Het was een duur hotel, wist Talenjekov. Dit werd nog eens bevestigd door de lijst van gesprekken door de gasten gemaakt die het net zo gewoon vonden de telefoon te pakken om Londen te bellen als een restaurant in de buurt. Hij liep de lijsten na en lette speciaal op de genoteerde lange-afstandsgesprekken:

212... Londen, Engeland, $ 26,50
214... Des Moines, Ia, $ 4,75
214... Cedar Rapids, Ia, $ 6,20
213... Minneapolis, Minn., $ 7,10
215... New Orleans, La., $ 11,55
214... Denver, Col., $ 6,75
213... Easton, Md., $ 8,05
215... Atlanta, Ga., $ 3,15
212... München, Duitsl., $ 41,10
213... Easton, Md., $ 4,30
212... Stockholm, Zwed., $ 38,25

Was er iets in te ontdekken? Suite 212 had driemaal naar Europa gebeld, maar dat was te duidelijk, te gevaarlijk. Scofield zou geen na te speuren gesprekken voeren. Kamer 214 lag in het midden van de westzijde, kamer 215 aan de zuidkant. Er wás iets, maar hij kon het niet aanwijzen. Iéts dat een herinnering opriep.

Toen zag hij het, het geheugen werd geactiveerd en verklaarde het. De ene kamer zei hem niets. Kamer 213. Twee telefoontjes naar Easton, Maryland, een naar Minneapolis, Minnesota. Wasili kon de woorden in het dossier zien alsof hij ze las. Brandon Scofield had een zuster in Minneapolis, Minnesota.

Talenjekov leerde beide nummers van buiten voor het geval het nodig was ze te gebruiken, als er tijd was om ze te gebruiken, ze te bevestigen. Hij wendde zich tot de telefoniste. 'Ik weet niet wat ik ervan zeggen moet. U bent zeer hulpvaardig geweest maar ik denk niet dat er hier iets is dat mij helpen zal.'

De telefoniste was bij de kleine samenzwering betrokken en genoot van haar belangrijkheid voor de imponerende Zwitser. 'U zult opmerken, meneer Blanchard, dat kamer twee-twaalf een aantal overzeese gesprekken heeft gevoerd.'

'Ja, ik zie het. Jammer genoeg kan niemand in die steden iets te maken hebben met de huidige crisis. Toch vreemd. Kamer tweedertien belde Easton en Minneapolis. Een toevallige samenloop, maar ik heb in beide steden vrienden. Dat heeft evenwel niets...' Wasili liet zijn woorden gaan, nodigde uit tot commentaar.

'Onder ons gezegd, meneer Blanchard, ik geloof niet dat de meneer in kamer twee-dertien helemaal goed bij is, als u begrijpt wat ik bedoel.'

'Zo?'

De vrouw legde uit. Niet storen was de strikte order van kamer 213, niemand mocht de privacy van de man storen. Zelfs de kamerservice moest de dientafeltjes in de hal achterlaten, en het werk van de dienstmeid moest vervallen, tenzij er speciaal om gevraagd werd. Naar beste weten van de telefoniste was er in drie dagen niet zo'n verzoek geweest. Wie kon er zo leven?

'Natuurlijk krijgen we vaak mensen als hij. Mannen die een kamer huren zodat ze uren dronken kunnen blijven, of bij hun vrouw weggaan of andere vrouwen ontmoeten. Maar drie dagen zonder dienstmeid vind ik ziekelijk.'

'Het is niet erg fris.'

'Je ziet het meer en meer,' zei de vrouw vertrouwelijk. 'Vooral bij regeringsmensen. Iedereen is zo gejaagd. Maar als je bedenkt dat het van onze belasting betaald wordt – ik bedoel niet de uwe, meneer...'

'Is hij bij de overheid?' viel Talenjekov in de rede.

'O, we denken van wel. De nachtchef werd verondersteld niets tegen wie dan ook te zeggen, maar wij zijn hier al vijf jaar, als u begrijpt wat ik bedoel.'

'Oude vrienden, natuurlijk. Wat is er gebeurd?'

'Nou gisteravond kwam er een man – eigenlijk was het vanmorgen, ongeveer vijf uur – en die liet de chef een foto zien.'

'Een foto van de man in twee-dertien?'

De telefoniste keek even om zich heen. De deur naar het kantoor stond open, maar ze kon niet afgeluisterd worden. 'Ja. Blijkbaar is hij echt ziek. Alcoholist of zo iets, een psychiatrisch geval. Niemand mag iets zeggen. Ze willen hem niet laten schrikken. In de loop van de dag komt er een dokter voor hem.'

'In de loop van de dag? En de man die de foto liet zien, identificeerde zich natuurlijk ook als iemand van de overheid, hè? Ik bedoel, daardoor weet u dat de gast boven bij de overheid is?'

'Als je zoveel jaar doorgebracht hebt in Washington als wij, meneer Blanchard, hoef je niet naar een legitimatie te vragen. Je ziet het aan hun hele gezicht.'

'Ja, dat geloof ik. Ik dank u zeer. U hebt me erg geholpen.'

Wasili verliet vlug het vertrek en haastte zich naar de hal. Hij had zijn bevestiging. Hij had Beowulf Agate gevonden.

Maar ook anderen hadden hem gevonden. Scofields beulen waren maar tientallen meters van hem af en bereidden er zich op voor om de veroordeelde te benaderen.

De kamer van de Amerikaan binnenvallen om hem te waarschuwen zou een vuurgevecht uitlokken. Een van beiden zou sterven. Hem via de telefoon benaderen zou alleen wantrouwen opwekken. Hoe kon je geloof hechten aan een waarschuwing van een verachte vijand voor een nieuwe vijand waarvan je het bestaan niet kende?

Er moest een manier zijn en die moest vlug gevonden worden. Als er maar tijd was om een ander te sturen, iemand die iets over zich had dat Scofield van de waarheid overtuigde. Iets dat Beowulf Agate zou aannemen...

Er was geen tijd. Wasili zag de man met de zwarte jas het hotel binnengaan.

9

Op hetzelfde ogenblik dat de dienstmeid binnenkwam, wist Scofield wat hem stoorde aan het oude gezicht. Het waren de ogen. Er lag een intelligentie in die uitging boven die van een openhartige dienstmeid die haar nachten doorbracht met het opruimen van het vuil van verzadigde hotelgasten. Ze was bang – of misschien alleen maar nieuwsgierig – maar hoe dan ook, dat kwam niet voort uit een afgestompte geest.

Een actrice misschien?

'Vergeef me dat ik u stoor, meneer,' zei de vrouw die zijn ongeschoren gezicht en de koude kamer opmerkte. Ze liep naar de badkamerdeur. 'Het is maar een ogenblik.'

Een actrice. Het dialect was voorgewend, ze stamde niet uit Ierland.

Haar gang was ook licht. Ze had niet de gespierde benen van een oude vrouw die gewend was aan het geestdodende werk van linnengoed sjouwen en zich over bedden te buigen. En de handen waren wit en zacht, niet die van iemand die gewend was aan schuurmiddelen.

Bray vond haar zelfs zielig en vond weer dat Talenjekov een fout had begaan. Een echte dienstmeid zou een betere vogel geweest zijn.

'U hebt schone handdoeken, meneer,' zei de oude vrouw die de badkamer uitkwam en naar de deur liep. 'Ik ben al weg. Neem me niet kwalijk dat ik u stoorde.'

Scofield hield haar met een handbeweging tegen.

'Meneer?' vroeg de vrouw, haar ogen waakzaam.

'Zeg eens, uit welk deel van Ierland komt u? Ik kan het dialect niet thuisbrengen. Het graafschap Wicklow denk ik.'

'Ja, meneer.'

'Uit het zuiden?'

'Ja meneer, zeer juist meneer,' zei ze vlug met haar hand op de deurknop.

'Wilt u me nog een extra handdoek geven? Leg hem naar op het bed.'

'Hè?' De oude vrouw draaide zich om, de verbaasde uitdrukking weer op haar gezicht. 'Ja meneer, natuurlijk.' Ze liep naar het bed.

Bray ging naar de deur en deed de grendel erop. Hij sprak terwijl hij dat deed, maar zacht. Hij had er niets aan om Talenjekovs vogel te laten schrikken. 'Ik wil met u praten. Ziet u, ik heb vannacht naar u gekeken, om vier uur vanmorgen om precies te zijn...'

Een plotselinge luchtstroom, het schurend geluid van stof. Geluiden waarmee hij vertrouwd was. Achter hem in de kamer.

Hij draaide zich snel om, maar niet op tijd. Hij hoorde het gedempte schot en voelde een snee als met een scheermes over de huid van zijn nek. Het bloed spoot eruit en verspreidde zich over zijn linkerschouder. Hij draaide naar rechts. Een tweede schot volgde, de kogel boorde zich boven hem in de muur. Hij zwaaide met geweld zijn arm en smeet daarmee een lamp van de tafel af naar het onmogelijke schouwspel op twee meter afstand in het midden van de kamer.

De oude vrouw had de handdoeken laten vallen en in haar hand was een wapen. Weg was haar zachte, vriendelijke verwondering, in plaats daarvan het kalme, vastberaden gezicht van een ervaren moordenares. Hij had het moeten wéten!

Hij dook naar de vloer, zijn vingers grepen naar de onderkant van de tafel; hij draaide weer naar rechts, daarna naar links en hief de tafel met zijn benen op als een kleine stormram. Hij stond op, stortte zich naar voren; er werden nog twee schoten afgevuurd die het hout enkele centimeters boven zijn hoofd versplinterden.

Hij ramde de vrouw, sloeg haar met zoveel kracht tegen de muur dat een stroom van speeksel samenging met de uitgeperste lucht van de grauwende lippen.

'Rotzak!' De schreeuw werd overstemd door het gekletter van het pistool op de grond. Scofield liet de tafel vallen, sloeg hem op haar voeten en greep het wapen.

Hij had het, stond op, greep de voorovergebogen vrouw bij het haar en wilde haar van de muur trekken. Maar hij hield haar rode pruik met het verfrommelde dienstmeidenkapje in zijn hand en dat bracht hem uit evenwicht. Van ergens onder haar uniform had de grijsharige moordenares een mes getrokken, een dun stilet. Bray had zulke wapens eerder gezien. Ze waren even dodelijk als welk vuurwapen dan ook, het lemmet was ingesmeerd met een zeer sterk vergif. Na enkele seconden trad er een verlamming op en nog een paar tellen later was je dood. Een krasje of een oppervlakkig gaatje was alles wat de aanvaller hoefde te veroorzaken.

Ze kwam op hem af, het dunne mes stootte ze recht vooruit, de moeilijkst te pareren beweging en aangewend door de meest ervarenen. Hij sprong achteruit en sloeg het pistool op de onderarm van de vrouw. Ze trok hem vlug terug van de pijn, maar staakte haar poging niet.

'Niet dóen!' schreeuwde hij en richtte het pistool recht op haar hoofd. 'Er zijn vier kogels afgevuurd en er zijn nog twee patronen over! Ik schiet je dood!'

De oude vrouw bleef stilstaan en liet het mes zakken. Ze stond bewegingloos, zwijgend, zwaar hijgend en staarde hem aan met ongeloof in haar ogen. Het kwam Scofield voor dat ze nooit eerder in deze positie was geweest. Zij had altijd gewonnen.

Talenjekovs vogel was een felle havik in de vermomming van een grijs duifje. Die beschermende kleur was haar zekerheid. Die had haar nooit in de steek gelaten.

'Wie ben je? KGB?' vroeg Bray die de handdoek van het bed pakte en hem tegen de wond in zijn nek hield.

'Wat?' fluisterde ze met bijna starende ogen.

'Jij werkt voor Talenjekov. Waar is hij?'

'Ik word betaald door een man die veel namen gebruikt,' antwoordde ze terwijl ze het dodelijk mes nog losjes in haar hand hield. Haar felheid was weg. Daarvoor in de plaats kwamen angst en uitputting. 'Ik weet niet wie hij is. Ik weet niet waar hij is.'

'Hij wist jou te vinden. Jij bent het een of ander. Waar heb je dat geleerd? Wanneer?'

'Wanneer?' herhaalde ze met levenloos gefluister. 'Toen jij een kind was. Waar? Na Belsen en Dachau... gingen we naar andere kampen, andere fronten. Wij allemaal.'

'Jezus...' zei Scofield zacht. Wij allemaal. Het was een legioen. Meisjes die uit de kampen gehaald werden, naar oorlogsfronten gestuurd, naar kazernes overal, naar vliegvelden. Ze overleefden het als hoeren, een schande voor hun eigen mensen, ongewenst, doodverklaard. Zij werden de aaseters van Europa. Talenjekov wist wel waar hij zijn troepen vandaan moest halen.

'Waarom werk je voor hem? Hij is niet beter dan degenen die jou naar de kampen stuurden.'

'Ik moet wel. Anders doodt hij me. En nu zeg jij dat je dat zult doen.'

'Een halve minuut geleden zou ik dat gedaan hebben. Je gaf me geen kans, nu kun je dat. Ik zal voor je zorgen. Je staat in contact met deze man. Hoe?'

'Hij belt op. In de suite aan de overkant van de gang.'

'Hoe vaak?'

'Iedere tien minuten of kwartier. Hij zal me nu gauw weer bellen.'

'Laten we gaan,' zei Bray voorzichtig. 'Draai je naar rechts en laat het mes op het bed vallen.'

'Dan schiét je,' fluisterde de oude vrouw.

'Als ik dat zou doen, deed ik het nu,' zei Scofield. Hij had haar nodig, had haar vertrouwelijke mededelingen nodig. 'Dan zou er geen reden zijn om te wachten, wel? Laten we naar die telefoon gaan. Wat hij je ook betaalde, ik verdubbel het.'

'Ik denk dat ik niet kan lopen. Ik geloof dat ik mijn voet gebroken heb.'

'Ik zal je helpen.' Bray liet de handdoek zakken en deed een stap in haar richting. Hij stak zijn hand uit. 'Pak mijn arm.'

De oude vrouw zette haar linkervoet met moeite naar voren. Toen, als een kwade leeuwin, sprong ze naar voren, haar gezicht weer vertrokken, haar ogen wild.

Het lemmet schoot op Scofields maag af.

Talenjekov volgde de man uit Amsterdam de lift in. Er waren nog twee andere mensen in de cabine. Jonge, rijke, verwende Amerikanen. Modieus geklede geliefden of pas getrouwden, die zich alleen van zichzelf bewust waren en van hun hunkeringen. Ze hadden gedronken.

De Nederlander met zijn zwarte jas zette zijn grijze deukhoed af toen Wasili, die even zijn hoofd afwendde, naast hem ging staan tegen de houten wand van de kleine omsloten ruimte. De deuren gingen dicht. Het meisje lachte zacht, haar metgezel drukte op de knop voor de vijfde verdieping. De man uit Amsterdam kwam naar voren en drukte op nummer 2.

Toen hij terugstapte, keek hij naar links en zag hij Talenjekov in de ogen. De man verstarde, de schok was totaal, de herkenning absoluut. En in die schok, die herkenning, zag Wasili een andere waarheid: de executieval was evengoed voor hem bedoeld. Het team had een prioriteit en dat was Beowulf Agate, maar als een KGB-agent genaamd Talenjekov op het toneel verscheen, moest hij even meedogenloos uit de weg geruimd worden als Scofield. De man uit Amsterdam zwaaide zijn hoed voor zijn borst en zijn rechterhand dook in zijn pak. Wasili overrompelde hem, drukte hem tegen de wand, zijn linkerhand greep de pols in de zak, gleed naar beneden, scheidde de hand van het wapen, greep naar de duim en draaide die om tot het bot kraakte en de man een schreeuw gaf.

Het meisje gilde. Talenjekov sprak hard. Hij richtte zich tot het paar.

'Er zal u niets gebeuren. Ik herhaal, er zal u niets gebeuren als u doet wat ik zeg. Maak geen lawaai en breng ons naar uw kamer.'

De Nederlander ging plotseling naar rechts; Wasili stootte zijn knie in het gezicht van de man en klemde het hoofd tegen de wand. Hij haalde zijn pistool uit zijn zak en hield het omhoog naar het plafond gericht.

'Ik zal het wapen niet gebruiken. Ik zal het niét gebruiken, tenzij u niet gehoorzaamt. U hebt niets te maken met de ruzie en ik wil niet dat u iets overkomt. Maar dan moet u wel doen wat ik zeg.'

'Jezus... Christus!...' De lippen van de jongeman beefden.

'Pak uw sleutel,' beval Talenjekov bijna vriendelijk. 'Als de deuren opengaan loopt u toevallig voor ons uit naar uw kamer. Er gebeurt u helemaal niets als u doet zoals ik zeg. Als u dat niet doet, als u roept of probeert alarm te slaan, dan zal ik moeten schieten. Ik zal u niet doden. In plaats daarvan schiet ik in uw ruggegraat. U bent dan voor uw leven verlamd.'

'O god, alstublieft!...' Het beven van de jongeman breidde zich uit tot zijn hele hoofd, nek en schouders.

'Alstublieft, meneer! We zullen doen wat u zegt!' Het meisje was tenminste helder. Ze pakte de sleutel uit het vest van haar minnaar.

'Sta op!' zei Wasili tegen de Amsterdammer. Hij stak zijn hand in de jaszak van de moordenaar en haalde het wapen van de Nederlander eruit.

De liftdeuren gingen open. Het paar liep er stijfjes uit, passeerde een oude man die een krant las en ging rechtsaf de gang in. Talenjekov, die zijn Graz-Boerja opzij verborgen hield, greep de stof van de jas van de Amsterdammer en duwde hem vooruit.

'Eén kik, Nederlander,' fluisterde hij, 'en je zult geen tweede geven. Ik schiet je in je rug en je zult geen tijd hebben om te gillen.' Binnen de suite schoof Wasili de Nederlander in een stoel, hield zijn wapen op hem gericht en gaf nogmaals orders aan de geschrokken mensen. 'Ga die kleerkast in. Vlug!'

Tranen stroomden over het dikke gezicht van de jongeman. Het meisje duwde hem in hun donkere, tijdelijke cel. Talenjekov zette een stoel onder de deurknop en trapte ertegen tot hij bekneld zat tussen het metaal en het kleed. Hij wendde zich tot de Nederlander.

'Je hebt precies vijf seconden om uit te leggen hoe het gebeuren gaat,' zei hij en hief zijn automaat schuin naar het gezicht van de bel.

'U moet duidelijker zijn,' kwam het antwoord van de beroeps.

'Zeker.' Wasili sloeg de loop van de Graz-Boerja naar beneden en reet het vlees van het moordenaarsgezicht open. Er vloeide bloed. De man hief zijn handen omhoog. Talenjekov boog zich over de stoel en sloeg snel achter elkaar op beide polsen. 'Niet aankomen! We zijn pas begonnen. Drink het op! Dadelijk heb je geen lippen meer. Dan geen tanden, geen kin, geen jukbeenderen! Tenslotte gaan je ogen er aan! Heb je wel eens zo'n man gezien? Zo'n gezicht geeft verschrikkelijke pijn, het doorprikken van de ogen is ondraaglijk.' Wasili sloeg weer, nu met een zwaai naar boven en raakte daarbij de neusvleugels van de man.

'Nee... Nee! Ik heb órders opgevolgd!'

'Waar heb ik dat eerder gehoord?' Talenjekov hief het wapen, weer gingen de handen omhoog en nogmaals werden ze teruggeslagen. 'Wat zijn die orders, Nederlander? Jullie zijn met z'n drieën en de vijf seconden zijn voorbij! We moeten nu serieus worden.' Hij tikte de loop van de Graz-Boerja ruw over het linkeroog van de Nederlander, daarna over het rechter. 'Geen tijd meer!' Hij trok het wapen terug en duwde het als een mes in de keel van de man uit Amsterdam.

'Hou op!' schreeuwde deze. Zijn adem was afgesneden en de woorden waren vervormd. 'Ik zal het u vertellen... Hij bedriegt ons, hij neemt geld dat voor ons bestemd is. Hij heeft zich verkocht aan de vijand!'

'Geen oordelen. De órders!'

'Hij heeft mij nooit gezien. Ik moet hem naar buiten lokken.'

'Hóe?'

'U. Ik ben gekomen om hem te waarschuwen. Dat u onderweg bent.'

'Hij zou je afwijzen. Je doden! Een doorzichtig plan. Hoe wist je de kamer?'

'We hebben een foto.'

'Van hém. Niet van mij.'

'Van jullie beiden eigenlijk. Maar ik laat hem alleen de zijne zien. De nachtportier identificeerde hem.'

'Wie gaf jou deze foto?'

'Vrienden uit Praag die in Washington opereren en banden hebben met de Russen. Vroegere vrienden van Beowulf Agate, die weten wat hij gedaan heeft.'

Talenjekov staarde de man uit Amsterdam aan. Deze vertelde de waarheid omdat de uitleg gebaseerd was op de gedeeltelijke waarheid. Scofield zou op zwakke plekken letten, maar zou de woorden van de Nederlander niet in de wind slaan, die luxe kon hij zich niet veroorloven. Hij zou de man als gijzelaar houden en daarna zijn eigen plaats bepalen. Wachten, uitkijken, ongezien. Wasili drukte de loop in het rechteroog van de man.

'Marseille en Praag. Waar zijn ze? Waar zullen ze zijn?'

'Naast de hoofdlift zijn maar twee uitgangen van de verdiepingen. De trap en de dienstlift. Die zullen beide door een man bezet worden.'

'Wie waar?'

'Praag op de trap, Marseille in de dienstlift.'

'Wat is het tijdschema? In minuten.'

'Ik zou om tien over twaalf naar de deur gaan.'

Talenjekov keek op de antieke klok op het hoteltafeltje. Het was elf minuten over twaalf. 'Ze zijn nu op hun post.'

'Ik weet het niet. Ik kan mijn horloge niet zien, er zit bloed in mijn ogen.'

'Hoe laat is het afgelopen? Als je liegt, zul je het weten. Je sterft op een manier waarvan je nooit gedroomd hebt. Zeg op!'

'Het slot is om vijf minuten over half. Als Beowulf op geen van beide plaatsen verschenen is, wordt de kamer bestormd. Om eerlijk te zijn, ik vertrouw Praag niet. Ik denk dat hij Marseille en mij bedriegt om zelf het eerst te kunnen schieten. Hij is een maniak.'

Wasili stond op. 'Je oordeel overtreft je talenten.'

'Ik heb u alles verteld! Sla me niet meer. Laat me in godsnaam mijn ogen schoonvegen. Ik kan niet zíen.'

'Veeg ze uit. Ik wil dat je goed kunt zien. Sta op!' De Nederlander stond op, zijn handen over zijn gezicht en veegde de straaltjes bloed weg met de Graz-Boerja tegen zijn keel gedrukt.

Talenjekov stond een ogenblik doodstil en keek naar de telefoon aan de andere kant van de kamer. Hij zou dadelijk spreken met een vijand die hij tien jaar had gehaat, zijn stem horen.

Hij zou het leven van die vijand proberen te redden.

Scofield rolde weg toen het dodelijke lemmet in zijn overhemd sneed, tegengehouden door het staal van zijn pistool dat een paar minuten geleden nog onder de gesteven stof verborgen was. De oude vrouw was gek, dit was zelfmoord! Hij zou haar moeten doden en hij wílde haar niet doden!

Het pistóól.

Hij zei dat er vier kogels afgevuurd waren en dat er twee over waren. Zij wist dat het anders was!

Ze kwam weer op hem af, sloeg kriskras in houwende diagonalen, alles wat in de weg kwam zou geraakt worden, bekrast. Onder normale omstandigheden betekende een krasje niets, maar wel met dit lemmet. Hij richtte het pistool op haar hoofd en haalde de trekker over. Er kwam niets dan de klik van de slagpen. Hij sloeg zijn rechtervoet uit en raakte haar tussen haar borst en haar oksel, wat haar even deed wankelen, maar slechts heel even. Ze was wild, hield het mes vast alsof het haar paspoort naar het leven was. Als ze hem raakte was ze vrij. Ze dook in elkaar, zwaaide haar linkerarm voor zich uit, het lemmet beschermend dat hevig tekeer ging in haar rechterhand. Hij sprong achteruit, zocht iets, iets waarmee hij haar uitvallen kon afslaan.

Waarom had ze straks gewacht? Waarom was ze plotseling opgehouden en had ze met hem gepraat, hem dingen verteld die hem aan het denken zouden zetten? Hij wist het opeens. De oude havik was niet alleen fel, maar ook wijs. Ze wist wanneer ze haar verspilde krachten moest herwinnen, wist dat dat alleen kon door de vijand bezig te houden, hem in slaap te wiegen, wachten op een onbewaakt ogenblik... en dan raken met het geprepareerde lemmet.

Ze viel weer uit, zwaaide het mes van de grond naar zijn benen. Hij trapte, ze trok snel het mes terug en sloeg toen zijdelings, miste de knieschijf op een paar centimeter. Toen haar arm bij de slag naar links zwaaide, raakte hij haar schouder met zijn rechtervoet en beukte haar achteruit.

Ze viel. Hij greep het dichtstbijzijnde voorwerp – een staande lamp met een zware koperen voet – en wierp het op haar terwijl hij weer naar de hand trapte die het stilet vasthield.

Haar pols werd gebogen, de punt van het lemmet drong door de stof van haar dienstmeidenuniform in het vlees boven haar linkerborst.

Wat toen volgde was een schouwspel dat hij zich liever niet herinnerde. De ogen van de oude vrouw gingen wijd open en werden schildvormig, haar lippen stekten zich tot een macabere, afschuwelijke grijns, die geen glimlach was. Ze begon over de vloer te kronkelen. Haar lichaam schokte en beefde. Ze rolde zich op als een foetus, trok haar dunne benen tegen haar buik in een volslagen doodsstrijd. Langgerekte, gesmoorde kreten kwamen uit haar keel, ze rolde weer om en klauwde in het kleed. Ze braakte slijm uit haar vertrokken mond tot de gezwollen tong de doorgang versperde.

Plotseling kwam er een afschuwelijke snik en blies ze de laatste adem uit. Haar lichaam schokte spastisch omhoog en werd toen stijf. Haar ogen waren wijd open, staarden in het niets, haar mond viel open en ze was dood. Het proces had minder dan een minuut geduurd.

Bray bukte zich, beurde de hand op en deed de benige vingers uit elkaar. Hij pakte het mes, stond op en liep naar het bureau waar een doosje lucifers lag. Hij streek er een aan en hield hem onder het lemmet. Er barstte een vlam uit die zo hoog kwam dat zijn haar schroeide, de hitte was zo intens dat hij zijn gezicht brandde. Hij liet het stilet vallen en trapte het vuur uit.

De telefoon rinkelde.

'Talenjekov,' zei de Rus door de zwijgende telefoon. Hij was opgenomen maar er sprak niemand. 'Ik merk dat uw houding niet veranderd is nadat u het bericht hebt ontvangen van onze contactman.'

'Ontvangen,' was het antwoord.

'Je wijst mijn telegram af, mijn witte vlag, en als ik jou was zou ik hetzelfde doen. Maar jij hebt ongelijk en ik zou ongelijk hebben! Ik heb gezworen dat ik je zou doden, Beowulf Agate en misschien zal ik het ooit doen, maar niet nu en niet op déze manier.'

'Je hebt mijn bericht gelezen,' was het antwoord dat eentonig uitgesproken werd. 'Je hebt mijn vrouw vermoord. Kom en grijp me. Ik ben klaar voor je.'

'Hou óp! We hebben beiden gedood. Jij nam een bróer... en vóór die tijd een onschuldig meisje dat geen bedreiging vormde voor de beesten die haar verkrachtten en vermoordden!'

'Wat?'

'Daar is nu geen tijd voor! Er zijn mannen die je willen doden, maar ik ben niet één van hen! Ik heb er wel een gepakt, hij is hier nu bij me...'

'Jij stuurde een ander,' interrumpeerde Scofield. 'Ze is dood. Het mes trof haar, niet mij. De snee hoefde niet erg diep te zijn.'

'Je moet haar geprovoceerd hebben. Het was niet gepland! Maar we verspillen seconden en die heb je niet meer. Luister naar de man die ik door de telefoon laat praten. Hij komt uit Amsterdam. Zijn gezicht is beschadigd en hij kan niet zo best zien, maar hij kan wel spreken.' Wasili drukte de hoorn tegen de bloederige lippen van de Nederlander en drukte de Graz-Boerja in zijn hals. 'Vertel het hem, Nederlander!'

'Er zijn telegrammen gezonden...' De gewonde man fluisterde, verstikt door angst en bloed. 'Amsterdam, Marseille, Praag. Beowulf Agate was niet te redden. We zouden allemaal gedood kunnen worden als hij bleef leven. De telegrammen hadden de gebruikelijke teksten. Het waren waarschuwingen die ons noodzaakten voorzorgsmaatregelen te nemen, maar we wisten wat ze betekenden. Geen voorzorgsmaatregelen nemen, neem het probleem weg, we elimineren Beowulf Agate zelf... Dat is niets nieuws voor u, meneer Scofield. U hebt zelf zulke orders gegeven en u weet dat die uitgevoerd moeten worden.'

Talenjekov rukte de telefoon weg en hield de loop van zijn wapen weer tegen de keel van de Amsterdammer gedrukt. 'Je hebt het gehoord. De val die je voor me opgezet hebt, wordt als hinderlaag gebruikt voor jóu. Door je eigen mensen.'

Stilte. Beowulf Agate zei niets. Wasili's geduld raakte op. 'Begrijp je het niet? Ze hebben inlichtingen uitgewisseld, dat is de enige manier waarop ze de schuilplaats konden vinden – wat jij een geheime plek noemt. Moskou heeft dat verteld, zie je dat niet in? Elk van ons is gebruikt om als reden te dienen voor de executie van de ander, om ons béiden te doden. Mijn mensen zijn directer dan de jouwe. De opdracht voor mijn dood is naar alle Russische standplaatsen gestuurd, civiele en militaire. Jouw ministerie van buitenlandse zaken doet het iets anders. Die analisten nemen geen verantwoordelijkheid op zich voor zulke ongrondwettige besluiten. Ze sturen gewoon waarschuwingen naar hen die de letter van de wet niet zo nauw nemen, maar wel erg bezorgd zijn voor hun leven.'

Stilte. Talenjekov barstte uit: 'Wat wil je verder nog? Amsterdam moest je naar buiten lokken. Je zou geen keus hebben. Je zou geprobeerd hebben positie te kiezen in een van de twee uitgangen: bij de dienstlift of bij de trap. Op dit moment staat Marseille bij de dienstlift en Praag op de trap. De man uit Praag is iemand die jij goed kent, Beowulf. Je hebt bij veel gelegenheden gebruikgemaakt van zijn pistool en zijn mes. Hij wacht op je. Binnen een kwartier, als je niet op een van beide plaatsen verschijnt, zullen ze je in je kamer te pakken nemen. Wat wil je verder nog?'

Scofield antwoordde tenslotte: 'Ik wil weten waarom je me dit vertelt.'

'Lees mijn codebericht aan jou nog eens! Dit is niet de eerste keer dat jij en ik zijn gebruikt. Er gebeurt iets ongelooflijks en het gaat buiten jou en mij om. Een paar mensen weten ervan. In Washington én in Moskou. Maar ze zeggen niets, niemand kan iets zeggen. Bekentenissen zijn rampzalig.'

'Wat voor bekentenissen?'

'Toegeven dat er moordenaars gehuurd worden. Aan beide kanten. Dat gaat al jaren zo, tientallen jaren.'

'Wat heeft dat met mij te maken? Ik trek me van jou niets aan.'

'Dimitri Joerjevitsj.'

'Wat is er met hem?'

'Ze zeiden dat jij hem gedood hebt.'

'Je liegt, Talenjekov. Ik dacht dat je slimmer zou zijn. Joerjevitsj helde over, hij zou vermoedelijk overlopen. De burger die gedood werd was mijn contactman, stond onder mijn controle. Het was een

KGB-operatie. Liever een dode fysicus dan een afvallige. Ik herhaal: kom hier en pak me.'

'Je hebt het mis!... Later! Er is geen tijd om te discussiëren. Wil je het bewijs? Luister dan! Ik denk dat je oor geoefender is dan je hersenen!' De Rus schoof de Graz-Boerja onder zijn riem en hield de microfoon omhoog. Met zijn linkerhand greep hij de Amsterdammer bij de keel en duwde zijn duim in de kraakbeenringen van zijn luchtpijp. Hij drukte, zijn hand was een schroef, zijn vingers klauwen die weefsel en been verbrijzelden terwijl de schroef dichtging. De Nederlander kronkelde hevig, hij zwaaide met armen en handen en probeerde uit Wasili's greep los te komen, een nutteloze poging. Zijn geschreeuw van pijn was een onafgebroken kreet die afnam tot een gejammer van doodsangst. De Amsterdammer viel bewusteloos op de grond. Talenjekov sprak weer door de telefoon. 'Bestaat er menselijk lokaas dat goed zou vinden wat ik net deed?'

'Had hij keus?'

'Je bent gek, Scofield! Laat je maar afmaken!' Wasili schudde wanhopig zijn hoofd. Het was een reactie op het feit dat hij zijn zelfbeheersing verloren had.

'Néé... Nee, dat moet je niet doen. Je kunt het niet begrijpen en ik moet proberen dat te vatten, dus jij moet mij trachten te begrijpen. Ik minacht alles wat je bent, alles wat je voorstaat. Maar juist nu kunnen wij doen wat maar weinig anderen kunnen. Zorgen dat er mensen luisteren, dat ze gaan praten. Al is het alleen maar omdat ze ons vrezen, bang zijn voor wat we weten. De vrees bestaat aan béide kanten...'

'Ik weet niet waar je het over hebt,' onderbrak Scofield. 'Je zet een mooie KGB-strategie op. Ze zullen je waarschijnlijk een grote *datsja* geven in Graznov, maar ik handel niet. Ik zeg nogmaals: kom en pak me.'

'Genoeg!' riep Talenjekov en keek op de klok op de tafel. 'Je hebt elf minuten! Je weet waar je laatste bewijs is. Je kunt het vinden in een dienstlift of op een trap. Tenzij je het niet wilt weten, dan sterf je in je kamer. Als je een opschudding veroorzaakt, trek je een hoop mensen aan. Dat hebben ze liever, maar dat hoef ik je niet te vertellen. Je zult Praag misschien herkennen, Marseille niet. Je kunt de politie niet bellen of de kans wagen dat de directie het doet, dat weten we beiden. Ga je bewijs zoeken, Scofield! Kijk of deze vijand liegt. Je komt niet verder dan de eerste hoek in de gang! Als je dan nog leeft – wat niet waarschijnlijk is – ik ben op de vijfde verdieping. Kamer vijf-nul-vijf. Ik heb gedaan wat ik kon!' Wasili gooide de hoorn op de haak, een gebaar dat tegelijk opzettelijk en uit kwaadheid was.

Alles om de Amerikaan te ontnuchteren, alles om hem aan het denken te zetten.

Talenjekov had elke seconde nu nodig. Hij had Beowulf Agate verteld dat hij alles gedaan had wat hij kon, maar dat was niet waar. Hij knielde neer en trok de zwarte jas van het bewusteloze lichaam van Amsterdam.

Bray legde de hoorn neer, zijn hoofd kookte. Als hij maar geslapen had, of als hij dat volkomen onverwachte geweld van de aanval door de oude vrouw maar niet te doorstaan had gehad, of Talenjekov hem maar niet zo veel van de waarheid had verteld, dan zouden de dingen hem duidelijker zijn. Maar dat was allemaal gebeurd en, zoals hij zo vaak had gedaan in het verleden, hij moest zich in een staat van blinde aanvaarding stellen en alleen denken aan het onmiddellijke doel.

Het was niet de eerste keer dat hij het doelwit was van met elkaar verschillende partijen. Je raakte eraan gewend als je met tegengestelde partisanen uit dezelfde kampen te maken had, ofschoon doden zelden het doel was. Wat ongebruikelijk was, was de timing, het samengaan van verschillende aanvallen. Toch was het zo begrijpelijk, zo dúidelijk.

Het was staatssecretaris van buitenlandse zaken Daniel Congdon echt gelukt! De schijnbaar levenloze man had de moed van zijn eigen overtuigingen gezien. Hij had in het bijzonder Talenjekov gevonden en Talenjekovs zetten tegen Beowulf Agate. Bestond er een betere reden voor het breken van de regels en het elimineren van een uitgeschakelde specialist die hij als een gevaar beschouwde? Was er een beter motief om de Russen te bereiken, die alleen maar het afmaken van de beide mannen steunden?

Het was zo duidelijk, zo goed in elkaar gezet dat hij of Talenjekov de strategie konden hebben bedacht. Ontkenning en verbazing zouden hand in hand gaan, staatslieden in Washington en Moskou zouden het geweld van voormalige inlichtingenofficieren – uit een ander tijdperk – veroordelen. Een tijdperk waarin persoonlijke haatgevoelens vaak belangrijker waren dan nationale belangen. Jezus, hij hoorde het ze al zeggen, uitgedrukt in schijnheilige gemeenplaatsen, mannen als Congdon die smerige beslissingen verborgen onder respectabele titels.

Wat je razend maakte was dat de realiteit de gemeenplaatsen ondersteunde, de woorden werden bevestigd door Talenjekovs jacht op wraak. 'Ik zweer dat ik je zal doden, Beowulf Agate. En misschien zal ik het nog eens doen.'

Dat ééns was vandaag, het misschién had geen betekenis voor de Rus.

Talenjekov wilde Beowulf Agate voor zichzelf. Hij zou geen inmenging dulden van killers die in dienst genomen en geprogrammeerd waren door bureaumensen in Washington en Moskou. 'Ik zal ervoor zorgen dat je de laatste adem uitblaast...' Dat waren Talenjekovs woorden zes jaar geleden; toen meende hij ze en hij meende ze nu.

Zeker, hij zou zijn vijand redden van de pistolen van Marseille en Praag. Zijn vijand was een beter wapen waard, zíjn pistool. En geen karwei was te onredelijk, geen woorden te extreem om zijn vijand voor die loop te krijgen.

Hij was moe van dat alles, dacht Scofield en nam zijn hand van de telefoon. Vermoeid van de spanning van zet en tegenzet. Wie zou het achteraf bekeken wat kunnen schelen? Wie trok zich verdomme iets aan van twee ouder wordende specialisten die zich beiden wijdden aan de zaak dat de tegenhanger moest sterven? Bray sloot zijn ogen, kneep zijn oogleden stijf dicht, zich ervan bewust dat er vocht in zijn oogharen zat. Tranen van vermoeidheid, zijn geest en lichaam uitgeput. Er was geen tijd om aan de uitputting toe te geven. Omdat hij bezorgd was. Als hij moest sterven – en dat was een mogelijkheid die altijd om de hoek keek – zou hij niet geraakt worden door de pistolen van Marseille, Praag of Moskou. Daar was hij te goed voor, hij was altijd beter geweest. Volgens Talenjekov had hij elf minuten. Twee waren er voorbij sinds de Rus dat gezegd had. Zijn kamer was de val en als de man uit Praag degene was die Talenjekov beschreef, zou de aanval snel uitgevoerd worden, met een minimaal risico. Met gas gevulde kogeltjes zouden aan het wapengeweld voorafgaan en de gassen zouden iedereen in de kamer immobiel maken. Het was een favoriete tactiek van de moordenaar uit Praag die weinig risico nam.

Het onmiddellijke doel was daarom uit de val weg te gaan. De gang in lopen was niet gunstig, misschien het openen van de deur niet eens. Daar het de taak van de Amsterdammer was hem naar buiten te krijgen en dat niet gebeurd was, zouden Praag en Marseille op hem afkomen. Als er niemand in de gang was – waar de afwezigheid van geluid een aanwijzing voor was – hadden ze niets te verliezen. Hun schema zou niet uitgesteld, maar versneld uitgevoerd worden.

Niemand in de gang... iémand in de gang. Mensen die opgewonden rondlopen en voor afleiding zorgen. Meestal was een menigte in het voordeel van de moordenaar en niet van het slachtoffer, vooral als het doelwit herkenbaar was en een of meer van de moordenaars niet. Aan de andere kant, een doelwit dat precies weet wanneer en waar de aanval gedaan zou worden, kon wel drukte gebruiken om zijn vlucht te dekken. Een ontsnapping gebaseerd op verwarring en een verandering van uiterlijk. De verandering hoefde niet zo groot te zijn, net genoeg om twijfels te veroorzaken. In het wilde weg schieten bij een executie moest vermeden worden.

Acht minuten. Of minder. Het ging alleen om voorbereiding. Hij zou zijn voornaamste bezittingen meenemen, want als hij op de vlucht ging zou hij moeten blijven vluchten. Hoe lang en hoe ver, dat was niet te zeggen en daarover kon hij nu ook niet gaan denken. Hij moest uit de val en vier mannen ontwijken die hem dood wilden hebben, de een gevaarlijker dan de drie anderen omdat hij niet door Washington of Moskou gestuurd was. Hij was uit zichzelf gekomen.

Bray liep naar de dode vrouw op de grond, sleepte haar naar de badkamer, slingerde het lijk naar binnen en sloot de deur. Hij raapte de lamp met de zware voet op en sloeg ermee op de deurknop; het slot werd vastgeklemd en de deur zou alleen geopend kunnen worden door het slot te forceren.

Zijn kleren kon hij achterlaten. Er zaten geen wasmerken op of zichtbare bewijzen die ze onmiddellijk met Brandon Scofield in verband brachten. Wel vingerafdrukken, maar het nemen en ontwikkelen ervan zou tijd in beslag nemen. Dan zou hij ver weg zijn... als hij levend uit het hotel kwam.

Zijn koffertje was wat anders. Dat bevatte te veel gereedschappen van zijn vak. Hij deed het dicht, draaide het cijferslot en gooide het op het bed. Hij deed zijn jasje aan en ging terug naar de telefoon. Hij nam hem op en draaide het nummer van de centrale.

'Dit is kamer twee-dertien,' zei hij fluisterend, zonder inspanning zodat het zwak klonk. 'Ik wil u niet laten schrikken, maar ik ken de symptomen. Ik heb een beroerte gehad. Ik heb hulp nodig...' Hij liet de telefoon tegen de tafel kwakken en op de vloer vallen.

10

Talenjekov deed de zwarte overjas aan en pakte de grijze sjaal die nog om Amsterdams hals zat. Hij trok hem los, deed hem om en raapte de grijze hoed op die naast de stoel gevallen was. Hij was te groot. Hij maakte een diepe deuk in de bol zodat hij niet zo ver over zijn hoofd zakte en ging naar de deur, voorbij de kast. Hij zei hard tegen het paar dat erin zat: 'Blijf waar je bent en maak geen lawaai! Ik ben buiten de deur op de gang. Als ik iets hoor, kom ik terug en dan ziet het er slecht voor jullie uit.'

In de gang rende hij naar de hoofdlift en daarna verder naar de gewone donkere lift aan het eind daarvan. Tegen de muur stond een dientafeltje dat door de kamerservice gebruikt werd. Hij haalde de Graz-Boerja onder zijn riem vandaan, stak hem in zijn jaszak en drukte met zijn linkerhand op de liftknop. Het rode lampje boven de deur ging aan. De lift was op de tweede verdieping. Marseille was op zijn post en wachtte op Beowulf Agate. Het lampje ging uit en een paar seconden later lichtte nummer 3 helder op, daarna nummer 4. Wasili draaide zich om, zijn rug tegen de schuifdeur.

De deur ging open, maar er klonken geen woorden van herkenning, geen uitdrukking van verrassing bij het zien van de zwarte jas of de grijze hoed. Talenjekov draaide zich om, zijn vingers aan de trekker van zijn pistool.

Er was niemand in de lift. Hij ging naar binnen en drukte op de knop voor de tweede verdieping.

'Meneer? Meneer? Mijn god, het is die gek in twee-dertien!' De opgewonden stem van de telefoniste klonk doordringend op uit de telefoon op het kleed. 'Stuur een paar jongens! Kijk wat ze kunnen doen! Ik zal een ambulance bellen. Hij heeft een aanval gehad of zo iets...'

De zin werd afgebroken, de chaos was begonnen.

Scofield stond bij de deur, ontgrendelde hem en wachtte. Er gingen niet meer dan veertig seconden voorbij tot hij hardlopende voetstappen hoorde en geroep in de gang. De deur vloog open. De portier snelde naar binnen, gevolgd door een jongere, grotere man, een piccolo.

'Goddank was hij niet op slot! Wáár?...'

Bray trapte de deur dicht en vertoonde zich aan de twee mannen. Hij had zijn automatisch pistool in de hand. 'Er zal niemand iets gebeuren,' zei hij kalm. 'Doe alleen precies wat ik u zeg. U,' beval Bray de jongere man, 'trek uw jasje uit en zet uw pet af. En u,' vervolgde hij tegen de portier, 'gaat naar de telefoon en vertelt de telefoniste dat ze de chef naar boven moet sturen. U bent bang: u wilt niets aanraken, er waren misschien moeilijkheden hierboven. U denkt dat ik dood ben.'

De oudere man stamelde wat, zijn ogen gevestigd op het pistool, snelde naar de telefoon. De voorstelling was overtuigend, hij was buiten zichzelf van angst.

Bray nam het kastanjebruin met wit gestreepte jasje dat de grote knecht hem voorhield. Hij deed zijn jasje uit en het andere jasje aan.

Het zijne nam hij onder zijn arm. 'De pet,' beval Scofield. Hij kreeg hem.

De portier was klaar met zijn gesprek, zijn ogen keken Bray wild aan en hij schreeuwde zijn laatste verzoek! 'Opschieten! In godsnaam, stuur iemand naar boven!'

Scofield gebaarde met zijn wapen. 'Ga naast me bij de deur staan,' zei hij tegen de opgewonden man en wendde zich daarna tot de jongere. 'Er is een kast daar achter het bed. Ga erin. Nú!'

De grote, trage piccolo aarzelde, keek naar Brays gezicht en trok zich vlug terug in de kast. Scofield nam, zijn wapen op de portier gericht, de nodige stappen naar de kast en trapte de deur dicht. Hij pakte de lamp bij de steel. 'Ga naar rechts! Versta je me? Geef antwoord!'

'Ja,' klonk het gedempte antwoord van binnenuit.

'Klop op de deur!'

De klop kwam van geheel links, rechts voor de jonge man. Bray sloeg met de voet van de lamp tegen de deurknop; hij brak af. Toen hief hij zijn pistool met de demper erop en vuurde een kogel in de rechterkant van de deur. 'Dat was een kogel!' zei hij. 'Wat u ook hoort, hou je mond dicht of er komt er nog een. Ik sta vlak bij deze deur!'

'O god...'

De man zou nog gezwegen hebben als er een aardbeving was gekomen. Scofield ging terug naar de portier en pakte zijn koffertje onder het lopen op. 'Waar is de trap?'

'De hal in naar de liften, dan rechtsaf. Het is aan het eind van de gang.'

'De dienstlift?'

'Hetzelfde, de andere kant op, het andere eind. Ga links...'

'Luister naar me,' onderbrak Bray, 'en onthoud goed wat ik je zeg. Over een paar seconden horen we de chef en misschien anderen de hal in komen. Als ik de deur opendoe, stap jij naar buiten en schreeuwt – en ik bedoel schreeuw zo hard je kunt – en loop dan snel naar de gang met mij.'

'Jezus! Wat zég ik dan?'

'Dat je hier weg wilt,' antwoordde Bray. 'Zeg het zoals je dat zelf wilt. Ik denk niet dat het moeilijk voor je zal zijn.'

'Waar gaan we héén? Ik heb een vrouw en vier kinderen!'

'Dat is prachtig. Waarom ga je niet naar huis?'

'Wát?'

'Wat is de vlugste weg naar de conversatiezaal?'

'Jezus, dat weet ík niet!'

'Het duurt soms lang voordat de lift komt.'

'De trap? De tráp!' De verschrikte portier voelde zich triomfantelijk over zijn gevolgtrekking.

'Gebruik de trap,' zei Scofield met zijn oor tegen de deur.

De stemmen klonken gedempt, maar intens. Hij kon de woorden politie en ambulance horen en daarna noodgeval. Er waren drie of vier mensen.

Bray gooide de deur open en duwde de portier de gang in. 'Nu,' zei hij.

Talenjekov wendde zich af toen de dienstlift opening op de tweede verdieping. Weer hadden de zwarte jas en de deftige grijze hoed geen herkenning opgeroepen en weer draaide hij zich om en greep zijn hand de Graz-Boerja in zijn zak. Er stonden dientafeltjes beladen met etensresten en de lucht van koffie – overblijfselen van late ontbijten – maar er was geen Marseille.

Naar de gang op de tweede verdieping waren een paar scharnierende deuren met ronde raampjes midden in elk paneel. Wasili liep erheen en gluurde door het rechter rondje. Daar was hij. De gestalte in het dikke tweedkostuum liep voorzichtig langs de muur naar de hoek van het gangetje dat naar kamer 213 leidde. Talenjekov keek op zijn horloge, het was 12.31. Vier minuten voor de aanval, een mensenleven als Scofield zijn hoofd erbij hield. Er was een afleiding nodig. Brand was het beste. Een telefoontje, een vlammende kussenkast volgestopt met goed en papier in de gang gesmeten. Hij vroeg zich af of Beowulf Agate eraan had gedacht.

Scofield had érgens aan gedacht. Aan het eind van de gang ging het lichtje boven een van de twee hoofdliften aan. De deur ging open en drie mannen die als razenden praatten, snelden eruit. De een was de chef, nu bijna in paniek, een ander droeg een zwarte tas: een dokter. De derde zag er stoer uit, zijn gezicht strak, het haar kortgeknipt... de hoteldetective.

Ze renden langs de geschrokken Marseille, die zich met een ruk afwendde en gingen verder de lange gang door die naar Scofields kamer leidde. De Fransman trok een pistool.

Aan de andere kant van de gang, onder een bordje met in rood UITGANG erop, werd een zware deur met een breekijzer opengeduwd. De gestalte van Praag stapte erdoor en knikte tegen Marseille. In zijn rechterhand hield hij een zwaar kaliber automatisch pistool met een lange loop, in zijn linker iets dat leek op... het wás... een handgranaat. De duim was gebogen en drukte op de hefboom, de veiligheidspen was eruit!

En als hij één handgranaat had, had hij er meer. Praag was een arsenaal. Hij zou iedereen raken, als Beowulf Agate maar geraakt werd. Een granaat naar het einde van een gang gooien, een snelle uitval naar het bloedbad voordat de rook opgetrokken was om kogels door de hoofden te jagen van hen die nog leefden, en er zeker van te zijn dat Scofield de eerste was. Het deed er niet toe waar de Amerikaan aan gedacht had, hij was in het nauw gedreven. De spitsroede kon niet ontlopen worden.

Tenzij Praag tegengehouden kon worden waar hij was en de granaat onder hem ontplofte. Wasili haalde de Graz-Boerja uit zijn zak en duwde de draaideur voor hem open.

Hij wilde net schieten toen hij de schreeuw hoorde... geschreeuw van een man in paniek.

'Wég hier! In godsnaam, ik moet hier wég!'

Wat daarna kwam, was waanzin. Twee mannen in hoteluniform kwamen de gang uitrennen, de een ging rechtsaf en botste tegen Praag die hem van zich af duwde en hem met de loop van zijn pistool sloeg. Praag riep naar Marseille en beval hem de gang in te komen.

Marseille was niet gek, net zomin als Amsterdam. Hij zag de granaat in Praags hand. De twee schreeuwden tegen elkaar.

De liftdeur ging dicht.

Dicht. Het lichtje ging uit.

Beowulf Agate was ontsnapt.

Talenjekov ging vlug weer achter de metalen deuren. In de verwarring hadden ze hem niet opgemerkt. Maar Praag en Marseille hadden de lift gezien en het deed blijkbaar meteen denken aan een tweede man met een donkerrood jasje die rechtdoor liep, zonder paniek, die wist wat hij deed... en iets onder zijn linkerarm droeg. Evenals Wasili keken de twee beulen naar de verlichte nummers boven de liftdeur, en verwachtten, zoals ook Talenjekov, dat de letter L op zou lichten. Dat gebeurde niet.

Het lichtje bereikte 3, en stopte.

Wat déed Scofield? Hij zou binnen een paar seconden de straat op kunnen rennen, veilig zijn in de drukte, en naar een van de veilige adressen gaan. Hij bleef op het slagveld! Dat was gekkenwerk!

Op dat ogenblik begreep Wasili het. Beowulf Agate zat achter hém aan. Hij keek door het ronde raampje. Praag praatte opgewonden, Marseille knikte, hield zijn vinger op de linker liftknop, terwijl Praag naar de trap rende en door de deur verdween. Talenjekov moest weten wat er gezegd was. Dat kon seconden schelen, als hij het in een paar seconden te weten kon komen. Hij stak de Graz-Boerja in zijn zak, sprong door de draaideur, de grijze zijden sjaal hoog om zijn hals, de grijze hoed diep over zijn hoofd, zijn gezicht verborgen. Hij riep: *'Alors, vous avez découvert quelque chose par hazard?'*

Marseille was zo opgewonden dat de snelheid en de misleiding succes hadden. De zwarte jas, de grijze vage verschijning in zijde en bont en het Frans gesproken met de keelklanken van de Nederlander. Het was genoeg om hem aan te zien voor een man die hij slechts één keer, en maar even in een koffiehuis, had ontmoet. Hij was stomverbaasd, rende naar Talenjekov en riep in zijn moedertaal, de woorden klonken zo snel dat zij maar nauwelijks te verstaan waren.

'Wat doe jij hier? De hel is losgebroken! Er klinkt geroep in Beowulfs kamer, ze breken de deuren open! Hij is er vandóór. Praag heeft...'

Marseille bleef staan. Hij zag het gezicht voor zich en zijn verbaasde uitdrukking veranderde in schrik. Wasili's hand schoot uit greep het wapen uit de hand van de Fransman, draaide het met zo'n kracht om dat Marseille het uitschreeuwde. Het wapen werd uit zijn vingers gegrist. Talenjekov sloeg de man tegen de muur, beukte zijn knie in de lendenen van de Fransman en met zijn linkerhand trok hij aan Marseilles oor.

'Praag heeft wàt? Je hebt één seconde om me dat te vertellen!' Hij stootte met zijn knie in het kruis van de Fransman. 'Nú!'

'We gaan naar het dak...' Marseilles stem klonk verstikt door zijn opeengeklemde tanden, zijn hand werd pijnlijk verdraaid. 'Verdieping na verdieping... naar het dak.'

'Waarom?' Mijn god! dacht Wasili. Er was een metalen luchtkoker die het hotel met het aangrenzende gebouw verbond. Wisten ze dat? Hij ramde weer met zijn knie en herhaalde: 'Waaróm?'

'Praag gelooft dat Scofield denkt dat jij mannen op straat hebt, bij de hoteldeuren. Hij zal wachten tot de politie komt... de verwarring. Hij deed iets in de kamer! In godsnaam, hou óp!'

Wasili sloeg met de kolf van het pistool van de Fransman op Marseilles schedel achter zijn linkerslaap. De moordenaar zakte in elkaar en het bloed spatte uit de wond. Talenjekov duwde het bewusteloze lichaam langs de muur en liet het zo vallen dat het over de kruising met de andere gang terechtkwam. Als er iemand uit kamer 213 kwam zou hij begroet worden door nog een onverwacht schouwspel. De paniek zou toenemen en kostbare minuten opleveren.

De linker lift had gereageerd op de druk op de knop van de Fransman.

Wasili ging er vlug in en drukte op de knop voor de derde etage. De deuren gingen dicht terwijl verder in de gang twee opgewonden mannen uit kamer 213 kwamen gesneld. De ene was de bedrijfsleider. Hij zag de gevallen Fransman midden op het met bloed doordrenkte kleed en hij gaf een gil.

Scofield deed het jasje uit en zette de pet af, gooide ze in een hoek en trok zijn eigen jas aan. De lift stopte op de derde verdieping; hij verstarde bij het zien van een dikke dienstmeid die binnenkwam met handdoeken over haar arm. Ze knikte. Hij staarde haar aan. De deuren gingen dicht en ze gingen verder naar de vierde etage waar de meid uitstapte. Bray drukte vlug weer op de knop voor de zesde verdieping, dat was de hoogste.

Als het mogelijk was zou een deel van de waanzin afgelopen zijn! Hij ging er niet vandoor om alleen maar weer verder te moeten vluchten en zich af te vragen waar de volgende val zou dichtklappen. Talenjekov was in het hotel en dat was alles wat hij hoefde te weten.

Kamer vijf-nul-vijf. Talenjekov had hem het nummer door de telefoon gezegd, verteld dat hij zou wachten. Bray probeerde terug te denken, zich een code te herinneren waarin de cijfers pasten, maar hij kon zich er geen voor de geest halen en hij betwijfelde ook of de KGB-man zijn kamernummer had gegeven.

Vijf-nul-vijf.

Vijf-dood-vijf?

... Ik wacht op je op de vijfde verdieping. Een van ons zal sterven. Was het zo eenvoudig? Was er van Talenjekov alleen een uitdaging over? Was zijn ego zó in woede ontstoken of zijn uitputting zó totaal dat er niets anders meer overbleef dan het spellen van de plaats van het duel?

In godsnaam, laten we er een eind aan maken! Ik kom, Talenjekov! Je bent misschien wel knap, maar je bent geen partij voor de man die je Beowulf Agate noemt!

Het ego. Zo noodzakelijk en zo vermoeiend.

De lift bereikte de zesde etage. Bray hield zijn adem in toen twee goedgeklede mannen binnenstapten. Ze praatten over zaken, het vervelende onderwerp waren de cijfers van vorig jaar. Beiden keken hem even misprijzend aan. Hij begreep het. De baard, de bloeddoorlopen ogen. Hij hield zijn koffertje stevig vast en ontweek hun blikken. De deur begon dicht te gaan en Bray stapte naar voren, zijn hand in zijn jasje.

'Sorry,' mompelde hij. 'Mijn etage.'

Er was niemand in de lange gang recht voor hem, vier verdiepingen hoger dan 211 en 213. Ver naar rechts waren twee deuren met ronde raampjes. De dienstlift. Eén deur was net dichtgezwaaid en hij bewoog nog. Scofield trok zijn automatisch pistool een eindje uit zijn riem, hield het op die plaats toen hij het gerammel van borden hoorde achter de draaideur. Een dienblad werd weggehaald. Een man die zich verborg met de bedoeling om te doden maakte geen herrie.

Links, in de richting van de trap, had een werkster net een kamer klaar. Ze trok de deur dicht en duwde lusteloos haar wagentje naar de volgende.

Vijf-nul-vijf.

Vijf-dood-vijf.

Als er een ontmoetingspunt was, was hij erboven op veilige grond. Maar het was een veilige plaats vanwaar hij niets kon waarnemen en de tijd was bijna om. Hij dacht er even aan om de werkster te benaderen en haar op de een of andere manier te gebruiken maar zijn uiterlijk sloot dat uit. Zijn verschijning sloot heel wat dingen uit. Scheren was een luxe die hij zich niet had kunnen veroorloven, naar de wc gaan betekende het verlies van kostbare seconden zonder de geluiden te kunnen horen van de val. Die kleine dingen werden zo onheilspellend, zo heel belangrijk tijdens het wachten. En hij was zo moe.

Het gebruik van de dienstlift was uitgesloten. Het was een dichte ruimte die gemakkelijk stilgezet kon worden, geïsoleerd. De trap was al niet veel beter, maar had één voordeel. Behalve naar het dak – als er een uitgang was vanaf het dak – ging hij niet hoger. De wandlampjes waren in het voordeel van iemand die boven was. Roofvogels vielen van boven af aan, ze deden dat zelden van onder af.

Haaien echter wel.

Afleiding. Wat voor afleiding dan ook. Haaien stonden erom bekend dat zij naar boven grepen, naar levenloos, drijvend afval. Bray liep naar de zware trapdeur, bleef even staan bij het wagentje van de werkster. Hij haalde er vier glazen asbakken af, stopte ze in zijn zakken en klemde zijn tas tussen zijn arm en borst.

Zo stil mogelijk drukte hij op de deurklink, de zware stalen deur ging open. Hij liep de treden af, dicht tegen de muur aan en luisterde naar een geluid van zijn vijand.

Daar was het. Enkele verdiepingen lager kon hij vlugge voetstappen horen op het beton van de trap. Ze hielden op en Scofield stond doodstil. Wat daarna kwam, verwarde hem. Er klonk een schavend geluid, een aantal vlugge bewegingen – schurend, metaalachtig. Wat was het?

Hij keek om naar de trap en de metalen deur die hij net was doorgekomen en toen wist hij het. De trap was voornamelijk bedoeld als brandtrap. De vergrendelde deuren gingen van binnen uit open, niet vanaf de trap, waardoor dieven belet werd binnen te komen. De persoon beneden was bezig een dun strookje metaal of plastic door de spleet bij het slot op en neer te bewegen om de ronde grendel te pakken en de deur te openen. Dat was een algemeen gangbare methode. De meeste nooduitgangen konden op die manier bewerkt worden, als ze tenminste functioneerden. In dit hotel zouden ze wel in orde zijn.

Het schurende geschuif hield op en de deur was open.
Stilte.

De deur sloeg dicht. Scofield bewoog zich naar de rand van de trap en keek naar beneden. Hij zag niets dan gebogen leuningen met rechte hoeken afdalen in het donker. Stil ging hij voetje voor voetje naar beneden en kwam op de volgende overloop. Hij was op de vijfde verdieping.

Vijf-nul-vijf. Een getal zonder betekenis, een betekenisloze spelling van een getal.

Talenjekovs strategie was nu duidelijk. En logisch. Bray zou het zelf ook zo gedaan hebben. Toen de chaos eenmaal begonnen was, wachtte de Rus in de conversatiezaal, keek naar de liften of hij een teken van zijn vijand zag en toen deze niet verscheen, moest hij wel aannemen dat Beowulf afgesneden zat en rondliep om een uitweg te vinden. Pas nadat Talenjekov er zeker van was dat zijn vijand niet naar buiten gevlucht was, kon hij beginnen met de laatste jacht op de trap, opzij de gangen in, zijn wapen in de aanslag voor zijn bewegende doel.

Maar de Rus kon niet van boven af beginnen met de dodelijke jacht, hij moest vanaf de trap in de conversatieruimte beginnen. Hij werd gedwongen de hoger gelegen plaats op te geven, wat een dodelijk nadeel was, op de trap evenzeer als in het heuvelland. Scofield zette zijn tas neer en haalde twee glazen asbakken uit zijn zak. Het wachten was bijna voorbij. Het zou nu elk ogenblik kunnen gaan gebeuren.

De deur beneden kraakte open. Bray slingerde de eerste asbak tussen de spijlen door naar beneden. Het kapotvallen van glas echode tussen de wanden van beton en staal.

Slingerende voetstappen. Het bonzen van een zwaar lichaam tegen de wand. Scofield sprong naar de open plek en hij gooide de tweede asak. Het glas viel recht naar beneden te pletter. De gestalte beneden schoot langs de rand van de leuning. Bray vuurde zijn wapen af. Zijn vijand schreeuwde, draaide zich om in de lucht en wierp zich buiten het gezicht.

Scofield deed drie stappen omlaag en drukte zich tegen de muur. Hij zag een trappend been en vuurde weer. Er klonk het zangerige geluid van een kogel die tegen staal afstuit en zich in cement boort. Hij had gemist en hij had de Rus verwond, maar hem niet uitgeschakeld.

Plots was er een ander geluid. Sirenes. In de verte. Buiten. Dichterbij komend. En geroep, gedempt door de zware buitendeuren. Orders klonken in gangen en hallen.

De mogelijkheden werden afgesneden, de kans om te ontsnappen werd met de seconde kleiner. Het moest nu het einde zijn. Er was niets anders over dan een uiteindelijke ruil. Honderd en één lessen uit het verleden werden samengevat. Trek eerst vuur aan, laat het wapen verraden waar het is. Dat betekent een stukje van jezelf laten zien. Een oppervlakkige wond betekent niets als die je leven kan redden.

De seconden tikten weg. Er was geen keus.

Bray pakte de twee overgebleven asbakken uit zijn zak en slingerde ze door de ruimte boven de leuning. Hij stapte naar beneden en bij het eerste geluid van brekend glas zwaaide hij zijn linkerarm en schouder door de lucht, in een halve cirkel, een deel van zichzelf in de directe Russische vuurlijn. Maar niet zijn wapen. Dat was gereed voor zijn eigen aanval.

Twee oorverdovende explosies vulden de verticale tunnel...

Het pistool werd uit zijn hand geschoten! Uit zijn rechterhand! Hij keek hulpeloos toe hoe het wapen uit zijn vingers sprong. Er kwamen bloedspatten over zijn handpalmen en het schelle gerinkel van een nog steeds tegen staal weerkaatsende kogel.

Hij was ontwapend door een verkeerd schot. Gedood door een echo.

De Browning kletterde de trap af. Hij dook ernaar, hoewel hij wist dat het te laat was toen hij dat deed. De moordenaar beneden kwam nu in het gezicht, kwam met moeite op de been en hief de lange loop van zijn wapen, gericht op Scofields hoofd.

Het was Talenjekov niet, niet het gezicht van de duizend foto's, het gezicht dat hij tien jaar gehaat had! Het was de man uit Praag, een man die hij zo vaak gebruikt had voor de zaak van vrije mensen. Die man ging hem nu doden.

Twee gedachten kwamen snel na elkaar op. Allerlaatste conclusies als het ware. Zijn dood zou vlug komen en daar was hij dankbaar voor. En, ten slotte, hij had Talenjekov beroofd van zijn triomf.

'We doen allemaal ons werk,' zei de man uit Praag en zijn drie vingers sloten strakker om de kolf van het pistool. 'Dat heb jij me geleerd, Beowulf.'

'Je komt hier nooit uit.'

'Je vergeet je eigen lessen: "Laat je wapens vallen en ga er in de drukte vandoor." Ik kom er wel uit. Maar jij niet. Als je er wel uitkwam, zouden er te veel moeten sterven.'

'*Padazdit!*' donderde de stem van boven, door geen kraken van een deur voorafgegaan, de man die brulde was vlug en stil binnengekomen. De beul uit Praag draaide zich naar links, dook weg en zwaaide zijn zware pistool de trap op naar Wasili Talenjekov. De Rus vuurde één kogel af, die een gat boorde in het voorhoofd van Praag. De Tsjech viel over Scofield heen toen Bray naar zijn pistool dook, het van de trede greep en zich als een dolle door de draai in de trap naar beneden liet rollen. Hij vuurde wild naar de KGB-man. Hij zou niet toelaten dat Talenjekov hem redde van Praag om de trofee voor zichzelf te bewaren.

'Ik zal zien dat je de laatste adem uitblaast...'

Niet hier! Niet nu! Niet terwijl ik me kan bewegen!

En daarna kon hij niet bewegen. De schok kwam en Scofield wist alleen dat zijn hoofd wijd opengespleten leek. Zijn ogen waren gevuld met verblindende strepen wit licht dat zich op een of andere manier mengde met chaotische geluiden. Sirenes, geschreeuw gillende stemmen uit verre diepten.

Bij zijn rollende duik om uit Talenjekovs vuurlinie te komen had hij zijn schedel gestoten tegen de scherpe ijzeren rand van de hoeksteun van de leuning. Een verkeerd gerichte kogel, een echo een levenloos stuk hoekijzer. Ze zouden zijn dood veroorzaken. Het beeld was beneveld maar onmiskenbaar. De gestalte van de krachtig gebouwde Rus kwam de trap afrennen. Bray probeerde het pistool op te heffen dat hij nog steeds in zijn hand hield. Hij kon het niet. Er werd op gestampt door een zware laars. Het wapen werd uit zijn hand getrapt.

'Doe maar,' fluisterde Scofield. 'In godsnaam, doe het nu! Je hebt per ongeluk gewonnen. Dat is je enige kans geweest.'

'Ik heb niéts gewonnen! Zo'n overwinning wil ik niet. Kom! Lópen! De politie is er. Ze kunnen elk ogenblik de trap op komen zwermen.'

Bray voelde de sterke armen die hem optilden. Zijn arm werd om een dikke nek getrokken, een schouder onder zijn zij geschoven om hem te ondersteunen.

'Wat doe je in 's hemelsnaam?' Hij wist niet of hij zelf die woorden zei; door de pijn kon hij niet denken.

'Je bent gewond. De wond in je hals is opengegaan. Het is niet erg. Maar je hebt een gat in je hoofd, ik weet niet hoe ernstig dat is.'

'Wat?'

'Er is een uitgang. Dit was twee jaar mijn schuilplaats. Ik ken elke centimeter van het gebouw. Kom! Hélp me. Beweeg je benen! Het dák.'
'Mijn tas...'
'Die héb ik.'

Ze zaten in een grote, pikzwarte omsloten ruimte. Koude windvlagen deden de golfijzeren wanden rammelen, de temperatuur was net boven het vriespunt. Ze kropen in het donker over de geribbelde bodem.

'Dit is de hoofdluchtkoker,' legde Talenjekov uit, met zachte stem omdat hij wist dat de echo het geluid versterkte. 'Hij dient voor het hotel en het aangrenzende kantoorgebouw. Beide zijn betrekkelijk klein en eigendom van dezelfde maatschappij.'

Scofield kwam weer bij zijn positieven, de beweging alleen dwong hem prikkels naar armen en benen te laten gaan. De Rus had de zijden sjaal doorgescheurd en de ene helft om Brays hoofd gewonden, de andere om zijn keel. Het bloeden was niet opgehouden, maar het was nu bedwongen. Hij was wel wat bijgekomen, maar het was hem nog steeds niet duidelijk wat er gebeurde.

'Je hebt mijn leven gespaard. Ik wil weten waaróm!'
'Praat zachtjes!' fluisterde de KGB-man. 'En blijf kruipen.' 'Ik wil anwoord.'
'Dat heb ik je al gegeven.'
'Je was niet overtuigend.'
'Jij en ik leven alleen met leugens. Iets anders zien we niet.'
'Van jou verwacht ik niet anders.'
'Over een paar minuten kun je je besluit nemen. Dat beloof ik je.'
'Wat bedoel je?'
'We komen straks bij het eind van de buis. Daar zit een raam, drie of vier meter van de grond. Op een voorraadzolder. Als we daar uit zijn kan ik zorgen dat we op straat komen, maar elke seconde is er een. Als er mannen in de buurt van dat raam zijn, moeten ze weggejaagd worden. Dat lukt wel met schieten. Vuur over hun hoofden heen.'
'Wát?'
'Ja. Ik zal je het pistool teruggeven.'
'Je hebt mijn vrouw gedood.'
'Jij hebt mijn broer gedood. En voor die tijd heeft jouw bezettingsleger het lijk van een jong meisje – een kind – teruggestuurd, van wie ik veel hield.'
'Daar weet ik niets van.'

'Nu weet je het. Neem je besluit.'

Het van een ijzeren rooster voorziene raampje was misschien één meter twintig breed. Eronder was een reusachtige, gedempt verlichte ruimte die diende als pakhuis, gevuld met kisten en dozen met voorraden. Er was niemand te zien. Talenjekov gaf Scofield zijn automatische pistool en begon met zijn schouder het ijzeren rooster uit zijn klampen te drukken. Het sprong los en viel kletterend op de betonnen vloer. De Rus wachtte een paar seconden of er een reactie kwam op het geluid. Er was niets te horen. Hij draaide zich om en begon, met zijn benen eerst, uit de koker te glijden. Zijn schouders en hoofd gingen over de rand, zijn vingers grepen zich eraan vast, hij vond zijn evenwicht en was klaar om te springen.

Het vreemde geluid klonk eerst zwak, daarna luider.

Stap... schuif. Stap... schuif. Stap. Talenjekov verstijfde, zijn lichaam hing tussen het raam en de vloer.

'Goedemiddag, kameraad,' zei de stem zacht in het Russisch. 'Ik loop beter dan vroeger in Riga, hè. Ze hebben me een andere voet gegeven.'

Bray trok zich terug in de schaduw in de koker. Beneden, naast een grote kist, stond een man met een stok. Een kreupele wiens rechterbeen helemaal geen been was, maar in plaats daarvan een lid van stijf, recht hout onder de broek. De man haalde een pistool uit zijn zak en vervolgde: 'Ik ken jou te goed, ouwe jongen. Jij was een goede leraar. Je gaf me een uur om je schuilplaats te bekijken. Er waren diverse ontsnappingsmogelijkheden, maar dit is er een die jij zou kiezen. Sorry, meester. We kunnen je niet langer gebruiken.' Hij hief het pistool.

Scofield vuurde.

Ze renden de steeg in tegenover de straat van het hotel aan Nebraska Avenue. Beiden leunden ze hijgend tegen de stenen muur, hun ogen gericht op wat verderop gebeurde. Drie patrouillewagens, hun lichten zwaaiend op het dak, blokkeerden de ingang van het hotel en stonden om een ambulance. Twee brancards werden naar buiten gedragen, de onderlichamen erop bedekt met een zeil; er verscheen er nog een en Talenjekov zag het bebloede hoofd van Praag.

Geüniformeerde agenten hielden nieuwsgierige omstanders tegen. Hun superieuren renden af en aan, blaften in draagbare radio's en gaven orders.

Het hotel werd omsingeld, alle uitgangen bezet, alle ramen in het oog gehouden, de wapens in de aanslag voor onverwachte dingen.

'Als je je sterk genoeg voelt,' zei Talenjekov tussen twee hijgende ademhalingen door, 'glippen we de drukte in en lopen een paar blokken verder waar het veiliger is om een taxi te nemen. Maar, om eerlijk te zijn, weet ik niet waar we heen moeten.'

'Ik wel,' zei Scofield en duwde zich van de muur af. 'We kunnen maar beter gaan terwijl er daar nog verwarring is. Ze zullen al gauw de omgeving af gaan zoeken. Ze zullen naar gewonden uitkijken, er is heel wat geschoten.'

'Een ogenblik.' De Rus keek Bray aan. 'Drie dagen geleden zat ik op een truck in het heuvelland bij Sebastopol. Toen wist ik wat ik tegen je zou zeggen als we elkaar zouden ontmoeten. Ik zeg het nu. We zullen elkaar doden, Beowulf Agate, of we praten met elkaar.'

Scofield staarde Talenjekov aan. 'Misschien beide wel,' zei hij. 'Laten we gaan.'

11

De hut stond in de oerwouden van Maryland, aan de oever van de Patuxentrivier, aan drie zijden velden en beneden het water. Hij was afgelegen, binnen anderhalve kilometer stond er nergens een ander huis en het was alleen te bereiken langs een primitieve zandweg waarover geen taxi zich zou wagen. Dat werd ook nooit gevraagd.

In plaats daarvan belde Bray een man bij de Iraanse ambassade, een niet geregistreerde SAVAK-agent die in harddrugs handelde en studenten uitwisselde wier ontmaskering een goedwillende sjah in verlegenheid zou brengen. Er werd een gehuurde auto voor hen neergezet op een parkeerplaats in K Street met de sleutels onder de vloermat.

De hut behoorde aan een professor in de politicologie in Georgetown, een stiekeme homofiel met wie Scofield jaren geleden vriendschap had gesloten toen hij een gedeelte van een dossier had verscheurd dat niets te maken had met de kundigheid van de man om de waarde te bepalen van geheime gegevens voor buitenlandse zaken. Bray had de hut een paar keer gebruikt als hij naar Washington teruggeroepen was, elke keer als hij buiten bereik van de kantoormensen wilde blijven, meestal met een vrouw. Een telefoontje naar de professor was alles wat ervoor nodig was. Er werden geen vragen gesteld en de plaats van de sleutel werd verteld. Vanmiddag hing hij aan een spijker onder de tweede dakspaan van rechts onder het dak aan de voorkant. Bray pakte hem met behulp van een ladder die tegen een boom in de buurt stond.

Binnen zag het er rustiek uit. Zware balken en Spartaanse meubels die comfortabel waren door een overvloed van kussens, witte wanden en roodgeruite gordijnen. Ter weerszijden van de stenen open haard stonden boekenkasten die tot het plafond reikten, helemaal vol, en de verscheidenheid van banden gaf extra kleur en warmte.

'Hij is een gestudeerd man,' zei Talenjekov, die zijn blik langs de titels liet gaan.

'Ja zeker,' antwoordde Bray die een gashaard aanstak. 'Er liggen lucifers op de schoorsteenmantel, het brandhout is opgestapeld en klaar om aangestoken te worden.'

'Wat comfortabel,' zei de KGB-man, die een lucifer uit een glaasje op de schoorsteenmantel pakte, neerknielde en hem aanstreek.

'Het is bij de huur inbegrepen. Wie de hut gebruikt moet de haard schoonmaken en vullen.'

'Deel van de huur? Hoe is de regeling verder?'

'Er is maar één regel: niets zeggen over de plek en de eigenaar.'

'Nogmaals, comfortabel.' Talenjekov trok zijn hand terug toen het vuur omhoog schoot uit het droge hout.

'Ja zeker,' herhaalde Scofield, die de verwarming afstelde en blij was dat deze het deed. Hij stond op en keek de Rus aan. 'Ik wil nergens over praten voordat ik wat geslapen heb. Misschien denk jij er anders over, maar zo gebeurt het.'

'Ik heb geen bezwaar. Ik weet niet of ik nu zo erg helder kan zijn en dat moet ik wel zijn als we praten. Ik heb als het even kan nog minder slaap gehad dan jij.'

'Twee uur geleden konden we elkaar wel doodschieten,' zei Bray. 'Geen van beiden hebben we het gedaan.'

'Integendeel,' gaf de KGB-man toe. 'We hebben voorkomen dat anderen dat deden.'

'We staan dus quitte.'

'We hebben natuurlijk geen verplichtingen tegenover elkaar. Hoewel ik op wil merken dat je nog een grotere verplichting zult ontdekken als we gaan praten.'

'Misschien heb je gelijk, maar ik betwijfel het. Jij moet dan misschien leven met Moskou, maar ik hoef niet te leven met wat hier vandaag in Washington gebeurde. Ik kan er iets aan doen. Misschien is dat het verschil tussen ons.'

'Voor ons beiden – voor alles – hoop ik vurig dat je gelijk hebt.'

'Ik héb gelijk. En ik ga wat slapen.' Scofield wees naar een bank tegen de muur. 'Die kun je uittrekken tot een bed. In de kast daar zijn dekens. Ik ga in de slaapkamer.' Hij liep naar de deur, bleef staan en wendde zich tot de Rus.' 'Tussen twee haakjes, de kamer gaat op slot en ik slaap heel licht.'

'Iets waar we beiden last van hebben, denk ik,' zei Talenjekov. 'Je hoeft voor mij niet bang te zijn.'

'Dat ben ik ook nooit geweest,' zei Bray.

Scofield hoorde vaag krakende geluiden, draaide zich onder het laken om en zijn hand greep het Browning-pistool bij zijn knieën. Hij hief het boven het dek terwijl zijn voeten over de rand van het bed zwaaiden, hij was klaar om te kruipen en te vuren.

Er was niemand in de kamer. Maanlicht scheen door het noordelijke venster, balken van kleurloos wit licht, door de dikke ruiten gescheiden tot enkele stralen van verstrooid, zwevend licht. Even wist hij niet waar hij was, zo totaal was zijn uitputting geweest, zo diep zijn slaap. Toen zijn voeten de grond raakten wist hij het weer. Zijn vijand was in de aangrenzende kamer. Een heel vreemde vijand die zijn leven had gespaard en wiens leven hijzelf een paar minuten later gered had.

Bray keek op de verlichte wijzerplaat van zijn horloge. Het was 4.15 in de morgen. Hij had bijna dertien uur geslapen, het zware gevoel in zijn armen en benen, het kleverige vocht in zijn ogen en de droge keel waren het bewijs dat hij zich erg weinig bewogen had gedurende die tijd. Hij zat een poosje op de rand van het bed, ademde de koude lucht diep in, legde het pistool neer en wreef zijn handen. Hij keek naar de gesloten slaapkamerdeur. Talenjekov was op en had een vuur aangestoken, het scherpe gekraak was nu onmiskenbaar het geluid van brandend hout. Scofield besloot een paar minuten te wachten voor hij naar de Rus ging. Zijn gezicht jeukte, de baardstoppels waren erg ongemakkelijk en ze hadden al uitslag in zijn hals veroorzaakt. Er was altijd scheergerei in de badkamer. Hij zou zichzelf de luxe veroorloven om zich te scheren en het verband te vernieuwen dat hij veertien uur geleden om zijn hals en schedel had gedaan. Het zou zijn gesprek met de vroegere – nu overgelopen? – KGB-man nog even uitstellen. Waar het ook over ging, Bray wilde er niets mee van doen te hebben. Toch bleek wel uit de onverwachte gebeurtenissen en besluiten van de laatste vierentwintig uur, dat hij er al bij betrokken was.

Het was 4.37 toen hij de deur ontsloot en hem opendeed. Talenjekov stond voor het vuur en dronk uit een kopje.

'Neem me niet kwalijk als het vuur je gewekt heeft,' zei de Rus. 'Of het geluid van de voordeur, als je het gehoord hebt.'

'De gaskachel is uitgegaan,' zei Scofield, die naar het niet-brandende apparaat keek.

'Ik denk dat de gastank leeg is.'

'Ging je daarom naar buiten?'

'Nee. Ik ging naar buiten om mijn behoefte te doen. Er is hier geen wc.'

'Dat was ik vergeten.'

'Heb je me horen gaan? Of terugkomen?'

'Is dat koffie?'

'Ja,' antwoordde Talenjekov. 'Een slechte gewoonte die ik van het Westen overgenomen heb. Jullie thee heeft geen karakter. De pot staat op de brander.' De KGB-man gebaarde achter een kamerscherm waar een fornuis, een aanrecht en een koelkast op een rij tegen de muur stonden. 'Het verbaast me dat je het niet geroken hebt toen ik het zette.'

'Ik dacht van wel,' loog Scofield die naar het fornuis en de pot liep. 'Maar het was heel zwak.'

'En nu hebben we beiden onze kinderachtigheden uitgewisseld.'

'Kinderachtig,' voegde Bray eraan toe en schonk koffie in. 'Je beweert steeds dat je me wat te vertellen hebt. Ga je gang.'

'Eerst wil ik je een vraag stellen. Heb je ooit gehoord van een organisatie die de Matarese heet?'

Scofield zweeg even, herinnerde het zich en knikte. 'Politieke huurmoordenaars, georganiseerd door een raad in Corsica. Hij begon ruim een halve eeuw geleden en stierf in het midden van de jaren veertig uit, na de oorlog. Wat is ermee?'

'Die beweging stierf nooit uit. Zij ging ondergronds verder – sluimerde zou je kunnen zeggen – maar kwam in een veel gevaarlijker vorm terug. Zij opereert sinds het begin van de jaren vijftig. Ook nu is ze in de gevoeligste en machtigste terreinen van onze beide regeringen geïnfiltreerd. De Matarese beweging was verantwoordelijk voor de moorden op generaal Blackburn hier en Dimitri Joerjevitsj in mijn land.'

Bray nipte aan zijn koffie en bekeek het gezicht van de Rus over de rand van het kopje. 'Hoe weet je dat? Waarom geloof je het?'

'Een oude man die in zijn leven meer gezien heeft dan jij en ik bij elkaar heeft de beweging geïdentificeerd. En hij vergiste zich niet. Hij was één van de weinigen die toegaf – of ooit zal toegeven – dat hij met de beweging te maken heeft gehad.'

'Heeft gehad? Was? Dat is verleden tijd.'

'Hij is gestorven. Hij heeft me laten komen toen hij stervend was. Hij wilde dat ik het wist. Hij had toegang tot informatie die jou noch mij onder geen enkele omstandigheid gegeven zou worden.'

'Wie was hij?'

'Aleksie Kroepskaja. De naam zegt niets, dat weet ik en daarom zal ik het uitleggen.'

'Zegt niets?' onderbrak Scofield die naar een leunstoel voor het vuur liep en ging zitten. 'Toch wel iets. Kroepskaja, de witte kat van Krivoi Rog. Istrebiteli. De laatste uitroeier van Afdeling Negen van de KGB. De oorspronkelijke Negen, natuurlijk.'

'Je hebt je lesje goed geleerd, maar je bent ook een Harvardman, heb ik gehoord.'

'Dat soort lesjes kan nuttig zijn. Kroepskaja werd twintig jaar geleden verbannen. Hij werd een nul. Als hij al leefde, denk ik dat hij vegeteerde in Grasnov, geen adviseur die van inlichtingen voorzien werd door mensen van het Kremlin. Ik geloof je verhaal niet.'

'Geloof het nu maar,' zei Talenjekov die tegenover Bray ging zitten.

'Want het waren niet "mensen" van het Kremlin, slechts één man. Zijn zoon. Dertig jaar lang een van de overlevenden uit de hoogste kring van het Politburo. De laatste zes jaar premier van de Sovjetunie.'

Scofield zette zijn kopje op de grond en keek weer naar het gezicht van de KGB-man. Het was het gezicht van een ervaren leugenaar, een beroepsleugenaar, maar niet een leugenaar van nature. Nu loog hij niet. 'Kroepskaja's zoon is de premier? Dat is... een schok.'

'Dat was het voor mij ook, maar niet zo schokkend als je erover nadenkt. Overal begeleid, beschermd door de uitgebreide verzamelingen van... laten we zeggen gedenkwaardigheden van zijn vader. Je kunt er zeker van zijn dat het hier ook had kunnen gebeuren. Stel dat jullie wijlen John Edgar Hoover een politiek ambitieuze zoon had gehad. Wie zou hem in de weg gestaan hebben?

Hoovers geheime dossiers zouden elke weg gebaand hebben, zelfs die naar de Oval Office. Het landschap verschilt, maar de bomen zijn van dezelfde soort. Ze zijn niet veel veranderd sinds de senatoren Rome aan Caligula schonken.'

'Wat heeft Kroepskaja je verteld?'

'Eerst het verleden. Er waren dingen die ik niet kon geloven tot ik erover sprak met verschillende gepensioneerde leiders van het Politburo. Eén bange, oude man bevestigde ze, de anderen waren oorzaak dat er een plan gemaakt werd dat mijn executie eiste.'

'Je...?'

'Ja, Wasili Wasilovitsj Talenjekov, meesterstrateeg van de KGB. Een opvliegend man die zijn beste jaren dan gehad kan hebben maar op wiens kennis misschien nog tientallen jaren een beroep gedaan kan worden – vanaf een boerderij in Grasnov. Wij zijn een praktisch volk en dat zou de praktische oplossing zijn geweest. Ondanks de kleine twijfels die we allemaal hebben, geloofde ik dat, ik wist dat dat mijn toekomst was. Maar niet nadat ik de naam Matarese noemde. Plotseling veranderde alles. Ik die mijn land goed gediend heb, was opeens de vijand.'

'Wat voor bijzonders heeft Kroepskaja verteld? Wat werd er naar jouw oordeel bevestigd?'

Talenjekov herhaalde de woorden van de stervende Istrebiteli, de bekentenissen die tientallen moorden terugbrachten tot de Matarese beweging, daarbij inbegrepen die op Stalin Beria en Roosevelt. Hoe de Corsicaanse organisatie was gebruikt door al de belangrijke regeringen, binnen en buiten hun grenzen. Geen enkele was er niet mee besmet. Rusland, Engeland, Frankrijk, Duitsland, Italië... De Verenigde Staten. De leiders van al die landen hadden wel eens contracten afgesloten met het Matarese genootschap.

'Daar is al eerder over gespeculeerd,' zei Bray. 'Rustig maar, ik geloof je wel, maar er is nooit iets concreets uit onderzoeken gekomen.'

'Omdat niemand van betekenis ooit durfde getuigen. Zoals Kroepskaja zei: de openbaringen zouden catastrofaal zijn voor regeringen in allerlei landen. Er worden nu nieuwe tactieken aangewend, alle met het doel om instabiliteit te creëren in de machtscentra.'

'Wat zijn die tactieken?'

'Terroristische daden. Bomaanslagen, ontvoeringen, het kapen van vliegtuigen, ultimatums gesteld door bendes van fanatiekelingen, met slachtpartijen op grote schaal in het vooruitzicht gesteld als er niet aan voldaan wordt. Ze nemen elke maand in aantal toe en het grootste deel wordt gefinancierd door de Matarese beweging.'

'Hoe?'

'Daar kan ik alleen naar gissen. De Matarese raad bekijkt de doelstellingen van de betrokken partijen, stuurt de experts en voorziet in dekkende financiering. Fanatici vinden het niet belangrijk waar de fondsen vandaan komen, alleen of ze beschikbaar zijn. Ik geef toe dat jij en ik ontelbare malen zulke mannen en vrouwen hebben gebruikt.'

'Voor duidelijk verantwoorde doelen,' zei Bray en pakte zijn kopje van de vloer. 'En Blackburn en Joerjevitsj? Wat is er bereikt door hen te doden?'

'Kroepskaja dacht dat het was om de leiders te testen, te zien of hun eigen mannen de reacties van elke regering konden bedwingen. Nu ben ik daar niet zo zeker meer van. Ik denk dat er wellicht iets anders was. Om eerlijk te zijn om wat jij me verteld hebt.'

'Wat dan?'

'Joerjevitsj. Je zei dat hij bij jouw operatie hoorde. Is dat waar?'

Bray fronste zijn voorhoofd. 'Ja, maar dat ligt niet zo eenvoudig.

Joerjevitsj was grijs, hij zou niet in de gewone zin afvallig worden. Hij was wetenschapper en overtuigd dat beide partijen te ver waren gegaan. Hij vertrouwde de maniakken niet. Het was een onderzoek, we wisten niet waar we uit zouden komen.'

'Besef je dat generaal Blackburn, die bijna vernietigd was door de oorlog in Vietnam, gedaan heeft wat geen voorzitter van de verenigde chefs van staven in jullie geschiedenis ooit deed? Hij ontmoette in het geheim jullie potentiële vijanden. In Zweden in de stad Skelleftea aan de Botnische golf, reizend onder het mom van toerist. Het was volgens ons zo dat hij zo ver mogelijk zou gaan om de herhaling van zinloze slachtpartijen te voorkomen. Hij verafschuwde conventionele oorlogsvoering en hij geloofde niet dat nucleaire wapens ooit gebruikt zouden worden.' De Rus zweeg en leunde voorover. 'Twee mannen die diep en hartstochtelijk geloofden in de afwijzing van het opofferen van mensen, die verzoening zochten... beiden gedood door mannen van de Matarese. De test was dus misschien maar een deel van de actie. Er kan best een ander doel zijn geweest: de uitschakeling van machtige mannen die in stabiliteit geloven.'

Eerst gaf Scofield geen antwoord; de informatie over Blackburn was verbazingwekkend. 'In de test wezen ze op mij in verband met Joerjevitsj...'

'En op mij voor Blackburn,' vulde Talenjekov aan. 'Er werd een Browning Magnum nummer vier gebruikt om Joerjevitsj te doden; een Graz-Boerja voor Blackburn.'

'En wij beiden kregen de doodstraf.'

'Precies,' zei de Rus. 'Omdat ze ons, van alle mannen van de geheime diensten in beide landen, niet kunnen laten leven. Dat zal nooit veranderen omdat wij niet kunnen veranderen. Kroepskaja had gelijk: wij dienen als afleiding. We worden gebruikt en gedood. We zijn te gevaarlijk.'

'Waarom denken ze dat?'

'Ze hebben ons goed bekeken. Ze weten dat wij de Matarese beweging evenmin kunnen accepteren als de maniakken in ons eigen vak. We zijn ten dode opgeschreven, Scofield.'

'Spreek alleen voor jezelf!' Bray was plotseling kwaad. 'Ik lig eruit, gepensioneerd, afgelopen! Het kan me niets verdommen wat daarginds gebeurt. Jij hoeft geen oordeel over mij te vellen!'

'Dat is al gebeurd. Door anderen.'

'Omdat jij dat zegt?' Scofield stond op, zette de koffie neer, zijn hand niet ver van de Browning onder zijn riem.

'Omdat ik de man die het me vertelde geloofde. Daarom ben ik hier, redde ik je leven en nam het zelf niet.'

'Daar moet ik me zeker over verwonderen, hè?'
'Wat?'
'Alles volgens tijdschema, je wist zelfs waar Praag was op de trap.'
'Ik doodde een man die jou onder schot had!'
'Praag? Een onbelangrijk offer. Ik ben een afgedankte encyclopedie. Ik heb geen bewijs dat mijn regering Mosou benaderde, alleen mogelijke gevolgtrekkingen gebaseerd op wat jij me vertelde. Misschien zie ik het niet goed, misschien gooit de grote Talenjekov een visje uit om Beowulf Agate te kunnen vangen.'
'Verdomme, Scofield!' brulde de KGB-man en sprong op van zijn stoel. 'Ik had je moeten laten doodgaan. Luister goed naar me. Wat jij veronderstelt, is ondenkbaar en de KGB weet dat. Mijn gevoelens gaan te diep. Ik zou je nooit vangen voor hen. Ik zou je eerder doden.'

Bray staarde de Rus aan, de oprechtheid van Talenjekovs bewering was duidelijk. 'Ik geloof je,' zei Scofield knikkend en zijn kwaadheid ging over in vermoeidheid. 'Maar daar verandert niets mee. Het kan me niet schelen. Het kan me werkelijk geen donder schelen... Ik weet zelfs niet of ik je nog wil doden. Ik wil alleen met rust gelaten worden.' Bray wendde zich af. 'Neem de sleutels van de wagen en ga weg. Beschouw jezelf als... levend.'

'Bedankt voor je edelmoedigheid, Beowulf, maar ik denk dat het te laat is.'

'Wat?' Scofield keerde zich weer naar de Rus.

'Ik was nog niet klaar. Er werd een man gepakt en chemicaliën toegediend. Er is een tijdschema, twee maanden hoogstens. De woorden waren: "Moskou door moord en Washington door politiek gemanoeuvreer, zonodig moord." Als het gebeurt, zullen jij noch ik het overleven. Ze zullen ons volgen tot het eind van de wereld.' 'Wacht eens even,' zei Bray woedend. 'Wil jij me vertellen dat jouw mensen een man hebben?'

'Hadden,' corrigeerde Talenjekov. 'Er was cyaankali onder zijn huid aangebracht en hij heeft het gepakt.'

'Maar hij was verhoord. Hij was op de band opgenomen. Zijn woorden waren er!'

'Verhoord. Niet opgenomen. En slechts door één man die gewaarschuwd was niet toe te staan dat er iemand anders luisterde.'

'De premier?'
'Ja.'
'Dus hij weet het!'
'Ja, hij weet het. En alles wat hij kan doen is zichzelf beschermen – niets nieuws in zijn positie – maar hij kan er niet over spreken.

Want erover praten is, zoals Kroepskaja zei, het verleden erkennen. Dit is de eeuw voor samenzweringen, Scofield. Wie kan het wat schelen om contracten uit het verleden op te halen? In mijn land zijn een aantal onverklaarbare lijken en hier is het niet veel anders. De Kennedy's, Martin Luther King en misschien het verbazingwekkendst: Franklin Roosevelt. We zouden elkaar naar de keel kunnen vliegen – juister gezegd op de nucleaire knoppen drukken – als het geheime verleden van beide landen werd geopenbaard. Wat zou jij doen als je de premier was?'

'Mezelf beschermen,' zei Bray zacht. 'O god...'

'Begrijp je het nu?'

'Dat wil ik niet. Ik wil het echt niet. Ik sta erbuiten!'

'Ik beweer dat dat niet kan. Ik ook niet. Gisteren op Nebraska Avenue was het bewijs er. We zijn gebrandmerkt, ze willen ons hebben. Ze haalden anderen over ons te laten doden – om verkeerde redenen – maar ze zaten achter de strategie. Kun je daaraan twijfelen?'

'Ik wou dat ik het kon. De bedriegers zijn altijd het gemakkelijkst te bedriegen, vertrouwensmannen de grootste sukkels. Jezus.'

Scofield liep naar het fornuis om zich weer koffie in te schenken. Plotseling was hij getroffen door iets dat niet gezegd was, iets onduidelijks. 'Ik begrijp het niet. Volgens het weinige dat bekend is van de Matarese beweging begon ze als een cultus en een onderneming. Zij ging contracten aan – of wordt verondersteld contracten aan te zijn gegaan – op basis van uitvoerbaarheid en prijs. Zij doodde voor geld, was nooit per se geïnteresseerd in macht. Waarom nu wel?'

'Ik weet het niet,' zei de KGB-man. 'Kroepskaja ook niet. Hij was stervend en niet erg helder, maar hij zei dat het antwoord misschien op Corsica te vinden was.'

'Corsica? Waarom?'

'Daar is het allemaal begonnen.'

'Niet waar ze is. Áls ze bestaat. Er werd gezegd dat de beweging van de Matarese in het midden van de jaren dertig vertrok van Corsica. Er werden contracten afgesloten tot in Londen, New York... zelfs Berlijn. Centra van internationaal verkeer.'

'Dan zijn dat misschien passender sleutels voor een antwoord. De raad van Matarese werd gevormd op Corsica en er is ooit maar één naam bekend geworden. Guillaume de Matarese. Wie waren de anderen? Waar gingen ze heen? Wie zijn ze nú?'

'Er is een vluggere manier om dat uit te zoeken dan naar Corsica te gaan. Als de Matarese zelfs in Washington een gefluisterde naam is, dan is er één persoon die erachter kan komen. Hij is degene die ik in ieder geval op ging bellen. Ik wilde mijn leven regelen.'

'Wie is dat?'

'Robert Winthrop,' zei Bray.

'De schepper van Consular Operations.' De Rus knikte. 'Een goede man die niet kon verdragen wat hij zelf opgebouwd had.'

'De Consular Operations die jij bedoelt is niet die hij begon. Hij is nog steeds de enige man van wie ik weet dat hij het Witte Huis kan bellen en de president binnen twintig minuten kan spreken. Er gebeurt niet veel dat hij niet weet. Of waar hij achter kan komen.' Scofields blik ging naar het vuur en hij ging in zijn herinnering op. 'Het is vreemd. In zeker opzicht is hij verantwoordelijk voor alles wat ik ben, en toch erkent hij me niet. Maar ik denk dat hij zal luisteren.'

De dichtstbijzijnde telefooncel was bijna vijf kilometer verder op de weg na de zandweg naar de hut. Het was tien over acht toen Bray er binnenging, zijn ogen afgeschermd tegen de morgenzon, en de glazen deur sloot.

Hij had Winthrops privé-nummer in zijn koffertje gevonden. Hij had het in geen jaren gebeld. Hij draaide het en hoopte dat het nog hetzelfde nummer zou zijn.

Dat was zo. De beschaafde stem aan de lijn bracht veel herinneringen boven. Gemiste kansen, veel niet gemiste.

'Scofield! Waar ben je?'

'Ik ben bang dat ik u dat niet kan vertellen. Probeer dat alstublieft te begrijpen.'

'Ik hoor dat je erg in moeilijkheden zit en dat het geen enkel nut heeft om weg te lopen. Congdon belde. De vermoorde man in het hotel was doodgeschoten met een Russisch pistool...'

'Dat weet ik. De Rus die hem doodde, spaarde mijn leven. Die man was door Congdon gestuurd en de andere twee ook. Ze waren mijn executieteam. Uit Praag, Marseille en Amsterdam.'

'O god...' De oudere staatsman was even stil en Bray verbrak die stilte niet. 'Weet je wel wat je zegt?' vroeg Winthrop.

'Ja, meneer, u kent me goed genoeg om te weten dat ik het niet zou zeggen als ik het niet wist. Ik vergis me niet. Ik praatte met de man uit Praag voor hij stierf.'

'Bevestigde hij het?'

'Indirect, ja. Maar zo zijn die telegrammen nu eenmaal, de woorden zijn altijd indirect.'

Weer was het even stil voordat de oude man sprak. 'Ik kan het niet geloven, Bray. Om een reden die jij niet kunt weten. Congdon kwam een week geleden bij me. Hij was bezorgd hoe jij de pensionering op zou nemen. Hij had de gebruikelijke kopzorgen: een zeer goed ingelichte agent, gepensioneerd tegen zijn wil, met te veel tijd tot zijn beschikking en die misschien te veel dronk. Hij is een ijskoude, die Congdon, en ik vrees dat hij me kwaad maakte. Om na alles wat jij meegemaakt hebt zo weinig vertrouwen te hebben... Ik merkte nogal bitter op wat jij daarnet beschreef – niet dat ik ooit gedroomd had dat hij zoiets zou overwegen – ik was alleen ontzet door zijn houding. Ik kan het dus niet geloven. Begrijp je dat niet? Hij zou weten dat ik het zou bevestigen. Dat risico zou hij niet nemen.'

'Dan gaf iemand hem de opdracht, meneer. Daar moeten we het over hebben. Die drie mannen wisten waar ze me konden vinden en er was maar één manier waarop ze dat gehoord konden hebben. Het was een KGB-schuilplaats en zij waren Consular-Operations-personeel. Moskou gaf het adres aan Congdon en hij gaf het door.'

'Congdon benaderde de Russen? Dat is niet aannemelijk. Zelfs als hij het probeerde, waarom zouden ze meewerken? Waarom zouden ze een geheim adres bekendmaken?'

'Hun eigen man maakte deel uit van de transactie. Ze wilden hem dood hebben. Hij probeerde met mij in contact te komen. We hebben telegrammen gewisseld.'

'Talenjekov?'

Nu was het Scofields beurt om te zwijgen. Hij antwoordde rustig: 'Ja meneer.'

'Een neutraal contact?'

'Ja. Ik las het verkeerd, maar zo was het. Ik ben nu overtuigd.'

'Jij... en Talenjekov? Dat is heel vreemd...'

'De omstandigheden zijn ook heel vreemd. Herinnert u zich een organisatie uit de jaren veertig die bekend stond onder de naam Matarese?...'

Ze kwamen overeen elkaar te ontmoeten om negen uur die avond, anderhalve kilometer ten noorden van de Missouri Avenue-uitgang van Rock Creek Park aan de oostzijde. Er was daar een parkeerhaventje langs de weg en wandelaars konden daar de paden op die uitzicht gaven op een schilderachtig ravijn. Winthrop was van plan de afspraken voor die dag af te zeggen en te proberen aan de weet te komen, wat er ook maar te vernemen was over Brays verbazingwekkende – al was het fragmentarische – informatie.

'Hij zal de Commissie van Veertig bijeenroepen als dat nodig is,' zei Scofield tegen Talenjekov op de terugweg naar de hut.

'Kan hij dat?' vroeg de Rus.

'De president kan dat,' antwoordde Bray.

De twee mannen zeiden weinig gedurende die dag, de spanning van de nabijheid van de ander was voor beiden onbehaaglijk. Talenjekov las in boeken van de rijk voorziene boekenplanken. Nu en dan wierp hij een blik op Scofield en in zijn ogen lag een mengeling van herinnerde woede en nieuwsgierigheid.

Bray voelde de blikken en hij weigerde dat te erkennen. Hij luisterde over de radio naar berichten over het bloedbad in het hotel aan Nebraska Avenue en de dood van een Russische attaché in het belendende gebouw. Ze waren afgezwakt, niet nadrukkelijk. Er werd geen melding gemaakt van de dode ambassadebeambte. De moorden in het hotel werden beschouwd als zijnde van buitenlandse oorsprong – zo veel werd toegegeven – en zonder twijfel crimineel gericht, waarschijnlijk hadden ze te maken met de top van de narcoticahandel. De moordenaars waren gepakt, het ministerie van buitenlandse zaken had vlug gehandeld, met grondige censuur.

En met elk steeds afzwakkender verslag voelde Scofield zich steeds meer verstrikt. Hij werd betrokken bij iets waar hij geen deel aan wilde hebben. Zijn nieuwe leven was niet langer meer dichtbij. Hij begon zich af te vragen waar het was, of het er wel zou zijn. Hij werd onverbiddelijk bij een raadsel genaamd de Matarese betrokken.

Om vier uur ging hij een wandeling maken door de velden en langs de oever van de Patuxent. Toen hij de hut verliet, zorgde hij ervoor dat de Rus hem zijn automatische Browning in zijn holster zag steken. De KGB-man zag het en hij legde zijn Graz-Boerja op de tafel naast de stoel.

Om vijf uur maakte Talenjekov een opmerking. 'Ik denk dat we ruim een uur voor de afspraak onze positie in moeten nemen.'

'Ik vertrouw Winthrop,' antwoordde Bray.

'Met recht, dat weet ik. Maar kun je hen vertrouwen met wie hij in contact staat?'

'Hij zal niemand zeggen dat hij ons ontmoet. Hij wil uitvoerig met jou praten. Hij zal vragen hebben. Over namen, vroegere posities, militaire rangen.'

'Ik zal proberen antwoord te geven voor zover ze met de Matarese te maken hebben. Op andere gebieden zal ik het niet op een akkoordje gooien.'

'Bravo.'

'Niettemin denk ik toch...'

'We gaan over een kwartier,' onderbrak Scofield. 'Onderweg kunnen we dineren. We eten apart.'

Om vijf over halfacht reed Bray in de huurauto het zuidelijk deel van de parkeerplaats aan de rand van Rock Creek Park op. Hij en de KGB-man liepen op vier plaatsen het bos door, in bogen vanaf de paden, controleerden de bomen en de rotsen en het ravijn beneden op tekens van indringers. De nacht was bitter koud; er waren geen wandelaars, nergens iemand. Ze kwamen samen op een afgesproken plek aan de rand van een klein ravijn. Talenjekov sprak het eerst: 'Ik heb niets gezien, het gebied is veilig.'

Scofield keek in het donker op zijn horloge. 'Het is bijna halfnegen. Ik zal bij de wagen wachten. Jij blijft hier aan deze kant. Ik ga eerst naar hem toe en geef jou daarna een teken.'

'Hoe? Het is een paar honderd meter.'

'Ik zal een lucifer aanstrijken.'

'Heel geschikt.'

'Wat?'

'Niets. Onbelangrijk.'

Om twee minuten voor negen kwam Winthrops limousine de Rock Creek-uitgang uit, reed het parkeerterrein op en stopte binnen zeven meter van de huurauto. Het zien van de chauffeur verstoorde Bray, maar slechts een ogenblik. Scofield herkende de reusachtige man bijna onmiddellijk. Hij was al meer dan twintig jaar bij Robert Winthrop. Geruchten over een carrière bij de marine die afgebroken werd door verschillende krijgsraadzaken achtervolgden de chauffeur, maar Winthrop sprak nooit anders over hem dan als 'mijn vriend Stanley'. Niemand begon er ooit over.

Bray liep de schaduw uit naar de limousine. Stanley deed het portier open en was met één beweging op straat, zijn rechterhand in zijn zak, in zijn linkerhand een zaklamp. Hij knipte hem aan. Scofield sloot zijn ogen. Hij ging meteen weer uit.

'Hallo, Stanley?' zei Bray.

'Dat is lang geleden, meneer Scofield,' antwoordde de chauffeur. 'Fijn u te zien.'

'Dank je. Blij dat ik jou zie.'

'De ambassadeur wacht,' ging de chauffeur verder, bukte en deed het portierslot los. 'De deur is nu open.'

'Mooi. Tussen twee haakjes, over een paar minuten ga ik de wagen uit en strijk ik een lucifer aan. Dat is het teken voor iemand om te komen en zich bij ons te voegen. Hij is aan de andere kant en hij komt een van de paden af.'

'Begrepen. De ambassadeur zei dat jullie met je tweeën zouden zijn. Goed zo.'

'Wat ik wil zeggen, als je nog van die dunne sigaartjes rookt, wacht dan tot ik uitstap voor je opsteekt. Ik zou graag even alleen zijn met meneer Winthrop.'

'U hebt een verdomd goed geheugen,' zei Stanley, die met de zaklamp op zijn jaszak tikte. 'Ik wilde er net een nemen.'

Bray ging op de achterbank van de auto zitten en keek de man aan die verantwoordelijk voor zijn leven was. Winthrop was oud geworden, maar in het gedempte licht fonkelden zijn ogen nog vol belangstelling. Ze gaven elkaar een hand, de oude staatsman bleef zijn hand vasthouden.

'Ik heb vaak aan je gedacht,' zei hij zacht en zijn blik zocht de ogen van Scofield; toen zag hij het verband en huiverde. 'Ik heb gemengde gevoelens, maar dat hoef ik je niet te vertellen, denk ik.'

'Nee, meneer.'

'Er is zo veel veranderd, hè Bray? De idealen, de kansen om veel te doen voor velen. Wij waren echt kruisvaarders. In het begin.' De oude man liet Scofields hand los en lachte. 'Weet je nog? Jij opperde een actieplan dat doorgevoerd moest worden op leenhuurbasis. Schulden in bezette gebieden voor meervoudige immigratie. Een briljant ontwerp in economische staatskunde. Ik heb dat altijd gezegd. Mensenlevens voor geld dat toch nooit terugbetaald zou worden.'

'Het zou afgewezen worden.'

'Waarschijnlijk, maar voor het oog van de wereld zou het de Russen met de rug tegen de muur gezet hebben. Ik herinner me jouw woorden. Je zei: "Als we verondersteld worden een kapitalistische regering te zijn, stap daar dan niet van af. Gebruik het kapitalisme, omschrijf het. Amerikaanse burgers betaalden de helft van het Russische leger. Benadruk de psychologische verplichting. Win iets, win mensen." Dat waren je woorden.'

'Dat was een afstuderend student met een uitleg over naïeve theoretische geopolitiek.'

'Er zit vaak veel waars in zulke naïviteit. Weet je, ik kan me die student nog voorstellen. Ik vraag me af of...'

'Daar is nu geen tijd voor, meneer,' onderbrak Scofield. 'Talenjekov wacht. Tussen twee haakjes, we hebben dit gebied gecontroleerd, het is veilig.'

De ogen van de oude man flikkerden. 'Had je dan gedacht van niet?'

'Ik was bang dat uw telefoon afgeluisterd zou worden.'

'Daar hoef je niet bang voor te zijn,' zei Winthrop. 'Zulke apparaten moeten geregistreerd worden. Ik zou niet graag degene zijn die zoiets doet. Ik heb zoveel privé-gesprekken op mijn toestel. Dat is mijn beste bescherming.'

'Bent u iets te weten gekomen?'

'Over de Matarese? Nee... en ja. Niet in de zin dat zelfs in de geheimste gegevens er de laatste drieënveertig jaar geen enkele melding van gemaakt wordt. De president verzekerde me dat en ik vertrouw hem. Hij was ontzet en hij hield meteen rekening met de mogelijkheid en zette mannen op de uitkijk. Hij was woedend, en geschrokken geloof ik.'

'En het "ja"?'

De oude man koos voorzichtig zijn woorden. 'Het is vaag, maar het is er wel. Voordat ik besloot om de president te bellen, heb ik vijf mannen benaderd die jarenlang – tientallen jaren – met de gevoeligste gebieden van de geheime dienst en diplomatie betrokken zijn geweest. Van de vijf herinnerden drie zich de naam Matarese en waren geschokt. Ze boden aan te doen wat ze konden, het visioen van een terugkeer van de Matarese beweging vonden ze heel verschrikkelijk... Toch beweerden de andere twee – mannen die evenzeer, zo niet veel beter geïnformeerd zijn dan hun collega's – dat ze er nooit van hadden gehoord. Hun reacties waren onzinnig, ze moeten er wel over gehoord hebben. Net zo goed als ik. Mijn kennis is dan wel minimaal, maar ik was het zeker niet vergeten. Toen ik dat zei en bij ze aandrong, gedroegen ze zich beiden nogal vreemd en, onze vroegere banden in aanmerking genomen, zelfs beledigend. Beiden behandelden mij alsof ik een soort seniele patriciër was die geneigd was tot kindse fantasieën. Ik was werkelijk verbaasd.'

'Wie waren het?'

'Nogmaals, het vreemde...'

Een lichtflikkering in de verte. Scofields blik werd erdoor getrokken. En weer een... en nog een. Er werden snel achtereen lucifers aangestreken.

Talenjekov!

De KGB-man stak als een dolle achter elkaar lucifers aan. Het was een waarschuwing. Talenjekov waarschuwde hem dat er iets gebeurd was; gebéurde. Plotseling bleef het lichtje in de verte aan maar werd onderbroken door een hand die voor het vlammetje gehouden werd – in snelle opeenvolging, meer licht, minder licht. Morsetekens. Punten en strepen... een C en een E.

C. E.

'Wat is er?' vroeg Winthrop.

'Wacht even,' antwoordde Scofield.

Weer werden dezelfde letters geseind. De letters C.E.

Controle... Einde...

Het vlammetje ging naar links, naar de weg langs de bosjes van de parkeerplaats, en ging uit. De Russische agent nam zijn positie weer in. Bray wendde zich weer tot de oude man.

'Hoe zeker bent u van uw telefoon?'

'Heel zeker. Hij is nog nooit afgeluisterd. Ik heb de middelen om dat te kunnen weten.'

'Die zouden wel eens niet ver genoeg kunnen reiken.' Scofield drukte op het raamknopje; het glas gleed naar beneden en hij riep tegen de chauffeur die voor de limousine stond: 'Stan, kom eens!' De bestuurder kwam. 'Heb je erop gelet of iemand je volgde toen je door het park reed?'

'Zeker, niets daarvan. Ik hield een oogje op de achteruitkijkspiegel. Dat doe ik altijd, vooral als we 's avonds iemand moeten treffen... Zag u dat lichtje daar? Was dat uw man?'

'Ja. Hij gaf me de boodschap dat er iemand anders is hier.'

'Onmogelijk,' zei Winthrop nadrukkelijk. 'Als er iemand is, heeft dat niets met ons te maken. Het is per slot van rekening een openbaar park.'

'Ik wil u niet aan het schrikken maken, meneer, maar Talenjekov is een ervaren man. Er zijn geen koplampen te zien, geen auto's op de weg. Wie daar ook is, hij wil het ons niet laten merken en het is geen avond om zo maar wat te gaan wandelen. Ik ben bang dat het wel met ons te maken heeft.'

Bray opende het portier. 'Stan, ik ga mijn tas uit mijn auto halen. Als ik terugkom, rij hier dan weg. Stop even bij het noordelijke einde van de parkeerplaats, bij de weg.'

'En de Rus?' vroeg Winthrop.

'Daarom stoppen we. Hij springt dan wel in de auto.'

'Wácht eens even,' zei Stanley, zonder enige achting in zijn stem. 'Als er ook maar iets aan de hand is, stop ik voor niemand. Ik heb maar één ding te doen. Hém hier vandaan brengen. Niet u of wie dan ook.'

'We hebben geen tijd om te discussiëren. Start de motor.' Bray rende met de sleutels in zijn hand naar de huurwagen. Hij draaide het portier open, haalde de tas van de stoel en liep terug naar de limousine.

Zover kwam hij echter niet. Een krachtige lichtstraal doorboorde de duisternis, gericht op de grote auto van Robert Winthrop. Stanley zat achter het stuur en liet de motor draaien, klaar om snel weg te rijden. Degene die met de lamp scheen was niet van plan dat te laten gebeuren. Hij wilde die auto hebben... en wie er in die auto zat.

De wielen van de limousine draaiden snel rond en gierden over de bestrating terwijl de reusachtige auto vooruitsprong. Er barstte een regen van schoten los, ruiten werden versplinterd, kogels knarsten in metaal. De limousine slingerde in halve cirkels over de weg en leek niet meer onder controle te zijn.

Twee luide knallen klonken uit de bosjes verderop, het zoeklicht spatte uit elkaar en er volgde een schreeuw van pijn. Winthrops auto reed even rechtuit en maakte daarna een scherpe bocht naar links. In het licht van de koplampen gevangen stonden twee mannen, de wapens in de aanslag, een derde lag op de grond.

Bray had zijn pistool in de hand, liet zich op de grond vallen en vuurde. Een van de beide mannen viel. De limousine draaide verder en reed gierend het parkeerterrein af de weg naar het zuiden op.

Scofield liet zich naar rechts rollen. Twee schoten werden afgevuurd, de kogels ketsten tegen de grond waar hij een ogenblik daarvoor had gelegen.

Bray stond op en rende door het donker naar het hek voor het ravijn.

Hij dook over de bovenste leuning en sloeg zijn tas tegen de houten paal, zodat het duidelijk te horen was. Het volgende schot had hij verwacht. Het kwam terwijl hij zich tegen de grond en de stenen drukte.

Lampen. Koplampen! Twee stralen schenen over hem heen, vergezeld van het geluid van een racende auto. Het geluid van brekend glas klonk luid boven het gieren van banden die plotseling stopten. Een schreeuw – onduidelijk, hysterisch... onderbroken door een luide ontploffing – ging aan stilte vooraf.

De motor was afgeslagen, de koplampen schenen nog en lieten slierten rook en twee onbeweeglijke lichamen op de grond zien, een derde op zijn knieën die in paniek om zich heen keek. De man hoorde iets, draaide zich om en hief zijn pistool.

Er werd een schot gelost vanuit de bosjes. Het was afdoende, de man die wilde schieten viel neer.

'Scofield!' riep Talenjekov.

'Hier!' Bray sprong over het hek en rende in de richting vanwaar de stem van de Rus klonk. Talenjekov stapte uit de bosjes, niet meer dan drie meter van de gestopte auto. De beide mannen naderden behoedzaam de wagen. De ruit naast de bestuurder was verbrijzeld, kapotgeschoten door een enkel schot van het automatisch pistool van de KGB-man. Het hoofd achter het versplinterde glas was bloederig maar wel herkenbaar. De rechterhand zat in een strak verband: een verwonde duim, om drie uur 's morgens in Amsterdam gebroken door een boze, vermoeide man.

Het was de agressieve jonge agent, Harry, die zo nodeloos had gedood in die regenachtige nacht.

'Niet te geloven,' zei Scofield.

'Ken je hem?' vroeg Talenjekov met een nieuwsgierige toon in zijn stem.

'Hij heette Harry. Hij werkte voor mij in Amsterdam.'

De Rus zweeg even en zei toen: 'Hij was bij je in Amsterdam maar hij werkte niet voor je en zijn naam was niet "Harry". Die jongeman is een officier van de Russische geheime dienst sinds zijn negende jaar opgeleid in het Amerikaanse complex in Novgorod. Hij was een agent van de VKR.'

Bray keek Talenjekov aan, daarna weer door het kapotte raam naar Harry. 'Gefeliciteerd. Ik begin nu een en ander te begrijpen.'

'Ik niet, vrees ik,' zei de KGB-man. 'Je moet me geloven als ik je vertel dat het zeer onwaarschijnlijk is dat er een opdracht uit Moskou zou kunnen zijn voor een directe aanval op Robert Winthrop. We zijn niet gek. Tegen hem worden geen represaillemaatregelen genomen – een stem en een kundigheid die gespaard moeten worden en niet neergeslagen. En zeker niet voor zulk personeel als jij en ik.'

'Wat bedoel je?'

'Dit was een executieteam, net zo goed als die kerels in het hotel. Jij en ik moesten niet geïsoleerd worden, niet afzonderlijk gepakt. De moord was voor ons beiden bedoeld. Winthrop moest eveneens geëxecuteerd worden en voor zover we weten kan dat gebeurd zijn. Ik weet zeker dat de order niet uit Moskou kwam.'

'Hij kwam niet van het Amerikaanse ministerie, dat weet ik verdomd zeker.'

'Akkoord. Noch Washington, noch Moskou, maar een bron die in staat is om orders te geven uit naam van de een of de ander, of beide.'

'De Matarese?' zei Scofield.

De Rus knikte. 'De Matarese.'

Bray hield zijn adem in. Hij probeerde te denken, het allemaal te bevatten. 'Als Winthrop nog leeft, wordt hij gekooid, opgesloten, onder een microscoop gehouden. Ik zal hem niet kunnen benaderen. Ze zullen me op het eerste gezicht neerschieten.'

'Nogmaals akkoord. Zijn er anderen te bereiken die je vertrouwt?'

'Het is krankzinnig,' zei Scofield die huiverde van de kou en bij de gedachte die nu in hem opkwam. 'Die moeten er zijn, maar ik weet niet wie. Naar wie ik ook zou gaan, hij zou me moeten aangeven. Daar laat de wet geen twijfel over bestaan. Behalve bevelen tot inhechtenisneming van de politie is dit een zaakje van nationale veiligheid. De zaak tegen mij zal snel opgezet worden en wettelijk. Verdacht van verraad, interne spionage, geven van inlichtingen aan de vijand. Niemand zal zich met mij inlaten.'

'Er zullen zeker mensen zijn die naar je zullen luisteren.'

'Naar wat luisteren? Wat moet ik ze vertellen? Wat heb ik? Jou? Je zou in het geheimste ziekenhuis gegooid worden voordat je je naam kunt zeggen. De woorden van een stervende Istrebiteli? Een communistische moordenaar? Waar is het bewijs, zelfs de logica? Godverdomme, we zijn afgesneden. Alles wat we hebben zijn schimmen!'

Talenjekov deed een stap vooruit en uit zijn stem klonk zijn overtuiging. 'Misschien had de oude Kroepskaja gelijk en ligt het antwoord toch op Corsica.'

'O god...'

'Laat me uitspreken. Jij zegt dat we alleen schimmen hebben. Als dat zo is, hebben we heel wat meer nodig. Als we meer hadden, zelfs maar een paar namen hadden opgespoord, een idee hadden hoe het in elkaar zit – ons eigen geval hadden opgezet zo je wilt – zou je dan naar iemand toe kunnen gaan, hem dwingen naar je te luisteren?'

'Natuurlijk.'

'Ik zou in Moskou mensen in beweging krijgen als ik zo'n bewijs had. Ik hoopte dat hier een onderzoek ingesteld zou kunnen worden met minder bewijs. Jullie zijn berucht om je eindeloze senaatsonderzoeken. Ik nam alleen aan dat het zou kunnen, dat je dat bereiken kon.'

'Nu niet. Ik niet.'

'Corsica dan maar?'

'Ik weet het niet. Ik zou erover moeten denken. Winthrop is er ook nog.'

'Je zei zelf dat je hem niet bereiken kunt. Als je bij hem zou proberen te komen, zouden ze je doden.'

'Dat hebben sommigen wel eens eerder geprobeerd. Ik zal mezelf beschermen. Ik moet erachter komen wat er is gebeurd. Hij heeft het zelf gezien. Als hij in leven is en ik met hem spreken kan, zal hij weten wat er moet gebeuren.'

'En als hij niet leeft of je kunt hem niet bereiken?'

Scofield keek naar de dode mannen op de grond. 'Misschien is het enige dat overblijft dan Corsica.'

De KGB-man schudde zijn hoofd. 'Ik ben blijkbaar meer ten einde raad dan jij, Beowulf. Ik zou niet wachten. Ik zou dat "ziekenhuis" waar je het over had niet riskeren. Ik zou nu naar Corsica gaan.'

'Als je gaat, begin dan aan de zuidoostkust ten noorden van Porto Vecchio.'

'Waarom?'

'Daar is het allemaal begonnen. Het is het land van de Matarese.'

Talenjekov knikte. 'Alweer dat huiswerk. Dank je. Misschien zien we elkaar op Corsica.'

'Kun je het land uit?' vroeg Bray.

'In en uit... dat gaat gemakkelijk. En jij? Als je besluit om naar me toe te komen.'

'Ik kan mijn weg naar Londen en Parijs kopen. Daar heb ik rekeningen. Als ik het doe, reken dan op drie dagen, hoogstens vier. Er zijn herbergjes in de heuvels. Ik zal je vinden...'

Scofield brak zijn zin af. Beide mannen draaiden zich vlug om bij het geluid van een naderende auto. Een personenauto zwenkte toevallig van de weg af het parkeerterrein op. Voorin zat een paar, de arm van de man lag om de schouders van de vrouw. De koplampen schenen meteen op de bewegingloze lichamen op de bestrating, de lichtbundel verlichtte het verbrijzelde raam van de gestrande auto en het bloederige hoofd daarin.

De bestuurder haalde snel zijn arm van de schouders van de vrouw, duwde haar terug op haar stoel en greep het stuurwiel met beide handen vast. Hij draaide het heftig naar rechts en reed wild naar de weg terug. Het geloei van de motor echode door de bosjes en over de open ruimte.

'Ze roepen de politie,' zei Bray. 'Laten we hier weggaan.'

'Ik veronderstel dat het het beste is om niet die auto te gebruiken,' antwoordde de KGB-man.

'Waarom niet?'

'Winthrops chauffeur. Misschien vertrouw jij hem. Ik ben er niet zo zeker van.'

'Dat is idioot! Hij werd bijna gedood!'

Talenjekov gebaarde naar de dode op het plaveisel. 'Dit waren scherpschutters, Russen of Amerikanen, dat maakt geen verschil. Ze waren experts – de Matarese beweging zou niet iets minder in dienst nemen. De voorruit van die limousine was minstens anderhalve meter breed en de chauffeur erachter een gemakkelijk doelwit voor een beginneling. Waarom werd hij niet beschoten? Waarom is de wagen niet tegengehouden? Wij zoeken naar vallen, Beowulf. We lopen in een zaal en we zien het niet. Misschien zelfs door Winthrop zelf.'

Bray voelde zich misselijk, had geen antwoord. 'We gaan uit elkaar. Dat is voor ons beiden beter.'

'Corsica dan?'

'Misschien. Je hoort het wel als ik er ben.'

'Heel goed.'

'Talenjekov?'

'Ja?'

'Bedankt voor het gebruik van de lucifers.'

'Ik denk dat je, gezien de omstandigheden, hetzelfde voor mij gedaan zou hebben.'

'Onder deze omstandigheden... ja.'

'Heb je het opgemerkt? We hebben elkaar niet gedood, Beowulf Agate. We hebben gepraat.'

'We hebben gepraat.'

Een sirene klonk door de koude nachtwind. Er zouden er spoedig meer te horen zijn. Surveillance-auto's zouden samenkomen op de plaats van het gevecht. Beide mannen keerden zich van elkaar af en renden weg, Scofield het donkere pad op, de bosjes achter de huurwagen in, Talenjekov naar het hek langs het ravijn in Rock Creek Park.

Deel twee

12

De platboomde vissersboot ploegde door de golfslag als een zwaar, lomp dier dat zich er maar vaag van bewust is dat het water onvriendelijk was. Golven sloegen tegen de boeg en de zijden en het water sproeide hoog op over de dolboorden, de staarten van zout sloegen door de vroege ochtendwind in het gezicht van de mannen die de netten bedienden.

Eén man echter was niet bezig met het gezwoeg van de vangst. Hij trok niet aan een touw en hanteerde geen haak, evenmin deed hij mee met het vloeken en lachen dat erbij hoorde als je de kost verdiende op zee. In plaats daarvan zat hij alleen aan dek, een thermosfles koffie in zijn ene, en een sigaret afgeschermd in zijn andere hand. Het was afgesproken dat, als er Franse of Italiaanse patrouilleboten naderden, hij een visser zou zijn, maar als er geen kwam werd hij aan zichzelf overgelaten. Niemand had bezwaar tegen deze vreemde man zonder naam, want elk bemanningslid was 100 000 lire rijker door zijn aanwezigheid. De boot had hem opgepikt aan een pier in San Vincenzo. Volgens plan moest het schip bij zonsopgang van de Italiaanse kust vertrekken, maar de vreemdeling had voorgesteld dat als de kust van Corsica bij het aanbreken van de dag te zien was, kapitein en bemanning heel wat meer zouden vangen voor hun werk. De rang had zijn voordelen, de kapitein ontving 150 000 lire. Ze waren voor middernacht van San Vincenzo uitgevaren.

Scofield draaide de dop weer op de thermosfles en gooide zijn sigaret over de reling. Hij stond op, rekte zich en tuurde door de nevels langs de kustlijn. Ze waren goed opgeschoten. Volgens de kapitein zouden ze binnen enkele minuten Solenzara in zicht krijgen en binnen een uur zouden ze hun passagier tussen St. Lucia en Porto Vecchio afzetten. Er werden geen problemen verwacht. Er waren tientallen verlaten kreken langs de rotsachtige kust voor een tijdelijk onklare vissersboot.

Bray trok aan het koord dat om het handvat van zijn koffertje zat en bond het om zijn pols. Het was stevig en nat. De striem van het touw was geïrriteerd door het zoute water, maar zou vlug helen, eigenlijk geholpen door het zout. De voorzorg kon onnodig lijken, maar je kon wegdommelen en *Corsos* stonden erom bekend dat ze reizigers vlug van hun waardevolle dingen verlosten, vooral reizigers die zonder zich te identificeren op reis gingen, maar mét geld.

'*Signore!*' De kapitein naderde, zijn brede glimlach verried het ontbreken van hoektanden. '*Ecco* Solenzara! *Ci arriveremo subito – trenta minuti. E nord di* Porto Vecchio!'

171

'*Benissimo, grazie.*'
'Prego!'

Over een halfuur zou hij aan land zijn, op Corsica, in de heuvels waar de Matarese beweging geboren was. Dat zij geboren was werd niet betwist, dat zij huurmoordenaars geleverd had tot het midden van de jaren dertig werd als een grote waarschijnlijkheid aangenomen. Maar er was zo weinig over bekend dat niemand echt wist hoeveel van haar geschiedenis mythe was en hoe veel op werkelijkheid berustte. De legende werd gekoesterd en tegelijkertijd minachtend afgedaan. Het was eigenlijk een raadsel omdat niemand de oorsprong begreep. Alleen dat een gek genaamd Guillaume de Matarese een raad had bijeengeroepen – waar vandaan werd nooit vermeld – en een bende moordenaars in het leven geroepen, gebaseerd op, volgens sommigen, het moordenaarsgenootschap van Hasan ibn-al-Sabbah in de elfde eeuw.

Toch leek dit op cultusgerichtheid en zo werd de mythe gevoed en de werkelijkheid verzwakt. Er was nooit een getuigenis voor een rechter afgelegd, nooit een moordenaar gegrepen wiens sporen naar een organisatie leidde die de Matarese heette. Als er al bekentenissen waren, er was er nooit een openbaar geworden.

Toch hielden de geruchtn aan. In hoge kringen gingen verhalen, artikelen verschenen in serieuze kranten, maar in latere edities werd de redactionele betrouwbaarheid alleen maar ontkend. Diverse onafhankelijke onderzoeken werden gestart. Als er al studies voltooid werden, niemand kende ze. En bij dat alles gaven alle regeringen geen commentaar. Nooit. Ze zwegen. En voor een jonge inlichtingenofficier die jaren geleden de geschiedenis van het moorden bestudeerde, was het dit zwijgen dat een zekere geloofwaardigheid verleende aan de Matarese beweging.

Evenals dat een ander zwijgen, drie dagen geleden plotseling opgelegd, hem ervan overtuigde dat het rendezvous op Corsica geen voorstel was dat gedaan werd in de hitte van de strijd, maar het enige was dat overbleef. De Matarese beweging bleef een raadsel, maar was geen mythe. Zij was een realiteit. Een machtig man was naar andere machtige mannen gegaan, had de naam met verontrusting genoemd en dat werd niet getolereerd.

Robert Winthrop was verdwenen.

Bray was drie avonden geleden weggerend uit Rock Creek Park en naar een motel gegaan in een buitenwijk van Fredericksburg. Zes uur lang had hij de weg heen en weer afgereisd en Winthrop opgebeld uit een aantal telefooncellen, geen twee maal dezelfde, liftend met het voorwendsel van autopech om afstand tussen de plaatsen van waaruit hij belde te brengen. Hij had met Winthrops vrouw gepraat en haar naar hij wist aan het schrikken gemaakt, maar niets van belang gezegd, alleen dat hij de ambassadeur moest spreken. Tot het dag werd, en er kwam geen antwoord door de telefoon, steeds maar bellen, met steeds grotere tussenpozen – tenminste zo leek het – en er kwam niemand aan de lijn.

Hij kon nergens naar toe, naar niemand. De netten werden voor hem gespannen. Als ze hem vonden zou dat absoluut zijn einde zijn, dat begreep hij. Als hem vergund werd te blijven leven, zou het tussen de vier muren van een cel zijn, of erger... vegeteren. Maar hij dacht niet dat het leven hem gelaten zou worden. Talenjekov had gelijk: ze waren beiden gebrandmerkt.

Als er een antwoord was, was dat 6 400 kilometer ver in het Middellandse-Zeegebied. In zijn koffertje zaten een stuk of tien valse paspoorten, Londen en Parijs, en gisteravond laat had hij een visserspier in San Vincenzo bereikt. En nu zou hij over een paar minuten voet aan wal zetten op Corsica. De lange tijd stilzitten in de lucht en over het water hadden hem de tijd gegeven om te denken of tenminste de tijd om zijn gedachten te ordenen. Hij moest beginnen met twee onomstotelijke feiten.

Guillaume de Matarese had bestaan en er was een groep mannen geweest die zich de raad van Matarese noemde, gewijd aan de krankzinnige theorieën van de stichter. De wereld ging voort met voortdurende, gewelddadige veranderingen van macht. Ontzetting en plotselinge dood waren inherent aan de ontwikkeling van de geschiedenis. Iemand moest de middelen daarvoor verschaffen. Overal wilden regeringen betalen voor politieke moord. Sluipmoord – uitgevoerd met de meest beheerste methoden die onnaspeurbaar waren voor hen die de contracten aangingen – kon over de hele wereld een bron worden van onvoorstelbare rijkdom en invloed. Dat was de theorie van Guillaume de Matarese.

Onder de gemeenschap van de internationale inlichtingendiensten beweerde een minderheid dat de Matarese beweging verantwoordelijk was geweest voor tientallen politieke moorden van de jaren twintig van deze eeuw tot het midden van de jaren dertig, van Serajewo tot Mexico Stad, van Tokio tot Berlijn. Volgens hen was het verval van de Matarese beweging te danken aan de uitbarsting van de tweede wereldoorlog met zijn groei aan geheime diensten waar zulke moorden werden gelegaliseerd, of de inkapseling van de raad door de Siciliaanse mafia, nu overal gevestigd, maar gecentraliseerd in de Verenigde Staten.

Maar dit positieve oordeel was beslist een minderheidsstandpunt.

De grote meerderheid van de beroepsmensen was het eens met Interpols vruchteloze Franse en Italiaanse politiek, maar wat verder ging kon niet hard gemaakt worden. Het was voornamelijk een verzameling ziekelijke mensen, geleid door een rijke excentriek die even weinig op de hoogte was van filosofie als van de regeringen die schandelijke contracten met hem aangingen. Als er iets anders was, beweerden deze beroepsmensen vervolgens, waarom waren zij dan nooit gecontracteerd?

Omdat, had Bray jaren geleden gedacht, zoals hij nu dacht, je – we – de laatste was ter wereld waar de Matarese beweging zaken mee wilde doen. Vanaf het begin waren we op de een of andere manier concurrenten.

'*Ancora quindici minuti,*' bulderde de kapitein vanuit de open stuurhut, '*la costa è molto vicina.*'

'*Grazie tante, capitano.*'

'*Prego.*'

De Matarese beweging. Was het mogelijk? Een groep mensen die over de hele wereld moorden selecteerde en beheerde, vorm gaf aan terrorisme, overal chaos voortbracht?

Voor Bray was het antwoord ja. De woorden van een stervende Istrebiteli, de doodstraf door de Russen opgelegd aan Wasili Talenjekov, zijn eigen executieteam geworven in Marseille, Amsterdam en Praag... alles was een voorspel van de verdwijning van Robert Winthrop. Allen hadden banden met deze moderne raad van de Matarese. Die was de ongeziene, onbekende aanstichter.

Wie waren dat, die verborgen mannen die de bronnen hadden om even gemakkelijk de hoogste posten in regeringen te kunnen bereiken als dat ze woeste terroristen financierden en beroemdheden vermoord te orden? De grootste vraag was warom. Waarom? Voor welk doel of doelen bestonden ze?

Het wié was het raadsel dat het eerst opgelost moest worden... en wie ze ook waren, er moest een verband zijn tussen hen en de fanaten die in het begin bijeengeroepen waren door Guillaume de Matarese. Waar hadden ze anders vandaan kunnen komen, hoe hadden ze anders op de hoogte kunnen zijn? Die mannen van vroeger waren naar de heuvels van Porto Vecchio gekomen en ze hadden namen. Het verleden was het enige uitgangspunt dat hij had.

Er was er nog een geweest, mijmerde hij, maar het vlammetje van de lucifer in de bosjes van Rock Creek Park had het uitgewist. Robert Winthrop had op het punt gestaan twee machtige mannen in Washington te noemen die heftig hadden ontkend ook maar iets te weten van de Matarese raad. In hun ontkenning lag hun medeplichtigheid. Ze móesten wel hebben gehoord van het Matarese genootschap. Maar Winthrop had die namen niet verteld. Het geweld was ertussen gekomen. Nu zou hij ze misschien nooit meer zeggen.

Namen uit het verleden konden leiden naar namen in het heden en in dit geval moest dat wel. Mensen lieten hun werk na, hun stempel op hun tijd... hun geld. Alles kon nagegaan worden en ergens toe leiden. Als er sleutels waren om de kluizen te openen die de antwoorden over het Matarese geheim bevatten, zouden ze in de heuvels van Porto Vecchio te vinden zijn. Hij moest ze vinden... evenals zijn vijand, Wasili Talenjekov ze moest vinden. Geen van beiden zou het overleven als ze die sleutels niet vonden. Er zou geen boerderij in Grasnov zijn voor de Rus en geen nieuw leven voor Beowulf Agate voordat ze de antwoorden vonden.

'*La costa si avvicina!*' brulde de kapitein en draaide aan het stuurwiel. Hij keerde zich om en grinnikte tegen zijn passagier door het opwaaiende stuifwater. '*Ancora cinque minuti, signore e poi la Corsica.*'

'*Grazie, capitano.*'

'*Prego.*'

Corsica.

Talenjekov rende in het maanlicht de heuvel op, gebukt tussen de plekken hoog gras om zijn bewegingen te verbergen, maar niet het pad dat hij baande. Hij wilde niet dat degenen die hem volgden de jacht opgaven, alleen dat die vertraagd werd, dat ze gescheiden werden als dat kon. Als hij er een kon vangen, zou dat ideaal zijn.

De oude Kroepskaja had gelijk gehad omtrent Corsica en Scofield kende de heuvels ten noorden van Porto Vecchio heel goed. Er waren hier geheimen, dat had hij binnen twee dagen al gemerkt. Nu joegen ze op hem in het donker door de heuvels om te voorkomen dat hij nog meer te weten kwam.

Vier avonden geleden was Corsica een zeer theoretische bron geweest, een alternatief voor gepakt worden, Porto Vecchio slechts een stad aan de zuidkust van het eiland, de heuvels erachter onbekend.

De heuvels waren nog steeds onbekend. Het volk dat er leefde was afstandelijk, vreemd en niet mededeelzaam, hun dialect moeilijk te verstaan. Maar het was geen theorie meer. Het noemen alleen van de naam Matarese was genoeg om een eind te maken aan gesprekken die maar net begonnen waren. Het was alsof de naam zelf deel uitmaakte van een stamritus waarover niemand buiten de afgesloten gebieden in de heuvels sprak en nooit in bijzijn van vreemdelingen. Wasili kreeg dat binnen een paar uur door nadat hij de met rotsstenen bezaaide landstreek binnen was gegaan. Het werd de eerste avond dramatisch bevestigd. Vier dagen geleden zou hij het niet geloofd hebben, nu wist hij dat het zo was. De Matarese was meer dan een legende, meer dan een mystiek symbool voor primitieve heuvelbewoners. Het was een vorm van religie. Dat móest het zijn: de mannen waren bereid te sterven om het geheim ervan te bewaren.

Vier dagen en de wereld was veranderd voor hem. Hij had niet langer te maken met kundige mensen die ingewikkelde apparatuur tot hun beschikking hadden. Er waren hier geen computerbanden die achter glazen panelen snel ronddraaiden op de druk van een knop, geen groene letters die over zwarte schermen snelden en de onmiddellijke informatie gaven die nodig was voor de volgende beslissing. Hij stelde een onderzoek in naar het verleden onder mensen van het verleden.

Daarom wilde hij zo vurig een van de mannen vangen die hem de heuvel op volgden in de duisternis. Naar zijn oordeel waren het er drie. De heuvelkam was lang en breed en er was een overvloed van knoestige bomen en hoekige stenen. Ze moesten uit elkaar gaan om onder dekking de afdalingen te kunnen maken naar de heuvels verderop en de vlakten die voorafgingen aan de bergwouden. Als hij één man kon pakken en een paar uur de tijd zou hebben om zijn geest en lichaam te bewerken, zou hij heel wat te weten kunnen komen. Wat dat betreft had hij geen scrupules. De avond tevoren was er op een houten bed geschoten, in het donker terwijl het silhouet van een Corsicaan in het deurgat stond, een Lupo-geweer in zijn hand. Talenjekov werd verondersteld in dat bed te liggen... Eén man – dié man – dacht Wasili die zijn woede onderdrukte toen hij een dennenbosje in rende, net onder de heuveltop. Hij kon eventjes rusten.

Ver naar beneden kon hij de zwakke stralen van zaklampen zien. Eén, twéé... drié. Drie mannen, en ze gingen uit elkaar. De man helemaal links liep in zijn richting, het zou die man tien minuten klimmen kosten om het dennenbosje te bereiken. Talenjekov hoopte dat het de man met de Lupo was. Hij leunde tegen een boom, haalde diep adem en ontspande zijn lichaam.

Het was zo vlug gegaan, de zwerftocht in deze primitieve wereld. Toch zat er een soort systeem in. Hij was begonnen met 's avonds snel langs de beboste oever van een ravijn te lopen in Washingtons Rock Creek Park en hier was hij in een geïsoleerd, bebost reservaat hoog in de heuvels van Corsica. In de avond. De reis was vlug gegaan, hij had precies geweten wat hij moest doen en wanneer.

Gistermiddag om vijf uur was hij op vliegveld Leonardo da Vinci in Rome geweest waar hij onderhandeld had over een privévlucht naar Bonifacio, naar het westen op de zuidpunt van Corsica. Hij was om zeven uur in Bonifacio en hij was met een taxi naar het noorden gereden, langs de kust naar Porto Vecchio en verder naar een herberg in het heuvelland. Hij had een zwaar Corsicaans maal genoten en de nieuwsgierige herbergier aangemoedigd in een gesprek voor de vuist weg.

'Ik ben zoiets als een geleerde,' had hij gezegd. 'Ik zoek informatie over een *padrone* van veel jaren geleden. Ene Guillaume de Matarese.'

'Dat begrijp ik niet,' had de herbergier geantwoord. 'U zegt zoiets als een geleerde te zijn. Het lijkt mij dat je het bént of niet, *signore*. Bent u aan een grote universiteit?'

'Een particuliere stichting eigenlijk. Maar universiteiten hebben toegang tot onze studies.'

'*Un' fondazione?*'

'*Un' organizzazione accademica.* Mijn afdeling houdt zich bezig net de weinig bekende geschiedenis van Sardinië en Corsica gedurende de late negentiende en de vroege twintigste eeuw. Er schijnt deze padrone te zijn geweest... Guillaume de Matarese... die veel van het land in deze heuvels ten noorden van Porto Vecchio bestuurde.'

'Het meeste was zijn eigendom, signore. Hij was goed voor de mensen die op zijn land woonden.'

'Natuurlijk. En wij zouden hem graag een plaats gunnen in de geschiedenis van Corsica. Ik weet niet waar ik precies beginnen moet.'

'Misschien...' De herbergier was achterover gaan zitten, zijn ogen neergeslagen, zijn stem vreemd vaag. 'De ruïnes van villa Matarese. Het is een heldere avond, signore. Ze zijn heel mooi in het maanlicht. Ik kan wel iemand vinden die u erheen brengt. Tenzij u natuurlijk te moe bent van uw reis.'

'Helemaal niet. Het was een snelle vlucht.'

Hij was verderop de heuvels in gebracht, naar de skeletachtige overblijfselen van een eens uitgebreid landgoed, de restanten van de gebouwen besloegen bijna een halve hectare. Vervallen muren en gebroken schoorstenen waren de enige bouwsels waarvan nog iets over was. Op de grond waren onder de overwoekering de bakstenen randen van een enorme rondlopende oprijlaan waar te nemen. Aan beide zijden van het grote huis doorsneden stenen paden het lange gras, bestrooid met stukken hout, herinneringen aan weelderig gecultiveerde tuinen die al lang vervallen waren.

De hele ruïne stond luguber in silhouet op de heuvel, het effect versterkt door het maanlicht. Guillaume de Matarese had een monument voor zichzelf gebouwd en de kracht die het bouwwerk had, was niet aangetast door het verval door tijd en elementen. In plaats daarvan had het geraamte op zichzelf kracht.

Wasili had de stemmen achter zich gehoord, de jongen die hem had begeleid was nergens te zien. Er waren mannen geweest en die eerste woorden van de twijfelachtige begroeting die het begin was geweest van een ondervraging die meer dan een uur had geduurd. Het zou een eenvoudige zaak geweest zijn beide Corsicanen te onderwerpen, maar Talenjekov wist dat hij meer te weten kon komen door passieve weerstand. Ongeschoolde ondervragers deelden zelf meer mee dan ze uit iemand kregen als ze te maken hadden met opgeleide personen. Hij was gebleven bij zijn verhaal van de *organizzazione accademica* en ten slotte hadden ze hem het verwachte advies gegeven.

'Ga terug naar waar u vandaan kwam, signore. Er is hier niets bekend waar u mee gediend bent. Wij weten niets. Jaren geleden heeft er hier een ziekte geheerst in de bergen en er is niemand meer die u zou kunnen helpen.'

'Er moeten oudere mensen zijn in de heuvels. Misschien als ik wat rondloop en een paar vragen stel.'

'Wij zijn oudere mensen, signore, en we kunnen uw vragen niet beantwoorden. Ga terug. Wij hier zijn onwetende mensen, schaapherders. We voelen ons niet op ons gemak als vreemdelingen in onze eenvoudige levens binnendringen. Ga terug.'

'Ik zal uw raad in overweging nemen.'

'Neemt u niet zoveel moeite, signore. Ga gewoon weg hier alstublieft.'

's Morgens was Wasili de heuvels weer ingelopen, naar de villa Matarese en verder. Hij ging bij een groot aantal boerenhuizen met strodaken aan en stelde zijn vragen. Hij zag de woeste blik in de Corsicaanse ogen als zijn vragen niet beantwoord werden en besefte dat hij gevolgd werd.

Er was hem natuurlijk niets verteld, maar uit de toenemende harde reacties op zijn aanwezigheid had hij iets van belang opgemaakt. Er waren niet alleen mannen die hem volgden, maar ook die voor hem uitgingen en de families in de heuvels waarschuwden dat er een vreemdeling aankwam. Hij moest weggestuurd worden en ze mochten hem niets vertellen.

Die avond – gisteravond, dacht Talenjekov terwijl hij naar de zwaaiende lichtbundel van de zaklamp keek die langzaam de heuvel opkwam – was de herbergier naar zijn tafeltje gekomen.

'Ik ben bang, signore, dat ik u hier niet langer kan laten blijven. Ik heb de kamer verhuurd.'

Wasili had opgekeken en zonder twijfel in zijn stem gezegd: 'Jammer. Ik heb alleen een luie stoel nodig of een bed als u dat voor me hebt. Ik ga morgenochtend meteen weg. Ik heb gevonden waar ik voor kwam.'

'En wat is dat, signore?'

'Dat zult u gauw genoeg weten. Er komen anderen na mij met de goede uitrusting en de archieven van het eiland. Er zal een zeer diepgaand, zeer deskundig onderzoek plaatsvinden. Wat hier gebeurde is fascinerend. Academisch gesproken, natuurlijk.'

'Natuurlijk... Misschien nog één nacht.'

Zes uur later was een man zijn kamer binnengedrongen en had twee schoten gelost uit de dikke lopen van een afgezaagd jachtgeweer dat de Lupo genoemd werd: de 'wolf'. Talenjekov had gewacht: hij had gekeken van achter een gedeeltelijk openstaande kastdeur toen er op het houten bed werd geschoten, de stevige vulling van de matras onder de dekens werd tegen de muur geschoten.

Het geluid was schokkend geweest, een ontploffing die door het hele herbergje echode. Toch was er niemand toe komen snellen om te zien wat er was gebeurd. In plaats daarvan was de man met de Lupo in de deuropening blijven staan en had rustig in dialect gezegd, als legde hij een eed af:

'*Per nostro circolo*,' daarna rende hij weg.

Dat zei hem niets, maar Wasili wist toen toch wel dat het alles betekende. Woorden die geuit werden als een toverformule na het nemen van een leven... *Voor onze kring*.

Talenjekov had zijn spullen gepakt en was de herberg uitgevlucht. Hij was naar de enige zandweg gegaan die van Porto Vecchio hierheen liep en had positie gekozen in het struikgewas, zeven meter van de wegkant. Een paar honderd meter de weg af had hij een sigaret zien gloeien. De weg werd bewaakt en hij was blijven wachten. Dat moest hij wel.

Als Scofield kwam zou hij die weg gebruiken. De vierde dag was aangebroken. De Amerikaan had gezegd dat als Corsica het enige was dat overbleef, hij er over drie of vier dagen zou zijn.

Om drie uur 's middags was er nog niets van hem te zien geweest, en een uur later wist Wasili dat hij niet langer kon wachten. Er waren mannen de weg afgesneld naar de uitspringende parkeerhaven. Hun missie was duidelijk: de indringer had de wegafzetting ontweken. Vind hem, dood hem! Er waren mannen op zoek gegaan, ze hadden zich waaiervormig verspreid door de bossen. Twee Corsicanen die de overvloedige begroeiing weghakten waren hem tot tien meter genaderd. De patrouilles zouden algauw geconcentreerder worden en het zoeken intenser. Hij kon niet op Scofield wachten en er was geen garantie dat Beowulf Agate ontsnapt was uit het net dat er voor hem gespannen was in zijn eigen land, laat staan dat hij op weg was naar Corsica.

Wasili had de uren tot zonsondergang doorgebracht met zijn eigen aanvallen te beramen op hen die hem wilden vangen. Als van een moerasvos leek zijn spoor het ene ogenblik in déze richtig te gaan, maar zagen ze zijn verschijning dáár, gebroken bladeren en vertrapt riet waren het bewijs dat hij in het nauw gedreven zat op een stuk moerasland dat voor een onbeklimbare wand van leisteen lag. Terwijl de mannen naderden, zagen ze zijn gestalte door een veld naar het westen rennen. Hij was een geel jasje in de wind dat het gezicht prikkelde op tien verschillende plaatsen tegelijk.

Toen het donker was geworden had Talenjekov de strategie gevolgd die hem bracht waar hij op dit ogenblik was, verborgen in een dennenbosje bij de top van een hoge heuvel, wachtend op de nadering van een man met een zaklamp. Het plan was eenvoudig, in drie etappes uitgevoerd, elke fase logisch volgend op de vorige. Eerst de afleiding, het weglokken van het grootst mogelijke aantal van de aanvalsgroep, daarna het blootstellen aan de enkele achtergeblevenen en hen verder van de groep afleiden. Ten slotte de scheiding van die paar en het vangen van één man. De derde fase moest voltooid worden als de branden woedden, twee en een halve kilometer naar het oosten.

Hij had zich een weg gebaand door de bossen, daalde af in de richting van Porto Vecchio. Hij liep aan de rechterkant van de zandweg. Hij had droge takjes en bladeren verzameld, een aantal Graz-Boerja-patronen gebroken en het kruit in de stapel afval gestrooid. Hij had zijn vuur in het woud aangestoken, gewacht tot het oplaaide en hij had het geroep van de zich verzamelende Corsicanen gehoord. Hij was in noordelijke richting gesneld, de weg over, een dichter, droger deel van de beboste heuvel in en had de actie herhaald, een grotere hoop gedroogd blad aangestoken naast een dode kastanjeboom. Het vuur had zich verspreid als door een brandbom, de vlammen laaiden op door de boom en beloofden vervolgens weer op te laaien in de omringende bomen. Hij was nog eens naar het noorden gesneld en had zijn laatste en grootste vuur ontstoken. Hij koos daarvoor een beuk die sinds lang aangetast was door insekten. Binnen een halfuur stonden de heuvels op drie verschillende plaatsen in lichterlaaie en renden de jagers van de ene brand naar de andere. Het bedwingen van de branden en het zoeken naar de man streden om de voorrang. Vuur, almaar vuur.

Hij was schuin teruggelopen naar het zuidwesten, door de bossen klimmend naar de weg die langs de herberg liep. Hij was binnen gezichtsafstand van het raam verschenen, waardoor hij de nacht tevoren was ontsnapt. Hij was de weg op gelopen en had een aantal mannen met geweren zien staan die bezorgd met elkaar stonden te praten. De wachters van de achterhoede, verward door de chaos beneden, onzeker of ze moesten blijven waar ze waren, zoals opgedragen door de superieuren, of dat ze hun eilandgenoten te hulp moesten komen.

De ironie van de samenloop van omstandigheden was Wasili niet ontgaan, toen hij de lucifer had aangestreken. Met het aansteken van een lucifer was het allemaal begonnen zoveel dagen geleden op Washingtons Nebraska Avenue. Het was het teken van een valstrik. Het betekende er nu weer een in de heuvels van Corsica.

'Ecco!'

'Il fiammifero.'

'E lui!'

De chaos was begonnen en kwam nu tot een eind. De man met de zaklamp was binnen een steenworp afstand van hem. Hij zou naar het dennenbosje klimmen voor de volgende halve minuut om was. Beneden, op de heuvelhelling, bleef de zaklamp die een paar seconden geleden nog wild heen en weer gezwaaid had in halve cirkels, nu vreemd stil, de lichtstraal scheen naar beneden op één enkel plekje. De plaats van de lamp en zijn plotselinge stilstand baarde Talenjekov zorgen, maar er was geen tijd om erover na te denken. De naderende Corsicaan had de eerste boom bereikt van Wasili's natuurlijke schuilplaats.

De man zwaaide de lichtstraal tussen de groep stammen en hangende takken. Talenjekov had een aantal takken gebroken en er flink wat afgestroopt zodat elk licht op het witte hout zou schijnen. De Corsicaan ging voorwaarts en volgde het pad. Wasili ging links achter een boom staan. De jager liep hem binnen een halve meter voorbij met zijn geweer in de aanslag. Talenjekov zag de voeten van de Corsicaan in het licht. Als de linkervoet vooruitging zou dat in het nadeel zijn van een rechtshandige scherpschutter; hij zou zijn evenwicht verliezen en het niet vlug kunnen herstellen. De voet ging van de grond en Wasili sprong, sloeg zijn arm om de hals van de man, zijn vingers grepen naar de trekkerbeugel en rukten het geweer uit de hand van de Corsicaan. De lichtstraal schoot omhoog in de bomen. Talenjekov stootte met zijn rechterknie tegen de nier van zijn slachtoffer en trok hem achterover op de grond. Hij schaarde het middel van de man met zijn benen en dwong de nek van de Corsicaan in een pijnlijke boog, het oor van de man naast zijn lippen.

'Jij en ik brengen samen het volgende uur door!' fluisterde hij de Italiaan toe. 'Als de tijd om is, heb je mij verteld wat ik wil weten of je vertelt nooit meer iets. Ik zal je eigen mes gebruiken. Je gezicht zal zo misvormd zijn dat niemand je zal herkennen. Sta nu langzaam op. Als je een kik geeft ben je dood!'

Langzaam liet Wasili de druk op het middel en de hals van de man minder worden. Beide mannen stonden op, Talenjekovs vingers hielden de man bij de keel vast.

Er klonk plotseling een gekraak van boven, het geluid echode door de bomen. Een voet was op een gevallen tak gestapt. Wasili draaide zich om en gluurde naar boven in het dichte gebladerte. Wat hij zag deed zijn adem stokken.

Hij zag het silhouet van een man tussen twee bomen, het bekende silhouet dat hij het laatst gezien had in de deuropening van een plattelandsherberg. En evenals de vorige keer waren de lopen van een Lupo recht vooruit gericht. Maar nu op hem.

Talenjekov dacht snel na en begreep dat niet alle beroepsmensen opgeleid waren in Moskou en Washington... de woest zwaaiende lichtstraal onder aan de heuvel die plotseling niet meer bewoog. Een zaklamp die aan een twijg of veerkrachtige tak was gebonden, aangetrokken en in beweging gezet om de illusie te geven dat hij vooruit bewoog, terwijl de eigenaar in het donker een hem bekende helling oprende.

'Je was vannacht erg slim, signore,' zei de man met de Lupo. Maar hier kun je je niet verstopen.'

'De Matarese!' schreeuwde Wasili zo hard als zijn longen toelieten. '*Per nostro circolo!*' brulde hij. Hij sprong naar links. De knal uit de dubbelloops Lupo weerklonk door de heuvels.

13

Scofield sprong over de rand van de skiff en waadde door de golven naar de kust. Er was geen strand, alleen bij elkaar gevoegde keistenen die een brede muur van verweerde steen vormden. Hij bereikte een uitsteeksel van vlakke, glibberige steen en klom het water uit, met zijn koffertje in de linkerhand balancerend, zijn canvas plunjezak in de rechter.

Hij klauterde over de stenen naar de zanderige, met klimplanten begroeide bodem die vlak genoeg was om op te staan. Daarna rende hij het dichte kreupelhout in dat hem verborg voor eventuele lopende patrouilles op de oneffen rotsen. De kapitein had hem gewaarschuwd dat de politie inconsequent was. Sommigen ervan konden omgekocht worden, anderen niet.

Hij knielde neer, haalde een mesje uit zijn zak en sneed het koord door waarmee het koffertje aan zijn pols zat. Daarna opende hij de plunjezak en haalde er een droge ribfluwelen broek uit, een paar hoge schoenen, een donker truitje, een muts en een ruw wollen jasje, alles gekocht in Parijs, alle kaartjes eraf. Ze zagen er ruig genoeg uit om als inlands te kunnen worden gezien.

Hij verkleedde zich, rolde zijn nette kleren op, stopte ze in de plunjezak, samen met het koffertje en begon daarna aan de lange, bochtige klim naar de weg boven. Hij was tweemaal eerder op Corsica geweest en eenmaal in Porto Vecchio. Beide reizen hadden in beginsel te maken met een gehate, voortdurend zwetende eigenaar van vissersboten in Bastia, op de loonlijst van buitenlandse zaken als een 'waarnemer' van de operaties van Rusland in de Ligurische Zee. Het korte verblijf ten zuiden van Porto Vecchio had in verband gestaan met de uitvoerbaarheid van geheime financiering van toevluchtsoorden in het Tyrrheense gebied. Hij kwam nooit te weten wat er gebeurde. Tijdens zijn verblijf in Porto Vecchio had hij een auto gehuurd en was naar de heuvels gereden. Hij had de ruïnes van villa Matarese gezien in de roosterende middagzon en was uitgestapt voor een glas bier bij een *taverna* langs de weg, maar het uitstapje was vlug vervaagd in zijn herinnering. Hij had er niet aan gedacht dat hij er ooit nog eens terug zou komen. De legende van de Matarese was evenmin levend als de ruïnes van de villa. Toen niet.

Hij bereikte de weg en trok de muts verder over zijn hoofd, zodat hij de kneuzing boven op zijn voorhoofd bedekte, die hij opgelopen had bij een botsing tegen een ijzeren paal in een trappenhuis. Talenjekov. Had hij Corsica bereikt? Was hij ergens in het heuvelland van Porto Vecchio? Het zou niet veel tijd kosten om daar achter te komen. Een vreemdeling die vragen stelt over een legende zou gemakkelijk opgespoord kunnen worden. Anderzijds zou de Rus voorzichtig zijn. Als ze erop gekomen waren om terug te gaan naar de bron van de legende, kon het best gebeuren dat anderen hetzelfde deden.

Bray keek op zijn horloge, het was bijna halftwaalf. Hij pakte een kaart en schatte zijn positie op vier kilometer ten zuiden van St. Lucia. De kortste weg naar de heuvels – naar de Matarese heuvels, peinsde hij – was naar het westen. Maar hij moest iets zoeken voor hij die heuvels op ging. Een operatiebasis. Een plaats waar hij zijn bezittingen kon verbergen en redelijkerwijs kon verwachten dat ze er nog zouden zijn als hij terugkwam. Dat sloot de gewone plaatsen waar een reiziger stopte uit. Hij kon zich het dialect niet in een paar uur eigen maken en hij zou opgemerkt worden als vreemdeling en vreemdelingen waren doelwitten. Hij zou moeten bivakkeren in de bossen, zo mogelijk bij water en liefst binnen loopafstand van een winkel of herberg waar hij eten kon krijgen.

Hij moest ervan uitgaan dat hij een aantal dagen in Porto Vecchio zou zijn. Geen enkele andere veronderstelling was waarschijnlijk. Er kon van alles gebeuren als hij Talenjekov eenmaal gevonden had – áls hij hem vond – maar voor het ogenblik moest hij rekening houden met wat nodig was voordat hij een plan opstelde. Alle kleine zaken.

Er was een pad – te smal voor een auto, een herdersroute misschien – dat van de weg afboog naar een zacht glooiende rij velden. Het liep naar het westen. Hij nam de plunjezak over in zijn linkerhand, ging het pad op en duwde de laaghangende takken weg tot hij in het hoge gras was.

Om kwart voor een had hij pas acht tot tien kilometer landinwaarts afgelegd, maar hij had met opzet in een zigzagpatroon gelopen dat hem de beste uitzichten op het gebied opleverde. Hij vond waar hij naar zocht: een stuk bos dat steil boven een stroom oprees, dikke takken van Corsicaanse dennen zwaaiden tot de grond aan de oevers. Een man en zijn bezittingen zouden veilig zijn achter die groene muren. Een paar kilometer naar het zuidwesten was er een weg die verder omhoog leidde naar de heuvels. Naar hij zich herinnerde was dat vrijwel zeker de weg die hij was gegaan naar de ruïne van villa Matarese. Er was maar één weg geweest. Als hij het zich goed herinnerde was hij langs een aantal afgelegen boerderijen gereden op weg naar de ruïne op de heuvel en de herberg waar hij gestopt was om Corsicaans bier te drinken op die hete middag. Alleen kwam die herberg eerst, vlak bij die weg op de heuvel, waar een smallere weg zich afsplitste. Naar réchts de weg naar boven, links terug naar Porto Vecchio. Bray raadpleegde weer zijn kaart. De heuvelweg stond erop en de vertakking naar rechts. Hij wist nu waar hij was.

Hij waadde door de stroom en klom de andere oever op met de steil boven elkaar staande dennen. Hij kroop eronder, opende zijn plunjezak, pakte er een schepje uit en moest lachen toen er twee rolletjes toiletpapier met het stuk gereedschap uitvielen. De kleine zaken, dacht hij en begon in de zachte aarde te graven.

Het was bijna vier uur. Hij had zijn kamp opgeslagen onder het scherm van groene takken, zijn plunjezak begraven, het verband om zijn hals vernieuwd, zijn gezicht en handen in de stroom gewassen. Ook had hij gerust, naar boven starend naar het gefilterde zonlicht dat door het weefsel van dennenaalden drong. Zijn gedachten dwaalden af, een genot waartegen hij zich probeerde te verzetten, maar dat kon hij niet. De slaap wilde niet komen, de gedachten wel.

Hij lag onder een boom aan de oever van een stroom op Corsica, een reis die begonnen was op een brug op een avond in Amsterdam. En nu kon hij nooit meer terug, tenzij hij en Talenjekov vonden wat ze zochten in de heuvels van Porto Vecchio.

Het zou niet zo moeilijk zijn om te verdwijnen. Hij had veel van zulke verdwijningen geregeld in het verleden, met minder geld en met minder deskundigheid dan hij nu had. Er waren zoveel plaatsen: Melanesië, de Fiji-eilanden, Nieuw-Zeeland, Tasmanië daartegenover, de uitgestrekte gebieden van Australië, Maleisië of een van de Soenda-eilanden. Hij had mannen naar zulke gebieden gestuurd en had door de jaren heen voorzichtig contact gehouden met enkelen. Er waren nieuwe levens opgebouwd, de geschiedenissen van het verleden buiten bereik van huidige collega's, nieuwe vrienden, nieuwe bezigheden, zelfs gezinnen.

Hij zou hetzelfde kunnen doen, dacht Bray. Misschien deed hij het wel. Hij had de nodige papieren en het geld. Hij kon met geld in Polynesië komen of op de Cook-eilanden, een vrachtboot kopen, wellicht behoorlijk de kost verdienen. Het zou een goed leven kunnen zijn, een anoniem bestaan, een einde.

Maar hij zag weer het gezicht van Robert Winthrop, de geladen blik die de zijne zocht en hoorde de bezorgdheid in de stem van de oude man toen hij over de Matarese beweging sprak.

Hij hoorde ook iets anders. Van minder ver, vlak boven hem in de lucht. Vogels doken neer in wilde kringen, hun kreten echoden rauw en boos over de velden en door de wouden. Indringers hadden hun territorium geschonden. Hij kon mannen horen rennen en hun geroep horen.

Was hij gezien? Hij kwam vlug op zijn knieën, haalde de Browning uit zijn jaszak en gluurde door een tak met dennenaalden. Beneden, een honderd meter naar links, hadden twee mannen een weg gehakt door de overgroeide oever naar de rand van de stroom. Ze bleven even staan, pistolen in hun gordels, vlug rondkijkend in alle richtingen, alsof ze niet wisten waar ze nu heen moesten. Langzaam ademde Bray uit. Ze zaten niet achter hem aan, hij was niet gezien. In plaats daarvan hadden de twee mannen gejaagd. Op een dier dat misschien hun geiten aangevallen had, of op een wilde hond. Niet op hem. Niet op een vreemdeling die in de heuvels zwierf.

Toen hoorde hij de woorden en wist hij dat hij maar gedeeltelijk gelijk had. De roep kwam niet van een van de Corsicanen, die een hakmes vasthielden. Hij kwam van over de oever van de stroom, van het veld erachter.

'*Ecco lui – nel campo!*'

Het was geen dier dat ze achtervolgden, maar een man. Een man die vluchtte voor andere mannen, en te oordelen naar de woede van zijn achtervolgers liep die man voor zijn leven.

Talenjekov? Was het Talenjekov? En als hij het was, waarom? Was de Rus zo gauw iets te weten gekomen? Iets waarvoor de Corsicanen in Porto Vecchio zouden doden?

Scofield zag hoe de twee mannen beneden hun pistolen uit hun gordels haalden en de oever op renden, buiten het gezicht het aangrenzende veld op. Hij kroop terug naar de boomstam en probeerde zijn gedachten te ordenen. Zijn instinct overtuigde hem ervan dat *il uomo* Talenjekov was. Als het zo was, waren er verschillende mogelijkheden. Hij kon naar de weg gaan en de heuvels op lopen, een Italiaanse matroos met vrije tijd van een vissersboot die in reparatie lag. Hij kon blijven waar hij was tot het donker werd en dan zijn weg gaan onder dekking van het duister, hopend dat hij zo dichtbij kon komen dat hij het praten van de mannen kon horen. Of hij kon nu gaan en de jacht volgen. Het laatste was het minst aantrekkelijk – maar waarschijnlijk het nuttigst. Hij besloot het te doen.

Het was vijf over halfzes toen Bray hem voor het eerst zag. Hij rende langs een heuvelkam terwijl er schoten afgevuurd werden op zijn heen en weer bewegende, rennende gestalte in de gloed van de ondergaande zon. Talenjekov deed, zoals verwacht, het onverwachte. Hij probeerde helemaal niet te ontsnappen. Hij gebruikte de jacht eerder om verwarring te zaaien en door die verwarring ergens achter te komen. De tactiek was gaaf, de beste manier om belangrijke inlichtingen te ontdekken was te zorgen dat de vijand die beschermde.

Maar wat was hij tot nu toe te weten gekomen dat het risico kon rechtvaardigen? Hoe lang zou hij – of kon hij – de snelheid en de concentratie volhouden om zijn vijand te ontwijken?... De antwoorden waren zo duidelijk als de vragen: isoleren, vangen en dwingen te praten. Binnen het territorium.

Scofield bekeek het terrein zo goed hij kon vanaf zijn hoge plaats op de helling. De vroege avondwind verlichtte zijn taak. Het gras boog bij ieder zuchtje wind en gaf hem meer uitzicht. Hij probeerde te analyseren welke mogelijkheden openstonden voor Talenjekov, waar hij hem het best kon onderscheppen. De KGB-man rende naar het noorden, nog ongeveer anderhalve kilometer en hij zou de voet van de bergen bereiken waar hij halt zou houden. Er viel niets te bereiken met de bergen in te gaan. Hij zou omkeren en naar het zuidwesten gaan om te voorkomen dat hij ingesloten werd door de wegen. En ergens zou hij een afleidingsmanoeuvre maken, een die nadrukkelijk genoeg was om de verwarring te doen toenemen tot een moment van chaos, waarna de valstrik gauw zou volgen.

Het opvangen van Talenjekov zou misschien moeten wachten tot dat moment, dacht Bray, maar hij had dat liever niet. Er zou te veel gebeuren in een korte tijd. Op die manier worden vaak fouten gemaakt. Het was beter de Rus eerder te bereiken. Op die wijze konden ze samen de strategie ontwikkelen. Scofield liep gebukt door het lange gras naar het zuidwesten.

De zon ging onder achter de verre bergen, de schaduwen werden langer tot ze inktzwarte bundels werden die over de heuvels vielen en de velden helemaal bedekten, die enkele ogenblikken geleden overgoten waren met oranje zonlicht. De duisternis viel en nog was er taal noch teken van Talenjekov. Bray liep vlug het gebied in waar de Rus zich logischerwijze moest bevinden. Zijn ogen wenden aan het donker, zijn oren vingen elk geluid op dat niet eigen was aan veld en bos. Nóg geen Talenjekov.

Had de KGB-man het risico genomen om een zandweg te nemen om vlugger vooruit te komen? Als hij dat had gedaan, was het roekeloos, tenzij hij een tactiek ontwikkeld had die in de heuvels beter uitgevoerd kon worden. Het hele gebied was nu vol met groepen zoekers die in grootte varieerden van twee tot zes man allen gewapend. Ze waren behangen met messen, vuurwapens en hakmessen. De stralenbundels van hun zaklampen kruisten elkaar als snijdende laserstralen. Scofield rende verder westwaarts naar hoger gelegen gebied. De talloze lichtstralen beschermden hem tegen de zwervende, boze Corsicanen. Hij wist wanneer hij moest stilstaan en wanneer hij moest rennen.

Hij liep hard tussen twee naar elkaar toe bewegende groepen mannen en bleef plotseling stilstaan bij het zien van een jankend dier met een dikke vacht, de ogen starend en wijd open. Hij wilde net zijn mes gebruiken toen hij merkte dat het een herdershond was wiens neus geen belang stelde in mensenlucht. Hoewel hij dat besefte, stokte toch zijn adem. Hij aaide de hond, stelde hem op zijn gemak, dook onder een lichtbundel door die uit het bos schoot en klauterde het hellende veld verder op.

Hij kwam bij een grote kei die half in de grond stak en liet zich erachter neervallen. Hij stond langzaam op, zijn handen op de steen, klaar om weg te springen en weer te gaan rennen. Hij keek over de steen naar het schouwspel beneden, de lichtbundels doorboorden het donker en lieten zien waar de zoekende groepen zich bevonden. Hij kon het ruwe houten bouwsel onderscheiden van de herberg die hij jaren geleden had bezocht. Ervoor liep een primitieve zandweg die hij uren tevoren overgestoken was om naar hoger gelegen grond te komen. Honderd meter rechts van de herberg liep de bredere, bochtige weg die van de heuvels afliep naar Porto Vecchio.

De Corsicanen waren over het veld verspreid. Bray kon hier en daar het geblaf van honden horen temidden van geroep van mensen en het hakken van de messen. Het was een angstig gezicht niemand te zien, alleen lichtstralen die in alle richtingen schoten, onzichtbare marionetten die in het donker aan verlichte draden dansten.

Plotseling was er nog een licht, niet wit maar geel. Vuur! Een plotselinge uitbarsting van vlammen in de verte, rechts van de weg die naar Porto Vecchio liep.

De afleidingsmanoeuvre van Talenjekov. Die had effect. Mannen liepen te roepen, de lichtstralen kwamen bij elkaar op de weg, ze renden naar het zich verspreidende vuur. Scofield bleef waar hij was en vroeg zich – koel en zakelijk – af hoe de KGB-man zijn afleiding zou benutten. Wat zou hij vervolgens doen? Welke methode zou hij gebruiken om één man in de val te laten lopen? Het begin van een antwoord kwam drie minuten later. Een tweede, grotere uitbarsting vuur sprong omhoog op ongeveer 400 meter links van de weg naar Porto Vecchio. Nu werden de Corsicanen verdeeld, aan twee kanten afgeleid, het zoeken werd verward. Vuur in de heuvels was levensgevaarlijk.

Nu kon hij de marionetten zien, hun lichte draden mengden zich met de gloed van de uitbreidende branden. Er verscheen nog een vuur, heel groot. Een hele boom barstte uit in een bal van geelachtig wit alsof hij verslonden werd door napalm. Het was 300 of 350 meter verder naar links, een grotere schijnbeweging dan de vorige twee. De chaos groeide zo snel als het vuur, beide dreigden ze uit de hand te lopen. Talenjekov dekte zich aan alle kanten. Als een val niet uitvoerbaar was, zou hij in de verwarring kunnen ontkomen.

Maar als het brein van de Rus werkte zoals het zijne zou doen, dacht Bray, zou de val zo dadelijk dichtslaan. Hij klauterde om de kei, liep over het veld naar beneden, hield zijn schouders heel laag en bewoog zich op handen en voeten voort als een dier. Plotseling was er een flits, ver op de weg. Het duurde niet langer dan een seconde, een kleine opflikkering. Er was een lucifer aangestreken. Het leek zonder betekenis tot Bray van rechts een zaklantaarnstraal zag uitschieten, onmiddellijk gevolgd door twee andere. De drie stralen bewogen zich in de richting van de kort aangehouden lucifer. Een paar tellen later scheidden ze zich aan de voet van de heuvel beneden langs de weg.

Scofield wist nu wat de tactiek was. Vier avonden geleden was er in Rock Creek Park een lucifer aangestoken om een val aan te duiden. Nu werd er een aangestoken om een valstrik te leggen. Door dezelfde man. Talenjekov was erin geslaagd het zoeken van de Corsicanen chaotisch te verlammen. Hij leidde nu de weinigen af die nog achtergebleven waren. De laatste jacht was begonnen, de Rus zou één van deze mannen pakken.

Bray haalde het automatische pistool uit de holster die onder zijn jas gebonden zat en pakte de demper uit zijn zak. Hij bevestigde hem, haalde de veiligheidspal over en begon schuin naar links te rennen, onder de heuvelkam. De val zou ergens in die hectaren grasland en bos liggen. Het was een kwestie om uit te vinden waar precies, zo mogelijk een van de achtervolgers uit te schakelen om de kans op een succesvolle vangst te vergroten. Nog beter was het om ook een van de Corsicanen te pakken: twee informatiebronnen waren beter dan één.

Bij het lopen nam hij steeds een sprint en bleef laag bij de grond, zijn blik op de drie lampen beneden. Elk ervan besloeg een deel van de heuvel en in de stralen kon hij duidelijk wapens zien. Zo gauw er iets te zien was van de opgejaagde zou er geschoten worden.

Scofield bleef stilstaan. Er was iets mis. Dat was de lichtstraal rechts, misschien een kleine 200 meter achter hem. Hij zwaaide te vlug heen en weer zonder gericht te worden. En er was geen reflectie – zelfs geen flauwe spiegeling – van licht dat op metaal weerkaatst, zelfs mat metaal. Er was geen wapen.

Er was geen hand die de lamp vasthield! Hij was bevestigd aan een dikke tak of een stam, een truc, een verkeerde plek, valse bewegingen, om andere bewegingen te verbergen. Bray lag op de grond, verborgen door het gras en het donker, en keek en luisterde of er een man liep.

Het gebeurde zo snel, zo onverwacht, dat Scofield uit instinctieve zelfverdediging bijna vuurde. De gestalte van de grote Corsicaan was plotseling naast hem, boven hem, het vermorzelend geluid van een snelle voet, nog geen halve meter van zijn hoofd. Hij liet zich naar links rollen, uit de weg van de rennende man.

Hij haalde diep adem, probeerde de schok en de angst kwijt te raken, stond daarna behoedzaam op en volgde zo goed hij kon het spoor van de rennende Corsicaan. De man liep recht naar het noorden langs de heuvel, onder de kam zoals Bray van plan was geweest en liet zich leiden door de lichtbundels en geluiden – of het plotseling ontbreken ervan – om Talenjekov te vinden. De Corsicaan was bekend met het terrein. Scofield versnelde zijn pas liep de middelste straal voorbij die nog veel lager was en door hem te passeren wist hij dat Talenjekov zich op de derde man gericht had. De zaklamp – nauwelijks zichtbaar – aan de uiterste noordkant van de heuvel.

Bray rende nog sneller. Zijn instinct zei hem de Corsicaan in het oog te houden. Maar de man was nergens te zien. Alles was stil, te stil. Scofield liet zich vallen en nam deel aan die stilte, tuurde om zich heen in het donker, zijn vinger aan de trekker van zijn automatische pistool. Het kon elk ogenblik gebeuren. Maar hoe? Waar?

Ongeveer 150 meter verder, schuin naar rechts, scheen de derde lichtstraal uit en aan te gaan in een reeks korte, onregelmatige flitsen. Nee... Hij werd niet vlug aan- en uitgedaan. Het licht werd telkens geblokkeerd door bomen. Degene die de lamp had, liep een bos in aan de rand van de heuvel.

Ineens schoot de straal omhoog, danste even boven in de dun uitlopende stammen, schoot toen recht naar beneden en bleef op dezelfde plek schijnen, gedimd door het gebladerte op de grond. Dat was het! De prooi was gevangen, maar Talenjekov wist niet dat een andere Corsicaan daarop wachtte.

Bray sprong op en liep zo snel hij kon, zijn schoenen stootten hard tegen de vele stenen op de heuvelhelling. Hij had maar een paar seconden. Hij moest nog een heel eind afleggen en het was veel te donker. Hij wist niet waar de bomen begonnen. Als er maar een silhouet was om op te schieten... Een stem. Hij riep bijna om de Rus te waarschuwen toen hij een stem hoorde. De woorden werden in het vreemde Italiaans van de zuidelijke Corsicanen gesproken. Het geluid waaide mee met de nachtwind.

Tien meter beneden hem! Hij zag de man tussen twee bomen staan, zijn lichaam stak af tegen het licht dat onbeweeglijk van de grond af omhoog scheen. De Corsicaan hield een jachtgeweer in zijn handen. Scofield draaide zich naar rechts en sprong op de gewapende man af, zijn automatische pistool in de aanslag.

'De Matarese!' Die naam werd uitgeschreeuwd door Talenjekov, evenals de raadselachtige zin die daarop volgde: *'Per nostro circolo!'*

Bray schoot de Corsicaan in de rug, drie snelle plofjes, overdonderd door een knal van het jachtgeweer. De man viel voorover. Scofield gaf een trap tegen het lichaam en dook, hij verwachtte een aanval. Wat hij nu zag had dat belet. De Corsicaan die door Talenjekov gevangen was, was neergeschoten door zijn zogenaamde redder.

'Talenjekov?'

'Jij! Ben jij het, Scofield?'

'Doe die lamp uit!' riep Bray. De Rus sprong naar de lamp op de grond en knipte hem uit. 'Er is een man op de heuvel. Hij blijft op zijn plaats en wacht tot hij geroepen wordt.'

'Als hij komt moeten we hem doden. Als we dat niet doen, gaat hij hulp halen. Hij zal anderen meebrengen.'

'Ik weet niet of zijn vrienden daar wel tijd voor hebben,' antwoordde Scofield die naar de lichtstraal in het donker keek. 'Je hebt ze al wel wat te doen gegeven... Daar gaat hij! Hij rent de heuvel af.'

'Kom!' zei de Rus, stond op en kwam naar Bray. 'Ik weet wel tien plekken om ons te verbergen. Ik heb je heel wat te vertellen.'

'Dat zal wel.'

'Ja. Het is hier!'

'Wat?'

'Ik weet het niet... het antwoord misschien. In elk geval gedeeltelijk. Je hebt het zelf gezien. Ze zitten achter me aan en ze zouden me doden zodra ze me zien. Ik ben binnengedrongen...'

'*Fermate!*' Het bevel werd achter Scofield op de heuvel gegeven. Bray rolde op de grond, de Rus hief zijn pistool. '*Basta!*' Het tweede bevel werd vergezeld door het gegrom van een dier, een hond die aan een lijn trok. 'Ik heb een dubbelloopsgeweer in mijn handen, *signori*,' vervolgde de stem... onmiskenbaar de stem van een vrouw, nu in het Engels. 'Net zo een als die daar net afgevuurd werd. Het is een Lupo en ik weet beter hoe ik hem gebruiken moet dan de man die aan uw voeten ligt. Maar ik doe het liever niet. Stop uw wapens weg, *signori*. Laat ze niet vallen, u kunt ze nodig hebben!'

'Wie bent u?' vroeg Scofield die naar de vrouw opkeek. Uit wat hij maar net kon zien in het nachtelijk licht, maakte hij op dat ze een broek droeg en een soldatenjasje. De hond gromde weer.

'Ik zoek de geleerde.'

'De *wat?*'

'Dat ben ik,' zei Talenjekov. 'Van de *organizzazione accademica*. Deze man is mijn collega.'

'Wat ben je in godsnaam...?'

'*Basta*,' zei de Rus. 'Waarom zoek je mij, als je mij niet doodt?'

'Er wordt overal over gepraat. U stelt vragen over *de padrone* van de *padrones*.'

'Ja. Guillaume de Matarese. Niemand wil me iets vertellen.'

'Eén wel,' antwoordde de vrouw. 'Een oude vrouw in de bergen. Ze wil met de geleerde praten. Ze heeft hem iets te zeggen.'

'Maar je weet wat hier gebeurd is,' zei Talenjekov doordringend. 'Er jagen mannen op me. Ze willen me doden. Wil je je leven riskeren om mij – om ons – naar haar toe te brengen?'

'Ja. Het is een lange reis en een zware. Vijf of zes uur de bergen in.'

'Geeft u alstublieft antwoord. Waarom neemt u dat risico?'

'Zij is mijn grootmoeder. Iedereen in de heuvels veracht haar, ze kan hier niet wonen. Maar ik houd van haar.'

'Wie is zij?'

'Ze noemen haar de hoer van Villa Matarese.'

14

Ze trokken vlug door de heuvels naar de voet van de bergen en naar boven over de slingerende paden die door de bergbossen gehakt waren. De hond had de beide mannen besnuffeld toen de vrouw naar hen toe was gekomen. Hij werd losgelaten en ging hen voor langs de overwoekerde paden, zeker van zijn weg.

Scofield dacht dat het dezelfde hond was waarvan hij zo geschrokken was toen hij hem zo plotseling in het veld was tegengekomen. Hij zei het tegen de vrouw.

'Waarschijnlijk wel, signore. We zijn daar uren geweest. Ik zocht u en liet hem rondlopen, maar hij was steeds in de buurt voor het geval ik hem nodig had.'

'Zou hij me aangevallen hebben?'

'Alleen als je hem iets wilt doen. Of mij.'

Het was na middernacht toen ze bij een grasvlakte kwamen die lag voor wat een reeks indrukwekkende, beboste heuvels leek. De laaghangende wolken waren dunner geworden. Maanlicht viel over het veld en verlichtte de bergtoppen in de verte, verleende grootsheid aan dit deel van de bergketen. Bray kon zien dat het hemd van Talenjekov onder het open jasje nat was van het zweet, zoals dat van hemzelf. En de nacht was koel.

'We kunnen nu wel even rusten,' zei de vrouw en wees naar een donkere plek ongeveer honderd meter verder, in de richting waarin de hond was gelopen. 'Daar is een stenen grot in de heuvel. Hij is niet erg diep, maar geeft beschutting.'

'Uw hond weet het,' voegde de KGB-man eraan toe.

'Hij verwacht dat ik een vuur aanleg,' lachte ze. 'Als het regent, neemt hij stokjes in zijn bek en brengt ze bij me binnen. Hij is dol op vuur.'

De grot was gehouwen uit donkere steen, slechts drie meter diep, maar minstens twee meter hoog. Ze gingen erin.

'Zal ik vuur maken?' vroeg Talenjekov.

'Als u dat wilt doen. Uccello zal u er aardig om vinden. Ik ben te moe.'

'*Uccello?*' vroeg Scofield. 'Vogel?'

'Hij vliegt over de grond, signore.'

'U spreekt erg goed Engels,' zei Bray toen de Rus takjes opstapelde binnen een kring van stenen die blijkbaar eerder gebruikt was voor vuren. 'Waar hebt u dat geleerd?'

'Ik ben op de zusterschool in Vescovato geweest. Degenen onder ons die het onderwijsprogramma van de regering verder wilden volgen, kregen les in Frans en Engels.'

Talenjekov hield een lucifer onder het brandhout. Het vatte meteen vlam, het vuur deed het hout kraken en straalde warmte en licht door de grot. 'Je bent erg goed in dat soort werk,' zei Scofield tegen de KGB-man.

'Dank je. Een van mijn kleinere talenten.'

'Zo klein was het niet een paar uur geleden.' Bray wendde zich weer tot de vrouw die haar muts had afgezet en haar lange donkere haar los schudde. Een ogenblik hield hij de adem in en staarde naar haar. Was het dat haar? Of de grote, heldere bruine ogen die de kleur hadden van herte-ogen, of de hoge jukbeenderen of de gebeeldhouwde neus boven de rijke lippen die zo gemakkelijk leken te lachen? Was het een van deze dingen, of was hij alleen maar moe en dankbaar voor het zien van een aantrekkelijke, flinke vrouw? Hij wist het niet, hij wist alleen dat deze Corsicaanse jonge vrouw uit de heuvels hem herinnerde aan Karine, zijn vrouw wier dood bevolen was door de man die een meter van hem vandaan in de grot was. Hij onderdrukte zijn gedachten en ademde weer. 'En hebt u,' vroeg hij, 'verder gestudeerd?'

'Zo ver als dat kon.'

'En waar?'

'Aan de *scuola media* in Bonifacio. De rest heb ik voor elkaar gekregen met hulp van anderen. En geld uit de *fondos*.'

'Hoe bedoelt u?'

'Ik ben afgestudeerd aan de universiteit van Bologna, signore. Ik ben *Comunista*. Dat zeg ik met trots.'

'Goed zo,' zei Talenjekov zacht.

'Eens zullen we alles recht zetten in heel Italië,' ging de vrouw verder met glanzende ogen. 'We zullen een eind maken aan de chaos, de christelijke domheid.'

'Dat geloof ik best,' zei de Rus goedkeurend.

'Maar nooit als marionetten van Moskou. Dat zullen we nooit

zijn. Wij zijn *independente*. Wij luisteren niet naar valse beren die ons zouden verslinden en een wereldwijde fascistische staat vestigen. Nooit!'

'Goed zo,' zei Bray.

Het gesprek stokte, de jonge vrouw antwoordde onwillig op verdere vragen omtrent haarzelf. Ze vertelde hun dat ze Antonia heette, maar zei verder weinig. Toen Talenjekov vroeg waarom zij, als politiek activiste uit Bologna, teruggekeerd was naar dit afgelegen gebied van Corsica, antwoordde ze alleen dat ze een poosje bij haar grootmoeder wilde zijn.

'Vertel eens over haar,' zei Scofield.

'Zij zal u vertellen wat ze u wil laten weten,' zei ze en stond op. 'Ik heb gezegd wat ze mij opgedragen heeft te vertellen.'

'De hoer van Villa Matarese,' herhaalde Bray.

'Ja. Dat zijn niet de woorden die ik zou kiezen of ooit zou gebruiken. Kom, we moeten nog twee uur lopen.'

Ze kwamen bij een vlakke bergtop en keken over een zachte glooiing neer op een dal. Van de bergkruin tot het dal was nog geen 150 meter, de oppervlakte van het dal misschien anderhalve vierkante kilometer. De maan was helderder gaan schijnen. Ze zagen een boerderijtje midden in het weiland en een schuur aan het eind van een korte weg. Ze konden water horen lopen. Er vloeide een stroom vlak bij waar ze stonden uit de berg en die stortte de helling af tussen een rij stenen, op minder dan twintig meter van het huisje.

'Het is erg mooi,' zei Talenjekov.

'Het is het enige wereldje dat ze meer dan een halve eeuw gezien heeft,' antwoordde Antonia.

'Bent u hier opgegroeid?' vroeg Scofield. 'Was dit uw ouderlijk huis?'

'Nee,' zei het meisje zonder er verder op in te gaan. 'Kom, we gaan naar haar toe. Ze heeft gewacht.'

'Op dit uur van de nacht?'

'Er bestaat geen dag of nacht voor mijn grootmoeder. Ze zei dat ik u meteen bij haar moest brengen als we aankwamen. Nu zijn we er.'

Er wás geen dag of nacht voor de oude vrouw die in de stoel bij het houtvuur zat, althans niet in de gewone zin van zonlicht en duister.

Ze was blind, haar ogen twee lege pastelblauwe bollen die naar geluiden staarden en naar beelden van bovenkomende herinneringen. Ze had scherpe gelaatstrekken, hoekig onder de gerimpelde huid. Het gezicht van een eens buitengewoon mooie vrouw.

Haar stem was zacht en klonk hol fluisterend, zodat de toehoorder naar haar dunne witte lippen moest kijken. Evenmin als dat er niets moois meer aan haar was, toonde ze evenmin aarzeling of besluiteloosheid. Ze praatte vlug, een eenvoudige geest die zeker is van zijn eigen kennis. Ze had iets te vertellen en de dood was nabij, een realiteit die haar gedachten en waarnemingen scheen te versnellen. Ze sprak Italiaans, maar met het idioom van een voorbije tijd.

Ze begon met te vragen, zowel aan Talenjekov als aan Scofield, om te vertellen – ieder in zijn eigen woorden – waarom ze zo geïnteresseerd waren in Guillaume de Matarese. Wasili gaf het eerst antwoord en herhaalde zijn verhaal over een academische instelling in Milaan en dat zijn afdeling zich richtte op de geschiedenis van Corsica. Hij hield het eenvoudig zodat Scofield zo veel hij wilde er verder op in kon gaan. Dat was de vaste gewoonte als twee of meer geheime agenten werden gepakt en samen verhoord. Geen van hen hoefde het geoefend te hebben. Vlot kunnen liegen was van beiden een tweede natuur.

Bray luisterde naar de Rus en versterkte de elementaire informatie door het toevoegen van details betreffende gegevens en financiën, waarvan hij dacht dat ze betrekking hadden op Guillaume de Matarese. Toen hij uitgesproken was, voelde hij zich niet alleen zeker over zijn antwoord, maar ook voelde hij zich verheven boven de KGB-man. Hij had zijn huiswerk beter gemaakt dan Talenjekov.

Toch bleef de oude vrouw daar maar zitten, knikte zwijgend met haar hoofd en streek een lok wit haar weg die over haar broodmagere gezicht was gevallen. Tenslotte sprak ze: 'Jullie liegen allebei. De tweede meneer is het minst overtuigend. Hij probeert me te imponeren met feiten die elk kind in de heuvels van Porto Vecchio kan weten.'

'In Porto Vecchio misschien,' protesteerde Scofield vriendelijk, 'maar toch zeker niet in Milaan.'

'Ja, ik begrijp wat u bedoelt. Maar jullie komen geen van beiden uit Milaan.'

'Dat is waar,' viel Wasili haar in de rede. We werken alleen maar in Milaan. Ik ben geboren in Polen... Noord-Polen. Ik denk dat mijn gebrekkige kennis van de taal wel opvalt.'

'Er valt mij niets anders op dan jullie leugens. Maar wees niet bezorgd, het doet er niet toe.'

Talenjekov en Scofield keken elkaar aan en daarna Antonia die uitgeput op een kussen voor het raam ineengedoken zat.

'Wat doet er niet toe? vroeg Bray. 'We zijn wél bezorgd. We willen dat u vrijuit spreekt.'

'Dat zal ik doen,' zei de blinde vrouw. 'Want jullie leugens zijn niet die van zelfzuchtige mannen. Gevaarlijke mannen misschien, maar geen mannen die op voordeel uit zijn. Jullie zoeken niet naar de padrone om er zelf beter van te worden.'

Scofield kon er niets aan doen, hij boog zich vorover en zei: 'Hoe weet u dat?'

De lege, maar toch sterke blauwe ogen van de oude vrouw waren op hen gericht, het was haast niet te geloven dat ze niet kon zien.

'Uit jullie stemmen,' zei ze. 'Jullie zijn bang.'

'Is daar reden voor?' vroeg Talenjekov.

'Dat hangt af van wat je gelooft, niet waar?'

'Wij geloven dat er iets verschrikkelijks is gebeurd,' zei Bray. 'Maar we weten erg weinig. Eerlijker kan ik het niet zeggen.'

'Wat weet u, signori?'

Weer keken Scofield en Talenjekov elkaar aan. De Rus knikte het eerst. Bray besefte dat Antonia scherp op hen lette. Hij sprak duidelijk, evenzeer tegen haar als tegen de oude vrouw. 'Voordat we u antwoord geven, lijkt het me beter dat uw kleindochter ons alleen laat.'

'Nee!' zei het meisje zo scherp dat Uccello zijn kop hief.

'Luister,' vervolgde Scofield. 'U hebt ons hier gebracht, twee vreemdelingen, die uw grootmoeder wilden spreken. Maar dat betekent niet dat u bij onze zaken betrokken moet worden. Mijn... collega... en ik hebben ervaring met die dingen. Het is voor uw eigen bestwil.'

'Laat ons alleen, Antonia.' De blinde vrouw draaide zich om in haar stoel. 'Ik heb niets te vrezen van deze mannen en jij zult wel moe zijn. Neem Uccello mee en ga rusten in de schuur.'

'Goed dan,' zei het meisje en stond op, 'maar Uccello blijft hier.'

Plotseling pakte ze van onder het kussen de Lupo en hield hem in de aanslag. 'U hebt beiden pistolen. Gooi ze op de grond. Ik denk niet dat u hier weggaat zonder die dingen.'

'Dat is belachelijk!' riep Bray en de hond kwam grommend overeind.

'Doe wat ze zegt,' snauwde Talenjekov en schoof zijn Graz-Boerja over de vloer.

Scofield trok zijn Browning, controleerde de veiligheidspal en gooide het wapen op het kleed voor Antonia. Ze bukte en pakte beide automatische pistolen op met de Lupo stevig in haar hand. 'Als u klaar bent, doe de deur dan open en roep me. Dan zal ik Uccello bij me roepen. Als hij niet komt, ziet u uw pistolen niet terug. U zult alleen in de lopen kijken.' Ze ging vlug naar buiten. De hond liet een snauw horen en ging weer liggen.

'Mijn kleindochter is vurig,' zei de oude vrouw en ging weer achterover zitten. 'Het bloed van Guillaume, ofschoon een paar keer vermengd, is nog te merken.'

'Is ze zíjn kleindochter?' vroeg Talenjekov.

'Zijn achterkleindochter, de dochter van het kind van mijn dochter. Maar die eerste dochter was het gevolg van het feit dat de padrone met dat jonge hoertje naar bed ging.'

' "De hoer van Villa Matarese," ' zei Bray. 'U hebt haar gezegd dat ze ons moest vertellen dat u zo genoemd werd.'

De oude vrouw glimlachte en streek een lok wit haar opzij. Even was ze in die andere wereld en de ijdelheid had haar nog niet verlaten. 'Vele jaren geleden. We zullen naar die tijd teruggaan, maar voordat we dat doen eerst uw antwoorden alstublieft. Wat wéét u? Wat voert u hierheen?'

'Mijn collega zal eerst spreken,' zei Talenjekov. 'Hij weet meer van deze zaken dan ik, ofschoon ik hem verrassend nieuwe inlichtingen dacht te brengen.'

'Uw naam alstublieft,' interrumpeerde de blinde vrouw. 'Uw ware naam en waar u vandaan komt.'

De Rus keek de Amerikaan aan. In de blik die ze wisselden lag het begrip dat verdere leugens nergens toe dienden. Integendeel, het doel zou erdoor belemmerd worden. Deze eenvoudige maar vreemd welsprekende vrouw had een groot deel van een eeuw de stemmen van leugenaars gehoord... in duisternis. Ze kon niet om de tuin geleid worden.

'Mijn naam is Wasili Wasilowitsj Talenjekov. Voorheen strateeg buitenlandse zaken, KGB, Russische geheime dienst.'

'En u?' De vrouw richtte haar blinde ogen op Scofield.

'Brandon Scofield. Inlichtingenofficier buiten dienst, Euro-Mediterrane-gebieden, Consular Operations, ministerie van buitenlandse zaken van de Verenigde Staten.'

'Juist.' De oude courtisane bracht haar magere handen met de tere vingers naar haar gezicht, een gebaar van rustige overdenking. 'Ik ben geen ontwikkelde vrouw en ik leef afgezonderd, maar ik ben niet verstoken van nieuws uit de buitenwereld. Ik luister vaak uren achtereen naar mijn radio. De uitzendingen uit Rome komen duidelijk door, net als die uit Genua en vaak ook uit Nice. Ik zeg niet dat ik veel weet, want dat is niet zo, maar uw beider komst naar Corsica komt me vreemd voor.'

'Dat is zo, mevrouw,' zei Talenjekov.

'Zeker,' gaf Scofield toe.

'Het tekent de ernst van de toestand.'

'Laat uw collega maar beginnen, signore.'

Bray zat voorover op de stoel, zijn armen op zijn knieën, zijn blik op de blinde vrouw voor hem. 'Op een zeker tijdstip tussen de jaren 1909 en 1913 ontbood Guillaume de Matarese een groep mensen op zijn landgoed in Porto Vecchio. Wie ze waren en waar ze vandaan kwamen is nooit vastgesteld. Maar ze gaven zichzelf een naam...'

'De datum was 4 april 1911,' viel de oude vrouw in de rede. 'Ze gaven zichzelf geen naam, de padrone koos hem. Ze zouden bekend staan als de raad van de Matarese... Ga door alstublieft.'

'Was u erbij?'

'Doorgaan alstublieft.'

Het was een schokkend ogenblik. Ze praatten over een gebeurtenis die tientallen jaren het onderwerp van speculaties was geweest, zonder geregistreerde data of identiteiten, zonder getuigen. Nu werd hun – in enkele seconden – het juiste jaar, de exacte maand en precies de dag verteld.

'Signore?...'

'Pardon. Gedurende de volgende dertig jaar ongeveer, waren deze Matarese en zijn "raad" het onderwerp van dispuut...' Scofield vertelde het verhaal vlug, zonder opsmuk, in de eenvoudigste Italiaanse woorden die hij kende, opdat hij niet verkeerd begrepen zou worden. Hij gaf toe dat de meeste experts die de legende van de Matarese hadden bestudeerd, geconcludeerd hadden dat het meer een mythe was dan werkelijkheid.

'Wat denkt ú, signore? Dat heb ik u in het begin al gevraagd.'

'Ik weet niet wat ik ervan moet denken, maar ik weet dat vier dagen geleden een heel groot man verdween. Ik denk dat hij gedood werd omdat hij tegen andere machtige mannen over de Matarese sprak.'

'Juist.' De oude vrouw knikte. 'Vier dagen geleden. Maar ik dacht dat u zei dertig jaar... na die eerste bijeenkomst in 1911. Wat gebeurde er toen, signore? Er zijn vele jaren te verantwoorden.'

'Naar wat wij weten – of denken te weten – ging de raad nadat de Matarese stierf een aantal jaren door met zijn werk vanaf Corsica. Daarna trok hij weg en sloot contracten af in Berlijn, Londen, Parijs, New York en god weet waar nog meer. Zijn activiteiten begonnen af te nemen bij het begin van de tweede wereldoorlog. Na de oorlog verdween hij. Er werd niets meer van hem vernomen.'

Er was een spoor van een glimlach op de lippen van de oude vrouw. 'Dus hij komt terug van nergens, is dat wat u wilt zeggen?'

'Ja. Mijn collega kan u vertellen waarom we dat denken.' Bray keek Talenjekov aan.

'De laatste weken,' zei de Rus, 'werden twee vredelievende mannen van onze beide landen beestachtig vermoord, wat ertoe leidde dat beide regeringen geloofden dat de andere ervoor verantwoordelijk was. Een confrontatie werd vermeden door een snelle gedachtenwisseling tussen onze leiders, maar er waren gevaarlijke ogenblikken. Een dierbare vriend riep me bij zich. Hij was stervend en er waren zaken die hij me wilde laten weten. Hij had nog erg weinig tijd en zijn gedachten dwaalden af. Maar wat hij me vertelde, noodzaakte me anderen te zoeken om me te helpen, voor inlichtingen.'

'Wat heeft hij u verteld?'

'Dat de raad van de Matarese zeer zeker onder ons was. Dat die in feite nooit verdween maar in plaats daarvan ondergronds ging, waar hij in stilte bleef groeien en zijn invloed uitbreidde. Dat zij verantwoordelijk was voor honderden terroristische daden en tientallen moorden gedurende de laatste jaren, waarvoor de wereld anderen veroordeelde. Onder de doden waren de twee mannen die ik zo juist noemde. De raad doodde echter niet langer voor geld, maar voor zijn eigen doeleinden.'

'En die waren?' vroeg de oude vrouw met die vreemde, galmende stem.

'Dat wist hij niet. Hij wist alleen dat de Matarese beweging een besmettelijke ziekte was die vernietigd moest worden, maar hij kon niet zeggen hoe, of tot wie ik me moest wenden. Iemand die ooit met de raad te maken heeft gehad wil er niet over praten.'

'Hij kon u dus niet verder helpen?'

'Het laatste dat hij me vertelde voor ik bij hem wegging was dat het antwoord op Corsica te vinden zou kunnen zijn. Natuurlijk was ik daarvan niet overtuigd tot latere gebeurtenissen geen andere keus lieten. Voor mij noch voor mijn collega, agent Scofield.'

'Ik begrijp de reden van uw collega: vier dagen geleden verdween een groot man omdat hij over de Matarese raad sprak. Wat was úw reden, signore?'

'Ik praatte ook over de raad. Tegen de mannen bij wie ik inlichtingen zocht, en ik was een man met goede papieren in mijn land. Er werd een executiebevel voor mij gegeven.'

De oude vrouw zweeg en weer lag die flauwe glimlach om haar gerimpelde lippen. 'De padrone keert terug,' fluisterde ze.

'Ik denk dat u dat moet uitleggen,' zei Talenjekov. 'Wij zijn openhartig tegen u geweest.'

'Is uw goede vriend gestorven? vroeg ze in plaats van te antwoorden.

'De volgende dag. Hij kreeg een begrafenis met militaire eer en daar had hij recht op. Hij leidde een gewelddadig leven zonder vrees.

Toch joeg de Matarese raad hem ten slotte grote angst aan.'
'De padrone maakte hem bang,' zei de oude vrouw.
'Mijn vriend kende Guillaume de Matarese niet.'
'Hij kende zijn volgelingen. Dat was genoeg, zij waren de Matarese. Hij was hun Christus, en als Christus stierf hij voor hen.'
'De padrone was hun god?' vroeg Bray.
'En hun profeet, signore. Ze geloofden in hem.'
'Wat geloofden ze?'
'Dat ze de aarde zouden erven. Dat was zijn wraak.'

15

De lege ogen van de oude vrouw staarden naar de muur en zij praatte op haar half fluisterende toon.

'Hij vond me in het klooster te Bonifacio en bedong een gunstige prijs bij de moeder-overste. "Geef de keizer...," zei hij en zij gaf toe, want ze was het met hem eens dat ik me niet aan God gaf. Ik was frivool en leerde mijn lessen niet, ik bekeek mezelf in donkere ramen want die toonden me mijn gezicht en mijn lichaam. Ik was bestemd voor mannen en de padrone was dé man onder de mannen.

Ik was zeventien jaar en er ging een wereld voor me open die mijn voorstellingsvermogen te boven ging. Rijtuigen met zilveren wielen en gouden paarden met wapperende manen brachten me boven de grote kliffen en in de dorpen en de mooie winkels waar ik kon kopen wat ik mooi vond. Er was niets dat ik niet kon krijgen en ik wilde alles, want ik kwam uit een arm herdersgezin met een godvrezende vader en moeder die Christus loofden toen ik in het klooster trad en me nooit meer zagen.

En aan mijn zijde was altijd de padrone. Hij was de leeuw en ik was zijn geliefde welp. Hij nam me altijd mee door de streek, naar alle grote huizen en stelde me voor als zijn *protetta*. Hij lachte als hij dat woord gebruikte. Iedereen begreep het en lachte mee. Zijn vrouw was gestorven, ziet u, en hij was over de zeventig. Hij wilde de mensen laten weten – vooral zijn twee zoons denk ik – dat hij het lichaam en de kracht van een jongeman had, dat hij met een jonge vrouw naar bed kon en haar bevredigen zoals maar weinig mannen dat kunnen.

Er werden leraren in dienst genomen om me de leefwijze van zijn hof te leren: muziek en beschaafde taal, zelfs geschiedenis en wiskunde, evenals de Franse taal die in die tijd mode was voor dames van stand. Het was een wonderlijk leven. We voeren vaak over zee naar Rome, ook gingen we per trein naar het noorden, naar Zwitserland en verder naar Frankrijk en Parijs. De padrone maakte deze reizen om de vijf of zes maanden. Hij had daar zijn zakelijke bezittingen, ziet u. De twee zoons waren zijn bedrijfsleiders die hem van alles wat ze deden verslag uitbrachten.

Drie jaar lang was ik het gelukkigste meisje van de wereld, want de wereld werd me door de padrone gegeven. En toen stortte die wereld ineen. In één enkele week gebeurde dat en Guillaume de Matarese werd gek.

Er kwamen mannen uit Zürich en Parijs, zelfs helemaal van de beurs in Londen, om het hem te vertellen. Het was een tijd van grote investeringen en speculaties. Ze zeiden dat zijn zoons de laatste vier maanden verschrikkelijke dingen hadden gedaan, onverstandige besluiten hadden genomen en, het allerergste, zich met oneerlijke praktijken hadden ingelaten waarbij ze enorme geldsommen toevertrouwd hadden aan eerloze mannen die opereerden buiten de wetten van het bankwezen en de rechtbanken. De regeringen van Frankrijk en Engeland hadden die maatschappijen aangepakt en een eind gemaakt aan alle handel en toegang tot de fondsen. Behalve de bankrekeningen die hij had in Genua en Rome, had Guillaume de Matarese niets meer.

Hij telegrafeerde zijn twee zoons en beval hen thuis te komen naar Porto Vecchio om aan hem te verantwoorden wat ze gedaan hadden. Het bericht dat terugkwam was echter een zware slag voor hem. Hij kwam het nooit meer te boven.

De autoriteiten in Parijs en Londen berichtten dat zijn beide zonen dood waren, een door eigen hand, de ander vermoord, volgens zeggen door een man die hij had geruïneerd. Er was niets over voor de padrone. Zijn wereld was om hem heen verbrokkeld. Hij sloot zich dagenlang op in zijn bibliotheek, kwam er helemaal niet uit, nam schotels met voedsel mee achter de gesloten deur en sprak tegen niemand. Hij sliep niet bij mij, want hij had geen belangstelling meer voor lichamelijke lusten. Hij vernietigde zichzelf, evenzeer als wanneer hij een mes in zijn buik gestoken had. Op een dag kwam er een man uit Parijs die erop aandrong om in het privé-vertrek van de padrone binnen te dringen. Hij was journalist, had de val van de maatschappijen van De Matarese bestudeerd en hij had iets ongelooflijks te vertellen. Bracht de padrone zichzelf al tot waanzin voordat hij het hoorde, daarna was hij helemaal hopeloos.

De vernietiging van zijn wereld was met opzet teweeggebracht door bankiers in samenwerking met hun regeringen. Zijn zonen hadden ze door list overgehaald om onwettige documenten te tekenen en ze waren afgeperst – op straffe van ruïnering – om wellustige zaken. Ten slotte waren ze vermoord, de leugenverhalen over hun dood leken aanvaardbaar, want het officiële bewijs van hun verschrikkelijke wandaden was compleet.

Het was onredelijk. Waarom hadden ze dit de grote padrone aangedaan? Zijn ondernemingen van hem gestolen en vernietigd, zijn zoons gedood. Wie wilde dat zulke dingen gedaan werden? De man uit Parijs gaf een deel van het antwoord. "Eén gekke Corsicaan was voor Europa genoeg in 500 jaar", was de uitdrukking die hij vernomen had. De padrone begreep het. In Engeland was Edward gestorven maar hij had de Franse en Engelse financiële verdragen gesloten; de weg gebaand voor de grote maatschappijen om samen te gaan, fortuinen gemaakt in India, Afrika en de Suez. Maar de padrone was Corsicaan. Hij verdiende aan hen maar was van geen nut voor de Fransen en nog minder voor de Engelsen. Hij weigerde niet alleen om samen te gaan met de maatschappijen en de banken, maar bood ze iedere keer tegenstand, gaf zijn zoons instructies om de concurrenten te slim af te zijn. Het Matarese-kapitaal stond machtige mannen in de weg om hun plannen uit te voeren.

Voor de padrone was dat alles een groot spel. Voor de Franse en Engelse maatschappijen was zijn spel een grote misdaad die beantwoord moest worden met nog grotere misdaden. De maatschappijen en hun banken hadden de macht over hun regeringen. Gerechtshoven en de politie, politici en staatslieden, zelfs koningen en presidenten, ze waren allen lakeien en dienaren van de mannen die grote kapitalen bezaten. Het zou nooit veranderen. Dit was het begin van zijn uiteindelijke krankzinnigheid. Hij zou een manier vinden om de corrupte lieden en de omgekochten te vernietigen. Hij zou overal chaos stichten in regeringen want het waren de politieke leiders die de verraders van het vertrouwen waren. Zonder de samenwerking van regeringsfunctionarissen zouden zijn zoons nog leven, zijn wereld nog bestaan. En met chaotische regeringen zouden de maatschappijen en de banken hun beschermers verliezen.

"Ze zoeken een gekke Corsicaan," riep hij uit. "Ze zullen hem niet vinden, maar toch zal hij er zijn."

We maakten een laatste reis naar Rome, niet als tevoren in mooie kleren en in rijtuigen met zilveren wielen, maar als een nederige man en vrouw, overnachtend in goedkope huurkamers in de Via Due Maccelli. De padrone bracht dagenlang door in de Borsa Valori met het lezen van verhalen over de grote families die tot verval waren gekomen.

We keerden terug naar Corsica. Hij schreef vijf brieven aan vijf mannen die in vijf landen leefden en nodigde ze uit in het geheim naar Porto Vecchio te reizen voor zaken van het hoogste belang, zaken die betrekking hadden op hun persoonlijke geschiedenis. Hij was de eens zo grote Guillaume de Matarese. Niemand weigerde.

De voorbereidingen waren prachtig. Villa Matarese werd mooier gemaakt dan zij ooit was geweest. De tuinen werden gesnoeid en waren barstensvol kleuren, de gazons waren groener dan de ogen van een bruine kat, het grote huis en de stallen werden witgekalkt, de paarden geroskamd tot ze glommen. Het was weer een sprookjesland, de padrone liep overal tegelijk, controleerde alles, eiste perfectie. Zijn grote vitaliteit was terug, maar het was niet de vitaliteit die we tevoren gekend hadden. Nu was er wreedheid in hem. "Help ze herinneren, mijn kind," brulde hij tegen me in de slaapkamer. "Help ze herinneren wat eens van hen was!" Ja, hij kwam weer terug in mijn bed, maar zijn geest was niet dezelfde. Er was alleen brute kracht in zijn mannelijke prestatie, maar er was geen vreugde bij.

Als wij allen – in het huis en de stallen en op de velden – toen geweten hadden wat we gauw te weten zouden komen, hadden we hem doodgemaakt in het bos. Ik, die alles gekregen had van de grote padrone, die hem eerde als vader en als minnaar, zou zelf het mes in hem gestoken hebben.

De grote dag kwam, de schepen voeren bij dageraad binnen vanaf Lido di Ostia, en de rijtuigen werden naar Porto Vecchio gezonden om de geëerde gasten naar Villa Matarese te brengen. Het was een heerlijke dag, muziek in de tuinen, enorme tafels vol heerlijkheden en veel wijn. De beste wijnen uit heel Europa, tientallen jaren opgeslagen in de kelders van de padrone.

De geëerde gasten kregen hun eigen suites, elk met een balkon en een magnifiek uitzicht, en – niet onbelangrijk – iedere gast werd voorzien van zijn eigen jonge hoer voor een middagpleziertje. Net als de wijn waren ze de beste, niet van Europa, maar van zuidelijk Corsica. Vijf van de mooiste maagden die in de heuvels te vinden waren.

De avond viel en in de grote zaal werd het grootste banket gegeven dat ooit op Villa Matarese was geweest. Toen dat voorbij was, zetten de bedienden flessen cognac voor de gasten neer en werd hun verteld in de keukens te blijven. De musici werd bevolen hun instrumenten mee te nemen naar de tuinen en verder te spelen. Ons meisjes werd gevraagd naar het bovenhuis te gaan om op onze meesters te wachten.

We waren opgewonden door de wijn, de meisjes en ik, maar er was een verschil tussen mij en hen. Ik was de *protetta* van Guillaume de Matarese en ik wilde erbij horen. Behalve dat ik drie jaar doorgebracht had met leraren, en ofschoon nauwelijks een ontwikkelde vrouw, was ik geneigd tot betere dingen dan het lichtzinnige geklets van onnozele meisjes uit de heuvels.

Ik sloop van de anderen vandaan en verborg me achter een hek op het balkon boven de grote zaal. Ik keek en luisterde urenlang naar het leek en verstond heel weinig van wat mijn padrone zei, alleen dat hij overredend was, zijn stem soms nauwelijks hoorbaar, soms schreeuwend alsof hij koorts had.

Hij sprak over voorbije generaties, toen mannen rijken regeerden die hun door God gegeven waren en door hun eigen inspanningen. Hoe ze deze regeerden met ijzeren vuist omdat ze in staat waren zichzelf te beschermen tegen hen die hun koninkrijken wilden afnemen en de vruchten van hun werk. Die tijd was evenwel voorbij en de grote families, de bouwers van grote rijken – zoals zij in die zaal – werden nu uitgeschud door dieven en corrupte regeringen die dieven onder zich telden. Zij – degenen in de zaal – moesten naar andere methodes omzien om terug te winnen wat hun rechtens toekwam.

Ze moesten doden – behoedzaam, verstandig, met vakkundigheid en durf – en de dieven scheiden van hun corrupte beschermers. Ze moesten nooit zèlf doden, want zij waren degenen die de besluiten namen, de mannen die de slachtoffers uitzochten – zo mogelijk slachtoffers gekozen door anderen onder de omgekochten. Degenen in die zaal zouden bekend staan onder de naam raad van de Matarese, en het moest doordringen tot de machtskringen dat er een groep onbekende, stille mannen was die de noodzaak begrepen van een plotselinge verandering en geweld, die onbevreesd waren om in de middelen te voorzien en die zonder de geringste twijfel garandeerden dat degenen die de daden bedreven nooit een spoor zouden kunnen zijn dat leidde naar hen die ze betaalden.

Hij praatte verder over dingen die ik niet kon begrijpen, over killers eeuwen geleden opgeleid door de grote farao's en Arabische prinsen. Hoe mannen geleerd kon worden verschrikkelijke dingen te doen die hun eigen wil, zelfs hun kennis te boven gingen. Hoe anderen alleen de juiste aanmoediging nodig hadden omdat ze het martelaarschap van het moordenaar zijn zochten. Dit zouden de methoden zijn van de Matarese raad, maar in het begin zou er in de kringen van machthebbers geen geloof aan gehecht worden. Daarom moesten er voorbeelden gesteld worden.

De volgende paar jaar moest een keur van mannen vermoord worden. Ze zouden zorgvuldig uitgekozen worden, gedood op manieren die wantrouwen zouden wekken, de ene politieke partij opzettend tegen de andere, de ene corrupte regering tegen de andere. Er zou chaos zijn en bloedvergieten en de boodschap zou duidelijk zijn: de Matarese beweging bestond.

De padrone gaf aan iedereen een papier waarop hij zijn gedachten had neergeschreven. Dit zou de bron van kracht en instructie zijn voor de raad, maar mocht nooit andere mensen onder ogen komen. Deze tekst was de laatste wil en testament van Guillaume de Matarese... en degenen in die zaal waren zijn erfgenamen.

Erfgenamen? vroegen de gasten. Ze waren meelevend, maar op de man af. Ondanks de schoonheid van de villa, de bedienden, de muzikanten en het feestmaal dat ze hadden genoten, wisten ze dat hij geruïneerd was – net zoals zij allemaal geruïneerd waren. Wie van hen had nog iets anders over dan zijn wijnkelder, zijn grond en de rente van de pachters om slechts de schijn van zijn vroegere leven op te houden? Eens in de zoveel tijd een groots banket, maar niet veel meer.

De padrone gaf hun eerst geen antwoord. In plaats daarvan wilde hij van iedere gast weten of deze de dingen die hij had gezegd aannam, of de man bereid was een *consigliere* van de Matarese te worden.

Ze antwoordden bevestigend, de een nog feller dan de ander en beloofden plechtig de doelen van de padrone te zullen nastreven omdat hun allen veel kwaad aangedaan was en ze zich wilden wreken. Het was duidelijk dat Guillaume de Matarese op dat ogenblik een heilige voor hen allen was.

Allen, behalve één, een diep religieuze Spanjaard die sprak over het woord van God en over Zijn geboden. Hij beschuldigde de padrone ervan dat hij gek was en noemde hem een gruwel in Gods ogen.

"Ben ik een gruwel in uw ogen, meneer?" vroeg de padrone.

"Ja meneer," antwoordde de man.

Daarna volgde het eerste van de vreselijkste dingen. De padrone trok een pistool uit zijn gordel, richtte het op de man en vuurde. De gasten sprongen op van hun stoelen en keken zwijgend naar de dode Spanjaard.

"Hij mocht dit vertrek niet levend verlaten," zei de padrone.

Alsof er niets gebeurd was, namen de gasten hun plaatsen weer in, hun ogen gericht op deze oppermachtige man die met zo'n bedachtzaamheid kon doden. Misschien waren ze bang voor hun eigen leven, dat was moeilijk te zeggen. De padrone ging verder.

"Allen in dit vertrek zijn mijn erfgenamen," zei hij. "Want jullie zijn de raad van de Matarese en u en de uwen zullen doen wat ik niet langer kan. Ik ben te oud en de dood is nabij – dichterbij dan u denkt.

Jullie zullen uitvoeren wat ik jullie vertel, jullie zullen scheiding brengen tussen omkopers en omgekochten, jullie zullen chaos brengen en door de kracht van jullie successen zullen jullie veel meer erven dan ik nalaat. U zult de aarde beërven. U zult al het uwe weer bezitten."

"Wat laat u – kunt u – ons nalaten?" vroeg een gast.

"Een kapitaal in Genua en een kapitaal in Rome. De rekeningen zijn overgeschreven op de wijze zoals beschreven in een document, waarvan een kopie in al uw kamers ligt. Daarop vindt u ook de voorwaarden waaronder u het geld zult ontvangen. Het bestaan van deze rekeningen is nooit bekend geweest; ze zullen u de miljoenen verschaffen en uw werk kan beginnen."

De gasten waren stomverbaasd tot er één een vraag had.

"Uw werk? Is het niet óns werk?"

"Het zal altijd ons werk zijn, maar ik zal er niet zijn. Want ik laat u iets kostbaarders na dan al het goud van Transvaal. De volkomen geheimhouding van uw identiteit. Ik richt me tot ieder van u. Uw aanwezigheid hier vandaag zal nooit aan iemand ter wereld worden geopenbaard. Geen naam, geen omschrijving, geen gelijkenis van uw gezicht, geen beschrijving van uw stem zal ooit tot uw ontdekking kunnen leiden. Noch zal die ooit afgedwongen kunnen worden van een oude man wiens geest in seniele verwarring is."

Verschillende gasten protesteerden – weliswaar zwak – maar met reden. Er waren die dag veel mensen op Villa Matarese. De bedienden, de palfreniers, de muzikanten, de meisjes...

De padrone stak zijn hand op. Die hand was vast en zijn ogen glansden. "Ik zal u laten zien hoe. U moet nooit terugdeinzen voor geweld. U moet het accepteren als de lucht die u inademt, want het is een levensnoodzaak. Nodig voor uw leven, voor het werk dat u moet doen."

Hij boog zijn hoofd en de vredige, elegante wereld van Villa Matarese barstte los in schieten en overal doodskreten. Eerst vanuit de keuken. Oorverdovende schoten, versplinterend glas, vallend metaal, bedienden die neergeslagen werden als ze door de deuren in de grote zaal trachtten te ontsnappen, hun gezichten en borsten vol bloed. Daarna vanuit de tuinen. De muziek hield plotseling op, in plaats daarvan klonken smeekbeden tot God, alle beantwoord door het knallen van vuurwapens. En toen – het afschuwelijkste – de hoge gillen van doodsangst vanuit het bovenhuis waar de jonge onnozele meisjes uit de heuvels werden afgeslacht. Kinderen die een paar uur tevoren maagd waren geweest, bezoedeld door mannen die ze nooit eerder bij Guillaume de Matarese gezien hadden, nu afgeslacht op een nieuw bevel.

Ik drukte mezelf tegen de muur in het donker van het balkon en wist niet wat ik moest doen, zo onvoorstelbaar bang was ik. En toen hield het schieten op. De stilte die volgde was nog verschrikkelijker dan het geschreeuw, omdat het het bewijs van de dood was.

Plotseling hoorde ik rennen – drie of vier mannen, dat wist ik niet – maar ik wist wel dat het moordenaars waren. Ze renden trappen af en deuren door en ik dacht, o God in de hemel, ze zoeken naar mij. Maar dat was niet zo. Ze renden naar een plek waar ze allen samenkwamen. Het leek de noordelijke veranda, ik wist het niet zeker, alles gebeurde zo vlug. Beneden in de grote zaal waren de vier gasten geschokt, aan hun stoel gekluisterd. De padrone hield hen op hun plaats door de kracht van zijn flikkerende ogen.

Daar kwam wat ik dacht dat de laatste schoten voor mijn eigen dood zouden zijn. Drie schoten – drie maar – tussen vreselijke schreeuwen. En toen begreep ik het. De moordenaars hadden zichzelf laten doden door een enkele man die daartoe opdracht gekregen had.

De stilte keerde terug. De dood was overal, in de schaduwen en dansend op de muren in het flikkerende kaarslicht van de grote zaal. De padrone sprak tegen zijn gasten.

"Het is voorbij," zei hij. "Of bijna voorbij. Allen, behalve u aan deze tafel zijn dood op één man na die u nooit meer zult zien. Hij is het die u in een gesloten rijtuig naar Bonifacio zal brengen waar u zich kunt mengen tussen de nachtelijke brassers en de drukke morgenboot naar Napels kunt nemen. U hebt een kwartier om uw zaken te pakken en u te verzamelen op de trap bij de ingang. Er is niemand om uw bagage te dragen, vrees ik."

Een van de gasten vond zijn stem terug, tenminste voor een deel. "En u, padrone?" fluisterde hij.

"Als laatste geef ik u mijn leven als uw laatste les. Vergeet mij niet! Ik ben de weg. Ga voort en word mijn discipelen! Scheur de omkopers en de omgekochten uit elkaar!" Hij was stapelgek, zijn geroep weerklonk door het grote huis van de dood. "*Entrare!*" brulde hij.

Een klein kind, een herdersjongen uit de heuvels, stapte door de grote deuren van de noordelijke veranda. Hij hield met twee handen een pistool vast. Het was zwaar en hij was heel klein. Hij naderde de meester.

De padrone hief zijn ogen naar de hemel en zijn stem tot God. "Doe wat je gezegd is te doen!" riep hij. "Want een onschuldig kind zal uw pad verlichten!"

De herdersjongen hief het zware pistool en schoot ermee door het hoofd van Guillaume de Matarese.'

De oude vrouw was uitgesproken, haar doffe ogen waren vol tranen.

'Ik moet uitrusten,' zei ze.

Talenjekov, verstijfd in zijn stoel, zei zacht: 'Wij hebben nog vragen, madame. Dat zult u begrijpen.'

'Later,' zei Scofield.

16

Het daglicht viel over de omringende bergen, terwijl flarden nevel opstegen van de velden bij de boerderij. Talenjekov vond thee en kookte met toestemming van de oude vrouw water op de met hout gestookte kachel.

Scofield nipte van zijn kopje en keek door het venster naar het kabbelende stroompje. Het was tijd om weer te praten, er waren te veel tegenstrijdigheden tussen wat de blinde vrouw hun had verteld en de vermeende feiten. Maar er was één belangrijke vraag: waarom had zij het hun eigenlijk verteld? Het antwoord daarop zou duidelijk maken welk deel van haar verhaal ze moesten geloven.

Bray wendde zich van het venster af en keek naar de oude vrouw bij de kachel. Talenjekov had haar thee gegeven en ze dronk het met smaak, alsof ze zich de lessen in etiquette herinnerde aan een meisje van zeventien jaar, tientallen jaren geleden. De Rus knielde bij de hond en aaide hem weer, liet hem merken dat ze vrienden waren. Hij keek op toen Scofield naar de oude vrouw liep.

'Wij hebben onze namen gezegd, signora,' zei Bray in het Italiaans. 'Hoe heet u?'

'Sophia Pastorine. U zult dat zeker nog kunnen vinden in de archieven van het klooster in Bonifacio. Daarom vraagt u het toch, niet waar? Om te kunnen verifiëren?'

'Ja,' antwoordde Scofield. 'Als we dat nodig vinden en de gelegenheid hebben.'

'U zult mijn naam vinden. Misschien staat de padrone wel te boek als de weldoener, wiens beschermelinge ik was, bedoeld als bruid voor een van zijn zoons misschien. Dat heb ik nooit geweten.'

'Dan moeten we u geloven,' zei Talenjekov en stond op.

'U zou niet zo dwaas zijn om ons naar zo'n bron te sturen als het niet waar was. Het is tegenwoordig gemakkelijk te zien of er met dossiers geknoeid is.'

De oude vrouw glimlachte, een glimlach die voortkwam uit droefheid. 'Ik heb geen verstand van zulke dingen, maar ik kan me voorstellen dat u twijfels hebt.' Ze zette haar theekopje op de rand van de kachel. 'Maar die zijn er niet in mijn herinnering. Ik heb de waarheid gesproken.'

'Dan is mijn eerste vraag even belangrijk als welke vraag dan ook,' zei Bray die ging zitten. 'Waarom hebt u ons dit verhaal verteld?'

'Omdat het verteld moest worden en niemand anders het kon doen. Alleen ík heb het overleefd.'

'Er was ook een man,' onderbrak Scofield. 'En een herdersjongen.'

'Zij waren niet in de grote zaal om te horen wat ík heb gehoord.'

'Hebt u het al eerder verteld?' vroeg Talenjekov.

'Nooit,' antwoordde de blinde vrouw.

'Waarom niet?'

'Wie moest ik het vertellen? Ik krijg maar weinig bezoek en degenen die komen zijn van beneden in de heuvels, die me het weinige brengen dat ik nodig heb. Als ik het hun vertel zou het hun dood betekenen, want ze zouden het zeker aan anderen vertellen.'

'Dus het verhaal ís bekend,' drong de KGB-man aan.

'Niet wat ik u verteld heb.'

'Maar er is wel een geheim daar! Ze probeerden me weg te sturen, en toen ik niet weg wilde, probeerden ze me te doden.'

'Mijn kleindochter heeft me dat niet verteld.' Ze scheen werkelijk verbaasd.

'Ik denk dat ze er geen tijd voor had,' zei Bray.

De oude vrouw scheen niet te luisteren, haar ogen waren nog op de Rus gericht. 'Wat hebt u gezegd tegen de mensen in de heuvels?'

'Ik heb vragen gesteld.'

'U had meer moeten doen dan dat.'

Talenjekov fronste zijn voorhoofd en herinnerde zich: 'Ik probeerde de herbergier uit zijn tent te lokken. Ik zei hem dat ik anderen mee zou brengen, geleerden met historische archieven om de zaak Guillaume de Matarese verder te bestuderen.'

De vrouw knikte. 'Als u hier weggaat, ga dan niet dezelfde weg terug. En de kleindochter van mijn kind kunt u niet meenemen. Dat moet u me beloven. Als ze u vinden, laten ze u niet in leven.'

'Dat weten we,' zei Bray. 'Maar we willen weten waarom.'

'Alle grond van Guillaume de Matarese is vermaakt aan de mensen uit de heuvels. De pachters werden erfgenamen van ongeveer duizend velden en weiden, stromen en bossen. Zo stond het beschreven bij het gerechtshof van Bonifacio en er werden overal grote feesten gehouden. Maar er was wel een prijs gesteld en er waren andere gerechtshoven die het land af zouden nemen als die prijs bekend werd.'

De blinde Sophia zweeg, alsof ze een andere prijs overwoog, misschien een van verraad.

'Alstublieft, signora Pastorine,' zei Talenjekov, die zich voorover boog op zijn stoel.

'Ja,' antwoordde ze kalm. 'Het moet verteld worden...'

'Alles moest snel gebeuren uit vrees dat er ongewenste indringers in het grote huis van Villa Matarese zouden komen en de dood die overal aanwezig was. De gasten pakten hun papieren en vluchtten naar hun kamers. Ik bleef in de schaduw van het balkon, mijn lichaam vol pijn, rondom mij braaksel van angst. Ik wist niet hoe lang ik daar bleef, maar spoedig hoorde ik de vlugge stappen van de gasten die de trap af renden naar de aangewezen plaats van samenkomst. Daarna klonk het geluid van rijtuigwielen en het gehinnik van paarden. Een paar minuten later snelde het rijtuig weg. Hoeven kletterden op de harde stenen en er klonk het knallen van een zweep. De geluiden werden snel zwakker.

Ik kroop naar de balkondeur, niet in staat om te denken, mijn ogen waren vol bliksemstralen, mijn hoofd trilde zodat ik nauwelijks de weg kon vinden. Ik drukte mijn handen tegen de muur en wilde dat er klampen waren die ik vast kon houden toen ik een gil hoorde en mezelf weer op de grond liet vallen. Het was een vreselijke gil, want hij kwam van een kind, en toch was hij koud en bevelend.

"Vieni subito!"

De herdersjongen riep tegen iemand vanaf de noordelijke veranda. Was alles tot dat moment zinloos, het geroep van het kind versterkte het krankzinnige tot het absurde. Want het was een kind... en een moordenaar.

Het lukte me op de been te komen en ik rende door de deur naar de trap. Ik wilde hem net afgaan, ik wilde alleen maar weg, naar buiten, de velden en de bescherming van het donker, toen ik nog meer geroep hoorde en zag door de ramen de gestalten van mannen. Ze droegen fakkels en binnen een paar seconden drongen ze de deuren binnen.

Ik kon niet naar beneden rennen zonder gezien te worden, dus snelde ik naar boven, naar het bovenhuis. Mijn paniek was zo groot dat ik niet meer wist wat ik deed. Alleen maar rennen... rennen. En, alsof ik geleid werd door een onzichtbare hand die wilde dat ik bleef leven, stormde ik de naaikamer in en zag de doden. Daar lagen ze, badend in het bloed, de monden zo vertrokken van doodsangst dat ik nog hun gegil kon horen.

De schreeuwen die ik hoorde waren niet echt, maar die van de mannen op de trap wel, dat was mijn einde. Er was geen uitweg meer, ik zou gepakt worden. Ik zou gedood worden...

Toen, even zeker als de ongeziene hand die me naar die kamer geleid had, dwong deze me om iets verschrikkelijks te doen: ik voegde me bij de doden.

Ik doopte mijn handen in het bloed van mijn zusters, wreef het over mijn gezicht en kleren. Ik liet me op mijn zusters vallen en wachtte.

De mannen kwamen de naaikamer binnen; enkelen sloegen een kruis, anderen fluisterden gebeden, maar geen enkele schrok terug voor het werk dat ze te doen hadden. De volgende uren waren een nachtmerrie die alleen de duivel zou kunnen bedenken. De lichamen van mijn zusters en mij werden de trap af gedragen en door de deuren gesmeten, voorbij de marmeren treden de weg op. Er waren wagens gebracht uit de stallen, en er waren er al heel wat vol met lichamen. Ook mijn zusters en ik werden achterin een wagen gegooid die vol met doden lag, alsof het afval was.

De stank van bloed en vuil was zo overweldigend dat ik mijn tanden in mijn eigen vlees moest zetten om te voorkomen dat ik gilde. Tussen de lijken boven me, door en over de schotten heen kon ik mannen bevelen horen roepen. Er mocht niets gestolen worden uit de Villa Matarese. Iemand die daarop betrapt zou worden, zou de lijken binnen gezelschap houden. Want er moesten veel lijken binnen blijven, verkoold vlees en botten die later gevonden zouden worden.

De wagens begonnen te rijden, eerst kalm, daarna kwamen we bij de velden en werden de paarden onbarmhartig met de zweep bewerkt. De wagens reden met geweldige snelheid over het gras en over de stenen, alsof elke seconde er een was die onze levende bewakers in de hel achter wilden laten. De dood was onder mij en boven mij, en ik bad tot de almachtige God om mij ook tot Zich te nemen. Maar ik kon het niet hardop zeggen, want hoewel ik wilde sterven, was ik bang voor de pijn ervan. De onzichtbare hand hield mijn keel dicht. Maar ik kreeg genade. Ik werd bewusteloos, hoe lang weet ik niet, maar ik denk dat het heel lang was.

Ik kwam bij. De wagens waren gestopt en ik gluurde tussen de lichamen en de latten van de zijkant door. De maan scheen en we waren ver de beboste heuvels in, maar niet in de bergen. Niets kwam me bekend voor. We waren ver, ver weg van Villa Matarese, maar waar wist ik toen niet en nu nog niet.

Het einde van de nachtmerrie begon. Onze lichamen werden van de wagens afgetrokken en in een gemeenschappelijk graf gegooid, ieder lijk door twee mannen, zodat ze het in het diepste deel konden werpen. Ik kreeg erge pijn van het bijten in mijn vingers om te voorkomen dat mijn geest krankzinnig werd. Ik opende mijn ogen en moest weer overgeven bij wat ik zag. Rondom mij dode gezichten, slappe armen, gapende monden. Doorstoken, bloedende karkassen die nog maar enkele uren tevoren menselijke wezens waren geweest.

Het graf was enorm groot, breed en diep en vreemd genoeg, in mijn stomme hysterie leek het gegraven in de vorm van een cirkel. Buiten de rand ervan kon ik de stemmen van onze grafdelvers horen. Enkelen huilden, anderen riepen Christus aan om genade. Sommigen eisten dat de doden de sacramenten toegediend zouden worden, dat terwille van hun zielen een priester naar de plek des doods gehaald moest worden om voorspraak te doen bij God. Maar anderen zeiden van niet, zij waren niet de moordenaars, maar alleen gekozen om de doden naar hun rustplaats te brengen. God zou daar begrip voor hebben.

"*Basta!*" zeiden ze. Het kon niet. Het was de prijs die ze betaalden ten gunste van generaties die nog geboren moesten worden. De heuvels waren van hen, de velden en stromen en bossen behoorden hun toe! Er was geen weg terug meer. Ze hadden hun verbond gesloten met de padrone en hij had duidelijk gemaakt aan de ouderen: slechts als de regering wist van een *cospirazione* kon het land van hen afgenomen worden. De padrone was de geleerdste man, hij kende het recht en de wet. Zijn onwetende pachters niet. Zij moesten precies doen wat hij de ouderen had voorgeschreven, anders zou het hooggerechtshof hun grond afnemen.

Er mochten geen priesters uit Porto Vecchio of St. Lucia of elders bij zijn. Het risico dat het buiten de heuvels bekend zou worden kon niet genomen worden. Degenen die er anders over dachten konden zich bij de doden voegen. Hun geheim moest altijd binnen het heuvelgebied blijven. Het land was van hen!

Dat was genoeg. De mannen zeiden niets meer, pakten hun scheppen en begonnen zand over de lichamen te gooien. Ik dacht toen dat ik zeker zou doodgaan, mijn mond en neusgaten zaten onder het zand. Toch denk ik dat iedereen die door de dood bedreigd wordt wegen vindt om aan zijn greep te ontkomen. Wegen waarvan we niet gedroomd hebben voordat we in de val zitten. Mij overkwam het.

Met iedere laag aarde die het ronde graf vulde en aangetrapt werd, bewoog ik mijn hand in het donker, het zand boven me weg klauwend zodat ik kon ademen. Tenslotte had ik nog maar een klein luchtgaatje, maar het was genoeg. Er was ruimte om mijn hoofd, genoeg om Gods lucht door te laten. De onzichtbare hand had de mijne geleid en ik leefde.

Het was geloof ik uren later toen ik me begon uit te graven naar de oppervlakte, een... blind... onbewust dier dat het leven zoekt. Toen mijn hand doordrong tot alleen vochtige lucht, kon ik het huilen niet meer laten en een deel van mijn hersens kwam in paniek, bang dat ze me zouden horen.

God was genadig, iedereen was weg. Ik kroop uit de grond en liep dat bos van de dood uit naar een veld en zag het vroege morgenlicht over de bergen komen. Ik leefde, maar er was geen leven voor mij. Ik kon niet terug naar de heuvels, want dan zou ik zeker omgebracht worden. Maar ergens anders heen gaan, in een vreemde plaats komen en er gewoon te zijn was niet mogelijk voor een jonge vrouw in dit land. Er was niemand waar ik heen kon, ik was drie jaar de vrijwillige gevangene van mijn padrone geweest. Toch kon ik niet gewoon sterven in dat veld met Gods zon die de hemel verlichtte. Het zei me dat ik moest leven, ziet u.

Ik probeerde te bedenken wat ik zou kunnen doen, waar ik heen zou kunnen gaan. Voorbij de heuvels, aan de oceaankust waren andere grote huizen die aan andere padrones behoorden, vrienden van Guillaume. Ik vroeg me af wat er zou gebeuren als ik bij een van hen zou komen en om onderdak en genade zou smeken. Maar ik zag de fout in van die gedachte. Die mannen waren niet mijn padrone, ze waren mannen met vrouwen en gezinnen en ik was de hoer van Villa Matarese. Toen Guillaume leefde werd mijn aanwezigheid getolereerd, met genoegen zelfs, want de grote man wilde het niet anders. Maar met zijn dood was ík dood.

Ik wist het weer. Er was een man die de stallen verzorgde van een landgoed in Zonza. Hij was vriendelijk tegen me geweest gedurende de keren dat we op bezoek waren en ik reed op de paarden van zijn heer. Hij lachte vaak en gaf me raad over hoe ik in het zadel moest zitten, want hij zag wel dat ik niet geboren was voor het paardrijden. Ik gaf dat ook toe en we lachten beiden. En iedere keer zag ik de blik in zijn ogen. Ik was gewend aan verlangende blikken, maar in zijn ogen was meer te lezen. Er was vriendelijkheid en begrip, misschien zelfs respect, niet voor wát ik was, maar omdat ik me niet anders voordeed dan ik was.

Ik keek naar de morgenzon en wist dat Zonza links van mij lag, wellicht achter de bergen. Ik ging op weg naar die stallen en die man.

Hij werd mijn man en ofschoon ik het kind van Guillaume de Matarese droeg, accepteerde hij het als dat van zichzelf en schonk ons beiden liefde en bescherming zolang hij leefde. Die jaren en ons leven in die jaren gaan u niet aan, ze hebben geen betrekking op de padrone. Het is voldoende om te zeggen dat ons geen kwaad overkwam. We leefden jarenlang ver in het noorden in Vescovato, ver weg van het gevaar van de heuvelmensen en waagden het nooit hun geheim te noemen. De doden konden niet teruggegeven worden, ziet u, en de moordenaar en de moordenaar die zijn zoon was – de man en de herdersjongen – waren van Corsica weggevlucht.

Ik heb u de waarheid verteld, helemaal. Als u nog twijfels hebt, kan ik ze niet wegnemen.'

Weer was ze uitgesproken.

Talenjekov stond op en liep langzaam naar de kachel en de theepot. '*Per nostro circolo*,' zei hij en keek Scofield aan. 'Er zijn zeventig jaren voorbijgegaan en nog zouden ze doden om dat graf.'

'*Perdone?*' De oude vrouw verstond geen Engels, daarom herhaalde de KGB-man de zin in het Italiaans. Sophia knikte. 'Het geheim gaat van vader op zoon. Er zijn twee generaties geboren sinds het land van hen is. Dat is dus nog niet zo lang. Ze zijn nog bang.'

'Er is geen enkele wet die het ze af kan nemen,' zei Bray. 'Ik betwijfel of die er ooit was. Er zouden mannen naar de gevangenis gestuurd kunnen zijn voor het achterhouden van inlichtingen over de slachting, maar wie zou er in die tijd aanklagen? Ze begroeven de doden, dat was hun samenzwering.'

'Er was een grotere samenzwering. Ze lieten de sacramenten niet toedienen.'

'Daar is een ander hof voor. Ik weet daar niets van.' Scofield keek de Rus aan en daarna ging zijn blik weer naar de blinde ogen voor hem. 'Waarom bent u teruggekomen?'

'Dat kon ik. En ik was oud toen we deze vallei vonden.'

'Dat is geen antwoord.'

'De mensen uit de heuvels geloven een leugen. Zij denken dat de padrone mij spaarde, me wegstuurde voordat er geschoten werd. Voor anderen ben ik een bron van angst en haat. Er wordt gefluisterd dat ik door God gespaard ben om een waarschuwing voor hun zonde te zijn, maar ook blind gemaakt door God zodat ik nooit het graf in de bossen kon onthullen. Ik ben de blinde hoer van Villa Matarese die het leven gelaten wordt omdat ze bang zijn het leven van Gods "waarschuwing" te nemen.'

Talenjekov zei aan de andere kant van de kachel: 'Maar u zei straks dat ze niet zouden aarzelen om u te doden als u de geschiedenis vertelde. Misschien wel als ze zelfs maar beseffen dat u het weet. Toch vertelt u het ons nu en geeft te kennen dat u het ons buiten Corsica wilt laten brengen. Waarom?'

'Liet niet een man in uw eigen land u komen en vertelde hij u niet dingen die hij u wilde laten weten?' De Rus wilde antwoorden, maar Sophia Pastorine viel hem in de rede. 'Ja, signore. Evenals van die man nadert het eind van mijn leven. Ik weet het bij elke ademtocht. De dood, zo schijnt het, nodigt degenen onder ons die iets weten over de Matarese om te spreken. Ik weet niet of ik u zeggen kan waarom, maar voor mij was er een teken. Mijn achterkleindochter ging naar de heuvels en kwam terug met nieuws over een geleerde die inlichtingen zocht over de padrone. U was mijn teken. Ik zond haar terug om u te zoeken.'

'Weet zij het?' vroeg Bray. 'Hebt u het haar ooit verteld? Zij had het verhaal verder kunnen vertellen.'

'Nooit! Ze is bekend in het heuvelland, maar ze is niet van het heuvelland! Er zou op haar gejaagd worden waar ze ook ging. Ze zou gedood worden. Ik heb uw woord erop gevraagd, signori, en dat moet u mij geven. U moet zich verder niet met haar bemoeien!'

'We geven het u,' gaf Talenjekov toe. 'Ze is niet in deze kamer omdat wij er zijn.'

'Wat hoopte u te bereiken door met mijn collega te praten?' vroeg Bray.

'Wat zijn oude vriend hoopte, denk ik. Om mannen onder de golven te laten kijken, naar de donkere wateren eronder. Daar is de kracht te vinden die de zee beweegt.'

'De raad van de Matarese,' zei de KGB-man, die in de blinde ogen keek.

'Ja... Ik zei het u. Ik luister naar radio-uitzendingen uit Rome, Milaan en Nice. Het gebeurt overal. De profetieën van Guillaume de Matarese komen uit. Je hoeft geen ontwikkeld mens te zijn om dat te zien. Jarenlang luisterde ik naar de radio en vroeg mezelf af of het zo was. Was het mogelijk dat ze nog steeds bestaan? Eens op een avond, vele dagen geleden, hoorde ik de woorden en het was alsof tijd niets betekende. Ik was plotseling terug in de schaduw van het balkon in de grote zaal, het schieten en de angstschreeuwen echoden in mijn oren. Ik was dáár, mét mijn ogen voordat God ze van mij nam, en keek naar het vreselijke schouwspel beneden. En ik herinnerde me wat de padrone enkele ogenblikken daarvoor had gezegd: "U en de uwen zullen doen wat ik niet langer kan." ' De oude vrouw zweeg, haar blinde ogen waren vochtig. Daarna begon ze weer, haar zinnen klonken vlug, in angst.

'Het wás waar! Ze bestónden nog – niet de raad zoals hij toen was, maar zoals hij nu is. "U en de úwen." De úwen hadden het overleefd! Geleid door de ene man wiens stem wreder was dan de wind.' Sophia Pastorine zweeg plotseling weer, haar broze, fijne handen grepen naar de houten leuning van haar stoel. Ze stond op en met haar linkerhand pakte ze haar stok die bij de kachel stond.

'De lijst. Die moet u hebben, signori! Ik haalde hem uit een met bloed doordrenkt kleed, zeventig jaar nadat ik uit het graf in de bergen was gekropen. Hij was tijdens de verschrikking naast mijn lichaam. Ik nam hem mee opdat ik hun namen en titels niet vergeten zou en de padrone trots op me zou zijn.' De oude vrouw tikte met de stok voor zich op de vloer terwijl ze de kamer doorliep naar een eenvoudige plank aan de wand. Haar rechterhand vond de rand, haar vingers tastten aarzelend tussen de diverse potten tot ze degene vond die ze zocht. Ze deed de deksel van klei eraf, stak haar hand erin en haalde er een stuk vuil papier uit, geel van ouderdom. Ze draaide zich om. 'Het is van u. Namen uit het verleden. Dit is de lijst van eregasten die in het geheim naar Villa Matarese reisden op 4 april van het jaar 1911. Als ik iets ergs doe door hem u te geven, moge God mijn ziel genadig zijn.'

Scofield en Talenjekov waren gaan staan. 'Nee,' zei Bray. 'U hebt juist gehandeld.'

'Het enig juiste,' voegde Wasili eraan toe. Hij raakte haar hand aan. 'Mag ik?' Ze liet het vergeelde papier los. De Rus bekeek het. 'Het is de sleutel,' zei hij tegen Scofield. 'Het is ook veel meer dan we hadden kunnen verwachten.'

'Waarom?' vroeg Bray.

'De Spanjaard – de man die door de Matarese gedood was – is doorgehaald, maar van twee van deze namen zul je schrikken. Om het zacht uit te drukken, ze zijn vooraanstaand. Alsjeblieft.'

Talenjekov stapte naar Scofield en hield het papier voorzichtig met twee vingers vast om het niet verder te beschadigen. Bray nam het in zijn hand.

'Ik geloof het niet,' zei Scofield die de namen las. 'Ik zou dit graag laten onderzoeken om er zeker van te zijn dat het niet vijf dagen geleden is geschreven.'

'Dat is het niet,' zei de KGB-man.

'Ik weet het. En daarom schrik ik me een ongeluk.'

'*Perdone?*' Sophia Pastorine stond bij de plank. Bray antwoordde haar in het Italiaans.

'Wij herkennen twee van deze namen. Zij zijn zeer bekende mannen...'

'Maar het zijn niet dé mannen!' onderbrak de oude vrouw en stampte met haar stok op de vloer. 'Geen van hen! Zij zijn alleen de erfgenamen! Ze worden bestuurd door een ander. Dat is de man!'

'Waar hebt u het over? Over wie?'

De hond gromde. Scofield noch Talenjekov besteedde er enige aandacht aan. Er had een boze stem geklonken. Het dier stond op en grauwde nu. De beide mannen – hun aandacht gericht op Sophia – negeerden het. Maar de oude vrouw niet. Ze stak haar hand op, een gebaar om stilte. Ze sprak en haar boosheid maakte plaats voor ongerustheid.

'Doe de deur open. Roep mijn kleindochter. Vlúg!'

'Wat is er?' vroeg de Rus.

Er komen mannen aan. Ze lopen door de struiken, Uccello hoort ze.'

Bray liep snel naar de deur. 'Hoe ver weg zijn ze?'

'Aan de andere kant van de heuvelrug. Bijna hier. Haast u!'

Scofield opende de deur en riep: 'Jij daar! Antonia. Kom hier. Vlug!'

Het gesnauw van de hond klonk tussen ontblote tanden. Hij hield zijn kop naar voren, zijn poten gestrekt en gespannen, klaar om te verdedigen of aan te vallen. Bray liet de deur open, liep naar een tafel en pakte een slablad. Hij scheurde het doormidden, legde het gele papiertje tussen de twee stukken en vouwde ze op.

'Ik zal dit in mijn zak doen,' zei hij tegen de KGB-man.

'Ik heb de namen en de landen in mijn hoofd,' antwoordde Talenjekov. 'Maar jij natuurlijk ook.'

Het meisje rende de deur in, buiten adem, haar jasje slechts gedeeltelijk dichtgeknoopt, de Lupo in haar hand, de bulten van de automatische pistolen in haar zijzakken. 'Wat is er?'

Scofield wendde zich van de tafel af. 'Je... grootmoeder zei dat er mannen aankomen. De hond hoorde ze.'

'Aan de andere kant van de heuvel,' viel de oude vrouw in de rede. 'Op 900 pas misschien, verder niet.'

'Waarom zouden ze dat doen?' vroeg het meisje. 'Waarom zouden ze komen?'

'Hebben ze je gezien, mijn kind? Hebben ze Uccello gezien?'

'Dat moet wel. Maar ik heb niets gezegd. Ik heb me niet met ze bemoeid. Ze hadden geen reden te denken...'

'Maar ze zagen je de dag tevoren,' onderbrak Sophia Pastorine weer.

'Ja. Ik kocht de dingen die je wilde hebben.'

'Waarom zou je dan terugkomen?' De oude vrouw sprak retorisch. 'Dat probeerden ze te begrijpen en ze begrepen het. Het zijn mannen van de heuvels. Ze kijken naar het gras en het zand en zien dat er drie mensen over gelopen hebben en niet een. Je moet weg. Jullie alle drie!'

217

'Dat doe ik niet, grootmoeder!' riep Antonia. 'Ze zullen ons geen kwaad doen. Ik zal zeggen dat ik misschien gevolgd ben, maar dat ik niets weet.'

De oude vrouw staarde recht voor zich uit. 'U hebt waar u voor gekomen bent, signori. Neem het mee. Neem haar mee. Ga weg!' Bray wendde zich tot het meisje. 'Dat zijn we haar schuldig,' zei hij.

Hij greep het vuurwapen uit haar handen. Ze probeerde tegenstand te bieden maar Talenjekov hield haar armen vast en haalde de Browning en de Graz-Boerja uit haar zakken. 'Je hebt gezien wat ginds gebeurde,' vervolgde Scofield. 'Doe wat ze zegt.'

De hond rende naar de open deur en blafte boosaardig. Van heel ver werden stemmen aangedragen door de ochtendwind. Mannen riepen naar anderen die achter hen waren.

'Ga!' zei Sophia Pastorine.

'Kom.' Bray duwde Antonia voor zich uit. 'We komen terug als ze weg zijn. We zijn nog niet klaar.'

'Een ogenblik, signori!' riep de blinde vrouw. 'Ik geloof dat we klaar zijn. De namen die u hebt kunnen u van pas komen, maar het zijn alleen maar de erfgenamen. Zoek naar degene wiens stem wreder is dan de wind. Ik heb hem gehoord! Vind hem. De herdersjongen. Híj is het!'

17

Ze renden langs de rand van de weide op de grens van de bossen en beklommen de top van de heuvelrug. De schaduw van de oostelijke helling zorgde ervoor dat ze niet gezien werden. Het had maar een paar seconden gescheeld of ze waren ontdekt. Ze waren erop voorbereid, maar het gebeurde niet. De mannen op de tegenoverliggende heuvelrug werden afgeleid door een blaffende hond en overlegden of ze er wel of niet op zouden vuren. Ze deden het niet, want de hond werd met een fluitje teruggeroepen voor zo'n besluit genomen kon worden. Uccello was nu naast Antonia in het gras, hij hijgde net zo snel als zij.

Er waren vier mannen op die andere heuvelrug, evenals er vier namen overbleven op het stukje geel papier in zijn zak, dacht Scofield. Hij wilde dat het vinden, het vangen ervan even makkelijk was als het vangen en neerschieten van de vier mannen die nu afdaalden in het dal. Maar de vier mannen op de lijst waren nog maar het begin.

Er moest een herdersjongen gevonden worden. 'Een stem wreder dan de wind'... een kinderstem die tientallen jaren later als een en dezelfde herkend werd... uit de keel van wat een heel, heel oude man moest zijn.

'Ik hoorde de woorden en het was alsof tijd niets betekende...'

Wat waren die woorden? Wie was die man? De echte afstammeling van Guillaume de Matarese... een oude man die een zin zei die zeventig jaar van het geheugen weg liet vallen van een blinde vrouw in de bergen van Corsica. In welke taal? Het moest Frans of Italiaans zijn. Zij verstond niets anders.

Ze moesten haar weer spreken, ze moesten nog veel meer weten. Zij waren nog niét klaar met Sophia Pastorine.

Bray zag dat de vier Corsicanen de boerderij naderden, twee voor de zijdekking en twee die naar de deur gingen, allen met de wapens in de aanslag. De mannen bij de deur bleven even staan toen hief de man links zijn laars en trapte tegen het hout de deur in.

Stilte.

Twee roepen klonken, bars gestelde vragen. De mannen buiten renden om de boerderij heen en gingen naar binnen. Er klonk nog meer geroep... en het onmiskenbare geluid van het slaan op een lichaam.

Antonia wilde opstaan, er was woede op haar gezicht. Talenjekov trok haar neer bij de schouder van haar jasje. De spieren van haar keel stonden gespannen, ze wilde gaan gillen. Scofield had geen keus. Hij drukte zijn hand op haar mond en duwde zijn vingers in haar wangen; de gil werd gesmoord tot gekuch.

'Wees stil!' fluisterde Bray. 'Als ze je horen, zullen ze háár gebruiken om je daar te krijgen!'

'Het zou voor haar veel erger zijn,' zei Wasili, 'en voor jou ook. Je zou haar horen lijden en ze zouden je krijgen.'

Antonia's ogen flikkerden. Ze knikte. Scofield verslapte zijn greep, maar liet niet los. Zij fluisterde door zijn hand: 'Ze slaan haar! Een blinde vrouw en ze slaan haar!'

'Ze zijn bang,' zei Talenjekov. 'Banger dan je denkt. Als ze hun land kwijt zijn, hebben ze niets meer.'

De vingers van het meisje pakten Brays pols. 'Wat bedoelt u?'

'Nu niet!' beval Scofield. 'Er is iets mis. Ze blijven te lang binnen.'

'Misschien hebben ze iets gevonden,' veronderstelde de KGB-man. 'Of zij vertelt ze iets. O god, dat kan ze niet doen!'

'Wat denk je?' vroeg Talenjekov.

'Ze zei dat we klaar waren. Dat zijn we niét. Maar zij gaat ze overtuigen van wel! Ze zullen onze voetstappen op de vloer zien. We liepen over natte grond, dus ze kan niet ontkennen dat wij er waren. Met haar scherpe gehoor weet ze welke kant we op gingen. Ze zal hen een andere kant op sturen.'

'Dat is mooi,' zei de Rus.
'Godverdomme, ze zullen haar dóden!'
Talenjekov keerde met een ruk zijn hoofd naar het boerderijtje beneden.
'Je hebt gelijk,' zei hij. 'Als ze haar geloven – en dat zullen ze – kunnen ze haar niet laten leven. Zij is de bron, dat zal ze hun ook vertellen, al is het maar om ze te overtuigen. Haar leven voor de herdersjongen. Dus kunnen we de herdersjongen vinden!'
'Maar we wéten niet genoeg! Kom, laten we gaan!' Scofield stond op en trok het automatische pistool uit zijn gordel. De hond grauwde, het meisje kwam overeind en Talenjekov drukte haar weer tegen de grond.
Ze waren te laat. Er klonken drie schoten achter elkaar.
Antonia gilde. Bray dook, hield haar vast, wiegde haar. 'Alsjeblieft, toe nou!' fluisterde hij. Hij zag dat de Rus een mes uit zijn jas haalde.
'Néé! Het is al goed!'
Talenjekov voelde aan het mes en knielde neer, zijn ogen op het boerenhuis gericht. 'Ze lopen naar buiten. Je had gelijk, ze gaan in de richting van de zuidelijke helling.'
'Schiet ze neer!' De woorden van het meisje werden gesmoord door Scofields hand.
'Waarom nu?' zei de KGB man. 'Ze deed wat ze wilde doen, wat ze voelde dat ze moest doen.'

De hond wilde hen niet volgen, bevelen van Antonia hadden geen effect. Hij rende naar het huis en wilde niet naar buiten komen. Zijn gejank klonk tot op de heuvel.
'Vaarwel, Uccello,' zei het meisje snikkend. 'Ik kom bij je terug. Bij God, ik zal terugkomen!' Ze liepen het heuvelland uit, met een boog naar het noordwesten achter de heuvels van Porto Vecchio, daarna naar het zuiden naar St. Lucia en volgden de stroom tot ze de zware den bereikten waaronder Bray zijn handkoffertje en plunjezak begraven had. Ze liepen behoedzaam, zo veel mogelijk gebruik makend van de bossen, gingen gescheiden en na elkaar over open stukken, zodat niemand hen samen zou zien.
Scofield pakte de schep van onder een stapel takken, groef zijn bezittingen op en ze trokken verder, de stroom volgend in noordelijke richting naar St. Lucia. Ze spraken zo weinig mogelijk en verspilden geen tijd om de afstand tussen hen en de heuvels te vergroten.
De lange stiltes en de korte scheidingen dienden een praktisch doel vond Bray, die naar het meisje keek terwijl ze zich voortspoedden,

verbijsterd, hun bevelen zonder nadenken opvolgend, bij tussenpozen met tranen in haar ogen.

Het steeds voortgaan hield haar gedachten bezig. Ze moest tot een soort aanvaarding van haar 'grootmoeders' dood komen. Haar konden geen woorden van betrekkelijk vreemde mensen helpen, zij had de eenzaamheid van haar eigen gedachten nodig. Scofield vermoedde dat, ondanks haar omgaan met de Lupo, Antonia geen gewelddadig kind was. Ten eerste was ze geen kind. Bij daglicht kon hij zien dat ze over de dertig was, maar bovendien kwam ze uit een wereld van radicale academici, niet een van de revolutie. Hij betwijfelde of ze zou weten wat ze op de barricaden moest doen.

'We moeten niet langer weglopen!' riep ze plotseling. 'U kunt doen wat u wilt, maar ik ga terug naar Porto Vecchio. Ik zal ze laten opknopen!'

'Er is veel dat je niet weet,' zei Talenjekov.

'Ze werd vermóórd! Dat is alles wat ik hoef te weten!'

'Zo eenvoudig is het niet,' zei Bray. 'De waarheid is dat ze zichzelf heeft gedood.'

'Zíj hebben het gedaan!'

'Ze dwong hen ertoe.' Scofield pakte haar hand en drukte hem stevig. 'Probeer me te begrijpen. We kunnen je niet terug laten gaan, je grootmoeder wist dat. Wat de laatste achtenveertig uur is gebeurd, moet zo gauw mogelijk vervagen. Er zal een zekere paniek zijn daar in de heuvels. Ze zullen mannen sturen om ons te zoeken, maar over enkele weken zullen ze kalmeren als er niets gebeurt. Ze zullen met hun eigen angsten leven, maar zich kalm houden. Dat is het enige wat ze kunnen doen. Je grootmoeder begreep dat. Ze rekende daarop.'

'Maar waarom?'

'Omdat we andere dingen moeten doen,' zei de Rus. 'Dat begreep ze ook. Daarom stuurde ze jou terug om ons te zoeken.'

'Wat zijn die andere dingen?' vroeg Antonia en ze gaf zelf het antwoord: 'Ze zei dat u de namen had. Ze had het over een herdersjongen.'

'Maar jij moet over geen van beide praten,' beval Talenjekov. 'Niet als je haar dood iets wilt laten betekenen. We kunnen niet toelaten dat jij je ermee bemoeit.'

Scofield hoorde de klank in de stem van de KGB-man en betrapte zich er een ogenblik op dat hij naar zijn wapen greep. In dat onderdeel van een seconde kwam de herinnering aan Berlijn, tien jaar geleden, naar boven. Talenjekov had al een besluit genomen: als de Rus de geringste twijfel had, zou hij deze vrouw doden.

'Ze zal er zich niet in mengen,' zei Bray zonder te weten waarom hij zo'n garantie gaf, maar hij uitte het vastberaden. 'Laten we gaan. We stoppen één keer, ik zal een man in Murato opzoeken. Als we daarna Bastia kunnen bereiken, kan ik zorgen dat we weg komen.'

'Waarheen, signore? U kunt mij niet bevelen...'

'Rustig,' zei Bray. 'Vergooi je kans niet.'

'Nee,' voegde de KGB-man eraan toe, terwijl hij Scofield aankeek. 'We moeten praten. We moeten net als eerst gescheiden verder gaan, ons werk verdelen, tijdschema's en ontmoetingsplaatsen vaststellen. We hebben veel te bepraten.'

'Ik schat dat het 150 kilometer is van hier naar Bastia. Er zal tijd genoeg zijn om te praten.' Scofield pakte zijn koffertje op, de vrouw trok haar hand uit de zijne en ging kwaad op weg. De Rus boog zich voorover om de plunjezak te pakken.

'Ik stel voor dat wij alleen praten,' zei hij tegen Bray. 'Zij is geen aanwinst, Beowulf.'

'Je stelt me teleur.' Scofield nam de plunjezak aan van de KGB-man. 'Heeft niemand je ooit geleerd om van een nadeel een voordeel te maken?'

Antonia had in Vescovato gewoond, aan de Golo-rivier, een goede dertig kilometer ten zuiden van Bastia. Haar directe bijdrage was hen daar ongezien heen te brengen. Het was belangrijk dat ze beslissingen zou nemen, al was het alleen maar om haar gedachten van het feit af te leiden dat ze orders opvolgde waarmee ze het niet eens was. Ze deed het vlug, koos primitieve wegen en bergpaden die ze kende als opgroeiend kind in de provincie.

'We zijn hier met de nonnen geweest voor een picknick,' zei ze en keek neer op een afgedamde stroom. 'We maakten vuren en aten worst en gingen om beurten het bos in om sigaretten te roken.'

Ze gingen verder. 'Deze heuvel heeft 's morgens een fijne wind,' zei ze. 'Mijn vader maakte prachtige vliegers en we lieten ze hier vaak 's zondags op. Na de mis natuurlijk.'

'We?' vroeg Bray. 'Heb je broers en zusters?'

'Een van elk. Ze zijn ouder dan ik en wonen nog in Vescovato. Ze hebben gezinnen en ik zie ze niet vaak. We hebben elkaar niet veel te zeggen.'

'Gingen zij dan niet naar hogere scholen?' zei Talenjekov.

'Ze vonden dat maar dwaas gedoe. Het zijn goede mensen, maar ze geven de voorkeur aan een eenvoudig leven. Als we hulp nodig hebben, bieden ze die.'

'Het zou het beste zijn die niet te vragen,' zei de Rus. 'En hen ook niet op te zoeken.'

'Ze zijn mijn familie, signore. Waarom zou ik ze ontwijken?'
'Omdat het nodig zou kunnen zijn.'
'Dat is geen antwoord. U wilde niet dat ik naar Porto Vecchio ging om het recht te doen dat gedaan zou moeten worden. U kunt me verder geen orders meer geven.'

De KGB-man keek Scofield aan, zijn bedoeling sprak uit zijn ogen. Bray verwachtte dat de Rus zijn pistool zou trekken. Hij vroeg zich even af wat zijn eigen reactie zou zijn. Hij wist het niet. Maar het ogenblik ging voorbij en Scofield begreep iets dat hij eerder niet helemaal begrepen had. Wasili Talenjekov wilde niet graag doden, maar de beroepsman in hem was in sterk conflict met de man. De Rus vroeg hem om uitleg. Hij wilde weten hoe je een nadeel kon aanwenden als voordeel. Scofield wou dat hij het wist.

'Rustig maar,' zei Bray. 'Niemand wil jou vertellen wat je moet doen, behalve als je eigen veiligheid ermee gemoeid is. We hebben dat al eerder gezegd en het geldt nu tienmaal sterker.'

'Ik geloof dat het wat anders is. U wilt me laten zwijgen. Zwijgen over de moord op een blinde, oude vrouw!'

'Je veiligheid hangt ervan af, hebben we je verteld. Zij begreep het.'

'Ze is dood!'

'Maar jij wilt léven,' hield Scofield kalm aan. 'Als de heuvelbewoners je vinden, zul je niet leven. En als bekend wordt dat je tegen anderen gepraat hebt, zullen die ook in gevaar zijn. Zie je dat niet in?'

'Wat moet ik dán doen?'

'Hetzelfde als wij. Verdwijnen. Van Corsica weg.' Het meisje begon te protesteren. Bray legde haar het zwijgen op. 'En vertróuw ons. Je moét ons vertrouwen. Je grootmoeder deed dat ook. Zij stierf opdat wij konden leven en enkele mensen vinden die te maken hebben met de verschrikkelijke dingen die verder gaan dan Corsica.'

'U hebt het niet tegen een kind. Wat bedoelt u met "verschrikkelijke dingen"?'

Bray keek Talenjekov aan, accepteerde zijn afkeuring, maar deed die met een hoofdknik af. 'Er zijn mannen – we weten niet hoe veel – wier leven is gewijd aan het doden van anderen, die wantrouwen zaaien en verdenking door slachtoffers te kiezen en het moorden te betalen. Het enige patroon is geweld, politíek geweld, het opzetten van de ene partij tegen de andere, regering tegen regering... volk tegen volk.' Scofield zweeg even en zag de concentratie op Antonia's gezicht. 'Je zei dat je een politiek activiste was, een communiste. Mooi. Best. Dat is mijn collega hier ook. Hij werd opgeleid in Moskou. Ik ben een Amerikaan opgeleid in Washington. We zijn vijanden en we hebben elkaar lange tijd bestreden. De details zijn niet belangrijk, maar het feit dat we nu samenwerken wél. De mannen die we proberen te vinden zijn veel gevaarlijker dan enig verschil tussen ons, tussen onze regeringen. Omdat deze mannen die verschillen kunnen laten escaleren tot iets dat niemand wil. Ze kunnen de wereld in brand zetten.'

'Bedankt voor de mededeling,' zei Antonia nadenkend. Daarna fronste ze haar voorhoofd. 'Maar hoe kon zíj zulke dingen weten?'

'Ze was erbij toen het allemaal begon,' antwoordde Bray. 'Bijna zeventig jaar geleden in Villa Matarese.'

De woorden kwamen langzaam toen Antonia fluisterde: ' "De hoer van Villa Matarese"... De padrone, Guillaume?'

'Hij was even machtig als wie ook in Engeland of Frankrijk, een hinderpaal voor de kartels en de syndicaten. Hij stond ze in de weg en won te vaak, daarom vernietigden ze hem. Ze gebruikten hun regeringen om hem ten val te brengen en ze doodden zijn zoons. Hij werd gek... maar in zijn waanzinnigheid – en met de bronnen die hij nog had – bracht hij een plan op lange termijn tot uitvoering om zich te wreken. Hij riep anderen bij elkaar die op dezelfde manier vernietigd waren als hij. Zij werden de raad van de Matarese. Jarenlang was moord hun specialiteit. Jaren later werd aangenomen dat ze uitgestorven waren. Nu zijn ze teruggekomen, dodelijker dan ze ooit waren.' Scofield zweeg, hij had haar genoeg verteld. 'Duidelijker kan ik het niet uitleggen en ik hoop dat je het begrijpt. Jij wilt dat de mannen die je grootmoeder vermoordden daarvoor boeten. Ik zou graag willen dat dat op een dag gebeuren zal, maar ik moet je ook zeggen dat ze van weinig belang zijn.'

Antonia was enige ogenblikken stil, haar intelligente bruine ogen strak op Bray gericht. 'U bent heel duidelijk, signore Scofield. Als zij niet van belang zijn, dan ben ik dat ook niet. Is dat wat u wilt zeggen?'

'Ik denk van wel.'

'En mijn socialistische kameraad,' voegde ze eraan toe en ze keek Talenjekov aan, 'zou net zo lief een eind maken aan mijn onbetekenende aanwezigheid.'

'Ik heb een doel voor ogen,' antwoordde Wasili, 'en ik doe mijn best de problemen die er inherent aan zijn te analyseren om het te bereiken.'

'Ja, natuurlijk. Zal ik dan omkeren en het bos in lopen en het schot verwachten dat een eind aan mijn leven maakt?'

'Dat moet je zelf uitmaken,' zei Talenjekov.

'Heb ik dan een keus? Gelooft u me op mijn woord dat ik niets zal vertellen?'

'Nee,' antwoordde de KGB-man. 'Ik zou het niet geloven.'

Bray bekeek Talenjekovs gezicht, zijn rechterhand had hij een paar centimeter van de automatische Browning in zijn gordel. De Rus wilde ergens heen en stelde de vrouw daarbij op de proef.

'Wat is er dan voor keus?' ging Antonia verder. 'Me op laten bergen door de ene regering of door de andere, tot u de mannen hebt die u zoekt?'

'Ik ben bang dat dat niet mogelijk is,' zei Talenjekov. Wij werken buiten onze regeringen om, zonder hun instemming. Om eerlijk te zijn, ze zoeken ons met evenveel inspanning als wij de mannen zoeken over wie we spreken.'

De vrouw reageerde op de verrassende mededeling van de Rus alsof ze erdoor getroffen was. 'Er wordt door uw eigen mensen jacht op u gemaakt?' vroeg ze. Talenjekov knikte.

'Juist. Nu begrijp ik het helemaal. U wilt mij niet op mijn woord geloven en u kunt me niet gevangen zetten. Daarom ben ik een bedreiging voor u, veel erger dan ik dacht. Dus ik heb geén keus, wel?'

'Misschien wel,' antwoordde de KGB-man. 'Mijn collega heeft het genoemd.'

'Wat dan?'

'Vertrouw ons. Help ons naar Bastia te komen en vertrouw ons. Misschien levert dat iets op.' Talenjekov wendde zich tot Scofield en zei één woord: 'Conduite.'

'We zullen zien,' zei Bray en haalde de hand van zijn gordel. Ze dachten in dezelfde lijn.

De contactman van het ministerie van buitenlandse zaken in Murato was niet blij. Hij wilde de verwikkeling niet waarmee hij werd geconfronteerd. Als eigenaar van vissersboten in Bastia schreef hij rapporten voor de Amerikanen over Russische vlootmanoeuvres. Washington betaalde hem goed en had de posten overal per telegram gealarmeerd dat Brandon Alan Scofield, de vroegere specialist van Consular Operations, als afvallige beschouwd moest worden. Bij zo'n classificatie waren de regels duidelijk: zo mogelijk in hechtenis nemen, maar als dat niet mogelijk was, alle mogelijke maatregelen aanwenden om hem naar de andere wereld te helpen.

Silvio Montefiori vroeg zich even af of zo'n gedragslijn het proberen waard was. Maar hij was een praktisch man en ondanks de verleiding verwierp hij het idee. Scofield hield Montefiori het spreekwoordelijke mes op de keel en toch zat er wat honing op het lemmet. Als Silvio het Amerikaanse verzoek afsloeg, zouden zijn activiteiten aan de Russen bekend worden. Als Silvio evenwel toegaf aan Scofields wensen, beloofde de afvallige hem 10 000 dollar. En 10 000 dollar – zelfs bij de slechte koers – was waarschijnlijk meer dan de bonus die hij zou krijgen voor Scofields dood.

Bovendien zou hij in leven zijn om het geld uit te geven.

Montefiori kwam bij het magazijn, opende de deur en liep door de donkere, holle ruimte tot hij bij de achterwand stond, zoals opgedragen. Hij kon de Amerikaan niet zien – er was te weinig licht – maar hij wist dat Scofield er was. Het was een kwestie van wachten terwijl vogels rondvlogen en op de een of andere manier seinen werden doorgegeven.

Hij haalde een dunne, kromme sigaar uit zijn zak, zocht naar een doosje lucifers, haalde er een uit en streek hem aan. Toen hij het vlammetje bij de sigaar hield, ergerde het hem te zien dat zijn hand beefde.

'Je zweet, Montefiori.' De stem kwam uit de schaduw links. 'De lucifer laat zien dat je hele gezicht nat is van het zweet. De laatste keer dat ik je zag, zweette je ook. Ik ging toen over de kas en stelde je bepaalde vragen.'

'Brandon!' riep Silvio uit, en groette hartelijk. 'Mijn beste vriend! Wat fijn je weer te zien... als ik je kón zien.'

De lange Amerikaan stapte uit de schaduw in het gedempte licht. Montefiori verwachtte een pistool in zijn hand te zien, maar dat was er natuurlijk niet. Scofield deed nooit wat je verwachtte.

'Hoe gaat het, Silvio?' zei de "afvallige".

'Prima, goede vriend!' Montefiori was niet zo dom om een hand uit te steken. 'Alles is geregeld. Ik neem een groot risico, betaal mijn bemanning tienmaal hun gage, maar voor een vriend die ik zo bewonder is niets te veel. Jij en de *provocateur* hoeven alleen maar naar het eind van pier zeven in Bastia te gaan om één uur vannacht. Mijn beste treiler zal je bij het aanbreken van de dag in Livorno brengen.'

'Is dat zijn gebruikelijke vaart?'

'Natuurlijk niet. Doorgaans is de haven Piombino. Ik betaal met plezier de extra brandstof, zonder te denken aan het verlies.'

'Dat is edelmoedig van je.'

'Waarom niet? Je bent altijd eerlijk tegen me geweest.'

'En waarom niet? Jij hebt altijd gedaan wat je beloofde.' Scofield haalde een bundel bankbiljetten uit zijn zak. 'Maar ik ben bang dat er het een en ander verandert. Ten eerste heb ik twee boten nodig. De ene moet in zuidelijke richting varen naar Bastia, de andere naar het noorden. Beide blijven binnen 900 meter van de kustlijn. Elk schip zal een raceboot tegenkomen die tot zinken gebracht zal worden. Ik zal in de ene zitten, de Rus in de andere. Ik zal je de signalen geven. Als we eenmaal aan boord zijn, gaan hij en ik naar open water, waar de twee koersen uitgezet zullen worden. De bestemmingen zijn alleen bekend aan de kapiteins en onszelf.'

'Wat een complicaties, beste vriend! Die zijn niet nodig. Op mijn woord!'

'Ik zal je woord bewaren als een schat, Silvio, maar terwijl ik het in mijn hart gesloten heb, moet je doen wat ik je zeg.'

'Natuurlijk!' zei Montefiori slikkend. 'Maar je moet je wel realiseren wat dit me extra gaat kosten.'

'Dan moeten die kosten gedekt worden, niet?'

'Ik ben blij dat je me begrijpt.'

'O, maar ik begrijp je best, Silvio.' De Amerikaan telde een aantal heel grote bankbiljetten van de bundel. 'Om te beginnen wil ik je vertellen dat je activiteiten ten dienste van Washington nooit door mij onthuld zullen worden. Dat op zichzelf is al een belangrijke beloning, als je enige prijs stelt op je leven. En ik wil dat je dit neemt. Het is 5 000 dollar.' Scofield hield hem het geld voor.

'Mijn beste vriend, je zei 10 000 dollar! Op die belofte heb ik mijn zeer dure maatregelen gebaseerd.' Het zweet druppelde uit Montefiori's poriën. Niet alleen zijn relatie met buitenlandse zaken was in onhoudbaar gevaar, maar dit zwijn van een verrader was bezig hem te bestelen!

'Ik ben nog niet klaar, Silvio. Je bent te bezord. Ik weet dat ik gezegd heb 10 000 dollar en die zul je hebben. Ik blijf je dus 5 000 dollar schuldig, zonder daarbij geteld je extra onkosten. Klopt dat?'

'Precies,' zei de Corsicaan. 'De kosten zijn afschuwelijk hoog.'

'Zoals zoveel tegenwoordig,' stemde Bray in. 'Laten we zeggen... vijftien procent boven de oorspronkelijke prijs, is dat voldoende?'

'Met anderen zou ik erover twisten, maar met jou nooit.'

'Dan spreken we af 1 500 extra, goed? Dat is dan in totaal 6 500 die je nog krijgt.'

'Dat is een vervelende uitdrukking. Het houdt in dat ik het later krijg, maar ik heb nú mijn uitgaven. Die kunnen niet uitgesteld worden.'

'Kom beste vriend. Iemand met jouw reputatie kan wel een paar dagen krediet krijgen.'

'Een paar dagen, Brandon? Dat is ook weer zo vaag. Over een "paar dagen" kun je wel in Singapore zitten. Of in Moskou. Kun je wat duidelijker zijn?'

'Zeker. Het geld zal in een van de treilers zijn, ik heb nog niet besloten in welke. Het zal onder het voorste waterdichte schot zitten, rechts van de middelste stut, en verstopt in een hol stuk gekleurd hout dat vastzit aan de ribben. Je vindt het makkelijk.'

'God ja, maar anderen ook!'

'Waarom? Er zal niemand zoeken, tenzij je het bekend maakt.'

'Het is veel te riskant! Er is geen bemanningslid aan boord die zou twijfelen om voor zo'n bedrag zijn moeder te vermoorden voor de ogen van zijn priester! Echt mijn vriend, gebruik je verstand!'

'Wees niet bezord, Silvio. Ga naar je boten in de haven. Als je het stuk hout niet vindt, kijk dan uit naar een man met één hand. Die heeft het geld.'

'Heeft het een springlading?' vroeg Montefiori ongelovig en het zweet doordrenkte zijn boord.

'Een scherp gestelde schroef opzij. Je hebt dat wel vaker gedaan. Haal hem eruit en de lading is uitgeschakeld.'

'Ik zal mijn broer vragen...' Silvio was terneergeslagen. De Amerikaan was geen aardige man. Het was alsof Scofield zijn gedachten gelezen had. Daar het geld aan boord was, zou het onvoordelig zijn een van beide boten te laten zinken. Buitenlandse Zaken zou misschien niet het volle bedrag uitbetalen. En tegen de tijd dat beide terug waren in Bastia kon die verachtelijke Scofield wel op de Wolga varen. Of op de Nijl. 'Wil je daar niet op terugkomen, beste vriend?'

'Ik ben bang dat het niet kan. En ik zal ook niemand vertellen hoe Washington over je denkt. Tob niet, Silvio, het geld zal er zijn. Zo zie je, we zien elkaar weer, en heel gauw.'

'Haast je niet, Brandon. En zeg alsjeblieft niets meer. Ik weet liever niets. Dat is zo'n last! Wat zijn de signalen voor vannacht?'

'Gewoon twee lichtflitsen, verschillende malen herhaald, of tot de treiler stopt.'

'Twee flitsen, herhaald... In nood verkerende raceboten die hulp zoeken. Ik kan geen verantwoording nemen voor ongelukken op zee. *Ciao*, oude vriend.' Montefiori bette zijn nek met zijn zakdoek, keerde naar het gedimde licht van het magazijn en liep over de betonnen vloer.

'Silvio?'

'Montefiori bleef staan. 'Ja?'

'Doe een schoon hemd aan.'

Ze hadden haar nu bijna twee dagen nauwkeurig geobserveerd en beide mannen erkenden stilzwijgend dat er een oordeel gegeven moest worden. Ze moest hen volgen óf sterven. Er was geen middenweg, geen gevangenis of geïsoleerd pand waarheen ze gestuurd kon worden. Ze moest hun volgeling zijn of er zou een puur noodzakelijke, koele daad gesteld worden.

Ze hadden iemand nodig om boodschappen tussen hen over te brengen. Ze konden niet direct met elkaar in contact staan, dat was te gevaarlijk. Er moest een derde zijn die op één plek bleef, in het geheim, op de hoogte met elke basiscode die ze opstelden – en vooral iemand die geheimen kon bewaren en accuraat was. Was Antonia in staat die ròl te vervullen? En als dat zo was, zou ze dan de risico's accepteren die met dat werk samengingen? Daarom hielden ze haar in het oog alsof ze betrokken waren bij het analyseren van een aanstaande ruil tussen vijanden op neutraal gebied.

Ze was vlug en oppervlakkig beschouwd moedig, eigenschappen die ze in de heuvels waren tegengekomen. Ze was ook op haar hoede, zich bewust van gevaar. Toch bleef ze een raadsel, haar innerlijk ontging hun. Ze was defensief, waakzaam, tijdenlang rustig. Haar ogen schoten dadelijk alle kanten op alsof ze een zweepslag over haar rug verwachtte, of een hand die haar vanuit de schaduwen achter haar bij de keel zou grijpen. Maar er waren geen zwepen, geen schaduwen in het zonlicht.

Antonia was een vreemde vrouw en het kwam de beide profs voor dat ze iets verborg. Wat het ook was – als het er was – ze stond niet op het punt het te onthullen. De ogenblikken rust leverden niets op. Ze bleef op zichzelf – heel erg op zichzelf – en weigerde uitgehoord te worden.

Maar ze deed wat ze haar gevraagd hadden te doen. Ze bracht hen zonder mankeren naar Bastia, wist zelfs een gammele bus aan te houden die arbeiders van de buitenwijken naar de havenstad bracht. Talenjekov zat met Antonia voorin, terwijl Scofield achterin zat en op de andere passagiers lette.

Ze kwamen in de drukke straten, met Bray nog steeds achter hen, die bleef opletten, nog op zijn hoede voor een verandering in het patroon van de omringende onverschilligheid. Een gezicht dat plotseling verstrakte, een paar ogen die zich vestigden op de rijzige man van middelbare leeftijd die met de donkerharige vrouw dertig stappen voor hem liep. Er was alleen onverschilligheid.

Hij had Antonia gezegd naar een bar aan de waterkant te gaan, een verlopen kroegje waar niemand zich durfde te bemoeien met een andere drinker. Zelfs de meeste Corso's meden de zaak die diende voor het uitschot van de havens.

Eenmaal binnen, gingen ze ieder weer een kant op. Talenjekov ging bij Bray aan een tafeltje in de hoek zitten, Antonia drie meter verder aan een ander tafeltje. De stoel naast haar stond schuin tegen de kant en was gereserveerd. Dat belette niet dat ze benaderd werd door dronken klanten. Die vormden ook een deel van haar beproeving. Het was belangrijk te weten hoe ze dit aanpakte.

'Wat denk jij?' vroeg Talenjekov.

'Ik weet het niet,' zei Scofield. 'Ze is ontwijkend. Ik weet niet wat ik aan haar heb.'

'Misschien ben je te kritisch. Ze heeft een emotionele schok gehad. Je kunt niet verwachten dat ze zich ook maar enigszins normaal gedraagt. Ik denk dat ze het werk kan doen. We zouden het gauw genoeg weten als ze het niet kan en kunnen onszelf beschermen met een vooraf afgesproken code. En wees eens eerlijk, wie hebben we anders? Is er iemand ergens op een post die jij kunt vertrouwen? Of die ik zou kunnen vertrouwen? Zelfs de zogenaamde helpers buiten de posten. Wie zou niet nieuwsgierig zijn? Wie zou de druk van Washington of Moskou kunnen weerstaan?'

'Het is de emotionele schok die me zorgen baart,' zei Bray. 'Ik geloof dat het gebeurde lang voordat we haar vonden. Ze zei dat ze in Porto Vecchio was om een poosje weg te zijn. Weg zijn van wat?'

'Er kunnen wel tien verklaringen zijn. Werkeloosheid viert hoogtij in heel Italië. Ze kan zonder werk zitten. Of het is een ontrouwe minnaar, of een verhouding waar ze genoeg van heeft. Zulke dingen hebben niets uit te staan met wat wij haar zouden vragen te doen.'

'Dat zijn niet de dingen die ik zag. Bovendien, waarom zouden we haar vertrouwen, en zelfs als we het risico nemen, waarom zou ze het aannemen?'

'Ze was erbij toen de oude vrouw vermoord werd,' zei de Rus. 'Dat is misschien voldoende.'

Scofield knikte. 'Het is een begin, maar alleen als ze overtuigd is dat er een bepaald verband is tussen wat wij doen en wat zij zag.'

'Dat hebben we uitgelegd. Ze hoorde wat de oude vrouw zei en ze herhaalde haar woorden.'

'Terwijl ze nog verward was, nog geschokt. Ze moet overtuigd worden.'

'Doe dat dan.'

'Ik?'

'Ze vertrouwt jou meer dan haar "socialistische kameraad", dat is duidelijk.'

Scofield hief zijn glas. 'Wilde je haar doden?'

'Nee. Dat besluit zou van jou hebben moeten komen. Nu nog. Ik voelde me niet op mijn gemak toen ik je hand zo dicht bij je gordel zag.'

'Ik ook niet.' Bray zette het glas neer en keek naar de vrouw. Berlijn was nooit ver weg – Talenjekov begreep dat – maar Scofields gedachten en zijn ogen hielden zijn herinnering nu niet voor de gek. Hij zat niet in een hol op een heuvelhelling naar een vrouw te kijken die haar haren los liet hangen in het licht van een vuur. Er was geen overeenkomst meer tussen zijn vrouw en Antonia. Hij zou haar kunnen doden als dat nodig was. 'Dan gaat ze met mij mee,' zei hij tegen de Rus. 'Ik weet het binnen achtenveertig uur. Ons eerste contact zal direct zijn, de volgende twee via haar in afgesproken code zodat we de nauwkeurigheid na kunnen gaan... Als we haar willen en zij zegt dat ze het doet.'

'En als we het niet willen, of zij niet?'

'Dat zal mijn beslissing zijn, niet waar.' Bray legde een verklaring af, hij stelde geen vraag. Daarna pakte hij het slablad uit zijn jaszak en opende het. Het gele stukje papier was intact, de namen vervaagd maar leesbaar. Zonder erop te kijken, herhaalde Talenjekov ze.

'Graaf Alberto Scozzi, Rome. Sir John Waverly, Londen. Prins Andrei Worosjin, St. Petersburg – de naam Rusland is eraan toegevoegd, en, natuurlijk, de stad heet nu Leningrad. Señor Manuel Ortiz Ortega, Madrid, hij is doorgehaald. Josua – we nemen aan dat het Joshua moet zijn – Appleton, staat Massachusetts, Amerika. De Spanjaard werd door de padrone in Villa Matarese gedood, dus hij maakte nooit deel uit van de raad. De overige vier zijn al lang gestorven, maar twee van hun nakomelingen zijn zeer vooraanstaand, zeer bruikbaar. David Waverly en Joshua Appleton IV. De Britse minister van buitenlandse zaken en de senator uit Massachusetts. Ik ben voor een onmiddellijke confrontatie.'

'Ik niet,' zei Bray die naar het papier keek met het kinderlijke schrift. 'Omdat we weten wie ze zijn en we niets weten over de anderen. Wie zijn hun afstammelingen? Waar zijn ze? Als er meer verrassingen zijn, laten we die dan eerst proberen te vinden. De Matarese zaak is niet beperkt tot twee mannen en deze twee in het bijzonder hebben er misschien niets mee te maken.'

'Waarom zeg je dat?'

'Alles wat ik weet over beiden schijnt iets als de Matarese beweging tegen te spreken. Waverly had wat ze in Engeland een *good war* noemen, een jonge commandant die hoog onderscheiden werd. Daarna een geweldige staat van dienst bij buitenlandse zaken. Hij is altijd een tactisch man van het compromis geweest, geen opruier, hij past er niet in... Appleton is een Bostonse Brahmaan die de klassegrenzen verwierp en een liberaal hervormer werd en driemaal in de Senaat zat. Beschermer van de arbeider én van de intellectuele gemeenschap. Hij is een glanzende ridder op een solide, politiek paard waarvan het grootste deel van Amerika denkt dat het hem volgend jaar in het Witte Huis zal brengen.'

'Is er een betere woning voor een *consigliere* van de Matarese?'

'Het is te tegenstrijdig, te passend. Ik geloof dat hij oprecht is.'

'De kunst van overtuigen... in beide gevallen misschien. Maar je hebt gelijk, ze zullen niet verdwijnen. Dus we beginnen in Leningrad en Rome en speuren wat we kunnen.'

'"U en de uwen zullen doen wat ik niet meer kan..." Dat waren de woorden die De Matarese zeventig jaar geleden gebruikte. Ik vraag me af of het zo eenvoudig is.'

'Betekent de "uwen" dat die gekozen kunnen worden, en niet door geboorte?' vroeg Talenjekov. 'Geen directe nakomelingen?'

'Ja.'

'Het is mogelijk, maar dit waren allemaal eens machtige families. De Waverly's en de Appletons zijn het nóg. Er zijn bepaalde tradities in zulke families, het bloed kruipt waar het niet gaan kan. Begin met de families. Zij zouden de aarde beërven, dat waren ook zijn woorden. De oude vrouw zei dat het zijn wraak was.'

Scofield knikte. 'Dat weet ik. Ze zei ook dat zij de enige overlevenden waren, dat ze geleid werden door een ander... dat we naar iemand anders moesten zoeken.'

'"Met een stem wreder dan de wind",' voegde de Rus eraan toe. '"Híj is het", zei ze.'

'De herdersjongen,' zei Bray en keek naar het stukje papier. 'Na al die jaren. Wie is het? Wat is hij?'

'Begin met de families,' herhaalde Talenjekov. 'Als hij te vinden is, kan dat via hen.'

'Kun jij naar Rusland terug? Naar Leningrad?'

'Gemakkelijk. Via Helsinki. Het zal een vreemde terugkeer voor me zijn. Ik ben drie jaar op de universiteit van Leningrad geweest. Daar hebben ze me gevonden.'

'Ik denk niet dat iemand je een welkomstfeest zal bereiden,' Scofield vouwde het papiertje in het slablad en deed het in zijn zak. Hij pakte een blocnote. 'Als je in Helsinki bent, logeer dan in het Tavastian-hotel tot je van me hoort. Ik zal je zeggen wie je daar moet bezoeken. Geef me een naam.'

'Rydoekov, Pietri,' antwoordde de KGB-man zonder te aarzelen.

'Wie is dat?'

'Een violist van het Sebastopols Symfonieorkest. Ik zal zijn papieren wat laten veranderen.'

'Ik hoop dat niemand je vraagt om te spelen.'

'Ernstige artritis heeft het spelen onmogelijk gemaakt.'

'Laten we onze codes uitwerken,' zei Bray en keek naar Antonia die een sigaret rookte en met een Bastiaanse soldaat praatte die naast haar stond. Ze gedroeg zich uitstekend, ze lachte beleefd maar koel en bewaarde een beschaafde afstand tussen haar en de opdringerige jongeman. Inderdaad was haar gedrag nogal elegant. Het paste niet in de havenkroeg, maar het was prettig om te zien. Te zien, mijmerde Scofield zonder verder na te denken.

'Wat denk jij dat er gebeurt,' vroeg Talenjekov en keek Bray aan.

'Ik weet het binnen achtenveertig uur,' zei Scofield.

18

De treiler naderde de Italiaanse kust. De winterzeeën waren onstuimig geweest, de tegenstromen venijnig en de boot langzaam. Het had bijna zeventien uur gekost om de tocht vanaf Bastia te maken. Het zou gauw donker zijn en een reddingsbootje zou Scofield en Antonia aan wal brengen.

Behalve om hen naar Italië te brengen waar de jacht op de familie van graaf Alberto Scozzi zou beginnen, diende de saaie, langzame reis nog een ander doel van Bray. Hij had de tijd en de gelegenheid om alleen meer te weten te komen over Antonia Gravet, want dat was haar onverwachte achternaam. Haar vader was een Franse artilleriesergeant, die tijdens de tweede wereldoorlog op Corsica gelegerd was.

'Ziet u,' had ze hem verteld en haar lippen vormden een glimlach 'mijn Franse lessen waren heel goedkoop. Ik hoefde papa alleen maar kwaad te maken, die voelde zich nooit prettig met het Italiaans van mijn moeder.'

Behalve op de ogenblikken dat haar gedachten afdwaalden naar Porto Vecchio, was er iets veranderd in haar. Ze begon te lachen, haar bruine ogen weerspiegelden die lach, helder, aanstekelijk soms bijna manisch, alsof het lachen op zichzelf een bevrijding was die ze nodig had. Scofield kon zich bijna niet voorstellen dat de jonge vrouw die naast hem zat, gekleed in kaki broek en gescheurd jasje, dezelfde vrouw was die zo somber en ontoeschietelijk was geweest. Of die bevelen had geroepen in de heuvels en de Lupo zo bekwaam had gehanteerd. Ze hadden nog een paar minuten voor ze in de reddingsboot gingen, dus vroeg hij haar naar de Lupo.

'Ik maakte een fase door, dat doen we allemaal, denk ik. Een tijd dat drastische sociale verandering alleen door geweld mogelijk schijnt. Die maniakken van de *Brigate Rosse* wisten hoe ze ons moesten bespelen.'

'De brigade? Was je bij de Rode Brigade? Goede god!'

Ze knikte. 'Ik bracht een paar weken door in een brigade-kamp in Medicina, leerde schieten, tegen muren klauteren en smokkelwaar verbergen – tussen twee haakjes, niets daarvan deed ik bijzonder goed – tot op een morgen toen een jonge student echt werd gedood bij wat de leiders een "trainingsongeluk" noemden. Een trainingsongeluk, wat een militair woord, maar ze waren geen soldaten. Alleen bruten en vechtersbazen, losgelaten met messen en vuurwapens. Hij stierf in mijn armen, het bloed stroomde uit zijn wond... zijn ogen zo bang en verward. Ik kende hem nauwelijks, maar toen hij stierf kon ik dat niet verdragen. Vuurwapens, messen en knuppels waren niet de manier. Die nacht ging ik weg en keerde terug naar Bologna. Dus wat u zag in Porto Vecchio was een houding. Het was donker en u zag niet de angst in mijn ogen.'

Hij had gelijk gehad. Ze was niet geschikt voor de barricades, er zou voor haar niet veel te lachen zijn.

'Je weet,' zei hij langzaam, 'dat we een poosje samen zullen zijn.' Er was nu geen angst in haar ogen. 'Die kwestie hebben we nog niet geregeld, hè?'

'Welke kwestie?'

'Of ik ga. U en de Rus zeiden dat ik u moest vertrouwen, doen zoals jullie doen, Corsica verlaten en niets zeggen. Nou, signore, we zijn weg van Corsica en ik heb u vertrouwd. Ik ben niet weggelopen.'

'Waarom niet?'

Antonia zweeg even. 'Angst, en dat weet u. Jullie zijn geen gewone mannen. U spreekt beschaafd, maar jullie zijn te vlug voor beschaafde mannen. Die twee dingen passen niet bij elkaar. Ik denk dat u heimelijk bent wat die gekke lui in de Rode Brigade zouden willen zijn. U maakt me bang.'

'Hield dat je tegen?'

'De Rus wilde me doden. Hij hield me goed in de gaten en hij zou me hebben neergeschoten op het moment dat hij dacht dat ik zou vluchten.'

'Eigenlijk wilde hij je niet doden en hij zou het ook niet gedaan hebben. Hij gaf alleen maar een teken.'

'Dat begrijp ik niet.'

'Dat hoeft ook niet, maar je was volkomen veilig.'

'Ben ik nu veilig? Zult u me op mijn woord geloven dat ik niets zal zeggen, en me laten gaan?'

'Waarheen?'

'Naar Bologna. Daar kan ik altijd werk krijgen.'

'Wat voor werk?'

'Niets belangrijks. Ik ben in dienst genomen als onderzoekster op de universiteit. Ik zoek vervelende statistieken op voor de professoren die vervelende boeken en artikelen schrijven.'

'Een onderzoekster?' Bray lachte in zichzelf. 'Dan moet je wel erg accuraat zijn.'

'Wat is accuraat zijn? Feiten zijn feiten. Wilt u me naar Bologna laten gaan?'

'Is het geen hele baan?'

'Het is werk dat ik leuk vind,' antwoordde Antonia. 'Ik werk wanneer ik wil, zodat ik tijd over heb voor andere dingen.'

'Je bent eigenlijk een free-lancer met een eigen zaakje,' zei Scofield vermakelijk. 'Dat is de kern van het kapitalisme, niet waar?'

'En u maakt me gek! U stelt vragen maar geeft geen antwoord op de mijne!'

'Sorry. Een beroepstrekje. Wat was je vraag?'

'Wilt u me laten gaan? Zult u me op mijn woord geloven en zult u mij vertrouwen? Of moet ik wachten op een ogenblik dat u niet kunt opletten en weglopen?'

'Dat zou ik niet doen als ik jou was,' antwoordde Bray beleefd. 'Kijk, je bent een eerlijk mens. Die kom ik niet veel tegen. Een minuut geleden zei je dat je eerder niet wegliep omdat je bang was, niet omdat je ons vertrouwde. Dat is eerlijk. Je bracht ons naar Bastia. Wees nu ook eerlijk tegen me. Wetend wat jij weet – gezien hebbend wat jij zag in Porto Vecchio – hoeveel is je woord waard?'

Midscheeps werd de reddingsboot door vier bemanningsleden over de reling gehesen. Antonia keek ernaar terwijl ze zei: 'U bent niet sportief. U weet wat ik zag en u weet wat u me vertelde. Als ik eraan denk, kan ik het wel uitschreeuwen en...' Ze maakte de zin niet af. In plaats daarvan keerde ze hem de rug toe en klonk haar stem mat. 'Hoeveel is mijn woord waard? Ik weet het niet. Dus wat blijft me over? Zult u het zijn die het schot lost en niet de Rus?'

'Ik zou je een baan aan kunnen bieden.'

'Ik wil geen werk van u.'

'Dat zullen we nog wel zien,' zei Bray.

'*Venite subito, signori. La lancia va partire.*'

De reddingsboot was te water. Scofield pakte zijn plunjezak onder zijn arm en stond op. Hij stak Antonia zijn hand toe. 'Kom. Ik heb wel met gemakkelijker mensen te maken gehad.'

Die bewering was waar. Hij zou deze vrouw kunnen doden als dat moest. Toch wilde hij proberen het niet te doen.

Waar was het nieuwe leven nu voor Beowulf Agate?

God, wat haatte hij dít leven.

Bray nam in Fiumicino een taxi. De chauffeur had eerst niet veel zin om een rit naar Rome aan te nemen, maar veranderde ogenblikkelijk van gedachte toen hij het geld in Scofields hand zag. Ze onderbraken de rit voor een korte maaltijd en kwamen nog voor acht uur in de binnenstad aan. De straten waren druk, in de winkels was het nog druk.

'Stop op die parkeerplaats,' zei Bray tegen de bestuurder. Ze stonden voor een kledingzaak. 'Wacht hier,' voegde hij eraan toe, en de opdracht was ook voor Antonia bedoeld. 'Ik raad wel naar je maat.' Hij opende het portier.

'Wat ga je doen?' vroeg ze.

'Een overgangstoestand,' antwoordde Scofield. 'Je kunt in zulke kleren niet in een nette zaak komen.'

Vijf minuten later kwam hij terug en droeg een doos met een katoenen broek, een witte bloes en een wollen jumper. 'Trek ze aan,' zei hij.

'U bent gek!'

'Bescheidenheid siert je, maar we hebben haast. De winkels gaan over een uur dicht. Ik moet bagage dragen, jij niet.' Hij wendde zich tot de chauffeur wiens ogen strak op de achteruitkijkspiegel gevestigd waren. 'Je verstaat me beter dan ik dacht,' zei hij in het Italiaans. 'Rij maar door. Ik zal wel zeggen waar je heen moet gaan.' Hij opende zijn plunjezak en haalde er een tweedjasje uit. Antonia verkleedde zich op de achterbank van de taxi en keek steeds naar Scofield. Toen ze de kaki broek uittrok en de katoenen aan, viel het licht van de straat op haar lange benen. Bray keek uit het raam en was zich bewust dat hij getroffen werd door wat hij vanuit zijn ooghoeken zag. Hij had lang geen vrouw gehad en hij zou deze niet hebben. Het was heel wel mogelijk dat hij haar zou moeten doden.

Ze trok de jumper over haar bloes aan. De ruime wollen stof verborg de welving van haar borsten niet en Scofield dwong zichzelf zijn ogen op de hare te vestigen. 'Dat is beter. Fase één is klaar.'

'U bent erg vrijgevig, maar deze dingen zou ik zelf niet gekozen hebben.'

'Over een uur kun je ze weggooien. Als iemand je iets vraagt, kom je van een vrachtboot in Ladispoli.' Hij richtte zich weer tot de chauffeur. 'Ga naar de Via Condotti. Daar reken ik af, we hebben u niet langer nodig.'

De modezaak aan de Via Condotti was duur, daar kochten de chique en rijke mensen, en het was duidelijk dat Antonia Gravet nooit in zo'n winkel was geweest. Dat was duidelijk voor Bray maar hij betwijfelde of dat voor iemand anders ook zo was. Want ze had een aangeboren smaak, niet een aangeleerde. Misschien brandde ze van verlangen bij het zien van de geëtaleerde weelde aan kleding maar ze was de beheerstheid zelf. Het was de bevalligheid die Bray had gezien in het smerige havencafé in Bastia.

'Vindt u het mooi?' vroeg ze toen ze uit een paskamer kwam in een deftige, donkere zijden jurk, met een breedgerande witte hoed op en een paar witte schoenen met hoge hakken aan.

'Heel mooi,' zei Scofield en hij bedoelde de kleren, haar en alles wat hij zag.

'Ik voel me een verraadster van alles waarin ik zo lang geloofde,' voegde ze er fluisterend aan toe. 'Van wat dit kost kunnen tien gezinnen een maand eten! Laten we ergens anders heen gaan.'

'We hebben geen tijd. Neem ze en ook een of andere mantel en alles wat je verder nodig hebt.'

'U bent werkelijk gek.'

'Ik heb haast.'

In een cel in de Via Sistina belde hij een *pensione* op de Piazza Navona waar hij vaak logeerde als hij in Rome was. De pensionhouder en zijn vrouw wisten niets anders over Scofield – ze waren niet nieuwsgierig naar hun doorgaande kamerhuurders – dan dat Bray ruime fooien gaf wanneer ze hem geriefden. De eigenaar deed dat ook die avond graag.

Het was druk op de Piazza Navona. Het was er altijd druk en het was dus een ideale plek voor een man met zijn beroep. De Berninifonteinen werkten als een magneet op zowel de stedelingen als de toeristen, de overvloedige caféterrassen waren plaatsen voor rendez-vous, volgens afspraak of spontaan. Die van Scofield waren altijd afgesproken. Een tafeltje op een druk plein was een gunstig punt om te ontdekken of je gevolgd werd. Het was nu niet nodig om zich over zulke dingen bezorgd te maken.

Nu was het alleen nodig om wat te slapen en een heldere geest te krijgen. Morgen moest er een besluit worden genomen. Over leven of dood van de vrouw aan zijn zijde, die hij over de Piazza naar een oud stenen gebouw leidde en de deur van het *pensione*. Het plafond van hun kamer was hoog, de ramen waren heel groot en zagen uit op het plein dat drie verdiepingen lager lag. Bray duwde de stijf gestoffeerde sofa tegen de deur en wees naar het bed aan de andere kant van de kamer.

'Geen van ons heeft veel slaap gehad op die verdomde boot. Rust maar wat uit.'

Antonia opende een van de dozen uit de zaak aan de Via Condotti en haalde de donkere, zijden jurk eruit. 'Waarom hebt u deze dure kleren voor me gekocht?'

'Morgen gaan we naar een paar plaatsen waar je ze nodig zult hebben.'

'Waarom gaan we daarheen? Dat moeten dan wel overdadige gelegenheden zijn.'

'Niet zo erg. Ik moet wat mensen bezoeken en ik wil dat je met me meegaat.'

'Ik wil u bedanken. Ik heb nog nooit zulke mooie kleren gehad.'

'Geen dank.' Bray ging naar het bed, haalde de sprei eraf en ging weer naar de sofa. 'Waarom ging je uit Bologna weg en naar Corsica?'

'Nog meer vragen?' zei ze kalm.

'Ik ben alleen maar nieuwsgierig, dat is alles.'

'Ik heb het u al verteld. Ik wilde een poosje weg. Is die reden niet goed genoeg?'

'Het is nauwelijks een verklaring.'

'Het is de verklaring die ík wil geven.' Ze bekeek de jurk die ze in de handen had.

Scofield sloeg de sprei over de sofa. 'Waarom Corsica?'

'U hebt dat al gezien. Het is ver weg van de bewoonde wereld, vredig. Een goede plek om na te denken.'

'Het is zéker afgelegen. Daarom is het een goede plek om je te verbergen. Verborg jij je voor iemand, of iets?'

'Waarom zegt u zulke dingen?'

'Ik moet het weten. Verborg jij je?'

'Niet voor iets dat u begrijpen kunt.'

'Vertel het dan eens.'

'Hou toch op!' Antonia hield hem de jurk voor. 'Neem uw kleren. Pak alles wat u van me wilt, ik kan u niet tegenhouden! Maar laat me met rúst.'

Bray ging naar haar toe. Voor het eerst zag hij angst in haar ogen. 'Ik denk dat je me het beter kunt vertellen. Al dat gepraat over Bologna... was gelogen. Je zou er niet meer heen gaan, zelfs als je kon. Waarom niet?'

Ze staarde hem even aan met haar glanzende, bruine ogen. Toen ze begon, wendde ze zich af en liep naar het raam dat uitzag over de Piazza Navona. 'U mag het best weten, het doet er niet langer toe... U hebt het mis. Ik kan wel terug, ze verwachten me. En als ik niet terugga, zullen ze op zekere dag naar me komen zoeken.'

'Wie?'

'De leiders van de Rode Brigade. Ik heb u op de boot verteld dat ik weggelopen ben uit het kamp in Medicina. Dat was meer dan een jaar geleden en meer dan een jaar heb ik met een leugen geleefd, groter dan die ik u vertelde. Ze vonden me en ik werd berecht door de Rode Brigade. Ze noemen het het Rode Hof van revolutionaire justitie. Doodvonnissen zijn niet alleen frasen, het zijn heel echte executies zoals nu alom bekend is.

Ik was niet geïndoctrineerd, maar ik wist wel de plaats van het kamp en was getuige geweest van de dood van de jongen. En wat het bezwarendste was: ik was weggelopen. Ik kon niet vertrouwd worden. Natuurlijk, ik was onbelangrijk vergeleken met de doelen van de revolutie. Ze zeiden dat ik bewezen had minder dan niets te betekenen. Een verraadster.

Ik zag wat er zou gebeuren en pleitte voor mijn leven. Ik beweerde dat ik de minnares van de student was geweest en dat mijn reactie – hoewel niet bewonderenswaardig – begrijpelijk was. Ik benadrukte dat ik aan niémand iets verteld had, laat staan aan de politie. Ik was even toegewijd aan de revolutie als iedereen van dat hof, zelfs meer dan de meesten, want ik kwam uit een echt arm gezin.

Op mijn manier was ik overredend, maar er was nog iets anders dat gunstig voor me was. Om dat te begrijpen moet je weten hoe zulke groepen georganiseerd zijn. Er is altijd een kader van sterke mannen en een of twee onder hen dingen naar het leiderschap, als mannetjeswolven in een roedel, snauwend, dominerend, en kiezen hun vrouwen naar willekeur, want dat hoort bij het domineren. Eén zo'n man wilde mij hebben. Hij was waarschijnlijk de gemeenste van het stel. De anderen waren bang voor hem... ik ook.

Maar hij kon mijn leven redden en ik had mijn keus gemaakt. Ik leefde meer dan een jaar met hem, met haat tegen elke dag, met verachting voor de nachten dat hij me nam, van mezelf evenzeer walgend als van hem.

Ik kon nog niets doen. Ik leefde in angst, in zo'n vreselijke angst dat de minste beweging van mijn kant verkeerd opgevat zou worden en ik door mijn hoofd geschoten zou worden... hun favoriete executiemethode.' Antonia wendde zich van het raam af. U vroeg me waarom ik niet bij u en de Rus wegliep. Misschien begrijpt u dat nu beter. De voorwaarden voor overleven waren niet nieuw voor mij. Weglopen betekende de dood, van u weglopen betekent nu de dood. Ik was een gevangene in Bologna, ik werd gevangen in Porto Vecchio... en nu ben ik een gevangene in Rome.' Ze wachtte even en zei toen: 'Ik heb genoeg van jullie allemaal. Ik hou het niet lang meer uit. Er komt een ogenblik dat ik zal weglopen... en u zult schieten.'

Ze hield hem de jurk weer voor. 'Neem uw kleren terug, signore Scofield. In een broek ben ik sneller.'

Bray bewoog zich niet en bracht ook niets door gebaar of woord tegen haar in. Hij lachte bijna, maar dat kon hij ook niet. Ik ben blij te horen dat je zin voor fatalisme geen opzettelijke zelfmoord inhoudt. Ik bedoel, je verwacht dat je zult proberen te vluchten.'

'Daar kunt u op rekenen.' Ze liet de jurk op de grond vallen.

'Ik zal je niet doden Antonia.'

Ze lachte kalm en spottend. 'O ja, dat zult u wel. U en de Rus zijn van de ergste soort. In Bologna doden ze met het vuur in de ogen terwijl ze leuzen roepen. U doodt zonder kwaad te zijn... u hebt geen innerlijke drang nodig.'

'Vroeger wel. Daar raak je overheen. Er is geen dwang, alleen noodzaak. Praat alsjeblieft niet over die dingen. De manier waarop je leefde is je uitstel van executie. Dat is alles wat je moet weten.

Ik ga geen ruzie maken met je. Ik zei niet dat ik het niet kon – of niet wilde – ik zei alleen dat ik het niet zal doen. Ik probeer je te zeggen dat je niet hoeft te vluchten.'

De vrouw fronste haar voorhoofd. 'Waarom?'

'Omdat ik je nodig heb.' Scofield bukte, raapte de jurk op en gaf hem aan haar terug. 'Alles wat ik moet doen is je te overtuigen dat jij mij nodig hebt.'

'Om mijn leven te redden?'

'Om het je terug te geven in ieder geval. In welke vorm dat weet ik niet, maar beter dan vroeger. Zonder angst uiteindelijk.'

'Uiteindelijk kan lang duren. Waarom zou ik u geloven?'

'Ik denk dat je geen keus hebt. Ik kan je geen ander antwoord geven voor ik meer weet, maar laten we beginnen met het feit dat de Brigatisti niet beperkt zijn tot Bologna. Je zei dat als je niet teruggaat, ze je zullen komen zoeken. Hun... bendes... zwerven door heel Italië. Hoe lang kun je je verbergen voor ze je vinden, als ze je zo graag willen vinden?'

'Ik zou me jarenlang hebben kunnen schuilhouden op Corsica. In Porto Vecchio. Ze zouden me nóóit vinden.'

'Dat is nu niet mogelijk, en zelfs als het dat wel was, is dat het soort bestaan dat je wilt? Je leven als een kluizenaar in die verdomde heuvels doorbrengen? De mannen die de oude vrouw vermoordden zijn niet anders dan de brigades. De een wil zijn wereldje houden – en het smerige geheim – en daarvoor zal hij doden. De ander wil de wereld veranderen – met terreur – en dáárvoor doodt hij elke dag. Geloof me, er bestaat verband tussen hen. Het verband dat Talenjekov en ik zoeken. We kunnen het maar beter vinden voor de maniakken ons allemaal overhoop schieten. Je grootmoeder zei het:

het gebeurt óveral. Verstop je niet. Help ons. Help míj.'
'Ik kan u op geen enkele manier helpen.'
'Je weet niet wat ik je ga vragen.'
'Ja, dat weet ik wel. U wilt dat ik terugga!'
'Later misschien. Nu niet.'
'Ik ga niet terug! Het zijn zwijnen. Hij is het smerigste zwijn van de wereld!'
'Help ze dan naar de andere wereld. Ruim ze uit de weg. Laat ze niet groter worden, laat ze je niet pakken, of je nu op Corsica bent of hier of ergens anders. Begrijp je het niet? Ze zullen je vinden als ze denken dat je een bedreiging voor ze bent. Wil je op die manier terug? Naar een executie?'

Antonia liep weg, maar kon niet verder dan de zware sofa die Bray voor de deur had gezet. 'Hoe zullen ze me vinden? Zult u ze helpen?'
'Nee,' zei Scofield die stil bleef staan. 'Dat is niet nodig.'
'Er zijn wel honderd plaatsen waar ik heen kan...'
'Er zijn wel duizend manieren waarop ze je kunnen opsporen.'
'Dat is een leugen!' Ze draaide zich om en keek hem aan. 'Dat kunnen ze niet.'
'Ik denk van wel. Groepen als de brigades worden overal van inlichtingen voorzien, van geld, ze kunnen beschikken over moderne apparatuur en meestal weten ze niet hoe of waarom. Ze zijn gewone soldaten en dat is de ironie, maar ze zullen je vinden.'
'Waarvoor zijn ze soldaten?'
'Voor de Matarese.
'Krankzinnig!'
'Ik wou dat het zo was, maar ik ben bang van niet. Er is te veel gebeurd dan dat het nog een samenloop van omstandigheden kan zijn. Mannen die in vrede geloofden zijn vermoord. Een staatsman die aan beide zijden werd gerespecteerd ging naar anderen en praatte erover. Hij verdween. De beweging is in Washington, Moskou... in Italië, op Corsica en god mag weten waar. Ze is er, maar we kunnen haar niet zién. Ik weet alleen dat we haar moeten vinden en dat de oude vrouw in de heuvels ons de eerste concrete inlichtingen gaf om door te gaan. Ze offerde daarvoor de rest van haar leven. Ze was blind maar zag de beweging... omdat zij erbij was toen het begon.'
'Woorden!'
'Feiten. Namen.'

Een geluid. Het maakte geen deel uit van het geroezemoes op het plein beneden, maar het klonk achter de deur. Alle geluiden waren een deel van een patroon, of een geluid op zichzelf. Dit was een apart geluid. Een voetstap, het verplaatsen van het gewicht, een kras van leer tegen steen. Bray bracht zijn wijsvinger aan zijn lippen en gebaarde Antonia om naar het linker eind van de sofa te gaan terwijl hij vlug naar rechts liep. Ze was verbijsterd, had niets gehoord. Hij wenkte haar hem te helpen de sofa van de deur weg te halen. Kalm en stil.

Dat deden ze.

Scofield beduidde haar weer naar de hoek te gaan, trok zijn Browning en hernam een normale gesprekstoon. Hij naderde langzaam de deur met zijn gezicht ervan afgekeerd.

'Het is niet te vol in de restaurants. Laten we naar Tre Scalini gaan om wat te eten. Bij god, ik zou wel wat...'

Hij trok de deur open. Er was niemand in de gang. Toch had hij zich niet vergist, wist wat hij gehoord had. Door de jaren heen had hij geleerd geen fouten te maken met zulke dingen. En de jaren hadden hem ook geleerd wanneer hij kwaad moest zijn op zichzelf om zijn eigen onvoorzichtigheid. Sinds Fiumicino was hij erg zorgeloos geweest en had hij geen rekening gehouden met de mogelijkheid dat ze gevolgd werden. Rome was een post van minder belang. Na de drukte vier jaar geleden hadden de CIA, Consular Operations en de KGB hun activiteiten er tot een minimum teruggebracht. Het was meer dan elf maanden geleden dat hij in de stad was geweest en de waarnemingslijsten van toen vermeldden geen agenten van belang die daar zouden opereren. Vooral Rome had het laatste jaar minder potentieel aan geheime diensten gekregen. Wie kon hier dan zijn?

Er was iemand en hij was gesnapt. Een paar tellen geleden was er iemand vlakbij de deur geweest en had geluisterd om een vermoeden te bevestigen. De plotselinge pauze in het gesprek had gediend om wie het ook was te waarschuwen, maar hij wás er, ergens in de schaduwen van de vierkante hal of op de trap.

Godverdomme, dacht Bray kwaad toen hij stil rondliep in het trapportaal. Was hij vergeten dat nu naar elke post op de wereld een waarschuwing was gestuurd? Hij was een voortvluchtige en hij was onzorgvuldig geweest. Waar hadden ze hem gevonden? In de Via Condotti? Bij het oversteken van de Piazza?

Hij hoorde een geruis en zelfs terwijl hij het hoorde, zei zijn instinct hem dat het te laat was om te reageren. Hij hield zijn lichaam stijf, draaide naar rechts en dook neer om de klap minder hard te doen aankomen.

Achter hem was plotseling een deur opengegooid en een gestalte die hij maar vaag zag vloog naar buiten met één arm omhoog, maar slechts een ogenblik. Hij kwam verpletterend neer, de misselijk makende bliksem van pijn schoot van zijn schedelbasis door zijn borst, drong naar beneden in zijn knieschijven waar hij tot staan kwam en de wind van instorting en duisternis veroorzaakte.

Hij knipperde met zijn ogen waarin tranen van pijn kwamen die zijn zicht belemmerden, maar op de een of andere manier een mate van verlichting boden. Hoeveel minuten had hij op de gangvloer gelegen? Hij wist het niet, maar begreep dat het niet lang was.

Hij stond langzaam op en keek op zijn horloge. Hij was ongeveer een kwartier buiten westen geweest. Als hij niet een moment voor de slag was gedraaid, zou de verstreken tijd misschien wel een uur zijn geweest.

Waarom was hij hiér? Alleen? Waar was de man die hem te pakken had genomen? Het was onzinnig! Hij was gepakt en daarna alleen gelaten. Waarom was hij dan gepakt?

Hij hoorde een gedempte roep die meteen afgebroken werd en draaide zich verwonderd in die richting. Toen was hij niet langer verbijsterd. Zíj was het. Antonia. Ze hadden háár in de gaten gekregen, niet hem.

Scofield stond op, leunde tegen het hek en zocht de vloer af om hem heen. Zijn Browning was weg, natuurlijk, en hij had geen ander wapen. Maar hij had iets anders. Zijn bewustzijn. De man die hem aangevallen had zou dat niet verwachten, die had precies geweten waar hij moest slaan met de kolf van zijn pistool. Hij zou denken dat zijn slachtoffer veel langer bewusteloos zou zijn dan deze paar minuten. Die man aan het praten krijgen zou niet moeilijk zijn.

Bray liep geruisloos naar de deur van de eenpersoonskamer en hield zijn oor tegen het hout. Het gekreun was nu duidelijker. Scherpe kreten van pijn die abrupt ophielden. Een sterke hand werd op een mond gedrukt, vingers drukten in vlees en verstikten alles behalve wat gesmoorde protesten. En er klonken woorden, gesnauwd in het Italiaans.

'Hóer! Varken! Het zou Marseille zijn! 900 000 lire! Twee, hoogstens drie weken! We stuurden onze mensen, jij was er niet. Hij was er ook niet. Geen enkele drugskoerier had ooit van je gehoord! Leugenaarster! Hoer! Waar zat je? Wat heb je gedaan!? Verraadster!'

Opeens klonk er een kreet die even plotseling ophield, de gesmoorde kreet die volgde was verzengend van de foltering. Wat gebéurde er in godsnaam? Scofield sloeg met zijn hand tegen de deur en riep alsof hij half bewusteloos was, onsamenhangend, zijn woorden onduidelijk en nauwelijks begrijpelijk.

'Hou op! Hou op! Wat ís dat? Ik kan niet... kan niet... Wacht! Ik zal naar beneden gaan! Er is politie op het plein. Ik haal de politie!'

Hij stampte met zijn voeten op de stenen vloer alsof hij hardliep, en riep steeds zachter tot het stil was. Hij drukte zijn rug tegen de muur en wachtte, luisterend naar het tumult binnen. Hij hoorde slagen en snikken van pijn.

Er klonk een plotselinge, luide dreun. Een lichaam – haar lichaam – werd tegen de deur gesmeten en daarna werd die geopend. Antonia werd er met zulk een kracht uitgeduwd dat ze voorwaarts struikelend op haar knieën viel. Wat Bray van haar zag deed hem alle reactie onderdrukken. Er was geen emotie, alleen actie... en het onvermijdelijke: hij zou het afstraffen.

De man vloog door de deur met zijn wapen voor zich uit. Scofields rechterhand schoot uit, greep het pistool terwijl hij draaide en zijn linkervoet venijnig omhoog zwaaide in de lies van de aanvaller. De man vertrok zijn gezicht van schrik en plotselinge doodsangst. Het pistool viel op de grond, metaal kletterde tegen steen. Bray greep de man bij de keel, sloeg zijn hoofd tegen de muur en draaide hem bij zijn nek naar de deuropening. Hij hield de Italiaan rechtop en sloeg met zijn vuist tegen zijn borstkas. Hij kon het bot horen breken. Hij stootte de man met zijn knie onder tegen de rug en met zijn beide handen als een beukend heiblok ramde hij hem de deur in. De Italiaan stortte over de in de weg staande sofa en viel er bewusteloos achter op de grond. Scofield draaide zich om en rende naar Antonia.

Nu mocht de reactie komen. Hij voelde zich misselijk. Haar gezicht was gekneusd: rode spinnewebachtige aderen hadden zich verspreid uit de zwellingen die veroorzaakt waren door de herhaalde slagen op het hoofd. Haar linker ooghoek was zo gebeukt dat de huid open was. Twee stroompjes bloed liepen over haar wang. De ruim zittende jumper was met geweld uitgerukt, het witte bloesje aan stukken gescheurd, er was niets over dan gerafelde stukken stof. Daaronder was van haar beha de sluiting losgetrokken, van haar borsten gerukt en hing nog aan één schouderbandje. Het vlees van dit onbedekte lichaamsdeel deed hem van weerzin kokhalzen. Er zaten brandplekken van sigaretten op, lelijke rondjes verbrande huid, vanaf haar bekken, op haar maagvlak, op de welving van haar rechterborst tot de tepel.

De man die haar dit had aangedaan, was geen ondervrager die inlichtingen zocht. Dat was een bijkomende rol. Hij was een sadist, die zo brutaal en snel mogelijk aan zijn ziekelijkheid toegaf. En Bray had nog niet helemaal met hem afgerekend.

Antonia kreunde, schudde haar hoofd en smeekte niet méér bezeerd te worden. Hij tilde haar op en droeg haar de kamer in sloeg de deur dicht en liep voorzichtig om de sofa heen, langs de bewusteloze man op de grond naar het bed. Hij zette haar voorzichtig neer, ging naast haar zitten en trok haar naar zich toe.

'Het is in orde. Het is voorbij, hij kan je niets meer doen.' Hij voelde haar tranen tegen zijn gezicht en merkte toen dat ze haar armen om hem heen geslagen had. Ze hield hem plotseling stevig vast, haar lichaam trilde. Het geroep uit haar keel was meer dan smeken om verlichting van de directe pijn. Ze smeekte om bevrijd te worden van een kwelling die heel lang diep binnen in haar was geweest. Maar het was nu niet het ogenblik om daarop in te gaan. Haar wonden moesten onderzocht en behandeld worden.

Er was een dokter op de Viale Regina en er lag ook een man op de vloer met wie afgerekend moest worden. Misschien was het onmogelijk om Antonia naar de dokter te krijgen, tenzij hij haar kon kalmeren. Afrekenen met de sadist op de vloer zou eenvoudig zijn. Het zou misschien zelfs iets opleveren. Hij zou de politie bellen vanuit een cel ergens in de stad en ze naar het *pensione* sturen. Ze zouden een man vinden met zijn wapen en een ruw teken boven zijn bewusteloze lichaam.

Brigatisti.

19

De dokter sloot de deur van de praktijkkamer. Hij sprak Engels. Hij was opgeleid in Londen en ingelijfd bij de Britse inlichtingendienst. Scofield had hem ontmoet tijdens een operatie waarbij de Consular Operations en MI-6 betrokken waren. De man was betrouwbaar. Hij vond alle geheime diensten een beetje vreemd, maar daar de Engelsen zijn laatste twee jaar op de medische faculteit hadden betaald, accepteerde hij zijn deel van de overeenkomst. Hij stond gewoon klaar om onevenwichtige mensen te helpen in een dwaze onderneming. Bray mocht hem wel.

'Ze is onder verdoving en mijn vrouw is bij haar. Ze komt over een paar minuten bij en dan kunt u gaan.'

'Hoe maakt ze het?'

'Ze heeft pijn, maar dat gaat over. Ik heb de brandwonden behandeld met een zalf die als een plaatselijk verdovingsmiddel werkt. Ik heb haar een pot vol gegeven.' De dokter stak een sigaret aan. Hij was nog niet uitgesproken. 'Er moeten een paar ijszakjes op de kneuzingen van het gezicht gelegd worden. De builen zullen morgen verdwijnen. De wonden zijn klein, er zijn geen hechtingen nodig.'

'Dan is ze in orde,' zei Scofield opgelucht.

'Nee, dat is ze niet, Bray.' De dokter blies rook uit. 'O, medisch is ze gezond en met een beetje make-up en een donkere bril kan ze morgenmiddag weer opstaan. Maar ze is niet in orde.'

'Wat bedoel je?'

'Hoe goed ken je haar?'

'Ik ken haar nauwelijks. Ik vond haar een paar dagen geleden, het doet er niet toe waar...'

'Dat interesseert me niet,' viel de dokter hem in de rede. 'Ik ben daarin nooit geïnteresseerd. Ik wil alleen dat je weet dat het vanavond niet de eerste keer was dat het haar gebeurde. Er zijn bewijzen van eerdere mishandelingen, sommige heel ernstig.'

'Goede god...' Scofield dacht meteen aan de schreeuwen van pijn die hij minder dan een uur geleden gehoord had. 'Wat voor bewijzen?'

'Littekens van veelvuldige wonden en brandwonden. Alle klein en precies op de plaatsen waar het het meest pijn doet.'

'Van de laatste tijd?'

'Van het laatste jaar ongeveer zou ik zeggen. Hier en daar is het weefsel nog zacht, betrekkelijk nieuw.'

'Heb je enig idee?'

'Ja. Tijdens een ernstig trauma praten mensen over die dingen.' De dokter zweeg en nam een trek van zijn sigaret. 'Dat hoef ik jou niet te vertellen, jij rekent erop.'

'Ga verder,' zei Bray.

'Ik denk dat ze systematisch psychisch gebroken werd. Ze bleef bepaalde woorden herhalen. Trouw aan dit en dat; loyaliteit tot de dood en ondanks foltering van zichzelf en kameraden. Dat soort vuiligheid.'

'De Brigatisti waren bemoeizieke klootzakken.'

'Wat?'

'Vergeet het maar.'

'Vergeten, maar dat mooie hoofdje van haar is erg in de war.'

'Niet zo erg als je denkt. Ze is eruitgegaan.'

'Functioneert ze normaal?' vroeg de dokter.

'Vrijwel.'

'Dat is opmerkelijk.'

'Om precies te zijn, ze is net wat ik nodig heb,' zei Scofield.

'Is dat ook een vereiste?' Het was duidelijk dat de dokter kwaad was. 'Jullie soort mensen blijven me altijd teleurstellen. De littekens van die vrouw zitten niet alleen op haar huid, Bray. Ze is als een beest behandeld.'

'Ze leeft nog. Ik zou er graag bij zijn als ze uit haar verdoving bijkomt. Mag dat?'

'Opdat je ze aan kunt pakken terwijl haar geest nog maar half leeft, en je eigen antwoorden uit haar trekken?' De dokter zweeg weer. 'Het spijt me, dat is niet míjn zaak.'

'Ik zou willen dat zij jouw zaak is als ze hulp nodig heeft. Als je het niet erg vindt.'

De dokter keek hem nadenkend aan. 'Mijn dienst beperkt zich tot medische hulp, dat weet je.'

'Ik begrijp het. Maar ze heeft niemand anders, ze komt niet uit Rome. Kan ze bij je komen... als er een van die littekens opengaat?'

De Italiaan knikte. 'Zeg haar dat ze bij me kan komen als ze medische hulp nodig heeft. Of een vriend.'

'Dank je wel. En ook bedankt voor iets anders. Je hebt sommige stukjes van een puzzel waar ik niet uit kon komen, op de goede plaats laten vallen. Ik ga nu naar binnen als dat goed is.'

'Ga je gang. Stuur mijn vrouw maar hierheen.'

Scofield raakte Antonia's wang aan. Ze lag nog op het bed, maar bij de aanraking rolde haar hoofd opzij, haar lippen gingen van elkaar en een klaaglijk protest ontsnapte aan haar keel. De dingen waren nu duidelijker. Er kwam meer zicht op de puzzel die Antonia Gravet heette. Want het was de scherpte van het beeld die ontbroken had. Hij was niet in staat geweest door de ondoorschijnende glazen wand te kijken die ze tussen zichzelf en de buitenwereld opgericht had. De commanderende vrouw uit de heuvels die zich moedig toonde zonder wezenlijke kracht en die toch een man, van wie ze dacht dat hij haar dood wilde, het hoofd kon bieden en zeggen dat hij maar moest schieten. En de kinderlijke vrouw op de treiler, doordrenkt met zeewater, die ogenblikken had dat ze aanstekelijk lachte. Het lachen had hem verward, maar nu niet meer. Het was haar manier om af en toe even te ontspannen en normaal te zijn. De boot was haar tijdelijke wijkplaats. Er kon haar niets gebeuren zolang ze op zee was en daarom had ze er het beste van gemaakt. Een mishandeld kind – of een gevangene – die een uur frisse lucht en zonneschijn mocht hebben. Pak de momenten en vind er vreugde in. Al is het maar om te vergeten. Die korte ogenblikken.

Een gelittekende geest deed zo. Scofield had te vaak beschadigde geesten gezien om het syndroom niet te herkennen toen hij eenmaal de littekens begreep. De dokter had het als volgt uitgedrukt: 'Dat mooie hoofdje van haar is erg in de war.' Wat kon je anders verwachten? Antonia Gravet had een eeuwigheid doorgebracht in een doolhof van pijn. Dat er nog meer dan een vegeterend wezen was overgebleven, was niet alleen verwonderlijk... het was een teken dat ze een beroeps was.

Vreemd, dacht Bray, maar die conclusie was het grootste compliment dat hij kon geven. Hij vond het eigenlijk misselijk.

Ze deed haar ogen open, knipperde van angst, haar lippen trilden. Daarna scheen ze hem te herkennen, de angst werd minder en het trillen hield op.

'*Grazie*,' fluisterde ze. 'Dank u, dank u, dank u...'

Hij boog zich over haar heen. 'Ik weet het meeste,' zei hij kalm. 'De dokter heeft me verteld wat ze met je gedaan hebben. Vertel me nu de rest. Wat gebeurde er in Marseille?'

Er welden tranen in haar ogen en ze begon weer te trillen. 'Nee! Nee, u moet me niets vragen!'

'Alsjeblieft. Ik moet het weten. Ze kunnen je niets doen, ze zullen je nooit meer aanraken.'

'U hebt gezien wat ze doen! O god, die pijn...'

'Het is voorbij.' Hij veegde met zijn vingers de tranen weg. 'Luister naar me. Ik begrijp het nu. Ik zei domme dingen tegen je omdat ik het niet wist. Natuurlijk wilde je weggaan, wegblijven, jezelf afzonderen, je terugtrekken van de hele mensheid, God nog aan toe, dat begrijp ik. Maar zie je, dat kun je niet. Help ons ze tegen te houden. Help mij ze tegen te houden. Ze hebben je zoveel aangedaan... laat ze ervoor betalen, Antonia. Godverdomme, word kwáád. Als ik zie wat ze met jou gedaan hebben, word ik duivels!'

Hij wist niet wat het was. Misschien het feit dat hij bezorgd was, want dat was hij en hij probeerde zijn bezorgdheid niet te verbergen. Het was iets in zijn ogen, in zijn woorden, hij wist het. Wat het ook was, de tranen hielden op, haar bruine ogen glansden als toen op de treiler. Kwaadheid en vastberadenheid kwamen naar boven. Ze vertelde de rest van haar verhaal.

'Ik moest de drughoer zijn,' zei ze. 'De vrouw die met de koerier mee reisde, haar ogen openhield en haar lichaam te allen tijde beschikbaar stelde. Ik moest met mannen naar bed – of vrouwen, dat maakte niets uit – en de dingen doen die zij wensten.' Antonia huiverde, de herinneringen maakten haar misselijk. 'De drughoer is waardevol voor de koerier. Zij kan dingen die hij niet kan, dienen om om te kopen en als lokaas en onverdachte waakhond. Ik werd... opgeleid. Ik liet ze denken dat ik geen weerstand over had. Mijn koerier werd aangewezen, een vuilspuitend beest die er niet op kon wachten me te nemen, want ik was de favoriet van de sterksten geweest. Het gaf hem status. Ik was kotsmisselijk van wat me te wachten stond, maar ik telde de uren en wist dat elk uur me dichter bracht bij dat waarvan ik maandenlang gedroomd had. Mijn smerige koerier en ik werden naar La Spezia gebracht, waar we aan boord van een vrachtschip werden gesmokkeld. Onze bestemming was Marseille en de contactpersoon degene die de drugsmokkelroute uitzette.

De koerier kon niet wachten en daar was ik niet op voorbereid. We werden in een voorraadruimte onder het dek gestopt. Het schip zou pas over een uur uitvaren, dus zei ik tegen het zwijn dat we misschien beter konden wachten en niet het risico lopen dat er iemand binnen zou komen. Maar dat wilde hij niet en ik wist dat hij niet wachten zou, anders zou ik hem geprovoceerd hebben. Want elke minuut was kostbaar voor me. Ik wist dat ik niet naar zee kon gaan. Als ik daar eenmaal zou zijn, was wat mij restte van mijn leven voorbij. Ik had mezelf iets beloofd. Ik zou 's nachts in het water springen en in vrede sterven, liever dan naar Marseille gaan waar de verschrikking opnieuw zou beginnen. Maar het was niet nodig...'

Antonia zweeg, de pijn van de herinnering kneep haar keel dicht. Bray nam haar hand en hield die in de zijne. 'Ga door,' zei hij. Ze moest het vertellen. Het was het laatste moment dat ze op de een of andere manier onder ogen moest zien en uitbannen. Hij voelde het als betrof het hemzelf.

'Het zwijn trok mijn jas uit en rukte de bloes van mijn borst. Het deed er niet toe of ik ze uit wilde doen of niet. Hij moest zijn stierenkracht tonen, hij moest verkrachten, want hij nam – hem werd niet gegeven. Hij scheurde mijn rok van mijn middel tot ik naakt voor hem stond. Als een maniak trok hij zijn eigen kleren uit en ging onder het licht staan, ik veronderstel dat ik onder de indruk moest komen van zijn naaktheid.

Hij greep mijn haar vast en dwong me op de knieën... tot zijn middel... en ik werd zo misselijk als ik nog nooit was geweest. Maar ik wist dat de tijd kwam, dus sloot ik mijn ogen en speelde mijn rol en dacht aan de mooie heuvels van Porto Vecchio waar mijn grootmoeder woonde... waar ik de rest van mijn leven kon wonen.

Het gebeurde. De koerier wierp zich op me.

Ik zorgde ervoor dat we dichter bij de kabelrol kwamen, riep wat mijn verkrachter horen wilde en ging met mijn hand langzaam naar het midden van de rol. Mijn ogenblik was gekomen. Ik had een mes meegenomen – een gewoon tafelmes dat ik op een steen geslepen had – en ik schoof het in de kabelrol. Ik raakte het handvat aan en dacht weer aan de mooie heuvels van Porto Vecchio. En terwijl die schoft naakt op me lag, hief ik het mes achter hem en stootte hem in de rug. Hij schreeuwde en probeerde overeind te komen, maar de wond was te diep. Ik trok het mes eruit en liet het weer neerkomen, en weer, en nog eens... en, o moeder Gods, weer, en nog eens! Ik kon niet ophouden met doden!'

249

Het was eruit en nu huilde ze onbeheerst. Scofield hield haar hand vast, streelde haar haar en zei niets, want er was niets te zeggen dat de pijn kon verzachten. Tenslotte kwam de zelfbeheersing waartoe ze zichzelf dwong terug.

'Het móest gebeuren. Dat begrijp je toch, niet waar?' vroeg Bray.
Ze knikte. 'Ja.'
'Hij verdiende niet langer te leven, begrijp je dat, of niet?'
'Ja.'
'Dat is de eerste stap, Antonia. Je moet leren accepteren. We zijn niet bij een rechtbank waar juristen kunnen discussiëren over filosofieën. Voor ons is dat kletskoek. Het is oorlog en je doodt, omdat als je het niet doet, iemand anders jou doodt.'
Ze ademde diep. Haar ogen dwaalden over zijn gezicht, haar hand nog in de zijne. 'U bent een vreemde man. U zegt de juiste woorden, maar ik heb het gevoel dat u ze niet graag zegt.'
'...Nee, ik hou niet van wat ik ben. Ik heb het leven niet gekozen, het overviel me. Ik ben in een tunnel, diep in de aarde, en ik kan er niet uit. De juiste woorden zijn een troost. En die heb ik meestal nodig om niet gek te worden.'
Bray kneep in haar hand. 'Wat gebeurde er daarna?...'
'Nadat ik de koerier gedood had?'
'Nadat je het beest had doodgemaakt dat jou verkrachtte, dat jou gedood zou hebben.'
'*Grazie ancora*,' zei Antonia. 'Ik trok zijn kleren aan, rolde de broekspijpen op, duwde mijn haar onder de pet en vulde het ruime jasje op met wat er over was van mijn kleren. Ik zocht mijn weg naar het dek. De lucht was donker, maar er was licht op de pier. Dokwerkers liepen de loopplank op en af en droegen dozen als een leger mieren. Het was eenvoudig. Ik ging ertussen en liep het schip af.'
'Heel goed,' zei Scofield en dat meende hij.
'Het was niet moeilijk. Behalve toen ik voet aan wal zette.'
'Waarom? Wat was er?'
'Ik wilde gillen. Ik wilde schreeuwen en lachen en de pier afrennen en tegen iedereen roepen dat ik vrij was. Vrij! De rest was makkelijk. De koerier had geld gekregen, het zat in zijn broekzak. Het was meer dan genoeg om in Genua te komen, waar ik kleren kocht en een kaartje voor het vliegtuig naar Corsica. Ik was de volgende middag in Bastia.'
'En van daar naar Porto Vecchio?'
'Ja. Vrij!'
'Dat nou niet bepaald. Bij god, de gevangenis was anders, maar je was nóg een gevangene. Die heuvels waren je cel.'

Antonia wendde haar blik af. 'Ik zou daar voor de rest van mijn leven gelukkig zijn geweest. Sinds ik een kind was, hield ik van het dal en de bergen.'

'Bewaar je herinneringen,' zei Bray. 'Probeer niet terug te gaan.'

Ze keek hem weer aan. 'U zei dat ik op zekere dag weer zou kunnen! Die mannen zouden moeten betalen voor wat ze deden! U hebt dat zelf toegegeven!'

'Ik zei dat ik het hoopte. Misschien gebeurt het, maar laat anderen dat werk doen, niet jij. Je zult een kogel door je hoofd krijgen als je in het heuvelland komt.' Scofield liet haar hand los en veegde de donkere lokken weg die over haar wang waren gevallen toen ze zich zo plotseling tot hem wendde. Hij was ergens ongerust over, maar hij wist niet wat het was. Er ontbrak iets, er was een groot stuk overgeslagen, een flinke sprong gemaakt. 'Ik weet dat het niet behoorlijk is om je te vragen erover te praten, maar het is me duister. Die drugroutes... hoe worden die geregeld? Je zegt dat er een koerier wordt gekozen, een vrouw aangewezen om met hem mee te gaan en beiden ontmoeten een contactpersoon op een bepaalde plaats?'

'Ja. De vrouw draagt een bepaald kledingstuk en de contactpersoon benadert eerst haar. Hij betaalt een uur van haar tijd en ze gaan samen weg. De koerier volgt. Als er iets gebeurt, zoals tussenkomst van de politie, beweert de koerier dat hij de *mezzano* is van het meisje... de koppelaar.'

'Dus de contactpersoon en de koerier ontmoeten elkaar door middel van de vrouw. Worden de verdovende middelen dan afgeleverd?'

'Dat denk ik niet. U weet dat ik nooit een echte tocht heb gemaakt, maar ik geloof dat de contactpersoon alleen het distributieschema opstelt. Waar de drugs heen gebracht moeten worden en wie ze moet ontvangen. Daarna stuurt hij de koerier naar een bron en gebruikt de hoer daarbij weer als bescherming.'

'Dus als er een arrestatie van komt, wordt de... hoer... gepakt?'

'Ja. Narcoticaspeurders besteden niet veel aandacht aan zulke vrouwen. Ze laten die weer gauw vrij.'

'Maar de bron is onbekend, de schema's zijn er en de koerier is beschermd...' Wat wás het? Bray keek naar de muur en probeerde de feiten te ordenen en het ontbrekende te ontdekken dat hem zo hinderde. Zat het in het patroon?

'De meeste risico's...' herhaalde Scofield. 'Tot een minimum gereduceerd?'

'Niet allemaal natuurlijk, maar heel veel. Het is heel goed georganiseerd. In elke fase is een ontsnappingsmiddel ingebouwd.'

'Georganiseerd? Ontsnapping?...' Georganisééérd! Dat was het. Minimale risico's, maximaal gelukte zendingen. Het was het patroon, het héle patroon. Hij ging terug naar het begin... naar het ontwerp zelf. 'Antonia, zeg eens, waar kwamen de contactpersonen vandaan? Hoe kwamen ze om te beginnen met de brigades in aanraking?'

'De brigades verdienen hun geld voor een groot deel uit verdovende middelen. De drugmarkt is de voornaamste bron van inkomsten.'

'Maar hoe begon het? Wanneer?'

'Een paar jaar geleden, toen de brigades begonnen uit te breiden.'

'Het gebeurde niet zomaar. Hoe gebeurde het?'

'Ik kan alleen zeggen wat ik gehoord heb. Er kwam een man bij de leiders van wie sommige in gevangenschap waren. Hij vertelde hun dat ze hem op moesten zoeken als ze weer vrij kwamen. Hij kon hun vertellen hoe ze veel geld konden verdienen zonder de grote risico's die roof en ontvoering met zich meebrachten.'

'Met andere woorden,' zei Scofield die net zo snel dacht als hij sprak, 'hij bood hun aan hen op een betere manier van geld te voorzien met minder inspanning. Groepjes van twee gingen er drie of vier weken op uit – en kwamen terug met zoiets als negen miljoen lire. 70 000 dollar voor een maand werk. Minimaal risico, maximale verdienste. Heel weinig mensen erbij betrokken.'

'Ja. In het begin kwamen de contacten van hem, van die man. Zij op hun beurt leidden naar anderen. Zoals u zei, er zijn niet veel mensen voor nodig en ze brengen grote sommen geld binnen.'

'Dus de brigades kunnen zich concentreren op hun echte roeping,' vulde Bray bitter aan. 'Het vernietigen van de maatschappelijke orde. In één woord: terrorisme.' Hij stond op van het bed. 'De man die bij de leiders in de gevangenis kwam, bleef hij met hen in contact?'

Ze fronste haar voorhoofd. 'Nogmaals, ik kan alleen zeggen wat ik gehoord heb. Na de tweede ontmoeting is hij nooit meer gezien.'

'Dat zal wel niet. Elke transactie is altijd via vijf mensen vanaf de bron... Een meetkundige reeks, er is geen spoor te ontdekken. Zo doen ze dat.'

'Wie?'

'De Matarese mannen.'

Antonia staarde hem aan. 'Waarom zegt u dat?'

'Omdat het de enige verklaring is. Serieuze drughandelaren zouden niet in contact willen komen met maniakken als die van de Rode Brigades. Ze hebben de toestand goed geregeld, een charade die opgezet is om terrorisme te financieren, zodat de Matarese beweging door kan gaan de wapens en het moorden te betalen. In Italië zijn het de Rode Brigades, in Duitsland de Baader-Meinhofgroep, in Libanon de PLO, in Amerika de Minutemen en de Weathermen, de Ku Klux Klan en de JDL en al die verdomde idioten die banken opblazen, laboratoria en ambassades. Ze worden allemaal verschillend en in het geheim gefinancierd. Het zijn allemaal Matarese pionnen – maniakale pionnen, en dat is het angstige. Hoe langer ze gesteund worden, des te groter worden ze, en hoe groter ze worden, hoe meer kwaad ze stichten.' Hij pakte haar hand.

'Je bent er nu van overtuigd, niet waar? Dat het gebeurt.'

'Nu meer dan ooit. Je hebt me net laten zien hoe een klein deel van het geheel wordt gemanipuleerd. Ik wist – of dacht te weten – dat er gemanipuleerd werd, maar ik wist niet hoe. Nu wel en het is niet erg moeilijk je de variaties voor te stellen. Het is een guerrillastrijd met duizend slagvelden die geen van alle bepaald zijn.'

Antonia hief zijn hand op alsof ze zich ervan wilde verzekeren dat hij er was en vrijuit werd gegeven. Haar donkere ogen richtten zich op de zijne en plotseling vroeg ze: 'U praat alsof het iets nieuws voor u is, deze oorlog. Dat is toch zeker niet zo. U bent een inlichtingenofficier...'

'Dat wás ik,' corrigeerde Bray. 'Nu niet meer.'

'Dat verandert niets aan wat u weet. U zei net tegen me dat je sommige dingen moet accepteren, dat rechtbanken en *avvocati* geen rol spelen, dat je doodt om niet zelf gedood te worden. Is deze oorlog dan zo anders?'

'Meer dan ik uit kan leggen,' antwoordde Scofield die naar de witte muur keek. 'Wij waren beroeps en er waren regels – de meeste van onszelf, de meeste ruw, maar er waren regels en we hielden ons eraan. We wisten wat we deden, niets was doelloos. Ik denk dat je kunt zeggen dat we wisten tot hoe ver we konden gaan.'

Hij wendde zich weer tot haar. 'Dit zijn wilde beesten die op straat losgelaten worden. Zij hebben geen regels. Ze weten niet van ophouden en degenen die hun betalen, zullen hun niets te weten laten komen. Bedrieg jezelf niet, ze zijn in staat om regeringen te verlammen...'

Bray werd zich bewust van wat hij zei, zijn stem stierf weg. Hij hoorde zijn eigen woorden en ze verbaasden hem. Hij had het gezegd. In één enkele zin had hij het gezegd! Het was er steeds en hij noch Talenjekov had het gezien! Ze waren er dichtbij geweest, er omheen, hadden woorden gebruikt die het bijna beschreven, maar ze hadden het niet duidelijk gezien...

Ze zijn in staat om regeringen te verlammen...

Als de verlamming zich uitbreidt, is er geen enkel bestuur meer.

functioneert er niets meer. Er wordt een vacuum geschapen voor een macht die níet verlamd is, om in de plaats te treden en het bestuur over te nemen.

... U zult de aarde beërven. U zult het uwe terugkrijgen... Andere woorden, gesproken door een gek, zeventig jaar geleden. Toch waren die woorden niet politiek, ze waren eigenlijk apolitiek. Ze sloegen ook niet op de gegeven grenzen, geen enkele nationaliteit zou overheersen. In plaats daarvan werden ze gericht tot een raad, een groep mannen die door een gemeenschappelijke band gebonden waren. Maar die mannen waren dood. Wie waren het nu? En wat bond hen samen? Nú. Vandáág.

'Wat is er?' vroeg Antonia die de gespannen uitdrukking op zijn gezicht zag.

'Er is een tijdschema,' zei Bray en zijn stem was bijna fluisterend. 'Het is gearrangeerd. Het terrorisme neemt elke maand toe, alsof het volgens schema gaat. Blackburn, Joerjevitsj... dat waren voorproefjes om de reactie van de hoogste niveaus uit te lokken. Winthrop liet zijn waarschuwingen horen in die kringen en hij moest tot zwijgen gebracht worden. Het klopt allemaal.'

'En u praat tegen uzelf. U houdt mijn hand vast, maar u praat tegen uzelf.'

Scofield keek haar aan en kreeg weer een ingeving. Hij had twee verbazingwekkende verhalen gehoord van twee opmerkelijke vrouwen. Beide verhalen wortelden in geweld, evenals beide vrouwen gebonden waren aan de gewelddadige wereld van Guillaume de Matarese. De stervende Istrebiteli in Moskou zei dat het antwoord op Corsica te vinden zou kunnen zijn. Dat was niet zo, maar de eerste sleutels tot dat antwoord wél. Zonder Sophia Pastorine en Antonia, de maîtresse en de nakomeling, was er niets. Beiden hadden ze op hun eigen manier verrassende openbaringen geleverd. Het raadsel de Matarese bleef nog een raadsel, maar het was niet langer onverklaarbaar. Het had gestalte, het had doel. Mannen verbonden door een gemeenschappelijke zaak, wier doel het was om regeringen te verlammen en de leiding over te nemen... de aarde te beërven.

Daarin lag de mogelijkheid voor een ramp: diezelfde aarde kon vernietigd worden tijdens het erfenisproces.

'Ik praat tegen mezelf,' gaf Bray toe, 'omdat ik van gedachte veranderd ben. Ik zei dat ik wilde dat je me hielp, maar je hebt genoeg doorstaan. Er zijn anderen en ik zal ze vinden.'

'Juist.' Antonia steunde op haar ellebogen op het bed en kwam overeind. 'Dus dat is het, u hebt me niet langer nodig?'

'Nee.'

'Waarom kwam ik eigenlijk in aanmerking?'

Scofield zweeg even voor hij antwoord gaf. Hij vroeg zich af of ze de waarheid zou accepteren. 'Je had gelijk toen, het was het een of het ander. Je in dienst nemen of je doden.'

Antonia rilde. 'Maar is dat niet meer zo? Is het niet nodig om me te doden?'

'Nee. Dat zou doelloos zijn. Jij vertelt niets. Je hebt niet gelogen en ik weet wat je doorgemaakt hebt. Je wilt niet terug, je zou jezelf liever van kant maken dan naar Marseille te gaan. Dat denk ik.'

'Wat moet er van me worden?'

'Je hield je schuil toen ik je vond en ik stuur je wéér naar een schuilplaats. Ik zal je geld geven. Morgenochtend krijg je papieren en vlieg je van Rome naar een plaats ergens ver weg. Ik zal een paar brieven schrijven. Die geef je aan de mensen af die ik je noem. Je zult het goed hebben.' Bray zweeg even. Hij kon het niet laten, raakte haar gezwollen wang aan en streek een haarlok opzij. 'Misschien vind je zelfs een ander dal in een gebergte, Antonia. Even mooi als dat wat je verliet, maar met één verschil. Daar zul je geen gevangene zijn. Niemand uit dit wereldje zal je ooit weer lastig vallen.'

'U ook niet, Brandon Scofield?'

'Nee.'

'Dan had u me beter kunnen doden.'

'Wat?'

'Ik ga niet weg! U kunt me niet dwingen, u kunt me niet wegsturen omdat dat beter uitkomt... of nog erger, omdat u medelijden met me hebt!' Antonia's donkere Corsicaanse ogen schitterden weer. 'Welk recht hebt u? Waar was u toen die verschrikkelijke dingen gebeurden? Met mij, niet met u. Neem niet zulke beslissingen voor mij! Dood me dan liever eerst!'

'Ik wil je niet doden... ik hoef het niet. Je wilde vrij zijn, Antonia. Neem de vrijheid. Wees niet zo verdomd dwaas.'

'U bent dwaas! Ik kan u helpen zoals niemand dat zou kunnen!'

'Hoe? De koeriershoer?'

'Als dat nodig is, ja! Waarom niet?'

'Waarom in 's hemelsnaam?'

Het meisje was onbuigzaam. Haar antwoord klonk rustig: 'Om wat u zei...'

'Dat weet ik,' onderbrak Scofield. 'Ik zei dat je kwaad moest worden.'

'Er is nóg iets. U zei dat over de hele wereld mensen die ergens in geloven – velen zonder het te weten, velen kwaad en opstandig – door anderen gemanipuleerd worden, aangemoedigd tot geweld en moord. Nou, ik heb iets gezien van dingen waarin geloofd wordt. En die mensen zijn niet allemaal onwetend en niet allemaal beesten. Er zijn er onder ons die deze oneerlijke wereld willen veranderen en het is ons recht dat te proberen! En niemand heeft het recht hoeren en moordenaars van ons te maken. U noemt deze manipulators de Matarese raad. Ik zeg u dat ze rijker en machtiger zijn, maar niet beter dan de brigades die kinderen doden en leugenaars en moordenaars maken van mensen als ik! Ik zal u helpen. Ik wil niet weggestuurd worden!'

Bray keek haar aandachtig aan. 'Jullie zijn allemaal hetzelfde,' zei hij. 'Jullie kunnen het niet laten om toespraken te houden.' Antonia lachte. Het was een zure lach, innemend en toch verlegen. 'Meestal is dat het enige wat we kunnen.' De glimlach verdween en maakte plaats voor een droefheid waarvan Scofield niet wist of hij die begreep. 'Er is nog meer.'

'Wat dan?'

'U. Ik heb u geobserveerd. U bent een man met veel verdriet. Het ligt zo duidelijk op uw gezicht als de tekens op mijn lichaam. Maar ik weet nog dat ik gelukkig was. U ook?'

'Dat doet er niet toe.'

'Ik vind van wel.'

'Waarom?'

'Ik zou kunnen zeggen dat u mijn leven gered hebt en dat zou genoeg zijn, maar dat leven was niet veel waard. U hebt me iets anders gegeven: een reden om uit de heuvels weg te gaan. Ik had nooit gedacht dat iemand dat zou kunnen. U bood me net de vrijheid, maar u bent te laat. Die heb ik al: u hebt hem mij gegeven. Ik adem weer. Dus bent u belangrijk voor mij. Ik wou dat u zich herinnerde wanneer u gelukkig was.'

'Is dat de koeriers... vrouw die spreekt?'

'Het is geen hoer. Dat is ze nooit geweest.'

'Neem me niet kwalijk.'

'Het geeft niet, het mag gezegd worden. En als dat de beloning is die u wilt, neem hem dan. Ik zou denken dat er nog andere zijn.'

Bray voelde plotseling pijn. Het ongekunstelde van haar aanbod ontroerde hem, bezeerde hem. Ze was gekwetst en hij had haar ook weer pijn gedaan en hij wist waarom. Hij was bang, hij gaf de voorkeur aan hoeren, wilde niet naar bed met iemand om wie hij iets gaf – het was beter om je een gezicht of stem niet te herinneren. Je kon veel beter diep weggedoken blijven, dat had hij al zo lang gedaan. En nu wilde deze vrouw hem te voorschijn trekken. Hij was bang.

'Onthoud de dingen die ik je leer, dat is beloning genoeg.'

'U laat me dus blijven?'

'Je zei net dat ik daar niets aan kon doen.'

'Dat meende ik.'

'Dat weet ik. Ik zie het aan je gezicht.'

'Waarom zijn we in Rome? Vertelt u me dat nu?'

Bray wachtte even en knikte. 'Waarom niet? Om te weten te komen wat er over is van een familie genaamd Scozzi.'

'Is dat een van de namen die mijn grootmoeder u gaf?'

'De eerste. Ze kwamen uit Rome.'

Ze zijn nog in Rome,' zei Antonia alsof ze over het weer praatte. 'Tenminste één tak van de familie, en niet ver buiten de stad.'

Verbaasd keek Scofield haar aan. 'Hoe weet je dat?'

'Van de Rode Brigades. Ze ontvoerden een neef van de Scozzi-Paravacini's van een landgoed bij Tivoli. Zijn wijsvinger werd afgesneden en naar de familie gestuurd met de eis voor losgeld.'

Scofield herinnerde zich de krantenverhalen. De jongeman was losgelaten, maar Bray wist niet meer de naam Scozzi, alleen Paravacini. Maar hij herinnerde zich iets anders: er was nooit losgeld betaald. De onderhandelingen waren intensief geweest: een jong leven in de waagschaal. Maar er was iets mislukt: verraad. De neef werd bevrijd door een bang geworden ontvoerder, meerdere Brigatisti werden vervolgens gedood, in een hinderlaag geleid door een verrader.

Had een van hun onbekende helpers de Rode Brigades een lesje geleerd?

'Was jij erbij betrokken?' vroeg hij. 'Op een of andere wijze?'

'Nee, ik was in het kamp in Medicina.'

'Heb je iets afgeluisterd?'

'Heel wat. Het gesprek ging voornamelijk over verraders en op welke wrede manieren ze gedood moesten worden om ze als voorbeeld te stellen. De leiders praatten altijd zo. Bij de ontvoering van Scozzi-Paravacini was het erg belangrijk voor ze. De verrader was omgekocht door de fascisten.'

'Wat bedoel je met fascisten?'

'Een bankier die de Scozzi's jaren geleden vertegenwoordigde. De Paravacini-geldmannen gaven toestemming tot betaling.'

'Hoe bereikte hij hem?'

'Als het om veel geld gaat, zijn er wel wegen. Niemand weet het echt.'

Bray stond op van het bed. 'Ik zal je niet vragen hoe je je voelt, maar ben je klaar om hier weg te gaan?'

'Natuurlijk,' antwoordde ze en huiverde toen ze haar lange benen over de rand van het bed zwaaide. De pijn stak haar en ze ademde vlug. Ze bleef even stil zitten. Scofield hield haar bij de schouders. Weer kon hij het niet laten en raakte hij haar gezicht aan. 'De achtenveertig uur zijn om,' zei hij zacht. 'Ik zal Talenjekov in Helsinki telegraferen.'

'Wat betekent dat?'

'Dat betekent dat je leeft en gezond en wel in Rome bent. Kom, ik zal je helpen aankleden.'

Ze legde haar vingers op zijn hand. 'Als je dat gisteren had voorgesteld, weet ik niet wat ik gezegd had.'

'Wat zeg je nu?'

'Help me.'

20

Er was een duur restaurant aan de Via Frascati, van de drie gebroeders Crispi. De oudste leidde het etablissement met de oplettendheid van een volleerde dief en de ogen van een hongerige jakhals, beide verborgen achter een engelachtig gezicht, een snelle, bruisende man. De meesten die op het fluweel van Romes *dolce vita* zaten, aanbaden Crispi, want hij was altijd vol begrip en discreet. De discretie was belangrijker dan zijn sympathie. Via hem gingen boodschappen tussen mannen en hun maîtresses, vrouwen en hun minnaars, de verleiders en de verleiden. Hij was een rots in de zee van frivoliteit, en de frivole kinderen van alle leeftijden hielden van hem.

Scofield gebruikte hem. Vijf jaar geleden, toen de NATO problemen kreeg in Italië, had hij Crispi in zijn greep genomen. De restaurateur was een willig werktuig geweest.

Crispi was een van degenen die Bray had willen spreken voordat Antonia hem verteld had over de Scozzi-Paravacini's en nu was dat geboden. Als iemand in Rome licht kon werpen over een aristocratische familie als de Scozzi-Paravacini's, dan was het wel de overdreven hartelijke kroonprins van de dwaasheid Crispi. Ze zouden lunchen in het restaurant aan de Via Frascati.

Een vroege lunch voor Rome, overwoog Scofield, die zijn koffie neerzette en op zijn horloge keek.

Het was nog maar net twaalf uur. De zon die door het raam scheen, verwarmde de zitkamer van de hotelsuite, de geluiden van het verkeer klonken op van de Via Veneto beneden. De dokter was in het Excelsior geweest en had er kort na middernacht zijn maatregelen getroffen. Hij had de bedrijfsleider vertrouwelijk meegedeeld dat een rijke patiënte plotseling een discreet onderkomen moest hebben. Bray en Antonia waren opgewacht bij de dienstingang en met de servicelift naar de achtste verdieping gebracht.

Hij had een fles cognac besteld en had Antonia drie keer achter elkaar ingeschonken. De uitwerking van de alcohol, de medicijnen, de pijn en de spanning samen hadden haar in een toestand gebracht die naar hij wist het best was: slaap. Hij had haar naar de slaapkamer gebracht, uitgekleed en in bed gestopt, haar gezicht aangeraakt en de drang weerstaan die hem naast haar wilde brengen. Op weg terug naar de bank in de zitkamer had hij zich de kleren herinnerd van de Via Condotti. Hij had ze in zijn plunjezak gestopt voordat ze het *pensione* verlieten. Voor de witte hoed was deze verpakking het slechtst, maar de zijden jurk was minder gekreukt dan hij gedacht had. Hij had hem opgehangen voordat hij zelf ging slapen.

Hij was om tien uur opgestaan en naar beneden gegaan naar de winkeltjes in de hal om een vleeskleurige make-up-basis te kopen die Antonia's kneuzingen zou bedekken, en een Gucci-zonnebril die verbazend veel leek op de ogen van een sprinkhaan. Hij had ze bij de kleren op de stoel naast het bed achtergelaten.

Ze had ze een uur geleden gevonden. De jurk was het eerste geweest dat ze gezien had toen ze haar ogen opendeed.

'Je bent mijn persoonlijke *fanciulla*!' had ze tegen hem geroepen. 'Ik ben een prinses uit een sprookje en mijn kamermeisjes bedienen me! Wat zullen mijn socialistische vrienden wel denken!'

'Dat jij iets weet wat zij niet weten,' had Bray geantwoord. 'Ze zouden Marx op willen hangen om te kunnen ruilen met jou. Drink een kop koffie en kleed je aan. We gaan lunchen met een volgeling van de Medici's. Je zult zijn politiek waarderen.'

Ze was zich nu aan het kleden en neuriede stukjes van een wijsje dat klonk als een Corsicaans zeeliedje. Ze was weer wat bij haar positieven gekomen en scheen zich vrij te voelen. Hij hoopte dat het zo zou blijven. Er was geen garantie voor. De jacht zou zich snel richten op het restaurant aan de Via Frascati en zij hoorde er nu ook bij.

Het neuriën hield op en maakte nu plaats voor het geluid van hooggehakte schoenen die over de marmeren vloer gingen. Ze stond in de deuropening en de pijn keerde terug in Scofields borst. Haar aanblik ontroerde hem en hij voelde zich vreemd hulpeloos. Nog vreemder: even wilde hij haar alleen maar horen praten luisteren naar haar stem, alsof het horen daarvan op de een of andere manier haar onmiddellijke aanwezigheid zou bevestigen. Maar ze zei niets. Ze stond daar, lieflijk en kwetsbaar een groot kind dat goedkeuring zoekt, wrevelig omdat ze voelde dat ze die moest zóeken. De zijden japon had een dieprode tint die paste bij haar huid, gebronsd door de Corsicaanse zon. De grote, brede hoed omlijstte haar hoofd half met wit, de andere helft werd omkranst door haar lange donkerbruine haar. Het Franse en Italiaanse bloed hadden zich gemengd in Antonia Gravet en het resultaat was treffend.

'Je ziet er prachtig uit,' zei Bray die van zijn stoel opstond.

'Bedekt de make-up de plekken op mijn gezicht?'

'Ik dacht er niet eens aan, dus dat moet wel.' In zijn pijn had hij er niet aan gedacht. 'Hoe voel je je?'

'Ik weet het niet. Ik geloof dat de cognac evenveel schade deed als de Brigatisti.'

'Er is een remedie. Een paar glazen wijn.'

'Dat denk ik niet, dank je wel.'

'Zo je wilt. Ik haal je mantel, die hangt in de kast.' Hij liep de kamer in, maar bleef staan toen hij haar zag rillen. Je bent niet in orde, wel? Je hebt pijn.'

'Nee echt niet. Ik voel me best. De zalf die jouw vriend de dokter me gaf is erg goed, heel verzachtend. Het is een aardige man.'

'Ik wil dat je weer naar hem toe gaat, iedere keer als je hulp nodig hebt,' zei hij. 'Wanneer je ook maar ergens last van hebt.'

'Je praat alsof je niet bij me zult zijn,' antwoordde ze. 'Ik dacht dat het geregeld was. Ik heb je aanbieding voor werk aangenomen, weet je wel?'

Bray lachte. 'Dat zou ik niet makkelijk vergeten, maar we hebben het werk nog niet omschreven. We zullen samen een poosje in Rome zijn. Daarna zal ik, afhankelijk van wat we vinden, verder trekken. Jouw werk zal zijn hier te blijven en boodschappen tussen Talenjekov en mij door te geven.'

'Moet ik voor telegrafische dienst spelen?' vroeg Antonia. 'Wat voor werk is dat?'

'Belangrijk werk. Ik leg het je nog wel uit. Kom, ik haal je jas.' Hij zag dat ze haar ogen weer sloot. Ze was geschokt door de pijn. 'Antonia, luister eens. Als je pijn hebt, probeer dat dan niet te verbergen daar heeft niemand iets aan. Is het erg?'

'Niet zo erg. Het gaat wel over, dat weet ik. Ik heb het al eerder meegemaakt.'

'Wil je weer naar de dokter?'

'Nee, maar bedankt voor je bezorgdheid.'

De pijn was er nog, maar Scofield weerstond hem. 'Mijn enige zorg is dat iemand niet goed kan functioneren als hij pijn heeft. Dan maakt hij fouten. Hij mag geen fouten maken.'

'Geef me toch maar een glas wijn.'

'Alsjeblieft,' zei hij.

Ze stonden in de foyer van het restaurant. Bray was zich bewust van de blikken die Antonia trok. Achter het fijne traliewerk van de ingang naar de eetzaal was de oudste Crispi een en al glimlach en gedienstigheid. Toen hij Bray zag, was hij duidelijk geschrokken. Een onderdeel van een seconde werden zijn ogen verduisterd, ernstig. Daarna herstelde hij zich en kwam naar hen toe.

'*Benvenuto, amico mio!*' riep hij.

'Dat is meer dan een jaar geleden,' zei Scofield, die de stevige handdruk beantwoordde. 'Ik ben hier voor een of twee dagen voor zaken en wilde dat mijn vriendin jouw *fertucini* probeert.'

Die woorden betekenden dat Bray onder vier ogen met Crispi wilde praten aan het tafeltje, wanneer de gelegenheid zich voordeed.

'Het is de beste in Rome, signorina!' Crispi knipte met zijn vingers om een ondergeschikte broer die het paar naar hun tafeltje moest leiden. 'Ik zal het u straks zelf horen zeggen. Maar drink eerst wat wijn, voor het geval de saus niet volmaakt is!' Hij knipoogde nadrukkelijk, kneep nog eens extra in Scofields hand om te laten merken dat hij het begreep. Crispi kwam alleen aan Brays tafel als hij ontboden werd.

Een ober bracht hen een gekoelde fles Pouilly Fumé met de complimenten van de *fratelli*, maar pas nadat de *fettucini* gebracht en genuttigd was, kwam Crispi naar het tafeltje. Hij ging op de derde stoel zitten. Het voorstellen en het gepraat over koetjes en kalfjes dat daarmee gepaard ging, duurde maar kort.

'Antonia werkt met mij samen,' legde Scofield uit. 'Maar ze mag nooit genoemd worden. Tegen niemand, begrepen?'

'Natuurlijk.'

'En ik evenmin. Als iemand van de ambassade – of anderen – naar me vraagt, heb je me niet gezien. Is dat duidelijk?'

'Duidelijk, maar ongebruikelijk.'

'Eigenlijk mag niemand weten dat ik hier ben. Of hier ben geweest.'

'Zelfs je eigen mensen niet?'

'Vooral die niet. Mijn opdrachten gaan boven de belangen van de ambassade. Duidelijker kan ik het niet zeggen.'

Crispi trok zijn wenkbrauwen op en knikte langzaam. 'Verraders?'

'Genoeg erover.'

Crispi's blik werd ernstig. 'Goed, ik heb je niet gezien, Brandon. Maar waarom ben je hier dan? Stuur je nog mensen naar mij toe?'

'Alleen Antonia. Als ze hulp nodig heeft bij het verzenden van telegrammen naar mij... en naar iemand anders.'

'Waarom zou ze daarbij hulp nodig hebben?'

'Ik wil ze vanaf verschillende plaatsen versturen. Zie je daar kans toe?'

'Als die idiote *Communisti* van de telefoondienst niet meer gaan staken, is het geen probleem. Ik bel een neef in Firenze, die stuurt er een en een exporteur in Athene of Tunis of Tel Aviv doet hetzelfde. Iedereen doet wat Crispi wil en niemand stelt er ook maar één vraag. Maar dat weet je wel!'

'Hoe is het met je eigen telefoon? Wordt die niet afgetapt?'

Crispi lachte. 'Ze weten wat er door mijn telefoons gezegd wordt, en geen autoriteit in Rome zou zich zo'n onbeschaamdheid veroorloven.'

Scofield dacht aan Winthrop in Washington. 'Iemand anders zei dat ook tegen me, niet lang geleden. Hij had ongelijk!'

'Ongetwijfeld,' gaf Crispi toe met lachende ogen. 'Neem me niet kwalijk, Brandon, maar jullie soort mensen doen hoofdzakelijk in staatszaken. Wij aan de Via Frascati doen in zaken van het hart. De onze hebben voorrang als ze vertrouwelijk zijn. Dat is altijd zo geweest.'

Bray beantwoordde de glimlach van de Italiaan. 'Weet je, misschien heb je wel gelijk.' Hij bracht het glas wijn aan zijn lippen. 'Ik zal je een naam noemen. Scozzi-Paravacini.' Hij dronk.

Crispi knikte nadenkend. 'Bloed zoekt geld en geld zoekt bloed. Wat kun je er verder over zeggen?'

'Zeg het duidelijk.'

'De Scozzi's zijn een van de adellijkste families van Rome. De eerbiedwaardige *contessa* wordt nog steeds in haar gerestaureerde Bugatti naar de Veneto gereden, haar kinderen zijn pretendenten van reeds lang afgeschafte tronen. Jammer genoeg waren hun pretenties alles wat ze hadden. Samen hadden ze nog geen duizend lire. De Paravacini's hadden geld, heel veel geld, maar geen druppel fatsoenlijk bloed in hun aderen. Het was een huwelijk dat gesloten werd aan het hemelse hof van wederzijds voordeel.'

'Wiens huwelijk?'

'Van de dochter van de contessa met signor Bernardo Paravacini. Het is al lang geleden, de bruidsschat was een aantal miljoenen en winstgevende bezigheden voor haar zoon, de graaf. Hij nam de titel van zijn vader aan.'

'Hoe heet hij?'

'Guillamo. Graaf Guillamo Scozzi.'

'Waar woont hij?'

'Waar zijn belangen – financieel of anderszins – hem brengen. Hij heeft een buiten bij dat van zijn zuster in Tivoli, maar ik geloof dat hij daar niet vaak is. Waarom vraag je dat? Heeft hij iets met verraders te maken? Dat is nauwelijks waarschijnlijk.'

'Misschien is hij het zich niet bewust. Het kan zijn dat hij gebruikt wordt door mensen die voor hem werken.'

'Nóg onwaarschijnlijker. Onder zijn charmante persoonlijkheid schuilt de geest van een Borgia. Dat kun je van me aannemen.'

'Hoe weet je dat?'

'Ik ken hem,' zei Crispi lachend. 'Hij en ik zijn niet zó verschillend.'

Bray leunde voorover. 'Ik wil hem ontmoeten. Niet als Scofield natuurlijk. Als iemand anders. Kun je dat regelen?'

'Misschien wel. Als hij in Italië is en dat denk ik wel. Ik las ergens dat zijn vrouw beschermvrouwe is van het Festa Villa d'Este dat morgenavond gehouden wordt. Het is een liefdadigheidsfeest ten bate van de tuinen. Dat zal hij niet willen missen; ze zeggen dat iedereen uit Rome er zal zijn.'

'Uit jouw Rome, neem ik aan,' zei Scofield. 'Niet het mijne.'

Hij keek naar haar aan de andere kant van de hotelkamer, terwijl ze de rok uit de doos haalde en hem op haar schoot legde alsof ze hem nakeek op fouten. Hij begreep dat het plezier dat hij had in het kopen van dingen voor haar niet zo op zijn plaats was. Kleren waren iets noodzakelijks; zo simpel was dat, maar die wetenschap wiste de warmte niet uit die door hem heen ging toen hij naar haar keek.

De gevangene was vrij. Er waren nieuwe beslissingen genomen en ofschoon ze commentaar had gehad op de buitensporige prijzen van het Excelsior, had ze niet geweigerd hem kleren voor haar te laten kopen. Het was een spelletje geweest. Zij keek dan naar Bray. Als hij knikte, fronste zij haar wenkbrauwen en veinsde afkeuring – steeds kijkend naar de prijskaartjes – daarna kwam ze langzaam tot een herwaardering en tenslotte erkende ze zijn smaak.

Zijn vrouw deed dat ook altijd in West-Berlijn. Daar was het een van hun spelletjes geweest. Zijn Karine had altijd zorgen over geld. Ze zouden ééns kinderen krijgen: geld was belangrijk en de overheid was geen royale werkgever. Een officier van de buitenlandse dienst twaalfde klas opende geen bankrekening in Zwitserland.

Maar Scofield had er toen al wel. In Bern, in Parijs en Londen en natuurlijk in Berlijn. Hij had het haar niet verteld. Zijn echte beroepsleven had haar nooit geraakt. Tot het haar wel raakte, en beslissend. Als het anders gelopen was, had hij haar een van die rekeningen gegeven. Nadat hij overgeplaatst zou zijn van Consular Operations naar een nette afdeling van buitenlandse zaken. Godverdomme! Dat was hij al! Het was allemaal een kwestie van weken geweest!

'Je bent zo ver weg.'

'Wat?' Bray bracht het glas aan zijn lippen. Het was een reflexbeweging, want het was al leeg. Het kwam hem voor dat hij te veel dronk.

'Je kijkt naar me, maar ik geloof dat je me niet ziet.'

'Zeker wel. Ik mis de hoed. Ik vond die witte hoed mooi.'

Ze glimlachte. 'Binnen draag je geen hoed. De ober die ons het eten bracht, zou me dwaas hebben gevonden.'

'Bij Crispi had je hem wel op. En die ober vond het niet dwaas.'

'Een restaurant is wat anders.'

'Dat is ook binnen.' Hij stond op en schonk zich in.

'Nogmaals bedankt hiervoor.' Antonia keek naar de dozen en boodschappentassen naast de stoel. 'Het lijkt wel kerstavond. Ik weet niet welke ik nu open zal maken.' Ze lachte. 'Maar er is op Corsica nooit een Kerstmis geweest als deze. Papa zou een maand kwaad naar die dingen kijken. Ja, ik dank je.'

'Geen dank.' Scofield bleef bij de tafel en goot meer whiskey in zijn glas. 'Het is gereedschap. Net als een schrijfmachine of een rekenmachine of archiefkasten. Ze horen bij het werk.'

'Juist.' Ze deed de rok en de blouse weer in de doos. 'Maar jij niet,' zei ze.

'Wat zeg je?'

'*Niente*. Helpt de whiskey je te ontspannen?'

'Dat kun je wel zeggen. Wil jij er een?'

'Nee dank je. Ik ben meer ontspannen dan ik in lange tijd geweest ben. Het zou verspilling zijn.'

'Voor ieder naar behoefte. Of naar wens,' zei Scofield en ging op een stoel zitten. 'Jij kunt naar bed gaan als je wilt. Morgen wordt het een lange dag.'

'Hindert mijn gezelschap je?'

'Nee, natuurlijk niet.'

'Maar je wilt liever alleen zijn?'

'Daar heb ik niet over nagedacht.'

Dat zei zíj ook. In West-Berlijn, toen er moeilijkheden waren en ik probeerde te denken zoals anderen zouden denken. Ze praatte dan en ik hoorde haar niet. Ze werd kwaad – niet kwaad, gekwetst – en zei: 'Je bent liever alleen, hè?' En dat was zo, maar ik kon niet zeggen waarom. Misschien, als ik het uitgelegd had... Misschien zou een verklaring als waarschuwing hebben gediend.

'Als er iets is, waarom praat je er dan niet over?'

O god, háár woorden. In West-Berlijn.

'Houd op met iemand anders te zijn!' Hij hoorde het zijn eigen stem uitroepen. Het was de whiskey, die verdomde whiskey! 'Neem me niet kwalijk, dat meende ik niet zo,' voegde hij er vlug aan toe en zette het glas neer. 'Ik ben moe en ik heb te veel gedronken. Ik meende het niet.'

'Natuurlijk wel,' zei Antonia en stond op. 'Ik geloof dat ik het nu begrijp. Maar jij zou het ook moeten begrijpen. Ik ben niet iemand anders. Ik heb me voor moeten doen als iemand die ik niet was en dat is de beste manier om jezelf te leren kennen. Ik ben mezelf en jij hielp me die persoon weer te vinden.' Ze keerde zich om, liep vlug de slaapkamer in en deed de deur achter zich dicht.

'Toni, het spijt me...' Bray ging staan, kwaad op zichzelf. In een uitbarsting had hij zich veel meer blootgegeven dan hij wilde. Hij had er een hekel aan als hij zijn zelfbeheersing verloor.

Er werd op de deur geklopt, de gangdeur. Scofield draaide zich snel om. Instinctief ging zijn hand naar zijn jasje, voelde aan de holster aan de riem onder zijn colbert. Hij ging naar de deur en zei *'Si? Chi è?'*

'Un messaggio, Signorin Pastorine. Da vostro amico, Crispi. Di Via Frascati.'

Bray deed het kettinkje van de deur en opende hem. In de gang stond de kelner van Crispi die aan hun tafeltje had bediend. Hij hield een envelop omhoog en gaf hem door de kier aan Scofield. Crispi had geen risico genomen, de boodschapper was zijn eigen man.

'Grazie. Un momento,' zei Bray, die een bankbiljet uit zijn zak haalde.

'Prego,' antwoordde de kelner en hij nam de fooi aan.

Scofield sloot de deur en scheurde de envelop open. Twee met goud bedrukte kaartjes bevestigd aan een briefje. Hij haalde ze eraf en las Crispi's boodschap. Het handschrift was even zwierig als de taal.

Graaf Scozzi is door ondergetekende bericht dat een Amerikaan genaamd Pastor zich voor zal stellen in Villa d'Este. De graaf is te verstaan gegeven dat deze Pastor nauwe relaties heeft in de OPEC-landen en vaak optreedt als agent voor oliesjeiks. Dat zijn bezigheden waar zulke mannen nooit over praten, dus hoef je alleen maar te glimlachen en te zorgen dat je weet waar de Perzische Golf ligt. De graaf is er ook van op de hoogte dat Pastor alleen maar op vakantie is en prettige ontspanning zoekt. Alles welbeschouwd zou de graaf die kunnen bieden.
Ik kus de hand van de bella signorina.
Ciao,
Crispi

Bray glimlachte. Crispi had gelijk. Iemand die bemiddelende diensten verleende aan de sjeiks zou nooit over die diensten praten. Er werd bijzonder weinig over zulke dingen gezegd, omdat er zo buitengewoon veel op het spel stond. Hij zou met graaf Scozzi over andere dingen praten.

Hij hoorde de grendel van de slaapkamerdeur schuiven. Antonia aarzelde even voor ze hem opendeed. Toen ze het deed, besefte Bray waarom. Ze stond in de deuropening in een zwarte onderjurk die hij beneden voor haar had gekocht. Ze had haar beha uitgedaan. Haar borsten bolden tegen de zuivere zijde, haar lange benen tekenden zich eronder af in ondoorschijnend zwart. Ze had blote voeten, de gebronsde huid van haar kuiten en enkels harmonieerde volmaakt met haar armen en gezicht. Haar lieflijke gezicht, markant en toch vriendelijk, met de donkere ogen die vast op de zijne gericht waren, zonder verwijt.

'Je moet veel van haar gehouden hebben,' zei ze.
'Ja. Dat is lang geleden.'
'Niet lang genoeg, blijkbaar. Je noemde me Toni. Heette zij zo?'
'Nee.'
'Gelukkig. Ik zou niet graag voor iemand anders gehouden worden.'
'Dat heb je al duidelijk gemaakt. Het zal niet meer gebeuren!'
Antonia zweeg en bleef stil in de deuropening staan, haar blik nog steeds zonder verwijt. Toen ze weer iets zei, was het een vraag. 'Waarom accepteer je jezelf niet?'
'Ik ben geen dier in het ruim van een vrachtschip.'
'Dat weten we. Ik heb je naar me zien kijken en je blik afwenden alsof het niet geoorloofd was. Je bent gespannen, maar je zoekt geen ontspanning.'
'Als ik dat soort... ontspanning... wil, weet ik waar het te vinden is.'
'Ik bied het je aan.'
'Het aanbod zal in overweging genomen worden.'
'Hou op!' riep Antonia en kwam naar hem toe. 'Wil je een hoer? Beschouw mij dan als een koeriershoer!'
'Dat kan ik niet.'
'Kijk dan niet zo naar me! Een deel van je is bij mij, een ander deel ver weg. Wat wil je?'
'...Alsjeblieft, niet doen. Laat me blijven waar ik was, diep in de aarde, behaaglijk in het duister. Raak me niet aan, want als je dat doet, zul je sterven. Begrijp je dat niet? Ze zullen je over de grens roepen en je doden. Laat mij maar aan de hoeren over, dat zijn be-

roeps... net als ik een beroeps ben. Wij kennen de regels, jij niet.'

Ze stond voor hem. Hij had niet gezien dat ze naar hem toe kwam, ze was er ineens. Hij keek op haar neer, haar gezicht was naar het zijne opgericht, haar ogen gesloten. De tranen stonden haar na, haar lippen waren vaneen.

Haar hele lichaam beefde. Ze was bevangen door angst. De littekens waren opengehaald. Hij had ze opengereten omdat ze de pijn in zijn ogen had gezien.

Zij kon zijn pijn niet doen verdwijnen. Hoe kon ze denken dat hij de hare kon wegwissen.

En toen, alsof ze zijn gedachten kon lezen, fluisterde ze weer. 'Als je zoveel van haar hield, hou dan een klein beetje van mij. Misschien helpt dat.'

Ze stak haar armen naar hem uit, legde haar handen om zijn gezicht, haar lippen dicht bij de zijne en ze beefde door zijn nabijheid. Hij sloeg zijn armen om haar heen; hun lippen raakten elkaar en de pijn ging over. Hij werd meegevoerd als op de wind, voelde zijn tranen opwellen in zijn ogen en zich met de hare vermengen. Hij liet zijn handen langs haar rug glijden, liefkoosde haar, trok haar tegen zich aan, hield haar vast, liet haar niet meer los. Kom dichter bij me. Haar vochtige mond wond hem op en verwisselde de pijn voor de pijn van verlangen om haar bij zich te hebben.

Hij legde zijn hand om haar borst. Zij liet haar hand zakken en drukte die op de zijne, drukte zich tegen hem aan, draaide haar lichaam op het ritme dat in hen beiden opkwam.

Ze trok haar lippen terug. 'Breng me naar bed. In godsnaam, neem me. En heb me lief. Houd alsjeblieft een beetje van me.'

'Ik heb geprobeerd je te waarschuwen,' zei hij. 'Ons beiden.'

Hij kwam uit de aarde en er was zonneschijn boven. Toch was er ver weg nog de duisternis. En de angst, hij voelde het duidelijk. Maar voor het ogenblik verkoos hij in de zon te blijven... al was het maar voor een poosje. Met haar.

21

De pracht van Villa d'Este ging niet verloren in de kite van de avond. De schijnwerpers waren aan en de fonteinen werden verlicht. Honderden watervalletjes die in rijen van de steile hellingen kwamen, werden gevangen in het licht. Middenin de grote vijvers stuwden de fonteinen omhoog in de nacht, schermen van sproeiwater als diademen in het licht van de schijnwerpers. En bij elke rotsformatie die tot waterval omgebouwd was, viel het water als zilver voor een oud beeldhouwwerk: heiligen en centaurs baadden in glans.

De tuinen waren officieel voor het publiek gesloten. Alleen het puikje van Rome was op het Festa Villa d'Este uitgenodigd. Het doel was zogenaamd om geld in te zamelen voor het onderhoud en voor de aanvulling van de kleiner wordende overheidssubsidies. Maar Scofield had duidelijk de indruk dat er een tweede, niet minder wenselijk motief was: een avond te geven waarop van Villa d'Este genoten kon worden door zijn echte erfgenamen, zonder last te hebben van de wereld van de toeristen. Crispi had gelijk. Iedereen uit Rome was er.

Niet zíjn Rome, dacht Bray die aan de fluwelen revers van zijn smoking voelde. Hún Rome.

De grote kamers van de villa zelf waren omgevormd tot paleiszalen, compleet met feestdissen en vergulde stoelen langs de wanden, rustplaatsen voor de hovelingen en courtisanes bij hun spel. Russisch sabelbont en mink, chinchilla en goudvos, gedrapeerd om de schouders die gekleed waren door Givenchy en Pucci. Weefsels met diamanten en parelsnoeren hingen om uitgerekte halzen en maar al te vaak om te veel kinnen. Slanke cavalieri, zwierig met hun rode sjerpen en grijzende slapen naast korte, dikke, kale mannen met sigaren en met meer macht dan hun voorkomen deed vermoeden. De muziek werd verzorgd door niet minder dan vier orkesten die in grootte varieerden van zes tot twintig instrumenten, die van alles speelden, van de statige melodieën van Monteverdi tot het waanzinnig gestamp van de disco. Villa d'Este behoorde aan de *belli Romani*.

Van alle mooie mensen was Antonia een van de opvallendste – Toni (het was nu Toni, dat waren ze samen overeengekomen in het gerieflijke bed). Geen juwelen sierden haar hals of polsen, die zouden de aandacht afgeleid hebben van de gladde, gebronsde huid die een mooi contrast vormde met de simpele japon van wit en goud. De builen in het gezicht waren geslonken, zoals de dokter al gezegd had. Ze had nu geen zonnebril op en haar grote bruine ogen weerspiegelden het licht. Ze was even mooi als haar omgeving, lieflijker dan de meeste anderen die haar gelijke probeerden te zijn, want haar schoonheid was groter dan je op het eerste gezicht zag en groeide met de seconde in de ogen van degene die naar haar keek.

Toni was voor het gemak voorgesteld als gewoon de nogal geheimzinnige vriendin van meneer Pastor, van het Comomeer. Bepaalde delen van het meer stonden bekend als plaatsen waar de chique mediterrane jeugd zich terugtrok. Crispi had zijn werk goed gedaan. Hij had net genoeg informatie verschaft om een aantal gasten te intrigeren. Degenen die het meest wilden weten over de kalme meneer Pastor werd het minst verteld, terwijl anderen die te veel van zichzelf bezield waren om aandacht aan Pastor te schenken, meer verteld werd, zodat ze konden vertellen welk geroddel ze gehoord hadden, hun voornaamste bezigheid.

De mannen die zich meer – of zelfs uitsluitend – voor geldzaken interesseerden, hadden de neiging hem bij zijn arm te pakken en zacht te informeren naar de te verwachten koers van de dollar of de stabiliteit van investeringen in Londen, San Francisco en Buenos Aires. Bij zulke vragenstellers knikte Scofield even met zijn hoofd bij sommige suggesties en schudde het een enkele maal bij andere. Wenkbrauwen werden onopvallend opgetrokken. Ze hadden informatie gekregen, hoewel Bray geen idee had waar het over ging.

Na zo'n ontmoeting met een bijzonder aandringende vragensteller nam hij Toni's arm en ze liepen door een grote poort naar de volgende 'paleiszaal'. Bray nam twee glazen champagne van het dienblad van een kelner, gaf er een aan Toni en keek over de kristallen rand terwijl hij dronk. Zonder hem eerder gezien te hebben, wist Scofield dat hij zojuist graaf Guillamo Scozzi gevonden had. De Italiaan stond in een hoek te keuvelen met twee langbenige jonge vrouwen. Zijn blik ging aandachtig met voorgewende terloopsheid de zaal rond. Hij was een lange, slanke man, een *cavaliere*, compleet met smoking en grijzend haar in strepen van zijn slapen over zijn perfect gekapt hoofd. Op zijn revers zaten kleurige lintjes, om zijn middel een dunne gouden ceintuur, met rood afgezet en opzij geknoopt. Als iemand die belangrijke lintjes al miste, zou hij het onderscheidingsteken van de ceintuur niet over het hoofd zien. Scozzi droeg zijn familiewapen opvallend. Als late vijftiger was de graaf de belichaming van de *bello Romano*. Er was nooit een *Siciliano* bij zijn voorouders in bed gekropen en dat kon de wereld *per Dio* maar beter weten.

'Hoe vind je hem?' vroeg Antonia en nipte van haar champagne.

'Ik heb hem net gevonden, geloof ik.'

'Die daar?' vroeg ze.

Bray knikte. 'Ja, ik heb zijn portret in de kranten gezien. Hij is een geliefd onderwerp voor de *paparrazzi*.'

'Ga je jezelf voorstellen?'

'Dat is niet nodig denk ik. Als ik me niet vergis, zoekt hij naar me.'

Scofield wees naar een buffettafel. 'Laten we naar de achterste tafel lopen, die met de pasteitjes. Dan zal hij ons zien'

'Maar hoe weet hij wie je bent?'

'Crispi. Onze welwillende bemiddelaar heeft misschien geen moeite gedaan om mij te beschrijven, maar hij zal om de bliksem niet vergeten hebben het jou te doen. Zeker niet bij iemand als Scozzi.'

'Maar ik had die reusachtige zonnebril op!'

'Je bent erg grappig,' zei Bray.

Het duurde nog geen minuut voor ze een zoetvloeiende stem achter zich aan de buffettafel hoorden. 'Signore Pastor, neem ik aan?'

Ze draaiden zich om. 'Pardon? Kennen wij elkaar?' vroeg Scofield.

'Dat zou net gebeuren, denk ik,' zei de graaf, die zijn hand uitstak. 'Scozzi. Guillamo Scozzi. Prettig kennis met u te maken.' Zijn titel liet hij nadrukkelijk weg.

'O, natuurlijk. Graaf Scozzi. Ik zei tegen die alleraardigste Crispi dat ik u zou opzoeken We zijn hier nog geen uur geleden aangekomen en het is een beetje druk geweest. Ik zou u natuurlijk herkend hebben, maar het verbaast me dat u mij kende.'

Scozzi lachte en toonde een gebit zo wit en volmaakt van vorm dat het met geen mogelijkheid origineel kon zijn. 'Crispi is inderdaad alleraardigst, maar ook een beetje ondeugend denk ik. Hij was in extase over *la bella signorina*.' De graaf boog met zijn hoofd naar Antonia. 'Ik zag haar en vond u. Crispi's smaak is als altijd feilloos.'

'Staat u mij toe.' Scofield raakte Toni's onderarm. 'Graaf Scozzi, mijn vriendin Antonia... van het Comomeer.' De voornaam en het meer zeiden genoeg. De graaf nam haar hand en bracht hem naar zijn lippen.

'Een aanbiddelijk wezen. Rome moet u vaker zien.'

'U bent heel vriendelijk, excellentie,' zei Antonia op een manier of ze in de wieg gelegd was om het Festa Villa d'Este bij te wonen.

'Waarachtig, meneer Pastor,' vervolgde Scozzi. 'Ik heb gehoord dat veel van mijn vrienden u met vragen lastig gevallen hebben. Mijn verontschuldiging daarvoor.'

'Dat is niet nodig. Ik vrees dat Crispi's beschrijving ook wereldser zaken omvatten.' Bray glimlachte met ontwapenende bescheidenheid. 'Als mensen horen wat ik doe, stellen ze vragen. Ik ben eraan gewend.'

'U toont veel begrip.'

'Dat is niet moeilijk. Ik wou alleen dat ik zoveel wist als zovelen denken dat ik weet. Gewoonlijk probeer ik alleen maar aanvullingen te geven op eerder genomen besluiten.'

'Maar in die besluiten,' zei de graaf, 'ligt de kennis niet waar?'

'Ik hoop het. Anders is er een vreselijke hoop geld weggegooid.'

'Naar de maan, zo gezegd,' verduidelijkte Scozzi. 'Waarom denk ik dat we elkaar eerder ontmoet hebben, meneer Pastor?'

De plotselinge vraag was door Scofield overwogen. Het was altijd een mogelijkheid en hij was erop voorbereid. 'Als dat zo was, zou ik het me herinneren, denk ik, maar het zou op de Amerikaanse ambassade kunnen zijn geweest. Daar waren de party's nooit zo groots als hier, maar wel zo druk.'

'Dus u bent vaak op de ambassade?'

'Niet vaak, maar soms een late gast.' Bray lachte afkeurend om zichzelf. 'Het schijnt dat er tijden zijn dat mijn landgenoten even geïnteresseerd zijn om me vragen te stellen als uw vrienden hier in Tivoli.'

Scozzi gniffelde. 'Inlichtingen zijn vaak de weg naar nationale heldhaftige grootsheid, meneer Pastor. U wilt niet graag een held zijn.'

'Nee. Ik moet alleen de kost verdienen.'

'Ik zou niet graag met u onderhandelen. Ik merk dat u de geest van een ervaren handelsman hebt.'

'Dat is erg jammer,' antwoordde Scofield, die de toon van zijn stem net genoeg veranderde om de Italiaanse binnenantenne een teken te geven. 'Ik dacht dat we wat zouden praten.'

'O ja?' De graaf keek naar Antonia. 'Maar we vervelen de *bella signorina.*'

'Helemaal niet,' zei Toni. 'In de laatste paar minuten ben ik meer over mijn vriend te weten gekomen dan in de vorige week. Maar ik ben wel uitgehongerd...'

'Meer hoeft u niet te zeggen,' onderbrak Scozzi, alsof haar honger een kwestie van gemeenschappelijk overleven was. Hij hief zijn hand. Binnen een paar tellen verscheen er een jonge, donkerharige man, gekleed in smoking, naast hem. 'Mijn bediende zal u het nodige brengen, signorina. Hij heet Paolo en is tussen twee haakjes, een charmant danser. Ik geloof dat mijn vrouw hem dat geleerd heeft.'

Paolo boog, meed de blik van de graaf en bood Antonia zijn arm. Ze nam die aan en stapte naar voren, haar gezicht naar Scozzi en Bray gewend.

'*Ciao,*' zei ze en haar ogen wensten Scofield goede vangst.

'U bent te benijden, meneer Pastor,' merkte de graaf op, terwijl hij naar het verdwijnende figuurtje in het wit keek. 'Ze is aanbiddelijk. Hebt u haar in Como gekocht?'

Bray keek de Italiaan aan. Scozzi bedoelde precies wat hij had gezegd. 'Om eerlijk te zijn, ik weet niet eens of ze er ooit geweest is,' antwoordde hij, wetend dat de dubbele leugen vereist was: de graaf kon te gemakkelijk inlichtingen inwinnen. 'In feite gaf een vriend in Ar-Riyad me een nummer van het meer. Ze kwam bij me in Nice.

271

Waar vandaan heb ik nooit gevraagd.'

'Wilt u echter overwegen om haar te vragen naar haar agenda? Zeg haar wat mij betreft, hoe eerder hoe liever. Ze kan me bereiken via de Paravacini-kantoren in Torino.'

'Turijn?'

'Ja, onze fabrieken in het noorden. Agnelli's Fiat krijgt veel meer aandacht, maar ik kan u verzekeren dat Scozzi-Paravacini Turijn regeert, evenals een groot deel van Europa.'

'Daar heb ik nooit bij stilgestaan.'

'Nee? Ik dacht dat het misschien de basis was van uw wens om... wat te praten, zoals u geloof ik zei.'

Scofield dronk zijn champagneglas leeg en zei toen hij het glas van zijn lippen nam: 'Zouden we een paar minuten naar buiten kunnen gaan? Ik heb een vertrouwelijke mededeling voor u van een klant aan... laten we zeggen de Perzische Golf. Daarom ben ik vanavond hier.'

Scozzi's gezicht betrok. 'Een boodschap voor mij? Natuurlijk, zoals bijna heel Rome en Turijn, heb ik terloops wel eens een aantal heren uit die omgeving ontmoet, maar ik herinner me er geen bij naam. Maar natuurlijk, we zullen een wandelingetje maken. U intrigeert me.' De graaf stapte naar voren, maar Bray hield hem met een gebaar staande.

'Ik heb liever niet dat we samen gezien worden. Zeg me waar u zult zijn, dan kom ik over twintig minuten.'

'Uitstekend. Heel goed.' De Italiaan zweeg. 'Hippolytos' fontein. Weet u die?'

'Ik zal hem vinden.'

'Het is een heel eind. Daar zal nu niemand zijn.'

'Mooi. Over twintig minuten.' Scofield knikte. Beiden keerden zich om en liepen in tegengestelde richtingen door de menigte.

Er waren geen schijnwerpers of storende geluiden bij de fontein toen een man tussen de rotsen door sloop en stil door de begroeiing liep. Bray hield rekening met het risico dat Scozzi bediendes in de omgeving had geplaatst. Als dat zo was, zou Scofield een boodschap naar de Italiaan gestuurd hebben en een tweede onmiddellijk rendezvous genoemd hebben.

Ze waren alleen... of zouden het over een paar minuten zijn. De graaf wandelde het pad af naar de fontein. Bray liep haastig terug door een kruidentuin en kwam dertig meter achter Scozzi weer op het pad. Hij schraapte zijn keel op het moment dat Scozzi de heuphoge muur van de fonteinvijver bereikte. De graaf draaide zich om. Er was net genoeg licht van de terrassen boven voor beiden om de ander te zien. Scofield was er niet gerust op dat het hier zo donker was. Scozzi had gemakkelijk een gerieflijker plek kunnen kiezen die wat minder in de schaduw lag. Bray hield niet van schaduwen.

'Was het nodig zo ver weg te gaan?' vroeg hij. 'Ik wilde u alleen spreken, maar had er niet op gerekend halverwege terug naar Rome te moeten lopen.'

'Ik ook niet, meneer Pastor, voor u zei dat u liever niet wilde dat men kon zien dat we samen gingen. Dat deed me aan het voor de hand liggende denken. Het is wellicht niet in mijn voordeel gezien te worden terwijl ik onder vier ogen met u praat. U bent een verkoper voor de sjeiks.'

'Waarom zou u dat hinderen?'

'Waarom wilde u apart weggaan?'

Scofield dacht vlug na en bevestigde Crispi's toespeling op een Borgia-mentaliteit. 'Een zaak die te veel voor de hand ligt, zou ik zeggen. Maar als hier iemand zou lopen en ons zag, zou dat ook te veel opvallen. Er is een tussenoplossing, een toevallige ontmoeting in de tuinen bijvoorbeeld.'

'U hebt uw ontmoeting en niemand zal ons zien,' zei de graaf. 'Er is maar één toegang tot de fontein van Hippolytos en die is veertig meter achter ons. Ik heb daar een bediende staan. Guillamo Scozzi wordt geacht te wandelen met een metgezellin van zijn keuze, over een – zo u wilt – pad van rozen. Op zulke ogenblikken houdt hij er niet van om gestoord te worden.'

'Zijn er voor wat ik doe zulke voorzorgen nodig?'

De graaf hief zijn hand. 'Bedenk wel meneer Pastor, Scozzi-Paravacini drijft handel in heel Europa en de beide Amerika's. We zoeken voortdurend nieuwe markten, maar we zoeken geen Arabisch kapitaal. Het is heel verdacht. Er worden overal barrières opgeworpen om het overmatige doordringen ervan te voorkomen. We worden kritisch gevolgd. Alleen al joodse belangen in Parijs en New York zouden ons veel kunnen kosten.'

'Wat ik u te zeggen heb, heeft niets uit te staan met Scozzi-Paravacini,' zei Scofield. 'Wel met Scozzi, maar niet met Paravacini.' 'U duidt op een gevoelig gebied, meneer Pastor. Weest u alstublieft duidelijk.'

'U bent de zoon van graaf Alberto Scozzi, niet waar?'

'Dat is bekend. Evenals mijn bijdragen tot de groei van de Paravacini-industrieën. De betekenis van de gezamenlijke naamsverandering tot Scozzi-Paravacini is, naar ik aanneem, u niet ontgaan.'

'Nee, maar zelfs als dat wel het geval was, zou het er niet toe doen. Ik ben alleen een tussenpersoon, word verondersteld de eerste van diverse contacten te leggen, elk verder verwijderd van het volgend. Wat mij betreft, ik kwam u toevallig tegen op een liefdadigheidsfeest in Tivoli. Dit gesprek hebben we nooit gehad.'

'Uw boodschap moet inderdaad wel dramatisch zijn. Van wie is hij afkomstig?'

Het was Brays beurt zijn hand te heffen. 'Alstublieft. Volgens de regels worden er nooit namen genoemd bij een eerste gesprek. Alleen een geografisch gebied en een politieke stelling die veronderstelde tegenstanders betreft.'

Scozzi's ogen vernauwden zich. Hij kneep zijn oogleden nadenkend half dicht. 'Ga verder,' zei hij.

'U bent graaf, dus zal ik de regels wat soepel hanteren. Laten we zeggen dat er een prins woont in een nogal groot land, een sjeikdom eigenlijk, aan de Golf. Zijn oom, de koning, is van een ander gebied. Hij is oud en seniel, maar zijn woord is wet, net zoals het was toen hij een bedoeïenenstam leidde in de woestijn. Hij verkwist miljoenen met slechte investeringen, put de hulpbronnen van het sjeikdom uit door te veel te vlug uit de grond te halen. Deze veronderstelde prins wil hem weg hebben. Voor ieders bestwil. Hij doet via de zoon van Alberto Scozzi een beroep op de raad, genoemd naar de Corsicaanse padrone, Guillaume... Dat is de boodschap. Nu wil ik graag namens mezelf spreken.'

'Wie bent u?' vroeg de Italiaan, die zijn ogen nu wijd open had. 'Wie heeft u gestuurd?'

'Laat me uitpraten,' zei Bray vlug. Hij moest over de eerste schok heen komen en naar een volgend niveau springen. 'Als waarnemer van deze... veronderstelde vergelijking, kan ik u zeggen dat er een crisistoestand is bereikt. Er mag geen dag verloren gaan. De prins moet antwoord hebben en, om eerlijk te zijn, als ik het hem breng, word ik er heel wat beter van. U kunt natuurlijk de prijs noemen van de raad. En ik kan u vertellen dat... vijftig miljoen, in dollars, niet uitgesloten is.'

'Vijftig miljoen?'

Het had zijn uitwerking. Het tweede niveau was bereikt. Zelfs voor een man als Guillamo Scozzi was het bedrag duizelingwekkend. Zijn arrogante lippen gingen van verbazing uiteen. Het was het ogenblik om het ingewikkeld te maken, hem nogmaals verblûft te doen staan.

'Het bedrag is voorwaardelijk natuurlijk. Het is een maximumbedrag dat een onmiddellijk antwoord veronderstelt met uitsluiting van volgende contacten en nakomen van de overeenkomst binnen zeven dagen. Het zal niet gemakkelijk zijn. De oude man wordt dag en nacht bewaakt door *sabathi* – dat zijn een verzameling valse honden die...' Scofield zweeg even. 'Maar ik hoef u niets te vertellen over iets dat te maken heeft met Hasan ibn-al-Sabbah, wel? Voor zover ik weet heeft de Corsicaan daar veel van overgenomen. In ieder geval, de prins stelt een geprogrammeerde zelfmoord...'

'Genoeg!' fluisterde Scozzi. 'Wie bent u, Pastor? Moet de naam mij iets zeggen? Pastor? Priester? Bent u een hogepriester om mij op de proef te stellen?' De stem van de Italiaan werd hoog en krassend. 'U spreekt over dingen die in het verleden begraven liggen. Hoe durft u?'

'Ik praat over vijftig miljoen Amerikaanse dollars. En vertel mij niet – of mijn cliënt – over dingen die begraven zijn. Zijn vader werd begraven met zijn hals opengesneden van kin tot adamsappel, door een maniak gestuurd door de Matarese raad. Kijk uw dossiers maar na als u die hebt. U zult het vinden. Mijn cliënt wil het zijne weer terug en hij is bereid ruwweg vijftig maal te betalen wat zijn vaders broer betaalde.' Bray zweeg even en schudde zijn hoofd afkeurend en met plotselinge teleurstelling. 'Dit is krankzinnig! Ik vertelde hem dat ik voor minder dan de helft van het bedrag een wettige revolutie voor hem kon betalen, gesanctioneerd door de Verenigde Naties. Maar hij wil het op deze manier. Met u. En ik denk dat ik weet waarom. Hij zei iets tegen me. Ik weet niet of het bij de boodschap hoort, maar ik zal het doorgeven. Hij zei: "De manier van de Matarese is de enige manier. Ze zullen zien dat ik vertrouwen heb." Hij wil dat u het doet.'

Guillamo Scozzi deinsde terug. Zijn benen waren tegen de muur van de fontein gedrukt, zijn armen hield hij stijf opzij.

'Welk recht hebt u om deze dingen tegen mij te zeggen? U bent krankzinnig, een volslagen gek! Ik weet niet waar u over praat.'

'Echt niet? Dan hebben we de verkeerde man. We zullen de juiste wel vinden. Ik zal hem vinden. Wij hebben het wachtwoord; we weten het antwoord.'

'Welk wachtwoord?'

'*Per nostro...*' Scofield liet zijn stem wegsterven, zijn ogen vast op Scozzi's lippen gericht in het gedempte licht.

Onwillekeurig gingen de lippen vaneen. De Italiaan stond op het punt het derde woord te uiten, de zin af te maken die zeventig jaar in de verre heuvels van Porto Vecchio geklonken had...

Er kwam geen woord. In plaats daarvan fluisterde Scozzi weer, de schrik had plaats gemaakt voor een bezorgdheid die hem zo diep raakte dat hij nauwelijks verstaanbaar was. 'Mijn god, u kunt niet... u moet niet... Waar komt u vandaan? Wat hebben ze u verteld?'

'Precies genoeg om te weten dat ik de juiste man gevonden heb.

Een van hen in ieder geval. Kunnen we zaken doen?'

'Stelt u zich niets voor, meneer Pastor! Of wat uw naam ook mag zijn.' Er klonk nu woede in de stem van de Italiaan.

'Pastor is prima. Goed dan, ik heb mijn antwoord. U past ervoor. Dat zal ik aan mijn cliënt vertellen.' Bray draaide zich om.

'*Alto!*'

'*Perchè? Che cosa?*' Scofield sprak over zijn schouder, zonder zich te bewegen.

'Uw Italiaans is heel vloeiend.'

'Evenals verschillende andere talen. Dat is gemakkelijk als je veel reist. En ik reis veel. Wat wilt u?'

'U blijft hier tot ik zeg dat u weg mag gaan.'

'O ja?' zei Scofield, die zich omdraaide om Scozzi weer aan te kijken. 'Waarom dan? Ik heb mijn antwoord.'

'U doet wat ik zeg. Ik hoef alleen mijn stem te laten horen en er staat een bediende naast u die u tegenhoudt als u zou willen vertrekken.'

Bray probeerde het te begrijpen. Deze machtige *consigliere* kon alles ontkennen – hij had tenslotte niets gezegd – en een vreemde Amerikaan laten volgen. Of hij kon hulp inroepen, of hij zou gewoon zelf weg kunnen lopen en gewapende mannen sturen om hem te zoeken. Hij kon elk van deze dingen doen – hij maakte deel uit van de Matarese raad. De erkenning stond in zijn ogen te lezen – maar hij verkoos geen van deze dingen te doen. Toen dacht Scofield dat hij het begreep. Guillamo Scozzi, de snel denkende industriële piraat met de Borgia-mentaliteit, wist niet wat hij moest doen. Hij zat in een dilemma dat hem plotseling overrompeld had. Het was allemaal te vlug gebeurd. Hij was er niet op voorbereid een beslissing te nemen. Dus nam hij er geen. Dat betekende dat er iemand anders was – iemand vlakbij, tot wie hij toegang had – die dat wél kon.

Iemand hier op Villa d'Este, vanavond.

'Betekent dit dat u het nog in overweging neemt?' vroeg Scofield.

'Het betekent niets!'

'Waarom zou ik dan blijven? Ik vind dat u mij geen orders heeft te geven, ik ben niet een van uw lijfwachten. We doen geen zaken, dat is nogal eenvoudig.'

'Zo eenvoudig is het niet!' Scozzi verhief zijn stem weer en de angst klonk nu sterker dan de boosheid.

'Ik zeg van wel, verdomme,' zei Scofield en keerde zich weer om. Het was belangrijk dat de Italiaan zijn onzichtbare wacht riep. Heel belangrijk.

Dat deed Scozzi. '*Veni! Presto!*'

Bray hoorde rennende voetstappen op het donkere pad. Binnen enkele seconden kwam een breedgeschouderde, gedrongen man in avondkleding uit de schaduw lopen.

'*Sorveglia quest'uomo!*'

De wacht aarzelde niet. Hij trok een revolver met korte loop en richtte die op Bray. Scozzi sprak alsof hij zich zelfbeheersing op moest leggen en gaf onnodige uitleg.

'Het zijn roerige tijden, signore Pastore. We hebben allemaal een lijfwacht bij ons, zoals u net zei. Er zijn overal terroristen.'

Het ogenblik was onweerstaanbaar. Het was het moment om het laatste snijdende woord te spreken. 'Dat is iets dat uw soort mensen moest weten. Over die terroristen, bedoel ik. Zoals de brigades. Komen de bevelen van de "herdersjongen"?'

Het was alsof Scozzi door een onzichtbare hamer geraakt was. Zijn bovenlijf trok krampachtig samen en weerde de slag af, voelde de klap, probeerde zich te herstellen, maar wist niet of dat mogelijk was. In het gedempte licht kon Scofield zien dat de Italiaan op zijn voorhoofd begon te transpireren en de perfect verzorgde grijze slapen werden nat. Zijn ogen waren als die van een verschrikt dier.

'*Rimanere*,' fluisterde hij tegen de wacht en haastte zich toen het donkere pad op.

Scofield wendde zich tot de man, keek bang en zei in het Italiaans: 'Ik weet net zo min als u waar het over gaat! Ik bood uw baas een hoop geld namens iemand en hij wordt gek. Jezus, ik ben alleen maar een handelsman!' De wacht zei niets, maar Brays kennelijke angst was een opluchting voor hem. 'Vindt u het goed dat ik een sigaret rook? Ik ben doodsbang voor wapens.'

'Gaat uw gang,' zei de breedgeschouderde man. Dat was het laatste wat hij gedurende enkele uren zou zeggen. Scofield stak zijn linkerhand in zijn zak, zijn rechter hield hij aan zijn zijde, in de schaduw onder de elleboog van de wacht. Terwijl hij een pakje sigaretten te voorschijn haalde, schoot zijn rechterhand omhoog, grepen zijn vingers de loop van de revolver van de wacht en draaide hij hand en wapen met geweld tegen de wijzers van de klok in. Hij liet de sigaretten vallen, greep met zijn linkerhand de man bij zijn keel en smoorde daarmee elk geluid. Hij duwde de man van het pad af over het rotsmuurtje in de dichte begroeiing erachter. Terwijl de man viel, rukte hij de revolver uit de gedraaide hand en liet de kolf hard op de schedel van de man neerkomen. De wacht verslapte. Scofield trok hem verder tussen de struiken. Hij had geen seconde te verliezen. Guillamo Scozzi was weggerend om raad te vragen, dat was de enige verklaring. Ergens op een terras of in een vertrek bracht de *con-*

sigliere zijn schokkende informatie over aan een ander. Of aan anderen.

Bray rende het pad op, bleef zo veel mogelijk in de schaduw en verlaagde zijn tempo tot een vlugge pas toen hij op het plateau met de terrassen kwam dat voor de laatste trappen naar de villa lag. Ergens daar boven, ergens was de door paniek aangegrepen Scozzi. Naar wie was hij toe gerend? Wie kon de beslissing nemen die deze machtige, gevreesde man niet kon nemen?

Scofield nam snel de treden. De revolver van de wacht had hij in zijn broekzak, zijn Browning in zijn schouderholster onder het smokingjasje. Hij liep door de tuindeuren een volle zaal binnen. Dat was de 'paleiszaal' die anachronistisch gewijd was aan de donderende geluiden van discomuziek. Draaiende spiegelbollen met gekleurde lampen hingen aan het plafond en draaiden dol rond, terwijl dansers samen heen en weer bewogen, een starre uitdrukking op hun gezichten, zich verliezend in het ritme, verdovende middelen en alcohol. Dit was de zaal die het dichtst bij de trap lag die rechtstreeks van het nabij gelegen terras naar het pad van Hippolytos' fontein liep. In de staat waarin Scozzi verkeerde, moest dit de zaal zijn waar hij binnen was gegaan. Er waren twee ingangen. Welke had hij genomen? De bewegingen op de dansvloer werden onderbroken en Bray wist het antwoord. Er was een zware deur in de muur achter een lange buffettafel. Twee mannen snelden erheen. Ze waren opgeroepen, er was alarm geslagen.

Scofield baande zich een weg naar de deur, ging verontschuldigend om de dolle lichamen heen en duwde hem langzaam open met zijn hand op de Browning onder zijn jasje. Erachter was een smalle wenteltrap van dikke rode stenen. Boven kon hij voetstappen horen.

Er waren ook nog andere geluiden. Er klonk geroep van mannen, twee stemmen verhieven zich in contrapunt, de ene sterk en kalm, de andere bijna hysterisch. De laatste was de stem van graaf Guillamo Scozzi.

Bray ging de trap op, zijn rug tegen de muur gedrukt, de Browning hield hij aan zijn zijde. Na de eerste bocht was er een deur, maar daar klonken de stemmen niet achter vandaan. Ze waren verderop, achter een tweede deur, schuin naar boven op een derde trapportaal. Scozzi schreeuwde nu. Scofield was dichtbij genoeg om de woorden duidelijk te horen.

'Hij had het over de brigades en – o god – over de herder! Over de Corsicaan! Hij weet het! Moeder Gods, hij weet het!'

'Stil! Hij is aan het zoeken, hij weet het niet. Ze hebben ons verteld dat hij dat misschien zou doen. De oude man liet hem komen en die wist bepaalde feiten. Meer dan we aannamen, en dat is lastig, dat geef ik toe.'

'Lastig? Dat betekent chaos! Eén woord, één zinspeling, één fluistering en ik kan geruïneerd zijn! Overal!'

'Jij?' zei de sterkere stem verachtelijk. 'Jij bent niets, Guillamo. Je bent alleen wat wij zeggen dat je bent. Denk daaraan... Je liep natuurlijk weg. Je gaf hem niet de minste aanwijzing dat er ook maar een schijntje waar was van wat hij zei.'

Het was even stil. 'Ik riep mijn wacht en zei tegen de Amerikaan te blijven waar hij was. Hij is onder schot, nog bij de fontein.'

'Je wát? Je liet hem bij een wacht? Een Amerikaan? Ben je gek? Dat is onmogelijk. Dat is hij helemaal niet!'

'Hij is Amerikaan, natuurlijk is hij dat! Zijn Engels is Amerikaans, volkomen Amerikaans. Hij gebruikt de naam Pastor, dat heb ik je al gezegd!'

Weer was het stil, nu dreigend, geladen. 'Jij was altijd al de zwakste schakel, Guillamo, dat weten we. Maar nu ben je te diep gezonken. Je hebt een probleem geschapen dat er niet zou mogen zijn! Die man is Wasili Talenjekov! Hij verandert van taal als een kameleon van kleur en hij zal een lijfwacht nog gemakkelijker doden dan dat hij een pier doodtrapt. We kunnen je niet handhaven, Guillamo. Er mag helemaal geen schakel zijn. Geen enkele.'

Stilte... kort, verbroken door een schot en een ademstoot. Guillamo Scozzi was dood.

'Laat hem liggen!' commandeerde de onbekende *consigliere* van de Matarese raad. 'Ze zullen hem morgenvroeg vinden, in zijn auto in het ravijn van Hadrianus. Ga die Pastor zoeken, die moeilijk te pakken Talenjekov! Hij moet niet levend gepakt worden, probeer dat niet. Zoek hem. Dood hem... En het meisje in het wit. Zij ook. Dood ze beiden!'

Scofield sprong de smalle trap af, de hoek om. De laatste woorden die hij achter de deur hoorde boven, waren zo vreemd, zo boeiend dat hij bijna bleef staan en in de verleiding kwam op de naderende moordenaars te schieten en terug te gaan om oog in oog te staan met de onbekende die tegen hen praatte.

'... Scozzi! Jezus Christus! Waarschuw Turijn. Vertel ze dat ze telegrammen sturen naar de adelaars en de kat. De begrafenissen moeten definitief zijn...'

Er was geen tijd om na te denken. Hij moest naar Antonia en moest hen beiden uit de Villa d'Este zien te krijgen. Hij duwde de deuren open en rende het stampende gekkenhuis in. Plotseling merkte hij de rij stoelen op die langs de muur stond. De meeste waren leeg, over sommige hingen capes, bontmantels en stola's. Als hij één van de achtervolgers kon uitschakelen, zou dat meerdere voordelen hebben. Eén man die waarschuwt zou veel minder effect hebben dan twee. En er was nog iets. Een gevangen man die ervan overtuigd was dat hij zijn leven ging verliezen, zou naar alle waarschijnlijkheid een naam willen noemen om het te redden. Hij draaide zich naar de muur, zijn handen op de leuning van een stoel, een *cavaliere* die te veel wijn op had.

De zware deur vloog open en de eerste van de twee killers rende binnen, zijn kameraad er vlak achter. De eerste man ging naar de tuindeuren en de trap naar het terras beneden, de tweede liep om de dansvloer heen naar de achterste poort.

Scofield sprong naar voren, wrong zijn lichaam in allerlei bochten, alsof hij een eenzame danser was die wild was geworden door het slagwerk van de rockmuziek. Hij was niet het enige beeld van dronkenschap, er waren er nog een aantal op de volle dansvloer. Hij bereikte de tweede man, sloeg zijn arm over een schouder en drukte zijn hand op de holster onder het jasje. Het wapen erin hield hij vast door de kolf te grijpen door de stof heen en drukte de loop tegen de borst van de man. De Italiaan spartelde tegen, maar het was tevergeefs en dat wist hij in een paar seconden. Bray drukte zijn hand in de zij van de man en stak zijn vinger onderin de borstkas en trok met zo'n kracht dat de man het uitschreeuwde. Die schreeuw werd niet opgemerkt, want er klonk overal geschreeuw en oorverdovende muziek. Draaiende lampen verblindden het ene ogenblik en lieten het andere ogenblik witte vlekken achter op het netvlies. Scofield trok de man naar de rij stoelen tegen de wand, draaide hem om en drukte hem in de stoel die het dichtst bij de zware deur stond. Zijn vingers grepen de keel van de Italiaan. Zijn linkerhand was nu onder het jasje, zijn vingers gingen naar de trekker. Hij hield zijn lippen bij het oor van de killer.

'Die man boven! Wie is hij? Zeg op, anders schiet ik je met je eigen wapen door je longen! Het schot zal hier niet eens te horen zijn! Wie is het?'

'Nee!' De man probeerde de stoel uit te komen. Bray liet zijn knie in het omhoog komende kruis terechtkomen en zijn vingers knepen de luchtpijp dicht. Hij deed het allebei met kracht: pijn zonder eind of onderbreking.

'Ik waarschuw je voor de laatste keer! Wie is het?'

Het speeksel liep de man uit de mond, zijn ogen waren net bloed doorlopen rondjes, zijn borst zwoegde in overgave. Hij gaf het op

en met ingespannen fluistering kwam de naam eruit.
'Paravacini.'
Bray kneep voor het laatst in de luchtpijp van de killer. De lucht naar de longen en het hoofd werd iets langer dan twee seconden onderbroken en de man zakte in elkaar. Scofield liet hem over de stoel naast zich vallen: weer een dronken *bello Romano*.

Hij draaide zich om en baande zich een weg door het smalle pad tussen de rij stoelen en de onregelmatige rij van koortsachtig opgezweepte dansers. De eerste man was naar buiten gegaan. Bray kon een paar minuten vrij rondlopen, maar langer niet. Hij drong zich door de menigte bij de ingang en liep de volgende zaal in met een minder dol gezelschap. Hij zag haar in de hoek. De donkerharige Paolo stond naast haar, twee andere *cavalieri* vóór haar, en allen wedijverden ze om haar aandacht. Paolo echter scheen minder opdringerig. Hij wist wanneer iets toekomstig eigendom was waar het zijn graaf betrof. De eerste gedachte die bij Bray opkwam, was dat Toni's jurk bedekt moest worden... het meisje in he wit. Zij ook, dood ze beiden...

Hij liep vlug naar het viertal en wist precies wat hij moest doen. Er was afleiding nodig, hoe hysterischer hoe beter. Hij raakte Paolo's arm aan en zijn ogen waren op Antonia gericht, zijn blik zei haar rustig te blijven.

'U bent Paolo, nietwaar?' vroeg hij de donkerharige man in het Italiaans.

'Ja, meneer.'

'Graaf Guillamo wil u direct spreken. Het is een soort spoedgeval geloof ik.'

'Natuurlijk! Waar is hij?'

'Ga door de poort daar, rechtsaf voorbij een rij stoelen naar een deur. Daar is een trap...' De jonge Italiaan repte zich weg; Bray verontschuldigde Toni en zichzelf bij de resterende twee mannen. Hij hield haar arm vast en duwde haar naar de poort die toegang gaf tot de disco.

'Wat gebeurt er?' vroeg ze.

'We gaan weg,' antwoordde hij. 'Hier binnen liggen wat mantels en dergelijke op de stoelen. Pak de donkerste en de grootste die je kunt vinden. Vlug, we hebben niet veel tijd.'

Ze vond een lange, zwarte cape terwijl Bray tussen haar en de kronkelende mensen op de dansvloer stond. Ze hing hem over haar arm en ze baande zich met de ellebogen een weg naar de tuindeuren en de buitentrap.

'Hier, trek aan,' beval Scofield en sloeg hem over haar schouders.

'Laten we gaan,' zei hij en begon de trap af te lopen. 'We nemen de kortste weg over de terrassen naar rechts en weer naar binnen door de hal naar de parkeer...'

Er klonk geschreeuw van binnenuit. Mannen riepen, vrouwen gilden en binnen een paar tellen stroomden gestalten in diverse staten van dronkenschap de deuren uit en botsten tegen elkaar aan. Binnen was er plotseling chaos en de paniekerige woorden waren duidelijk.

E stato ucciso!

Terroristi!

Fuggiamo!

Het lichaam van graaf Guillamo Scozzi was gevonden. Bray en Antonia renden naar het eerste terrasniveau en langs een muur die vol stond met sierlijke plantpotten. Aan het eind van de omsloten ruimte was een nauwe opening naar de volgende. Scofield hield haar hand vast en trok haar erdoor.

'*Alto!* Blijf staan!'

De roep kwam van boven. De eerste man die een paar minuten eerder de deur uit was gerend, stond op de stenen treden met een wapen in zijn hand. Bray stootte met zijn schouder tegen Antonia en smeet haar met geweld tegen de muur. Hij dook naar rechts op het beton, rolde naar links en trok de Browning uit zijn holster. De kogels van de man sloegen in het oude steen boven Scofield. Bray richtte vanaf zijn rug met zijn schouders van de grond, zijn rechterhand gesteund door de linker. Hij vuurde tweemaal. De killer viel voorover en tuimelde van de trap.

De revolverschoten maakten de chaos nog groter. Angstkreten vulden de fraaie terrassen van Villa d'Este. Bray ging naar Antonia. Ze zat gebukt tegen de muur.

'Hoe gaat het?'

'Ik leef nog.'

'Kom!'

Ze vonden een onderbreking in de muur waar door een goot een snelle stroom water naar een vijver beneden liep. Ze liepen erdoor en renden langs het aangelegde beekje naar het eerste pad, een gang die aan beide kanten begrensd werd door naar wat bleek honderden stenen beelden die tegelijkertijd water spuwden. Het schijnwerperlicht werd door de bomen gefilterd. Het was een griezelig rustig tafereel, dat wel naast de panische chaos van de terrassen boven lag, maar er niet door aangetast was.

'Rechtdoor!' zei Scofield. 'Aan het eind is een waterval en nog een trap. Daar moeten we op.'

Ze begonnen door de tunnel van gebladerte te rennen. Water van sproeinevels van de fonteinen mengde zich met het zweet op hun gezichten.

'*Dannazione!*' Antonia viel, de lange zwarte cape werd door een tak van een jonge boom van haar schouders gerukt. Bray bleef staan en trok haar overeind.

'*Ecco la!*'

'*La donna!*'

Achter hen klonk geroep en er klonken schoten. Twee mannen kwamen door de met water gevulde gang. Ze waren doelen, silhouetten tegen het licht van de fonteinen erachter. Scofield vuurde driemaal. Een man viel en greep naar zijn dij, de tweede voelde aan zijn schouder. Zijn wapen vloog uit zijn hand toen hij naar de bescherming van het dichtstbijzijnde beeld dook.

Bray en Antonia kwamen bij de trap aan het eind van het pad. Een toegang tot de villa. Ze renden naar boven met twee treden tegelijk, tot ze bij de panische menigte kwamen die door de omsloten hof naar de grote parkeerplaats ontsnapte.

Er waren overal chauffeurs die bij sierlijke auto's stonden. Ze bewaakten ze, wachtend op de komst van hun werkgevers, en zoals zoveel chauffeurs tegenwoordig in Italië, hadden ze hun wapens getrokken. Bescherming was het belangrijkst. Ze waren geschoold en voorbereid.

Eén echter was niet genoeg voorbereid. Bray naderde hem. 'Is dit de auto van Scozzi?' vroeg hij buiten adem.

'Nee, signore! Afblijven!'

'Sorry.' Scofield liep een stap weg van de man, genoeg om zijn angst te matigen, sprong toen vooruit en hamerde met de loop van zijn pistool tegen de zijkant van de schedel van de chauffeur. De man zakte in elkaar. 'Instappen!' riep hij tegen Antonia. 'Sluit de portieren en ga op de vloer liggen tot we hier weg zijn.'

Het duurde bijna een kwartier voordat ze de hoofdweg uit Tivoli bereikten. Ze reden snel tien kilometer de weg af en namen daarna een afslag naar rechts die vrij van verkeer was. Bray reed naar de kant van de weg, stopte, liet een paar minuten zijn hoofd tegen de leuning rusten en sloot zijn ogen. Het bonzen werd minder. Hij ging rechtop zitten, haalde zijn sigaretten uit zijn zak en bood er Antonia een aan.

'Normaal rook ik niet,' zei ze. 'Maar nu wel. Wat is er gebeurd?'

Hij stak beide sigaretten aan en vertelde haar, eindigend met de moord op Guillamo Scozzi, de raadselachtige woorden die hij op de trap had gehoord, en de identiteit van de man die ze gezegd had. Paravacini. De bijzonderheden waren duidelijk, de conclusies minder. Hij kon er alleen over speculeren.

'Ze dachten dat ik Talenjekov was. Ze waren gewaarschuwd voor hem. Maar ze wisten niets over mij, mijn naam werd geen enkele keer genoemd. Het is onbegrijpelijk, Scozzi beschreef een Amerikaan. Ze hadden het moeten weten.'

'Waarom?'

'Omdat Washington en Moskou beide wisten dat Talenjekov om mij kwam. Ze probeerden ons te pakken. Dat mislukte en dus moesten ze aannemen dat wij elkaar ontmoet hadden...' Of hebben ze dat ook? vroeg Scofield zich af. De enige die werkelijk wist dat hij en de Rus elkaar ontmoet hadden, was Robert Winthrop, en als hij nog leefde, kon op zijn zwijgen gerekend worden. De rest van de inlichtingengemeenschap had alleen maar bewijzen van horen zeggen om op af te gaan. Niemand had hen werkelijk samen gezien. Toch zouden ze het wel vermoeden, tenzij... 'Ze denken dat ik dood ben,' zei hij hardop en staarde door de sigaretterook naar de voorruit. 'Dat is de enige verklaring. Iemand heeft ze verteld dat ik dood ben. Dat is wat het "onmogelijk" van Paravacini betekende.'

'Waarom zou iemand dat doen?'

'Wist ik het maar. Als het een zuivere manoeuvre van de geheime dienst was, zou het kunnen zijn om tijd te winnen, de tegenstanders van het spoor brengen en je eigen val uitzetten. Maar dat is dit soort zaak niet, dat kan niet. De Matarese raad heeft contacten met de Russische en de Amerikaanse operaties – daar twijfel ik geen seconde aan – maar niet andersom. Ik begrijp het niet.'

'Kon diegene, wie het ook was, denken dat je werkelijk dood bent?'

Bray keek haar aan. Hij dacht snel na. 'Ik zou niet weten hoe. Of waarom. Het is een verdomd goed idee, maar ik heb er niet aan gedacht. Een begrafenis uitvoeren zonder lijk is een heel gedoe.'

Begrafenis... De begrafenissen moeten definitief zijn...

Waarschuw Turijn... Vertel dat ze telegrammen moeten sturen aan de adelaars en de kat...

Turijn. Paravacini...

'Heb je iets bedacht?' vroeg Antonia.

'Iets anders,' antwoordde hij. 'Die Paravacini. Leidt hij de Scozzi-Paravacini-bedrijven in Turijn?'

'Vroeger wel. En in Rome en Milaan, New York en Parijs ook. Nu niet meer. Hij trouwde de dochter van Scozzi en mettertijd nam haar broer, de graaf, steeds meer de leiding over. De graaf is degene die de maatschappijen leidde. Tenminste, dat stond in de kranten.'

'Paravacini wilde dat ze dat schreven. Het was niet waar. Scozzi was een goed opgezette stroman.'

'Dus hij maakte geen deel uit van de Matarese raad?'

'O, hij hoorde er wel bij en was op een bepaalde manier de belangrijkste. Tenzij ik het mis heb, was hij het eerst lid. Hij en zijn moeder, de gravin, boden Paravacini het lidmaatschap aan bij zijn nieuwe vrouw met blauw bloed. Maar nu komen we aan de echte vraag. Waarom zou een man als Paravacini er zelfs maar naar luisteren? Mannen als hij hebben bovenal politieke stabiliteit nodig. Ze stoppen fortuinen in regeringen die dat bieden en in kandidaten die het beloven, omdat ze fortuinen verliezen als er geen stabiliteit is. Ze zoeken sterke, autoritaire regimes, die in staat zijn Rode Brigades of een Baader-Meinhofgroep uit te roeien.'

'Die regering bestaat niet in Italië,' onderbrak Antonia.

'En ook niet in veel andere landen. Daarom is het onbegrijpelijk. De Paravacini's van deze wereld varen wél bij *law and order*. Er is voor hen voordeel te behalen en ze kunnen er niets voor in de plaats stellen als zo'n regering valt. Toch is de Matarese raad tegen dat alles. Die wil regeringen lam leggen, steunt de terroristen, stopt ze geld toe, verbreidt de verlamming zo snel mogelijk.' Scofield nam een trek van zijn sigaret. Hoe duidelijker sommige dingen werden, des te duisterder werden andere.

'Je spreekt jezelf tegen, Bray.' Antonia raakte zijn arm aan. Dat was een heel natuurlijk gebaar geworden de laatste vierentwintig uur. 'Je zegt dat Paravacini de Matarese raad is. Of er deel van uitmaakt.'

'Ja. Dat is wat er ontbreekt. De reden.'

'Waar zoek je die?'

'Niet langer hier. Ik zal de dokter vragen onze spullen bij het Excelsior op te pikken. We vertrekken.'

'Wij?'

Scofield pakte haar hand. 'Vanavond is er veel veranderd. *La bella signorina* kan nu niet in Rome blijven.'

'Dus ik kan met je meegaan?'

'Tot Parijs,' zei Bray onzeker, en die onzekerheid kwam niet voort uit twijfel, hij vroeg zich alleen af hoe hij de verbindingswegen in Parijs moest regelen. 'Jij blijft daar. Ik zal de zaken uitwerken en je een plek bezorgen waar je kunt logeren.'

'Waar ga jij heen?'

'Naar Londen. We weten nu dat over Paravacini. Hij is de Scozzifactor. Nu komt Londen.'

'Waarom daar?'

'Paravacini zei dat Turijn telegrammen moest sturen naar de adelaars en de kat. Met wat je grootmoeder ons op Corsica vertelde, is die code niet moeilijk te ontcijferen. De ene adelaar is mijn land, de andere dat van Talenjekov.'

'Dat klopt niet,' wierp Antonia tegen. 'Rusland is de beer.'
'Niet in dit geval. De Russische beer is bolsjewistisch, de Russische adelaar tsaristisch. De derde gast op Villa Matarese in april negentienelf was een man genaamd Worosjin. Prins Andrei Worosjin. Uit St. Petersburg. Dat is nu Leningrad. Talenjekov is daar naar toe.'
'En de kat?'
'De Britse leeuw. De tweede gast, sir John Waverley. Een afstammeling, David Waverley, is minister van buitenlandse zaken.'
'Een erg hoge post.'
'Te hoog, te opvallend. Het heeft voor hem ook geen zin om erbij betrokken te zijn. Evenmin als voor de man in Washington, een senator die volgend jaar waarschijnlijk president zal zijn. En omdat het geen zin heeft, ben ik er zo bang voor als de hel.' Scofield liet haar hand los en greep naar de starter. 'We komen dichterbij. Wat er te vinden is bij de twee adelaars en de kat is misschien moeilijker voor de dag te halen, maar het is er. Paravacini heeft dat duidelijk gemaakt. Hij zei dat de begrafenissen definitief moesten zijn. Hij bedoelde dat al de verbindingen opnieuw onderzocht moeten worden, verder buiten bereik moeten komen.'
'Je zult veel gevaar lopen.' Ze raakte zijn arm weer aan.
'Lang niet zo veel als Talenjekov. Wat de Matarese raad betreft, ben ik dood, weet je wel? Hij niet. Daarom gaan we hem ons eerste telegram sturen. Naar Helsinki. We moeten hem waarschuwen.'
'Waarvoor?'
'Dat iemand die door Leningrad rondsluipt om inlichtingen te zoeken over een illustere oude Petersburgse familie genaamd Worosjin, waarschijnlijk door zijn kop geschoten zal worden.'
Bray startte de auto. 'Het is dwaas,' zei hij. 'Wij zitten achter de erfgenamen aan – of we denken dat we dat doen – omdat we hun namen hebben. Maar er is iemand anders, en ik denk niet dat een van hen veel betekent zonder hem.'
'Wie is dat dan?'
'Een "herdersjongen". Hij is degene die we werkelijk moeten vinden en ik heb niet het flauwste idee hoe dat moet.'

22

Talenjekov liep naar het midden van het huizenblok aan de Itä Kaivopuisto in Helsinki en lette op de lichten van de Amerikaanse ambassade in de straat. Het gebouw zag er passend uit. Hij had bijna de hele dag steeds weer aan Scofield moeten denken.

Het had hem het grootste deel van de dag gekost om het nieuws in Scofields telegram op te nemen. De woorden zelf waren onschuldig: het rapport van een verkoper aan een bestuurder van een hoofdkantoor over de Italiaanse import van Fins kristal, maar de nieuwe inlichtingen waren opzienbarend en ingewikkeld. Scofield had in zeer korte tijd buitengewone vorderingen gemaakt. Hij had het eerste verband gevonden: het was een Scozzi – de eerste naam op de gastenlijst van Guillaume de Matarese – en die man was dood, vermoord door degene die boven hem stond. Daarom was bewezen dat de veronderstelling van de Amerikaan op Corsica juist was dat de leden van de Matarese raad dat niet door geboorte waren, maar dat ze gekozen waren. De Matarese beweging was overgenomen, een mengsel van afstammelingen en overweldigers. Het kwam overeen met de woorden van de stervende Aleksie Kroepskaja in Moskou: de Matarese beweging sluimerde jarenlang. Niemand kon ermee in contact komen. Daarna kwam zij terug, maar was niet dezelfde. Moorden... zonder opdrachtgevers, zinloze slachtingen zonder patroon... regeringen lamgelegd.

Dit was inderdaad een nieuwe Matarese beweging en oneindig dodelijker dan een culte van fanatici die zich wijdden aan betaalde politieke moord. En Beowulf had er in zijn telegram een waarschuwing aan toegevoegd. De Matarese raad van nu nam aan dat de gastenlijst was gevonden. De jacht op de familie Worosjin in Leningrad was oneindig ingewikkelder dan hij een paar dagen geleden zou zijn geweest.

In Leningrad wachtten mannen op iemand die vragen zou stellen over de Worosjins. Maar niet de mannen – of man – die hij zou ontmoeten, dacht Talenjekov. Hij stampte met zijn voeten tegen de kou en keek uit naar een teken van de auto en de man die hem zou ontmoeten en hem naar het oosten zou brengen, voorbij Hamina naar de Russische grens.

Scofield was met het meisje op weg naar Parijs, de Amerikaan zou verder gaan naar Engeland, na de zaken in Parijs geregeld te hebben. De Corsicaanse vrouw had de testen die Beowulf Agate haar afgenomen had, doorstaan. Ze zou in leven gelaten worden en hun volgelinge zijn. Maar Wasili merkte dat Scofield zelden volgens een eenvoudige lijn opereerde. Er was een derde partij, de bedrijfsleider van het Tavastian-hotel in Helsinki.

Als hij eenmaal in Leningrad was, moest Talenjekov de bedrijfsleider alle bijzonderheden die hij in cijfercode kon stoppen, telegraferen, en die man zou op zijn beurt op directe telefoongesprekken uit Parijs wachten en de ontvangen codes uit Leningrad overbrengen. Het was dan aan de vrouw om Scofield in Engeland te bereiken. Wasili wist dat het onderscheppen van telegraafverkeer een bijzondere gave van de KGB was. De enige veilige manier om dat te vermijden was KGB-apparatuur te gebruiken. Op de een of andere wijze zou hij een weg vinden om dat te doen. Er reed een auto naar de kant van de weg, de koplampen dimden eenmaal, de bestuurder droeg een rode das waarvan het ene eind over een leren jasje was geslagen. Talenjekov liep het trottoir over en ging voorin naast de chauffeur zitten. Hij ging terug naar Rusland.

De stad Vainikala lag aan de noordwestkust van het meer. Aan de overkant lag de Sovjetunie. Langs de zuidoostelijke oever, waar gepatrouilleerd werd door groepen soldaten en honden, werd men vaker geplaagd door verveling dan door bedreiging van penetratie of ontsnapping. Toen de KGB er pas van op de hoogte was, maakte langdurige blootstelling aan de ijskoude winden gedurende de wintermaanden het eenvoudig te gevaarlijk om het als ontsnappingsroute te gebruiken. En 's zomers maakte de eindeloze stroom toeristenvisa van en naar Tallin en Riga, om niet te spreken over Leningrad zelf, van deze steden de gemakkelijkste wegen naar de vrijheid. Als gevolg daarvan werden de noordwestelijke garnizoenen langs de Finse grens ingedeeld bij het minst gemotiveerde Russische militaire personeel, vaak een verzameling mislukkelingen en dronkaards onder bevel van mannen die gestraft waren voor beoordelingsfouten. Controlepost Vainikala was een logische plaats om naar Rusland over te steken, zelfs de honden waren er derderangs.

De Finnen echter niet en ze hadden ook hun haat niet verloren tegen de Russische indringers die hun land in '39 waren binnengevallen. Zoals ze toen meesters van de meren en wouden waren geweest, en hele divisies met briljant uitgevoerde hinderlagen teruggeslagen hadden, waren ze veertig jaar later meesters in het mijden van anderen. Pas toen Talenjekov over een inham van ijs gebracht was en achter de patrouilles boven de met sneeuw overladen oevers, besefte hij dat controlepost Vainikala een ontsnappingsroute van belang was geworden.

'Als ooit,' zei de Fin die hem naar de laatste etappe van zijn reis gebracht had, 'een van jullie mensen uit Washington langs deze bolsjewistische smeerlappen wil komen, laat het ons dan weten. Want wij vergeten niet.'

De ironie ontging Wasili niet. Voorheen meesterstrateeg bij de KGB, 'Je moet voorzichtig zijn met zulke aanbiedingen,' antwoordde hij. 'Hoe weet u dat ik geen Russische spion ben?'

De Fin glimlachte. 'We hebben alles tot het Travastian-hotel nagegaan en onze inlichtingen ingewonnen. U werd gestuurd door de beste die er is. Hij heeft ons gebruikt in een tiental verschillende operaties in de Oostzee. Doe hem onze groeten.'

De man stak zijn hand uit. 'Het is geregeld dat u naar het zuiden gereden wordt, via Vyborg naar Zelenogorsk,' vervolgde de begeleider.

'Wat?' Talenjekov had daar niet om gevraagd. Hij had duidelijk gemaakt dat hij er de voorkeur aan gaf zelfstandig te zijn zodra hij in Rusland was. 'Ik heb niet gevraagd om dat te doen. Ik heb er niet voor betaald.'

De Fin glimlachte neerbuigend. 'We dachten dat het zo het beste was en het gaat vlugger voor u. Volg deze weg twee kilometer. U vindt een auto geparkeerd bij de sneeuwhelling. Vraag de man erin hoe laat het is. Zeg daarna dat u panne hebt met uw auto – maar spreek Russisch. Ze zeggen dat u dat vrij goed kent. Als de man antwoordt en dan zijn horloge opdraait, is het uw rit.'

'Ik denk dat het niet nodig is,' wierp Wasili tegen. 'Ik had verwacht het zelf te regelen – ter wille van ons beiden.'

'Wat u ook regelt, dít is beter. De dag zal gauw aanbreken en de wegen worden bewaakt. U hoeft zich nergens zorgen over te maken. De man die u ontmoet, heeft lang op de loonlijst in Washington gestaan.' De Fin glimlachte weer. 'Hij is plaatsvervangend commandant van de KGB in Vyborg.' Talenjekov beantwoordde de glimlach. De ergernis die hij had gehad vervloog. In één zin had zijn begeleider de antwoorden op verscheidene kwesties gegeven. Was stelen van een dief de veiligste vorm van diefstal, het was nog veiliger om het als overloper op een akkoordje te gooien met een verrader.

'Jullie zijn een merkwaardig volk,' zei hij tegen de Fin. 'Ik weet zeker dat we nog wel eens zaken zullen doen.'

'Waarom niet? We blijven bezig bij de grens. We hebben tientallen rekeningen te vereffenen.'

Talenjekov kon het niet nalaten. 'Nog steeds? Nu nog, na zo veel jaar?'

'Dat houdt nooit op. U bent gelukkig, beste vriend. U leeft niet met een wilde, wispelturige beer in uw achtertuin. Probeer het eens een keer. Je wordt er neerslachtig van. Hebt u het nog niet gehoord? Wij drinken te veel.'

Wasili zag de auto in de verte, een zwarte schaduw tussen andere schaduwen, omringd door de sneeuw op de weg. De dag brak aan, over een uur zou de zon zijn gele stralenbundels over de arctische heuvels laten vallen en zouden de nevels verdwijnen. Als kind was hij verwarmd door die zon.

Hij was thuis. Het was vele jaren geleden, maar hij had niet het gevoel teruggekomen te zijn, was niet blij met het vooruitzicht bekende dingen te zien, misschien een bekend gezicht... veel ouder geworden, net zoals hij zelf ouder was geworden.

Hij was helemaal niet opgetogen, hij had alleen een doel. Er was te veel gebeurd. Hij had het koud en de winterzon zou geen warmte brengen op deze reis. Het ging alleen om een familie genaamd Worosjin. Hij ging naar de wagen toe, bleef zo ver mogelijk naar rechts staan, in de blinde hoek, zijn Graz-Boerja in zijn gehandschoende rechterhand. Hij stapte door de rand van sneeuw, hield zijn lichaam gebogen tot hij in het verlengde van de voorruit stond. Hij hief zijn hoofd en keek naar de man in de auto. De gloed van de sigaret verlichtte gedeeltelijk het vaag bekende gezicht. Talenjekov had het eerder gezien, op een dossierfoto of misschien tijdens een kort onderhoud in Riga dat te onbetekenend was om het zich te herinneren. Hij herinnerde zich zelfs de naam van de man en die naam deed de feiten snel in zijn geheugen opkomen. Maletkin. Pietre Maletkin. Uit Godro, net ten noorden van de Poolse grens. Hij was voorin de vijftig – dat was ook wel aan zijn gezicht te zien – en werd beschouwd als een degelijke, hoewel onbezielde beroeps, iemand die rustig zijn werk deed, met routinematige doeltreffendheid, maar met weinig méér. Door anciënniteit was hij in de KGB opgeklommen, maar door zijn gebrek aan initiatief hadden ze hem overgeplaatst naar een post in Vyborg. De Amerikanen hadden het goed gezien om hem aan te werven. Hier werd iemand gedoemd tot onbenulligheid door zijn eigen onbeduidendheid, een man die evenwel bekend was met codes en schema's omdat hij een hoge rang had. De tweede in rang in Vyborg wist dat het einde van een nogal roemloze weg was bereikt. Er kon op wrok gespeeld worden en beloften voor een rijker leven waren machtige lokmiddelen. Hij kon altijd nog neergeschoten worden als hij het ijs overstak op een laatste reis naar Vainikala. Niemand zou hem missen. Een succesje voor de Amerikanen, een moeilijkheidje voor de KGB. Maar dat was nu allemaal veranderd. Pietre Maletkin begon een heel belangrijk man te worden. Hij zou Wasili herkennen op het moment dat deze naar het raampje liep. Want het gezicht van de 'overloper' zou Maletkin zéér bekend zijn. Elk KGB-station in de wereld zat achter Wasili Wasilowitsj Talenjekov aan.

Beschut door de sneeuwwal kroop hij tot ongeveer zeven meter achter de auto en ging toen op de weg lopen. Maletkin was óf in gedachten verzonken óf half in slaap. Hij gaf geen teken dat hij iemand zag, draaide zijn hoofd niet, drukte zijn sigaret niet uit. Pas toen Wasili drie meter van de voorruit af was, schokte de verrader met zijn schouders en draaide zijn gezicht naar het glas. Talenjekov wendde zijn hoofd af alsof hij de weg achter zich in de gaten hield terwijl hij liep. Hij wilde niet dat zijn gezicht gezien werd vóór het raampje naar beneden ging. Hij ging vlak bij het portier staan, zijn gezicht verborgen boven het dak.

Hij hoorde het draaien van de kruk, voelde even de warmte die uit de auto opsteeg. Zoals hij verwachtte, schoot er een lichtbundel van een zaklamp vanaf de stoel. Hij boog voorover, toonde zijn gezicht en stak de Graz-Boerja door het open raampje.

'Goedemorgen, kameraad Maletkin. Je bent Maletkin toch, niet waar?'

'Mijn god! Jij!'

Met zijn linkerhand greep Talenjekov naar binnen, pakte de lamp, draaide hem langzaam weg en deed dat zonder geweld. 'Wind je niet op,' zei hij. 'We hebben nu iets gemeen, hè? Waarom geef je mij de sleutels niet?'

'Wat... wat?' Maletkin was verlamd kon niets zeggen. 'Geef mij de sleutels alsjeblieft,' vervolgde Wasili. 'Ik zal ze je teruggeven zodra ik binnen ben. Je bent nerveus, kameraad, en nerveuze mensen doen nerveuze dingen. Ik wil niet dat je zonder mij wegrijdt. De sleutels alsjeblieft.'

De onheilspellende loop van de Graz-Boerja was een paar centimeter van Maletkins gezicht, zijn ogen gingen vlug heen en weer van het wapen naar Talenjekov. Hij tastte naar de contactschakelaar en pakte de sleutels. 'Hier,' fluisterde hij.

'Dank je, kameraad. En we zijn kameraden, dat weet je toch, hè? Het zou voor geen van ons beiden zin hebben om te profiteren van de toestand van de ander. We zouden beiden verliezen.'

Talenjekov liep om de motorkap van de wagen, stapte door de sneeuwhoop en ging voorin zitten naast de gemelijke verrader.

'Kom, kom, kolonel Maletkin – je bent nu toch kolonel, niet? – er is geen reden om zo vijandig te zijn. Ik wil al het nieuws horen. 'Ik ben maar tijdelijk kolonel, de rang is niet effectief.'

'Schande! We hebben je nooit gewaardeerd, wel? Nou, we hebben het vast mis gehad. Moet je eens zien wat je vlak onder onze neus voor elkaar hebt gebracht. Je moet me eens vertellen hoe je dat gedaan hebt. In Leningrad.'

'Leningrad?'

'Een paar uur rijden van Zelenogorsk. Dat is niet zo ver en ik weet zeker dat de plaatsvervangend commandant van Vyborg een redelijke verklaring kan geven voor het reisje. Ik zal je helpen. Ik ben erg goed in dat soort zaken.'

Maletkin slikte, zijn ogen bezorgd op Wasili gericht. Ik moet morgenvroeg in Vyborg terug zijn. Voor een instructie van de patrouilles.'

'Delegeer dat, kolonel! Iedereen wil graag dat verantwoordelijkheid aan hem overgedragen wordt. Dat laat zien dat ze gewaardeerd worden.'

'Het werd aan mij gedelegeerd,' zei Maletkin.

'Snap je wat ik bedoel? Tussen twee haakjes, waar heb jij je bankrekeningen? In Noorwegen? Zweden? New York? Zéker niet in Finland, dat zou dwaas zijn.'

'In Atlanta. Bij een bank van Arabieren.'

'Goed bedacht.' Talenjekov overhandigde hem de sleutels. Zullen we vertrekken, kameraad?'

'Dat is krankzinnig,' zei Maletkin. 'We zijn ten dode opgeschreven.'

'Voorlopig niet. We hebben zaken te doen in Leningrad.'

Het was middag toen ze de Kirov-brug overgingen, voorbij de zomertuinen bedekt met jute, en in zuidelijke richting naar de enorme boulevard, de Newsky Prospekt. Talenjekov werd stil toen hij uit het raampje naar de monumenten van Leningrad keek. Het bloed van miljoenen was opgeofferd om de bevroren modder en moeraslanden van de rivier de Neva te veranderen in tsaar Peters venster op Europa.

Ze kwamen bij het eind van de Prospekt onder de glimmende spits van het Admiraliteitsgebouw en sloegen af naar de Kade. Langs de oevers van de rivier stond daar het Winterpaleis. Het effect ervan op Wasili was hetzelfde als het altijd was geweest. Het deed hem denken aan het Rusland dat eens had bestaan en hier zijn einde gevonden had.

Er was geen tijd voor zulke overdenkingen, evenmin was dit het Leningrad waar hij de volgende paar dagen zou rondzwerven – ofschoon, het was ironisch genoeg dít Leningrad, dát Rusland dat hem hier bracht. Prins Andrei Worosjin had van beide deel uitgemaakt.

'Rij over de Anichov-brug en sla dan linksaf,' zei hij. Ga in de richting van het oude woningbouwdistrict. Ik zal je zeggen waar je moet stoppen.'

'Wat is daar?' vroeg Maletkin, wiens bezorgdheid toenam met ieder blok dat ze passeerden, elke brug die ze over gingen naar het hart van de stad.

'Het verbaast me dat je dat niet weet. Dat zou je toch moeten weten. Een reeks illegale pensions en even illegale, goedkope hotels die allemaal nogal vrije opvattingen schijnen te hebben wat betreft officiële papieren.'

'In Leningrad?'

'Je weet het echt niet, hè?' zei Talenjekov. 'En niemand heeft het je ooit verteld. Ze hebben je over het hoofd gezien, kameraad. Toen ik in Riga gestationeerd was, kwamen degenen van ons die afdelingsleiders waren, vaak hier en gebruikten het district voor vergaderingen die we geheim wilden houden en alleen met onze eigen mensen in deze sector. Daar heb ik voor het eerst jouw naam gehoord, geloof ik.'

'Ik? Werd ík genoemd?'

'Maak je niet bezorgd, ik heb ze van het spoor gebracht en jou beschermd. Jou en de andere man in Vyborg.'

'Vyborg?' Maletkin verloor zijn greep op het stuur. De auto slingerde en ontweek nauwelijks een naderende truck.

'Beheers je!' riep Talenjekov. 'Een ongeluk brengt ons beiden naar de donkere kamers van de Loebjanka-gevangenis.'

'Maar Vyborg?' herhaalde de verbaasde verrader. 'KGB-Vyborg? Weet je wel wat je zegt?'

'Precies, kameraad,' antwoordde Wasili. 'Twee tipgevers uit dezelfde bron die zich dat geen van beiden van elkaar bewust waren. Dat is de meest accurate manier om informatie te verifiëren. Maar als de een het van de ander komt te weten... ja, die profiteert van beide kanten, vind je niet? In jouw geval zouden de voordelen onschatbaar zijn.'

'Wie is het?'

'Later, beste vriend, later. Jij werkt volledig volgens alles wat ik je vraag en je krijgt zijn naam als ik wegga.'

'Akkoord,' zei Maletkin die weer kalm werd.

Talenjekov leunde achterover toen ze verder reden over de druk bereden Sadovaja naar de drukke straten van het oude woondistrict, de *dom vasjen*. Het patina van schone straten en gezandstraalde gebouwen verborg de stijgende spanning die om zich heen greep in dit gebied. Twee of drie gezinnen woonden in één flat, vier of vijf mensen sliepen in één kamer. Eens zou alles losbarsten.

Wasili wierp een blik op de verrader naast zich. Hij verachtte de man. Maletkin dacht dat hij een voordeel ging behalen waar hij een paar minuten geleden nog niet van gedroomd had: de naam van een hooggeplaatste KGB-inlichtingenofficier van zijn eigen station, een verrader als hijzelf, die onbarmhartig gemanipuleerd kon worden. Hij zou bijna alles doen om die naam te krijgen. Hij zou hem krijgen – in drie woorden, een nadere identificatie was niet nodig. En hij zou natuurlijk vals zijn. Pietre Maletkin zou niet doodgeschoten worden door de Amerikanen als hij het ijs overstak naar

Vainikala, maar in plaats daarvan op een kazerneterrein in Vyborg. Genoeg over de politiek van deze onbeduidende man, dacht Wasili toen hij verderop in de straat het gebouw dat hij zocht herkende.

'Stop bij de volgende hoek, kameraad,' zei hij. 'Wacht op me. Als de persoon die ik wil spreken er niet is, ben ik meteen terug. Als hij thuis is, kom ik over ongeveer een uur.' Maletkin stopte rechts achter een groep fietsen die aan een paal op de stoep geketend waren.

'Denk eraan,' ging Talenjekov verder, 'dat je uit twee dingen kunt kiezen. Je kunt wegrijden naar het hoofdkwartier van de KGB – dat is aan de Ligovsky Prospekt tussen twee haakjes – en me aangeven. Dat zal leiden tot een keten van openbaringen die zullen resulteren in jouw executie. Of je kunt op me wachten, doen wat ik je vraag te doen, en dan heb je de identiteit gekocht van iemand die je nu en in de toekomst voordelen kan brengen. Je zult een heel belangrijk man aan de haak hebben!'

'Dus ik heb eigenlijk geen keus hè?' zei Maletkin. 'Ik zal hier blijven.' De verrader grinnikte. Het zweet stond op zijn kin, zijn tanden waren geel.

Talenjekov naderde de stenen trap van het gebouw. Het was een bouwwerk van vier verdiepingen met twintig tot dertig flats, waarvan er vele overbevolkt waren, maar niet de hare. Lodzia Kronestsja had haar eigen appartement, dat was een besluit van vijf jaar geleden door de KGB.

Met uitzondering van een korte weekendconferentie, veertien maanden geleden in Moskou, had hij haar sinds Riga niet meer gezien. Tijdens de conferentie hadden ze een nacht samen doorgebracht – hun eerste nacht – maar hadden om beroepsredenen besloten om niet vaak samen te komen. De 'briljante' Talenjekov had tekenen van spanning vertoond. Zijn vreemd, onmatig gedrag had te veel mensen geërgerd, en velen hadden er fluisterend over gepraat. Over hém. Het was het beste om alle omgang buiten de vergaderzalen af te breken. Want ondanks dat ze onschuldig verklaard was, werd ze nog in de gaten gehouden. Hij was niet het soort man waarmee ze gezien moest worden, had hij haar verteld en erop aangedrongen voorzichtig te zijn.

Vijf jaar geleden had Lodzia Kronestsja moeilijkheden gehad. Sommigen zeiden dat het ernstig genoeg was om haar van haar post in Leningrad te verwijderen. Anderen waren het daarmee niet eens en beweerden dat haar beoordelingsfouten te wijten waren aan een tijdelijke depressiviteit, veroorzaakt door familieproblemen. Bovendien was ze buitengewoon doeltreffend in haar werk en wie konden ze krijgen om haar plaats in te nemen in die tijden van crisis? Lodzia was een vooraanstaand wiskundige, afgestudeerd aan de Moskouse universiteit en opgeleid aan het Lenin-instituut. Ze behoorde tot de deskundigste computerprogrammeurs in het vak.

Dus werd ze gehandhaafd en werden haar de geëigende waarschuwingen gegeven betreffende haar verantwoordelijkheid jegens de staat die haar opleiding mogelijk had gemaakt. Ze werd overgeplaatst naar Nachtoperaties, afdeling computers, KGB-Leningrad, aan de Ligovsky Prospekt. Dat was vijf jaar geleden en ze zou daar nog minstens twee jaar blijven.

Lodzia's 'wandaden' zouden als beroepsfouten zijn afgedaan een aantal minder belangrijke wiskundige variaties – ware het niet dat er een verontrustende gebeurtenis had plaatsgevonden in Wenen, 2000 kilometer ver weg. Haar broer was een hoge officier bij de luchtverdediging geweest en had zelfmoord gepleegd. Er was geen verklaarbare reden voor die daad geweest. Niettemin waren de luchtverdedigingsplannen voor de totale zuidwestelijke Duitse grens gewijzigd. En Lodzia Kronestsja was opgeroepen om ondervraagd te worden.

Talenjekov was erbij geweest, geïntrigeerd door de rustige, academische vrouw die onder de lampen van de KGB kwam. Hij was gefascineerd door haar bedachtzame antwoorden, die even overtuigend waren als niet-panisch. Ze had dadelijk toegegeven dat ze haar broer bewonderde en door zijn dood en de wijze waarop bedroefd was tot het punt van overspanning toe. Nee, ze had niets onregelmatigs in zijn leven geweten. Hij was een toegewijd lid van de partij. Ze had zijn brieven niet bewaard, het was nooit bij haar opgekomen om dat te doen.

Talenjekov had gezwegen, wetend wat hij instinctief wist en doordat hij duizend-en-een maal met de bedekte waarheid te maken had gehad. Ze had gelogen. Vanaf het begin. Maar ze had niet gelogen om te verraden of om zelf te overleven. Dit was iets anders. Toen de dagelijkse KGB-surveillance terug werd geroepen, had hij zich vaak naar Leningrad gespoed vanuit het nabije Riga, om haar zelf in de gaten te houden.

Dat volgen van Lodzia had hem onthuld wat hij al gedacht had. Buitengewoon listige contacten in de parken van de Petrodvorets met een Amerikaanse agent uit Helsinki. Zij had deze ontmoetingen niet gezocht, ze waren haar opgedrongen.

Hij had haar op een avond naar haar flat gevolgd en haar met zijn bewijs geconfronteerd. Zijn instinct had hem verteld officiële actie achterwege te laten. Haar activiteiten waren veel minder ernstig dan verraad.

'Wat ik gedaan heb is onbeduidend!' had ze uitgeroepen, met tranen van uitputting in haar ogen. 'Het is niets vergeleken bij wat ze willen. Maar ze hebben bewijs dat ik iets gedaan heb en zullen nu niet doen wat ze dreigen te doen.'

De Amerikanen hadden haar foto's laten zien, tientallen, de meeste van haar broer, maar ook van andere hoge Russische autoriteiten in de Weense sector. Ze toonden de grofste vuiligheden, extreem seksueel gedrag – mannen met vrouwen en mannen met mannen – alles gefotografeerd toen de personen dronken waren. Alle toonden ze een Wenen van overdadige losbandigheid, waarin verantwoordelijke Russische figuren zich gewillig lieten omkopen door iedereen die hen maar wílde omkopen.

De bedreiging was eenvoudig: deze foto's zouden over de wereld verspreid worden. Haar broer – evenals degenen die zijn meerderen waren in rang en belangrijkheid – zouden algemeen belachelijk gemaakt worden. En de Sovjetunie ook.

'Wat dacht je te winnen door te doen wat je deed?' had hij gevraagd.

'Ze uitputten,' had ze geantwoord. 'Ze zullen me aan het lijntje houden en nooit weten wat ik zal doen, kan doen... heb gedaan. Nu en dan horen ze over computerfouten. Die zijn niet belangrijk, maar het is voldoende. Ze zullen hun dreigementen niet uitvoeren.'

'Er is een betere manier,' had hij voorgesteld. 'Ik denk dat je het aan mij over moet laten. In Washington is een man die zijn krachten gegeven heeft in Zuidoost-Azië, een generaal genaamd Blackburn. Anthony Blackburn.'

Wasili was naar Riga teruggegaan en had een bericht verzonden via zijn netwerk in Londen. Washington was binnen een paar uur geïnformeerd: hoe de Amerikaanse geheime dienst Wenen ook wilde uitbuiten, het zou geëvenaard worden door vernietigende onthullingen – en foto's – van een van de meest gerespecteerde Amerikaanse autoriteiten.

Niemand uit Helsinki viel Lodzia Kronestsja ooit weer lastig. En zij en Talenjekov werden geliefden.

Terwijl Wasili de donkere trap naar de tweede verdieping opging, kwamen de herinneringen bij hem op. Het was een liefdesaffaire door wederzijdse behoefte geweest, zonder enige koortsachtige emotionele band. Ze waren twee geïsoleerde mensen geweest toegewijd aan hun beroep, met uitsluiting van bijna alle andere dingen. Ze hadden beiden ontspanning van lichaam en geest nodig gehad. Geen van beiden had meer van de ander gevraagd dan ontspanning. Toen hij overgeplaatst werd naar Sebastopol, was hun afscheid zonder pijn, als van goede vrienden die elkaar graag mochten, maar die zich niet afhankelijk voelden. Ze waren er eigenlijk dankbaar om. Hij vroeg zich af wat ze zou zeggen als ze hem zag, wat ze zou voelen... wat hij zou voelen.

Hij keek op zijn horloge: tien voor een. Als haar schema niet was veranderd, zou ze om acht uur 's morgens vrij zijn geweest, om negen uur thuis zijn gekomen, een halfuur kranten hebben gelezen en in slaap gevallen zijn. Er kwam een gedachte bij hem op. Veronderstel dat ze een minnaar had? Zo ja: hij zou haar niet in gevaar brengen. Hij zou vlug weggaan voordat hij herkend zou worden. Maar hij hoopte dat het niet het geval was: hij had Lodzia nodig! De man die hij in Leningrad moest bereiken, kon niet direct benaderd worden. Zij kon hem helpen... als ze wilde.

Hij klopte op haar deur. Na een paar tellen hoorde hij voetstappen erachter, het geluid van leren hakken op hard hout. Vreemd, ze was niet in bed geweest. De deur ging half open en Lodzia Konestsja stond daar, geheel gekleed – vreemd gekleed – in een fel gekleurde katoenen jurk, een zomerjurk. Haar lichtbruine haar viel over haar schouders, haar scherpe adelaarsgezicht had een strakke uitdrukking, haar hazelgroene ogen keken hem aan alsof zijn plotselinge verschijning na zo lange tijd niet zo erg onverwacht was.

'Wat aardig van je, beste vriend,' zei ze zonder enige stembuiging.

Ze leek hem iets te willen vertellen. Er was iemand daar bij haar binnen. Iemand die op hem wachtte...

'Fijn je weer te zien, beste vriendin,' zei Talenjekov, die begrijpend knikte toen hij door de kier tussen de deur en de deurpost keek. Hij kon de stof van een jasje zien en een bruine broek. Er was maar één man, dat vertelde ze hem ook. Hij trok zijn Graz-Boerja, hield zijn linkerhand geheven, drie vingers uitgestrekt, en gebaarde naar links. Bij zijn derde hoofdknik moest ze naar rechts gaan. Haar ogen zeiden hem dat ze hem begreep. 'Dat is heel wat maanden geleden,' ging hij terloops verder. 'Ik was hier in het district, dus ik dacht ik zal...'

Hij gaf de derde knik. Ze sprong naar rechts. Wasili stootte met zijn schouder tegen de deur – tegen het linker paneel, zodat de deur helemaal open zou draaien en de botsing totaal zou zijn – beukte er toen nog eens tegen en stampte de figuur erachter tegen de muur.

Hij sprong naar binnen, draaide naar rechts om zijn as en botste weer met zijn schouder tegen de deur. Hij griste het pistool uit de hand van de man, trok het lichaam van de muur af, stootte zijn knie tegen de blootgestelde nek, duwde degene die hem had willen aanvallen omver tegen een nabije fauteuil, waar hij op de vloer in elkaar zakte.

'Je begreep het!' riep Lodzia, die tegen de muur hurkte. 'Ik was zo bank dat je het niet zou snappen!'

Talenjekov sloot de deur. 'Het is nog geen één uur,' zei hij en stak zijn hand naar de hare uit. 'Ik dacht dat je zou slapen.'

'Ik hoopte dat je daaraan zou denken.'

'Het is ook ijskoud buiten, eigenlijk helemaal niet het seizoen voor een zomerjurk.'

'Ik wist dat je dat op zou merken. De meeste mannen niet, maar jij wel.'

Hij hield haar bij de schouders en praatte vlug. 'Ik heb je erg in moeilijkheden gebracht. Het spijt me. Ik zal meteen weggaan. Scheur je kleren kapot, zeg dat je me tegen wilde houden. Ik zal inbreken in een flat boven en...'

'Wasili, luister naar me! Dat is geen man van ons. Hij is niet van de KGB.'

Talenjekov keerde zich naar de man op de vloer. Hij kwam langzaam bij, probeerde op te staan en zich tegelijkertijd te oriënteren. 'Weet je het zeker?'

'Heel zeker. Ten eerste is het een Engelsman, zijn Russisch verraadt dat duidelijk. Toen hij je naam noemde, deed ik net of ik geschrokken was, kwaad dat onze mensen konden denken dat ik in staat was een voortvluchtige onderdak te geven... Ik zei dat ik mijn meerdere wilde bellen. Hij zei: "We hebben alles wat we van je willen." Dat heeft hij letterlijk gezegd.'

Wasili keek haar aan. 'Zou je je superieur gebeld hebben?'

'Ik weet het niet,' antwoordde Lodzia, die haar ogen op de zijne gericht hield. 'Ik denk dat het afgehangen zou hebben van wat hij zei. Het is erg moeilijk voor me te geloven dat je bent wat ze zeggen dat je bent.'

'Dat ben ik niet. Maar aan de andere kant, je moet jezelf beschermen.'

'Ik hoopte dat het zover niet zou komen.'

'Dank je, lieve vriendin.' Talenjekov wendde zich weer naar de man op de vloer en liep naar hem toe.

Hij zag het. Het was te laat!

Wasili sprong en dook naar de figuur bij de stoel. Zijn handen grepen de man bij zijn mond en trokken die open. Zijn knie hamerde tegen zijn maag en drukte naar boven in de borstkas om te proberen braken op te wekken.

De bittere geur van amandelen. Cyaankali. Een grote dosis. Bewusteloos binnen seconden, dood binnen minuten.

De koude, blauwe Engelse ogen onder hem werden wijd en helder van voldoening. De Matarese soldaat was ontsnapt.

23

'We moeten het nog eens nagaan,' hield Talenjekov aan, die opkeek van het naakte lijk. Ze hadden het lichaam ontkleed. Lodzia zat in een stoel de kledingstukken voor de tweede keer minutieus te onderzoeken. 'Alles wat hij zei.'

'Ik heb niets weggelaten. Zo spraakzaam was hij niet.'

'Jij bent wiskundige en we moeten de ontbrekende getallen invullen. De vraagstukken zijn duidelijk.'

'Vraagstukken?'

'Ja, vraagstukken,' herhaalde Wasili, die het lijk omkeerde. 'Hij wilde mij hebben, maar hij was bereid zichzelf om te brengen als de val mislukte. Dat wettigt twee conclusies. Ten eerste: hij kon niet riskeren levend gepakt te worden om wat hij wist. En ten tweede: hij verwachtte geen hulp. Als ik anders gedacht had, zouden jij en ik hier nu niet zijn.'

'Maar om te beginnen, waarom dacht hij dat jij hier zou komen?'

'Niet zóu,' corrigeerde Talenjekov. 'Zou kúnnen. Ik ben er zeker van dat ergens in Moskou in een dossier staat dat jij en ik elkaar vaak zagen. En de mannen die me zoeken hebben toegang tot die dossiers, dat weet ik. Maar ze zullen alleen die mensen volgen hier in Leningrad, van wie ze denken dat ik me ermee in verbinding zou kunnen stellen. Ze zullen zich niet bemoeien met de sectorleiders of de Ligovsky-staf. Als een van hen lucht van me kreeg, zouden ze een alarm slaan dat in Siberië te horen zou zijn. Degenen die me hebben willen, zouden dan tussenbeide komen. Nee, ze zullen zich alleen druk maken om mensen waarop ze niet vertrouwen dat ze me aangeven. Jij bent er daar één van.'

'Zijn er nog meer? Hier in Leningrad?'

'Drie of vier misschien. Een jood aan de universiteit, een goede vriend met wie ik hele nachten dronk en praatte. Hem zullen ze in de gaten houden. Nog iemand bij de Zjdanov, een politieke theoreticus die Marx doceert, maar zich meer thuisvoelt bij Adam Smith. En dan nog een of twee anderen, denk ik. Ik heb me eigenlijk nooit druk gemaakt over met wie ik gezien werd.'

'Dat hoefde ook niet.'

'Dat weet ik. Mijn functie had zijn voordelen. Er waren meer dan tien verklaringen voor elke daad van mij en voor elke persoon die ik sprak.'

Hij zweeg even. 'Hoe ver gaan ze met het volgen?'

'Ik begrijp je niet.'

'Er is iemand die ik wil spreken. Ze moeten heel wat jaren teruggaan om hem te vinden, maar misschien hebben ze dat gedaan.' Wasili zweeg weer, zijn vinger onderaan de ruggegraat van het naakte lichaam onder hem. Hij keek omhoog naar het sterke en toch merkwaardig vriendelijke gezicht van de vrouw die hij zo goed had gekend. 'Hoe waren die woorden ook weer? "We hebben alles wat we van je willen."'

'Ja. Op dat ogenblik greep hij de telefoon uit mijn hand.'

'Hij was ervan overtuigd dat je het hoofdkwartier ging bellen?'

'Ik was overtuigend. Als hij gezegd had mijn gang te gaan, zou ik misschien van tactiek veranderd zijn, dat weet ik niet. Je moet wel bedenken dat ik wist dat hij een Engelsman was. Ik dacht er niet aan dat hij me zou laten bellen. Maar hij ontkende niet dat hij bij de KGB was.

'En later, toen je de jurk aandeed? Had hij daar geen bezwaar tegen?'

'Integendeel. Het verzekerde hem ervan dat je werkelijk hier zou komen, dat ik meewerkte.'

'Wat waren zijn woorden toen? De precieze woorden. Je zei dat hij lachte en iets zei over vrouwen die allemaal hetzelfde zijn. Verder weet je niets meer?'

'Dat was onbelangrijk.'

'Niets is onbelangrijk. Probeer het je te herinneren. Zoiets als "de tijd verdrijven", dat is wat je zei.'

'Ja. Hij zei het in het Russisch, maar het was een echt Engelse uitdrukking, dat herinner ik me. Hij zei dat hij "de tijd op een prettige manier verdrijven zou"... prettiger dan anderen. Dat er... "niet zoiets moois was te zien op de Kade". Ik zei al dat hij erop stond dat ik me moest verkleden waar hij bij was.'

'De Kade. De Hermitage, Malakite-zaal. Er is daar een vrouw,' zei Talenjekov fronsend. 'Ze waren grondig. Weer een ontbrekend getal.'

'Was mijn minnaar ontrouw?'

'Vaak, maar niet met haar. Ze was een onverbeterlijke tsariste, die belast was met de architectuurexcursies en volmaakt verrukkelijk. Ze is dichter bij de zeventig dan bij de zestig, ofschoon beide mij nu niet zo ver weg lijken. Ik ging vaak met haar theedrinken.'

'Dat is aandoenlijk.'

'Ik genoot van haar gezelschap. Ze gaf goed les in dingen waarvan ik weinig wist. Waarom zou iemand haar op een lijst in een archief zetten?'

'Sprekend namens Leningrad,' zei Lodzia geamuseerd, 'als wij onze concurrent uit Riga zagen omgaan met zo iemand, zouden we dat gedaan hebben.'

'Misschien is het wel zoiets stoms. Wat zei hij nog meer?'

'Niets dat de moeite van het onthouden waard was. Toen ik in mijn ondergoed stond maakte hij een dwaze opmerking die erop neerkwam dat wiskundigen een voordeel hadden boven filosofen en bibliothecarissen. Wij bestudeerden figuren...'

Talenjekov sprong op. 'Dat is het,' zei hij. 'Het ontbrekende getal. Ze hebben het gevonden.'

'Waar heb je het over?'

'Onze Engelsman kon óf de slechte woordspeling niet weerstaan, óf hij stelde je op de proef. De Kade: het Hermitage-museum. De filosofen: de vrienden met wie ik dronk in de Zjdanov. De toespeling op een bibliothecaris: de Saltykov-Sjtsjedrin-bibliotheek. Daar is de man die ik wil bereiken.'

'Wie is dat?'

Wasili aarzelde. 'Een oude man die jaren geleden vriendschap sloot met een jonge universiteitsstudent en diens ogen opende voor dingen waarvan hij niets wist.'

'Wie is het? Wie is dat dan?'

'Toen ik jong was, vond ik alles erg verwarrend,' zei Talenjekov. 'Hoe was het mogelijk dat meer dan driekwart van de wereld de leer van de revolutie verwierp? Ik kon het feit niet accepteren dat zoveel miljoenen niet verlicht waren. Maar dat is wat de leerboeken zeiden, wat onze professoren ons vertelden. Maar waarom? Ik moest weten hoe onze vijanden dachten.'

'En deze man kon je dat vertellen?'

'Hij liet het me zien. Hij liet het me zelf uitzoeken. Ik kende toen voldoende Engels en Frans en redelijk wat Spaans. Hij opende de deuren, opende letterlijk de stalen deuren van de verboden boeken – duizenden werken waarmee Moskou het niet eens was – en liet me er vrij gebruik van maken. Ik bracht er weken, maanden door met het vlijtig bestuderen ervan en probeerde ze te begrijpen. Daar leerde de... "grote Talenjekov" ...de waardevolste les van alle: hoe de dingen te zien zoals de vijand ze ziet; hoe je kunt denken zoals hij denkt. Dat is de sleutel voor elk succes dat ik heb gehad. Mijn oude vriend heeft dat mogelijk gemaakt.'

'En nu moet je naar hem toe?'

'Ja. Hij heeft hier zijn hele leven gewoond. Hij heeft het allemaal zien gebeuren en hij heeft het overleefd. Als íemand me kan helpen, is hij het.'

'Wat zoek je? Ik denk dat ik er recht op heb dat te weten!'

'Natuurlijk, maar het is een naam die je moet vergeten. Die je nooit moet noemen tenminste. Ik heb inlichtingen nodig over een familie Worosjin.'

'Een familie? Uit Leningrad?'

'Ja.'

Lodzia schudde geërgerd haar hoofd. 'Soms geloof ik dat de grote Talenjekov een grote dwaas is! Ik kan de naam in onze computers stoppen!'

'Op het moment dat je dat deed, zou je verdacht zijn... het zou je dood betekenen. Die man op de vloer heeft overal medeplichtigen.' Hij keerde zich om, liep naar het lichaam en knielde neer om zijn onderzoek erop voort te zetten. 'Bovendien zou je niets vinden. Het is te veel jaren geleden en er waren te veel veranderingen van regime en van accentverschillen. Als er ooit iets in de computer gestopt is, betwijfel ik of het er nu nog in zal zitten. De ironie is dat als er iets was in de databanken, het waarschijnlijk zou betekenen dat de familie Worosjin er niet langer bij betrokken is.'

'Waarbij betrokken, Wasili?'

Hij antwoordde niet meteen, want hij had het naakte lichaam omgedraaid. Er was een kleine verkleuring van de huid op het linker middendeel van de borst, in de buurt van het hart, nauwelijks zichtbaar door het dichte haar. Het was klein, niet veel meer dan een centimeter doorsnede. Het flauwpurperen vlekje was een cirkel. Op het eerste gezicht leek het een moedervlek, een heel natuurlijk verschijnsel, helemaal niet bovenop het vlees. Maar het was niet natuurlijk. Het was daar met een heel knap gehanteerde naald aangebracht. De oude Kroepskaja had de woorden gezegd toen hij lag te sterven: er werd een man gepakt met een blauwige kring op zijn borst, een soldaat van de Matarese beweging.

'Hierbij.' Talenjekov deed het zwarte haar op de borst van de dode man opzij, zodat de getande cirkel duidelijk zichtbaar was.

'Kom eens hier.'

Lodzia stond op, liep naar het lijk en knielde neer. 'Wat? Die moedervlek?'

'*Per nostro circolo*,' zei hij. 'Ik zal je alles vertellen wat ik weet. Ik wist niet of ik dat wel zou doen, maar ik geloof dat er nu niets anders opzit. Ze zouden me heel gemakkelijk kunnen doden. Als ze dat doen, moet je je met iemand in verbinding stellen. Ik zal je vertellen hoe. Beschrijf dit merkteken, op de vierde rib, op de rand van de borstkas, bij het hart. Het was niet de bedoeling dat het gevonden werd.'

Lodzia zweeg en keek naar het blauwige teken op de huid. Tenslotte keek ze Talenjekov aan. 'Wie zijn "ze"?'

'Ze staan bekend onder de naam de Matarese...'

Hij vertelde haar alles. Toen hij uitgesproken was, zei Lodzia een hele tijd niets en stoorde hij haar niet in haar gedachten. Want ze had schokkende dingen gehoord, vooral over het ongelooflijke bondgenootschap tussen Wasili Wasilowitsj Talenjekov en een man die bij de hele KGB bekend stond als Beowulf Agate. Ze liep naar het venster dat op de sombere straat uitzag. Toen zei ze, met haar gezicht naar het raam: 'Ik veronderstel dat je jezelf deze vraag duizendmaal gesteld hebt. Ik vraag het nog eens. Was het nodig in contact te treden met Scofield?'

'Ja,' zei hij.

'Moskou wilde niet naar je luisteren?'

'Moskou gaf opdracht tot mijn executie. Washington tot de zíjne.'

'Ja, maar je zei dat noch Moskou, noch Washington van deze Matarese beweging weet. De val die voor jou en Beowulf was opgezet, was erop gebaseerd om jullie gescheiden te houden. Dat kan ik me voorstellen.'

'De autoriteiten van Washington en van Moskou zijn blind voor de Matarese beweging. Anders zou er iemand voor ons opgekomen zijn. We zouden ontboden zijn om voor te leggen wat we weten – wat ik Scofield toegespeeld heb. Maar in plaats daarvan zijn wij gebrandmerkt als verraders die neergeschoten moeten worden zodra we gezien worden. Er zijn geen maatregelen getroffen om ons te horen. De Matarese beweging heeft dat zo gearrangeerd, door gebruik te maken van de geheime organen van beide regeringen.'

'Dus deze Matarese beweging is in Moskou én Washington!'

'Absoluut. In, maar niet ván. In staat te manipuleren, maar ongemerkt.'

'Niet ongemerkt, Wasili,' wierp Lodzia tegen. 'De mannen in Moskou met wie je praatte...'

'Doodsbange oude mannen,' onderbrak Talenjekov. 'Stervende strijdrossen die de wei in gestuurd werden. Onmachtig.'

'En de man die door Scofield benaderd werd. De staatsman Winthrop. Hoe staat het met hem?'

'Die is nu ongetwijfeld dood.'

Lodzia liep bij het raam vandaan en ging voor hem staan. 'Waar moet je dan heen? Je zit in het nauw.'

Wasili schudde zijn hoofd. 'Integendeel, we maken vorderingen. De eerste naam op de lijst, Scozzi, klopte. Nu hebben we hier onze dode Engelsman. Geen papieren, geen bewijs wie hij is of waar hij vandaan kwam. Maar met een merkteken dat meer zegt dan een portefeuille vol valse documenten. Hij maakte deel uit van hun leger, wat betekent dat er een andere soldaat hier in Leningrad is die de oude man schaduwt die curator is van de literaire archieven van de

Sjtsjedrin-bibliotheek. Ik wil hém bijna even graag hebben als dat ik mijn oude vriend wil zien. Ik wil hem dwingen te spreken, antwoorden los krijgen. De Matarese mannen zijn in Leningrad om de Worosjins te beschermen, de waarheid te verbergen. We komen dichter bij die waarheid.'

'Maar veronderstel dat je die vindt. Bij wie kun je ermee terecht? Je kunt jezelf niet beschermen want je weet niet wie ze zijn.'

'We weten wie het niet zijn en dat is genoeg. Om te beginnen de premier en de president.'

'Die zul je niet kunnen bereiken.'

'Wel als we ons bewijs hebben. Beowulf had daar gelijk in, we hebben onweerlegbare bewijzen nodig. Wil jij ons helpen? Mij helpen?'

Lodzia Kronestsja keek in zijn ogen en haar blik werd zachter. Ze omvatte met beide handen zijn gezicht. 'Wasili Wasilowitsj. Mijn leven was zo ongecompliceerd geworden, en nu kom je terug.'

'Ik wist niet waar ik anders heen moest. Ik kon die oude man niet direct benaderen. Ik heb voor hem getuigd bij een veiligheidsverhoor in 1954. Het spijt me heel erg, Lodzia.'

'Laat maar. Ik heb je gemist. En natuurlijk zal ik je helpen. Als jij er niet was, zou ik misschien les geven op een basisschool ergens in onze gebieden in Tasjkent.'

Hij raakte haar gezicht aan en beantwoordde haar gebaar. 'Dat moet niet de enige reden zijn voor je hulp.'

'Dat is ook niet zo. Wat je verteld hebt, maakt me bang.'

Maletkin de verrader mocht onder geen beding iets van Lodzia merken. De officier uit Vyborg was in de auto op de hoek gebleven, maar toen er meer dan een uur voorbij was gegaan, kon Talenjekov hem zenuwachtig op het trottoir beneden zien stappen.

'Hij weet niet of het dit gebouw is, of dat hiernaast,' zei Talenjekov en liep weg bij het raam. Zijn de kelders nog met elkaar verbonden?'

'De laatste keer dat ik er was wel!'

'Ik ga naar beneden en kom een aantal deuren verder de straat op. Ik ga naar hem toe en zal hem vertellen dat de man waar ik ben nog een halfuur nodig heeft. Dat geeft ons tijd genoeg. Kleed de Engelsman verder aan, wil je?'

Lodzia had gelijk, er was niets veranderd in de oude gebouwen. Elke kelder stond in verbinding met die ernaast. De vuile, vochtige, ondergrondse gang liep onder bijna het gehele gebouw door. Talenjekov kwam vier gebouwen van Lodzia's flat de straat op. Hij liep op de niets vermoedende Maletkin af en liet hem schrikken.

'Ik dacht dat je dáár naar binnen ging!' zei de verrader uit Vyborg en knikte naar de trap links van hem.
 'Daar?'
 'Ja, dat dacht ik zéker.'
 'Je bent nog steeds te opgewonden, kameraad en dat werkt storend op je waarnemingen. Ik ken niemand in dit gebouw. Ik kwam naar je toe om te zeggen dat de man die ik bezoek meer tijd nodig heeft. Ik stel je voor in de wagen te wachten. Het is niet alleen erg koud, maar je zult dan ook minder de aandacht trekken.'
 'Je blijft toch niet veel langer, hè?' vroeg Maletkin ongerust.
 'Ga je ergens heen zonder mij?'
 'Nee, nee, natuurlijk niet. Ik moet wel naar het toilet.'
 'Hou je blaas maar in bedwang,' zei Talenjekov en haastte zich weg. Twintig minuten later werkten hij en Lodzia de details uit voor zijn contact met de curator van de archieven van de Saltykov-Sjtsjedrin-bibliotheek aan de Maiorov Prospekt. Ze zou hem vertellen dat een student van vele jaren geleden, een man die hoog was opgeklommen in overheidsdienst en die in 1954 had getuigd voor de oude heer, hem privé wilde ontmoeten. Die student, deze vriend, kon zich niet in het openbaar vertonen. Hij zat in moeilijkheden en had hulp nodig.
 Er mocht geen twijfel bestaan aan de identiteit van die student of aan het gevaar waarin deze zich bevond. De oude man moest geschokt worden, bang gemaakt. De bezorgdheid voor een eens dierbare jonge vriend moest zichtbaar gemaakt worden. Hij moest zijn waarschuwingen doorgeven aan iedereen die hem in de gaten zou kunnen houden. De regeling voor de ontmoeting moest ingewikkeld genoeg zijn om de gedachten van een oude man te verwarren. Want de verwarring en angst van de oude geleerde zou leiden tot voorzichtige bewegingen, beginnen en ophouden in verbijstering, plotselinge wendingen en abrupt omkeren, het nemen van besluiten die onmiddellijk weer verworpen werden. Onder deze omstandigheden zou ieder die de oude man volgde ontdekt worden. Want elke beweging die de geleerde maakte, moest gevolgd worden door een andere.
 Lodzia zou de oude man de instructie geven om het enorme bibliotheekcomplex te verlaten door de zuidwestelijke uitgang, om zes uur die avond. De straten zouden dan donker zijn en er werd geen sneeuw verwacht. Ze zou hem vertellen een bepaald aantal huizenblokken in één richting te lopen en daarna in een andere. Als er geen contact werd gemaakt, moest hij terugkeren naar de bibliotheek en wachten. Als het maar enigszins mogelijk was, zou zijn vriend van lang geleden proberen daar te komen. Er was echter geen garantie.

In deze spannende toestand zouden de aantallen alléén al de geleerde verwarren, want Lodzia moest het telefoongesprek abrupt afbreken zonder ze te herhalen. Wasili zou voor de rest zorgen en een verrader genaamd Maletkin zou dienen als een onbewust medeplichtige.

'Waar logeer je? Zie ik je nog?'

Wasili stond op. 'Het zou gevaarlijk voor je kunnen zijn als ik hier terugkom.'

'Dat risico wil ik wel nemen.'

'Ik wil dat niet. Trouwens, je werkt tot de morgen.'

'Ik kan vroeger weggaan en om twaalf uur ophouden. De toestand is lang niet zo gespannen als toen jij voor het laatst in Leningrad was. We ruilen vaak uren en ik ben helemaal gerehabiliteerd.'

'Als iemand je vraagt waarom?'

'Dan zeg ik dat er een oude vriend uit Moskou gekomen is.'

'Ik geloof dat het niet zo'n goed idee is.'

'Een partijsecretaris van het presidium met zijn vrouw en een paar kinderen. Hij wil onbekend blijven.'

'Zoals ik al zei, een schitterend idee.' Talenjekov glimlachte.

'Ik zal voorzichtig zijn en door de kelders gaan.'

'Wat ga je met hem doen?' Lodzia knikte in de richting van de dode Engelsman.

'Hem achterlaten in de verste kelder die ik kan vinden. Heb je een fles wodka?'

'Heb je dorst?'

'Hij heeft dorst. Weer zo'n geval van onbekende zelfmoord in het paradijs. We publiceren dat nooit. Ik heb een scheermes nodig.'

Pietre Maletkin stond naast Wasili in de schaduw van een poort tegenover de zuidoostelijke ingang van de Saltykov-Sjtsjedrin-bibliotheek. De verlichting in de achtertuin van het complex scheen in brede kringen van de hoge muren en gaf de illusie van een enorm gevangenisterrein. Maar de poorten die achterin naar de straat leidden, waren symmetrisch om de dertig meter in de muur gebouwd. De gevangenen konden vrij in- en uitgaan. Het was een drukke avond in de bibliotheek. Stromen 'gevangenen' kwamen en gingen.

'Zei je dat die oude man een van ons is?' vroeg Maletkin.

'Doorzie je nieuwe vijanden, kameraad. De oude is van de KGB, de man die volgt – die contact gaat maken – is een van ons. We moeten hem benaderen vóór hij gepakt wordt. De geleerde is een van de effectiefste wapens die Moskou heeft ontwikkeld voor de contraspionage. Zijn naam is aan niet meer dan vijf mensen in de KGB bekend. Hem kennen kenmerkt iemand als Amerikaans tipgever. Noem hem in 's hemelsnaam nooit.

'Ik heb nooit van hem gehoord,' zei Maletkin. 'Maar denken de Amerikanen dat hij aan hun kant staat?'

'Ja. Hij is een speurder. Hij rapporteert alles direct aan Moskou via een privé-lijn.'

'Ongelooflijk,' mompelde de verrader. 'Een oude man. Vernuftig.'

'Mijn vroegere collega's zijn niet gek,' zei Talenjekov en keek op zijn horloge. 'En de tegenwoordige van jou ook niet. Vergeet dat je ooit gehoord hebt van kameraad Mikovsky.'

'Heet hij zo?'

'Ik zou het zelfs liever niet herhalen... Daar is hij.'

Een oude man met een overjas aan en een zwarte bonthoed op liep de ingang uit. Zijn adem was zichtbaar in de koude lucht. Hij bleef even op de trap staan en keek om zich heen alsof hij nog een keuze moest maken welke poort hij zou nemen naar de straat. Zijn korte baard was wit. Wat van zijn gezicht te zien was, was erg gerimpeld en zag er vermoeid en bleek uit. Hij kwam het plein op en liep naar de dichtstbijzijnde poort rechts.

Talenjekov lette op de stroom mensen die na de oude curator door de glazen deuren naar buiten kwam. Ze leken in groepjes van twee of drie te zijn. Hij zocht naar een man alleen die zijn blik over het plein liet gaan. Niemand deed dat en Wasili was ongerust. Had hij geen gelijk gehad? Dat was niet waarschijnlijk, maar toch kon Talenjekov geen enkele man in de menigte ontdekken wiens blik op Mikovsky gevestigd was, die nu halfweg het binnenplein was. Toen de geleerde bij de straat kwam, had het geen zin om nog langer te wachten. Hij had dus ongelijk gehad. De Matarese beweging had zijn vriend niet gevonden.

Een vrouw! Hij had het níet mis. Het was een vróuw. Een vrouw maakte zich van de menigte los en haastte zich de trap af. Haar ogen waren op de oude man gericht. Het was voor de hand liggend, dacht Wasili. Een vrouw die urenlang in een bibliotheek blijft, trekt veel minder aandacht dan een man. Bij de Matarese beweging werden onder de elitesoldaten ook vrouwen getraind. Hij wist niet waarom het hem verbaasde – enkele van de beste agenten bij de Russische KGB en de Amerikaanse Consular Operations waren vrouwen, maar tot hun taken behoorde zelden geweld. Dát was wat hem nu zo verbaasde. De vrouw die de oude Mikovsky volgde, deed dat niet alleen om hem te vinden. Geweld was inherent aan die opdracht.

'Die vrouw,' zei hij tegen Maletkin. 'Die met de bruine mantel en

307

de pet met klep. Zij is de tipgeefster. We moeten haar aanhouden om contact te maken.'

'Een vrouw?'

'Zij kan een aantal dingen die jij niet kunt, kameraad. Kom mee nu, we moeten voorzichtig zijn. Ze zal hem niet meteen benaderen. Ze zal op het geschiktste ogenblik wachten en wij ook. We moeten haar afzonderen en haar pakken als ze ver genoeg van hem af is, zodat hij haar niet kan identificeren als er herrie komt.'

'Herrie?' echode de stomverbaasde Maletkin. 'Waarom zou zij herrie schoppen?'

'Vrouwen zijn onvoorspelbaar, dat is algemeen bekend. Laten we gaan.'

De volgende achttien minuten waren even verward en leverden een even pijnlijk schouwspel op als Talenjekov had verwacht. Pijnlijk in die zin dat een bezorgde oude man steeds verwarder werd. Zijn opwinding werd panisch toen er geen teken was van zijn jonge vriend. Hij stak de bitter koude straten over, langzaam lopend met onvaste benen. Hij bleef steeds op zijn horloge kijken. Het licht was te zwak voor zijn ogen. Als hij stilstond botsten er steeds voetgangers tegen hem aan. En hij bleef steeds maar weer stilstaan. Zijn adem en kracht namen af. Tweemaal ging hij naar een overdekte bushalte in het deel van de straat waar hij was, een ogenblik ervan overtuigd dat hij de straten verkeerd geteld had. Bij de kruising waar het Kirov-theater was, waren drie haltes en zijn verwarring nam toe. Hij ging naar alle drie toe, steeds meer in de war.

De strategie had het verwachte effect op de vrouw die Mikovsky volgde. Ze legde het gedrag van de oude man uit als van een persoon die er zich van bewust is dat hij gevolgd kan worden, iemand die niet geschoold was in de methoden om te ontwijken, maar ook oud en bang en in staat een situatie te scheppen die uit de hand zou lopen. Dus bleef de vrouw met de bruine mantel en de kleppet afstand bewaren, bleef ze in de schaduw, terwijl ze van verduisterde etalages naar zwak verlichte stegen ging, zelf opgewonden door het onberekenbare van degene die ze volgde.

De oude geleerde begon aan zijn terugkeer naar de bibliotheek. Wasili en Maletkin keken vanuit een gunstige positie op vijfenzeventig meter afstand toe. Talenjekov bestudeerde de route die direct over de brede weg ging. Er waren twee stegen, beide zouden gebruikt worden door de vrouw als Mikovsky haar passeerde op de terugweg.

'Kom!' beval Wasili die Maletkins arm greep en hem vooruit trok. 'We gaan achter hem aan in de drukte aan de overkant. Zij zal omkeren als hij voorbijgaat en wanneer hij de tweede steeg passeert, zal ze daar gebruik van maken.'

'Hoe weet je dat zo zeker?'

'Omdat ze dat al eerder gedaan heeft. Het is logisch om dat te doen. Ik zou het ook doen. Wij doen het nu.'

'Hoe?'

'Dat zal ik zeggen als we op de plek zijn.'

Het ogenblik kwam nader en Talenjekov kon zijn hart als een trommel in zijn borst voelen slaan. Hij had de gebeurtenissen van de laatste zestien minuten gearrangeerd. De volgende paar minuten zouden bepalend zijn of hij het goed geregeld had. Hij wist dat twee dingen onbetwistbaar waren. Ten eerste: de vrouw zou hem onmiddellijk herkennen want ze zouden haar foto's gegeven hebben en een gedetailleerd signalement. Ten tweede: als het geweld zich tegen haar keerde, zou ze zich even vlug en efficiënt van het leven beroven als de Engelsman in Lodzia's flat dat had gedaan.

Precies op tijd handelen en verrassing waren de enige wapens die hij direct tot zijn beschikking had. Hij zou voor het eerste zorgen, de verrader uit Vyborg voor het tweede.

Ze staken het plein over met een groep voetgangers en liepen de menigte in voor het Kirov-theater. Wasili keek over zijn schouder en zag dat Mikovsky onhandig en waggelend zijn weg ging door de rij die zich voor het loket vormde en dat hij moeilijk ademhaalde.

'Luister en doe precies wat ik zeg,' zei Talenjekov die Maletkins arm nog vasthield. 'Herhaal de woorden die ik zeg...'

Ze gingen tussen de voetgangers op het trottoir lopen en bleven achter een viertal soldaten. Hun zware jassen dienden als schutting waar Wasili vrij overheen kon kijken. De geleerde die voorop liep, naderde de eerste steeg. De vrouw verdween kort daarna erin en kwam weer te voorschijn toen hij passeerde.

Nu was het een kwestie van nog maar enkele ogenblikken.

De tweede steeg. Mikovsky liep ervoor, de vrouw was erin.

'Nu!' beval Wasili en rende met Maletkin naar de ingang.

Hij hoorde de woorden die Maletkin riep. Ze kwamen onmiskenbaar boven de straatgeluiden uit.

'Kameraad, wacht! Stop! *Circolo! Nostro circolo!*'

Stilte. De schrik was bijna totaal.

'Wie bent u?' De vraag werd gesteld met een koele, gespannen stem.

'Alles stoppen! Ik heb nieuws van de herder!'

'Wat?'

Nu was de schok compleet.

Talenjekov ging de hoek van de steeg om en hij rende naar de vrouw. Zijn handen waren als twee veren die zich ontspanden terwijl hij sprong. Hij greep haar armen, zijn vingers gleden meteen naar haar polsen en schakelden haar handen uit, waarvan er een in haar jaszak zat met een pistool in zijn greep. Ze week terug, draaide naar links, trok hem met haar volle gewicht naar voren, sprong toen naar rechts met een zwaai van haar linkervoet in zijn richting, dicht bij haar lichaam als een boze kat die met zijn klauwen een ander dier terugslaat.

Hij beantwoordde de trap door direct aan te vallen. Hij lichtte haar van de grond en smeet haar kronkelende lichaam tegen de muur van de steeg. Hij beukte haar met zijn schouder en stampte haar tegen de stenen.

Het gebeurde zo vlug dat hij slechts vaag besefte wat ze deed, tot hij haar tanden in het vlees van zijn hals voelde gaan. Ze had haar gezicht tegen het zijne geduwd in een zo onverwachte beweging dat hij zich alleen vol pijn af kon wenden. Haar mond was breed, haar rode lippen gingen grotesk uiteen. De beet was venijnig, haar kaken waren twee klemmen die zich vastgrepen in de zijkant van zijn hals. Hij voelde bloed langs zijn hals lopen. Ze wilde niet loslaten! De pijn was folterend. Hoe harder hij haar tegen de muur sloeg, des te dieper gingen haar tanden in zijn vlees. Hij kon het niet uithouden. Hij liet haar armen los. Zijn handen klauwden naar haar gezicht en duwden haar van zich af.

De explosie was hard, duidelijk, hoewel gedempt door de zware stof van haar mantel. De echo werd op de wind door de hele steeg gedragen. Ze viel van hem weg, slap tegen de stenen.

Hij keek naar haar gezicht. Haar ogen stonden wijd open en dood. Ze zakte langzaam neer op de bestrating. Ze had precies gedaan zoals ze geprogrammeerd was. Ze had haar kans getaxeerd – twee mannen tegen haarzelf – het wapen in haar zak afgevuurd en zich door de borst geschoten.

'Ze is dood! Mijn God, ze heeft zichzelf gedood!' gilde Maletkin. 'Het schot zal gehoord zijn! We moeten hard lopen! De politie!'

Een paar nieuwsgierige voorbijgangers bleven staan bij de ingang van de steeg en tuurden erin.

'Rustig!' commandeerde Talenjekov. 'Als er iemand komt, gebruik dan je KGB-kaart. Dit is een officiële kwestie. Niemand wordt hier toegelaten. Ik heb een halve minuut nodig.'

Wasili haalde een zakdoek uit zijn zak, drukte die tegen zijn hals en verminderde de stroom van bloed. Hij knielde boven het lichaam van de dode vrouw. Met zijn rechterhand trok hij de mantel weg. Er werd een blouse zichtbaar die overal rood bevlekt was. Hij scheurde de doorweekte stof weg van de huid. Het gat onder haar linkerborst was groot. Er zaten weefsel en ingewanden voor. Hij onderzocht het vlees om de wond heen, maar het licht was te zwak. Hij pakte zijn aansteker.

Hij knipte hem aan, strekte de bloederige huid onder de borst en hield het lichtje er een paar centimeter boven. Het vlammetje danste in de wind.

'In godsnaam, ren!' Maletkin stond ongeveer een meter van hem af. Fluisterend klonk doodsbang zijn stem: 'Wat doe je?'

Talenjekov antwoordde niet. In plaats daarvan bewoog hij zijn vingers rond het vlees en veegde het bloed weg om duidelijker te kunnen zien.

Hij vond het. In de vouw onder de linkerborst, schuin naar het midden van de borstkas. Een getande cirkel van blauw, omgeven door witte, met rood gestreepte huid. Een vlek die helemaal geen vlek was, maar het teken van een ongelooflijk leger.

De Matarese cirkel.

24

Ze liepen snel de andere kant van de steeg uit, mengden zich in de menigte die naar het noorden liep. Maletkin trilde, zijn gezicht was asgrauw. Wasili's rechterhand greep de elleboog van de verrader en bedwong de paniek die Maletkin gemakkelijk tot rennen zou kunnen brengen en de aandacht op hen beiden vestigen. Talenjekov had de man uit Vyborg nodig. Er moest een telegram verstuurd worden dat de KGB-onderscheppingsdienst zou ontgaan en Maletkin kon dat verzenden. Hij besefte dat hij heel weinig tijd had om de code voor Scofield uit te werken. Het zou Mikovsky nog tien minuten kosten voor hij zijn kantoor bereikte, maar gauw daarna, wist Wasili, moest hij daar ook zijn. Een bange, oude man kon verkeerde dingen tegen verkeerde mensen zeggen.

Talenjekov hield de zakdoek tegen de wond aan zijn hals. Het bloeden was afgenomen tot druppelen. Het zou wel gauw ophouden zodat hij verbonden kon worden. Wasili kwam op de gedachte een coltrui te kopen om het te verbergen.

'Langzamer!' beval hij met een ruk aan Maletkins elleboog. 'Er is daar een café. We gaan een paar minuten naar binnen om wat te drinken.'

'Ik lust er wel een,' fluisterde Maletkin. 'Mijn god, ze doodde zichzelf! Wie was zij?'

'Iemand die een fout maakte. Maak jij er niet ook een.'

Het café was vol. Ze deelden een tafeltje met twee vrouwen van middelbare leeftijd die bezwaar hadden tegen de indringers en knorrig bij elkaar bleven zitten. Dat was uitstekend geregeld.

'Ga naar de chef bij de deur,' zei Talenjekov. 'Zeg hem dat je vriend te veel gedronken en zichzelf gesneden heeft. Vraag dan om verband en wat pleister.' Maletkin wilde bezwaar maken.

Wasili pakte hem bij de arm. 'Doe het nu maar. Dat is niets ongewoons op een plaats als deze.'

De verrader stond op en ging naar de man bij de deur. Talenjekov vouwde de zakdoek weer op, drukte de schoonste kant tegen de opengereten huid en zocht in zij zak naar een pen. Hij schoof het grove papieren servet voor zich en begon de code voor Scofield uit te zoeken.

Hij sloot zich af voor alle geluiden en concentreerde zich op een alfabet en een reeks getallen. Zelfs toen Maletkin terugkwam met verband en een rolletje pleister, schreef Wasili door en streepte fouten even vlug weg als hij ze gemaakt had. Hun drankjes werden gebracht. De verrader had er drie per persoon besteld. Talenjekov schreef door.

Acht minuten later was hij klaar. Hij scheurde het servet door en kopieerde de woorden in grote, duidelijke letters. Hij gaf het aan Maletkin. 'Ik wil dat dit telegram naar Helsinki gestuurd wordt, naar de geadresseerde en het hotel die bovenaan staan. Ik wil het via een witte lijn verstuurd hebben, zakelijk verkeer, dat niet vastgehouden wordt om gedupliceerd te worden.'

De ogen van de verrader gingen wijd open. 'Hoe denk je dat ik dat moet doen?'

'Op dezelfde manier als je inlichtingen naar onze vrienden in Washington stuurt. Jij kent de ongecontroleerde schema's. We beschermen onszelf allemaal tegen onszelf. Het is een van onze beter ontwikkelde talenten.'

'Dat is via Stockholm. We slaan Helsinki over!' Maletkin bloosde, zijn staat van opwinding en het snel innemen van alcohol hadden hem zorgeloos gemaakt. Het was niet de bedoeling geweest over de verbinding met Zweden te praten. Dat deed je niet, zelfs niet tegen andere overlopers.

Wasili kon Stockholm ook niet gebruiken. Het telegram zou dan door de Amerikanen onderzocht worden. Er was een andere weg.

'Hoe vaak kom je hier op het Ligovsky-hoofdkwartier voor sector-conferenties?'

De verrader trok verlegen zijn lippen samen. 'Niet vaak. Misschien drie of vier keer in het afgelopen jaar.'

'Je gaat er nu heen,' zei Talenjekov.

'Wat? Ben je je verstand helemaal kwijt?'

'Jij zult het jouwe kwijtraken als je het niet doet. Maak je geen zorgen, kolonel. Een hoge rang geeft nog steeds privileges en goede resultaten. Je stuurt een dringend telegram naar een Vyborgman in Helsinki. Over de witte lijn, niet-gedupliceerd verkeer. Maar je moet me wel een kopie ter bevestiging brengen.'

'Stel je voor dat ze navraag doen in Vyborg.'

'Wie van degenen die daar nu dienst hebben, zou zich bemoeien met de plaatsvervangend commandant?'

Maletkin fronste zenuwachtig zijn voorhoofd. 'Er zullen later vragen worden gesteld.'

Wasili lachte, de belofte van ongekende rijkdom klonk in zijn stem. 'Op mijn woord, kolonel. Als je terugkomt in Vyborg zal er niets zijn dat je niet kunt krijgen... of bevelen!'

De verrader grinnikte, het zweet op zijn kin glom. 'Waar moet ik die bewijskopie heen brengen? Waar zien we elkaar en wanneer?'

Talenjekov hield het verband boven de plaats van de wond in zijn hals, rolde een stuk pleister af en hield het eind tussen zijn tanden.

'Scheur het af,' zei hij tegen Maletkin. Dat deed hij en Wasili bracht het aan. Hij rolde weer een stuk af en zei: 'Overnacht in hotel Evropeiskaja in de Brodskystraat. Ik zoek daar contact met je.'

'Ze zullen naar mijn identiteit vragen.'

'Zeker. Geef die dan. Een kolonel van de KGB krijgt zonder twijfel een betere kamer. En een betere vrouw ook, als je naar de conversatiezaal gaat.'

'Beide kosten geld.'

'Ik trakteer,' zei Talenjekov.

Het was tijd voor het diner. De reusachtige leeszalen van de Saltykov-Sjtsjedrin-bibliotheek met hun behangen wanden en de enorm hoge plafonds waren nergens zo vol als gewoonlijk. Studenten zaten verspreid aan de lange tafels, een paar groepen toeristen wandelden rond en bestudeerden de tapijten en de schilderijen, spraken met ingehouden stemmen vol ontzag over de grootsheid van het Sjtsjedrin.

Terwijl Wasili door de marmeren gangen naar het kantorencomplex in de westelijke vleugel liep, dacht hij aan de maanden die hij in deze ruimten had doorgebracht – die kamer – waar een wereld voor hem opengegaan was waarvan hij zo weinig had geweten. Hij had niet overdreven tegen Lodzia. Hier had hij, door de verlichte moed van een man, meer geleerd over de vijand dan in alle opleidingen die hij later gekregen had in Moskou en Novgorod.

De Saltykov-Sjtsjedrin was zijn beste school, de man die hij straks zou ontmoeten na zoveel jaar zijn bekwaamste leraar. Hij vroeg zich af of de school of de leraar nu zou kunnen helpen. Als de familie Worosjin banden had met de nieuwe Matarese beweging, zou er geen onthullende informatie in de databanken van de geheime dienst zijn, daar was hij zeker van. Maar was die hier wel? Ergens in de duizenden boekdelen die handelden over de gebeurtenissen van de revolutie, over families en grote landgoederen die verdeeld waren en de eigenaren verbannen, alle gedocumenteerd door historici van die tijd omdat zij wisten dat die tijd nooit meer terug zou komen, het explosieve begin van een nieuwe wereld. Het was hier in Leningrad gebeurd – St. Petersburg – en prins Andrei Worosjin maakte deel uit van de geweldige omkering. De revolutionaire archieven van de Saltykov-Sjtsjedrin waren de uitgebreidste in heel Rusland. Als er enige informatie gedeponeerd was over de Worosjins, zou het hier zijn.

Maar al zou het hier zijn, het vinden ervan was weer iets anders. Zou zijn oude leraar weten waar hij moest zoeken?

Hij ging linksaf de gang in met de glazen kantoordeuren. Het was er helemaal donker, behalve aan het eind van de gang. Er scheen binnen gedempt licht dat met tussenpozen tegengehouden werd door het silhouet van een gestalte die heen en weer liep voor een bureaulamp. Het was Mikovsky's kantoor, de kamer waar hij al langer dan een kwart eeuw werkte. De langzaam bewegende gestalte achter het geribbelde glas was onmiskenbaar die van de geleerde.

Hij liep naar de deur en klopte zacht. De donkere gestalte doemde bijna onmiddellijk op achter het glas.

De deur ging open en daar stond Janov Mikovsky, zijn gerimpeld gezicht nog rood van de kou buiten, zijn ogen achter de dikke brilleglazen wijd open, vragend en bang. Hij gebaarde Wasili vlug binnen te komen en sloot de deur zodra Talenjekov binnen was.

'Wasili Wasilowitsj!' De stem van de oude man was deels fluisterend, deels roepend. Hij spreidde zijn armen en omhelsde zijn jongere vriend. 'Ik had nooit gedacht je weer te zullen zien.' Hij deed een stap achteruit, zijn handen nog op Talenjekovs jas en keek naar hem op. Zijn gerimpelde mond vormde aarzelende woorden die er niet uitkwamen. De gebeurtenissen van het laatste halfuur waren meer dan hij aankon. Er kwamen weifelende geluiden, maar zonder betekenis.

'Raak niet van streek,' zei Wasili zo geruststellend als hij kon. 'Alles is in orde.'

'Maar waarom? Waarom deze geheimzinnigheid? Dit geren van de ene plek naar de andere? Kun je dat van mij verlangen? Jij... van alle mensen in Rusland. De jaren dat je in Riga was, kwam je nooit bij me, maar ik hoorde van anderen hoe geacht je was en dat je met zoveel dingen belast werd.'

'Het was beter dat we in die tijd elkaar niet ontmoetten. Ik heb u dat door de telefoon verteld.'

'Ik heb dat nooit begrepen.'

'Het waren alleen voorzorgen die toen verstandig leken.' Ze waren meer dan verstandig geweest, dacht Talenjekov. Hij had gehoord dat de geleerde zwaar aan de drank was, gedeprimeerd door de dood van zijn vrouw. Als het hoofd van de KGB in Riga met de oude man gezien zou zijn, zou men er andere dingen achter hebben kunnen zoeken. En ze hebben gevonden ook.

'Het doet er nu niet toe,' zei Mikovsky. 'Het was een moeilijke periode voor me, dat heb je zeker wel gehoord. Er zijn tijden dat sommige mensen met rust gelaten zouden moeten worden, zelfs door oude vrienden. Maar dít is nú! Hoe is het jou vergaan?'

'Dat is een lang verhaal. Ik zal u alles vertellen wat ik kan. Ik moet wel, want ik heb uw hulp nodig.' Talenjekov keek achter de geleerde: daar stond een ketel water op een elektrische plaat rechts van het bureau. Wasili wist het niet zeker, maar hij dacht dat het dezelfde ketel en dezelfde kookplaat waren die hij zich herinnerde van zoveel jaren geleden. 'Uw thee is altijd de beste van Leningrad geweest. Wilt u wat zetten voor ons?'

Er ging bijna een halfuur voorbij, terwijl Talenjekov praatte en de oude geleerde in zijn stoel zat te luisteren. Toen Wasili de eerste keer de naam van prins Andrei Worosjin noemde, gaf hij geen commentaar. Maar dat deed hij wel toen zijn leerling uitgesproken was.

'De landerijen van de Worosjins werden door de nieuwe revolutionaire regering geconfisqueerd. De rijkdom van de familie was enorm verkleind door de Romanovs en hun industriële partners. Nikolaas en zijn broer Michael verafschuwden de Worosjins, beweerden dat zij de dieven waren van heel Noord-Rusland en de zeeroutes. En natuurlijk werd de prins door de bolsjewieken voor executie op de lijst gezet. Zijn enige hoop was Kerenski, die te besluiteloos of te corrupt was om de hele illustere familie weg te vagen. Die hoop vervloog bij de val van het Winterpaleis.'

'Wat gebeurde er met Worosjin?'

'Hij werd ter dood veroordeeld. Ik weet het niet zeker, maar ik geloof dat zijn naam genoemd werd op de executielijsten. Van degenen die ontsnapten werd in later jaren wel wat vernomen. Ik zou het me hebben herinnerd als Worosjin daarbij was geweest.'

'Waarom dan? Er waren alleen in Leningrad al honderden. Waarom de Worosjins?'

'Om verschillende redenen zou ik ze niet zo gauw vergeten. Het gebeurde niet vaak dat de tsaren van Rusland mensen van hun eigen slag dieven en piraten noemden en hen probeerden te vernietigen. De familie Worosjin was berucht. De vader van de prinses en haar grootvader handelden in Chinese en Afrikaanse slaven, van de Indische Oceaan tot het zuiden van Amerika. Ze manipuleerden de keizerlijke banken, maakten handelsvloten en maatschappijen bankroet en namen ze in beslag. Er wordt beweerd dat toen Nikolaas in het geheim prins Andrei Worosjin vanuit het hof bevelen gaf, hij uitriep: "Als ons Rusland ten prooi zal vallen aan maniakken, dan zal dat komen door mannen als u. U brengt hen zo ver dat ze ons naar de keel vliegen." Dat was een aantal jaren vóór de revolutie.'

'U zei: in het geheim bevelen gaf. Waarom in het geheim?'

'Het was geen tijd om verschillen van mening tussen aristocraten naar buiten te tonen. Hun vijanden zouden dat gebruikt hebben om de kreten van nationale crisis te rechtvaardigen. De revolutie werd tientallen jaren gevoed voor hij uitbrak. Nikolaas begreep dat, hij wist dat het gebeurde.'

'Had Worosjin zonen?'

'Dat weet ik niet, maar ik neem aan van wel – op de een of andere manier. Hij had veel maîtresses.'

'En de familie zelf?'

'Ook daarover weet ik niet bijzonder veel, maar ik neem aan dat ze omkwamen. Zoals je weet waren de tribunalen toegeeflijk waar het vrouwen en kinderen betrof. Duizenden werd toegestaan te vluchten. Alleen de fanatieksten wilden dat bloed aan hun handen. Maar ik geloof niet dat de Worosjins mochten vluchten. Ik weet het eigenlijk heel zeker, maar ik ken de feiten niet.'

'Ik heb feiten nodig.'

'Dat begrijp ik, en volgens mij heb je die. Tenminste genoeg om elke theorie aangaande Worosjin en dat ongelooflijke Matarese genootschap te weerleggen.'

'Waarom zegt u dat?'

'Omdat als de prins ontsnapt was, het niet in zijn voordeel was geweest om dat stil te houden. De Witten in ballingschap organiseerden zich overal. Degenen met wettige titels werden met open armen ontvangen en buitensporig beloond door de grote maatschappijen en de internationale banken. Het was goed zaken doen. Het lag niet in Worosjins aard om zulke vrijgevigheid en bekendheid af te wijzen. Nee, Wasili, hij werd gedood.'

Talenjekov luisterde naar de woorden van de geleerde en zocht naar een tegenstrijdigheid. Hij stond op van zijn stoel en ging naar de theepot. Hij vulde zijn kopje en staarde afwezig naar de bruine vloeistof. 'Tenzij hem iets van groter waarde werd geboden om te zwijgen, om anoniem te blijven.'

'Die Matarese?' vroeg Mikovsky.

'Ja. Er was geld ter beschikking gesteld. In Rome en Genua. Het was hun beginkapitaal.'

'Maar het was daar niet voor bedoeld, wel?' Mikovsky leunde voorover. 'Uit wat je me verteld hebt, maak ik op dat het gebruikt moest worden voor het huren van moordenaars en het verbreiden van het evangelie van de wraak van deze Guillaume de Matarese, is dat niet zo?'

'Dat is wat de oude vrouw te kennen gaf,' gaf Talenjekov toe.

'Dan mocht het niet besteed worden aan het vergoeden van individuele kapitalen of het financieren van nieuwe. Als hij ontsnapt was, zou hij niet afkerig zijn geweest van de gelegenheden die hem geboden werden. En zou hij zich niet aangesloten hebben bij een organisatie die op politieke wraak uit was. Daarvoor was hij een te pragmatisch man.'

Wasili liep weer naar zijn stoel. Hij bleef staan en keerde zich om. Het kopje hield hij zonder te drinken stil in zijn hand. 'Wat zei u net?'

'Dat Worosjin te pragmatisch was om...'

'Nee,' onderbrak Talenjekov. 'Daarvóór. Het geld mocht niet gebruikt worden om kapitalen te vergoeden of...?'

'Nieuwe te financieren. Weet je, Wasili, er werden grote sommen gelds voor bannelingen beschikbaar gesteld.'

Talenjekov hief zijn hand op. 'Het financieren van nieuwe,' herhaalde hij. 'Er zijn veel manieren om een evangelie te verbreiden. Bedelaars en krankzinnigen doen het op straat, priesters vanaf kansels, politici vanaf het spreekgestoelte. Maar hoe kun je een evangelie verbreiden dat geen onderzoek kan doorstaan? Hoe betaal je daarvoor?' Wasili zette het kopje op het tafeltje naast zijn stoel. 'Je doet beide anoniem en gebruikt ingewikkelde methodes en procedures van een bestaande structuur. Een waarin hele gebieden werken als aparte eenheden, de een verschillend van de ander, maar toch gebonden door een algemene identiteit. Waar dagelijks enorme sommen gelds worden overgedragen.' Talenjekov liep naar het bureau terug en boog zich erover met zijn handen op de rand. 'Je doet de noodzakelijke aankoop! Je koopt de beslissende zetel! Dan heb je het gebruik van de structuur in handen!'

'Als ik het goed begrijp,' zei de geleerde, 'moest het geld dat nagelaten was door de Matarese gedeeld worden en gebruikt om aandelen te kopen in reusachtige, gevestigde ondernemingen.'

'Precies. Ik zoek op de verkeerde plek – neem me niet kwalijk, de goede plek, maar het verkeerde land. Worosjin ontsnapte wel. Hij verliet Rusland, waarschijnlijk lang voordat hij het moest, omdat de Romanovs hem verlamden, hem beroofden, elke financiële transactie van hem in de gaten hielden. Hij werd hier gefnuikt... en later werd het soort investeringen waar Guillaume de Matarese een visioen van had, verboden in Rusland. Begrijpt u, hij had geen reden om in Rusland te blijven. Zijn besluit was lang vóór de revolutie genomen. Daarom hebt u nooit iets over hem in ballingschap gehoord. Hij werd iemand anders.'

'Je hebt het mis, Wasili. Zijn naam was onder die van de ter dood veroordeelden. Ik herinner me dat ik het zelf gezien heb.'

'Maar u weet niet zeker of u het later zag, in de aankondigingen van hen die werkelijk geëxecuteerd werden.'

'Er waren er zoveel.'

'Dat bedoel ik juist.'

'Hij heeft mededelingen gedaan aan het provinciale bestuur van Kerenski. Die zijn opgetekend.'

'Gewoon verstuurd en opgenomen.' Talenjekov duwde zich af van het bureau, al zijn instincten vertelden hem dat hij dicht bij de waarheid was. 'Wat is een betere manier voor een man als Worosjin, dan zijn identiteit te verliezen in de chaos van een revolutie? De massa was onbestuurbaar, de discipline kwam pas weken later en het was nog een wonder dát die toen kwam. Absolute chaos. Het kon heel gemakkelijk.'

'Je stelt je het veel te simpel voor,' zei Mikovsky. 'Hoewel het een dolle periode was, reisden groepjes waarnemers door de steden en over het platteland en schreven alles op wat ze zagen en hoorden. Niet alleen feiten, maar ook indrukken, meningen, interpretaties van hetgeen waarvan ze getuige waren. De academici drongen erop aan, want het was een keerpunt in de geschiedenis dat nooit herhaald zou worden en ze wilden er geen ogenblik van verliezen, elk moment verantwoorden. Alles werd genoteerd, het deed er niet toe hoe grof de waarneming was. Dat was een vorm van disicpline, Wasili.'

Talenjekov knikte. 'Waarom denkt u dat ik hier ben?'

De oude man ging vooroverzitten. 'Voor de archieven van de revolutie?'

'Ik moet ze zien.'

'Dat kun je wel makkelijk zeggen, maar je krijgt niet gemakkelijk toestemming. De machtiging moet uit Moskou komen.'

'Hoe wordt die overgebracht?'

'Via het ministerie van culturele zaken. Er wordt iemand van het kantoor in Leningrad gestuurd met de sleutel voor de kamers beneden. Hier is geen sleutel.'

Wasili's ogen dwaalden over de stapels papieren op Mikovsky's bureau. 'Is die man archivaris? Een geleerde als u zelf?'

'Nee. Hij is alleen maar iemand met een sleutel.'

'Hoe vaak worden er machtigingen verleend?'

Mikovsky fronste zijn voorhoofd. 'Niet erg vaak. Misschien tweemaal per maand.'

'Wanneer was de laatste keer?'

'Ongeveer drie weken geleden. Een historicus van de Zjdanov die onderzoek deed.'

'Waar las hij?'

'In de archiefruimten. Het is niet toegestaan er iets uit mee te nemen.'

Talenjekov hief zijn hand op. 'Toch wel iets. Het werd naar u gezonden en in het belang van iedereen zou het onmiddellijk weer in de archieven terug moeten. Uw telefoongesprek met het kantoor in Leningrad zou nogal opgewonden moeten zijn.'

De man kwam eenentwintig minuten later. Zijn gezicht was rood van de kou.

'De dienstdoend nachtofficier zei dat het dringend was, meneer,' zei de jongeman buiten adem, opende zijn aktentas en haalde er een zo ingewikkeld gevormde sleutel uit dat er een precisie-instrument nodig zou zijn om hem te kopiëren.

'En ook zeer tegen de regel en zonder twijfel een misdadig vergrijp,' antwoordde Mikovsky en stond op. 'Maar er is niets verloren nu je hier bent.' De geleerde liep om het bureau met een grote envelop in zijn hand. 'Zullen we naar beneden gaan?'

'Is dat het materiaal?' vroeg de man met de sleutel.

'Ja.' De geleerde liet de envelop zakken.

'Wat voor materiaal?' Talenjekovs stem was scherp, de vraag een beschuldiging.

De man werd gepakt. Hij liet de sleutel vallen en greep naar zijn riem. Wasili sprong en greep de hand van de jongeman, trok die naar beneden, bonkte met zijn schouder tegen de borst van de man en smeet hem op de grond. 'Je zei iets verkeerds!' riep Wasili. 'Geen enkele dienstdoende officier vertelt een boodschapper bijzonderheden over een spoedgeval. *Per nostro circolo!* Deze keer geen pillen! Geen pistolen. Ik heb je, soldaat! En bij jouw Corsicaanse christus zul je me vertellen wat ik weten wil.'

'*Ich sterbe für unser Verein, für unser Heiligtum,*' fluisterde de jongeman, zijn mond gestrekt, zijn lippen uitpuilend, zijn tong... zijn tóng, zijn tánden... De beet kwam, de kaken klapten dicht. Het gevolg was onherroepelijk.

Talenjekov keek in woedende verbijstering toe, terwijl de vloeistof uit de capsule in de keel kwam en de spieren verlamde. Het gebeurde in enkele seconden; een uitademen van lucht: de laatste adem.

'Bel het ministerie!' zei hij tegen de geschrokken Mikovsky. 'Zeg tegen de dienstdoend nachtofficier dat het een paar uur zal duren om het materiaal weer in te voegen.'

'Ik begrijp er niets van. Niets!'

'Ze tapten de telefoon van het ministerie af. Deze kerel hier onderschepte de man met de sleutel. Hij zou weg zijn gegaan en gevlucht nadat hij ons beiden had gedood.' Wasili rukte de jas van de man open en daarna het hemd eronder.

Het was er. De vlek die geen vlek was, de getande blauwe kring van het Matarese genootschap.

De oude geleerde pakte de twee grootboeken van het bovenste schap van het metalen rek en gaf ze aan Talenjekov. Het waren het zeventiende en achttiende deel waar ze mee bezig waren bij het zoeken naar de naam Worosjin.

'Het zou veel gemakkelijker zijn als we in Moskou waren,' zei Mikovsky, die voorzichtig de ladder afkwam en naar de tafel ging. 'Al dit materiaal is getranscribeerd en geïndexeerd. Eén deel zou ons precies vertellen waar we moeten zoeken.'

'Er zál iets te vinden zijn, er móet iets zijn.' Talenjekov gaf één boek aan de geleerde en opende zelf het tweede. Hij begon de met de hand geschreven teksten na te lopen en draaide voorzichtig de broze bladen om.

Twaalf minuten later zei Janov Mikovky: 'Hier is het.'

'Wat?'

'De misdaden van prins Andrei Worosjin.'

'Zijn executie?'

'Nog niet. Zijn leven en de levens en misdaden van zijn vader en grootvader.'

'Laat eens zien.'

Het stond er allemaal, minutieus maar oppervlakkig genoteerd in een regelmatig, nauwkeurig handschrift. De vaders Worosjin werden beschreven als vijanden van het volk, beladen met de misdaden van moedwillige moord op lijfeigenen en pachters, en de verfijnde manipulaties met de keizerlijke banken die duizenden werkloos maakten, duizenden meer in de rijen van de hongerenden wierpen. De prins was naar West-Europa gestuurd voor zijn hogere opleiding, een grote reis die vijf jaar duurde en zijn streven bevestigde naar imperialistische overheersing en onderdrukking van het volk.

'Waar?' zei Talenjekov luid.

'Wat bedoel je daarmee?' vroeg de geleerde die dezelfde bladzij las.

'Waar werd hij heen gestuurd?'

Mikovsky draaide het blad om. 'Krefeld. De universiteit van Krefeld. Hier staat het.'

'Die schoft sprak Duits. *Ich sterbe für unser Verein! Für unser Heiligtum!* Het is in Duitsland.'

'Wat?'

'Worosjins nieuwe identiteit. Hier staat het. Lees verder.'

Ze lazen. De prins had drie jaar in Krefeld doorgebracht en twee met doctorale studie in Düsseldorf, waar hij in zijn latere jaren vaak terugkeerde toen hij nauwe persoonlijke banden aanknoopte met Duitse industriëlen als Gustav von Bohlen-Holbach, Friedrich Schotte en Wilhelm Habernicht.

'Essen,' zei Wasili. 'Düsseldorf leidt naar Essen. Het was een gebied dat Worosjin goed kende, met een taal die hij sprak. De tijd was perfect gekozen: oorlog in Europa, revolutie in Rusland, de wereld een chaos. De wapenfabrieken in Essen, daar werd hij aandeelhouder van.'

'Krupp?'

'Of Verachten. Krupps concurrent.'

'Denk je dat hij zich in een van beide inkocht?'

'Door een achterdeurtje en onder een nieuwe naam. De Duitse industriële expansie was even chaotisch als de oorlog van de keizer. Leidinggevend personeel roofde en zwierf rond in kleine legertjes. De omstandigheden waren ideaal voor Worosjin.'

'Hier is de executie,' interrumpeerde Mikovsky, die verder gebladerd had. 'De beschrijving begint hier bovenaan. Je theorie wordt minder geloofwaardig, vrees ik.'

Talenjekov leunde voorover en liet zijn blik over de woorden gaan. De notitie handelde over de dood van prins Andrei Worosjin, zijn vrouw, twee zonen, hun vrouwen en een dochter, op de middag van 21 oktober 1917, op zijn landgoed in Tsarskoje Selo aan de oever van de Slovjanka. Er werd in bloederige details geschreven over de laatste minuten van het gevecht. De Worosjins, met hun personeel gevangen in het grote huis, sloegen het aanvallende gepeupel terug door uit de ramen te schieten en blikken brandende benzine van de schuine daken te werpen. Tenslotte lieten ze hun personeel vrij en, in een doodsverbond, gebruikten ze hun eigen kruit om zichzelf op te blazen en het huis in lichterlaaie te zetten. Er bleef niets over dan het brandende geraamte van een tsaristisch landhuis, de stoffelijke overschotten van de Worosjins werden door de vlammen verteerd.

Er kwamen beelden op bij Wasili, herinneringen aan de heuvels in de nacht boven Porto Vecchio. De ruïne van Villa Matarese. Ook daar eindigde het in een grote brand.

'Ik ben het niet met u eens,' zei hij zacht tegen Mikovsky. 'Dat was helemaal geen executie.'

'De rechtbank mag dan ontbroken hebben,' weersprak de geleerde, 'maar ik kan wel zeggen dat de gevolgen hetzelfde waren.'

'Er waren geen gevolgen, geen bewijzen, geen bewijs van de dood. Er waren alleen geblakerde ruïnes. Deze notitie is vals.'

'Wasili Wasilowitsj! Dit zijn archieven, elk document is onderzocht en goedgekeurd door de academie! In die tijd.'

'Eén werd er gekocht. Ik geef toe dat er een groot landhuis tot de grond toe afbrandde, maar dat is dan ook alles wat er bewezen is.' Talenjekov bladerde een eindje terug. 'Kijk. Dit verslag is zeer beschrijvend. Personen met wapens bij de ramen, mannen op de daken, bedienden die naar buiten gaan, explosies die beginnen in de keukens, alles schijnt verantwoord te zijn.'

'Akkoord,' zei Mikovsky, onder de indruk van de nauwkeurige details die hij las.

'Mis. Er ontbreekt iets. In elke notitie van deze aard die we gezien hebben – de bestorming van paleizen en landgoederen, het aanhouden van treinen, de demonstraties – staan steeds zinnen als: "de opmarcherende kolonne werd geleid door kameraad die en die, de terugtocht onder vuur van de tsaristische garde onder commando van kapitein zo en zo, de executie uitgevoerd onder leiding van kameraad Dinges." Zoals u al eerder zei, al deze verslagen staan vol met namen en toenamen, alles genoteerd voor toekomstige bevestiging. Nou, lees dit nog eens.' Wasili sloeg de bladzijden om en om. 'De detaillering is buitengewoon, tot zelfs de temperatuur op de dag en de kleur van de middaglucht en de bontjassen die de mannen op het dak droegen. Maar er staat geen enkele naam. Alleen de Worosjins worden met name genoemd, verder niemand.'

De geleerde legde zijn vingers op een vergeelde bladzijde, zijn oude ogen vlogen over de regels, zijn mond ging open van verbazing. 'Je hebt gelijk. De grote hoeveelheid details verbergt de afwezigheid van informatie.'

'Dat is altijd zo,' zei Talenjekov. 'De "executie" van de familie Worosjin was een mystificatie. Die vond nooit plaats.'

'Die jongeman van u was erg onmogelijk,' zei Mikovsky door de telefoon. Zijn woorden en toon klonken ruw kritisch tegen de dienstdoend nachtofficier van het ministerie van culturele zaken. 'Ik heb heel duidelijk gezegd – zoals naar ik aanneem u ook deed – dat hij in het archief moest blijven tot het materiaal weer op zijn plaats lag. En wat merk ik? De man weg en de sleutel onder mijn deur geschoven! Werkelijk, het is zeer tegen de regels. Ik stel voor dat u iemand stuurt om hem op te halen.'

De oude geleerde hing vlug op en gaf daardoor de dienstdoend officier geen kans om verder te praten. Hij keek op naar Talenjekov en zag er opgelucht uit.

'Met dat spelletje zou u een diploma van Stanislavsky hebben verdiend,' lachte Wasili die zijn handen afveegde met papieren handdoekjes van het nabije toilet. 'We zijn gedekt – ú bent gedekt. Denk er wel aan, er zal een lichaam zonder papieren achter de verwarmingsketels worden gevonden. Als u ondervraagd wordt, weet u niets. U hebt hem nooit eerder gezien, uw enige reactie is er een van schrik en verbazing.'

'Maar culturele zaken, die zullen hem wél kennen!'

'Zeker níet. Hij was niet de man die met de sleutel werd gestuurd. Het ministerie zal de sleutel weer in zijn bezit krijgen, maar een boodschapper hebben verloren. Als die telefoon nog steeds afgetapt wordt, zal degene die luistert, aannemen dat zijn man succes heeft gehad. We hebben tijd gewonnen.'

'Waarvoor?'

'Ik moet naar Essen.'

'Essen. Op een vermoeden af, Wasili? Op een speculatie?'

'Het is meer dan speculatie. Twee van de namen die in het Worosjin-rapport worden genoemd, waren belangrijk. Schotte en Bohlen-Holbach. Friedrich Schotte werd veroordeeld door een Duits gerechtshof, vlak na de eerste wereldoorlogz voor het uitvoeren van kapitaal naar het buitenland. De avond dat hij aankwam, werd hij in de gevangenis vermoord. De moord kreeg veel aandacht in de pers, de moordenaars werden nooit gevonden. Ik denk dat hij een fout gemaakt had en dat de Matarese beweging hem tot zwijgen liet brengen. Gustav Bohlen-Holbach trouwde met de enig overlevende van de familie Krupp en nam de leiding van de Krupp-fabrieken over. Als zij een halve eeuw geleden Worosjins vrienden waren, konden ze van buitengewoon nut voor hem zijn geweest. Het past allemaal in elkaar.'

Mikovsky schudde zijn hoofd. 'Je zoekt naar spoken van vijftig jaar geleden.'

'Alleen in de hoop dat ze zullen leiden tot de werkelijk bestaanden van nu. Hebt u nog meer bewijzen nodig?'

'Nee. Het is hun bestaan dat me het ergste doet vrezen voor jou. Een Engelsman wacht je op in iemands flat, een vrouw volgt mij, er komt een jongeman hier met een sleutel van de archieven die hij van een ander stal... alles komt van de Matarese beweging. Het lijkt erop of ze je in de val hebben.'

'Vanuit hun gezichtspunt wel, ja. Ze hebben mijn dossier bekeken en hun soldaten uitgestuurd om mij te volgen bij mijn te verwachten gedragslijn, in de veronderstelling dat als er één faalt, de ander zal slagen.'

De geleerde zette zijn bril af. 'Waar kun je zulke gemotiveerde mannen en vrouwen vinden die hun leven zo bereidwillig opgeven?'

'Het antwoord daarop is misschien angstaanjagender dan een van ons zich voor kan stellen. De basis daarvan gaat eeuwen terug, naar een islamitische prins genaamd Hasan ibn-al-Sabbah. Hij vormde kaders van politieke "killers" om hem aan de macht te houden. Ze werden de *Fida'is* genoemd.'

Mikovsky liet zijn bril met een harde klap op zijn bureau vallen. 'De *Fida'is*? Die moordenaars? Ik weet van wat je daar vertelt, maar die gedachte is belachelijk. De *Fida'is* – de moordenaars van Sabbah – baseerden zich op de verboden van een stoïcijnse godsdienst. Ze ruilden hun zielen, hun geesten, hun lichamen voor de geneugten van een walhalla hier op aarde. Zulke motieven zijn tegenwoordig niet meer geloofwaardig.'

'Tegenwoordig?' vroeg Wasili. 'Juist in déze tijd. Hoe groter huis, hoe hogere bankrekening, of het gebruik van een *datsja* voor een langere tijd, voorzien van meer luxe dan die van je kameraad. Een grotere luchtvloot of een machtiger oorlogsschip, het oor van een superieur of een uitnodiging voor een gebeurtenis die anderen niet mogen bijwonen. Dat is juist tegenwoordig zo, Janov. De wereld waarin u en ik leven – persoonlijk, beroepshalve, zelfs plaatsvervangend – is een wereldwijde maatschappij die barst van hebzucht. Negen van de tien mensen zijn Fausten. Ik denk dat het iets is dat Karl Marx nooit begrepen heeft.'

'Een opzettelijke omissie van de overgangstijd, beste vriend. Hij begreep het volledig, maar er waren andere zaken die eerst aangepakt moesten worden.'

Talenjekov lachte. 'Dat klinkt gevaarlijk naar een verontschuldiging.'

'Zou je liever woorden horen van de strekking dat de regering van een land te belangrijk is om aan het volk overgelaten te worden?'

'Een monarchistisch standpunt, dat nauwelijks te hanteren is. Het zou door de tsaar gezegd kunnen zijn.'

'Maar dat is niet zo. Het werd beweerd door de Amerikaanse Thomas Jefferson. Nogmaals: hij liet van de overgangstijd opzettelijk dingen weg. Beide landen, zie je, hadden net hun revoluties doorgemaakt en beide waren ze een nieuwe, verrijzende natie. Woorden en beslissingen moesten praktisch zijn.'

'Uw geleerdheid verandert mijn oordeel niet. Ik heb te veel gezien, te veel meegemaakt.'

'Ik wil niets veranderen, en zeker niet jouw vermogen tot beoordelen. Ik zou alleen graag willen dat je de dingen in het juiste perspectief ziet. Misschien zijn we allemaal in een overgangstoestand.'

'Naar wat?'

Mikovsky zette zijn bril weer op. 'Naar de hemel of naar de hel, Wasili. Ik heb geen enkel idee welke van de twee. Mijn enige troost is dat ik er niet zal zijn om het mee te maken. Hoe kom je naar Essen?'

'Terug via Helsinki.'

'Zal dat moeilijk zijn?'

'Nee. Er is iemand uit Vyborg die me zal helpen.'

'Wanneer ga je?'

'Morgenvroeg.'

'Je bent welkom als je bij me wilt logeren vannacht.'

'Nee. Dat zou te gevaarlijk voor u kunnen zijn.'

De geleerde keek verrast op. 'Maar ik dacht dat je zei dat mijn spelletje door de telefoon die bezorgdheden wegnam?'

'Dat geloof ik ook wel. Ik denk niet dat er de eerste dagen iets gezegd zal worden. Maar tegen die tijd zal het incident – voor zover het u aangaat – vervaagd zijn tot een onplezierige misstap in de gang van zaken.'

'Waar zit het probleem dan?'

'Dat ik ongelijk kan hebben. In dat geval heb ik ons beiden gedood.'

Mikovsky glimlachte. 'Als een soort laatste daad.'

'Ik moest doen wat ik deed. Er was niemand anders. Het spijt me.'

'Geeft niet.' De geleerde stond op en liep onzeker om het bureau heen. 'Je moet gaan en ik zal je niet weerzien. Omhels me, Wasili Wasilowitsj. Hemel of hel, wat zal het zijn? Ik denk dat jij het weet. Het is de laatste en jij hebt die al bereikt.'

'Daar ben ik al heel lang,' zei Talenjekov en hield de aardige oude man vast die hij nooit meer terug zou zien.

'Kolonel Maletkin?' vroeg Wasili die wist dat de aarzelende stem aan de andere kant van de lijn inderdaad die van de verrader uit Vyborg was.

'Waar ben je?'

'In een telefooncel, niet ver weg. Heb je iets voor me?'

'Ja.'

'Goed. En ik heb iets voor jou.'

'Ook goed,' zei Maletkin. 'Wanneer?'

'Nu. Loop voorbij de ingang van het hotel en ga rechtsaf. Blijf doorlopen, ik haal je in.'

Het was even stil. 'Het is bijna middernacht.'

'Ik ben blij dat je horloge gelijk loopt. Dat zal wel een dure zijn. Is het een van die Zwitserse chronometers die zo populair zijn bij de Amerikanen?'

'Er is hier een vrouw.'

'Zeg dat ze wacht. Beveel haar te wachten, kolonel. Je bent een officier van de KGB.'

Zeven minuten later kwam Maletkin als een fret te voorschijn op het trottoir voor de ingang. Hij zag er minder dan levensgroot uit en keek snel in verschillende richtingen, bijna zonder dat zijn hoofd scheen te draaien. Ofschoon het koud en donker was, kon Wasili het zweet op de kin van de verrader zien. Over een dag of zo zou er geen kin meer zijn. Die zou er afgeschoten zijn op een plein in Vyborg.

Maletkin liep naar het noorden. Er waren niet veel voetgangers in de Brodskystraat. Enkelen liepen arm in arm, het onvermijdelijke drietal jonge soldaten zocht ergens warmte, waar dan ook, voor het terugkeerde naar de steriliteit van de kazerne. Talenjekov wachtte, keek naar het straatgebeuren en zocht naar iemand die daar niet bij hoorde.

Zo iemand was er niet. De verrader had niet overwogen hem een voet dwars te zetten, evenmin had een soldaat van de Matarese hem gevonden. Wasili verliet de schaduwen van de ingang en haastte zich langs de huizen. Binnen een minuut was hij aan de overkant bij Maletkin. Hij begon *Yankee Doodle Dandy* te fluiten.

'Hier is je telegram!' zei de verrader die zijn woorden uitspuwde in het donker van een ingesprongen etalage. 'Dit is het enige duplicaat. En nu, vertel op. Wie is de tipgever in Vyborg?'

'De ándere tipgever bedoel je zeker?' Talenjekov knipte zijn aansteker aan en keek naar de kopie van de gecodeerde boodschap naar Helsinki. Het was in orde. 'Je zult de naam binnen enkele uren hebben.'

'Ik wil hem nú! Voor zover ik weet heeft iemand zich al met Vyborg in verbinding gesteld. Ik wil dat ik veilig ben, je hebt dat gegarandeerd! Ik vertrek morgenvroeg meteen.'

'Wíj vertrekken,' onderbrak Wasili. 'En wel vóór de ochtend.'

'Nee!'

'Ja. Per slot van rekening zul jij die lijst maken.'

'Ik wil niets met jou doen. Je foto hangt op elk publikatiebord van de KGB, er waren er twee op het Ligovsky-hoofdkwartier! Het zweet brak me uit.'

'Dat had ik niet gedacht. Maar zie je, je moet me terugbrengen naar het meer en me in contact brengen met de Finnen. Mijn werk hier in Leningrad is klaar.'

'Waarom ik? Ik heb genoeg gedaan.'

'Omdat, als je het niet doet, ik me geen naam zal kunnen herinneren die jij zou moeten weten in Vyborg.' Talenjekov klopte de verrader op zijn wang. Maletkin deinsde terug. 'Ga liever weer naar die vrouw, kameraad, en doe je best. Maar blijf niet te lang met haar bezig. Ik wil dat je om halfvier vertrekt uit het hotel.'

'Halfvier?'

'Ja. Rij dan naar de Anitsjkov-brug. Wees daar niet later dan vier uur. Rij tweemaal heen en weer over de brug. Ik zie je aan de ene of aan de andere kant.'

'De *militsianjera*. Ze houden verdachte voertuigen aan, en als er om vier uur 's morgens een auto heen en weer rijdt over de Anitsjkov-brug, is dat niet iets gewoons.'

'Precies. Als er *militsianjera* zijn, wil ik dat weten.'

'Veronderstel dat ze me aanhouden?'

'Moet ik je er nu steeds aan blijven herinneren dat je een kolonel van de KGB bent? Je bent op een officiële dienstreis. Zeer officieel en zeer geheim.' Wasili wilde vertrekken, maar keerde zich weer om. 'Het kwam zomaar bij me op,' zei hij, 'dat je op de gedachte zou kunnen komen om een pistool te lenen en me op het geschikte moment neer te schieten. Aan de ene kant kun je voordeel behalen door me aan te geven en aan de andere kant zou je kunnen zweren dat je met groot risico voor jezelf geprobeerd hebt te voorkomen dat ik gedood werd. Mits je af zou zien van de naam van de man in Vyborg, zou zo'n strategie degelijk kunnen lijken. Heel weinig risico en beloningen van beide kampen. Maar je moet wel weten dat elke stap die ik doe in Leningrad in jouw aanwezigheid nu door iemand anders wordt gevolgd.'

Maletkin sprak met steeds meer nadruk: 'Ik zweer je dat ik aan zoiets niet gedácht heb.'

327

Je bent echt een verdomde dwaas, dacht Talenjekov. 'Tot vier uur dan, kameraad.'

Wasili naderde de trap van het gebouw, vier deuren verder dan Lodzia's flat. Hij had naar haar raam gekeken. De lampen brandden. Ze was thuis.

Hij klom langzaam de treden op, zoals een vermoeid man zou doen die naar een onaanlokkelijk huis terugkeert na ongewenst, onbetaald overwerk te hebben gedaan aan een lopende band, naar aanleiding van een of ander nieuw economisch plan dat niemand begreep. Hij opende de glazen deur en ging de kleine vestibule in.

Hij ging meteen rechtop lopen, de korte voorstelling was voorbij. Nu aarzelde hij niet meer. Hij deed de binnendeur open, liep naar de souterraintrap en daalde af naar de aangrenzende kelders.

Hij kwam bij de deur waarachter hij de dode Engelsman gebracht had, wodka in zijn keel gegoten en zijn polsen met een scheermes doorgesneden had. Hij pakte zijn aansteker, knipte hem aan en duwde de deur open.

De Engelsman was weg. Hij was niet alleen verdwenen, maar er waren ook geen sporen van bloed meer. Alles was schoongemaakt.

Talenjekovs lichaam verstijfde. Zijn gedachten werden van schrik uitgeschakeld. Er was iets verschrikkelijks gebeurd. Hij had ongelijk gehad. Helemaal ongelijk!

Toch was hij er zeker van geweest. De soldaten van de Matarese waren wel bezig geweest, maar het laatste dat ze zouden doen was terugkeren naar een plaats van geweldpleging. De kansen op een val waren te groot. Ze zouden, konden dat risico niet nemen!

Maar ze hadden het tóch gedaan. Ze vonden het doel de gok waard. Wat had hij *gedaan*?

Lodzia!

Hij liet de deur openstaan en ging snel door de volgende kelders de Graz-Boerja in zijn hand, met zachte voetstappen, zijn ogen en oren opmerkzaam.

Hij kwam bij Lodzia's flatgebouw en liep de trap op naar de hal op de begane grond. Hij opende langzaam de deur en luisterde. Er klonk gelach van de trap boven. Een hoge vrouwenstem, even later voegde zich daar het gelach van een man bij.

Wasili deed de Graz-Boerja in zijn zak, stapte naar binnen en liep onvast de trap op achter het paar aan. Ze kwamen bij het trapportaal van de tweede verdieping, schuin tegenover Lodzia's deur. Talenjekov zei, met een dwaze grijns op zijn gezicht: 'Jongelui, zouden jullie een verliefde man van middelbare leeftijd een plezier willen doen? Ik ben bang dat ik een glas wodka te veel op heb.'

Het paar keerde zich om en ze glimlachten tegelijk. 'Wat is het probleem, vriend?' vroeg de jongeman.

'Mijn vriendin is het probleem,' zei Talenjekov die naar Lodzia's deur wees. 'Ik zou haar ontmoeten na de voorstelling in de Kirov. Ik ben opgehouden door een oude kameraad uit dienst. Ik denk dat ze hels zal zijn. Klop alsjeblieft voor mij. Als ze mijn stem hoort, laat ze me er waarschijnlijk niet in.' Wasili grijnsde weer zijn hoofd stond helemaal niet naar lachen. De begrijpelijke opoffering van jonge en aantrekkelijke mensen werd pijnlijker als je ouder werd.

'Dat is het minste wat we kunnen doen voor een soldaat,' zei de jonge vrouw die helder lachte. 'Kom op, mijn lieve man, doe eens wat voor het leger.'

'Waarom niet?' De jongeman haalde zijn schouders op en liep naar Lodzia's deur. Talenjekov stak verderop over en ging met zijn rug tegen de muur staan, zijn rechterhand weer in zijn zak. De man klopte aan.

Er was niets te horen binnen. Hij keek Wasili aan die knikte en beduidde om het nog eens te proberen. De jongeman klopte weer, nu harder en dringender. Weer was er alleen stilte binnen.

'Misschien wacht ze nog op u bij de Kirov,' zei de vrouw.

'Wie weet,' voegde de jongeman er lachend aan toe, 'heeft ze misschien uw oude dienstmakker gevonden en ontlopen ze u allebei.' Talenjekov probeerde ook te lachen, maar kon het niet. Hij wist te goed wat hij achter die deur zou kunnen vinden. 'Ik zal hier wachten,' zei hij. 'Dank u wel.'

De man scheen te beseffen dat hij op het verkeerde ogenblik grappig was geweest. 'Neem me niet kwalijk,' mompelde hij en nam zijn vrouw bij de arm.

'Het beste,' zei de vrouw verlegen. Ze liepen beiden snel de trap op.

Wasili wachtte tot hij het geluid van een deur hoorde die gesloten werd, twee verdiepingen hoger. Hij trok zijn automatisch pistool uit zijn zak en greep naar de deurknop vóór zich. Hij was bang dat hij niet op slot zat.

Hij zat inderdaad niet op slot en zijn angst groeide. Hij duwde de deur open, stapte naar binnen en deed hem dicht. Wat hij zag, gaf hem een steek van pijn door zijn borst. Hij wist dat hij even later nog meer pijn zou voelen. De kamer was een grote bende, stoelen, tafels en lampen waren omgegooid. Boeken en kussens waren over de vloer gesmeten, kledingstukken lagen door elkaar. Het tafereel was zo gemaakt om een gewelddadig gevecht uit te beelden. Maar

329

het was niet echt, te overdreven – zoals zulke geconstrueerde scènes meestal overdreven waren. Er was geen gevecht geweest, maar wel iets anders.

Er had een ondervraging plaats gevonden die gebaseerd was op marteling.

De badkamerdeur stond open. Hij liep erheen en wist dat de pijn over een paar seconden zou komen, scherpe scheuten van folterende pijn. Hij ging naar binnen en zag haar. Ze lag op het bed, haar kleren waren van haar lichaam gerukt, de houding van haar benen duidde op verkrachting. Als dat was gebeurd, was het alleen bedoeld voor een lijkschouwing, en was het ongetwijfeld gebeurd nadat ze gedood was. Haar gezicht was gehavend, lippen en ogen gezwollen, de tanden gebroken. Straaltjes bloed waren van haar wangen gelopen en hadden abstracte patronen van dieprood op haar lichte huid achtergelaten.

Talenjekov wendde zich af. Een verschrikkelijke lijdelijkheid kwam over hem. Dat had hij al vaak gevoeld. Hij wilde nu alleen maar doden. Hij wilde dóden.

En daarna was hij ontroerd, zo diep dat zijn ogen zich plotseling vulden met tranen en hij niet kon ademen. Lodzia Kronestsja had niet toegegeven. Ze had het beest dat haar bewerkt had niet verteld dat haar minnaar uit de dagen van Riga na middernacht bij haar zou komen. Ze had meer gedaan dan het geheim bewaren, veel meer. Ze had het beest in een andere richting gestuurd. Wat moest zij hebben doorgemaakt!

Hij had een half mensenleven niemand liefgehad. Nu had hij lief en het was te laat.

Te laat? O god!

... waar ligt het probleem?

... in dat geval hebt u ons beiden gedood...

Janov Mikovsky!

Als de Matarese beweging een soldaat naar Lodzia Kronestsja had gestuurd, zou er vast ook een gestuurd zijn om de geleerde op te sporen.

Wasili rende de zitkamer in naar de telefoon die ze intact hadden gelaten. Het deed er niet toe of de lijn wel of niet afgeluisterd werd. Hij zou binnen een paar seconden te weten komen wat hij wilde weten, en na een paar tellen weg zijn, voordat iemand die afluisterde mannen naar de *dom vasjen* kon sturen.

Hij draaide Mikovsky's nummer. De telefoon werd bijna onmiddellijk opgenomen... te vlug voor een oude man.

'Ja?' De stem was gedempt, onduidelijk.

'Mag ik dr. Mikovsky, alstublieft?'

'Ja?' herhaalde de mannenstem. Het was niet die van de geleerde. 'Ik ben een collega van kameraad Mikovsky en ik moet hem dringend spreken. Ik weet dat hij zich niet goed voelde. Heeft hij medische verzorging nodig? Dan zullen we daar natuurlijk meteen voor zorgen.'

'Nee.' De man praatte te vlug. 'Wie belt er?'

Talenjekov lachte geforceerd nonchalant. 'Ik ben alleen maar zijn buurman van kantoor, kameraad Rydoekov. Zeg hem dat ik het boek gevonden heb dat hij zocht... nee, laat het me zelf tegen hem zeggen.'

Stilte.

'Ja?' Dat was Mikovsky. Ze hadden hem aan de telefoon gelaten. 'Hoe maakt u het? Zijn die mannen vrienden?'

'Vlucht, Wasili! Ga weg! Het zijn...'

Er klonk een oorverdovende knal door de telefoon. Talenjekov hield de hoorn in zijn hand en staarde ernaar. Hij bleef even staan en liet de scherpe pijnscheuten door zijn borst schroeien. Hij hield van twee mensen in Leningrad en hij had hen beiden gedood. Nee, dat was niet waar. De mannen van de Matarese hadden hen gedood. En nu zou hij als vergelding doden. Doden... doden... en doden.

Hij ging een telefooncel aan de Nevesky Prospekt in en belde het Europeiskaja-hotel. Er moest niet veel gekletst worden. Er was geen tijd te verspillen aan onbetekenende mannen. Hij moest over het Vainikala-meer, naar Helsinki, naar de Corsicaanse vrouw in Parijs en bericht sturen aan Scofield. Hij was op weg naar Essen, want daar lag het geheim van de Worosjins en er liepen beesten rond die doodden om te voorkomen dat dat geheim ontdekt zou worden. Hij wilde ze nu grijpen... hij verlangde ernaar... deze elitesoldaten van de Matarese beweging. Ze waren ten dode opgeschreven als ze in zijn handen vielen.

'Ja, ja, wat is er?' klonken de gehaaste, ademloze woorden van de verrader uit Vyborg.

'Ga daar onmiddellijk weg,' commandeerde Talenjekov. 'Rij naar het Moskwa-station. Ik ontmoet je op de stoep voor de eerste ingang.'

'Nu? Het is net twee uur! Je zei...'

'Vergeet wat ik zei, maar doe wat ik zeg. Heb je al afgesproken met de Finnen?'

'Ik hoef alleen maar even te bellen.'

'Heb je dat gedaan?'

'Dat kan in een minuut.'
'Doe dat dan. En wees binnen een kwartier bij het Moskwa-station.'

Zwijgend maakten ze de rit naar het noorden. De stilte werd af en toe verbroken door Maletkins gejammer over de gebeurtenissen van de laatste vierentwintig uur. Hij was een man die zich met zaken inliet die zijn verstand zo ver te boven gingen, dat zelfs zijn verraad een vieze smaak had en geen kwaliteit.

Ze reden door Vyborg, voorbij Selzneva, naar de grens. Wasili herkende de weg met de randen sneeuw erlangs, die hij gegaan was vanaf de oever van het bevroren meer. Ze zouden nu gauw bij de splitsing van de weg komen waar hij de verrader naast hem voor het eerst goed had gezien. Toen was het bij het aanbreken van de dag en ook nu zou het gauw weer dageraad zijn. En er was zoveel gebeurd en hij was zoveel te weten gekomen.

Hij was uitgeput. Hij had geen slaap gehad en hij had die erg nodig. Het was niet verstandig om te proberen te werken terwijl zijn hoofd weigerde te denken. Hij zou naar Helsinki gaan en slapen zolang als zijn lichaam en zijn geest daar behoefte aan hadden. Daarna zijn maatregelen treffen en naar Essen gaan.

Voor hij zijn geliefde land verliet, moest er nog één ding geregeld worden voor zijn Rusland.

'Binnen een minuut zullen we op de plaats van samenkomst zijn,' zei Maletkin. 'Je zult een Fin ontmoeten op het pad naar de waterkant. Alles is geregeld. Zo kameraad, ik ben klaar met mijn deel van de afspraak, nu moet jij jouw deel nog nakomen. Wie is de andere verklikker in Vyborg?'

'Je hebt zijn naam niet nodig. Alleen zijn rang. Hij is de enige man in jouw sector die jou orders kan geven, je enige meerdere. De hoogste commandant in Vyborg.'

'Wat? Hij is een tiran, een fanaat!'

'Is er een betere dekmantel? Stap bij hem binnen... privé. Je weet wat je zeggen moet.'

'Ja,' gaf Maletkin toe met vurige blik en liet de auto vaart minderen toen ze bij een opening in de sneeuw kwamen. 'Ja, ik geloof wel dat ik weet wat ik zal zeggen... Hier is het pad.'

'En hier is je pistool,' zei Talenjekov, die de verrader zijn wapen gaf, zonder slagpen.

'O ja, dank je,' antwoordde Maletkin die niet luisterde. Zijn gedachten waren bij de macht die een paar seconden geleden nog onvoorstelbaar was.

Wasili stapte uit de auto. 'Dag,' zei hij en sloot het portier.

Toen hij om de achterkant van de auto liep naar het pad, hoorde hij dat Maletkin zijn raampje naar beneden draaide.

'Het is ongelooflijk,' zei de verrader met dankbaarheid in zijn stem. 'Dank je wel.'

'Geen dank.'

Het raampje werd dichtgedraaid. Het gebrom van de motor mengde zich met het gieren van de banden die op de sneeuw slipten. De wagen schoot vooruit. Maletkin zou geen tijd verloren laten gaan om in Vyborg te komen.

Naar zijn executie.

Talenjekov liep het pad op dat hem naar zijn begeleider zou voeren, naar Helsinki, naar Essen. Hij begon zacht te fluiten; het wijsje was *Yankee Doodle Dandy*.

26

De vriendelijk uitziende man met de gekreukte kleren en de katoenen coltrui klemde een vioolkist tussen zijn knieën en bedankte de stewardess van Finn Air voor het potje thee. Als iemand aan boord de leeftijd van de musicus had moeten schatten zou hij waarschijnlijk iets gezegd hebben van tussen de vijfenvijftig en de zestig, misschien iets jonger. Mensen die wat verder van hem af zaten, zouden zeggen boven de zestig en eraan toevoegen dat hij misschien ouder was.

Toch had hij alleen maar wat witte strepen in zijn haar geborsteld en verder geen make up gebruikt. Talenjekov had jaren geleden al gemerkt dat de spieren van gezicht en lichaam veel beter leeftijd en gebrekkigheid toonden dan poeders en plastische stoffen. De truc was om de spieren in de gewenste houding van abnormale spanning te vertrekken, daarna zich zo normaal mogelijk te gedragen, om het ongemak te boven te komen door ertegen te vechten. Zoals oudere mensen vechten tegen de spanning van ouderdom en kreupelen er het beste van maken met hun mismaaktheden.

Essen. Hij was tweemaal eerder naar het zwarte juweel aan de Ruhr geweest. Geen van beide reizen was genoteerd, want het waren delicate opdrachten betreffende industriële spionageoperaties, waarvan Moskou niet graag wilde dat ze ergens opgetekend werden. Geen contacten die gevolgd, geen vrienden die opgezocht moesten worden, niets. Geen Janov Mikovsky, geen... Lodzia Kronestsja.

Essen. Waar kon hij beginnen? De geleerde had gelijk gehad: hij zocht naar schimmen van vijftig jaar geleden, een geheimzinnig opgaan van een man en zijn gezin in een groot industrieel complex, in een tijd dat de wereld een chaos was. Wettelijke documenten die meer dan vijftig jaar teruggingen, zouden onbereikbaar zijn... als ze tenminste al hadden bestaan. En zelfs als dat zo was, zouden ze zo onduidelijk gemaakt zijn dat het weken kon duren om geld en identiteiten op te sporen – waarbij hij zichzelf gegarandeerd bloot zou geven.

De rechtbankdossiers in Essen moesten wel de reusachtigste en ingewikkeldste van allemaal zijn. Waar was de man die de weg wist in zo'n doolhof? Was er tijd om het te onderzoeken?

Er was iemand, een octrooi-deskundige, die ongetwijfeld met zijn handen in zijn haar zou zitten bij de gedachte om te proberen de naam te vinden van één enkele Rus die vijftig jaar geleden naar Essen kwam. Maar hij was jurist, met hem kon een begin gemaakt worden. Als hij nog leefde en wilde praten over een moeilijkheid van lang geleden. Wasili had in geen jaren aan die man gedacht. Heinrich Kassel was toen een jonge vennoot van vijfendertig jaar geweest bij een firma die rechtskundig werk voor vele van Essens vooraanstaande bedrijven deed. Het KGB- dossier had hem omschreven als een man die vaak ruzie had met zijn superieuren, een man die verdediger was bij processen – sommige zaken zo verwerpelijk voor zijn werkgevers dat ze hadden gedreigd hem te zullen ontslaan. Maar hij was te goed. Geen enkele superieur wilde verantwoordelijk zijn voor zijn ontslag.

Die ezels van samenzweerders in Moskou hadden in hun 'wijsheid' besloten dat Kassel het neusje van de zalm was voor patenten ontwerpspionage. In hun beweterij hadden de hufters hun overtuigendste onderhandelaar gestuurd, een zekere Wasili Talenjekov, om de advocaat voor een betere wereld te winnen. Het had Wasili nog geen uur gekost om bij een speciaal daarvoor gehouden diner te beseffen hoe absurd die opdracht was. Dat besef kwam toen Heinrich Kassel achterover in zijn stoel was gaan zitten en uitgeroepen had: 'Ben je helemaal gek? Ik doe wat ik kan om jullie rotzakken erbuiten te houden!'

Daar zaten ze dan. De overtuigende onderhandelaar en de misleide advocaat waren dronken geworden, eindigden de avond in de morgen en zagen de zon opkomen boven het Groegapark. Ze hadden een dronkemansovereenkomst gemaakt: de jurist zou de poging van Moskou niet aan Bonn rapporteren als Talenjekov zou garanderen dat het KGB-dossier aanzienlijk veranderd werd. De jurist was blijven zwijgen en Wasili was naar Moskou teruggekeerd. Hij had het dossier van de Duitser aangevuld met de uitspraak dat de 'radicale' advocaat waarschijnlijk een provocateur was die betaald werd door de Amerikanen. Kassel zou hem nu misschien helpen, hem tenminste vertellen waar hij kon beginnen.

Als hij Heinrich Kassel tenminste kon bereiken. Er zou zoveel gebeurd kunnen zijn dat het kon verhinderen. Ziekte, dood, overplaatsing, voorvallen in leven en beroep en het was twaalf jaar geleden dat hij die in de kiem gesmoorde opdracht in Essen uitvoerde. Er was nog iets dat hij moest doen in Essen, bedacht hij. Hij had geen wapen en zou er een moeten kopen. De Westduitse vliegveldbewaking was tegenwoordig zodanig dat hij niet kon riskeren zijn Graz-Boerja te demonteren en in zijn plunjezak te stoppen. Er was zoveel te doen en er was zo weinig tijd. Maar er begon zich een patroon af te tekenen. Het was duister, moeilijk te definiëren, tegenstrijdig... maar het was er. De Corsicaanse koorts verspreidde zich, de besmetters gebruikten grote geldsommen en vernuftige financieringsmethoden om overal veel chaos te scheppen door een leger van elitesoldaten in dienst te nemen die hun leven onmiddellijk op zouden geven als dat nodig was voor de bescherming van hun zaak. Maar wat voor zaak? Met welk doel? Wat wilden de gewelddadige filosofische nakomelingen van Guillaume de Matarese bereiken? Moord, terrorisme, bomontploffingen in het wilde weg en oproeren, ontvoeringen en moord... al die dingen die rijke mannen moesten verfoeien, want in het verstoren van de orde lag hun ondergang. Dat was het geweldig tegenstrijdige. Waarom?

Hij voelde het vliegtuig dalen. De piloot ging landen in Essen. Essen. Prins Andrei Worosjin. Wie was hij geworden?

'Ik geloof het niet!' riep Heinrich Kassel door de telefoon. Zijn stem drukte dezelfde goedaardige ongelovigheid uit die Talenjekov zich herinnerde van twaalf jaar geleden. 'Elke keer dat ik langs het Groega-park kom, blijf ik even staan en lach. Mijn vrouw dacht dat het de herinnering aan een vroegere vriendin moest zijn.'

'Ik neem aan dat je dat opgehelderd hebt.'

'O ja. Ik zei tegen haar dat ik daar bijna een internationale spion was geworden. Maar zij blijft ervan overtuigd dat het een oude vlam is.'

'Kom alsjeblieft naar de Groega. Het is dringend en heeft niets met mijn vroegere zaken te maken.'

'Weet je dat zeker? Het gaat niet aan voor een van Essens vooraanstaande procureurs om in contact te staan met een Rus. Het zijn rare tijden. Er gaan geruchten dat de Baader-Meinhofgroep gefinancierd wordt door Moskou, dat onze buren in het verre noorden vervelende dingen van plan zijn.'

Talenjekov zweeg even en huiverde bij de samenloop van omstandigheden. 'Op mijn woord van eer als oude samenzweerder... ik ben werkeloos.'

'Echt? Dat is interessant. In het Groega-park dus. Het is bijna twaalf uur. Zullen we zeggen één uur? Op dezelfde plek in de tuinen, alleen zullen er nu geen bloemen zijn om deze tijd van het jaar.'

Het ijs op de vijver glinsterde in het zonlicht. Het gebladerte van de struiken dat door de winterkou verschrompeld was, kwam even tot leven in de middagwarmte. Wasili zat op de bank. Het was kwart over een en hij voelde bezorgdheid opkomen. Gedachteloos hield hij het voorwerp vast in zijn rechter zak. Dat was het kleine automatische pistool dat hij op het Kopstadt-plein gekocht had. Hij trok zijn hand weg toen hij de gestalte zonder hoed vlug het tuinpad af zag komen.

Kassel was gezet geworden en bijna kaal. Met zijn lange jas met bontkraag was hij het type van de geslaagde burgemeester. Zijn duidelijk dure kleding was in tegenspraak met Talenjekovs herinnering aan de felle, jonge jurist die 'jullie rotzakken'... erbuiten wilde houden! Toen hij dichterbij kwam, zag Talenjekov dat het gezicht op dat van een cherubijntje leek. Veel *Schlagsahne* was er door zijn keel gegaan, maar de ogen stonden nog levendig, nog vrolijk... en scherp.

'Het spijt me, beste kerel,' zei de Duitser toen Talenjekov opstond en de uitgestoken hand aannam. 'Een moeilijkheid met een Amerikaans contract op het laatste ogenblik.'

'Er is een zekere overeenkomst,' antwoordde Wasili. 'Toen ik twaalf jaar geleden naar Moskou terugging, schreef ik in je dossier dat ik dacht dat je op de loonlijst van Washington stond.'

'Goed opgemerkt. In feite word ik betaald vanuit New York, Detroit en Los Angeles, maar wat doen plaatsnamen ertoe?'

'Je ziet er goed uit, Heinrich. Heel welvarend. Wat is er geworden van die welsprekende voorvechter van de armen?'

'Ze maakten er een rijke van.' De jurist grinnikte. 'Dat zou nooit gebeurd zijn als jullie soort mensen de macht in de Bondsdag hadden. Ik ben een onprincipiële kapitalist, die zijn schuldgevoelens sust met flinke giften aan liefdadigheid. Mijn Reichsmarken doen veel meer dan mijn stembanden ooit deden.'

'Een redelijke verklaring.'

'Ik ben een redelijk man. En wat me nu een beetje onredelijk lijkt is waarom je me opzoekt. Niet dat ik je gezelschap niet op prijs stel, want dat doe ik wél. Maar waarom nú? Je zegt dat je niet meer in je vroegere beroep werkt. Wat zou ik kunnen hebben waarin jij geïnteresseerd zou kunnen zijn?'

'Advies?'

'Heb je juridische problemen in Essen? Je gaat me toch niet vertellen dat een toegewijd communist privé-investeringen heeft in het Ruhrgebied?'

'Alleen in tijd, en daar heb ik niet veel van. Ik probeer een man op te sporen, een familie uit Leningrad die naar Duitsland kwam – naar Essen, daarvan ben ik overtuigd – tussen zestig en zeventig jaar geleden. Ik weet ook zeker dat ze illegaal binnenkwamen en zich in het geheim inkochten in de industrie van het Ruhrgebied.'

Kassel fronste zijn wenkbrauwen. 'Beste kerel, je bent gek. Ik probeer de jaren af te trekken – ik was nooit goed in rekenen – maar als ik me niet vergis, zinspeel je op de periode tussen 1910 en 1920. Is dat juist?'

'Ja. Dat waren woelige tijden.'

'Wat je zegt! Er was de grote oorlog in het zuiden, de bloedigste revolutie in de geschiedenis in het noorden, massale verwarring in de oostelijke Slavische landen, de Atlantische havens één chaos en de oceanen één begraafplaats. Eigenlijk stond heel Europa – als ik het zo mag zeggen – in brand en Essen maakte een industriële expansie mee die het voor en na die tijd, inbegrepen de Hitlerjaren, niet gekend heeft. Alles was natuurlijk geheim en elke dag werden er fortuinen verdiend. In deze krankzinnige wereld komt een Wit-Rus zijn juwelen verkopen – zoals honderden deden – om een deeltje van de koek van twaalf maatschappijen te kopen, en jij verwacht hem te kunnen vinden?'

'Ik had wel gedacht dat dit je reactie zou zijn.'

'Hoe zou ik anders kunnen reageren?' Kassel lachte weer. 'Hoe heet die man?'

'Voor je eigen bestwil vertel ik het je liever niet.'

'Hoe kan ik je dan helpen?'

'Door me te zeggen waar jij het eerst zou zoeken als je mij was.'

'In Rusland.'

'Dat heb ik gedaan. De revolutie-archieven in Leningrad.'

'Heb je niets gevonden?'

'Integendeel. Ik vond een gedetailleerde beschrijving van een zelfmoord van een heel gezin, die zo duidelijk in strijd was met de werkelijkheid, dat hij wel vervalst moest zijn.'

'Hoe werd deze zelfmoord beschreven? Niet in bijzonderheden, maar in het algemeen.'

'Het landgoed werd door het gepeupel bestormd. Ze vochten de hele dag, maar gebruikten tenslotte de resten van de springstoffen om zichzelf met het hoofdgebouw de lucht in te blazen.'

'Eén gezin dat een opstandige massa bolsjewieken een hele dag tegenhield? Niet erg waarschijnlijk.'

'Precies. Toch was het verslag zo gedetailleerd als een von Clausewitz-oefening, tot zelfs de temperaturen en de helderheid van de lucht. Elke vierkante meter van het grote landgoed werd beschreven, maar behalve de naam van de familie zelf werd geen andere identiteit genoteerd. Er werden geen getuigen genoteerd om het gebeuren te kunnen bevestigen.'

De procureur fronste zijn voorhoofd weer. 'Waarom werd iedere vierkante meter van het grote landgoed beschreven?'

'Om geloofwaardigheid te geven aan het valse document, denk ik. Een overvloed aan details.'

'Te overvloedig misschien. Zeg eens, werden de daden van deze familie op die dag beschreven met jullie gebruikelijke vijanden-van-het-volk-gal?'

Talenjekov ging zijn geheugen na. 'Nee, eigenlijk niet. Je zou het bijna individuele daden van moed kunnen noemen.' Toen wist hij het weer precies. 'Ze lieten het personeel vrij voordat ze zichzelf het leven benamen... ze lieten hen vrij. Dat was iets ongewoons.'

'En het opnemen van zo'n weldaad in een revolutionair verslag zou niet zo acceptabel zijn, hè?'

'Waar wil je heen?'

'Dat verslag kan door de man zelf geschreven zijn, of door een geletterd familielid en daarna via corrupte kanalen aan het archief doorgegeven.'

'Heel wel mogelijk, maar ik begrijp nog niet wat je bedoelt.'

'Het klinkt onwaarschijnlijk, dat geef ik toe, maar heb geduld met me. Door de jaren heen heb ik gemerkt dat als een klant gevraagd wordt om een onderpand te beschrijven, hij zichzelf altijd zo gunstig mogelijk voordoet. Dat is begrijpelijk. Maar hij voegt onveranderlijk ook onbelangrijke details toe over dingen die veel voor hem betekenen. Die uit hij onbewust: een lieve vrouw of een mooi kind, een winstgevende zaak of een... mooi huis. Elke vierkante meter van het grote landgoed. Dat was de hartstocht van deze familie, niet waar? Land. Bezit.'

'Ja.' Wasili herinnerde zich Mikovsky's beschrijvingen van de bezittingen van de Worosjins. Dat de patriarchen absolute heersers waren over hun land, ze hadden zelfs een eigen rechtspraak. 'Je kunt zeggen dat ze buitengewoon verslaafd waren aan bezit.'

'Zouden ze die verslaving mee naar Duitsland gebracht hebben?'
'Dat zou kunnen. Waarom?'

De blik van de procureur werd koel. 'Voordat ik daarop antwoord, moet ik de oude samenzweerder een heel ernstige vraag stellen. Is dit onderzoek een soort Russische wraak? Je zegt dat je werkeloos bent, dat je niet in je vroegere beroep werkt, maar welk bewijs heb ik daarvoor?'

Talenjekov haalde diep adem. 'Ik zou het woord van een KGB-strateeg kunnen gebruiken die twaalf jaar geleden het dossier van een vijand veranderde, maar ik ga verder dan dat. Als jij connecties hebt met de geheime dienst van Bonn en voorzichtig kunt informeren, vraag ze dan naar mij. Moskou heeft me ter dood veroordeeld.'

De koude blik in Kassels ogen ontdooide. 'Zoiets zou je niet zeggen als het niet waar was. Een procureur die dagelijks in internationale zaken zit, zou het te gemakkelijk kunnen nagaan. Maar je was toch een toegewijd communist?'

'Dat ben ik nog.'

'Dan moet er vast een geweldige fout gemaakt zijn.'

'Een gemanipuleerde fout,' zei Wasili.

'Dus dit is geen operatie van Moskou, niet in het belang van Rusland?'

'Nee. Het gaat om het belang van beide kanten, van alle kanten, en dat is alles wat ik kan zeggen. Zo, ik heb je serieuze vraag heel serieus beantwoord. Geef nu antwoord op de mijne. Wat bedoel je in verband met de betrokkenheid van deze familie met hun grond?'

De jurist trok zijn dikke lippen samen. 'Zeg me de naam. Misschien kan ik je helpen.'

'Hoe?'

'Het kadaster wordt bewaard in de statenkamer. Er gingen geruchten dat verschillende van de grote landgoederen in Rellinghausen en Stadtwald – die aan de noordelijke oevers van het Baldeneymeer – tientallen jaren geleden door Russen werden gekocht.'

'Ze zouden niet onder hun eigen naam hebben gekocht, daar ben ik zeker van.'

'Waarschijnlijk niet. Geheime aankoop van onroerend goed is niet hetzelfde als die van aandelen. Er lekken wel eens dingen uit. Grondbezit heeft veel te maken met hoe men zichzelf ziet; in sommige culturen identificeert men zichzelf met het land.'

'Waarom kan ik zelf niet kijken? Als de rapporten toegankelijk zijn, zeg me dan waar ik ze kan vinden.'

'Dat zou je niets helpen. Slechts gekwalificeerde procureurs is het toegestaan de eigendomsbewijzen in te zien. Zeg me de naam.'

'Het zou te gevaarlijk kunnen zijn voor iedereen die kijkt,' zei Talenjekov.

'Ach kom!' Kassel lachte, zijn ogen stonden weer vrolijk. Een grondaankoop van zeventig jaar geleden.'

'Ik geloof dat er direct verband bestaat tussen die aankoop en de extreme gewelddaden die tegenwoordig overal gebeuren.'

'Extreme geweld...' De jurist liet de zin wegsterven. Zijn uitdrukking werd ernstig. 'Een uur geleden noemde ik de Baader-Meinhof-groep door de telefoon. Jij zweeg daar duidelijk over. Wil je beweren...?'

'Ik beweer liever niets,' onderbrak Wasili. 'Je bent een vooraanstaand man, iemand die over veel hulpbronnen beschikt. Geef me een geschreven verklaring en zorg ervoor dat ik het eigendomsregister in kan zien.'

De Duitser schudde zijn hoofd. 'Nee, dat zal ik niet doen. Je zou niet weten waar je moest zoeken. Maar je kunt met me meegaan.'

'Je doet het zelf? Waarom?'

'Ik veracht extremisten die geweld gebruiken. Ik herinner me te levendig het geschreeuw en de schimpredes van het Derde Rijk. Ik zal inderdaad zelf zoeken en als we geluk hebben, kun je me zeggen wat je precies wilt.' Kassel sprak met meer vuur, maar er sprak ook droefheid uit. 'Bovendien kan iemand die door Moskou ter dood veroordeeld is, nog zo slecht niet zijn. Vertel me nu die naam.'

Talenjekov staarde de procureur aan en zag weer een doodvonnis. 'Worosjin,' zei hij.

De geüniformeerde klerk in de Essense registerzaal behandelde de vooraanstaande Heinrich Kassel met zeer veel achting. Herr Kassels firma was een van de belangrijkste in de stad. Hij maakte duidelijk dat de onverschillig uitziende receptioniste achter de balie graag kopieën zou maken van alles wat Herr Kassel gedupliceerd wilde hebben. De vrouw keek onaangenaam op, haar uitdrukking was afkeurend. De stalen archiefkasten in de enorme zaal die de eigendomsrechten herbergden, stonden als grijze robots in een cirkel in de ruimte op elkaar gestapeld en keken neer op de open plek waar de bevoegde juristen hun onderzoek deden.

'Alles is chronologisch opgeborgen,' zei Kassel. 'Jaar, maand en dag. Wees zo nauwkeurig mogelijk. Wanneer op zijn vroegst zou Worosjin redelijkerwijs onroerend goed in het district Essen gekocht kunnen hebben?'

'Rekening houdend met de langzame wijze van reizen in die tijd laten we zeggen mei of begin juni 1911. Maar ik heb je al gezegd hij zal wel niet onder zijn eigen naam hebben gekocht.'

'We zullen niet naar zijn naam zoeken, of zelfs naar een aangenomen naam. Tenminste niet om mee te beginnen.'

'Waarom geen aangenomen naam? Waarom zou hij niet onder een andere naam iets dat te koop was hebben kunnen kopen?'

'Vanwege de tijd, en de tijden zijn niet veel veranderd. Iemand vestigt zich niet zomaar in een gemeenschap met zijn gezin en neemt vervolgens het eigendomsrecht over van een groot landgoed zonder nieuwsgierigheid op te wekken. Deze Worosjin zoals je hem beschreven hebt, zal dat niet zo graag gewild hebben. Hij zou eerder heel langzaam, heel voorzichtig, een valse identiteit hebben geschapen.'

'Waar moeten we dan naar zoeken?'

'Een aankoop door procureurs voor eigenaren *in absentia*. Of door een trustlegatie van een bank voor investering in een landgoed, of door beambten van een maatschappij of een naamloze vennootschap voor verwervingsdoeleinden. Er zijn een aantal manieren om op bedekte wijze eigendom te verwerven, maar tenslotte loopt de termijn af en wil de eigenaar het betrekken. Dat is altijd de gang van zaken, of je nu een snoepwinkel neemt of een conglomeraat of een groot landgoed. De menselijke natuur staat altijd boven wettelijke regelingen.' Kassel zweeg en keek naar de grijze kasten. 'Kom, we zullen beginnen bij mei 1911. Als er hier iets is, is het misschien niet zo moeilijk te vinden. Er waren niet meer dan dertig of veertig van zulke landgoederen in het hele Ruhrgebied, en misschien tien tot vijftien in de districten Rellinghausen-Stadtwald.'

Talenjekov had hetzelfde voorgevoel dat hij had gehad met Janov Mikovsky in de archieven van Leningrad. Hetzelfde gevoel, alsof hij lagen van de tijd afschilde bij het zoeken naar een gegeven dat tientallen jaren geleden nauwgezet in documenten was vastgelegd. Maar nu was hij onder de indruk van de schijnbaar onsamenhangende dingen die Heinrich Kassel had beweerd en uit de dikke wetboeken had gehaald. De procureur was als een kind in de snoepwinkel die hij genoemd had. Een jongen die met kennersblik zijn ogen over de toffees en de toverballen liet gaan en de voordeligste eruit pikte.

'Hier, daar kun je iets van leren, mijn beste internationale spion. Deze grondverkoop in Bredeney, vijftien hectare in het Baldeney-dal. Ideaal voor iemand als Worosjin. Werd gekocht door de Staatsbank in Duisburg voor de minderjarigen van een gezin in Remscheid. Belachelijk!'

'Hoe heten ze?'

'Dat doet er niet toe. Een verzonnen naam. We zoeken op wie er een jaar later of zo introk, dat is de naam die we willen hebben.'

'Je denkt dat het Worosjin kan zijn? Onder zijn nieuwe naam?'

'Niet zo voorbarig. Er zijn nog meer van deze.' Kassel lachte. 'Ik had er geen idee van dat mijn voorgangers wettelijk zo grillig te werk gingen. Het is bepaald schokkend. Kijk eens,' zei hij en haalde nog een bundel papieren te voorschijn, zijn ogen automatisch gevestigd op een ingesprongen clausule op de eerste bladzij. 'Hier is er nog een. Een neef van de Krupps draagt een eigendomsrecht in Rellinghausen over op een vrouw in Düsseldorf, uit dank voor haar vele jaren dienst. Waarachtig!'

'Dat kan toch, niet waar?'

'Natuurlijk niet, de familie zou dat nooit toestaan. Een familielid vond een manier om een mooi winstje te maken door te verkopen aan iemand die voor zijn gelijken – of schuldeisers – niet wilde weten dat hij het geld ervoor had. Iemand die de vrouw in Düsseldorf in zijn macht had, als ze ooit al bestaan heeft. De Krupps zullen hun neef waarschijnlijk gefeliciteerd hebben.'

En zo ging het door. 1911, 1912, 1913, 1914... 1915.

20 augustus 1915.

Daar stond de naam. Die zei Heinrich Kassel niets, maar Talenjekov wel. Hij deed hem denken aan een ander document, 3000 kilometer hier vandaan in de archieven van Leningrad. De misdaden van de familie Worosjin, zij die een nauwe band hadden met prins Andrei.

Friedrich Schotte.

'Wacht even!' Wasili legde zijn hand op de bladzijde. 'Waar is dit?'

'In Stadwaldt. Daar staat niets ongeregelds. Het is in feite absoluut legaal, heel netjes.'

'Misschien té legaal, té netjes. Net zoals het bloedbad van de Worosjins te gedetailleerd was.'

'Waar heb je het in godsnaam over?'

'Wat weet je over deze Friedrich Schotte?'

De procureur grijnsde in gedachten, probeerde zich de tegenstrijdige geschiedenis te herinneren. Dit was niet wat hij zocht. 'Hij werkte geloof ik voor de Krupps, op een heel hoge post. Het zou iets voor hem geweest zijn om dit te kopen. Hij kwam na de eerste wereldoorlog in moeilijkheden. Ik weet niet meer onder welke omstandigheden – een gevangenisstraf of zoiets – maar ik zie niet waarom het tegenstrijdig is.'

'Ik wel,' zei Talenjekov. 'Hij werd veroordeeld voor het uitvoeren van geld uit Duitsland. Hij werd in die eerste nacht van die gevangenisstraf in 1919 vermoord. Werd het landgoed aan hem verkocht?'

'Dat denk ik wel. Op de kaart blijkt het een nogal duur bezit te zijn om te onderhouden voor een weduwe van een gevangene.'
'Hoe kunnen we dat nagaan?'
'Kijk bij het jaar 1919. Daar komen we straks...'
'Laten we nu kijken alsjeblieft.'
Kassel zuchtte. Hij stond op, liep naar de kasten en kwam een minuut later met een dik pak papieren terug. 'Als een zaak wordt onderbroken, is de samenhang eruit,' mopperde hij.
'Wat we gemist hebben kunnen we altijd nog vinden. We winnen misschien tijd.'
Het duurde bijna een halfuur voordat Kassel een dossier uit een map haalde en het op tafel legde. 'Ik vrees dat we een halfuur verspild hebben.'
'Waarom?'
'Het landgoed werd verkocht aan de familie Verachten op 12 november 1919.'
'De Verachten-fabriek? Krupps concurrent?'
'Toen niet. Nu misschien wel wat meer. De Verachtens kwamen kort na de eeuwwisseling uit München naar Essen, rond 1906 of 1907. Het is algemeen bekend dat de Verachtens uit München kwamen en ze waren zeer achtenswaardig.'
Wasili ging snel in zijn herinnering terug naar de informatie die hij al had. Guillaume de Matarese had de hoofden van vroegere machtige families bij zich geroepen, die – bijna, maar niet helemaal – van hun voorbije rijkdom en invloed beroofd waren. Volgens de oude Mikovsky hadden de Romanovs een lange strijd geleverd tegen de Worosjins, die ze de dieven van Europa noemden, provocateurs van de revolutie... Het was duidelijk! De padrone uit de heuvels van Porto Vecchio had een man opgeroepen – en daaraan toegevoegd zijn gezin – die al bezig was met immigratie in het geheim, en die meenam uit Rusland wat hij kon!
'De keizerlijke V, dat is wat we hebben gewonnen,' zei Talenjekow. 'God, wat een strategie! Zelfs tot het geprolongeerde gebruik van wagonladingen goud en zilver die uit Leningrad gestuurd werden met de keizerlijke V!' Wasili pakte de bladzijden die voor de procureur lagen.
'Je zei het zelf, Heinrich. Worosjin zou een valse identiteit heel langzaam en heel voorzichtig opbouwen. Dat is precies wat hij deed. Hij begon gewoon vijf of zes jaar voor hij dacht weg te moeten. Ik weet zeker dat als er aantekening van is gemaakt of als iemand het zich kan herinneren, dat we vinden dat Herr Verachten eerst alléén naar Essen kwam, tot hij zich gevestigd had. Een rijk man die nieu-

we gebieden voor investeringen en toekomst onderzocht en een zorgvuldig in elkaar gezet verhaal uit het verre München meebracht. Het geld ging via Oostenrijkse banken. Zo eenvoudig ging dat en de tijd was gunstig!'

Plotseling fronste Kassel zijn voorhoofd. 'Zijn vrouw,' zei de jurist kalm.

'Wat is er met zijn vrouw?'

'Zij kwam niet uit München. Ze was Hongaarse, van een rijke familie in Debrecen, zeiden ze. Haar Duits is nooit erg goed geweest.'

'Vertaald betekent dat, dat ze uit Leningrad kwam en een slecht taalgevoel had. Wat was Verachtens voornaam?'

'Ansel Verachten,' zei de procureur en keek Talenjekov aan. 'Ansel.'

'Andrei.' Wasili liet de papieren vallen. 'Mag ik u voorstellen: prins Andrei Worosjin.'

27

Ze wandelden over de Gildenplatz. Het Koffie Hag-gebouw was hel verlicht, het Bosch-vignet wat gedempter maar toch opvallend onder de enorme klok. Het was nu acht uur in de avond. De hemel was donker en de lucht koud. Het was geen avond om te wandelen, maar Talenjekov en Kassel hadden bijna zes uur bij het kadaster doorgebracht. De wind die over het plein waaide, verfriste hen.

'Een Duitser uit het Ruhrgebied moet nergens van schrikken,' zei de jurist en schudde zijn hoofd. 'We zijn per slot van rekening het Zurich van het noorden. Maar dit is ongelooflijk. En ik weet nog maar een gedeelte van het verhaal. Wil je niet overwegen om me de rest ook te vertellen?'

'Op een goede dag misschien.'

'Dat is te geheimzinnig. Zeg wat je bedoelt.'

'Als ik dan nog leef.' Wasili keek Kassel aan. 'Vertel me alles wat je weet over de Verachtens.'

'Dat is niet zoveel. De vrouw stierf omstreeks 1935 geloof ik. Een zoon en een schoondochter kwamen om bij een bombardement in de oorlog, dat weet ik nog. De lichamen werden dagen later pas gevonden, begraven onder het puin, zoals zovele. Ansel heeft een hoge leeftijd bereikt en is op één of andere manier aan de straf voor oorlogsmisdaden die de Verachtens trof, ontkomen. Hij stierf in stijl: een hartaanval bij het paardrijden, in de jaren vijftig.'

'Wie is er nog over?'

'Walther Verachten, zijn vrouw en hun dochter. Die dochter trouwde nooit, maar dat weerhield haar niet om van echtelijke pleziertjes te genieten.'

'Wat bedoel je?'

'Ze was nogal onbeschaamd, zeggen ze, en toen ze jonger was, moest ze haar reputatie nakomen. De Amerikanen hebben een uitdrukking die bij haar past. Ze was – en in sommige opzichten is ze het nog – een *man-eater*.' De procureur zweeg even. 'Het kan raar lopen. Nu is het eigenlijk Odile die de zaken beheert. Walther en zijn vrouw zijn achter in de zeventig en worden tegenwoordig maar zelden in het openbaar gezien.'

'Waar wonen ze?'

'Ze wonen nog in Stadtwald, maar niet op het oorspronkelijke buiten natuurlijk. Zoals we gezien hebben was dat een van de bezittingen die aan mensen verkocht zijn die na de oorlog opgeklommen zijn. Daarom herkende ik het niet. Zij hebben nu een huis verderop, op het platteland.'

'En de dochter, Odile?'

'Dat,' antwoordde Kassel grinnikend, 'hangt van de grillen van madam af. Ze heeft een penthouse aan de Werden Strasse, en daar gaat menige zakelijke vijand naar binnen die de volgende morgen te uitgeput is om het van haar te winnen aan de vergadertafel. Als ze niet in de stad is, verblijft ze in een villaatje op de grond van haar ouders, heb ik begrepen.'

'Dat is me er een.'

'Bij de vijfenveertig-plus sweepstakes kunnen zich maar weinigen met haar meten.' Kassel zweeg weer even, maar was ook nu nog niet uitgepraat. 'Maar ze heeft één gebrek en ik heb gehoord dat het om gek van te worden is. Ofschoon ze Verachten flink bestuurt, als de zaken niet goed gaan en er snelle beslissingen nodig zijn, kondigt ze vaak aan dat ze met haar vader moet overleggen en zo stelt ze acties soms dagenlang uit. In de grond is ze een vrouw, door de omstandigheden gedwongen de broek aan te hebben, maar de macht ligt nog steeds bij de oude Walther.'

'Ken je hem?'

'We zijn kennissen, dat is alles.'

'Wat vind je van hem?'

'Ik heb geen hoge dunk van hem, ook nooit gehad. Ik vond hem altijd een pretentieuze autocraat zonder erg veel talent.'

'Maar de Verachten-bedrijven bloeien.'

'Ja, dat weet ik wel. Dat zeggen ze altijd tegen me als ik mijn mening geef. Mijn zwakke weerwoord is dat het veel beter zou kunnen gaan zonder hem en dat ís zwak. Als Verachten beter zou gaan, zou hij Europa bezitten. Dus ik veronderstel dat het een persoonlijke afkeer van mijn kant is en ik ongelijk heb.'

Dat hoefde niet zo te zijn, dacht Talenjekov. De Matarese beweging neemt vreemde en effectieve maatregelen. Ze hebben alleen het apparaat nodig.

'Ik wil hem ontmoeten,' zei Wasili. 'Alleen. Ben je ooit in dat huis geweest?'

'Eenmaal, een paar jaar geleden,' antwoordde Kassel. 'De juristen van Verachten lieten ons komen voor een probleem met een patent. Odile was buitenslands. Ik had een Verachten-handtekening nodig op een officiële aanklacht – wilde eigenlijk niet zonder dat verder gaan – en dus belde ik de oude Walther en reed naar hem toe om de handtekening te krijgen. Toen Odile terug was in Essen was de boot aan. Ze schreeuwde tegen me door de telefoon: "Mijn vader had niet gestoord mogen worden! U zult nooit meer werken voor Verachten!" O, ze was onmogelijk. Ik vertelde haar zo hoffelijk als ik kon dat we in de eerste plaats nooit voor haar gewerkt zouden hebben als ik zelf het eerste verzoek had ontvangen.'

Talenjekov keek naar het gezicht van de procureur terwijl hij sprak. De Duitser was echt boos. 'Waarom zei je dat?'

'Omdat het waar is. Ik mag dat bedrijf – die bedrijven – niet. Ze zijn zo krenterig daar.' Kassel lachte om zichzelf. 'Mijn gevoel is waarschijnlijk een kater van die jonge radicale jurist die je twaalf jaar geleden probeerde te recruteren.'

Het is het waarnemingsvermogen van een fatsoenlijk man, dacht Wasili. Je voelt dat ze iets met de Matarese beweging te maken hebben, maar je weet niets.

'Ik heb een laatste verzoek aan je, mijn oude vriendelijke vijand,' zei Talenjekov. 'Of eigenlijk twee. Het eerste is om tegen niemand iets te zeggen over onze ontmoeting vandaag, of over wat we gevonden hebben. Het tweede is om de ligging van het Verachten-huis te beschrijven en wat je je ervan kunt herinneren.'

In de gloed van de koplampen doemde de hoek van een stenen muur op. Wasili trapte op het gaspedaal van de gehuurde Mercedes. Hij wierp een blik op de afstandsmeter en schatte de afstand tussen het begin van de muur en het ijzeren hek. Vijf achtste van een kilometer, dat was 625 meter. Het hoge hek was gesloten het werd elektronisch bediend en elektronisch bewaakt.

Hij kwam bij het eind van de muur. Hij was iets korter dan de muur aan de andere kant van het hek. Erachter strekte zich alleen maar bos uit, in het midden waarvan het Verachten-complex gebouwd was. Hij drukte op het pedaal en zocht naar een opening vanaf de weg, waar hij de Mercedes ergens kon verbergen.

Hij vond die tussen twee bomen. De planten lagen plat tegen de grond door sneeuwbuien. Hij draaide de coupé in het natuurlijke hol van groen, zo ver mogelijk van de weg af. Hij zette de motor uit, stapte uit en keerde langs het spoor van de auto terug. Hij trok de planten weer overeind tot hij vijf meter verder bij de weg kwam. Hij stond in de berm en controleerde de camouflage. In het donker was het voldoende. Hij liep terug naar de Verachtenmuur.

Als hij erover kon komen zonder alarm in werking te stellen, wist hij, dan kon hij bij het huis komen. Er was geen methode om elektronisch een bos af te zoeken, want dieren trapten te gemakkelijk op de draden en cellen. De muur zelf moest beklommen worden. Hij kwam bij de muur en bekeek bij het vlammetje van zijn aansteker aandachtig de stenen. Er waren geen apparaten, van geen enkele soort. Het was een gewone bakstenen muur. Het gewone ervan was misleidend en Wasili wist dat. Er stond rechts van hem een grote eik. De takken kronkelden boven de rand van de muur, maar hingen er niet overheen.

Hij sprong, zijn handen klauwden in de schors, zijn knieën klemden zich om de stam. Hij klom tot de eerste tak, sloeg zijn been erover en trok zichzelf in zittende positie, met zijn rug tegen de boom. Hij leunde voorover en naar beneden. Zijn handen hielden zijn lichaam in evenwicht tot hij voorover lag en hij bekeek de bovenkant van de muur in het gedempte licht. Hij vond wat er naar hij wist, moest zijn.

In het gladde oppervlak van het beton lag kriskras een netwerk van plastic buis, waardoor lucht en stroom ging. De elektriciteit was van een voldoende voltage om het knagen aan het plastic door dieren tegen te gaan. De luchtdruk was afgesteld om alarmsignalen in werking te stellen op het moment dat een bepaald gewicht op de buizen terechtkwam. De alarmsignalen werden ongetwijfeld opgevangen in een waarnemingskamer in het gebouwencomplex, waar instrumenten de plaats van indringing aanwezen. Talenjekov wist dat het systeem vrijwel niet kon falen. Als één draad uitgeschakeld werd, waren er nog vijf of zes andere en de druk van een mes op de draadisolatie zou genoeg zijn om het alarm in werking te stellen.

Maar bíjna feilloos was nog niet helemáál feilloos. Vuur. Het plastic smelten en de lucht eruit halen zonder de druk van een mes. Het enige alarm dat zo in werking gesteld werd, was dat van buiten werking zijn. Het opsporen zou beginnen waar het systeem vandaan kwam, wat veel dichter bij het huis zou zijn.

Hij schatte de afstand tussen de rand van de boomtak en de bovenkant van de muur. Als hij zijn been zo dicht mogelijk bij het eind van de tak er overheen kon slaan, zich naar beneden liet zwaaien en zich met één hand tegen de rand van de muur steunde, kon zijn vrije hand zijn aansteker bij de plastic buizen houden.

Hij pakte zijn aansteker – zijn Amerikaanse aansteker, dacht hij met een zekere ergernis – en zette de vlamregelaar op maximum. Hij probeerde hem, de vlam sloeg eruit en bleef stabiel. Hij draaide hem iets lager, want hij gaf te veel licht. Hij haalde diep adem, spande zijn spieren van zijn rechterbeen en liet zich naar links vallen. Zijn linkerhand kwam tegen de muur terwijl hij naar beneden zwaaide. Hij steunde zichzelf en begon langzaam te ademen, liet zijn ogen wennen aan het ondersteboven zien. Het bloed liep naar zijn hoofd. Hij draaide even zijn nek om de druk te verminderen, knipte toen de aansteker aan en hield de vlam tegen de eerste buis.

Er was een geknetter van elektriciteit, daarna het ontsnappen van lucht toen de buis zwart werd en smolt. Hij nam de tweede van de rij. Deze plofte als een nat rotje. Het geluid was niet sterker dan dat van een luchtpistool van klein kaliber. De derde werd als een dunne, grote zeepbel. Een zeepbel! Druk! Gewicht! Hij hield de vlam ertegen en de bel barstte. Hij hield de adem in. Hij had de buis op tijd door, voordat de hitte en de uitzetting het tolerantiegewicht overschreden hadden. Daar had hij iets van geleerd: hou de vlam er meteen dichterbij. Dat deed hij met de volgende twee buizen, die bij aanraking beide barstten. Er was nu nog één buis over.

Plotseling werd de vlam kleiner en zakte terug in zijn onzichtbare bron. De brandstof was op. Uit teleurstelling en pure kwaadheid sloot hij even zijn ogen. Zijn been deed hevig pijn en het bloed in zijn hoofd maakte hem duizelig. Toen dacht hij aan het voor de hand liggende. De ene buis die over was, zou best eens een alarm voor buiten werking kunnen voorkomen. Hij kon hem beter intact laten. Er was bijna veertig centimeter vrij op het beton, meer dan genoeg om zijn voet op te zetten en over de muur naar de andere kant te springen.

Hij worstelde zich weer terug naar de tak, rustte even uit en liet zijn hoofd helder worden. Daarna liet hij zijn voet langzaam en voorzichtig naar de muur zakken en zette hem precies bovenop de verbrande buizen. Met evenveel omzichtigheid beurde hij zijn rechterbeen over de tak en gleed naar beneden tot de tak tegen zijn lendenen rustte. Hij haalde diep adem, spande zijn spieren en sprong naar voren, met zijn voet drukte hij op het steen en duwde zichzelf over de

muur. Hij viel op de grond en liet zich rollen om de val te breken.
Hij was binnen het Verachten-complex. Hij ging op zijn knieën zitten luisteren of er enig alarmerend geluid was. Hij hoorde niets, dus stond hij op en begaf zich door het dichte bos naar wat hij aannam dat het middengedeelte van het landgoed was. Dat hij half lopend, half kruipend in de juiste richting ging, werd binnen een minuut bevestigd. Hij kon de lichten van het huis zien, gefilterd door de bomen, en het begin van een uitgestrekt gazon toonde zich met elke stap duidelijker.

Een brandende sigaret! Hij liet zich op de grond vallen. Recht voor hem, op misschien vijftien meter afstand, stond een man aan de rand van het gazon. Talenjekov hoorde de wind zacht door het bos, hij luisterde of hij geluiden van dieren hoorde.

Niets. Er waren geen honden. Walther Verachten had vertrouwen in zijn elektronische hekken en vernuftig alarmsysteem. Hij had alleen menselijke patrouilles nodig om het donker van zijn complex te beveiligen.

Wasili ging voetje voor voetje verder, zijn blik op de wacht voor hem gericht. De man was in uniform, droeg een pet en een zwaar winterjack met een zware koppel waaraan een holster met wapen. De wacht keek op zijn horloge en scheurde de peuk open, de tabak strooide hij over de grond. Hij was in dienst geweest. Hij liep een paar passen naar links, rekte zich, gaapte, ging weer zeven meter verder en wandelde toen doelloos terug naar waar hij had gestaan. Dat kleine stukje grond was zijn post, er stonden zonder twijfel nog meer schildwachten om de zoveel meter, als Cesars pretoriaanse lijfwacht. Maar het was nu niet de tijd van Cesar en ook niet van de gevaren van Cesar. De dienst was saai, de wacht rookte openlijk, gaapte en liep doelloos heen en weer. Die man zou geen probleem zijn, maar het oversteken van het stuk grasveld naar de schaduw van de oprijlaan rechts van het huis wél. Hij moest heel even in de gloed van de schijnwerpers lopen die vanaf het dak schenen.

Een man zonder hoed, met een donkere trui en broek aan die dat deed zou gesommeerd worden te stoppen. Maar een wacht met een pet op en een zwaar jack met een holster opzij zou niet zoveel aandacht trekken. En als hij op zijn vingers getikt werd kon die wacht altijd nog terug naar zijn post. Het was van belang dat in de gaten te houden.

Talenjekov kroop door de onderbegroeiing, met zijn ellebogen en knieën over de harde grond, wachtte even bij elk takje dat kraakte en liet de geluiden die hij maakte samenklinken met de geluiden van het nachtelijk bos. Hij was binnen twee meter afstand, met een tak

349

van een jeneverbesstruik tussen hem en de wacht. De verveelde man stak zijn hand in zijn zak en haalde er een pakje sigaretten uit.

Dat was het ogenblik om op te treden. Nú!

Wasili sprong op, zijn linkerhand greep de man bij de keel, zijn linkerhiel plantte hij stevig in de grond om achterwaartse kracht te leveren. Met één beweging trok hij de man om in de jeneverbesstruiken, sloeg de schedel van de wacht tegen de grond, terwijl zijn vingers als klauwen in de luchtpijp knepen. De schok van de aanval, gecombineerd met de klap van het hoofd en het verstikken van de adem, maakte de man bewusteloos. Er was een tijd geweest dat Talenjekov zijn werk afgemaakt zou hebben door de wacht te doden, omdat dat het meest praktische was. Die tijd was voorbij. Dit was geen Matarese soldaat en het had geen zin hem te doden. Hij nam het jack van de man, trok het aan, zette ook zijn pet op en gespte de koppel met de holster om zijn middel. Hij trok de wacht verder het bos in, legde zijn hoofd opzij in het zand, pakte zijn eigen pistool en sloeg met de kolf boven het rechteroor van de man. Hij zou urenlang bewusteloos blijven.

Wasili kroop terug naar de rand van het grasveld, stond op, haalde diep adem en liep het gazon over. Hij had de wacht zien lopen: een beetje nonchalante zwierige gang, de nek ontspannen en het hoofd achterover, en hij imiteerde wat hij gezien had. Met elke stap verwachtte hij een terechtwijzing of een bevel of een vraag. Als er iets geroepen zou worden, zou hij zijn schouders ophalen en teruggaan naar waar de wacht had gestaan. Er kwam niets.

Hij kwam bij de oprijlaan in de schaduw. Vijftig meter verder op de weg scheen er licht uit een open deur. Hij zag de gestalte van een vrouw die een vuilnisbak opende. Ze had twee papieren zakken aan haar voeten staan. Wasili liep sneller. Hij had zijn besluit genomen. Hij naderde de vrouw. Ze had het witte uniform van een dienstmeid aan.

'Neem me niet kwalijk, de kapitein droeg me op een boodschap aan Herr Verachten te brengen.'

'... Wie ben jij in godsnaam?' vroeg de dikke vrouw.

'Ik ben een nieuwe. Laat me je helpen.' Talenjekov pakte de zakken op.

'Je bent zéker een nieuwe. Het is Helga doe dit en Helga doe dat. Wat kan het ze schelen? Wat is de boodschap, dan zal ik hem overbrengen.'

'Ik wou dat ik je hem kon geven. Ik heb de oude heer nog nooit ontmoet en dat wil ik ook liever niet, maar er is me verteld dat ik het zelf moest doen.'

'Het zijn allemaal van die schijters daar. *Kommandos!* Een stelletje dronken schurken! Maar jij ziet er beter uit dan de meeste anderen.'

'Herr Verachten alsjeblieft. Ik moest voortmaken.'

'Alles is vlug dit en vlug dat. Het is tien uur. De vrouw van die oude gek is in haar kamers en hij is natuurlijk in de kapel.'

'Waar?...'

'O, goed dan. Kom maar binnen, dan zal ik het je laten zien... Je ziet er echt beter uit, je bent ook beleefder. Blijf dat maar.'

Helga leidde hem door een gang die uitkwam bij een deur die toegang gaf tot een grote hal. Hier waren de wanden bedekt met talloze renaissance-schilderijen, met levendige en dramatische kleuren onder de kleine spotjes. Ze hingen tot in een breed cirkelvormig trappenhuis met treden van Italiaans marmer. Aan de hal grensden een aantal grotere ruimtes en de korte blikken die Talenjekov erin kon werpen, bevestigden Heinrich Kassels beschrijving van een huis vol onschatbaar antiek. Maar hij kon maar heel even kijken. De meid ging de hoek om achter de trap en ze kwamen bij een zware mahoniehouten deur die rijk gebeeldhouwd was, waardoor ze in een soort wachtkamer kwamen, met een vloer van marmer zoals de trap in de grote hal. De wanden waren bedekt met kleden die vroeg-christelijke taferelen voorstelden. Links stond een oude kerkbank, het bas-reliëf was een voorbeeld van een lang vergeten kunst. Het was een plaats voor meditatie, want het tapijt tegenover de bank was een afbeelding van de kruiswegstaties. Aan het eind van het kleine vertrek was een gebogen deur, en daarachter blijkbaar de kapel.

'Je kunt storen als je wilt,' zei Helga weinig enthousiast. 'Het *Kommando*-hoofd zal de schuld krijgen, jij niet. Maar ik zou een paar minuten wachten. Dan is de priester wel klaar met zijn kletspraat.'

'Een priester?' Het woord ontglipte Wasili's mond. De aanwezigheid van zo'n man was in de verte niet bij hem opgekomen. Een *consigliere* van de Matarese beweging met een priester?

'Zijne schijnheiligheid, dat zeg ik je.' Helga keerde zich om en ging terug. 'Doe maar wat je wilt,' zei ze en haalde de schouders op. 'Ik zeg tegen niemand wat hij moet doen.'

Talenjekov wachtte tot de zware mahonie deur boven open- en dichtging. Toen liep hij rustig naar de kapeldeur, hield zijn oor tegen het hout en probeerde iets op te vangen van het eentonige gezang dat hij door de deur kon horen.

Russisch! De taal waarin gezongen werd, was Russisch!

Hij wist niet waarom hij zo geschrokken was. Per slot van rekening bestond de congregatie binnen uit de enige overlevende zoon van prins Andrei Worosjin. Het feit dat er een dienst gehouden werd was op zichzelf al zo verbazingwekkend.

Wasili legde zijn hand op de deurkruk, draaide hem voorzichtig om en opende de deur een paar centimeter. Twee dingen vielen hem meteen op: de zoetzure geur van wierook en de flikkerende vlammetjes van abnormaal grote kaarsen, die hem de ogen half deden sluiten om te wennen aan het clair obscur-effect van heldere vlammetjes tegen de donkere, bewegende schaduwen op de grijze cementen muren. In nissen stonden overal ikonen van de Russisch orthodoxe kerk. Die het dichtst bij het altaar stonden, hieven heilige armen naar het gouden kruis in het midden.

Voor het kruis stond de priester, gekleed in zijn soutane van witte zijde, afgezet met zilver en goud. Hij had zijn ogen dicht, zijn handen over zijn borst gevouwen en uit zijn nauwelijks bewegende mond kwamen woorden van een lied van meer dan duizend jaar oud.

Toen zag Talenjekov Walther Verachten, een oude man met dunner wordend, wit haar, waarvan slierten in zijn dunne nek hingen. Hij lag voorover op de drie marmeren treden van het altaar, aan de voeten van de hogepriester, zijn armen smekend uitgestrekt, zijn voorhoofd in onderwerping tegen het marmer. De priester verhief zijn stem, wat het eind van het orthodoxe *Kyrie Eleison* aankondigde. De litanie van de vergeving begon. De woorden van de priester werden gevolgd door het antwoord van de zondaar, een vocale oefening in genotzucht en zelfbedrog. Wasili dacht aan de pijn die door toedoen van de Matarese raad toegebracht was en walgde ervan. Hij deed de deur open en stapte naar binnen. De priester opende zijn ogen, geschrokken. Hij liet zijn handen in verontwaardiging van zijn borst zakken. Verachten draaide zich op de treden om. Zijn skeletachtig lichaam beefde. Onhandig en met pijn worstelde hij zich op de knieën.

'Hoe durf jij te storen?' riep hij in het Duits. 'Wie gaf jou permissie om hier te komen?'

'Een historicus uit Petrograd, Worosjin,' zei Talenjekov in het Russisch. 'Dat is evengoed een antwoord als elk ander, niet waar?'

Verachten viel terug op de treden. Zijn handen grepen naar de stenen rand. Hij bedaarde en bracht zijn handen naar zijn gezicht, bedekte zijn ogen alsof ze gekrabd of verbrand waren. De priester viel op zijn knieën, greep de oude man bij zijn schouders en omhelsde hem. De geestelijke wendde zich tot Wasili en zijn stem klonk scherp.

'Wie bent u? Welk recht hebt u?'

'Praat niet over rechten! Ik word misselijk van je, parasiet!'

De priester bleef waar hij was en wiegde Verachten. 'Ik werd jaren geleden opgeroepen en ik kwam. Evenals mijn voorgangers in dit huis vraag ik niets en ontvang ik niets.'

De oude man haalde zijn handen van zijn gezicht, spande zich in om kalm te worden en knikte met zijn bevende hoofd. De priester liet hem los.

'Dus je bent eindelijk gekomen,' zei hij. Ze hebben dat altijd gezegd. De wraak is aan God, maar jullie menen van niet hè? Jullie hebben God van de mensen afgenomen en ze er weinig voor in de plaats teruggegeven. Ik strijd niet met je op deze aarde. Neem mijn leven, bolsjewiek. Voer je opdrachten uit, maar laat deze goede priester gaan. Hij is geen Worosjin.'

'Maar u wel.'

'Dat is mijn last.' Verachtens stem werd vaster. 'En ons geheim. Ik heb het goed bewaard, zoals God mij geopenbaard heeft te doen.'

'De een spreekt over rechten, de ander over God!' gooide Talenjekov eruit. 'Huichelaar! *Per nostro circolo!*'

De oude man keek hem aan zonder enige reactie in zijn ogen.

'Pardon?'

'U hoorde me wel! *Per nostro circolo!*'

'Ik hoor u wel, maar ik begrijp u niet.'

'Corsica! Porto Vecchio! Guillaume de Matarese!'

Verachten keek op naar de priester. 'Ben ik seniel, pater? Waar heeft hij het over?'

'Verklaar u nader,' zei de priester. 'Wie bent u? Wat wilt u? Wat is de betekenis van deze woorden?'

'Hij weet het!'

'Wat weet ik?' Verachten leunde voorover. 'Wij Worosjins hebben bloed aan onze handen, dat geef ik toe. Maar ik kan niet toegeven wat ik niet weet.'

'De herdersjongen,' zei Talenjekov. 'Met een stem die wreder is dan de wind. Wilt u nog meer? De herdersjongen!'

'De Heer is mijn herder...'

'Hou op, jij schijnheilige leugenaar!'

De priester stond op. 'Hou zelf op, wie u ook bent! Deze goede en fatsoenlijke man heeft geleefd in boetedoening voor zonden die hij zelf nooit gedaan heeft! Sinds hij een kind was, heeft hij een man Gods willen worden, maar dat werd niet toegestaan. In plaats daarvan is hij een man mét God geworden. Ja, met God.'

'Hij hoort bij de Matarese raad!'

'Ik weet niet wat dat is, maar ik weet wat híj is. Hij heeft elk jaar miljoenen uitgedeeld aan de hongerenden, aan de beroofden. Alles wat hij daarvoor terug verlangt, is onze tegenwoordigheid, hem te helpen bij zijn godsdienstoefeningen. Dat is álles wat hij ooit gevraagd heeft.'

'Je bent gék! Die fondsen zijn voor de Matarese beweging! Ze financieren de dood!'

'Ze kopen hóóp. Jíj bent een leugenaar!'

De deur van de kapel vloog open. Wasili draaide zich snel om. Een man in een donker kostuum stond in de opening, wijdbeens en de armen uitgestrekt. Een pistool in zijn rechterhand, ondersteund door zijn linker. 'Beweeg niet!' Hij sprak Duits.

Twee vrouwen kwamen door de deur. De ene was lang en slank, gekleed in een lange, blauwe, fluwelen japon, een bontstola om haar schouders, haar gezicht wit, hoekig en mooi. De grof uitziende vrouw naast haar was klein. Ze had een mantel aan, haar gezicht was pafferig en haar spleetogen behoedzaam. Hij had haar pas een paar uur geleden gezien. Toen werd gezegd dat ze ter beschikking was als Heinrich Kassel kopieën nodig zou hebben.

'Dat is hij,' zei de receptioniste die achter de balie had gezeten bij het kadaster.

'Dank je,' antwoordde Odile Verachten. 'Je kunt nu gaan, de chauffeur zal je naar de stad terugbrengen.'

'Dank u, mevrouw. Dank u zeer.'

'Geen dank. De chauffeur is in de hal. Goedenacht.'

'Goedenacht, mevrouw.' De vrouw ging weg.

'Odile!' riep haar vader en krabbelde overeind. 'Deze man...'

'Het spijt me, vader,' viel zijn dochter hem in de rede. 'Het uitstellen van onplezierige zaken maakt ze alleen maar gecompliceerder. Dat is iets wat je nooit begrepen hebt. Ik denk dat deze... man... dingen gezegd heeft die je niet had mogen horen.'

Na deze paar woorden knikte ze tegen haar begeleider. Hij nam het wapen over in zijn linkerhand en vuurde. De knal was oorverdovend en de oude man viel. De killer hief zijn pistool en vuurde weer. De priester zakte in elkaar, zijn schedel was plotseling een donkerrode massa.

Stilte.

'Dat was een van de beestachtigste daden die ik ooit gezien heb,' zei Talenjekov. Hij zou doden... hoe dan ook.

'Dat betekent heel wat uit de mond van Wasili Wasilowitsj Talenjekov,' zei de Verachten-vrouw, die een stap naar voren deed. 'Geloofde je echt dat deze onbekwame, oude man – deze zogenaamde priester – deel uitmaakte van ons?'

'Ik vergiste me in de persoon, niet in de naam. Worsjin heeft te maken met de Matarese beweging.'

'Herstel, Verachten. Wij zijn niet alleen geboren, wij zijn uitverkoren.' Odile wees naar haar vader. 'Hij niet. Toen zijn broer gedood werd in de oorlog, koos Ansel mij!' Ze staarde hem woest aan. 'We waren benieuwd wat je in Leningrad te weten was gekomen.'

'Zou je dat echt willen weten?'

'Een naam,' antwoordde de vrouw. 'Een naam uit de chaotische periode van de jongste geschiedenis. Worosjin. Maar het doet er nauwelijks toe dat je het weet. Er is niets dat je kunt zeggen, geen beschuldiging die je kunt uiten, of de Verachtens kunnen het ontkennen.'

'Je wéét niet wát.'

'We weten genoeg, hè?' zei Odile en keek de man met het pistool aan.

'We weten genoeg,' herhaalde de moordenaar. 'Ik miste je in Leningrad. Maar de vrouw, Kronestsja, miste ik niet. Als je begrijpt wat ik bedoel.'

'Jij!' Talenjekov stapte naar voren en de man spande zijn pistool. Wasili bleef staan, zijn lichaam en geest deden pijn. Hij zóu doden, dus hij moest zich beheersen. En hij was geschokt. Lodzia, mijn Lodzia! Help me!

Hij staarde Odile Verachten aan en zei langzaam, met op elk woord evenveel nadruk: 'Per... nostro... circolo.'

De glimlach verdween van haar lippen, haar witte huid werd nog bleker. 'Ook weer uit het verleden. Van primitieve mensen die niet weten wat ze zeggen. We hadden kunnen weten dat je dat gehoord hebt.'

'Geloof je dat? Denk je dat ze niet weten wat ze zeggen?'

'Ja.'

Het was nu of nooit, dacht Talenjekov. Hij deed bedachtzaam een stap naar de vrouw. Het pistool van de killer kwam wat naar voren, maar een paar meter van hem vandaan, rechtstreeks op zijn schedel gericht. 'Waarom praten ze dan over de "herdersjongen"?'

Hij deed nog een stap. De killer snoof plotseling hoorbaar – een voorspel tot het schieten – de trekker werd overgehaald.

'Blijf staan!' schreeuwde de Verachten-vrouw.

De knal klonk toen Wasili naar een bank viel. Odile Verachten had haar arm uitgestoken om de man te verbieden te schieten en op dat moment sprong Talenjekov op, zijn ogen, geest en lichaam maar op één enkel doel gericht. Het pistool, de loop van het pistool.

Hij kreeg hem te pakken. Zijn vingers grepen het warme staal, draaiden hand en pols om en trokken die naar beneden om zo veel mogelijk pijn te veroorzaken. Hij stak zijn rechterhand, met gebogen, stijve vingers – in de maag van de man, trok aan de spieren, voelde de borstkas vooruit steken. Hij trok hem met alle geweld naar boven. De moordenaar schreeuwde en viel.

Wasili draaide zich snel naar Odile. In het korte ogenblik van geweld had ze geaarzeld. Nu reageerde ze met precisie, haar hand trok een pistool onder haar bontstola vandaan. Talenjekov trok aan die hand en dat pistool, met zijn knie stootte hij in haar borst en wierp haar tegen de vloer van de kapel! De kolf van haar eigen pistool drukte tegen haar keel.

'Deze keer geen fout!' zei hij. 'Geen capsules in de mond.'

'Je zult gedood worden!' fluisterde ze.

'Dat kan best,' gaf Wasili toe. 'Maar dan ga jij er ook aan, en dat wil je niet. Ik heb me vergist. Je bent niet een van de soldaten. De uitverkorenen benemen zichzelf het leven niet.'

'Ik ben de enige die jou kan redden.' Ze stikte bijna onder de druk van het staal, maar ging verder: 'De herder... Waar? Hoe?'

'Je wilt inlichtingen, goed! Ik ook.' Talenjekov haalde het pistool van haar keel en omklemde die met zijn linkerhand. De vingers van zijn rechterhand stak hij in haar mond, drukten de tong neer en voelden langs het zachte weefsel. Ze hoestte weer; er liep alleen slijm en speeksel langs haar kin, en ze had geen dodelijke pillen in haar mond. Hij had gelijk: de uitverkorenen pleegden geen zelfmoord. Daarna sloeg hij de stola open en ging met zijn hand over haar lichaam, tilde haar van de grond en voelde langs haar rug, drukte haar weer neer, stak zijn hand tussen haar benen, van enkels tot bekken, om te voelen naar een pistool of een mes. Er was niets. 'Sta op!' beval hij.

Ze kwam slechts gedeeltelijk overeind, haar knieën onder zich opgetrokken en hield haar hals vast. 'Je móet het me vertellen!' fluisterde ze. 'Je weet dat je hier niet uit kunt. Doe niet zo dwaas, Rus! Red je leven! Wat weet je over de herder?'

'Wat krijg ik als ik het vertel?'

'Wat wil je?'

'Wat wil de Matarese raad?'

De vrouw zweeg even! 'Orde.'

'Door chaos?'

'Ja! De herder? In godsnaam, zeg op!'

'Ik zal het je vertellen als we buiten het complex zijn.'

'Nee, nu!'

'Denk je dat ik zo handel?' Hij trok haar overeind. 'We gaan nu weg. Je vriend hier zal over een tijdje wakker worden, en aan de ene kant zou ik mijn leven ervoor overhebben om het zijne te nemen. Langzaam, met veel pijn, zoals hij dat van anderen nam. Maar ik zal het niet doen. Hij moet rapport uitbrengen aan onbekende mannen en die moeten wat gaan doen – en wij moeten kijken. Want Verachten is plotseling zonder leiding en je zult ver van Essen zijn.'

'Nee!'

'Dan ga je eraan,' zei Talenjekov eenvoudig. 'Ik ben erin gekomen, ik kom er ook uit.'

'Ik heb orders gegeven! Er mag niemand uit!'

'Wie gaat eruit? Een geüniformeerde wacht keert terug naar zijn post. Het zijn geen Matarese mannen daar buiten. Ze zijn precies wat ze geacht worden te zijn, voormalige *Kommandos*, gehuurd om rijke directeuren te beschermen.' Wasili duwde het pistool tegen haar keel. 'Wat kies je? Het maakt mij niets uit.'

Ze weifelde. Hij greep haar nek en duwde die tegen de loop. Ze knikte. 'We zullen in de auto van mijn vader praten,' fluisterde ze. 'We zijn beiden beschaafde mensen. Jij hebt informatie die ik nodig heb, en ik heb jou iets te onthullen. Je kunt nu nergens anders terecht dan bij ons. Je kon er veel slechter aan toe zijn.'

Hij zat naast haar voorin de limousine van Walther Verachten. Hij had de uniformjas uitgetrokken en was nu niets anders dan één van de hengsten in Odile Verachtens stal. Zij zat achter het stuur, hij had zijn arm om haar schouders, zijn automatisch pistool weer tegen haar aan gedrukt, zonder dat het gezien kon worden. Toen de wacht bij het poorthuis knikte en zich omdraaide om de knop voor het openen in te drukken, drukte hij zich tegen haar aan: één ongewenste beweging, één gebaar en ze zou dood zijn. Dat wist ze en er gebeurde niets.

Ze reed snel door het open hek en draaide het stuur naar links. Hij greep het, zijn voet ging over de hare naar de rem, en draaide het stuur naar rechts. De wagen slipte in een halve draai. Hij bracht hem weer in de koers en trapte met zijn voet op de hare op het gaspedaal.

'Wat doe je?' riep ze.

'Elk voorbereid rendezvous vermijden.'

Hij zag het in haar ogen. Er had nog een auto staan te wachten op de weg naar Essen. Voor de derde keer was Odile Verachten echt geschrokken.

Ze reden snel de landweg af. Een paar honderd meter verder kon hij in het licht van de koplampen duidelijk een splitsing zien. Hij wachtte. Instinctief hield ze rechts aan. Ze bereikten de splitsing, de bocht begon. Hij bracht zijn hand vlug naar het stuur en duwde het naar boven, wat hen op de linker weg bracht.

'Je rijdt ons dood!' schreeuwde de Verachten-vrouw.

'Dan gaan we beiden,' zei Talenjekov. De bossen om hen heen werden minder dicht, vóór hen waren open plekken. 'Dat veld rechts. Rij daarheen en stop.'

'Wat?'

Hij hief het pistool en hield het tegen haar slaap. 'Stop,' herhaalde hij.

Ze stapten uit. Wasili haalde de sleutels uit het contactslot en deed ze in zijn zak. Hij duwde haar vooruit, over het gras en ze liepen tot het midden van het veld. In de verte stond een boerderij met een schuur erachter. Er was geen licht, de boeren van Stadtwald sliepen. Maar de wintermaan scheen nu helderder dan op de Gildenplatz.

'Wat ga je doen?' vroeg Odile.

'Kijken of je de moed hebt die je eist van je soldaten.'

'Talenjekov, luister naar me! Wat je ook met me doet, je kunt niets veranderen. We zijn al te ver gevorderd. De wereld heeft ons zo wanhopig nodig!'

'Heeft de wereld moordenaars nodig?'

'Om haar van moordenaars te redden! Jij praat over de herder. Hij weet het. Twijfel je daaraan? Sluit je aan. Kom bij ons.'

'Misschien wel. Maar ik moet weten wat de plannen zijn.'

'Handelen we?'

'Nogmaals, misschien.'

'Waar heb je over de herder gehoord?'

Wasili schudde zijn hoofd. 'Sorry, jij eerst. Wie zijn de mensen van de Matarese beweging? Wat zijn ze? Wat doen ze?'

'Je eerste antwoord,' zei Odile, die haar stola opensloeg, haar handen aan de hals van haar jurk. Ze rukte hem open, de witte knopen sprongen eraf, en ontblootte haar borsten. 'We weten dat jij het gevonden hebt,' voegde ze eraan toe.

In het maanlicht zag Talenjekov het. Groter dan hij ze eerder had gezien: een getande cirkel als een deel van de borst, van het lichaam. Het teken van de mensen van de Matarese. 'Het graf in de heuvels van Corsica,' zei hij. *Per nostro circolo.*

'Jij kunt hem ook krijgen,' zei Odile die haar hand naar hem uitstak. 'Hoeveel minnaars hebben op deze borst gelegen en mijn zeer voorname moedervlek bewonderd. Jij bent de beste, Talenjekov. Sluit je aan bij de besten! Laat mij je overhalen!'

'Zoëven zei je dat ik geen keus had. Dat je me iets zou onthullen, me dwingen me tot jou te keren. Wat is dat?'

Odile trok de bovenkant van haar jurk dicht. 'De Amerikaan is dood. Je staat alleen.'

'Wat?'
'Scofield is gedood.'
'Waar?'
'In Washington...'

Het geluid van een motor onderbrak haar woorden. Koplampen doorboorden de duisternis van de weg die uit de bossen vanuit het zuiden slingerde. Er kwam een auto in zicht. Plotseling, alsof hij uit het duistere niets kwam zweven, stopte hij op het uitspringende stuk achter de limousine. Voordat de koplampen doofden, kon hij er drie mannen uit zien springen, en de chauffeur volgde. Allen waren bewapend, twee droegen er geweren. Het waren allemaal rovers.

'Ze hebben me gevonden,' riep Odile Verachten. 'Je antwoord, Talenjekov! Je hebt echt geen kans, zie je dat, of niet? Geef me het pistool. Eén bevel van mij kan je leven veranderen. Zonder dat ben je dood.'

Stomverbaasd keek Wasili om. De velden strekten zich uit in weiden, de weilanden in duisternis. Ontsnappen was geen probleem... misschien zelfs niet de juiste beslissing. Scofield dood? In Washington?

Hij was op weg geweest naar Engeland. Wat had hem ontijdig naar Washington gevoerd? Maar Odile loog niet, daar durfde hij zijn kop onder te verwedden! Ze had de waarheid gesproken zoals zij die kende – evenals haar aanbod eerlijk was gedaan. De Matarese beweging zou een Wasili Talenjekov goed kunnen gebruiken. Wat was de juiste weg? De enige weg?

'Je antwoord!' Odile stond doodstil, haar hand uitgestrekt.

'Voor ik het geef, zeg me wanneer Scofield gedood werd en hoe?'

'Hij werd twee weken geleden neergeschoten op een plaats genaamd Rock Creek Park.'

Een leugen. Een berekende leugen! Ze hadden haar een leugen verteld! Had hij een bondgenoot bij het Matarese genootschap? Als dat zo was, moest hij contact zien te krijgen met die man. Wasili draaide het pistool in zijn hand en bood het Odile aan. 'Ik kan nergens meer heen. Ik sta aan jouw kant. Geef je bevel.'

Ze wendde zich van hem af en riep: 'Mannen! Laat je wapens zakken. Niet schieten!'

Eén enkele lichtstraal van een zaklamp ging aan en Talenjekov zag wat zij niet kon zien... en wist ogenblikkelijk wat zij niet kon weten. De lamp werd vastgehouden door één man om de andere drie te dekken. Ofschoon Wasili in het licht stond, was de straal niet op hem gericht. Hij was op haar gericht. Hij dook naar links in het gras. Een regen van kogels barstte uit de geweren over het veld.

Er was een ánder bevel gegeven. Odile Verachten gaf een schreeuw. Ze werd neergeschoten, haar lichaam zakte voorover en boog daarna naar achteren door de kracht van de kogels.

Er volgden nog meer schoten, die de grond rechts van Talenjekov opgooiden terwijl hij zich opzij liet vallen en zich door het gras wegrepte van het doelgebied. De kreten klonken harder toen de mannen aanvielen en allen naar de plek liepen waar enkele seconden tevoren een levend lid van de Matarese beweging had gestaan en het bevel gaf dat zij niet mócht geven.

Wasili bereikte de betrekkelijke veiligheid van het bos. Hij kwam overeind en begon het donker in te rennen, terwijl hij wist dat hij gauw zou blijven staan en zou terugkeren om een man te doden op de terugweg naar de limousine. In een ander duister.

Maar nu bleef hij nog rennen.

De musicus op leeftijd zat op de laatste rij in het vliegtuig, een haveloze vioolkist tussen zijn knieën. Verstrooid bedankte hij de stewardess voor de kop hete thee. Zijn gedachten namen hem geheel in beslag.

Hij zou binnen een uur in Parijs zijn, het Corsicaanse meisje ontmoeten en zich in verbinding stellen met Scofield. Het was noodzakelijk dat ze nu samenwerkten. De zaken gingen zo vlug. Hij moest zich in Engeland bij Beowulf Agate voegen.

Met twee van de namen op de gastenlijst van Guillaume de Matarese van zeventig jaar geleden was afgerekend.

Scozzi. Dood.

Worosjin-Verachten. Dood.

Opgeofferd.

De directe afstammelingen konden gemist worden, wat betekende dat zij niet de ware erfgenamen waren van de Corsicaanse padrone. Ze waren alleen koeriers geweest die geschenken aandroegen voor anderen die veel machtiger waren en veel beter in staat om de Corsicaanse koorts te verbreiden.

... Heeft deze wereld moordenaars nodig?

Om haar te redden van moordenaars! Dat had Odile Verachten gezegd.

Een raadsel.

David Waverly, minister van buitenlandse zaken van Groot-Brittannië. Joshua Appleton IV, senator van het Congres in de Verenigde Staten. Waren zij ook koeriers die gemist konden worden? Of waren zij iets anders? Droegen zij allen het teken van de getande blauwe cirkel op hun borst? Scozzi ook? En als dat zo was, was die onnatuurlijke vlek dan het teken van mystieke voornaamheid zoals Odile Verachten had gedacht dat het was, of was het ook iets anders? Een symbool dat ze gemist konden worden misschien? Want het was Wasili opgevallen dat waar het teken verscheen, de dood een metgezel was.

Scofield zocht nu in Engeland. Dezelfde Scofield waarvan iemand binnen de Matarese beweging gerapporteerd had dat hij in Rock Creek Park gedood was. Wie was die iemand en waarom was er een vals bericht uitgegaan! Het was alsof die persoon – of personen – Scofield wilde sparen, buiten het bereik houden van de Matarese killers.

Maar waarom?

... Jij praat over de herder. Hij weet het! Twijfel je eraan?

De herder. Een 'herdersjongen'.

Een raadsel.

Talenjekov zette de thee op het blad voor zich neer. Zijn elleboog botste tegen zijn metgezel. De zakenman uit Essen was in slaap gevallen en zijn arm stak over de afscheiding heen. Wasili wilde hem net terugduwen toen zijn oog op de opgevouwen krant viel die op de schoot van de Duitser lag.

De foto staarde hem aan en hij hield zijn adem in. Er kwamen weer pijnscheuten in zijn borst.

Het lachende, vriendelijke gezicht was dat van Heinrich Kassel. De vette kop boven de foto schreeuwde het nieuws uit.

MOORD OP ADVOCAAT

Talenjekov stak zijn hand uit en pakte de krant. De pijn nam toe terwijl hij las.

> 'Heinrich Kassel, een van Essens vooraanstaande procureurs, is gisteravond vermoord in zijn auto buiten zijn woonplaats gevonden. De autoriteiten noemden de moord beestachtig en bizar. Kassel werd gewurgd aangetroffen, met meerdere hoofdwonden en snijwonden in zijn gezicht en op zijn lichaam. Een vreemd aspect van de moord was het opentrekken van de bovenkleding van het slachtoffer, waardoor het borstgedeelte bloot was. Hierop bevond zich een donkerblauwe cirkel. De verf was nog nat toen het lichaam na middernacht werd ontdekt...'

Per nostro circolo.

Wasili sloot zijn ogen. Hij had Kassels doodvonnis geveld door de naam Worosjin te noemen.

Het vonnis was uitgevoerd.

Deel drie

28

'Scofield?' De man met het grauwe gezicht was verbaasd en sprak de naam vol schrik uit.

Bray liep snel door de drukte in de Londense ondergrondse naar de uitgang van Charing Cross. Het was gebeurd. Het moest vroeg of laat wel gebeuren. Geen rand van een hoed kon een gezicht verbergen als geoefende ogen dat gezicht zagen en geen ongewone kleding bracht een beroeps van de wijs als het gezicht eenmaal was opgemerkt.

Hij was niet gezien. De man die hem identificeerde – en nu ongetwijfeld naar een telefoon rende – was een ervaren agent van de Central Intelligence Agency, gestationeerd bij de Amerikaanse ambassade op Grosvenor Square. Scofield kende hem oppervlakkig van een of twee lunches bij The Guinea, twee of drie vergaderingen die onvermijdelijk gehouden werden voordat Consular Operations gebieden binnendrong die de Firma als onschendbaar beschouwde. Geen nauwe banden, alleen van een afstandje. De man was een voorvechter van de regels van de CIA en Beowulf Agate had ze maar al te vaak overtreden.

Verdomme! Binnen enkele minuten zou het netwerk van de Amerikanen in Londen gealarmeerd zijn en binnen een paar uur zouden alle beschikbare mannen, vrouwen en betaalde tipgevers zich door de stad verspreiden om naar hem te zoeken. Het was denkbaar dat zelfs de Engelsen te hulp geroepen zouden worden, maar dat was niet waarschijnlijk. Degenen in Washington die Brandon Alan Scofield wilden hebben, wilden hem dood, zonder verhoor en dat was niet de stijl van de Engelsen. Nee, de Britten zouden er buiten gelaten worden.

Daar rekende Bray op. Er was een man die hij enkele jaren geleden had geholpen onder omstandigheden die weinig te maken hadden met hun verwante beroepen, en dat had het de Engelsman mogelijk gemaakt om in de Britse geheime dienst te blijven. Niet alleen te blijven, maar op te klimmen tot een post met belangrijke verantwoordelijkheden.

Roger Symonds had £ 2000 uit MI-6-fondsen verloren aan de speeltafel van Les Ambassadeurs. Bray had het bedrag overgemaakt van een van zijn rekeningen. Het geld was nooit terugbetaald – niet met opzet, maar alleen omdat Scofield Symonds pad niet meer gekruist had. In hun beroep liet je geen toekomstig adres achter.

Nu zou er een vorm van terugbetaling gevraagd worden. Of hij ertoe bereid zou zijn was voor Scofield geen vraag, maar of het mo-

365

gelijk was, was iets anders. Toch zou geen van beide het geval zijn als Roger Symonds hoorde dat hij op de terminale lijst van Washington stond. Afgezien van zijn schulden nam de Engelsman zijn werk ernstig op. Er zou geen Fuchs of Philby op zijn geweten komen. Evenmin als het denkbaar was dat een vroegere killer van Consular Operations een huurmoordenaar werd.

Bray wilde Symonds een ontmoeting onder vier ogen laten arrangeren tussen hemzelf en de minister van buitenlandse zaken van Engeland, David Waverly. De ontmoeting moest echter overeengekomen worden zonder dat Scofields naam erbij genoemd werd. De Britse agent zou daar bezwaar tegen maken en helemaal weigeren als hij hoorde dat Washington op hem jaagde. Scofield wist dat hij met een geloofwaardig argument moest komen en hij had er nog geen bedacht.

Hij rende het Charing Cross-station uit en mengde zich in de stroom voetgangers die in zuidelijke richting de Strand opgingen. Op Trafalgar Square stak hij het brede kruispunt over in de drukte van de vroege avond. Hij keek op zijn horloge. Het was kwart over zes, dat was kwart over zeven in Parijs. Over een halfuur moest hij Toni bellen in haar flat in de rue de Bac. Er was een telefooncentrum een paar huizenblokken van Haymarket.

Hij zou er langzaam heen lopen en onderweg een hoed en een colbert kopen. De CIA-man zou een precieze beschrijving van zijn kleding geven en het was geboden om die te verwisselen.

Hij droeg hetzelfde windjack als hij op Corsica gedragen had en dezelfde visserspet. Hij liet ze achter in een gesloten paskamer bij een zaak van Dunns en kocht een Ierse wandelhoed. De slappe rand hing naar beneden en wierp schaduwen over zijn gezicht. Hij liep weer naar het zuiden, vlugger nu en baande zich een weg door de kronkelige straatjes naar Haymarket.

Hij betaalde een van de operateurs bij de balie van het telefooncentrum, die hem een cel aanwees. Hij ging erin, sloot de glazen deur en wenste dat die niet doorzichtig was. Het was tien voor zeven. Antonia zou wachten bij de telefoon. Ze namen altijd een speling van een halfuur voor het telefoonverkeer langs de gewone kanalen. Als hij haar niet voor kwart voor acht, Parijse tijd, benaderde, kon ze zijn volgende telefoontje verwachten tussen kwart voor en kwart over twaalf. De enige voorwaarde waarop Toni gestaan had, was voor hem om elke dag met elkaar te praten. Bray had geen bezwaar gemaakt. Hij was uit zijn schuilhoek gekomen en had iets zeer kostbaars gevonden, iets waarvan hij gedacht had het voor altijd kwijt te zijn. Hij kon weer liefhebben en de opwinding van de verwachting was teruggekomen. Het geluid van een stem trof hem, de aanraking van een hand had betekenis. Hij had Antonia Gravet gevonden op het meest ongelegen moment van zijn leven. Toch gaf dat vinden van haar een betekenis aan zijn leven die hij jarenlang niet gevoeld had. Hij wilde leven en oud worden met haar, zo was het gewoon. En merkwaardig: hij had nooit eerder aan oud worden gedacht. Het werd wel eens tijd dat hij dat deed.

Als de Matarese beweging het toestond.

De Matarese beweging. Een internationale macht zonder profiel: de leiders zonder gezicht. Wát probeerden ze te bereiken?

Chaos? Waarom?

Chaos. Scofield werd plotseling getroffen door de grondbetekenis van het woord. De toestand van vormloze materie, van botsende lichamen in de ruimte, vóór de chaos geordend werd.

De telefoon rinkelde. Bray nam hem vlug op.

'Wasili is hier,' zei Antonia.

'In Parijs? Wanneer is hij gekomen?'

'Vanmiddag. Hij is gewond.'

'Erg?'

'Aan zijn hals. Hij moet gehecht worden.'

Het was even stil terwijl de telefoon werd doorgegeven en aangepakt.

'Hij moet slapen,' zei Talenjekov in het Engels. 'Maar ik heb je eerst wat te vertellen, enkele waarschuwingen.'

'Hoe is het met Worosjin?'

'Hij werd Verachten in Essen. Ansel Verachten.'

'Van de Verachten-fabrieken?'

'Ja.'

'Goede god.'

'Daar geloofde zijn zoon in.'

'Wat?'

'Doet er niet toe, er is te veel te vertellen. Zijn kleindochter was de uitverkorene. Ze is dood, vermoord op bevel van de Matarese beweging.'

'Zoals Scozzi,' zei Scofield.

'Precies,' beaamde de Rus. 'Ze waren net bootjes. Ze droegen de plannen, maar werden bestuurd door anderen. Het zal interessant zijn om te zien wat er met de Verachten-bedrijven gaat gebeuren. Ze hebben nu geen leiding. We moeten opletten en er nota van nemen wie de leiding neemt.'

'We zijn tot dezelfde conclusie gekomen,' zei Bray. 'De Matarese beweging werkt met grote ondernemingen.'

'Dat schijnt zo, maar ik heb geen flauw idee voor welk doel. Het is buitengewoon tegenstrijdig.'

'Chaos...' Scofield zei het woord zachtjes.

'Wat zeg je?'

'Niets. Je zei dat je me wilde waarschuwen.'

'Ja. Ze hebben onze dossiers onder de loep genomen. Het schijnt dat ze elke helper kennen die we ooit gebruikt hebben, elke vroegere vriend, elk contact, elke... leraar en geliefde. Wees voorzichtig.'

'Ze kunnen niet weten wat nooit genoteerd is en ze kunnen niet iedereen volgen.'

'Reken daar maar niet op. Heb je mijn telegram over de lichaamskentekens ontvangen?'

'Het is krankzinnig! Groepen killers die zichzelf herkenbaar maken? Ik kan het nog niet geloven.'

'Geloof het maar,' zei Talenjekov. 'Maar er is iets dat ik niet kon verklaren. Ze hebben zelfmoordneigingen, kunnen niet gepakt worden. Daarom denk ik dat ze niet zo groot in aantal zijn als de leiders ons wel willen doen geloven. Het zijn een soort elitesoldaten die naar gebieden met moeilijkheden gestuurd worden, niet te verwarren met huurmoordenaars die door tweeden en derden worden gebruikt.'

Bray zweeg even en ging terug in zijn herinnering. 'Je weet wat je daar beschrijft, niet waar?'

'Maar al te goed,' antwoordde de Rus. Hasan ibn-al-Sabbah. De *Fida'is*.'

'Kaders van moordenaars... tot de dood ons scheidt van onze genoegens. Hoe is het gemoderniseerd?'

'Ik heb een theorie, maar die is misschien waardeloos. We zullen erover praten als ik bij je ben.'

'Wanneer zal dat zijn?'

'Morgenavond of misschien de volgende ochtend vroeg. Ik kan een piloot en een vliegtuig huren in het Cap Gris-district; dat heb ik al vaker gedaan. Er is een privé-vliegtuig tussen Hyth en Ashford. Ik zal dan om één of twee uur, op zijn laatst drie uur, in Londen zijn. Ik weet waar je logeert, ze heeft het me verteld.'

'Talenjekov.'

'Ja?'

'Ze heet Antonia.'

'Dat weet ik.'

'Laat me met haar praten.'

'Natuurlijk. Hier is ze.'

Hij vond de naam in de telefoongids van Londen: R. Symonds Brdbry Ln, Chelsea. Hij nam het nummer in zich op en belde de eerste keer om halfacht vanuit een cel op Piccadilly Circus. De vrouw die aannam vertelde hem beleefd dat meneer Symonds van kantoor op weg naar huis was.

'Hij kan hier elk moment zijn. Zal ik hem vertellen wie er gebeld heeft?'

'De naam zou hem niets zeggen. Ik bel straks weer, dank u.'

'Hij heeft een wonderbaarlijk geheugen. Weet u zeker dat u uw naam niet wilt noemen?'

'Ja, dank u.'

'Hij komt zo van zijn kantoor.'

'Ja, dat begrijp ik.'

Scofield hing verontrust op. Hij ging de cel uit en liep van Piccadilly langs Fortnum en Mason naar St. James Street en verder. Er was nog een cel bij de ingang van Green Park. Het was ruim tien minuten later. Hij wilde de vrouwenstem weer horen.

'Is uw man al thuis?' vroeg hij.

'Hij belde net vanuit het café, wat vindt u daarvan! The Brace and Bit op Old Church. Hij is nogal prikkelbaar, zou ik zeggen. Hij moet een vreselijke dag gehad hebben.'

Bray hing weer op. Hij kende het nummer van MI-6 in Londen; het was er een dat een lid van de broederschap onthield. Hij draaide het.

'Meneer Symonds alstublieft. Voorrang.'

'Hier komt hij, meneer.'

Roger Symonds was niet op weg naar huis en ook niet in een pub genaamd The Brace and Bit.

'Symonds.'

'Kon u geen beter smoesje verzinnen?'

'Ik wat?... Wie bent u?'

'Een oude vriend.' Bray zweeg even en zei toen dringend: 'Vlug. Geef me een veilig nummer, of een met een vervormer. Snel!'

'Wie bent u?'

'2000 pond.'

Binnen een seconde begreep Symonds het en veranderde zijn houding. 'De kelders. Vijfenveertig verdiepingen.'

Daarna een klik en de lijn was verbroken. Vijfenveertig verdiepingen naar de kelders betekende het getal min één halveren. Hij moest het nummer over precies tweeëntwintig minuten bellen – binnen de tijd van één minuut – gedurende welke storende apparaten aangezet zouden worden. Hij verliet de cel om een andere te zoeken, zo ver als tijd en vlug lopen dat toelieten. Het afluisteren van telefoons kon dienen om iemand op te sporen. De cel zou over een paar minuten in de gaten gehouden kunnen worden.

Hij ging door Old naar New Bond Street tot hij bij Oxford Street kwam, waar hij rechtsaf ging en snel naar Wardour Street liep. Daar liep hij kalmer, ging weer rechtsaf en loste op in de drukte van Soho.

De tijd die verlopen was: negentieneneenhalve minuut.

Er was een cel op de hoek van Shaftesbury Avenue. Daarin praatte een baardeloze jongeman in een hemelsblauw pak heel hard door de telefoon. Scofield wachtte bij de deur en keek op zijn horloge.

Eenentwintig minuten.

Hij kon het risico niet nemen. Hij pakte een biljet van vijf pond en tikte tegen het glas. De jongeman draaide zich om, zag het bankbiljet en gebaarde dat hij niet mee wilde werken.

Bray opende de deur, legde zijn linkerhand op de hemelsblauwe schouder, greep die vast en toen de onaangename jongeman begon te gillen, trok hij hem de cel uit, liet hem over zijn linkervoet struikelen en liet het biljet op hem neervallen. Het zweefde weg; de jongen greep het en liep hard weg.

Eenentwintig minuten en dertig seconden.

Scofield haalde een paar keer diep adem om te proberen het snelle bonzen in zijn borst te verminderen. Tweeëntwintig minuten. Hij draaide het nummer.

'Ga niet naar huis,' zei Bray op hetzelfde moment dat Symonds opnam.

'Blijf jíj niet in Londen,' was het antwoord. 'Grosvenor Square heeft een waarschuwing over jou uitgestuurd.'

'Weet je het? Heeft Washington je ingelicht?'

'Nauwelijks. Ze zeggen geen woord over jou. Je hoort niet meer bij het personeel, een afgedankt ding ben je. We hebben een paar weken geleden een onderzoek gedaan toen we er voor het eerst iets over hoorden.'

'Hoorden van wie?'

'Onze bronnen bij de Russen. In de KGB. Ze zitten ook achter jou aan, maar ja, dat hebben ze altijd al gedaan.'

'Wat zei Washington toen je navraag deed?'

'Die zeiden maar wat. In gebreke gebleven zijn verblijfplaats bekend te maken of iets van dien aard. Het is te pijnlijk voor ze om een officieel stempel aan die onzin te geven. Ben je iets aan het schrijven? Er is daar heel wat...'

'Hoe wist je van die waarschuwing,' viel Scofield hem in de rede, 'die nu voor mij uitgegaan is?'

'Kom nou, we houden de zaak in het oog, weet je. Een aantal mensen die bij Grosvenor op de loonlijst staan, heeft terecht de beste banden met ons.'

Bray was verward en zweeg even. 'Roger, waarom vertel je me dit? Ik kan niet geloven dat je dat voor 2000 pond doet.'

'Dat geld heeft op een bank in Chelsea rente liggen trekken voor jou, sinds de morgen dat je me op borgtocht vrij kreeg.'

'Waarom dan wél?'

Symonds schraapte zijn keel, een echte Engelsman die voor de noodzaak staat emotie te tonen. 'Ik heb geen idee waarover jij daar ruzie hebt en ik weet ook niet of het me iets kan schelen je hebt zulke puriteinse uitbarstingen – maar ik was ontzet te merken dat onze eerste bron in Washington bevestigde dat het ministerie van buitenlandse zaken zich achter het geintje van de Russen stelt. Zoals ik zei, het is niet alleen onzin, ik vind het ronduit walgelijk.'

'Een geintje? Wat voor geintje?'

'Dat je samenwerkt met de Serpent.'

'De Serpent?'

'Zo noemen wij Wasili Talenjekov, een naam die je je zeker herinneren zult. Nogmaals, ik weet niet wat er met je aan de hand is, maar ik weet wel wat een godverdomde leugen is, een akelige leugen bovendien, als ik dit hoor.' Symonds schraapte weer zijn keel. 'Enkelen van ons herinneren zich Oost-Berlijn. En ik was hier toen je terugkwam uit Praag. Hoe durven ze... na wat je hebt gedaan? De rotzakken!'

Scofield haalde lang en diep adem. 'Roger, ga niet naar huis.'

'Ja, dat zei je straks ook al.' Symonds was opgelucht dat ze weer terug waren bij wat ze nu moesten doen, dat kon je horen aan zijn stem. 'Je zegt dat er iemand is die beweert mijn vrouw te zijn?'

'Misschien niet in het huis, maar er vlakbij, met goed uitzicht erop. Ze hebben je telefoon afgetapt en met goed materiaal. Geen echo's, geen statische elektriciteit.'

'Mijn telefoon? Volgen ze me? In Londen?'

'Ze schaduwen je. Ze zitten achter mij aan. Ze weten dat we vrienden waren en dachten dat ik misschien zou proberen om met je in contact te komen.'

'Dat is godverdomme brutaal! Ik zal die ambassade eens even! Ze gaan te ver!'

'Het zijn niet de Amerikanen.'

'Niet de...? Bray, waar heb je het in godsnaam over?'

'Nou, dat is het. We moeten praten. Maar het moet een heel gecompliceerde afspraak worden. Twee netwerken zijn me aan het zoeken, en één van hen heeft jou in het vizier. Ze doen hun werk goed.'

'Daar rekenen we wel mee af,' bitste Symonds, geïrriteerd, getart en nieuwsgierig. 'Ik denk dat we met een paar voertuigen, één of twee lokeenden en een gezonde dosis officiële leugens het kunstje wel kunnen uitvoeren. Waar ben je?'

'Soho. Wardour en Shaftsbury.'

Goed. Ga richting Tottenham Court. Over ongeveer twintig minuten zal er een grijze Mini – met scheef kentekenbord achter – vanuit het zuiden van Oxford Street komen en langs het trottoir stoppen. De bestuurder is zwart, een Westindische knaap. Hij is jouw contactpersoon. Stap bij hem in de auto, zo'n wagen zal een merkwaardige ontdekking voor je zijn.'

'Dank je, Roger.'

'Geen dank. Maar verwacht niet dat ik de 2000 pond bij me heb. De banken zijn gesloten, weet je.'

Scofield stapte voorin de Mini, de zwarte chauffeur bekeek hem nauwkeurig en beleefd, zijn rechterhand hield hij uit het gezicht. De man had blijkbaar een foto gekregen om te bestuderen. Bray zette de Ierse hoed af.

'Dank u,' zei de bestuurder. Zijn hand ging vlug naar zijn jaszak en daarna naar het stuur. De motor liep meteen en ze reden snel Tottenham Court af. 'Ik heet Israel. U bent blijkbaar Brandon Scofield. Prettig met u kennis te maken.'

'Israel?' vroeg Bray.

'Ja, meneer,' antwoordde de chauffeur lachend, een uitgesproken Westindisch ritme in zijn stem. 'Ik denk niet dat mijn ouders aan de samenhang van minderheden dachten toen ze mij die naam gaven, maar ze lazen graag in de bijbel. Israel Isles.'

'Dat is een mooie naam.'

'Mijn vrouw denkt dat ze het verprutsten. Ze blijft erbij dat, als ze Ishmael hadden gekozen in plaats daarvan, mijn naam te onthouden zou zijn als ik me voorstel.'

'Noem me Ishmael'... Bray lachte. 'Het lijkt er veel op.'

'Deze grap vertel ik om niet te laten merken dat ik wat gespannen ben, als ik dat zo mag zeggen,' zei Isles.

'Waarom?'

'Bij de opleiding bestudeerden we een aantal van uw talenten. Dat is nog niet zo lang geleden. Ik rij nu een man die we allen als het grote voorbeeld zagen.'

De flauwe glimlach verdween van Scofields gezicht. 'Dat is heel vleiend. Ik denk dat je het werk goed zult doen als je dat wilt.' En als je zo oud bent als ik, zul je hopelijk denken dat het de moeite waard was.

Ze reden zuidwaarts Londen uit op de weg naar Heathrow en gingen bij Redhill van de hoofdweg af in de richting van het platteland. Israel Isles hield zich gelukkig rustig. Hij begreep blijkbaar dat hij óf een heel drukke óf een heel erg vermoeide Amerikaan reed. Bray was dankbaar voor de stilte. Hij moest een moeilijke beslissing nemen. De risico's waren enorm, hoe hij ook besliste.

Toch was dat besluit hem al gedeeltelijk opgedrongen wat betekende dat hij Symonds moest vertellen dat Washington niet de directe kwestie was. Hij kon niet toelaten dat Roger zijn misplaatste woede luchtte op de Amerikaanse ambassade. Het was niet de ambassade die zijn telefoon afluisterde. Het was de Matarese beweging.

Maar de hele waarheid vertellen, betekende Symonds erbij betrekken, die niet zou zwijgen. Hij zou naar anderen gaan en die anderen naar hun superieuren. Het was niet de tijd om te spreken over een samenzwering die zo veelomvattend en tegenstrijdig was, dat zij slechts gebrandmerkt zou worden als het verzinsel van twee uitgeschakelde geheime agenten. Beiden gezocht wegens verraad in hun respectievelijke landen. Die tijd zou komen, maar was nu nog niet aangebroken. Want de waarheid van de zaak was dat ze geen schijntje van een hard bewijs hadden. Alles waarvan ze wisten dat het waar was, zou ontkend worden en beschouwd als het ziekelijk gebazel van gekken en verraders. Oppervlakkig bezien was de logica aan de kant van hun vijanden te vinden. Waarom zouden de leiders van mammoetbedrijven en conglomeraten die afhankelijk waren van stabiliteit, chaos financieren?

Chaos. Vormloze materie, botsende lichamen in de ruimte...

'Over een paar minuten zijn we op onze eerste bestemming,' zei Israel Isles.

'Eerste bestemming?'

'Ja. Ons reisje is in twee etappes. Wij wisselen daarginds van voertuig. Deze auto wordt teruggereden naar Londen – de chauffeur zwart, zijn passagier blank – en wij gaan verder in een andere auto, die erg van deze verschilt. De volgende etappe duurt minder dan een kwartier. Meneer Symonds kan echter iets te laat zijn. Hij moest vier keer overstappen in garages in de stad.'

'O ja?' zei Scofield opgelucht. De Westindiër had Bray zojuist antwoord op een vraag gegeven. Als het rendezvous met Symonds in etappes ging, moesten de verklaringen aan Symonds ook zo gaan. Hij zou hem een deel van de waarheid vertellen, maar niets dat betrekking had op de minister van buitenlandse zaken, David Waverly. Aan Waverly moest informatie gegeven worden op zeer vertrouwelijke basis. Dat beslissingen in de buitenlandse politiek konden worden beïnvloed door zware verschuivingen van kapitaal. En ofschoon alle clandestiene economische manoeuvres onderwerpen waren voor onderzoek door de inlichtingendienst, gingen deze te ver voor MI-5 evenals ze buiten het terrein van de FBI en de CIA lagen.

In Washington waren er die hem wilden verhinderen te onthullen wat hij wist, maar niet kon bewijzen. De veiligste manier om dat te bereiken was hem in diskrediet te brengen, hem te doden als het nodig was. Symonds zou het begrijpen. Mannen doden vlot voor geld, dat wist niemand beter dan geheime agenten. Het was zo vaak de ruggegraat van hun... prestaties.

Isles liet de Mini vaart minderen en reed naar de wegkant. Hij keerde en zette de wagen in de richting waar ze vandaan waren gekomen.

Binnen dertig seconden naderde een andere auto, een grotere; die had hen onderweg getroffen en was op voorzichtige afstand gevolgd. Bray wist wat verwacht werd. Hij stapte uit, evenals de Westindiër. De Bentley stopte. Een blanke chauffeur opende het rechter portier voor een zwarte metgezel. Niemand sprak bij de ruil. Beide wagens werden nu door negers bestuurd.

'Mag ik u iets vragen?' zei Israel Isles aarzelend.

'Zeker.'

'Ik heb de hele opleiding gevolgd, maar ik heb nooit iemand hoeven te doden. Dat zit me soms dwars. Hoe is dat?'

Scofield keek uit het raampje naar de voorbijsnellende schaduwen... Het is door een deur gaan naar een plaats waar je nooit bent geweest. Ik hoop dat je er niet heen hoeft, want het is er vol met duizend ogen – sommige boos, meerdere angstig, de meeste smekend... en allemaal verbaasd. Waarom ik nu?...

'Dat betekent niet veel,' zei Bray. 'Je neemt alleen een leven als het absoluut noodzakelijk is, als je weet dat het moet om veel meer levens te sparen. Dat is de rechtvaardiging, de enige die er ooit zou mogen zijn. Je zet het uit je gedachten, sluit het achter een deur ergens in je hoofd.'

'Ja, ik denk dat ik het begrijp. De rechtvaardiging ligt in de noodzaak. Dat moet je accepteren, niet waar?'

'Dat is juist. Noodzaak.'... Tot je ouder wordt en de deur steeds vaker opengaat. Uiteindelijk zal hij niet meer dichtgaan en sta je daar naar binnen te kijken...

Ze reden naar de verlaten parkeerplaats van een picknickterrein op het platteland bij Guildford. Achter het hek stonden schommels, glijbanen en wipplanken als silhouetten in het heldere maanlicht. Over een paar weken zou de lente komen en zou de speeltuin vol zijn met het geroep en gelach van kinderen. Nu weerklonk er het geluid van krachtige motoren en het rustige gepraat van mannen.

Er stond een auto op hen te wachten, maar Roger Symonds zat er niet in. Hij werd elk ogenblik verwacht. Twee mannen waren eerder gekomen om zich ervan te verzekeren dat er niemand anders op de picknickplaats was, er geen telefoons afgetapt waren die steriel werden geacht.

'Hallo Brandon,' zei een kleine, dikke man met een grote jas aan die zijn hand uitstak.

'Hallo, hoe gaat het?' Scofield herinnerde zich niet de naam van de agent, maar wel het gezicht, het rode haar. Hij was een van de beste die MI-6 in het veld had. Cons Op had zijn hulp ingeroepen – met toestemming van de Engelsen – toen de Moskou-Parijs-Cuba spionagering opereerde binnen de Kamer van Afgevaardigden. Bray was ervan onder de indruk hem hier nu te zien. Symonds gebruikte een eersteklas groep.

'Het is acht of tien jaar geleden, hè?'

'Minstens,' gaf Scofield toe. 'Hoe is het met jou gegaan?'

'Ik ben er nog. Ik word binnenkort gepensioneerd en ik verlang ernaar.'

'Geniet er maar van.'

De Engelsman aarzelde en zei toen verwonderd: 'Ik heb je nooit meer gezien na die verschrikkelijke zaak in Oost-Berlijn. Niet dat we zulke dikke vrienden waren, maar je weet wel wat ik bedoel. Nog gecondoleerd, kerel. Beroerd geval. Smerige beesten, man!'

'Dank je. Het is al lang geleden.'

'Nog niet eens zó lang,' zei de man van MI-6. 'Mijn bron in Moskou bracht ons die vuile praat over jou en de Serpent. Beowulf en de Serpent! Mijn god, hoe konden die zakken in D.C. zulke onzin slikken?'

'Het is ingewikkeld.'

Hij zag eerst de koplampen, daarna hoorde hij de motor. Een Londense taxi reed het picknickterrein op. De bestuurder was echter geen taxichauffeur. Het was Roger Symonds.

De officier van middelbare leeftijd van MI-6 stapte uit en een paar tellen kneep hij zijn ogen dicht en strekte zich, als om zich te oriënteren. Bray keek naar hem en merkte op dat Roger niet veranderd was gedurende de jaren dat ze elkaar kenden. De Engelsman had nog steeds de neiging iets te zwaar te zijn en zijn verwarde bruine haardos was nog steeds onhandelbaar. De oude rechercheur had nog steeds iets verstrooids over zich, dat een eersteklas analytische geest maskeerde. Hij was een man die niet gemakkelijk voor de gek te houden was met een gedeeltelijke of een hele leugen.

'Bray, hoe is het?' zei Symonds met uitgestoken hand. 'Antwoord in godsnaam niet, daar komen we nog wel op terug. Ik zal je vertellen dat het geen gemakkelijke auto's zijn om in te rijden. Ik voel me alsof ik zojuist kreupel in de ruwste rugbywedstrijd in Liverpool meegedaan heb. Ik zal in het vervolg meer fooi geven aan taxichauffeurs.' Roger keek rond, knikte tegen zijn mannen en zag toen de opening in het hek dat naar de speeltuin leidde. 'Laten we een wandeling maken. Als je braaf bent zal ik je duwen op de schommel.'

De Engelsman luisterde zwijgend en leunde tegen de ijzeren paal van de schommel, terwijl Bray op de schommel zat en zijn verhaal vertelde over de verplaatsingen van grote fondsen. Toen Scofield uitgepraat was, duwde Symonds zich van de paal af, ging achter Bray staan en duwde hem tussen de schouderbladen.

'Hier is het duwtje dat ik je beloofd heb, hoewel je het niet verdient. Je bent geen brave jongen geweest.'

'Waarom niet?'

'Je vertelt me niet wat je zou moeten vertellen en je tactiek is verontrustend.'

'O, je begrijpt niet waarom ik je vraag mijn naam niet te gebruiken tegen Waverly?'

'O nee, dat is helemaal in orde. Hij heeft elke dag met Washington te maken. Het toestaan van een niet-officiële ontmoeting met een gepensioneerde Amerikaanse geheim agent is niet iets dat hij zo graag in de annalen van buitenlandse zaken vermeld zal zien. Ik bedoel, we doen elkaar niets te kort, weet je. Ik zal die verantwoordelijkheid op me nemen, als die genomen moet worden.'

'Wat zit je dan dwars?'

'De mensen die achter je aan zitten. Grosvenor natuurlijk niet, maar die anderen. Je bent niet openhartig geweest. Je zei dat ze goed waren, maar je zei me niet hoe goed. Of over welke bronnen ze beschikken.'

'Wat bedoel je?'

'We hebben je dossier gelicht en zochten drie namen uit die jij kende, belden ze alle drie, vertelden dat de man aan de lijn een tussenpersoon van jou was en gaven instructies aan elk van hen om naar een bepaalde plaats te gaan. Alle drie de boodschappen werden onderschept. Degenen die gebeld waren, werden gevolgd.'

'Waarom verbaast je dat? Ik heb je zoiets gezegd.'

'Wat mij verbaast is dat één van die namen alleen aan ons bekend was. Niet aan MI-5, niet aan de geheime dienst, zelfs niet aan de admiraliteit. Alleen aan ons.'

'Wie was dat?'

'Grimes.'

'Nooit van gehoord,' zei Bray.

'Je hebt hem maar één keer ontmoet. In Praag. Onder de naam Brazuk.'

'KGB,' zei Bray verbaasd. 'Hij liep over in '72. Ik heb hem aan jou gegeven. Hij wilde niets met ons te maken hebben en het had geen zin hem ongebruikt te laten.'

'Maar alleen jij wist dat. Je zei niets tegen je mensen en eerlijk gezegd hebben wij bij MI-6 er wel voor betaald.'

'Dan heb je een lek.'

'Volkomen onmogelijk,' antwoordde Symonds. 'Tenminste gezien de huidige omstandigheden zoals je ze me hebt beschreven.'

'Waarom?'

'Je zei dat je pas onlangs iets hoorde over deze wereldwijde financiële goocheltruc. Laten we zeggen een paar maanden, goed?'

'Ja.'

'En sindsdien zijn degenen die jou het zwijgen op willen leggen actief tegen jou geweest, is dat ook juist?' Bray knikte. De MI-6-man leunde voorover, zijn hand aan de ketting boven Scofields hoofd. 'Vanaf de dag dat ik die baan heb, tweeënhalf jaar geleden, heeft Beowulf Agates dossier in mijn privé-kluis gezeten. Het is er alleen uit geweest als er twee handtekeningen voor waren gegeven, waarvan de ene van mij moest zijn. Het is er niet uitgehaald en het is het enige dossier in Engeland dat iets bevat over enige band tussen jou en de overloper Grimes-Brazuk.'

'Wat wil je daarmee zeggen?'

'Er is maar één plaats waar die informatie verkregen kan worden.'

'Spel het voor me.'

'Moskou.' Symonds sprak het woord langzaam en zacht uit.

Bray schudde zijn hoofd. 'Dat zou betekenen dat Moskou Grimes' identiteit kent.'

'Heel wel mogelijk. Net als een paar anderen die jij gekocht hebt, was Brazuk een mislukkeling. We willen hem eigenlijk niet, maar we kunnen hem niet teruggeven. Hij is een chronisch alcoholicus, al jaren. Zijn baantje bij de KGB was maar voor de show, een schuld, betaald aan een eens moedig soldaat. We vermoeden dat hij zijn dekmantel een hele tijd geleden liet vallen. Niemand vond het erg, tot jij kwam. Wie zijn die mensen die achter je aan zitten?'

'Het schijnt dat ik je niet veel plezier gedaan heb toen ik Brazuk overdroeg,' zei Scofield die de blik van de MI-6 man ontweek. 'Dat wist jij niet en wij evenmin. Wie zijn die mensen, Bray?'

'Mannen die contacten hebben in Moskou. Blijkbaar, nét als wij.'

'Dan moet ik je een vraag stellen,' ging Symonds verder. 'Eén die een paar uur geleden ondenkbaar zou zijn geweest. Is het waar wat Washington denkt? Werk jij samen met de Serpent?'

Scofield keek op naar de Engelsman. 'Ja.'

Rustig liet Symonds de ketting los en richtte zich in zijn volle lengte op. 'Ik denk dat ik je daarvoor kan doden,' zei hij. 'In 's hemelsnaam, waarom?'

'Als het een kwestie is van óf jij doodt me, of ik vertel het jou, heb ik geen keus, hè?'

'Er is een tussenoplossing. Ik pak je op en geef je over aan Grosvenor Square.'

'Doe dat niet, Roger. En vraag me niet om je nu iets te vertellen. Later wel, nu niet.'

'Waarom zou ik daarmee akkoord gaan?'

'Omdat je me kent. Ik kan geen andere reden bedenken.'

Symonds wendde zich af. Enkele ogenblikken lang zei geen van beiden iets. Tenslotte keerde de Engelsman zich weer om en keek Bray aan. 'Dat is gemakkelijk gezegd: "Je kent me". Ken ik je wel?'

'Ik zou je niet benaderd hebben als ik niet wist dat je me kende. Ik vraag niet aan vreemden om hun leven voor mij te riskeren. Ik meende wat ik gezegd heb. Ga niet naar huis terug. Je wordt in de gaten gehouden... net als ik. Als je jezelf dekt, is er niets aan de hand. Als ze merken dat je met mij gesproken hebt, ga je eraan.'

'Ik zit op het ogenblik vast aan een spoedbijeenkomst op de Admiraliteit. Er werd naar mijn kantoor en mijn flat gebeld met de opdracht voor mijn aanwezigheid.'

'Goed. Dat verwachtte ik ook wel.'

'Verdomd nog aan toe, Scofield! Dat is altijd jouw gave geweest. Jij trekt altijd aan iemand tot hij toegeeft! Ja, ik kén je en ik zal doen wat je vraagt – voor korte tijd. Maar niet om je melodramatische gedoe. Dat imponeert mij niet. Maar iets anders wél. Ik zei dat ik je wel kon doden omdat je met Talenjekov samenwerkt. Ik denk van wel, maar ik vermoed dat jij jezelf doodt, iedere keer als je naar hem kijkt. Dat is voor mij reden genoeg.'

Bray liep de stoep van het pension af, de morgenzon in en de drukte van de winkelende mensen in Knightsbridge. Het was een wijk van Londen waar je je ongemerkt op kon houden. Van negen uur 's morgens af waren de straten propvol verkeer. Hij bleef staan bij een kiosk, nam zijn koffertje over in zijn linkerhand, pakte *The Times* en ging een restaurantje binnen waar hij zich in een stoel liet zakken, tevreden dat hij van daar goed uitzicht op de ingang had en nog tevredener dat de telefoon met meter vlak onder zijn bereik aan de wand hing. Het was kwart voor tien. Hij moest Roger Symonds om precies kwart over tien opbellen op het steriele nummer dat niet afgeluisterd kon worden.

Hij bestelde een ontbijt aan een lakonieke Cockney serveerster en sloeg de krant open. Hij vond wat hij zocht in één enkele kolom aan de linker bovenkant van de voorpagina.

VERACHTEN-ERFGENAME DOOD
Essen. Odile Verachten, dochter van Walther, kleindochter van Ansel Verachten, de stichter van de Verachten-fabrieken, werd gisteravond dood gevonden in haar penthouse in de Werden Strasse, blijkbaar het slachtoffer van een zware hartaanval. Bijna tien jaar lang heeft Fräulein Verachten het bestuur over de diverse maatschappijen gevoerd onder de leiding van haar vader, die zich de laatste jaren van actieve deelneming teruggetrokken heeft. Beide ouders wonen in afzondering in hun buitenhuis in Stadtwald en waren niet te bereiken voor commentaar. De begrafenis zal plaatshebben in de familiekring in de woonplaats. Een gezamenlijke verklaring wordt binnenkort verwacht, maar niet van Walther Verachten, die ernstig ziek zou zijn.
Odile Verachten was een zeer aantrekkelijke aanwinst voor de bestuurskamers van deze stad van koude, efficiënte directeuren. Ze was zeer levendig en toen ze jonger was had ze exhibitionistische neigingen, vaak in strijd met het gedrag van Essens zakenleiders. Maar niemand twijfelde aan haar kundigheid in het leiden van de uitgebreide Verachten-bedrijven...

Scofields ogen zochten vlug de overdreven persoonsbeschrijving af die een geijkte manier was van de redacteur om een verwarde, onhandelbare teef te beschrijven die ongetwijfeld met iedereen naar bed ging, net zo vaak en minder kieskeurig als een hoer in Soho.

Meteen eronder stond een verhaal dat erop aansloot. Bray begon te lezen en wist onmiddellijk instinctief dat een ander deel van de bedekte waarheid geopenbaard werd.

VERACHTEN-DOOD VAN BELANG VOOR TRANS-COMM
New York, N. Y. Wall Street werd vandaag overrompeld door het bericht dat een groep bedrijfsdeskundigen van Trans-Communications, Incorporated, naar Essen, Duitsland, vloog voor conferenties met de directie van de Verachten-bedrijven. De ontijdige dood van Fräulein Verachten, 47, en de feitelijke terugtreding van haar vader Walther, 76, heeft de Verachten-bedrijven zonder gezaghebbende stem aan het hoofd gelaten. Wat misschien welingelichte kringen hier verbaasde, was de mate van deelneming van Trans-Comm holdings in Verachten. In de wettige doolhoven van Essen zijn de Amerikaanse investeringen niet te controleren, maar het komt zelden voor dat die holdings de twintig procent te boven gaan. Er gaan hardnekkige geruchten dat Trans-Comm meer dan vijftig procent heeft, hoewel ontkenningen volgens welke zulke cijfers als belachelijk zijn afgedaan door het hoofdkantoor van het conglomeraat in Boston...

De woorden schreeuwden het Scofield toe. Het hoofdkantoor in Boston...

Waren twee gedeelten van de bedekte waarheid geopenbaard? Joshua Appleton IV was de senator uit Massachusetts, de familie Appleton de machtigste politieke eenheid van de staat. Zij waren de protestantse Kennedy's, niet zo ongeremd in het zichzelf manifesteren, maar op het nationale toneel in elk opzicht even invloedrijk. Wat evenzeer gold voor het internationale financiële vlak.

Zou een onderzoek van de Appletons banden aantonen bedekt of anderszins – met Trans-Communications? Dat was iets waar hij achter moest zien te komen.

De telefoon aan de muur achter hem rinkelde. Hij keek op zijn horloge: Het was acht minuten over tien. Nog zeven minuten en hij zou Symonds op het hoofdkwartier van MI-6 bellen. Hij keek naar de telefoon, geërgerd te zien dat de dienster trillend van woede de hoorn vasthield en een krachtterm zich vormde op haar lippen. Hij hoopte dat haar gesprek niet lang zou duren.

'Meneer Hagate? Is hier een meneer B. Hagate?' De vraag werd op kwade toon geroepen.

Bray verstijfde. B. Hagate hier?

Agate, B.
Beowulf Agate!
Speelde Symonds het een of andere idiote spelletje van slimme jongen? Had de Engelsman besloten om de superieure kwaliteit van de Britse inlichtingendienst in de techniek van opsporen te tonen? Was die verdomde gek zo egoïstisch dat hij iets wat goed genoeg was, niet zo kon laten?

God, wat een idioot!

Scofield stond zo onopvallend mogelijk op en pakte zijn koffertje. Hij ging naar de telefoon en zei: 'Wat is er?'

'Goedemorgen, Beowulf Agate,' zei een mannenstem met zulke volle klinkers en zulke scherpe medeklinkers dat het iemand van Oxford kon zijn. 'Wij vertrouwen erop dat je sinds je zware reis vanaf Rome gerust hebt.'

'Wie is daar?'

'Mijn naam doet er niet toe. Je kent me niet. We wilden alleen dat je het begreep. We hebben je gevonden. We zijn altijd in staat je te vinden. Maar het is allemaal zo vervelend. Wij vinden dat het veel beter zou zijn voor allen die erbij betrokken zijn, als we met elkaar gingen praten en de verschillen tussen ons uit de wereld hielpen. Je zou misschien ontdekken dat ze per slot van rekening niet zo groot zijn.'

'Ik voel me niet op mijn gemak bij mensen die hebben geprobeerd me te doden.'

'Ik moet je corrigeren. Enkelen hebben geprobeerd je te doden. Anderen hebben geprobeerd je te redden.'

'Waarvoor? Een consult met chemische therapie? Om te weten te komen wat ik gedaan heb?'

'Wat jij gedaan hebt, heeft niets te betekenen en je kunt niets doen. Als je eigen mensen je pakken, weet je wat je kunt verwachten. Er zal geen proces zijn, geen openbaar verhoor. Je bent veel te gevaarlijk voor te veel mensen. Je hebt samengewerkt met de vijand, een jongeman gedood in Rock Creek Park waarvan je superieuren geloven dat hij een collega van je was. En je bent het land uit gevlucht. Je bent een verrader en je zult bij de eerste de beste gelegenheid worden geëxecuteerd. Twijfel je daar nog aan na de gebeurtenissen op Nebraska Avenue? Wij kunnen je doden op het moment dat je het restaurant uitkomt. Of voordat je weggaat.'

Bray keek rond en bestudeerde de gezichten aan de tafeltjes en zocht het paar onvermijdelijke ogen, een blik achter een opgevouwen krant, of over de rand van een koffiekopje. Er waren verschillende kandidaten. Hij wist het niet. En ongetwijfeld waren er ongeziene killers in de drukte buiten. Hij zat in de val. Zijn horloge wees 10.11. Nog vier minuten, dan kon hij Symonds bellen op de steriele lijn. Maar hij had met profs te maken. Als hij ophing en een nummer draaide, zou er een man zijn die nu aan een tafeltje zat – en ongevaarlijk een vork naar zijn mond bracht of een slokje nam uit een kopje – die een wapen zou trekken dat zwaar genoeg was om hem tegen de muur te schieten. Of waren degenen hierbinnen alleen gehuurde killers die niet bereid waren het offer te brengen dat de Matarese beweging van haar elite gevraagd had? Hij moest tijd winnen en het risico nemen. En tegelijk de tafeltjes elke seconde in het oog houden, zich voorbereiden op het ogenblik dat de ontsnapping kwam met een plotselinge beweging en de denkbare – ongelukkige – opoffering van onschuldige mensen.

'Jij wilt me ontmoeten, ik wil een garantie dat ik hier weg kan komen!'

'Die heb je.'

'Je woord is niet genoeg. Identificeer één van je émployés hier binnen.'

'Laten we het zó stellen, Beowulf. Wij kunnen je daar aanhouden, de Amerikaanse ambassade bellen, en voordat je met je ogen kunt knipperen, ben je in het nauw gedreven. Zelfs als je ze voorbij zou kunnen komen, wachten wij bij de tweede cirkel als het ware.'

Zijn horloge gaf 10.12 te zien. Nog dríe minuten.

'Dan ben je blijkbaar toch niet zo verlangend om mij te ontmoeten.'

Scofield luisterde, hij was helemaal geconcentreerd. Hij wist bijna zeker dat de man aan de lijn een boodschapper was, iemand die hoger stond wilde Beowulf Agate pakken, niet doden.

'Ik zei dat het veel beter zou zijn voor ieder die erbij betrokken is...'

'Geef me een gezicht!' onderbrak Bray. De stem was van een boodschapper. 'Anders bel ik de ambassade. Dan zal ik het risico nemen. Nú!'

'Heel goed,' kwam het vlug gesproken antwoord. 'Er zit een man met tamelijk ingevallen wangen en een grijze jas...'

'Ik zie hem.' Bray zag hem vijf tafeltjes verderop.

'Ga het restaurant uit. Hij zal opstaan en je volgen. Hij is je garantie.'

10.13. Nog twee minuten.

'Wat voor garantie is hij? Hoe kan ik weten dat je hem mij niet te pakken laat nemen?'

'O, kom nou, Scofield...'

'Ik ben blij te horen dat je een andere naam voor me hebt. Hoe heet jij?'

'Ik zei al, dat doet er niet toe.'

'Alles doet ertoe.' Bray zweeg even. 'Ik wil je naam weten.'

'Smith. Neem dat maar aan.'

10.14. Nog één minuut. Tijd om te beginnen.

'Ik moet erover denken. Ik wil ook mijn ontbijt verder eten.'

Abrupt hing hij op, nam het koffertje over in zijn rechterhand en liep naar de lelijke man vijf tafeltjes verder.

De man verstijfde toen Scofield naderde. Zijn hand greep onder zijn jas.

'Het alarm is voorbij,' zei Scofield en raakte de verborgen hand onder de jas aan. 'Dat moest ik je vertellen. Jij moet me hieruit halen. Maar eerst moet ik nog een telefoongesprek voeren. Hij gaf me het nummer en ik hoop dat ik het nog weet.'

De holwangige killer bleef onbeweeglijk en zei niets. Scofield liep terug naar de telefoon aan de wand.

10.14.51. Nog negen seconden. Hij fronste zijn voorhoofd alsof hij zich een nummer probeerde te herinneren, pakte de hoorn van de haak en draaide. Om 10.15.03 hoorde hij het weergalmende geluid dat volgde op het onderbreken van de bel. De elektronische apparaten werden aangezet. Hij gooide zijn muntje in het toestel.

'We moeten vlug praten,' zei hij tegen Roger Symonds. 'Ze hebben me gevonden. Ik zit met een probleem.'

'Waar ben je? We zullen helpen.'

Scofield vertelde het hem. 'Stuur alleen twee auto's met sirenes die kunnen van de gewone politie zijn. Zeg dat het een Iers incident is, en dat de vermoedelijke daders binnen zijn. Dat is alles wat ik nodig heb.'

'Ik schrijf het op. Ze zijn onderweg.'

'Hoe staat het met Waverly?'

'Morgenavond. Zijn huis in Belgravia. Ik moet je natuurlijk vergezellen.'

'Niet eerder?'

'Eerder? Goede god, man, de enige reden dat het zo gauw is is dat ik het voor elkaar gekregen heb van de Admiraliteit een blanco memorandum los te krijgen. Voor diezelfde verzonnen vergadering waar ik gisteren heen moest.' Bray wilde iets zeggen maar Symonds ratelde verder. 'Tussen twee haakjes, je had gelijk. Er werd nagevraagd of ik er was.'

'Was je gedekt?'

'De man die belde werd verteld dat de vergadering niet gestoord

383

mocht worden en dat de boodschap aan mij doorgegeven zou worden als de vergadering afgelopen was.'

'Heb je teruggebeld?'

'Ja. Vanuit de kelder van de Admiraliteit, een uur en tien minuten nadat ik bij je wegging. Ik maakte de een of andere kerel in Kensington wakker. Een afgetapte lijn natuurlijk.'

'Als je dus terug bent gegaan, zagen ze je toen het Admiraliteitsgebouw verlaten?'

'Door de goed verlichte vooringang.'

'Goed. Je hebt tegen Waverly mijn naam niet genoemd, hè?'

'Ik heb een naam genoemd, maar niet de jouwe. Tenzij je gesprek erg vruchtbaar is, verwacht ik dat ik heel wat onzin aan zal moeten horen.'

Een voor de hand liggend feit kwam bij Bray op. Roger Symonds' strategie was succesvol geweest. De Matarese beweging had hem in de val in het Knightsbridge-restaurant, en toch had Waverly hem een vertrouwelijk interview toegestaan over zesendertig uur. Dus was er geen verband gelegd tussen het interview in Belgravia en Beowulf Agate.

'Roger, hoe laat morgenavond?'

'Om acht uur. Ik moet hem eerst bellen. Ik pik je om een uur of zeven op. Heb je enig idee waar je dan bent?'

Scofield ontweek de vraag. 'Ik zal je om halfvijf op dit nummer bellen. Komt dat goed uit?'

'Zover ik weet, wel. Als ik er niet ben, laat ik een adres achter twee huizenblokken ten noorden van waar jij zult zijn. Ik vind je wel.'

'Breng je de foto's mee van al degenen die je lokeenden volgden?'

'Ze zouden om twaalf uur op mijn bureau zijn.'

'Goed. Dan nog iets: bedenk een heel goede, zeer officiële reden waarom je me morgenavond niet naar Belgravia kunt brengen.'

'Wat?'

'Dat moet je Waverly vertellen als je hem opbelt vlak voor onze ontmoeting. Het is een beslissing van Inlichtingen. Je zult hem persoonlijk afhalen en terugrijden naar MI-6.'

'MI-6?'

'Maar daar breng je hem niet heen. Je brengt hem naar het Connaught. Ik geef je het kamernummer om halfvijf. Als je er niet bent, zal ik een boodschap achterlaten. Trek van het nummer dat ik geef tweeëntwintig af.'

'Hoor eens, Brandon, je vraagt te veel!'

'Dat weet je niet. Ik zou kunnen vragen zijn leven te sparen. En het jouwe.' In de verte ergens buiten hoorde hij het doordringende tweetonige geluid van een Londense sirene. Een ogenblik later voegde er zich een tweede bij. 'Je hulp is gearriveerd,' zei Scofield. 'Bedankt.' Hij hing op en ging weer naar de holwangige Matarese killer.

'Met wie heb je gesproken?' vroeg de man met een Amerikaans accent. De sirenes kwamen dichterbij. Hij had ze ook opgemerkt.

'Hij heeft me zijn naam niet verteld,' antwoordde Bray. 'Maar hij gaf me instructies. We moeten hier snel weg.'

'Waarom?'

'Er is iets gebeurd. De politie heeft een geweer ontdekt in één van jullie auto's; hij wordt vastgehouden. Er is in de winkels hier in de buurt veel IRA-activiteit geweest. Laten we gaan!'

De man stond op van zijn stoel en knikte naar rechts. Aan de andere kant in het drukke restaurant zag Scofield een vrouw van middelbare leeftijd met een streng gezicht opstaan. Ze beantwoordde de wenk door de brede riem van een tas over haar schouder te laten glijden en naar de deur van het restaurant te lopen. Bray kwam bij het hokje van de kassier en deed elke beweging precies op tijd, frommelde met zijn geld en zijn rekening en keek naar het schouwspel achter het raam. Twee politiewagens kwamen aangereden en stopten gelijktijdig met gierende remmen langs het trottoir. Een menigte nieuwsgierige voetgangers verzamelde zich en verspreidde zich daarna weer. De nieuwsgierigheid maakte plaats voor angst toen vier gehelmde politiemannen uit de wagens sprongen en op het restaurant afgingen.

Bray schatte de afstand en kwam toen snel in actie. Hij kwam bij de glazen deur en gooide hem een paar seconden voordat de politie hem blokkeerde, open. De holwangige man en de vrouw kwamen dicht achter hem aan en liepen op het laatste moment langs hem heen om een confrontatie met de politie te vermijden.

Scofield keerde zich plotseling om en sprong naar rechts, zijn koffertje hield hij onder zijn arm geklemd. Hij greep zijn zogenaamde begeleiders bij de schouders en trok ze neer.

'Deze zijn het!' schreeuwde hij. 'Controleer ze op wapens! Ik hoorde ze zeggen dat ze een bom gingen leggen in Scotch House!' De politie liet zich op de twee Matarese handlangers vallen. Armen, handen en knuppels zwaaiden door de lucht. Bray liet zich op zijn knieën vallen, liet de beide schouders los en dook naar links uit de weg. Hij krabbelde overeind, rende door de menigte naar de hoek, liep hard de straat in en baande zich een weg door het verkeer. Hij hield de woeste ren drie huizenblokken vol, bleef even staan onder afdakjes en winkelportieken om te zien of iemand hem volgde. Niemand, en twee minuten later ging hij langzamer lopen en liep de enorme, met brons afgezette deuren van Harrods binnen.

Eenmaal binnen versnelde hij zijn pas zoveel en zo onopvallend mogelijk en zocht een telefoon. Hij moest Talenjekov bereiken in de flat in de rue de Bac, voordat de Rus naar Cap Gris vertrok. Dat moest hij, want als Talenjekov eenmaal in Engeland was, zou hij naar Londen gaan, naar een goedkoop pension in Knightsbridge. Als de KGB-man dat deed, zou hij in handen van de Matarese soldaten vallen.

'Via de drogisterij-afdeling naar de zuidelijke ingang,' zei een onverstoorbare bediende. 'Daar zijn telefoons.'

Het telefoonverkeer was niet druk op de late ochtend; het nummer was zonder uitstel bereikbaar.

'Ik zou over een paar minuten vertrekken,' zei Talenjekov met vreemd aarzelende stem.

'Goddank was je nog niet weg. Wat is er met je?'

'Niets. Waarom?'

'Je stem klinkt vreemd. Waar is Antonia? Waarom pakte zij de telefoon niet aan?'

'Ze is even naar de kruidenier. Ze zal zo terug zijn. Als ik vreemd klink, dan komt dat omdat ik deze telefoon niet graag opneem.' De stem van de Rus was nu normaal en zijn verklaring logisch.

'Wat is er aan de hand met jou? Waarom dit niet-geplande telefoontje?'

'Dat zal ik je vertellen als je hier bent, maar vergeet Knightsbridge.'

'Waar zul je zijn?'

Scofield wilde Connaught noemen toen Talenjekov zei: 'Bij nader inzien, als ik in Londen ben, zal ik Tower-Central bellen. Je herinnert je die ruil toch nog wel, of niet?'

Tower-Central? Bray had die naam in geen jaren gehoord, maar hij wist het nog. Het was de codenaam voor een KGB-adres aan Victoria Embankment, dat verlaten werd toen Consular Operations het aan het eind van de jaren zestig ontdekte. De toeristenboten die op de Theems heen en weer voeren, dat was het.

'Ik weet het nog,' zei Scofield verwonderd. 'Ik zal antwoorden.'

'Dan zal ik maar eens gaan...'

'Wacht even,' viel Bray in de rede. 'Zeg tegen Antonia dat ik straks bel.'

Er was een korte stilte voordat Talenjekov antwoordde. 'Ze zei eigenlijk dat ze misschien naar het Louvre zou gaan. Dat is heel dichtbij. Ik kan in ongeveer een uur in het Cap Gris- district zijn. Er is niets – ik herhaal – niets om je bezorgd over te maken.' Hij hoorde een klik en de lijn met Parijs was verbroken. De Rus had opgehangen.

... Er is niets – ik herhaal – niets om je bezorgd over te maken... De woorden kraakten met de knallen van een nabije donder. Zijn ogen werden verblind door de bliksems die de boodschap aan zijn hersens overgebrachten. Er was wél iets om ongerust over te zijn en het had met Antonia Gravet te maken.

... Ze zei eigenlijk dat ze misschien naar het Louvre zou gaan... Ik kan in ongeveer een uur in het Cap Gris-district zijn... Niets om je bezorgd over te maken...

Drie uitspraken zonder verband, voorafgegaan door een interruptie die verbood het contactpunt in Londen te onthullen. Scofield probeerde de reeks te analyseren. Als er een betekenis was, lag die in de progressie. Het Louvre was maar een paar huizenblokken van de rue de Bac – over de Seine, maar vlakbij. Het Cap Gris-district kon niet in ongeveer een uur bereikt worden: tweeëneenhalf of drie uur was juister... Niets – ik herhaal – niets om je bezorgd over te maken. Waarom dan die interruptie? Waarom moest het noemen van Victoria Embankment worden vermeden? Reeks. Progressie. Verder terug?

... Ik neem deze telefoon niet graag op... Vastberaden uitgesproken woorden, bijna kwaad. Dát was het! Plotseling begreep Bray het en de opluchting die hij voelde was als koel water dat over een doornat bezweet lichaam gesprenkeld wordt. Talenjekov had iets verkeerds gezien – een gezicht op straat, een toevallige ontmoeting met een vroegere collega, een auto die te lang in de rue de Bac bleef staan – een aantal onzeker makende voorvallen of waarnemingen. De Rus had besloten Toni van de Rive Gauche te verplaatsen naar een flat aan de andere kant van de rivier. Zij zou daar over 'ongeveer een uur' zijn en hij zou pas weggaan als ze daar was. Daarom was er niets om bezorgd over te zijn. Toch had de KGB-man aangenomen dat er een storende gebeurtenis zou kunnen zijn of dat hij ontdekt zou kunnen worden, en was hij met een zo groot mogelijke voorzichtigheid te werk gegaan. Altijd voorzichtig, dat was hun betrouwbaarste wapen – en de telefoon was nu eenmaal een onthullend instrument. Er mocht niets onthullends gezegd worden.

Opeenvolging, progressie... betekenis. Of niet? De Serpent had zíjn vrouw gedood. Zocht Bray troost waar die niet bestond? De Rus was de eerste geweest om voor te stellen de jonge vrouw uit de heuvels van Porto Vecchio te elimineren. De liefde die op het meest ongelegen ogenblik in Brays leven was gekomen. Zou hij?...

Néé! De zaken lagen nu anders! Er was nu geen Beowulf Agate die uitgerekt moest worden tot hij brak, omdat als hij brak, de dood van de Serpent gegarandeerd was, het einde van de jacht op het Matarese genootschap. De beste profs doden niet onnodig.

Toch vroeg hij zich af, terwijl hij de telefoon oppakte in de zuidelijke toegang naar Harrods, wat was noodzaak anders dan een man die overtuigd was van wat nodig is? Hij zette de vraag uit zijn gedachten. Hij moest een veilige plek vinden.

Londens stemmige Connaught-hotel had niet alleen een van de beste keukens in Londen, maar was een ideale keus om je vlug te verbergen, zolang je maar uit de conversatiezaal bleef en de keuken alleen beproefde via de kamerbediening. Heel eenvoudig, het was onmogelijk een kamer te krijgen in het Connaught, tenzij je weken van tevoren reserveerde. Het elegante hotel op Carlos Place was een van de laatste bolwerken van het imperium en herbergde in hoofdzaak mensen die rouwden over het voorbij gaan ervan, en zo rijk waren dat ze dat op zo'n elegante manier konden doen. Er waren er genoeg om het voortdurend vol te houden en het Connaught had zelden een kamer vrij.

Scofield wist dat en had jaren geleden vastgesteld dat er zich gelegenheden voor zouden kunnen doen dat het bijzonder exclusieve van Connaught nuttig zou kunnen zijn. Hij had een directeur van de financiële groep die het hotel in eigendom had, benaderd en vriendschap met hem gesloten. Daarna had hij zijn verzoek gedaan. Zoals alle theaters enkele plaatsen vrij houden en de meeste restaurants steeds enige tafels 'gereserveerd' houden om hoge gasten van dienst te kunnen zijn, houden ook hotels kamers 'vrij' voor dergelijke doelen. Bray was overtuigend. Hij werkte voor de goede zaak, stond aan de kant van de conservatieven.

Er zou een kamer te zijner beschikking staan, wanneer hij die ook maar nodig had.

'Kamer zes-zesentwintig,' waren de eerste woorden van de bedrijfsleider toen Scofield voor de tweede keer belde voor bevestiging. 'U gaat gewoon met de lift naar boven, zoals gewoonlijk. U kunt het register tekenen in uw kamer, zoals gewoonlijk. Bray bedankte hem en zijn gedachten gingen weer naar een ander probleem dat hem ergerde. Hij zou niet teruggaan naar het pension hier enkele blokken vandaan, en al zijn kleren, behalve die hij aan had, waren daar. In een plunjezak op het onopgemaakte bed. Maar verder lag er niets van belang: zijn geld, evenals een aantal nuttige briefhoofden, identiteitskaarten, paspoorten en bankboekjes zaten allemaal in zijn koffertje. Maar behalve de verkreukelde broek, het goedkope jack en de Ierse hoed, had hij niets om aan te trekken. En kleren waren niet alleen een bedekking voor het lichaam, ze waren ook nodig voor het werk en moesten bij dat werk passen. Het waren gereedschappen, consequent effectiever dan wapens en het gesproken woord. Hij verliet de telefooncel en ging terug naar de winkelpaden van Harrods. Het kiezen zou een uur duren, dat was mooi. Het zou de gedachten afleiden van Parijs. En de ontijdige liefde van zijn leven.

Het was kort na middernacht toen Scofield zijn kamer in het Connaught verliet, gekleed in een donkere regenjas en een zwarte hoed met smalle rand. Hij nam de dienstlift naar de begane grond van het hotel en kwam de straat op door de personeelsingang. Hij vond een taxi en zei tegen de chauffeur hem naar Waterloo Bridge te brengen. Hij ging achterover geleund zitten, rookte een sigaret en probeerde zijn groeiende ongerustheid te beheersen. Hij vroeg zich af of Talenjekov de wijziging in de plannen begreep. Een zo onberedeneerde verandering, zo onlogisch dat hij niet wist hoe hij zou reageren als hij de Rus was. De kern van zijn uitmuntendheid in zijn werk van vele jaren was altijd zijn vermogen geweest om te denken zoals de vijand dacht. Hij was er nu niet toe in staat.... Ik ben je vijand niet!...

Talenjekov had die onberedeneerde, onlogische uitspraak in Washington door de telefoon geroepen. Misschien – onlogisch had hij gelijk. De Rus was geen vriend, maar hij was niet dé vijand. Die vijand was de Matarese beweging!

En gek, heel vreemd, door die beweging had hij Antonia Gravet gevonden. De liefde...

Wat was er gebeurd?

Hij zette die vraag uit zijn hoofd. Hij zou het gauw te weten komen en wat hij dan wist, zou zonder twijfel de ontspanning terugbrengen die hij bij Harrods had gevoeld, maar in mindere mate omdat hij te veel tijd beschikbaar had en te weinig te doen. Het telefoongesprek met Roger Symonds om precies halfvijf was routinewerk geweest. Roger was niet op kantoor en daarom had hij de informatie aan de telefonist van de veiligheidskamer gegeven. Het nummer dat zonder uitleg doorgegeven moest worden was: zes-vier-drie... min tweeëntwintig... Kamer 621, Connaught.

De taxi sloeg van Trafalgar Square af de Strand in, voorbij Savoy Court naar de ingang van Waterloo Bridge. Bray leunde voorover. Het had geen zin verder te lopen dan nodig was. Hij zou de kortste weg nemen door zijstraten naar de Theems en Victoria Embankment.

'Stop hier maar,' zei hij tegen de chauffeur en gaf hem geld. Hij zag tot zijn ergernis dat zijn hand beefde.

Hij liep door de met keien bestrate steeg langs het Savoy-hotel en kwam bij de voet van de heuvel. Aan de overkant van de brede, goed verlichte boulevard was het betonnen trottoir en de hoge bakstenen muur langs de Theems. Een opgeknapte, reusachtige bark genaamd *Caledonia* lag permanent aangemeerd en deed dienst als café. Het was gesloten om elf uur door de avondklok die opgelegd was aan alle Engelse drinkgelegenheden. De paar lichtjes achter de dikke ruiten betekenden dat er een schoonmaakploeg aan het werk was om de vlekken en de luchtjes van de dag te verwijderen. 400 meter naar het zuiden aan de met bomen omzoomde Embankment lagen de stoere, brede rivierboten die een dek van voor tot achter hadden, die het grootste deel van het jaar door de Theems ploegden en toeristen overzetten naar de Tower en terug naar Lambeth Bridge, om daarna terug te varen naar Cleopatra's Needle.

Jaren geleden stonden deze boten bekend als Tower-Central, schuilplaatsen voor Russische koeriers en KGB-agenten die contact hadden met tipgevers en zeer geheim spionagepersoneel. Consular Operations had de plaats ontdekt en de Russen wisten dat. Tower-Central werd van de lijst geschrapt. Men liet een bekende veilige plaats vallen voor een andere, waarvan het ontdekken maanden zou duren.

Scofield ging over de tuinpaden van het park achter het Savoy. Muziek klonk van boven uit de danszaal. Hij kwam bij een muziekamfitheater met rijen lattenbanken. Enkele paren waren daar verspreid aanwezig en praatten rustig. Bray zocht naar één enkele man, want hij was in de buurt van Tower-Central. De Rus zou ook ergens in deze omgeving zijn.

Hij was er niet. Scofield liep het amfitheater uit, het breedste pad op dat naar de boulevard leidde. Hij kwam op het trottoir uit. Het verkeer in de straat was een constante stroom, felle koplampen flitsten in beide richtingen voorbij, af en toe gedimd door de winterse nevels die van het water kwamen gedreven. Bray bedacht dat Talenjekov een auto gehuurd moest hebben. Hij keek naar beide kanten door de laan om te zien of er ergens auto's geparkeerd stonden. Hij zag er geen. Aan de overkant van de boulevard, voor de muur van de Embankment, wandelden geregeld mensen in paren of met drieën en een enkele maal in grotere groepjes. Er was geen man alleen bij. Scofield keek op zijn horloge: het was 12.55. De Rus had gezegd dat het wel twee uur in de morgen kon worden. Telkens als hij dacht aan Parijs, aan Toni, vervloekte Bray zijn ongeduld en de bezorgdheid die hij voelde in zijn borst.

Daar was plotseling een vlammetje van een aansteker. De vlam bleef branden, werd uitgedoofd, om een seconde later weer aangestoken te worden. Schuin aan de overkant van de laan, rechts van de met kettingen gesloten hekken van de pier die naar de toeristenboten leidde, hield een witharige man het vuurtje bij de sigaret van een blonde vrouw. Beiden leunden ze tegen de muur en keken naar het water. Scofield bekeek de figuur nauwkeurig en wat hij kon zien van het gezicht. Hij moest zich bedwingen om niet hard te gaan lopen: Talenjekov was gekomen.

Bray ging naar rechts en liep tot hij evenwijdig was aan de Rus en de blonde lokvogel. Hij wist dat Talenjekov hem had gezien en vroeg zich af waarom de KGB-man de vrouw niet wegstuurde, de prijs betaalde die ze waren overeengekomen. Het was dwaas – mogelijk gevaarlijk – voor een lokeend om beide partijen te zien bij een ontmoeting. Scofield wachtte bij het trottoir, zag nu dat Talenjekov zijn hoofd helemaal gedraaid had. De Rus staarde naar hem met zijn arm om het middel van de vrouw. Bray gebaarde eerst naar links, daarna naar rechts. De betekenis daarvan was duidelijk: stuur haar weg! Loop naar het zuiden, we komen elkaar straks tegen.

Talenjekov bewoog zich niet. Wat deed die Rus toch! Het was nu niet het ogenblik voor hoeren!

Hoeren? De hoer van de koerier? O god!

Scofield liep het trottoir af. Een auto claxonneerde en slingerde naar het midden van de boulevard om hem te ontwijken. Bray hoorde het geluid nauwelijks, was zich nauwelijks bewust van wat hij zag. Hij kon alleen maar blijven kijken naar die vrouw naast Talenjekov.

De arm om haar middel was geen gebaar van geveinsde liefde, de Rus hield haar overeind! Talenjekov zei iets in het oor van de vrouw.

Ze probeerde zich om te draaien. Haar hoofd viel weer voorover haar mond stond open. Ze wilde schreeuwen of smeken, maar er kwam geen geluid.

Het gespannen gezicht was het gezicht van zijn geliefde. Onder de blonde pruik was het Toni. Hij verloor al zijn zelfbeheersing. Hij rende de brede boulevard over. Snelrijdende auto's remden met slippende banden en claxonneerden. Zijn gedachten richtten zich op één punt als een salvo van geweervuur. Eén gedachte, één waarneming, pijnlijker dan alle andere.

Antonia leek meer dood dan levend.

'Ze heeft verdovende middelen gehad,' zei Talenjekov.

'Waarom heb je haar verdomme meegebracht?' vroeg Bray. 'Er zijn honderden plaatsen in Frankrijk, tientallen in Parijs waar ze veilig zou zijn! Waar ze verzorgd zou worden! Die ken jij net zo goed als ik!'

'Als ik daar zeker van kon zijn, had ik haar achtergelaten,' antwoordde Wasili met kalme stem. 'Je hoeft me niets te vertellen. Ik heb alle mogelijkheden overwogen.'

Bray begreep het. Zijn korte zwijgen was een uitdrukking van dankbaarheid. Talenjekov had Toni gemakkelijk kunnen doden. Waarschijnlijk zou hij dat ook gedaan hebben, als er dat van Oost-Berlijn niet was geweest. 'Een dokter?'

'Zou tijdelijk behulpzaam kunnen zijn, maar het is niet dringend noodzakelijk.'

'Wat voor middel was het?'

'Scopolamine.'

'Wanneer?'

'Gistermorgen vroeg. Meer dan achttien uur geleden.'

'Achttien?...' Er was geen tijd voor verklaringen. 'Heb je een auto?'

'Ik kon het risico niet nemen. Een alleenstaande man met een vrouw die niet op eigen kracht kan staan. Het spoor zou te duidelijk zijn. De piloot reed ons vanaf Ashford.'

'Kon je hem vertrouwen?'

'Nee, maar hij stopte tien minuten buiten Londen om te tanken en ging naar binnen om naar de wc te gaan. Ik heb wat olie in zijn benzinetank gedaan. Dat zal wel gevolgen gehad hebben op de weg terug naar Ashford.'

'Probeer een taxi te krijgen.' Scofields blik bracht het compliment over dat hij niet uit wilde spreken.

'We hebben veel te bepraten,' voegde Talenjekov er nog aan toe en liep weg van de muur.

'Vlug dan,' zei Bray.

Antonia's ademhaling was regelmatig, de spieren van haar gezicht ontspannen door de slaap. Als ze wakker werd, zou ze misselijk zijn, maar dat zou in de loop van de dag overgaan. Scofield trok de dekens over haar schouders, boog zich voorover, kuste haar op haar bleke lippen en stond op van het bed.

Hij liep de slaapkamer uit en liet de deur op een kier staan. Als

Toni onrustig werd wilde hij haar kunnen horen. Een bijverschijnsel van scopolamine was hysterie. Ze moest in de gaten gehouden worden. Daarom had Talenjekov niet het risico kunnen nemen haar alleen te laten, zelfs niet voor de paar minuten die nodig waren om een auto te huren.

'Wat is er gebeurd?' vroeg hij aan de Rus die in een stoel zat met een glas whiskey in zijn hand.

'Vanmorgen... gistermorgen,' zei Talenjekov, die zichzelf corrigeerde. Zijn witharig hoofd hield hij achterover tegen de rand van de stoel, zijn ogen had hij dicht. De man was duidelijk uitgeput. 'Ze zeggen dat jij dood bent, wist je dat?'

'Ja. Wat heeft dat ermee te maken?'

'Zo kreeg ik haar terug.' De Rus opende zijn ogen en keek Bray aan. 'Er is maar weinig dat ik niet weet over Beowulf Agate.'

'En?'

'Ik zei dat ik jou was. Er moesten een paar fundamentele vragen beantwoord worden. Die waren niet moeilijk. Ik bood mezelf aan in ruil voor haar. Ze gingen ermee akkoord.'

'Begin bij het begin.'

'Ik wou dat ik dat kon, ik wou dat ik wist wat het begin was. De Matarese beweging, of iemand daarvan, wil jou levend hebben. Daarom werd bepaalde mensen verteld dat je dat niet bent. Ze zoeken niet naar de Amerikaan, alleen naar de Rus. Ik wou dat ik het begreep.' Talenjekov dronk.

'Wat gebeurde er?'

'Ze hebben haar gevonden. Vraag me niet hoe. Ik weet het niet. Misschien Helsinki, misschien werd je spoor gevolgd vanuit Rome, via iemand of iets. Ik weet het niet.'

'Maar ze hebben haar gevonden,' zei Scofield en ging zitten. 'En daarna?'

'Gistermorgen, vier of vijf uur voor je belde, ging ze naar een bakkerij. Die was maar een paar huizen verder. Een uur later was ze nog niet terug. Ik wist toen dat ik uit twee dingen kon kiezen. Ik kon haar achterna gaan, maar waar moest ik beginnen met zoeken? Of ik kon wachten tot er iemand naar de flat kwam. Zie je, ze hadden geen keus, dat wist ik. De telefoon ging een aantal keren, maar ik nam niet op. Ik wist dat, iedere keer als ik het niet deed, het iemand dichterbij bracht.'

'Je hebt wel aangenomen toen ik belde,' interrumpeerde Bray. 'Dat was later. Toen onderhandelden we.'

'En verder?'

'Tenslotte kwamen er twee mannen binnen. Het was een verleidelijk ogenblik om ze allebei te doden, vooral die ene. Hij had zo'n lelijk vlekje op zijn borst. Toen ik zijn kleren uitrukte, zag ik het en werd ik bijna gek.'

'Waarom?'

'Ze hebben gemoord in Leningrad en in Essen. Later zul je het begrijpen. Het maakt deel uit van wat we moeten bespreken.'

'Ga verder.' Scofield schonk zichzelf een glas in.

'Ik zal het kort vertellen; vul de leemtes zelf maar in, jij bent er geweest. Ik liet de soldaat en zijn huurmoordenaar meer dan een uur gebonden en bewusteloos. De telefoon rinkelde en deze keer nam ik op. Ik sprak met een zo Amerikaans mogelijk accent. Je zou denken dat hij water zag branden, zo hysterisch was degene die belde. "Een bedrieger in Londen!" kraste hij. Iets over "er is een grote fout gemaakt door de ambassade, de informatie die ze ontvingen was volkomen onjuist!"'

'Ik geloof dat je iets overgeslagen hebt,' viel Bray weer in de rede. 'Ik neem aan dat dat was toen jij zei dat je mij was.'

'Laten we zeggen dat ik bevestigend antwoordde toen de hysterische vraag werd gesteld. Ik kon de verleiding niet weerstaan, daar ik minder dan achtenveertig uur geleden gehoord had dat je dood was.' De Rus zweeg even en ging verder: 'Twee weken geleden in Washington.'

Scofield liep terug naar de stoel en fronste zijn voorhoofd. 'Maar de man aan de telefoon wist dat ik leefde, evenals degenen hier in Londen wisten dat ik leefde. Je had dus gelijk. Alleen aan bepaalde mensen binnen het Matarese genootschap werd verteld dat ik dood was.'

'Zegt je dat iets?'

'Hetzelfde wat het jou zegt. Ze maken onderscheid.'

'Precies. Als een van ons ooit een ondergeschikte niets wilde laten doen, zeiden we tegen hem dat de zaak opgelost was. Voor zulke mensen ben je niet langer in leven, word je niet langer gezocht.' 'Maar waarom? Er wordt wél jacht gemaakt op mij. Ze hadden me in de val.'

'Eén vraag met twee antwoorden, denk ik,' zei de Rus. 'Als elke uit verschillende mensen samengestelde organisatie is ook de Matarese beweging onvolmaakt. In haar rijen bevinden zich ook de ongedisciplineerden, degenen die tot geweld geneigd zijn, mannen die zullen doden óm het doden of óm hun fanatiek geloof. Dat waren de mensen aan wie verteld werd dat je dood was. Als ze niet op je jaagden, zouden ze je ook niet doden.'

'Dat is je eerste antwoord. Wat is het tweede? Waarom wil iemand mij in leven houden?'

'Om je *consigliere* van de Matarese beweging te maken.'
'Wat?'
'Denk er maar eens over na. Bedenk eens wat een aanwinst je zou zijn voor zo'n organisatie.'

Bray staarde de KGB-man aan. 'Niet meer dan jij zou zijn.'

'O ja, veel meer. Uit Moskou zal niet veel schokkends komen, neem ik aan. Maar er staan verbazingwekkende onthullingen te gebeuren in Washington. Jij zou daarvoor kunnen zorgen. Je zou een enorme aanwinst zijn. De schijnheiligen zijn altijd veel kwetsbaarder.'

'Dat neem ik aan.'

'Voordat Odile Verachten gedood werd, deed ze me een aanbod. Het was een aanbod waartoe zij niet het recht had. Ze willen de Rus niet. Ze willen jou. Als ze je niet kunnen krijgen, zullen ze je doden, maar er is iemand die jou de keus laat.'

... dat het veel beter zou zijn voor allen die erbij betrokken zijn, als we met elkaar gingen praten en de verschillen tussen ons uit de wereld hielpen. Je zou misschien ontdekken dat ze per slot van rekening niet zo groot zijn...

Woorden van een onbekende koerier.

'Laten we terugkomen op Parijs,' zei Bray. 'Hoe heb je haar gekregen?'

'Dat was niet zo moeilijk. De man aan de telefoon wilde te graag. Hij zag de generaalsrang in de toekomst, of zijn eigen executie. Ik praatte over wat zou kunnen gebeuren met de soldaat met het lelijke merkje op zijn borst. Het feit dat ik ervan wist was bijna op zichzelf al genoeg. Ik deed een aantal zetten, bood de soldaat Beowulf Agate aan voor het meisje. Beowulf was moe van het hardlopen en wilde best luisteren naar wat wie dan ook te zeggen had. Hij.. ik... wist dat ik in de val zat, maar het professionalisme vroeg erom dat hij... jij... er bepaalde garanties uit haalde. Het meisje moest vrijuit gaan. Waren mijn reacties verenigbaar met jouw bekende stijfhoofdigheid?'

'Zeer geloofwaardig,' antwoordde Bray. 'Laten we eens zien of we een paar plekken kunnen invullen. Jij beantwoordt de vragen: Wat was je moeders tweede voornaam? Of wanneer veranderde mijn vader van baan?'

'Niet zoiets gewoons,' onderbrak de Rus. 'Wie was je vierde moord? En waar?'

'In Lissabon,' zei Bray rustig. 'Een Amerikaan die niet te redden was. Ja, dat moet je weten... Verder werden jouw zetten gedaan door een serie telefoongesprekken naar de flat – mijn telefoontje uit Londen kwam ongelegen – en met elk telefoontje gaf je nieuwe instructies. Als er iets scheef ging, zou de ruil niet doorgaan. De plaats van de ruil was in het verkeer, liefst eenrichtingverkeer, met één voertuig, één man en Antonia. Alles moest in een tijdsbestek van zestig tot honderd seconden gebeuren.'

De Rus knikte. "s Middags om twaalf uur op de Champs Elysées ten zuiden van de Arc de Triomphe. Voertuig en vrouw gepakt man en soldaat de ellebogen gebonden en naar buiten gegooid op het kruispunt van de Place de la Concorde, en een vlugge rit, zij het met omwegen, Parijs uit.'

Bray zette de whiskey neer en liep naar het hotelraam dat uitzag over Carlos Place. 'Pas geleden zei je dat je twee keuzen had. Om na haar naar buiten te gaan of in de rue de Bac te wachten. Het lijkt me dat er een derde keus was, maar die maakte je niet. Je had meteen zelf Parijs kunnen verlaten.'

Talenjekov sloot zijn ogen. 'Dat was de enige keus die ik niet had. Ik hoorde het aan haar stem, in elke toespeling die ze op je maakte. Ik dacht dat ik het op Corsica zag, die eerste avond in de grot boven Porto Vecchio, toen je naar haar keek. Toen dacht ik hoe krankzinnig, hoe volkomen...' De Rus schudde zijn hoofd.

'Zinloos?' vroeg Bray.

Talenjekov deed zijn ogen open. 'Ja. Zinloos... en ook onnodig, misplaatst.' De KGB-man hief zijn glas en dronk de rest van de whiskey in één teug op. 'De oude schuld van Oost-Berlijn is nu helemaal vereffend, de lei is helemaal schoon.'

'Er zal verder niets voor gevraagd worden. En ook niet verwacht.'

'Goed. Ik neem aan dat je de kranten gezien hebt?'

'Trans-Communications? Het aandeel in Verachten?'

'Eigendom van, lijkt me beter uitgedrukt. Ik hoop dat je de plaats van het hoofdkantoor opgemerkt hebt. Boston, Massachusetts. Een bekende stad voor jou, denk ik.'

'Wat meer met de zaak te maken heeft, het is de stad – en staat – van Joshua Appleton IV, patriciër en senator, wiens grootvader de gast was van Guillaume de Matarese. Het zou interessant zijn om eens te kijken wat zijn eventuele banden met Trans-Comm zijn.'

'Kun je aan het bestaan daarvan twijfelen?'

'Op dit punt betwijfel ik alles,' zei Scofield. 'Misschien denk ik er anders over nadat we de feiten waarvan je zegt dat we die hebben, op een rijtje hebben gezet. Laten we beginnen bij het punt dat we Corsica verlieten.'

Talenjekov knikte. 'Toen kwam eerst Rome. Vertel me over Scozzi.'

Dat deed Bray en hij nam de tijd om de rol te verklaren die Antonia gedwongen was te spelen in de Rode Brigade.

'Dus daarom was ze op Corsica?' vroeg Wasili. 'Gevlucht voor de brigades?'

'Ja. Uit alles wat ze me over hun financiering vertelde, spreekt voor mij de Matarese beweging...' Scofield lichtte zijn theorieën toe en ging vlug over op wat er gebeurde op Villa d'Este en de moord op Guillamo Scozzi, bevolen door een man genaamd Paravacini. 'Het was de eerste keer dat ik hoorde dat ik dood was. Ze dachten dat ik jou was... Nu Leningrad. Wat gebeurde daar?'

Talenjekov haalde diep adem voor hij antwoordde. 'Ze moordden in Leningrad en in Essen,' zei hij met nauwelijks hoorbare stem. 'O, wat moorden ze, deze twintigste-eeuwse *Fida'is*, deze eigentijdse bastaarden van Hasan ibn-al-Sabbah. Ik zal je vertellen dat de soldaat die ik uit de wagen duwde op de Place de la Concorde meer dan één vlek op zijn borst had. Zijn kleren waren gevlekt door een kogel die nog een vlek achterliet. Ik vertelde zijn helper dat het voor Leningrad was, en voor Essen.'

De Rus vertelde rustig zijn verhaal, de diepte van zijn gevoelens bleken toen hij praatte over Lodzia Kronestsja, de geleerde Mikovsky en Heinrich Kassel. Vooral Lodzia. Hij moest nodig even pauzeren en nog een whiskey inschenken. Scofield bleef zwijgen. Hij kon niets zeggen. De Rus eindigde bij de nacht in Stadtwald en de dood van Odile Verachten.

'Prins Andrei Worosjin werd Ansel Verachten, stichter van de Verachten-fabrieken, na Krupp de grootste onderneming in Duitsland, nu een van de meest verbreide in heel Europa. De kleindochter was zijn gekozen opvolger in het Matarese genootschap.'

'En Scozzi,' zei Bray, 'ging door een huwelijk uit berekening samen met Paravacini. Blauw bloed, een bepaalde begaafdheid en charme in ruil voor een zetel in de directiekamer. Maar die zetel was alleen een steuntje. Meer is het nooit geweest. De graaf kon gemist worden en werd gedood omdat hij een fout maakte.'

'Evenals Odile Verachten, die was ook te veel.'

'En de naam Scozzi-Paravacini is misleidend. Het bestuur is in handen van Paravacini.'

'Voeg daarbij dat Trans-Communications Verachten in bezit heeft. Dus met twee afstammelingen van de gastenlijst van de padrone is afgerekend. Ze maakten beiden deel uit van de Matarese raad, maar waren niet van betekenis. Wat weten we nu?'

'Wat we vermoedden, wat de oude Kroepskaja je vertelde in Moskou. De Matarese beweging werd overgenomen, blijkbaar gedeeltelijk, mogelijk helemaal. Scozzi en Worosjin waren nuttig voor wat ze inbrachten of wat ze wisten of bezaten. Ze werden getolereerd – er werd zelfs het idee gegeven dat ze belangrijk waren – zo lang ze nuttig waren, maar uit de weg geruimd op het moment dat ze dat niet meer waren.'

'Maar nuttig waarvoor? Dat is de vraag!' Talenjekov zette zijn glas met een klap neer. 'Wat wil die beweging? De financiële intimidatie en moord door reusachtige gemeenschappelijke structuren. Ze verspreiden paniek, maar waarom? De wereld wordt gek van terreur, betaald door mannen die er het meest bij verliezen. Zij investeren in totale wanorde! Het is zinloos!'

Scofield hoorde een geluid – gekreun – en sprong van zijn stoel. Hij liep vlug naar de slaapkamerdeur. Toni was anders gaan liggen, was naar links gedraaid, de dekens om haar schouders geplooid. Maar ze sliep nog. Het kreunen was uit haar onderbewuste gekomen. Hij liep terug naar zijn stoel en ging er achter staan.

'Totale wanorde,' zei hij zacht. 'Chaos. Het botsen van lichamen in de ruimte. Schepping.'

'Waar heb je het over?' vroeg Talenjekov.

'Ik weet het niet,' antwoordde Scofield. 'Ik kom steeds maar terug op dat woord "chaos", maar ik weet niet waarom.'

'We weten niets zeker. We hebben vier namen – maar twee hadden niet veel te betekenen – en die zijn dood. We zien een groepering van maatschappijen die de bovenbouw – de belangrijke bovenbouw – zijn achter al het terrorisme, maar we kunnen dat groeperen niet bewijzen en weten niet waarom ze het bevorderen. Scozzi-Paravacini financiert de Rode Brigades, Verachten ongetwijfeld de Baader-Meinhofgroep, god mag weten wat Trans-Communications betaalt – en deze zijn misschien nog maar een paar van de vele die erbij betrokken zijn. We hebben de Matarese beweging gevonden, maar we zien haar nog niet! Wat we ook voor beschuldigingen in zouden brengen tegen zulke conglomeraten, het zou geraaskal van gekken genoemd worden, of erger.'

'Veel erger,' zei Bray, die aan de stem dacht door de telefoon in het restaurant. 'Verraders. We zouden doodgeschoten worden.' 'Je woorden klinken als een profetie. Ze staan me niet aan.'

'Mij ook niet, maar ik hou er nog minder van om geëxecuteerd te worden.'

'Een *non sequitur*.'

'Niet als je het koppelt aan wat je net zei: "We hebben de Matarese beweging gevonden, maar we zien haar nog niet", was het dat niet?'

'Ja.'

'Stel dat we er niet alleen een vonden, maar hem hadden. In onze handen.'
'Een gijzelaar?'
'Juist.'
'Dat is krankzinnig.'
'Waarom? Jij had die Verachten-vrouw.'
'In een auto, 's avonds op een boerenakker. Ik heb er helemaal niet over gedacht om haar mee te nemen naar Essen en een operatie op touw te zetten.'

Scofield ging zitten. 'De Rode Brigades hielden Aldo Moro vast, acht blokken van een hoofdbureau van politie in Rome. Ofschoon dat niet precies is wat ik in gedachten had.'

Talenjekov ging voorover zitten. 'Waverly?'
'Ja.'
'Hoe? Het Amerikaanse netwerk zit achter je aan, de Matarese beweging had je bijna in de val. Wat had jij dan wel in gedachten? Een bezoekje brengen aan het ministerie van buitenlandse zaken en hem op de thee vragen?'

'Waverly wordt hier gebracht – naar deze kamer – om acht uur vanavond.'

De Rus floot. 'Mag ik vragen hoe je dat klaarspeelde?'

Bray vertelde hem over Symonds. 'Hij doet het omdat hij denkt dat wat mij overtuigde om met jou samen te gaan werken, belangrijk genoeg moet zijn om een interview met Waverly te kunnen krijgen.'

'Ze hebben een bijnaam voor mij. Zei hij die?'
'Ja. De Serpent.'
'Ik veronderstel dat ik gevleid moet zijn, maar dat ben ik niet. Ik vind het een lelijke naam. Heeft Symonds enig idee dat deze onderneming een vijandige basis heeft? Dat je Waverly ervan verdenkt meer te zijn dan Engelands minister van buitenlandse zaken?'

'Nee, integendeel eigenlijk. Toen hij bezwaar maakte, was het laatste dat ik tegen hem zei, dat ik misschien wel probeerde Waverly's leven te redden.'

'Heel goed,' zei Talenjekov. 'Dat maakt indruk op hem. Moord, evenals terreurdaden, verspreidt zich als koopwaar. Dus ze zullen alleen zijn?'

'Ja, daar stond ik op. Een kamer in het Connaught. Er was geen reden voor Roger om te denken dat er iets mis is. En we weten dat de Matarese beweging geen verband heeft gelegd tussen mij en de man die Waverly vermoedelijk bezoekt in de kantoren van MI-6.'

'Ben je daar zeker van? Het lijkt mij het zwakste punt van de strategie. Ze hebben je in Londen gevonden, ze weten dat je de vier namen van Corsica hebt. Plotseling wordt Waverly, de *consigliere*, zomaar gevraagd in het geheim een man te ontmoeten op het kantoor van een Britse inlichtingenagent, van wie men weet dat hij bevriend is geweest met Beowulf Agate. Het verband lijkt mij duidelijk. Waarom zou het de mannen van de Matarese beweging ontgaan?'

'Om een zeer speciale reden. Ze denken niet dat ik ooit contact heb gezocht met Symonds.'

'Ze kunnen niet zeker weten dat je dat niet deed.'

'Het is onwaarschijnlijk. Roger is een ervaren man uit het veld en hij dekte zichzelf. Hij was zogenaamd verplicht aanwezig op de Admiraliteit en later deed hij in het geheim navraag. Ik werd niet gevolgd op straat en we gebruikten een schone telefoonlijn. We ontmoetten elkaar een uur buiten Londen, met twee maal overstappen voor mij en minstens viermaal voor hem. Niemand heeft ons gevolgd.'

'Indrukwekkend. Maar niet afdoend.'

'Het beste wat ik kon doen. Behalve een laatste wijziging.'

'Wijziging?'

'Ja. Er zal geen ontmoeting zijn vanavond. Ze zullen deze kamer nooit bereiken.'

'Geen ontmoeting? Wat is dan het doel van hun komst hier?'

'Dat we Waverly beneden kunnen grijpen, voordat Symonds weet wat er gebeurt. Roger zal de auto besturen. Als hij hier aankomt, zal hij niet door de hal gaan. Hij zal een zijingang gebruiken. Ik kom wel te weten welke. In het geval – en ik geef toe dat het mogelijk is – dat Waverly gevolgd wordt, ben jij beneden op straat. Dan zul jij het weten. Je zult ze zien. Hou ze buiten. Ik zal direct bij de ingang staan.'

'Waar ze je allerminst verwachten,' onderbrak de Rus.

'Juist. Daar reken ik op. Ik kan Roger bij verrassing te pakken nemen, hem met één klap het zwijgen opleggen en een pil in zijn keel duwen. Hij zal in geen uren wakker worden.'

'Dat is niet genoeg,' zei Talenjekov die zachter ging spreken. 'Je zult hem moeten doden. Er moeten onvermijdelijk slachtoffers gemaakt worden. Churchill begreep dat met Coventry en de Ultra. Dit is niets minder, Scofield. De Britse geheime dienst zal de uitgebreidste mensenjacht uit de Engelse geschiedenis op touw zetten. Als de dood van één man ons tijd op kan leveren – een dag misschien – beweer ik dat het dat waard is.'

Bray keek de Rus aandachtig aan. 'Jij beweert verdomme te veel.'

'Je weet dat ik gelijk heb.'

Stilte. Plotseling smeet Scofield zijn glas door de kamer. Het sloeg kapot tegen de muur. 'Godverdomme!'

Talenjekov sprong vooruit, zijn rechterhand onder zijn jas. 'Wat is er?'

'Je hebt gelijk en ik wéét het. Hij vertrouwt me en ik moet hem doodmaken. Het zal dagen duren voordat de Engelsen weten waar ze moeten beginnen. Noch MI-6, noch buitenlandse zaken weet iets van het Connaught.'

De KGB-man trok zijn hand weg en liet hem op de stoelleuning zakken. 'We hebben de tijd nodig. Ik geloof niet dat er een andere manier is.'

'Als die er is, hoop ik bij god dat ik erop kom.' Bray schudde zijn hoofd. 'Ik ben helemaal ziek van dat nodig hebben.' Hij keek naar de slaapkamerdeur. 'Maar ja, ze vertelde me dat.'

'De rest is bijzaak,' vervolgde Talenjekov haastig. 'Ik zal ervoor zorgen dat er een auto op straat bij de ingang staat. Op het moment dat ik klaar ben – als er inderdaad iets voor me te doen is – kom ik naar binnen om je helpen. Het zal natuurlijk nodig zijn de dode man met Waverly mee te nemen. Hem weghalen.'

'De dode man heeft geen naam,' zei Scofield kalm. Hij stond op uit zijn stoel en liep naar het raam. 'Is het je opgevallen dat, hoe dichterbij we komen, we steeds meer als zíj worden?'

'Wat mij opvalt,' antwoordde de Rus, 'is dat je strategie in één woord buitengewoon is. We zullen niet alleen een *consigliere* van de Matarese hebben, maar wát voor een *consigliere*! De minister van buitenlandse zaken van Engeland! Heb je enig idee wat dat betekent? We zullen die man de mond openbreken en de wereld zal luisteren. Zal gedwongen zijn om te luisteren!' Talenjekov was even stil en voegde er toen zacht aan toe: 'Wat jij gedaan hebt, doet de verhalen over Beowulf Agate eer aan.'

'Flauwe kul,' zei Bray. 'Ik heb de pest aan die naam.'

Plotseling klonk er geklaag dat overging in een aangehouden snikken, gevolgd door een schreeuw van pijn, gedempt, onzeker, wanhopig. Scofield rende de slaapkamer in. Toni lag kronkelend op bed, haar handen klauwden in haar gezicht, haar benen trapten nijdig naar denkbeeldige duivels om haar heen. Bray ging zitten en trok de handen van haar gezicht, met kracht boog hij alle vingers zo dat de nagels niet door haar huid zouden gaan. Hij greep haar armen en hield haar vast, wiegde haar zoals hij haar in Rome gewiegd had. Haar huilen werd minder, werd gevolgd door gesnik. Ze rilde, haar ademhaling was ongeregeld, maar werd langzaam weer normaal toen haar lichaam verslapte. De eerste zenuwaanval teweeggebracht door het verdwijnen van de scopolamine was voorbij. Scofield hoorde voetstappen bij de deuropening. Hij hield zijn hoofd schuin om te beduiden dat hij luisterde.

'Het zal aanhouden tot de morgen, weet je,' zei de KGB-man. 'Het verdwijnt langzaam uit het lichaam, met heel wat pijn. Evenveel door de beelden in het hoofd als door iets anders. Je kunt er niets aan doen. Alleen haar vasthouden.'

'Ik weet het. Ik zal het doen.'

Er was een ogenblik stilte. Bray kon de ogen van de Rus op zich voelen en op Antonia. 'Ik ga nu weg,' zei Talenjekov. 'Ik bel je hier om twaalf uur en kom later op de dag. We kunnen dan de details uitwerken, signalen coördineren en dat soort zaken.'

'Zeker, dat soort zaken. Waar ga je heen? Je kunt hier blijven als je wilt.'

'Ik denk het niet. Net als in Parijs zijn er hier tientallen plaatsen. Ik ken ze even goed als jij. Bovendien moet ik een auto vinden en de straten bekijken. Er gaat niets boven een goede voorbereiding, hè?'

'Nee.'

'Goedenacht. Zorg voor haar.'

'Ik zal het proberen.' Weer voetstappen. De Rus liep de kamer uit. Scofield zei: 'Talenjekov.'

'Ja?'

'Het spijt me van Leningrad.'

'Ja.' Weer was het stil en toen klonken rustig de woorden: 'Dank je.'

De buitendeur ging dicht. Hij was alleen met zijn geliefde. Hij liet haar op het kussen zakken en raakte haar gezicht aan. Zo onlogisch, zo zinloos... Waarom heb ik je gevonden? Waarom heb je mij gevonden? Je had me moeten laten waar ik was... diep in de aarde. Voor ons beiden is het de tijd niet. Kun je dat niet begrijpen? Het komt allemaal zo... ongelegen... Het was alsof zijn gedachten hardop gesproken waren. Toni opende haar ogen die nog wazig keken, de herinnering was nog flauw, maar ze kende hem. Haar lippen vormden de naam, het geluid was een fluistering.

'Bray?...'

'Het komt goed. Ze hebben je geen pijn gedaan. De pijn die je voelt, komt door chemische middelen. Het gaat over, geloof me maar.'

'Je bent teruggekomen.'

'Ja.'

'Ga niet meer weg, alsjeblieft. Niet zonder mij.'

'Nee.'

Haar ogen gingen plotseling wijd open, de blik werd glazig, haar witte tanden kwamen bloot als die van een jong dier dat in een val zit en zijn nek breekt. Een hartbrekend geklaag klonk op van diep binnenin haar.

Ze zakte in zijn armen in elkaar.

... Morgen, mijn liefste, mijn enige lief. De morgen komt met het licht van de zon, iedereen weet dat. En dan zal de pijn overgaan, dat beloof ik je. En ik beloof je nog wat anders, mijn ontijdige liefde, zo laat in mijn leven. Morgen, vandaag, vannacht... Ik zal de man pakken die deze nachtmerrie tot een einde zal brengen. Talenjekov heeft gelijk. We zullen hem breken – zoals nog nooit iemand gebroken is – en de wereld zal naar ons luisteren... Als dat gebeurt, mijn liefste, mijn aanbiddelijke liefste, zijn jij en ik vrij. We zullen ver weg gaan, naar waar de nacht slaap brengt en liefde, geen dood, geen angst en afschuw van de duisternis. We zullen vrij zijn, omdat Beowulf Agate weg zal zijn. Hij zal verdwijnen – want hij heeft niet veel goeds gedaan. Maar hij heeft nog één ding te doen. Vanavond...

Scofield raakte Antonia's wang aan. Ze hield even zijn hand vast, bracht hem naar haar lippen, glimlachte en stelde hem met haar ogen gerust.

'Hoe gaat het met je hoofd?' vroeg Bray.

'De pijn is nu nog maar een dof gevoel,' zei ze. 'Ik voel me goed, werkelijk.'

Scofield liet haar hand los en liep de kamer door, waar Talenjekov zich over een tafel boog en een wegenkaart bestudeerde. Zonder dat ze erover gepraat hadden, waren beide mannen bijna gelijk gekleed voor hun werk. Sweaters en broeken van donkere stof, schouderholsters met zwarte leren riemen strak over de borst vastgebonden. Hun schoenen waren ook donker van kleur, maar licht van gewicht, met dikke rubberzolen die met messen bewerkt waren tot ze ruw waren.

Talenjekov keek op toen Bray bij de tafel kwam. 'Als we Great Dunmow uit zijn, gaan we in oostelijke richting naar Coggeshall op onze weg naar Nayland. Tussen twee haakjes, er is een vliegveld ten zuiden van Hadleigh, waar kleine straalvliegtuigen kunnen landen. Zo'n veld kan over een paar dagen zijn nut hebben voor ons.'

'Misschien heb je gelijk.

'Bovendien,' voegde de KGB-man met duidelijke tegenzin toe, 'gaat deze route over de Blackwater-rivier. De bossen in dat gebied zijn dicht. Het zou een... goede plek zijn om het pak weg te gooien.'

'De dode man heeft nog steeds geen naam,' zei Scofield. 'Geef hem wat hem toekomt. Het is Roger Symonds, een aanzienlijk man, en ik haat deze verrekte wereld.'

'Op gevaar af dom te lijken, mag ik opmerken dat wat je vanavond doet, een weldaad zal zijn voor die droevige wereld die we beiden te veel en te lang mishandeld hebben.'

'Ik had liever niet dat je zoiets opmerkt.' Bray keek op zijn horloge. 'Hij zal zo wel bellen. Als hij het doet, gaat Toni naar beneden naar de hal en betaalt de rekening van meneer Edmonton... dat ben ik. Ze zal weer naar boven komen met een bediende om onze tassen en koffertjes naar de auto te brengen die we gehuurd hebben op Edmontons naam en rijdt direct naar Colchester. Ze zal tot halftwaalf wachten in een restaurant genaamd Bonner. Als er verandering in de plannen komt of we hebben haar nodig, dan kunnen we haar daar bereiken. Als ze niets van ons hoort, gaat ze verder naar Nayland, naar de Double Crown Inn, waar ze een kamer heeft gereserveerd onder de naam Vickery.'

Talenjekov duwde zich van de tafel omhoog. 'Mijn koffertje mag niet geopend worden. Het is beveiligd met een springlading.'

'Het mijne ook,' antwoordde Bray. 'Nog vragen?'

De telefoon rinkelde: alle drie keken ze ernaar – een ogenblik dat de tijd onderbrak, want de bel betekende dat de tijd was gekomen. Bray liep naar de balie, liet de telefoon een tweede keer overgaan en nam hem toen op.

Wat voor woorden hij ook mocht hebben verwacht, welke begroeting, inlichtingen, instructies of onthullingen gekomen zouden zijn, niets ter wereld zou hem hebben kunnen voorbereiden op wat hij nu hoorde. Symonds stem was een roep vanuit de een of andere innerlijke martelkamer, een pijn zo extreem, dat het ongelooflijk was.

'Ze zijn allemaal dood! Het is een bloedbad! Waverly, zijn vrouw, kinderen, drie bediendes... dood! Wat heb jij verdomme gedaan?'

'O mijn god!' Scofield dacht snel na, gedachten werden snel in zorgvuldig gekozen woorden omgezet. 'Roger, luister naar me. Het is wat ik heb proberen te voorkomen!' Hij schermde de hoorn met zijn hand af en hield zijn blik op Talenjekov. 'Waverly is dood, iedereen in zijn huis is gedood.'

'Methode?' riep de Rus. 'Tekens op de lichamen. Wapens. Alles moet je te weten komen!'

Bray schudde zijn hoofd. 'Dat komt later wel.' Hij haalde zijn hand van de hoorn. Symonds praatte vlug, bijna hysterisch.

'Het is afschuwelijk. O god, zo erg als het maar kan! Ze zijn afgemaakt... als beesten!'

'Roger! Beheers je! Luister nu naar me. Het is een deel van een patroon. Waverly wist ervan. Hij wist te veel, daarom werd hij vermoord. Ik kon hem niet op tijd bereiken.'

'Kon je dat niet?... Lieve god... waarom deed je dat niet, kon je het mij... niet vertellen? Hij was de minister van buitenlandse zaken, Engelands minister van buitenlandse zaken! Heb je enig idee van de repercussies, de... o God wat een drama! Een ramp! Afgeslacht!' Symonds zweeg. Toen hij weer sprak, was het duidelijk dat de prof in hem streed om zich te beheersen. 'Ik wil je op mijn kantoor, zo gauw je kunt. Beschouw jezelf onder arrest van de Britse regering.'

'Dat kan ik niet. Vraag me dat niet.'

'Ik vraag niet, Scofield! Ik geef je een bevel dat gesteund wordt door de hoogste autoriteiten in Engeland. Je verlaat dat hotel niet! Tegen de tijd dat je bij de lift bent, wordt alle stroom afgesloten en staat elke trap, elke uitgang onder gewapende bewaking.'

'Goed, goed. Ik zal naar MI-6 gaan,' loog Bray.

'Je zult begeleid worden. Blijf in je kamer.'

'Vergeet dat maar, van die kamer, Roger,' zei Scofield, die naar woorden zocht die misschien pasten bij de crisis. 'Ik moet je spreken, maar niet bij MI-6.'

'Ik geloof dat je me niet gehoord hebt!'

'Zet wachten bij de deuren, stop die verdomde liften, doe alles wat je wilt, maar ik moet je hier spreken. Ik ga deze kamer uit en naar de bar, naar het donkerste hoekje dat ik kan vinden. Kom daar bij me.'

'Ik herhaal...'

'Herhaal wat je wilt, maar als jij niet hierheen komt en naar me luistert, zullen er nog meer sluipmoorden gebeuren, want dat zijn het, Roger! Sluipmoorden. En ze zullen niet ophouden bij een minister van buitenlandse zaken, of een minister van binnenlandse zaken... of een president of een premier.'

'O god,' fluisterde Symonds.

'Ik had het je gisteravond kunnen vertellen. Het is de reden waar je naar zocht toen we praatten. Maar ik zal het niet rapporteren want ik kan niet officieel te werk gaan. En dat zou duidelijk genoeg moeten zijn voor je. Kom hierheen, Roger.' Bray sloot zijn ogen en hield zijn adem in. Het was nu of nooit.

'Ik ben er over tien minuten,' zei Symonds met krakende stem. Scofield hing op, keek eerst Antonia aan en toen Talenjekov. 'Hij is op weg hierheen.'

'Hij arresteert je!' riep de Rus uit.

'Dat denk ik niet. Hij kent me goed genoeg om te weten dat ik geen officieel rapport laat maken, als ik zeg dat ik dat niet wil. En hij wil niet dat hij alles op zijn kop krijgt.' Bray liep naar de stoel waar hij zijn regenjas en reistas op had gegooid. 'Eén ding weet ik zeker. Hij zal beneden met me praten en me een kans geven. Als hij akkoord gaat, ben ik over een uur terug. Als hij niet wil... dood ik hem.' Scofield ritste zijn tas open en haalde er een lang jachtmes met schede uit. Het prijskaartje van Harrods zat er nog aan. Hij keek Toni aan. Haar ogen zeiden dat ze het begreep. De noodzaak zowel als zijn afschuw ervan.

Symonds zat tegenover Bray in een hoekje van de hal van Connaught. Het gedempte licht kon de bleke kleur van het gezicht van de Engelsman niet verbergen. Hij was een man die gedwongen werd beslissingen van zo groot belang te nemen, dat alleen de gedachte eraan hem al ziek maakte. Lichamelijk ziek én geestelijk uitgeput.

Ze hadden bijna veertig minuten gepraat. Scofield had hem volgens plan een gedeelte van de waarheid verteld – heel wat meer dan hij eigenlijk wilde – maar dat was nodig. Hij stond nu op het punt zijn laatste verzoek te doen aan Roger en dat waren ze zich beiden bewust. Symonds voelde het verschrikkelijke gewicht van zijn beslissing en dat was in zijn ogen te lezen. Bray voelde het mes onder zijn riem. Zijn ontzettende beslissing om het zo nodig te gebruiken, ontnam hem bijna de adem.

'We weten niet hoe uitgebreid de beweging is, of hoe veel mensen in de diverse regeringen erbij betrokken zijn, maar we weten dat zij gefinancierd wordt door grote maatschappijen,' legde Scofield uit. 'Wat op Belgravia Square gebeurde vanavond, kan vergeleken worden met wat Anthony Blackburn overkwam in New York met de fysicus Joerjevitsj in Rusland. We naderen de kern. We hebben namen, geheime bondgenoten, weten dat de geheime diensten in Washington, Moskou en Bonn gemanipuleerd zijn. Maar we hebben geen bewijs. We zullen het krijgen, maar nu hebben we het nog niet. Als je me arresteert, zullen we het nooit krijgen. De zaak tegen mij is niet te redden. Ik hoef je niet te vertellen wat dat betekent. Ik zal bij de eerste de... beste gelegenheid neergeschoten worden. Ten onrechte en door de verkeerde mensen, maar het resultaat zal hetzelfde zijn. Geef me tijd, Roger.'

'Wat geef je mij?'

'Wat wil je nog meer?'

'Die namen, de bondgenoten.'

'Ze zijn niet van betekenis. Erger nog, als ze gerapporteerd worden, gaan ze óf ondergronds verder en wissen alle sporen uit, óf het moorden, het terrorisme, zal toenemen. Er zou een reeks bloedbaden komen... en het zou jouw dood ook zijn.'

'Dat is mijn voorwaarde. De namen van de betrokken mensen. Anders kom je hier niet weg.'

Bray staarde de MI-6-man aan. 'Zul je mij tegenhouden, Roger? Ik bedoel hier, nu, op dit ogenblik, ja? Kun je dat?'

'Misschien niet. Maar die twee mannen daar wel.' Symonds knikte naar links.

Scofield draaide zijn ogen. Aan de overkant van het vertrek, aan een tafel midden in de hal, zaten twee Engelse agenten. De een was de roodharige, dikke man met wie hij gisteravond gesproken had op de door de maan verlichte speelplaats in Guildford. Er lag nu geen vriendelijkheid, maar ook geen vijandschap in zijn blik. 'Je hebt jezelf gedekt,' zei Scofield.

'Had je gedacht dat ik dat niet zou doen? Ze zijn gewapend en hebben hun instructies. De namen alsjeblieft.' Symonds haalde een opschrijfboekje voor de dag en een balpen. Hij legde ze voor Bray neer. 'Schrijf geen onzin, als ik je vragen mag. Anders... Ik mag dan niet van de klasse van Beowulf Agate en de Serpent zijn, maar ik heb toch ook wel wat talent.'

'Hoeveel tijd geef je me?'

'Eén week. Geen dag langer.'

Scofield pakte de pen, opende het boekje en begon te schrijven.

4 april 1911:
Porto Vecchio, Corsica
Scozzi
Worosjin
Waverly
Appleton

Thans:
Guillamo Scozzi, dood
Odile Verachten, dood
David Waverly, dood
Joshua Appleton,?

Scozzi-Paravacini, Milaan
Verachten-bedrijven (Worosjin), Essen
Trans-Communications, Boston

Onder de namen en de ondernemingen schreef hij één woord:

Matarese

Bray liep de lift uit, zijn gedachten bij luchtlijnen, toevluchtsoorden en dekking. De uren waren nu zo belangrijk als dagen. Er was zoveel dat ze te weten moesten komen, zoveel uit te zoeken en zo weinig tijd om dat allemaal te doen.

Ze hadden gedacht dat het misschien afgelopen zou zijn met het laten spreken van David Waverly. Ze hadden beter moeten weten: de nakomelingen konden gemist worden.

Drie waren er dood, drie namen verwijderd van de gastenlijst van Guillaume de Matarese van 4 april 1911. Er was er nog één over. De schatrijke politicus uit Boston, de man van wie maar weinigen betwijfelden of hij deze zomer de voorverkiezingen zou winnen en zonder twijfel de verkiezingen in de herfst. Hij zou president van de Verenigde Staten worden. Velen hadden gedurende de gewelddadige jaren zestig en zeventig geroepen dat hij de eenheid van het land zou kunnen vestigen. Appleton was niet zo arrogant dat te verklaren, maar de meeste Amerikanen dachten dat hij wellicht de enige was die het kon.

Maar eenheid bewaren? Voor wie? Dat was het beangstigende vooritzicht van alles. Was hij de enige nakomeling die niet gemist kon worden? Gekozen door de raad, door de 'herdersjongen', om te doen wat de anderen niet konden?

Ze zouden naar Appleton gaan, dacht Bray toen hij de hoek van de gang van het Connaught omging naar zijn kamer, maar niet zoals Appleton verwachtte dat hij benaderd zou worden – als hij dat al verwachtte. Ze zouden zich niet naar Washington laten lokken, waar de kans op een confrontatie met de staat, de FBI en personeel van de Firma tienmaal groter was dan op elke andere plaats van het halfrond. Het had geen zin om twee vijanden tegelijk te pakken. In plaats daarvan zouden ze naar Boston gaan, naar het conglomeraat met de passende naam Trans-Communications.

Op de een of andere manier zouden ze ergens in de hoogste kringen van die uitgebreide onderneming een man vinden, een man met een blauwe kring op zijn borst of met banden met Scozzi-Paravacini of Verachten, en die man zou een waarschuwing fluisteren om Joshua Appleton IV op te roepen. Ze zouden hem vangen, hem in Boston pakken. En als ze klaar waren met hem, zou het geheim van de Matarese geopenbaard worden, verteld door een man wiens onberispelijke geloofsbrieven alleen geëvenaard werden door zijn ongelooflijk bedrog. Het moest Appleton wel zijn en er was niemand anders. Als ze...

Scofield greep naar het wapen in zijn holster. De deur van zijn kamer, zeven meter verder in de gang, stond open. Er waren geen omstandigheden denkbaar waaronder het logisch was dat hij opengelaten was! Er was een indringer geweest, of indringers.

Hij bleef staan, schudde de verlamming uit zijn denken en rende naar de kant van de deur, met zijn rug tegen de deurlijst gedrukt. Hij dook naar binnen, gebukt, met zijn pistool voor zich uit, klaar om te vuren.

Er was niemand, helemaal niemand. Alleen stilte en een heel nette kamer. Té netjes: de wegenkaart was van de tafel gehaald, de glazen gewassen en weer op het zilveren blad op het bureau gezet, de asbakken schoongemaakt. Uit niets bleek dat er iemand in de kamer was geweest. Maar toen zag hij het, en het verlammende gevoel keerde terug.

Op de vloer bij de tafel stonden zijn koffertje en tas, netjes naast elkaar gezet, zoals een bediende of een piccolo het zou doen. En netjes over de tas heen gevouwen lag zijn donkerblauwe regenjas. Een gast was klaar om te vertrekken.

Twee bezoekers waren al vertrokken. Antonia was weg, Talenjekov was weg.

De slaapkamerdeur stond open, het bed was helemaal opgemaakt, het waterglas en de asbak, die een uur geleden vol half opgerookte sigaretten was – getuige van een angstige nacht en dag vol pijn – ontbraken nu op het bedtafeltje.

Stilte. Niets.

Zijn blik werd plotseling getrokken door het enige – ook op de grond – dat niet paste bij de netheid van de kamer, en hij voelde zich misselijk. Op het kleedje links van de tafel lag een kring van bloed – een getande kring, nog nat en glanzend. En toen keek hij op. Een klein stukje glas was uit het raam geschoten.

'Toni!' Die schreeuw van hem verbrak de stilte, maar hij kon het niet laten. Hij kon niet denken, niet bewegen.

Het glas werd verbrijzeld; een tweede ruit vloog uit zijn houten sponningen en hij hoorde het fluiten van een kogel toen die in de muur achter hem sloeg. Hij liet zich op de grond vallen.

De telefoon belde, het onaangename gerinkel was een bewijs van de krankzinnige toestand! Hij kroop zo naar het bureau dat hij van buiten af niet gezien kon worden.

'Toni?... Toni!' Hij riep, hij gilde, maar had het bureau nog niet bereikt, de telefoon nog niet gepakt.

Hij hief zijn hand en trok het apparaat naast hem op de vloer. Hij nam de hoorn op en hield die tegen zijn oor.

'We kunnen je altijd vinden, Beowulf,' zei de overdreven Engelse stem aan de andere kant van de lijn. 'Dat heb ik je gezegd toen we

elkaar de vorige keer gesproken hebben.'
 'Wat heb je met haar gedaan?' riep Bray. 'Waar is ze?'
 'Ja, we dachten wel dat je zo zou reageren. Nogal vreemd voor jou, niet? Je vraagt niet eens naar de Serpent.'
 'Hou op. Vertel het me!'
 'Dat was ik al van plan. Tussen twee haakjes, je hebt wel een ernstige beoordelingsfout gemaakt... nogmaals, vreemd voor iemand met zo'n ervaring. We hoefden alleen maar je vriend Symonds vanaf Belgravia te volgen. Vlug doorlezen van het hotelregister – evenals de tijd en de methode van inschrijving – gaven ons je kamer.'
 'Wat heb je met haar gedaan?... Met hem?'
 'De Rus is gewond, maar misschien blijft hij in leven. Tenminste lang genoeg voor ons doel!'
 'En de vrouw?'
 'Ze is op weg naar een vliegveld, net als de Serpent.'
 'Waar breng je haar naar toe?'
 'We denken dat je dat wel weet. Het was het laatste dat je opschreef voor je de Corsicaan noemde. Een stad in de staat Massachusetts.'
 'O god... Symonds?'
 'Dood, Beowulf. We hebben het notitieboekje. Het lag in zijn auto. Roger Symonds van MI-6 is in alle opzichten verdwenen. In verband met zijn planning zou hij betrokken kunnen zijn bij de terroristen die de minister van buitenlandse zaken van Engeland en zijn gezin vermoord hebben.'
 'Jullie... schoften.'
 'Nee, alleen profs. Ik zou zo denken dat jij dat moet begrijpen. Als je die jonge vrouw terug wilt hebben, zul je ons volgen. Weet je, er is iemand die jou wil spreken.'
 'Wie?'
 'Wees geen dwaas,' zei de onbekende boodschapper kortaf.
 'In Boston?'
 'Ik vrees dat we je niet kunnen helpen om daar te komen, maar we hebben het volste vertrouwen in je. Schrijf je in het Ritz-Carltonhotel in onder de naam... Vickery. Ja, dat is een goede naam, hij klinkt zo vriendelijk.'
 'Boston,' zei Bray uitgeput.
 Weer verbrijzelde er glas en een derde ruit vloog uit zijn sponning. 'Dat schot,' zei de stem door de telefoon, 'is een symbool van ons goede vertrouwen. We hadden je met het eerste schot al kunnen doden.'

31

Hij bereikte de kust van Frankrijk via dezelfde weg die hij vier dagen geleden gegaan was, 's nachts per motorbarkas. De reis naar Parijs duurde langer dan verwacht. De helper die hij verwacht had te gebruiken, wilde niets met hem te maken hebben. Het bericht was uitgegaan, de prijs voor zijn dode lichaam te hoog, de straf voor het helpen van Beowulf Agate te zwaar. De man kwam zijn verpichting tegenover Bray niet na en hij ging er liever vandoor.

Scofield vond in een bar in Boulogne-sur-Mer een gendarme die geen dienst had. Er werd snel onderhandeld. Hij moest vlug naar Parijs, naar vliegveld Orly. De beloning deed de gendarme duizelen. Bray kwam bij het aanbreken van de dag op Orly. Om negen uur vertrok de heer Edmonton met de eerste vlucht van Air Canada naar Montreal. Het vliegtuig steeg op en hij richtte zijn gedachten op Antonia.

Ze zouden haar gebruiken om hem in de val te lokken, maar ze zouden haar onder geen voorwaarde laten leven als de val dichtgeklapt was. Evenmin als ze Talenjekov zouden laten leven als ze eenmaal te weten kwamen wat hij allemaal wist. Zelfs de Serpent zou de injecties met scopolamine of sodium-amytal niet kunnen weerstaan. Niemand kan zijn geheugen blokkeren of de stroom informatie beletten als eenmaal de poorten van de herinnering chemisch geopend zijn.

Dat waren de dingen die hij te accepteren had, en als hij ze geaccepteerd had, moest hij zijn optreden op de werkelijkheid baseren. Hij zou niet samen met Antonia Gravet oud worden; er zouden geen jaren van vrede zijn. Als hij dat eenmaal begreep, bleef er niets anders over dan te proberen de conclusie om te draaien, in de wetenschap dat de kansen om dat te doen heel gering waren. Eenvoudig gesteld: daar er absoluut niets te verliezen viel, was er omgekeerd geen risico dat niet waard was genomen te worden geen strategie te gek of te vergaand om in aanmerking te komen. De sleutel was Joshua Appleton, dat bleef zo. Was het mogelijk dat de senator zo'n volleerd acteur was dat hij in staat was geweest om zo velen zo lang te misleiden? Blijkbaar was dat zo; een man die van zijn geboorte af erop getraind was om één enkel doel te bereiken, met onbeperkt veel geld en talent tot zijn beschikking, kon waarschijnlijk alles verbergen. Maar het hiaat dat was gevonden, zat in de verhalen van Josh Appleton, marine-officier in Korea. Ze waren heel bekend, gepubliceerd door campagneleiders, benadrukt door de aarzeling van de kandidaat om erover te praten en dan nog alleen om de mannen te prijzen die onder hem gediend hadden.

Kapitein Josh Appleton was onderscheiden voor zijn moed in de strijd bij vijf verschillende gelegenheden, maar de medailles waren alleen symbolen, de hulde van zijn mannen waren lofzangen van echte toewijding. Josh Appleton was een officier die de stelling aanhing dat geen enkele soldaat een risico hoefde te nemen dat hijzelf niet zou nemen. Geen infanterist, het deed er niet toe hoe zwaar hij gewond was of hoe hopeloos de situatie leek, mocht aan de vijand gelaten worden als er ook maar enige kans was om hem terug te krijgen. Met zulke regels was hij niet altijd de beste officier, maar wel de beste mens. Hij stelde zichzelf voortdurend bloot aan de ernstigste gevaren om het leven van een gewoon soldaat te redden, of het vuur af te leiden van een groepje van een korporaal. Tweemaal was hij gewond terwijl hij mannen uit de heuvels van Panmoenjon sleepte, en verloor bijna zijn leven toen hij in Chosan door de vijandelijke linies kroop om een reddingsactie met een helikopter te leiden.

Na de oorlog, toen hij weer thuis was, had Appleton een andere strijd onder ogen gezien, even gevaarlijk als welke strijd ook die hij in Korea had meegemaakt. Een bijna fataal ongeluk bij de grenspost van Massachusetts. Zijn wagen was over het midden van de weg geraakt en tegen een snel naderende vrachtwagen gebotst.

De verwondingen die hij opgelopen had van hoofd tot benen, waren zo zwaar dat de dokters van het Massachusetts General hem geen kans meer gaven. Toen er berichten werden gepubliceerd over deze gedecoreerde zoon van een vooraanstaande familie, kwamen er mannen uit het hele land. Monteurs, buschauffeurs boerenknechten en kantoorbediendes: de soldaten die gediend hadden onder 'hun kapitein Josh'.

Twee dagen en nachten lang hadden ze gewaakt, de meesten baden demonstratief in het openbaar, anderen zaten eenvoudig in gedachten verzonken of haalden rustig herinneringen op met hun vroegere kameraden. En toen de crisis voorbij was en Appleton van de kritieke lijst af was, gingen deze mannen weer naar huis. Ze waren gekomen omdat ze wilden komen. Ze waren vertrokken zonder te weten of het enig verschil had gemaakt, maar hopend dat het wél zo was. Kapitein Joshua Appleton IV verdiende die hoop.

Dit was het hiaat dat Bray kon vullen noch begrijpen. De kapitein die zijn leven zo vaak had gewaagd, zo duidelijk ter wille van andere mensen. Hoe konden deze risico's gerijmd worden met een man die sinds zijn geboorte geprogrammeerd was om president van de Verenigde Staten te worden? Hoe kon het herhaaldelijk blootstellen aan de dood gerechtvaardigd worden voor de Matarese zaak?

Op de een of andere manier was dat toch gebeurd. Want er was niet langer enige twijfel aan de plaats van senator Joshua Appleton. Deze man, die binnen een jaar gekozen zou worden als president van de Verenigde Staten, was onverbrekelijk verbonden met een samenzwering die even gevaarlijk was als welke andere ook in de geschiedenis van Amerika.

Op Orly kocht Scofield de Parijse editie van de *Herald Tribune* om te zien of het nieuws over de Waverly-slachtpartij bekend was geworden. Dat was niet zo. Maar er was iets anders, op pagina twee. Het was nog een vervolgartikel betreffende de aandelen van Trans-Comm en Verachten, inclusief een gedeeltelijke lijst van de raad van bestuur van het Bostonse conglomeraat. De derde naam op die lijst was de senator uit Massachusetts.

Joshua Appleton was niet alleen een *consigliere* van de Matarese, hij was de enige afstammeling van die gastenlijst van zeventig jaar geleden in Porto Vecchio die de echte erfgenaam zou worden.

'Mesdames et messieurs, s'il vous plaît. Á votre gauche, les îles de la Manche...' De stem van de piloot klonk eentonig uit de vliegtuigluidspreker. Ze kwamen over de Kanaaleilanden. Binnen zes uur zouden ze de kust van Nova Scotia bereiken, een uur daarna Montreal. En nog vier uur later zou Bray de Amerikaanse grens passeren ten zuiden van Lacolle aan de Richelieu-rivier naar Lake Champlain. Binnen enkele uren zou het laatste gekkenwerk beginnen. Hij zou leven of hij zou sterven. En als hij niet in vrede kon leven mét Toni, zonder de schaduw van Beowulf Agate voor of achter hem, leefde hij liever niet langer. Hij was vol... leegheid. Als de schrikwekkende leegte kon worden uitgewist, en vervangen door de simpele vreugde van het samenzijn met een ander menselijk wezen, dan zouden de jaren die hem nog bleven, hoe veel dan ook, heel erg welkom zijn.

Zo niet, naar de verdommenis ermee.

Boston.

... Er is iemand die je wil spreken...

Wie? Waarom?

... Om je *consigliere* van de Matarese te maken... bedenk eens wat je inbrengt bij zo'n organisatie...

Het was niet moeilijk te bepalen. Talenjekov had gelijk. Er kwam niets schokkends uit Moskou, maar er moesten verbazingwekkende onthullingen te vinden zijn in Washington. Beowulf Agate wist waar de lichamen waren en hoe en waarom ze niet langer ademden. Hij kon van onschatbare waarde zijn.

... Ze willen je hebben. Als ze je niet kunnen krijgen, zullen ze je doden... Dan dát maar, hij zou geen voordeeltje zijn voor de Matarese beweging.

Bray deed zijn ogen dicht. Hij had slaap nodig. Die zou hij de komende dagen niet veel krijgen.

Onophoudelijk sloeg de regen in vlagen tegen de voorruit en liep in strepen naar rechts door de kracht van de wind die van de Atlantische oceaan af over de kustweg woei. Scofield had de auto gehuurd in Portland, Maine, met een rijbewijs en kredietkaart die hij nog nooit eerder had gebruikt. Hij zou gauw in Boston zijn, maar niet op de manier die de Matarese beweging verwachtte. Hij zou niet de halve wereld rondracen en zijn komst aankondigen met zich in te schrijven in het Ritz-Carlton als Vickery, om alleen te wachten op de volgende zet van de Matarese mannen. Een in paniek geraakte zou dat doen, een man die dacht dat het de enige manier was om het leven te redden van iemand die hij zeer liefhad. Maar hij was de paniek te boven, hij had het totale verlies geaccepteerd, daarom kon hij nalaten toe te bijten en zijn eigen strategie bedenken.

Hij zou in Boston zijn, in het hol van de vijand, maar die vijand zou het niet weten. Het Ritz-Carlton zou twee telegrammen ontvangen, met een dag ertussen. Het eerste zou morgen komen met het verzoek om een suite voor de heer B. A. Vickery uit Montreal, die de volgende dag zou arriveren. Het tweede zou de volgende middag verzonden worden met de boodschap dat meneer Vickery opgehouden was en zijn komst nu twee dagen later verwacht kon worden. Er zou geen adres van Vickery op staan, alleen telegraafkantoren aan Montreals King en Market Streets, en geen verzoek om bevestiging, daar aangenomen werd dat iemand in Boston ervoor zou zorgen dat de kamers beschikbaar waren.

Alleen de twee telegrammen, gestuurd uit Montreal. De Matarese beweging kon weinig anders doen dan geloven dat hij nog in Canada was. Wat ze niet kon weten – wel vermoeden, maar er niet zeker van zijn – was dat hij een helper had gebruikt om ze te verzenden. Dat had hij gedaan. Hij had zich in verbinding gesteld met een man, een naar misdaad neigende *séparatist* die hij vroeger gekend had. Hij had hem ontmoet op het vliegveld en had hem de twee met de hand geschreven boodschappen op telegramformulieren gegeven, met een geldbedrag erbij en instructies wanneer en vanwaar ze te verzenden. Zouden de mannen van de Matarese Montreal bellen voor onmiddellijke bevestiging van de afzending, dan zouden ze zien dat de formulieren in Brays handschrift waren.

Hij had drie dagen en één nacht om te opereren in het gebied van de beweging, om alles te weten te komen wat mogelijk was over Trans-Communications en de hiërarchie ervan. Om nog een zwakke plek te vinden, een die belangrijk genoeg was om senator Joshua

Appleton IV naar Boston te laten komen... op zijn voorwaarden. In paniek.

Hij moest nog veel te weten komen, in zo weinig tijd.

Scofield liet zijn gedachten teruggaan naar iedereen die hij in Boston en Cambridge ooit had gekend, als student zowel als beroeps. Onder die menigte van geslaagden en mislukkelingen moest iemand zijn die hem kon helpen.

Hij passeerde een bord dat hem vertelde dat hij Marblehead had verlaten. Hij zou binnen een halfuur in Boston zijn.

Het was vijf over halfzes. De claxons van ongeduldige bestuurders loeiden aan alle kanten toen de taxi heel langzaam door het drukke winkelcentrum van Boylston Street reed. Hij had de huurauto helemaal achteraan in de Prudential ondergrondse geparkeerd, waar hij zo nodig beschikbaar zou zijn, maar niet onderworpen aan de grillen van het weer of vandalisme. Hij was op weg naar Cambridge. Er was een naam in zijn gedachten gekomen. Een man die vijfentwintig jaar lang rechten had gedoceerd op de Harvard School of Business. Bray had hem nooit ontmoet en er was geen kans dat de Matarese beweging hem in het vizier zou kunnen krijgen.

Het is vreemd, dacht Bray, toen de taxi over de ribben van Longfellow Bridge raasde, dat hij en Talenjekov allebei terug waren gekomen – hoe kort ook – naar de plaatsen waar het voor beiden begonnen was.

Twee studenten, één in Leningrad, één in Cambridge, met een bepaald, vrijwel gelijk talent voor vreemde talen.

Was Talenjekov nog in leven? Of was hij dood of stervend, ergens in Boston?

Toni leefde nog. Ze zouden haar in leven houden... een poosje. ...Denk niet aan ze. Denk niet aan haar! Er is geen hoop. Geen echte hoop. Accepteer het, leef ermee. En doe dan je uiterste best...

Het verkeer op Harvard Square werd weer gestremd, het stortregende in de straten. Mensen stonden opeengedrongen in winkelportieken, studenten in poncho's en spijkerbroeken renden van stoep tot stoep over de overstroomde goten, schuilden onder de luifel van de grote kiosk...

De kiosk. KRANTEN VAN DE HELE WERELD stond er op het witte bord boven de luifel. Bray gluurde uit het raampje door de regen en de vele lichamen. Eén naam, één man viel op onder de koppen die hij waar kon nemen.

Waverly! David Waverly! Engelands minister van buitenlandse zaken!

'Laat me er hier uit,' zei hij tegen de chauffeur en pakte de tas en het koffertje bij zijn voeten.

Hij drong zich door de menigte, greep twee binnenlandse kranten uit de rij van ruim twintig verschillende edities, liet een dollar achter en rende de straat over door de eerste opening in het verkeer. Een half blok verder op Massachusetts Avenue was een Duits ingericht restaurant dat hem vaag herinnerde aan zijn studententijd. De ingang was versperd. Scofield baande zich met de tas voor zich uit een weg naar de deur en ging naar binnen.

Er stond een rij te wachten voor een tafeltje. Hij ging naar de bar en bestelde Scotch. Het drankje kwam en hij sloeg de eerste krant open. Het was de Bostonse *Globe*. Hij begon te lezen, zijn ogen vlogen over de woorden en pikten de saillantste punten van het artikel eruit. Hij was ermee klaar en pakte de *Times* van Los Angeles. Het verhaal, een reportage van de telex, was identiek aan dat van de *Globe*, het was bijna zeker de officiële versie, uitgegeven door Whitehall en was wat Bray wilde weten.

De slachting van David Waverly, zijn vrouw, kinderen en bedienden op Belgravia Square werd voor het werk van terroristen gehouden, hoogstwaarschijnlijk een splintergroepering van fanatieke Palestijnen. Er werd echter op gewezen dat tot nu toe nog geen groep naar voren was gekomen om de verantwoordelijkheid ervoor op te eisen, en de PLO ontkende heftig dat hij er deel aan had. Er kwamen boodschappen van afschuw en troost van politieke leiders van de hele wereld. Allen onderbraken ze de zaken waarmee ze bezig waren om hun woede en droefheid uit te drukken.

Bray herlas beide artikelen en de verhalen die ermee te maken hadden in elke krant en zocht naar Roger Symonds naam. Hij was niet te vinden, zou dagenlang niet, of nooit voor de dag komen. De speculaties waren te wild, de mogelijkheden te onwaarschijnlijk. Een hoge functionaris van de Britse geheime dienst, die op een of andere manier in verband stond met de wrede moord op de Britse minister van buitenlandse zaken. Het ministerie zou om een aantal redenen het zwijgen bewaren over Symonds dood. Het was tijd om...

Scofields gedachten werden onderbroken. In het gedempte licht van de bar had hij een inzet gemist, het was een nagekomen bericht in de *Globe*.

Londen, 3 maart. Een vreemd en beestachtig aspect van de Waverlymoorden werd enkele uren geleden door de politie bekend gemaakt. Na een schot door het hoofd, ontving Waverly een blijkbaar groteske *coup de grâce* in de vorm van een kogel dwars door zijn borst, die letterlijk de linkerkant van zijn bovenbuik en ribbenkast wegsloeg. De patholoog-anatoom wist geen verklaring voor deze moordmethode, want het aanbrengen van zo'n wond – gezien het kaliber en de afstand van het wapen – wordt als zeer gevaarlijk beschouwd voor degene die het wapen afvuurt. De Londense politie houdt het voor waarschijnlijk dat het gebruikte wapen een primitief geweer met korte loop geweest kan zijn, dat populair is bij zwervende bandietengroepen in het Middellandse-Zeegebied. De *Encyclopedia of Weaponry* van 1934 verwijst naar het wapen als de Lupo, het Italiaanse woord voor wolf.

De patholoog-anatoom in Londen mocht dan moeite gehad hebben met het vinden van een reden voor de 'moordmethode', Scofield niet. Als Engelands minister van buitenlandse zaken een getande cirkel op zijn borst had in de vorm van een moedervlek was die nu weg.

En het gebruik van de Lupo was een boodschap. De mannen van de Matarese wilden Beowulf Agate duidelijk laten weten hoe ver en hoe wijd de Corsicaanse koorts zich verbreid had, tot in de hoogste machtskringen was doorgedrongen.

Hij dronk zijn glas leeg, liet geld met de twee kranten op de bar achter en keek rond naar een telefoon. De naam die het eerst in zijn hoofd opgekomen was, de man die hij wilde spreken, was dr. Theodore Goldman, deken van de Harvard School of Business en een doorn in het oog van het ministerie van justitie. Want hij had uitgesproken kritiek op de Anti-Trust-afdeling en bleef onophoudelijk beweren dat justitie de kleintjes vervolgde en de groten hun gang liet gaan. Hij was een *enfant terrible* van middelbare leeftijd die er plezier in had om de reuzen aan te pakken want hij was zelf een reus die zijn genie omhulde met een façade van goedgehumeurde onschuld, die niemand voor de gek hield. Als iemand licht kon laten schijnen op het conglomeraat genaamd Trans-Communications, was het Goldman.

Bray kende de man niet, maar hij had Goldmans zoon een jaar geleden in Den Haag ontmoet – onder omstandigheden die rampzalig hadden kunnen worden voor de jonge luchtmachtpiloot. Aaron Goldberg was dronken geworden in verkeerd gezelschap in de buurt van de Grote Kerk, mannen van wie bekend was dat ze betrokken waren bij een infiltratie van de KGB in de NATO. De zoon van een vooraanstaande Amerikaanse jood was prima materiaal voor de Russen.

Een onbekende geheim agent had de vlieger van dat toneel weggehaald, hem nuchter geslagen en gezegd dat hij naar zijn basis terug moest gaan. En na eindeloze koppen koffie had Aaron Goldman zijn dank uitgesproken.

'Als u een kind hebt dat naar Harvard wil, laat me dat dan weten, wie u ook bent. Dan zal ik met mijn vader praten, dat zweer ik u. Hoe heet u verdomme eigenlijk?'

'Dat doet er niet toe,' had Scofield gezegd. 'Smeer hem hier en koop geen schrijfmachinepapier bij de Coöp. Aan het eind van de straat is het goedkoper.'

'Wat be...'

'Ga hier weg.'

Bray zag de telefoonautomaat aan de muur. Hij pakte zijn bagage op en liep erheen.

32

Hij raapte een stukje krantenpapier op van het trottoir, dat kletsnat geregend was en liep naar het MPTA-metrostation op Harvard Square. Hij ging naar beneden en sloot zijn zachtleren tas in een kluis. Als hij gestolen werd, zou hem dat wat zeggen, en er zat niets in dat onvervangbaar was. Hij schoof het natte stukje papier onder de tas, achter onder de rechter hoek. Als later het kwetsbare vodje opgekruld of gescheurd was, zou hem dat iets anders zeggen. Dan zou de tas doorzocht zijn en hadden de Matarese mannen hem in het vizier.

Tien minuten later ging de bel van Theodore Goldmans huis aan Brattle Street. De deur werd geopend door een slanke vrouw van middelbare leeftijd, met een vrolijk gezicht en een nieuwsgierige blik.

'Mevrouw Goldman?'

'Ja?'

'Ik heb uw man een paar minuten geleden gebeld...'

'O, ja, natuurlijk,' onderbrak ze. 'Nou, kom in 's hemelsnaam uit die regen! Het valt uit de lucht als een vloed van veertig dagen. Kom binnen, kom binnen. Ik ben Anne Goldman.'

Ze nam zijn jas en hoed aan. Hij hield zijn koffertje bij zich.

'Neemt u me niet kwalijk dat ik stoor.'

'Geen gekheid. Aaron vertelde ons alles over die avond in... Den Haag. Weet u, ik ben er nog steeds niet achter kunnen komen waar die plaats ligt. Waarom zou een stad dé iets genoemd worden?'

'Het is verwarrend.'

'Ik denk dat onze zoon die avond erg in de war was. Zo zegt een moeder dat haar zoon dronken was.' Ze gebaarde naar een vierkante, dubbele doorgang die zo vaak voorkomt in oude New England-huizen. 'Theo is aan het telefoneren en probeert tegelijkertijd zijn drankje te mengen, dat maakt hem razend. Hij heeft een hekel aan de telefoon en houdt van zijn avondborrel.'

Theodore Goldman was niet veel groter dan zijn vrouw, maar hij had een uitstraling die hem veel groter deed lijken dan hij was. Zijn intellect kon hij niet verbergen, daarom nam hij zijn toevlucht tot humor en stelde zijn gasten – en ongetwijfeld ook zijn assistenten – op hun gemak.

Ze zaten in drie leren fauteuils die naar het vuur gekeerd stonden, de Goldmans met hun drankjes, Bray met een Scotch. De regen was nog zwaar en kletterde op de ramen. De korte herhaling van de escapade van hun zoon in Den Haag was vlug voorbij. Scofield deed het af als een onbelangrijk avondje uit in de stad. 'Met belangrijke gevolgen, vermoed ik,' zei Goldman, 'als er niet een onbekende inlichtingenofficier in de buurt was geweest.'

'Uw zoon is een goede vlieger.'

'Gelukkig wel, hij drinkt niet veel.' Goldman leunde achterover in zijn stoel. 'Maar nu we die onbekende heer ontmoet hebben, die zo vriendelijk is ons zijn naam te vertellen: wat kunnen wij voor u doen?'

'Ten eerste, wilt u tegen niemand vertellen dat ik bij u ben geweest?'

'Dat klinkt onheilspellend, meneer Vickery. Ik weet niet of ik de tactieken van Washington hier in de buurt wel waardeer.'

'Ik ben niet langer verbonden aan de overheid. Het verzoek is persoonlijk. Om eerlijk te zijn, ik sta niet langer in de gunst van de regering vanwege mijn vroegere functie. Ik denk dat ik dingen openbaar heb gemaakt, die Washington – in het bijzonder het departement van justitie – niet openbaar wil hebben. Ik denk dat dat juist wél moet, duidelijker kan ik het niet zeggen.'

Goldman begreep het. 'Dat is duidelijk genoeg.'

'In alle eerlijkheid: ik gebruikte mijn korte ontmoeting met uw zoon als een excuus om met u te kunnen praten. Dat is niet zo mooi, maar het is de waarheid.'

'Ik vind de waarheid mooi. Waarover wilt u me spreken?'

Scofield zette zijn glas neer. 'Er is hier in Boston een onderneming, tenminste het hoofdkantoor van die maatschappij is hier, een conglomeraat genaamd Trans-Communications.'

'Zeker.' Goldman grinnikte. 'De albasten bruid van Boston. De koningin van Congress Street.'

'Wat bedoelt u?' vroeg Bray.

'De Trans-Comm-toren,' legde Anne Goldman uit. 'Het is een wit stenen gebouw van dertig of veertig verdiepingen hoog, met rijen blauw gekleurde ramen op elke verdieping.'

'De ivoren toren die je met duizend ogen aanstaart,' voegde Goldman er nog steeds geamuseerd aan toe. 'Afhankelijk van de stand van de zon lijken sommige open, andere dicht, terwijl wéér andere lijken te knipperen.'

'Knipperen? Dicht?'

'Die ógen,' benadrukte Anne en knipperde met die van haarzelf. 'De horizontale rijen gekleurde ruiten zijn heel grote ramen, rijen en rijen grote blauwe cirkels.'

Scofields adem stokte. *Per nostro circolo.* 'Dat klinkt vreemd,' zei hij zonder nadruk.

'Eigenlijk is het heel imposant,' antwoordde Goldman. 'Een beetje *outre* naar mijn smaak, maar ik denk dat dat de bedoeling is. Het heeft iets ergerlijk puurs, een witte koker temidden van het donkere betonnen oerwoud van de financiële wijk.'

'Dat is interessant.' Bray kon het niet nalaten. Hij merkte een duistere analogie in Goldmans woorden. De witte koker werd een lichtbundel, het oerwoud was de chaos.

'Genoeg over de albasten bruid,' zei de hoogleraar in de rechtswetenschappen. 'Wat wilt u weten over Trans-Comm?'

'Alles wat u me kunt vertellen,' antwoordde Scofield.

Goldman was nogal verbaasd. 'Alles?... Ik weet niet of dat wel zo veel is. Het is het klassieke multinationale conglomeraat, dat kan ik u wel vertellen. Buitengewoon veelzijdig, briljant geleid.'

'Ik las onlangs dat heel wat financiële experts versteld stonden over de omvang van het aandeel in Verachten.'

'Ja,' gaf Goldman toe en knikte heftig met zijn hoofd, op de overdreven manier van iemand die iets dwaas hoort herhalen. 'Een groot aantal mensen waren inderdaad zeer verbaasd, maar ik niet. Natuurlijk, Trans-Comm heeft een groot aandeel in Verachten, maar ik denk dat ik vier of vijf andere landen kan noemen waar de aandelen van Trans-Comm dezelfde mensen verbaasd zouden doen staan. De filosofie van een conglomeraat is zo ver en zo veel mogelijk te kopen en zijn markt te variëren. Het gebruikt en weerlegt tegelijkertijd de Malthusiaanse economische wetten. Het schept agressieve concurrentie in zijn eigen gelederen, maar het doet zijn best om alle concurrentie van buitenaf uit te schakelen. Dat is waar multinationals allemaal mee bezig zijn, en Trans-Comm is een van de succesvolste in de hele wereld.'

Bray keek de jurist aan terwijl hij praatte. Goldman was een geboren docent met een aanstekelijke voordracht. Zijn stem werd luider terwijl zijn enthousiasme groter werd. 'Ik begrijp wat u vertelt, maar één uitspraak ontging me. U zei dat u vier of vijf andere landen kon noemen, waar Trans-Comm grote investeringen heeft. Hoe kunt u dat weten?'

'Niet alleen ik,' wierp Goldman tegen. 'Iedereen. Je hoeft alleen maar te lezen en een beetje voorstellingsvermogen te hebben. De wetten, meneer Vickery. De wetten van het gastland.'

'De wetten?'

'Dat zijn de enige zaken waar je niet omheen kunt, de enige bescherming die kopers en verkopers hebben. In de internationale financiële gemeenschap nemen ze de plaats in van legers. Ieder conglomeraat moet zich houden aan de wetten van het land waar zijn afdelingen opereren. Welnu, deze zelfde wetten verzekeren vaak vertrouwelijkheid. Ze zijn de kaders waarbinnen de multinationals moeten functioneren – en als ze kunnen corrumperen, veranderen ze de wetten natuurlijk. En omdat dat zo is, moeten ze tussenpersonen zoeken die hen vertegenwoordigen voor de wet. Een procureur in Boston die praktiseert voor de rechtbank van Massachusetts zou van weinig waarde zijn in Hong Kong. Of Essen.'

'Waar wilt u heen?' vroeg Bray.

'Je bestudeert de juridische firma's.' Goldman ging voorover zitten. 'Je vergelijkt de firma's en hun lokatie met het algemene niveau van hun cliënten en de diensten waarom ze het meest bekend staan. Als je er een vindt die bekend is om de handel in aandelen en beurshandel, kijk je rond om te zien welke maatschappijen er in die streek zouden kunnen zijn om ingenomen te kunnen worden.' De rechtsgeleerde amuseerde zich. 'Het is werkelijk heel eenvoudig,' ging hij verder, 'en een verrekt aardig spelletje. In de zomersemesters heb ik meer dan één zakelijke mislukkeling zich te barsten laten schrikken door hem te vertellen waar ik dacht dat zijn geldschieters op uit waren. Ik heb een kaartsysteempje – met kaartjes van zeven bij twaalf – waar ik mijn leuke dingetjes in noteer.'

Scofield moest het weten. Hij zei: 'En over Trans-Comm? Hebt u daar ook een kaartje van?'

'O, zeker. Dat was wat ik bedoelde met de andere landen.'

'Welke zijn dat?'

Goldman ging voor het vuur staan en fronste zijn voorhoofd bij het ophalen van de herinneringen. 'Laten we beginnen met de Verachten-fabrieken. Trans-Comms overzeese verslagen bevatten aanzienlijke betalingen aan de firma Gehmeinhoff-Salenger in Essen. Gehmeinhoff is een directe wettelijke verbinding met Verachten. En ze zijn niet geïnteresseerd in kwartjeshandel. Trans-Comm moest wel achter een groot brok van de firma aanzitten. Ofschoon ik toegeef, zelfs ík dacht niet dat het zó veel zou zijn als waar de geruchten op duiden. Misschien is het ook niet zo.'

'En de andere?'

'Laat eens kijken... Japan. Kyoto. T-C gebruikt de firma Aikana-Onmura-en-nog-iets. Ik zou zo zeggen Jakasjoebi-Elektronica.'

'Dat is nogal groot, niet waar?'

'Panasonic kun je er niet mee vergelijken.'

'En Europa?'

'Nou, van Verachten weten we.' Goldman trok zijn lippen samen.

'Dan is er natuurlijk Amsterdam. De juridische firma daar is Hainaut en Zonen, wat ertoe leidt dat ik denk dat Trans-Comm zich inkocht in Textiel Nederland, die een overkoepeling is van een twintigtal maatschappijen, van Scandinavië tot Lissabon. Van hieruit kunnen we ons op Lyon richten...' De jurist zweeg en schudde zijn hoofd. 'Nee, dat is waarschijnlijk verbonden met Turijn.'

'Turijn?' Bray ging op het puntje van de stoel zitten.

'Ja, die liggen zo dicht bij elkaar, de belangen zijn zo goed te verenigen, en er is ongetwijfeld al eerder eigendom verworven in Turijn.'

'Wie in Turijn?'

'De rechtskundige firma is Palladino-e-LaTona, wat slechts één onderneming kan betekenen – of ondernemingen – Scozzi-Paravacini.'

Scofield verstarde. 'Dat is een kartel, niet waar?'

'God, ja. Ze... dat is het inderdaad. Agnelli en Fiat krijgen alle publiciteit, maar Scozzi-Paravacini is de baas over het Colosseum en al de leeuwen. Als je het combineert met Verachten en Textiel Nederland, voeg daar nog Jakasjoebi bij en Singapore, Perth en een stuk of twaalf andere namen in Engeland, Spanje en Zuid-Afrika die ik niet heb genoemd, dan heeft de albasten bruid van Boston een wereldwijde federatie samengesteld.'

'Het lijkt of u dat goedkeurt.'

'Nee, eigenlijk niet. Ik denk niet dat iemand dat kan, als zoveel economische macht zo gecentraliseerd wordt. Het is een misbruik van de Malthusiaanse wet, de concurrentie is vals. Maar ik respecteer de ware genialiteit als wat tot stand gebracht wordt zo verbazingwekkend is. Trans-Communications was een idee dat geboren en ontwikkeld is in het hoofd van één man: Nicholas Guiderone.'

'Ik heb over hem gehoord. Een Carnegie of Rockefeller van de moderne tijd, niet waar?'

'Meer, veel meer. De Geneens, de Lucases, de Bluedhorns, de wonderjongens van Detroit en Wall Street, niemand van hen kan Guiderone evenaren. Hij is de laatste van de verdwijnende reuzen, een waarlijk weldadige vorst van de industrie en de financiële wereld. Hij wordt geëerd door de voornaamste regeringen van het Westen, en van niet weinigen in het Oostblok, inclusief Moskou.'

'Moskou?'

'Zeker,' zei Goldman, en knikte dankbaar tegen zijn vrouw, die een tweede glas inschonk. 'Niemand heeft meer gedaan om de handel tussen Oost en West open te leggen dan Nicholas Guiderone. Eigenlijk zou ik niemand weten die meer heeft gedaan voor de wereldhandel in het algemeen. Hij is over de tachtig nu, maar ik heb gehoord dat hij nog even vol ondernemingslust is als op de dag dat hij uit Boston Latin kwam.'

'Komt hij uit Boston?'

'Ja, een merkwaardig verhaal. Hij kwam als jongen naar Amerika. Een immigrantenjongen van tien of elf, zonder moeder, op reis met een vader die nauwelijks lezen kon, in een scheepsruim. Ik denk dat je het echt het verhaal kunt noemen van de Amerikaanse droom.'

Onwillekeurig greep Scofield de stoelleuning. 'Waar kwam dat schip vandaan?'

'Uit Italië,' zei Goldman, die van zijn drankje nipte. 'Uit het zuiden of van een van de eilanden.'

Bray was bijna bang om de vraag te stellen. 'Weet u misschien of Guiderone ooit een lid van de familie Appleton kende?'

Goldman keek over de rand van zijn bril. 'Dat weet ik en dat weten de meeste mensen in Boston. Guiderones vader werkte voor de Appletons. Voor de grootvader van de senator op Appleton Hall. Het was de oude Appleton die in de gaten had dat de jongen veelbelovend was. Hij steunde hem en haalde scholen over hem aan te nemen. Dat was toentertijd niet zo gemakkelijk, in het begin van de negentiende eeuw. De Ieren met twee toiletten hadden nauwelijks hun tweede kraan en daar waren er niet zo veel van. Een Italiaans jongetje was nérgens. Voorbestemd voor de goot.' Bray's woorden zweefden, hij kon ze zelf nauwelijks horen. 'Dat was Joshua Appleton II, niet waar?'

'Ja.'

'Hij deed dat allemaal voor dit... kind.'

'Dat was nogal wat, hè? En de Appletons hadden al genoeg moeilijkheden toen. Ze hielden verdomd weinig over door de marktschommelingen. Ze haalden het op hun tandvlees. Het was bijna alsof de oude Joshua een boodschap had gelezen op een of andere mystieke muur.'

'Hoe bedoelt u?'

'Guiderone betaalde alles meerdere malen duizendvoudig terug.

Voor Appleton in het graf lag, zag hij zijn zaken terug aan de top. Ze verdienden geld op gebieden waar hij nooit van gedroomd had, het kapitaal stroomde uit de banken van het Italiaanse jongetje dat hij in zijn koetshuis had gevonden.'

'O god...'

'Ik zei het u,' zei Goldman. 'Het is een heel verhaal, maar het is allemaal te lezen.'

'Als je weet waar je moet zoeken. En waarom.'

'Wat zegt u?'

'Guiderone...' Scofield had het gevoel alsof hij door warrelende mist naar een luguber licht liep. Hij hield zijn hoofd achterover en staarde naar het plafond, naar de dansende schaduwen die het vuur daarop wierp. '*Guiderone*. Dat is een afleiding van het Italiaanse *guida*. Een gids.'

'Of herder,' zei Goldman.

Bray klapte zijn hoofd naar voren, zijn ogen stonden wijd open, op de jurist gericht. 'Wat zei u?'

Goldman begreep er niets van. 'Dat zei ík niet, maar híj. Ongeveer zeven of acht maanden geleden in de VN.'

'De Verenigde Naties?'

'Ja. Guiderone was uitgenodigd om de Algemene Vergadering toe te spreken. Tussen twee haakjes, die uitnodiging was unaniem gedaan. Hebt u het niet gehoord? Het werd over de hele wereld uitgezonden. Hij zette het zelfs in het Frans en het Italiaans op de band voor Radio International.'

'Ik heb het niet gehoord.'

'Het financiële probleem van de VN. Daar luistert niemand naar.'

'Wat zei hij?'

'Bijna hetzelfde wat u daarnet zei: dat zijn naam stamde van het woord *guida* of gids. En dat was de wijze waarop hij zichzelf altijd beschouwd had. Als een eenvoudige schaapherder, die zijn kuddes hoedt, zich bewust van de rotsachtige hellingen en ondoorwaadbare stromen... dat soort dingen. Hij pleitte voor internationale betrekkingen op basis van wederzijdse materiële behoeften, die naar hij beweerde zouden leiden tot een hogere moraal. Het was filosofisch wat vreemd, maar verdomd effectief. Zo effectief in feite dat er op de agenda van deze zitting een resolutie staat die hem tot een geheel volwaardig lid van de Economische Raad van de VN zal maken. Dat is trouwens niet alleen maar een titel. Met zijn specialisme en hulpbronnen is er geen regering in de wereld die niet heel goed naar hem luisteren zal als hij spreekt. Hij zal een verdomd machtige *amicus curiae* zijn.'

'Hebt u hem die toespraak horen houden?'

'Zeker,' lachte de jurist. 'Dat was in Boston verplicht. Je abonnement op de *Globe* werd beëindigd als je niet luisterde. We zagen de hele zaak op Public Television.'

'Hoe klonk hij?'

Goldman keek zijn vrouw aan. 'Nou, hij is een heel oud man. Nog energiek, maar niettemin oud. Hoe zou jij hem beschrijven, schat?'

'Net als jij,' zei Anne. 'Een oud man. Niet groot, maar opvallend, met de blik van iemand die gewend is dat men naar hem luistert. Ik herinner me nu echter nog iets... iets van zijn stem. Die was hoog en misschien wat stemloos, maar hij sprak buitengewoon duidelijk, elke zin zeer nauwkeurig, zeer doordringend. Heel koel eigenlijk. Je miste geen woord van wat hij zei.'

Scofield deed zijn ogen dicht en dacht aan een blinde vrouw in de bergen van Corsica, die aan de knoppen draaide van een radio en een stem hoorde die 'wreder was dan de wind'.

Hij had de herdersjongen gevonden.

33

Hij had hem gevonden!

Toni, ik heb hem gevonden! Blijf leven! Laat je niet vernietigen. Ze zullen je lichaam niet doden; maar in plaats daarvan proberen je geest kapot te krijgen. Laat dat niet toe. Ze zullen je gedachten volgen en de manier van denken. Ze zullen trachten je te veranderen, de processen wijzigen die je maken tot wat je bent. Ze hebben geen keus, lieveling. Een gijzelaar moet geprogrammeerd worden, zelfs al is de val dicht. Profs begrijpen dat. Geen uiterste middel blijft buiten beschouwing. Zoek iets in jezelf – doe het voor mij. Weet je, mijn liefste schat, ik heb iets gevonden. Ik heb hém gevonden. De herdersjongen! Dit is een wapen. Ik heb tijd nodig om het te gebruiken. Houd je hoofd erbij!

Talenjekov, de vijand die ik niet meer kan haten. Als je dood bent, kan ik niets anders meer doen dan me afwenden, in de wetenschap dat ik alleen sta. Als je nog leeft, blijf dan in leven. Ik beloof niets. Er is geen hoop, echt niet. Maar we hebben iets dat we nog niet eerder hadden. We hebben hém! We weten wie de herdersjongen is. Het web is nu klaar en het omspant de hele wereld. Scozzi-Paravacini, Verachten, Trans-Communications... en nog ongeveer honderd andere ondernemingen. Alle samengevoegd door de herdersjongen, alle bestuurd vanuit de albasten toren, die met duizend ogen uitziet over de hele stad... En er is nog iets anders. Ik weet het, ik voel het. Iets anders dat midden in het web zit. Wij die de wereld zo lang zo goed bedrogen hebben, ontwikkelen een zesde zintuig, niet waar? Het mijne is sterk. Ik voel dat het er is. Ik heb alleen tijd nodig. Dooradmen... mijn vriend.

Ik kan niet langer aan ze denken. Ik moet ze uit mijn hoofd zetten. Ze dringen binnen, ze komen tussenbeide, ze staan in de weg. Ze bestaan niet en ik heb haar verloren. We zullen niet samen oud worden, er is geen hoop... Nou, vooruit dan. In godsnaam, vooruit!

Hij was vlug weggegaan bij de Goldmans, had ze bedankt en verbaasd doen staan door zijn plotselinge vertrek. Hij had nog maar een paar vragen gesteld – over de familie Appleton – vragen die elke goed ingelichte persoon in Boston kon beantwoorden. De inlichtingen was alles wat hij nodig had en het had geen zin om langer te blijven. Hij liep nu in de regen een sigaret te roken, met zijn gedachten bij het ontbrekende fragment waarvan zijn instinct hem zei dat het een groter wapen was dan de herdersjongen, iets dat te maken had met het bedrog van Nicholas Guiderone. Wat was het? Waar was de valse toon die hij zo duidelijk hoorde?

Eén ding wist hij echter en het was meer dan instinct. Hij had genoeg om senator Appleton IV de schrik op het lijf te jagen. Hij zou de senator in Washington opbellen en rustig een lijst van bijzonderheden voorlezen die zeventig jaar geleden begon op 4 april 1911 in het heuvelland van Porto Vecchio. Had de senator iets te vertellen? Kon hij enig licht werpen op een organisatie die bekend stond onder de naam Matarese, die zijn activiteiten begon in de jaren twintig van deze eeuw – in Serajewo misschien – met handel in politieke moord? Een organisatie die de familie Appleton nooit verlaten had, want hij kon gevolgd worden tot een witte wolkenkrabber in Boston, tot een onderneming die de eer had de senator in zijn raad van commissarissen te hebben. De eeuw van Aquarius was overgegaan in de eeuw van de samenzwering. Een man op weg naar het Witte Huis moest in paniek raken, en in paniek werden fouten gemaakt.

Maar paniek kon beheerst worden. De Matarese beweging zou de verdedigingswerken van de senator snel bemannen. Het presidentschap was een te hoge prijs om te verliezen. En beschuldigingen die geuit werden door een verrader waren helemaal geen beschuldigingen. Het waren alleen maar woorden gesproken door iemand die zijn land verraden had.

Instinct. Bekijk die man eens nauwkeuriger – de mán.

Joshua Appleton was niet zoals hij gezien werd door het volk. De vaderlijke figuur, die zo veel aantrekkelijke kanten had. Maar wat was hij in werkelijkheid? Was het mogelijk dat hij zwakheden had die hij oneindig veel moeilijker zou kunnen ontkennen dan een grote samenzwering waarvan hij door een verrader beschuldigd werd? Was het denkbaar – en hoe meer Bray erover dacht, hoe logischer het leek – dat de hele Koreaanse ervaring een mystificatie was? Waren er commandanten omgekocht en medailles betaald, een honderdtal mannen er door geld toe gebracht om een wake te houden waar niemand serieus aan meededen? Het zou niet de eerste keer zijn dat oorlog gebruikt werd als een springplank voor een beroemd burgerleven. Het was een natuurlijk, perfect karwei, als het scenario met zorg uitgevoerd kon worden – en met welk scenario kon dat niet als de hulpbronnen in handen waren van het Matarese genootschap?

Kijk naar die man. De mán!

Goldman had Bray alles verteld over de familie Appleton. De officiële residentie van de senator was een huis in Concord, waar hij en zijn familie alleen in de zomermaanden verbleven. Zijn vader was een aantal jaren geleden gestorven. Nicholas Guiderone had zijn laatste eer bewezen aan de zoon van zijn mentor door het veel te grote Appleton Hall van de weduwe te kopen voor een prijs die ver boven de marktwaarde lag. En te beloven de naam levenslang zo te houden. De oude mevrouw Appleton woonde de laatste tijd op Beacon Hill, in een zandstenen huis op Louisburg Square.

De moeder. Wat voor soort vrouw was ze? Midden zeventig, had Goldman geschat. Zou zij hem iets kunnen vertellen? Ongewild misschien heel wat. Moeders waren betere informatiebronnen dan in het algemeen gedacht werd, niet om wat ze zeiden, maar om wat ze niet zeiden wanneer abrupt van het ene op het andere onderwerp overgegaan werd.

Het was twintig voor negen, Bray vreg zich af of hij Appletons moeder kon bereiken en met haar praten. Het huis zou bewaakt kunnen zijn, maar niet bijzonder zwaar of streng. Een auto, geparkeerd op het plein met uitzicht op het zandstenen huis, met één man, misschien twee. Als er van die mannen waren en hij trok hun aandacht, zou de Matarese beweging weten dat hij in Boston was. Daar was hij niet klaar voor. Toch zou de moeder voor een kortere weg kunnen zorgen door een naam, een gebeurtenis, iets dat hij vlug na kon gaan. Er was zo weinig tijd. De heer B. A. Vickery werd in het Ritz-Carlton-hotel verwacht. Maar als hij kwam, moest hij met macht komen. Op zijn best zou hij met zijn eigen gijzelaar komen. Hij moest

Joshua Appleton IV hebben. Er was geen hoop. Er was niets de moeite niet waard om het te proberen. Er was wél het instinct.

De steile klim van Chestnut Street naar Louisburg Square werd gekenmerkt door een steeds rustiger straatbeeld. Het was alsof je een profane wereld verliet om een heiligdom binnen te gaan. Voor de neonlampen kwam de gedempte flikkering van gaslampen in de plaats. De straten van kinderhoofdjes waren schoon. Hij kwam op de Square en stond in de schaduw van een bakstenen gebouw op de hoek.

Hij haalde een kleine verrekijker uit zijn koffertje en hield die voor zijn ogen, stelde de sterke Zeiss-Icon-lenzen in op elke stationcar in de straten rond het park dat midden op Louisburg Square lag.

Er was niemand.

Bray stopte de kijker weer in het koffertje, verliet de schaduw van het bakstenen gebouw en liep de vredige straat door tot het Appleton-huis. De statige huizen die om het plantsoentje met het smeedijzeren hek en de poort stonden, waren rustig. De avondlucht was nu bitterkoud, de gaslampen flikkerden sneller door onderbroken windvlagen. Ramen waren gesloten, vuren brandden in de haarden van Louisburg Square. Het was een andere wereld, ver weg, bijna geïsoleerd, stellig in vrede met zichzelf.

Hij klom de witte stenen treden op en belde aan. De rijtuiglampen aan beide zijden van de deur verspreidden meer licht dan hem lief was.

Hij hoorde het geluid van voetstappen. Een verpleegster opende de deur en hij wist onmiddellijk dat de vrouw hem herkende. Dat was te zien aan het onwillekeurig even stokken van de adem dat de lippen deed bewegen, in het even verder opengaan van haar ogen. Dat verklaarde waarom er niemand op straat was: de wacht was ín huis.

'Mevrouw Appleton alstublieft.'

'Ik ben bang dat ze zich teruggetrokken heeft.'

De verpleegster wilde de deur sluiten. Scofield zette zijn linkervoet ertegen, zijn schouder tegen het zware, zwarte paneel en drukte hem open.

'Ik ben bang dat je weet wie ik ben,' zei hij, stapte naar binnen en liet zijn koffertje vallen.

De vrouw draaide zich om haar as, haar rechterhand dook in de zak van haar uniform. Bray verijdelde dat, duwde haar verder in haar eigen draai, greep haar pols, draaide hem naar beneden en van haar lichaam af. Ze gilde. Scofield smeet haar tegen de grond, zijn knie stootte tegen haar wervelkolom. Met zijn linkerarm hield hij haar hals van achteren vast, de onderarm over haar schouderbladen, en trok heftig naar boven terwijl ze viel. Met iets meer druk zou hij haar nek gebroken hebben. Maar dat wilde hij niet. Hij wilde deze vrouw levend. Ze zakte bewusteloos tegen de grond. Hij bukte zich, haalde de revolver met korte loop uit de zak van de verpleegster en wachtte op geluiden of tekenen van mensen. De gil moest wel door iemand in huis gehoord zijn.

Er was niets te horen – ja, er was tóch iets, maar het was zo zwak dat hij niet kon peilen wat het was – hij zag een telefoon naast de trap en kroop er naar toe om hem op te nemen. Er klonk alleen het gezoem van een kiestoon. Niemand gebruikte de telefoon. Misschien had de vrouw de waarheid verteld. Het was heel goed mogelijk dat mevrouw Appleton was gaan rusten. Dat zou hij gauw weten.

Eerst moest hij iets anders weten. Hij ging terug naar de verpleegster, trok haar over de vloer onder de ganglamp en trok de voorkant van haar uniform open. Hij scheurde de onderjurk en de beha eronder, duwde haar linkerborst naar boven en bekeek de huid.

Daar was hij. De kleine, getande blauwe cirkel, zoals Talenjekov hem had beschreven. De moedervlek die helemaal geen moedervlek was, maar het teken van de Matarese beweging.

Plotseling klonk boven het bromgeluid van een motor, met constante vibratie op lage toon. Bray sprong over het bewusteloze lichaam van de verpleegster in de schaduw van de trap en hield zijn revolver in de aanslag.

Om de bocht van het eerste trapportaal kwam een oude vrouw in zicht. Ze zat in de sierlijke stoel van een automatische lift en haar broze handen hielden de gebeeldhouwde paal vast die vanaf de leuning omhoog ging. Ze was in een donkergrijze japon met een hoog kraagje gekleed en haar vroeger mooie gezicht was verlept. Haar stem was gespannen.

'Ik stel me voor dat dit een manier is om die teef aan te lijnen, of de loopse wolvin in het nauw te drijven, maar als je seksuele bedoelingen hebt, jongeman, dan betwijfel ik je smaak.'

Mevrouw Appleton was dronken. Naar haar uiterlijk te oordelen was ze al jaren dronken.

'Mijn enige doel, mevrouw Appleton, is ú te spreken. Deze vrouw probeerde me tegen te houden. Dit is haar revolver, niet de mijne. Ik ben een ervaren geheim agent in dienst van de regering van de Verenigde Staten en volkomen bereid me te identificeren. Gezien wat er gebeurde, controleer ik haar op verborgen wapens. Ik zou overal en altijd hetzelfde doen onder dergelijke omstandigheden.' Met deze woorden was hij begonnen en met een gelijkmoedigheid die voortkomt uit aanhoudende alcoholverzadiging, accepteerde de oude vrouw zijn aanwezigheid.

Scofield droeg de verpleegster naar een kleedkamertje, bond haar handen en voeten met glijknopen, gemaakt van het gescheurde nylon van haar panty, en bewaarde de boord om haar mond te binden, tussen haar tanden door en stevig vastgeknoopt om haar nek. Hij sloot de deur en ging terug naar mevrouw Appleton in de woonkamer. Ze had zich een brandy ingeschonken. Bray keek naar het vreemd gevormde glas en naar de karaffen die op de tafels in de kamer stonden. Het glas was zo dik dat het niet gemakkelijk kon breken en de kristallen karaffen waren zo neergezet dat ze op elke plek binnen twee of drie meter een nieuwe borrel kon pakken. Dat was een vreemde therapie voor iemand die zo duidelijk een alcoholiste was.

'Ik vrees,' zei Scofield die even bij de deur bleef staan, 'dat als uw verpleegster bijkomt, ik haar een lesje ga geven over het in het wilde weg demonstreren met vuurwapens. Ze houdt er een vreemde manier op na om u te beschermen, mevrouw Appleton.'

'Zeer vreemd, jongeman.' De oude vrouw hief haar glas en ging voorzichtig in een leunstoel met een antimakassar zitten. 'Maar omdat ze het probeerde en zo jammerlijk faalde: waarom zegt u me niet waartegen ze me beschermde? Waarom kwam u hier?'

'Mag ik gaan zitten?'

'Natuurlijk.'

Bray begon zijn karwei. 'Zoals ik opmerkte, ik ben een geheim agent verbonden aan het departement van buitenlandse zaken. Enkele dagen geleden ontvingen we een rapport dat uw zoon – via zijn vader – betrekt bij een organisatie in Europa, waarvan al jaren bekend is dat die verwikkeld is in de internationale misdaad.'

'In wát?' Mevrouw Appleton giechelde. 'Waarachtig, u bent grappig.'

'Neemt u me niet kwalijk, maar er is niets grappigs aan.'

'Waar hebt u het over?'

Scofield beschreef een groep mannen die overeenkwamen met de Matarese raad en bekeek de oude vrouw nauwkeurig of ze tekenen te zien gaf dat ze een verband zag. Hij wist niet of hij tot haar benevelde brein was doorgedrongen. Hij moest een beroep doen op de moeder, niet op de vrouw. 'De informatie uit Europa werd onder de geheimste classificatie verzonden en ontvangen. Naar mijn beste weten ben ik de enige in Washington die het heeft gelezen, en verder ben ik ervan overtuigd dat ik het voor mij kan houden. U ziet, mevrouw Appleton, ik denk dat het zeer belangrijk is voor ons land dat niets hiervan de senator zal schaden.'

'Jongeman,' viel de oude vrouw hem in de rede, 'niets kan de senator schaden, weet je dat niet? Mijn zoon zal president van de Verenigde Staten worden. Hij wordt in de herfst gekozen. Dat zegt iedereen. Iedereen wil hem.'

'Dan ben ik niet duidelijk genoeg geweest, mevrouw Appleton. Het rapport uit Europa is vernietigend en ik heb inlichtingen nodig. Voordat uw zoon naar het ambt dong, hoe nauw werkte hij toen samen met zijn vader in de zakelijke ondernemingen van Appleton? Reisde hij dikwijls naar Europa met uw man? Wie waren zijn naaste vrienden hier in Boston? Dit is verschrikkelijk belangrijk. Mensen die misschien u alleen kent, mannen en vrouwen die hem bezochten op Appleton Hall?'

'"Appleton Hall... boven op Appleton Hill,"' liet de oude vrouw horen met doordringende, gefluisterde zangerige toon, op een niet te onderscheiden wijs. '"Met het magnifiekste uitzicht op Boston... dat er nog steeds zal zijn." Joshua I schreef dat meer dan honderd jaar geleden. Het is niet zo erg goed, maar ze zeggen dat hij de noten uitzocht op een spinet. Echt iets voor de Joshua's, een spinet. Zo echt iets voor ons allemaal.'

'Mevrouw Appleton, nadat uw zoon was teruggekomen uit de Koreaanse oorlog...'

'We praten nooit over die oorlog!' Een ogenblik werden de ogen van de oude vrouw scherp, vijandig. Daarna kwamen de nevels terug. 'Natuurlijk, als mijn zoon president is, zullen ze mij niet uitrangeren zoals Rose of juffrouw Lillian. Ze houden mij voor speciale gelegenheden.' Ze pauzeerde en lachte met een zachte, akelige lach die zelfspot was. 'Na zeer speciale doktersbehandelingen.' Ze zweeg weer en bracht haar linkerwijsvinger naar haar lippen. 'Zie je, jongeman, nuchterheid is niet mijn sterkste kant.'

Scofield bekeek haar aandachtig, bedroefd om wat hij zag. Onder het verlopen gezicht was er een lieflijk gezicht geweest, waren de ogen eens helder en levendig geweest en niet in dode kassen drijvend zoals nu. 'Het spijt me. Het moet pijnlijk zijn om dat te weten.'

'Integendeel,' antwoordde ze nukkig. Het was nu haar beurt hem op te nemen. 'Denk jij dat je slim bent?'

'Daar heb ik eigenlijk nooit zo over nagedacht.' Instinct. 'Hoe lang bent u al... ziek, mevrouw Appleton?'

'Zo lang ik me kan herinneren, en dat is echt heel lang.'

Bray keek weer naar de karaffen. 'Is de senator hier pas nog geweest?'

'Waarom vraag je dat?' Ze scheen geamuseerd. Of was ze op haar hoede?

'Nergens om, eigenlijk,' zei Scofield nonchalant. Hij mocht haar niet laten schrikken. Niet nu. Hij wist niet waarom – of wat – maar er gebeurde iets. 'Ik wees de verpleegster erop dat de senator me hierheen had kunnen sturen, dat hij zelf op weg zou kunnen zijn.'

'Nou, alsjeblieft!' riep de oude vrouw met triomf in haar gespannen alcoholische stem. 'Geen wonder dat ze je probeerde tegen te houden!'

'Om dít allemaal?' vroeg Bray kalm en wees naar de karaffen. 'De flessen gevuld – blijkbaar elke dag – met sterke drank. Misschien zou uw zoon bezwaar maken?'

'O, doe niet zo verdomd idioot! Ze probeerde je tegen te houden omdat je loog.'

'Loog?'

'Natuurlijk! De senator en ik ontmoeten elkaar alleen bij speciale gelegenheden – na die zeer speciale behandelingen – wanneer ik moet opdraven opdat zijn aanbiddend publiek zijn aanbiddende moeder kan zien. Mijn zoon is nooit in dit huis geweest en hij zal er nooit komen. De laatste keer dat we samen waren, was meer dan acht jaar geleden. Zelfs bij de begrafenis van zijn vader, hoewel we bij elkaar stonden, hebben we nauwelijks gesproken met elkaar.'

'Mag ik vragen waarom?'

'Nee. Maar ik kan je vertellen dat het niets te maken heeft met die flauwe kul – wat ik ervan begreep – waar jij het over had.'

'Waarom zei u dat u nooit over de Koreaanse oorlog praat?'

'Waag het niet, jongeman!' Mevrouw Appleton bracht haar glas naar haar lippen. Haar hand beefde, het glas viel en de brandy stroomde over haar japon. 'Verdomme.'

Scofield kwam vlug uit zijn stoel.

'Laat dat!' commandeerde ze.

'Ik zal het oprapen,' zei hij en knielde voor haar neer. 'U zou er nog over struikelen.'

'Raap het dan op. En pak een ander alsjeblieft.'

'Zeker.' Hij liep naar een tafel en schonk haar een brandy in een schoon glas. 'U zegt dat u niet over de oorlog in Korea wilt praten...'

'Ik zei,' onderbrak de oude vrouw, 'dat we er nooit over praten.'

'U hebt geluk. Ik bedoel om dat te kunnen zeggen en het daarbij te laten. Sommigen van ons zijn niet zo gelukkig.' Hij bleef voor haar staan. Zijn schaduw viel over haar heen. De leugen was berekenend. 'Ik ook niet. Ik was daar. Net als uw zoon.'

De oude vrouw nam een paar slokken achter elkaar. 'Oorlogen

doden zo veel meer dan de lichamen die ze nemen. Er gebeuren verschrikkelijke dingen. Heb jij ze meegemaakt, jongeman?'

'Ik heb ze meegemaakt.'

'Deden ze jou vreselijke dingen aan?'

'Wat voor verschrikkelijke dingen, mevrouw Appleton?'

'Je honger laten lijden, je slaan, levend begraven, je neusgaten volstoppen met vuil en modder zodat je geen adem meer kon halen? Langzaam doodgaan, bij bewustzijn, helemaal wakker sterven?'

De oude vrouw beschreef martelingen die opgetekend waren door mannen die gevangen waren gehouden in Koreaanse kampen. Wat was het verband? 'Nee, die dingen heb ik niet meegemaakt.'

'Ze overkwamen hém, weet je. De dokters hebben het me verteld. Dat heeft hem veranderd. Van binnen. Zo erg veranderd. Maar we moeten er nooit over praten.'

'Waarover praten?...' Waar práátte zij over? 'Bedoelt u de senator?'

'Sst!' De oude vrouw dronk haar glas brandy leeg. 'We moeten er nooit, nóóit over praten.'

'Ik begrijp het,' zei Bray, maar hij begreep het niet. Senator Joshua Appleton IV was nooit krijgsgevangene geweest van de Noordkoreanen. Kapitein Josh Appleton was bij talloze gelegenheden aan gevangenschap ontkomen, dat waren juist de daden achter de vijandelijke linies waar hij onder andere zo om geprezen werd. Scofield bleef voor haar stoel staan en sprak weer. 'Maar ik kan niet zeggen dat ik ooit grote veranderingen bij hem gemerk heb, behalve dat hij ouder wordt. Natuurlijk kende ik hem twintig jaar geleden niet zó goed, maar voor mij is hij nog steeds een van de fijnste mensen die ik ooit ontmoet heb.'

'Vanbinnen!' De oude vrouw fluisterde scherp. 'Het zit allemaal vanbinnen! Hij draagt een masker... en zo aanbidt het volk hem.' Plots waren er tranen in haar ogen en de woorden die volgden een schreeuw van diep in haar herinnering. 'Ze móeten hem ook aanbidden! Hij was zo'n knappe jongen, zo'n mooie jongeman. Er is nooit iemand geweest als mijn Josh, niemand zo lief, zo goed!... Tot ze hem die verschrikkelijke dingen aandeden.' Ze huilde. 'En ik was zo'n vreselijk mens. Ik was zijn moeder en kon het niet begrijpen! Ik wilde mijn Joshua terug! Ik wilde hem zó graag terug!'

Bray knielde neer en nam haar glas aan. 'Wat bedoelt u met dat u hem terug wilde?'

'Ik kon het niet begrijpen! Hij was zo koud, zo afstandelijk. Ze hadden de vreugde uit hem weggehaald. Hij was niet meer blij! Hij kwam uit het ziekenhuis... de pijn was te veel geweest en ik kon het niet begrijpen. Hij keek me aan en er was geen blijdschap, geen liefde. Niet vanbinnen!'

'Het ziekenhuis? Het ongeluk na de oorlog – net na de oorlog?'

'Hij leed zo veel... en ik dronk zoveel... zoveel. Elke week dat hij in die afschuwelijke oorlog was, dronk ik steeds meer. Ik kon er niet tegen! Hij was alles wat ik had. Mijn man was... alleen in naam mijn man. Dat was evenveel mijn schuld als de zijne, denk ik. Hij walgde van me. Maar ik hield zo van mijn Josh.' De oude vrouw reikte naar het glas. Hij was er eerder bij en schonk haar een borrel in. Ze keek hem aan door haar tranen, haar ogen vol droefheid omdat ze wist wat ze was. 'Ik dank je zeer,' zei ze met eenvoudige waardigheid.

'Graag gedaan,' antwoordde hij en voelde zich hulpeloos.

'In zekere zin,' fluisterde ze, 'heb ik hem nog, maar dat weet hij niet. Niemand weet dat.'

'Hoe dan?'

'Toen ik uit Appleton Hall trok... op Appleton Hill... liet ik zijn kamer precies zoals hij was, zoals hij geweest was. Zie je, hij kwam nooit meer terug, niet echt. Alleen maar een uurtje op een avond om wat spullen op te halen. Dus nam ik hier een kamer en heb die voor hem in orde gemaakt. Hij zal altijd van hem zijn, maar hij weet het niet.'

Bray knielde weer voor haar neer. 'Mevrouw Appleton, mag ik die kamer zien? Alstublieft, mag ik hem zien?'

'O nee, dat zou niet juist zijn,' zei ze. 'Hij is heel persoonlijk. Hij is van hem en ik ben de enige die bij hem binnen mag. Hij woont daar nog, zie je. Mijn mooie Joshua.'

'Ik móet die kamer zien, mevrouw Appleton. Waar is hij?' Instinct.

'Waarom moet je hem zien?'

'Ik kan u helpen. Ik kan uw zoon helpen. Ik weet het.'

Ze wierp een zijdelingse blik op hem, keek naar hem, ergens vanuit haar binnenste. 'Je bent een aardige man, hè? En je bent niet zo jong als ik dacht. Je gezicht heeft rimpels en je bent grijs aan je slapen. Je hebt een sterke mond, heeft dat wel eens iemand tegen je gezegd?'

'Nee, ik geloof van niet. Alstublieft, mevrouw Appleton, ik moet die kamer zien. Vindt u het goed?'

'Het is aardig van je dat je het vraagt. Mensen vragen me nog maar zelden iets. Ze zeggen gewoon wat tegen me. Nou goed, help me naar de lift, dan zullen we naar boven gaan. Je begrijpt natuurlijk dat we eerst moeten kloppen. Als hij zegt dat je niet binnen mag komen, moet je buiten blijven.'

Scofield leidde haar door de toog van de woonkamer naar de stoellift. Hij liep naast haar de trap op naar de overloop van de tweede verdieping, waar hij haar hielp opstaan.

'Deze kant op,' zei ze en wees naar een kleine, donkere gang. 'Het is de laatste deur rechts.'

Ze kwamen bij de deur, bleven er even voor staan en toen tikte de oude vrouw zacht op het hout. 'We weten het binnen een minuut,' ging ze verder en boog haar hoofd alsof ze luisterde naar een order van binnen. 'Het is in orde,' zei ze lachend. 'Hij zei dat je binnen kunt komen. Maar je moet niets aanraken. Hij heeft alles staan zoals hij dat wil.' Ze deed de deur open en knipte een schakelaar aan. Drie verschillende lampen gingen aan en toch was het licht gedempt. Het wierp schaduwen over de vloer en tegen de wanden. De kamer was die van een jongeman, met overal herinneringen aan een dure jeugd. De vaantjes boven het bed en het bureau waren die van Andover en Princeton, de trofeeën op de schappen van sporten als zeilen, skiën, tennis en lacrosse. De kamer was geconserveerd – griezelig geconserveerd – alsof hij eens toebehoord had aan een renaissanceprins. Er stond een microscoop naast een scheikunde-set, een deel van de *Britannica* lag open, het meeste van die bladzij onderstreept en met de hand geschreven opmerkingen in de marges. Op het nachtkastje lagen romans van Dos Passos en Koestler, daarnaast het getypte titelblad van een essay, geschreven door de beroemde bewoner van die kamer. Het heette: *De genoegens en verantwoordelijkheden van het zeilen in diepe wateren*, door Joshua Appleton sr. Andover Academy, maart 1945. Drie paar schoenen staken onder het bed uit: wandelschoenen, sportschoenen en zwarte lakschoenen voor bij avondkleding. Zo zag je een heel leven in de uitstalling.

Bray huiverde in het gedempte licht. Hij was in de grafkelder van een man die nog volop leefde, de kunstprodukten van een geconserveerd leven, hoe dan ook bedoeld om de dode veilig op zijn reis door de duisternis te leiden. Het was een griezelige ervaring als je aan Joshua Appleton dacht, de bezielde, hypnotiserende senator uit Massachusetts. Scofield keek even naar de oude vrouw. Ze staarde onverstoorbaar naar een groepje foto's aan de wand. Bray zette een stap naar voren en bekeek ze.

Het waren foto's van een jongere Joshua Appleton en een paar vrienden – diezelfde vrienden, blijkbaar de bemanning van een zeilboot – de gelegenheid bepaald door de middelste foto. Die toonde een lange banier die vastgehouden werd door vier mannen die op het dek van een sloep stonden. *Marblehead* Regatta Championship – zomer 1949.

435

Alleen de middelste foto en de drie erboven toonden alle vier de bemanningsleden. De drie foto's eronder waren opnamen van twee van de vier. Appleton en een andere jongeman, beiden met bloot bovenlijf – slank, gespierd, elkaar de hand schuddend boven een helmstok. Ze lachten in de camera, terwijl ze aan weerskanten van de mast stonden; en zittend op de dolboorden met hun glas als groet geheven.

Scofield bekeek de twee mannen nauwkeurig, vergeleek ze toen met hun kameraden. Appleton en zijn blijkbaar nauwere vriend straalden een kracht uit die de andere twee misten, een gevoel van zekerheid, van overtuiging op een of andere manier. Ze waren niet gelijk, behalve misschien in lengte en breedte – toch waren ze niet erg verschillend. Beiden hadden scherpe, hoewel duidelijk verschillende trekken – sterke kaken, brede voorhoofden, grote ogen, een bos sluik, donker haar.

Er was iets verontrustends aan de foto's. Bray wist niet wat het was... maar het wás er. Instinct.

'Ze lijken wel neven,' zei hij.

'Jarenlang deden ze of ze broers waren,' antwoordde de vrouw. 'In vredestijd zouden ze partners zijn, in oorlogstijd samen soldaat! Maar hij was een lafaard, hij verried mijn zoon. Mijn mooie Joshua ging alleen de oorlog in en ze deden vreselijke dingen met hem. Hij vluchtte naar Europa, naar de veiligheid van een kasteel. Maar het recht is vreemd. Hij stierf in Gstaad aan verwondingen op een helling. Zo ver als ik weet heeft mijn zoon zijn naam nooit meer genoemd.'

'Sinds?... Wanneer was dat?'

'Vijfentwintig jaar geleden.'

'Wie was hij?'

Ze vertelde het hem...

Scofields adem stokte. Er was geen lucht in de kamer, alleen schaduwen in een vacuüm. Hij had de herdersjongen gevonden, maar zijn instinct zei hem naar iets anders te zoeken, een fragment dat even vreselijk was als wat dan ook dat hij te weten gekomen was. Hij had het gevonden. Het meest vernietigende stuk van de puzzel lag op zijn plaats, de quantumsprong was verklaard. Hij had alleen het bewijs nodig, want de waarheid was zo buitengewoon.

Hij was in een tombe: de dood had vijfentwintig jaar in het duister gereisd.

34

Hij leidde de oude vrouw naar haar slaapkamer, schonk haar een laatste brandy in en verliet haar. Toen ze de deur sloot, zat ze op bed dat onzinnige wijsje te neuriën: Appleton Hall... boven op Appleton Hill.

Noten die meer dan honderd jaar geleden op een spinet gekozen waren. Verloren noten, zoals zij verloren was, zonder ooit te weten waarom.

Hij ging terug naar de zwak verlichte kamer die de rustplaats was van herinneringen en terug naar het fotogroepje aan de muur. Hij pakte er een, trok het schilderijhaakje uit het pleisterwerk en streek het behang om het gaatje glad. Dat zou ontdekking uitstellen, maar zeker niet voorkómen. Hij deed de lampen uit, sloot de deur en ging de trap af naar de hal.

De bewaakster-verpleegster was nog bewusteloos en hij liet haar waar ze was. Hij won er niets mee als hij haar weghaalde of doodde. Hij draaide alle lichten uit, ook de rijtuiglampen boven het buitentrapje, opende de deur en glipte naar buiten op Louisburg Square. Op het trottoir ging hij rechtsaf en liep vlug naar de hoek waar hij weer rechts zou gaan, Beacon Hill aflopen naar Charles Street om een taxi te nemen. Hij moest zijn bagage halen in de ondergrondse kluis in Cambridge. De wandeling van de heuvel af zou hem tijd tot nadenken geven, tijd om de foto uit het glazen lijstje te halen, hem zorgvuldig gevouwen in zijn zak te steken, zodat de gezichten niet werden beschadigd.

Hij had een verblijfplaats nodig. Een plaats om te zitten en vellen vol feiten te schrijven, vermoedens en waarschijnlijkheden, zijn lijst met bijzonderheden. 's Morgens had hij verschillende dingen te doen, waaronder bezoeken aan het Massachusetts Ziekenhuis en de openbare leeszaal van Boston.

De kamer verschilde niet van elke andere kamer in een heel goedkoop hotel in een grote stad. Het bed zakte door en het ene raam keek uit op een vuile stenen muur, op drie meter afstand van de gebarsten ruitjes. Het voordeel was echter hetzelfde als overal op zulke plaatsen: niemand stelde vragen. Goedkope hotels hadden een plaats in deze wereld, gewoonlijk voor hen die liever niet in die wereld leefden. Eenzaamheid was een basisrecht voor de mens en daar moest niet lichtvaardig mee worden omgesprongen. Scofield was veilig. Hij kon zich concentreren op zijn lijst met bijzonderheden.

Om vijf over halfvijf in de morgen had hij zeventien kantjes vol.

Feiten, vermoedens en waarschijnlijkheden. Hij had de woorden zorgvuldig neergeschreven, leesbaar, zodat ze duidelijk konden worden gekopieerd.

Er was geen ruimte voor interpretatie: de aanklacht was gespecificeerd, zelfs waar de motieven dat niet waren. Zijn verzamelde gegevens waren zijn wapens en zijn munitie: ze waren alles wat hij had. Hij liet zich weer op het doorgezakte bed vallen en deed zijn ogen dicht. Twee of drie uur slaap zou genoeg zijn. Hij hoorde zijn eigen gefluister naar het plafond opklinken.

'Talenjekov, blijf ademen. Toni, mijn schat, mijn liefste schat, blijf leven... houd je hoofd erbij.'

De welgedane secretaresse van de administratieafdeling van het ziekenhuis leek verwonderd, maar ze was niet van plan Brays verzoek te weigeren. Het was niet zo dat de medische informatie die er bewaard werd, erg vertrouwelijk was, en iemand die een identiteitskaart van de overheid kon laten zien, moest wel medewerking gegeven worden.

'Zo, laten we eens kijken,' zei ze met een sterk Bostons accent en las de kaartjes voor op de kastjes. 'De senator wil de namen van de dokters en de verpleegsters die hem verzorgden gedurende zijn verblijf hier in drieënvijftig en vierenvijftig. Van ongeveer november tot maart?'

'Dat klopt. Zoals ik u vertelde, de volgende maand heeft hij een soort verjaardag. Het zal dan vijfentwintig jaar geleden zijn dat hij "gratie" kreeg, zoals hij dat noemt. Onder ons gezegd, hij stuurt elk van hen een medaillonnetje in de vorm van een medisch insigne met hun namen en zijn dank erop gegraveerd.'

De secretaresse zweeg. 'Dat is nou net iets voor hem hè, om daaraan te denken. De meeste mensen maken zoiets mee en willen dat alleen maar vergeten. Zij menen dat ze magere Hein verslagen hebben, dus verder kan iedereen barsten. Tot de volgende keer natuurlijk. Maar hij niet, hij is zo... nou ja, bezorgd, als u begrijpt wat ik bedoel.'

'Ja zeker.'

'De kiezers weten het ook, dat zal ik je vertellen. Massachusetts krijgt zijn eerste president na J.F. Kennedy. En er zal ook geen religieuze flauwe kul zijn over de pausen en de kardinalen die het Witte Huis zouden regeren.'

'Nee,' gaf Bray toe. 'Ik zou nogmaals het vertrouwelijke karakter van mijn aanwezigheid willen benadrukken. De senator wil geen enkele publiciteit over zijn kleine gebaar...' Scofield zweeg en lachte tegen de vrouw. 'En nu bent u de enige persoon in Boston die het weet.'

'O, weest u maar niet bang. Zoals we altijd zeiden toen we kinderen waren: "mondje dicht". En ik zou een klein briefje van senator Appleton werkelijk zeer op prijs stellen, met zijn handtekening en zo, bedoel ik.' De vrouw zweeg en klopte op een dossierkast. 'Alstublieft,' zei ze en trok de la open. 'Dus u weet het, dit alles zijn de namen van de dokters – chirurgen, anesthesisten, consulterende geneesheren – genoteerd door de administratie van de operatieafdeling. De aangewezen hoofdverpleegsters en een lijst van de gebruikte uitrusting. Er zijn geen psychiatrische evaluaties of informaties die met de ziekte te maken hebben, die kunnen alleen bereikt worden direct via de huisarts. Maar daar bent u niet in geïnteresseerd. Je zou haast zeggen dat ik tegen een van die gluiperds van de verzekering aan het praten was.' Ze gaf hem het dossier. 'Er staat aan het eind van de gang een tafel. Als u klaar bent, leg die map dan maar op mijn bureau.'

'Dat is goed,' zei Bray, die iets beters wist. 'Ik zal hem terugleggen, dan val ik u niet lastig. Nogmaals dank.'

'U ook bedankt.'

Scofield las snel de bladzijden door om een algemene indruk te krijgen. Medisch ging het meeste van wat hij las zijn begrip te boven, maar de conclusie was onvermijdelijk. Joshua Appleton was meer dood dan levend toen de ambulancewagen hem naar het ziekenhuis had gebracht na de aanrijding bij de grens. Snijwonden, kneuzingen, stuiptrekkingen, breuken, samen met ernstige hoofd- en halswonden, schilderden het bloedige beeld van een verminkt menselijk gezicht en lichaam. Er waren lijsten van medicijnen en serums die gebruikt waren om het leven te verlengen dat wegebde, gedetailleerde beschrijvingen van de ingewikkelde machinerie die toegepast werd om de achteruitgang te doen ophouden. En uiteindelijk, weken later, begon de ommekeer. De nog ongelooflijk veel ingewikkelder machine van het menselijk lichaam zelf begon te genezen.

Bray schreef de namen op van de dokters en de zusters die op de afdelingen in de operatiekamer dienst hadden. Twee chirurgen, de één een plastisch chirurg en een ploeg van acht elkaar aflossende zusters werkten voortdurend gedurende de eerste weken, daarna waren hun namen er plotseling niet langer en waren ze vervangen door twee andere dokters en drie particuliere verpleegsters die elkaar om de acht uur aflosten.

Hij had wat hij moest hebben, in totaal vijftien namen, tien secundaire, vijf primaire, de laatste twee dokters en drie verpleegsters, de eerdere namen deden er voorlopig niet toe.

Hij legde de map terug en ging weer naar het bureau van de secretaresse. 'Klaar,' zei hij en voegde er toen aan toe alsof hij net op de gedachte was gekomen: 'Zeg, u zou mij – de senator – nog een dienst kunnen bewijzen als u wilt.'

'Als ik kan, natuurlijk.'

'Ik heb de namen hier, maar ik heb nog wat gegevens nodig. Het is per slot van rekening vijfentwintig jaar geleden. Enkelen van hen zouden er niet meer kunnen zijn. Het zou fijn zijn als ik wat adressen van nu zou hebben.'

'Daar kan ik u niet aan helpen,' zei de secretaresse en pakte de telefoon op haar bureau 'maar ik kan u naar boven sturen. Dit is een patiëntenafdeling, boven hebben ze de personeelsgegevens. Die boffen: ze hebben een computer.'

'Ik wil nog wel graag dat dit vertrouwelijk blijft.'

'Nou, maak u niet bezorgd. U hebt Peg Flannagans woord erop. Mijn vriendin werkt daar.'

Scofield ging naast een gebaarde zwarte student zitten voor het toetsenbord van een computer. De jongeman was door Peg Flannagans vriendin aangewezen om hem te helpen. Het ergerde hem dat hij voor dit tijdelijke kantoorbaantje zijn leerboeken had moeten sluiten.

'Het spijt me je lastig te vallen,' zei Bray, die hem tijdelijk te vriend wilde houden.

'Geeft niet hoor,' antwoordde de student, die de toetsen aansloeg. 'Maar ik moet morgen net een examen doen en elke stommeling kan dit soort werk doen.'

'Waar gaat het examen over?'

'Tertiaire bewegingsleer.'

Scofield keek de student aan. 'Iemand gebruikte eens het woord tertiair tegen mij toen ik hier studeerde. Ik wist niet wat hij bedoelde.'

'U ging waarschijnlijk naar Harvard, hè? Dat stelt ook niets voor. Ik zit op de Technische school.'

Bray was blij dat de oude schoolgeest nog leefde in Cambridge. 'Wat heb je?' vroeg hij en keek op het scherm boven het toetsenbord. De neger had de naam van de eerste dokter ingevoerd.

'Ik heb een alwetende band, en u hebt niets.'

'Wat bedoel je?'

'Die beste dokter bestaat niet. Tenminste niet bij dit instituut. Hij heeft hier nooit ook maar één aspirine voorgeschreven.'

'Dat is gek. Hij stond op de lijst in het Appleton-dossier.'

'Vraag het aan de directeur dan. Ik drukte de letters in en er komt niets.'

'Ik weet iets van deze machines. Ze kunnen gemakkelijk worden geprogrammeerd.'

De neger knikte. 'Wat betekent dat ze ook gemakkelijk gedeprogrammeerd kunnen worden. Gerectificeerd als het ware. Uw dokter werd doorgehaald. Misschien heeft hij medicijnen gestolen.'

'Misschien wel. Laten we de volgende proberen.'

De student voerde de naam in. 'Zo, we weten wat er met deze jongen gebeurde. Hij is hier op de derde verdieping gestorven. Hersenbloeding. Heeft zelfs geen kans gehad zijn schoolgeld terug te halen.'

'Wat bedoel je?'

'Van zijn medische studie, man. Hij was pas tweeëndertig. Dan begin je pas goed, op zo'n leeftijd.'

'Ook ongewoon. Wat is de datum?'

'21 maart 1954.'

'Appleton werd op de dertigste ontslagen,' zei Scofield meer tegen zichzelf dan tegen de student. 'Deze drie namen zijn verpleegsters. Probeer die eens, alsjeblieft.'

Katherine Connally. Overleden 26-3-54.

Alice Bonelli. Overleden 26-3-54.

Janet Drummond. Overleden 26-3-54.

De student ging achterover zitten. Hij was ook niet gek. 'Het lijkt wel of er toen een echte epidemie was, hè? Maart was een zware maand, en de zesentwintigste was een slechte dag voor drie meisjes in het wit.'

'Doodsoorzaak?'

'Staat er niet bij. Dat betekent dat ze niet hier zijn overleden.'

'Maar alle drie op dezelfde dag? Het is...'

'Ik weet het,' zei de jongeman. 'Krankzinnig.' Hij stak zijn hand op. 'Hé, er is een oude rot die hier al ongeveer zesduizend jaar is. Hij werkt in het magazijn op de eerste verdieping. Misschien herinnert hij zich iets. Ik zal hem bellen.' De neger draaide zijn stoel om en pakte een telefoon. 'Neem lijn twee,' zei hij tegen Bray en wees naar een ander toestel op een tafel vlakbij.

'Eerste verdieping, magazijn,' zei de stem met een luid Iers accent.

'Hé, Methusalem, met Amos.'

'Je bent een gekke jongen, jij.'

'Zeg, Jimmy. Ik heb hier een vriendje aan de lijn. Hij zoekt informatie die teruggaat tot de tijd dat jij de schrik van de slaapzaal van de engeltjes was. Het gaat eigenlijk over drie van hen. Jimmy, weet jij nog dat in vierenvijftig drie zusters op dezelfde dag doodgingen?'

'Drie... o, ja, inderdaad. Dat was heel erg. Kleine Katie Connally was er één van.'

'Wat gebeurde er?' vroeg Bray.

'Ze verdronken, meneer. Alle drie de meisjes verdronken. Ze zaten in een boot en dat verdomde ding sloeg om en ze kwamen in een zware zee terecht.'

'In een boot? In maart?'

'Weer zoiets krankzinnigs, meneer. U weet hoe rijke jongens rond de slaapzalen van de zusters sluipen. Ze denken: die meisjes zien altijd blote lijven, dus misschien vinden ze het niet erg om het onze te bekijken. Nou, op een avond hadden deze waardeloze heertjes een feestje bij die dure jachtclub en vroegen of de meisjes kwamen. Er werd gedronken en al dat soort flauwe kul en een of andere ezel kwam op het briljante idee om een boot te nemen. Verdomd idioot natuurlijk. Zoals u al zei, het was in maart.'

'Gebeurde het 's avonds?'

'Ja, meneer. De lichamen spoelden na een week pas aan, geloof ik.'

'Waren er nog meer doden?'

'Natuurlijk niet. Zo gaat dat, hè? Ik bedoel, rijke jongetjes kunnen altijd goed zwemmen, niet?'

'Waar gebeurde het?' vroeg Scofield. 'Weet u dat nog?'

'Zeker, meneer. Het was aan de kust. Marblehead.'

Bray sloot zijn ogen. 'Dank u,' zei hij kalm en legde de hoorn neer.

'Dank je, Methusalem.' De student legde ook neer en keek Scofield aan. 'U zit ergens mee, hè?'

'Ik zit met een moeilijkheid,' gaf Scofield toe en liep terug naar het toetsenbord. 'Ik heb nog tien namen. Twee dokters en acht zusters. Kun je ze er zo vlug mogelijk voor me door laten lopen?' Van de acht verpleegsters leefde de helft nog. Een was er verhuisd naar San Francisco – adres onbekend. Een andere woonde bij een dochter in Dallas en de laatste twee waren in het bejaardenhuis St. Agnes in Worcester. Een van de dokters leefde ook nog. De huidspecialist was anderhalf jaar geleden gestorven op de leeftijd van drieënzeventig. De eerste chirurg van het dossier, dr. Nathaniel Crawford, was gepensioneerd en woonde in Quincy.

'Mag ik uw telefoon gebruiken?' vroeg Scofield. 'Ik zal de kosten betalen.'

'Die telefoons zijn nog steeds niet van mij, dus mag ik u uitnodigen?'

Bray had het nummer van het scherm opgeschreven. Hij ging naar de telefoon en draaide het.

'Crawford.' De stem uit Quincy was kortaf, maar niet onbeleefd.

'Mijn naam is Scofield, dokter. We kennen elkaar niet en ik ben geen dokter, maar ik ben zeer geïnteresseerd in een geval waarbij u een aantal jaren geleden in het Massachusetts betrokken was. Ik zou er graag even met u over praten, als u dat niet erg vindt.' 'Wie was de patiënt? Ik heb er een paar duizend gehad.'

'Senator Joshua Appleton, dokter.'

Het was even stil op de lijn. Toen Crawford sprak, kreeg zijn bruuske stem er een vermoeide toon bij. 'Die verdomde gebeurtenissen volgen je altijd tot je graf, hè? Nou, ik heb al meer dan twee jaar geen praktijk meer, dus wat u zegt, of wat ik zeg, het maakt verdomme geen verschil... Laten we zeggen dat ik een fout gemaakt heb.'

'Fout?'

'Ik heb er niet veel gemaakt. Ik was verdomme bijna twaalf jaar hoofd van chirurgie. Mijn samenvatting staat in het medisch dossier van Appleton: de enige redelijke conclusie is dat de röntgenfoto's onduidelijk waren, of dat de uitrusting bij het onderzoek ons verkeerde gegevens gaf.'

... Er was geen samenvatting van dr. Nathaniel Crawford in het medisch dossier van Appleton...

'Duidt u op het feit dat u werd vervangen als actief chirurg?'

'Vervangen, God! Tommy Belford en ik werden er door de familie vierkant uitgetrapt.'

'Belford? Is dat dr. Belford, de huidspecialist?'

'Een chirurg. Een plastisch chirurg en een verdomd goede artiest. Tommy gaf de man zijn gezicht terug alsof hij de almachtige God zelf was. Het wonderkind dat ze erbij haalden, verpestte Tommy's werk volgens mij.'

'Toch jammer voor hem. De jongen was nauwelijks klaar toen zijn hoofd het opgaf.'

'Bedoelt u een hersenbloeding, dokter?'

'Precies. De Zwitser was er net toen het gebeurde. Hij opereerde, maar het was te laat.'

'Toen u zei "de Zwitser", bedoelde u toen de chirurg die u verving?'

'U hebt het door. De grote *Herr Doktor* uit Zürich. Die smeerlap behandelde mij als een gesjeesde medisch student.'

'Weet u wat er van hem geworden is?'

'Ging naar Zwitserland terug, denk ik. Ik heb nooit de behoefte gehad hem op te zoeken.'

'Dokter, u zei dat u een fout maakte. Of de röntgenstralen of de uitrusting. Wat voor soort fout?'

'Simpel. Ik gaf het op. We hadden hem aan alle hulpsystemen liggen en dat is precies wat ik denk dat het waren. Totale ondersteuning. Zonder die toestellen zou hij geen dag in leven zijn gebleven.

En indien wel, dan vond ik dat het verspilling zou zijn. Hij zou als een plant hebben moeten leven.'

'U had geen enkele hoop op herstel?'

Crawford praatte zachter, in zijn nederigheid lag kracht. 'Ik was chirurg, geen god. Ik kan falen. Het was mijn mening toen dat Appleton niet herstellen kon, hij stierf iedere minuut iets meer... maar ik had ongelijk.'

'Bedankt dat u het mij hebt verteld, dokter Crawford.'

'Zoals ik al zei, het maakt nu geen verschil meer, en het kan me niet schelen. Ik heb heel wat jaren een mes in mijn hand gehad, maar niet veel fouten gemaakt.'

'Dat denk ik ook niet, dokter. Goedendag.' Scofield liep terug naar het toetsenbord. De zwarte student las in zijn studieboek.

'Röntgenstralen?...' zei Bray zacht.

'Wat?' De neger keek op. 'Wat is er met röntgenstralen?'

Bray ging naast de jongeman zitten. Als hij ooit tijdelijk een vriend nodig had, dan was dat nu. Hij hoopte dat hij er een had gevonden. 'Hoe goed ken je de ziekenhuisstaf?'

'Die is erg groot.'

'Je weet genoeg om Methusalem te bellen.'

'Ja, ik heb hier drie jaar af en toe gewerkt. Ik red me wel.'

'Is hier een depot waar röntgenfoto's een aantal jaren bewaard worden?'

'Bijvoorbeeld vijfentwintig jaar?'

'Ja.'

'Dat is er. Het is niet zo'n grote afdeling.'

'Kun je me er een bezorgen?'

De student trok een wenkbrauw op. 'Dat is een andere zaak, hè?'

'Ik wil betalen. Royaal.'

De neger grijnsde. 'Nou man, ik heb het niet breed, geloof me. Maar ik steel niet en ik verkoop geen drugs en god weet dat ik geen erfenis heb gehad.'

'Wat ik je vraag te doen is de meest wettige – zelfs morele zo je wilt – zaak die ik iemand kan vragen te doen. Ik ben geen leugenaar.'

De student keek Bray in de ogen. 'Als u het wel bent, bent u verdomd overtuigend. En u hebt problemen, dat zie ik. Wat wilt u?'

'Een röntgenfoto van Joshua Appletons mond.'

'Mond? Zijn mond?'

'Hij had veel hoofdwonden, tientallen foto's moesten genomen worden en veel ontwerpen voor zijn gebit gemaakt. Kun je het doen?'

De jongeman knikte. 'Ik denk van wel.'

'Nog iets. Ik weet dat het beledigend is voor je, maar op mijn woord, er is niets beledigends bedoeld. Hoeveel verdien je hier per maand?'

'Gemiddeld tachtig, negentig per week. Ongeveer driehonderdvijftig per maand. Dat is niet slecht voor een afstuderend student. Sommige co-assistenten verdienen minder. Natuurlijk, want die hebben kost en inwoning. Waarom?'

'Stel dat ik je vertelde dat ik je 10 000 dollar zou betalen om een vliegtuig naar Washington te nemen en een andere röntgenfoto mee terug te brengen. Alleen een enveloppe met een foto erin.' De neger plukte aan zijn korte baard, zijn blik op Scofield alsof hij een waanzinnige observeerde. 'Stel? Ik zou zeggen: vlug jongen, doe je plicht. 10 000 dollar?'

'Dan zou je meer tijd hebben voor die tertiaire bewegingsleer.'

'En er is niets onwettig? Het is eerlijk, ik bedoel echt eerlijk?'

'Om het ook maar in de verte als onwettig te kunnen beschouwen voor zover jou betreft, zou je veel meer moeten weten dan je verteld wordt. Dat is eerlijk alles.'

'Ik ben alleen maar een koerier? Ik vlieg naar Washington en breng een envelop terug... met een röntgenfoto erin?'

'Misschien een paar kleine. Dat is alles.'

'Waar zijn ze van?'

'Van de mond van Joshua Appleton.'

Het was halftwee 's middags toen Bray in de bibliotheek kwam in Boylston Street. Zijn nieuwe vriend, Amos Lafollet, nam de lokale vlucht van twee uur naar Washington en zou om acht uur terugkomen. Scofield zou hem opwachten op het vliegveld.

Het verkrijgen van de foto's was niet moeilijk geweest. Iedereen die de bureaucratische wegen van Washington kent, had ze kunnen krijgen. Bray belde tweemaal op, eerst naar het inlichtingenbureau van het Congres en toen naar de betrokken tandarts. Het eerste telefoontje werd gedaan door een gekwelde assistent van een bekende volksvertegenwoordiger die leed aan een zwerende kies. Kon 'Inlichtingen' alsjeblieft de naam geven van de tandarts van senator Appleton? De senator had het superieure werk van die man genoemd tegen het congreslid. 'Inlichtingen' gaf de naam van de tandarts.

Het telefoontje naar de tandarts was een routine-steekproef door de Algemene Rekenkamer, geheel formeel, niets belangrijks, morgen vergeten. Er werd achterstallig bewijsmateriaal verzameld voor tandheelkundig werk voor senatoren en de een of andere idioot in K Street was met röntgenfoto's aan komen zetten. Wilde de receptionist alsjeblieft die van Appleton te voorschijn halen en ze op de balie klaarleggen voor een koerier van de Rekenkamer? Het materiaal zou binnen vierentwintig uur geretourneerd worden.

Washington werkte op volle toeren. Er was gewoon niet genoeg tijd om het werk te doen dat gebeuren moest en steekproeven van de Rekenkamer hoorden niet bij het gewone werk. Maar het waren daar lastige lieden en men beklaagde zich ook over de ergernis, maar ze werden niettemin gehoorzaamd. Appletons röntgenfoto's zouden op de balie liggen.

Scofield keek op het verwijsbord van de bibliotheek, nam de lift naar de tweede verdieping en liep door de gang naar Journalistieke Afdeling – Recente en oudere publikaties. Microfilm. Hij ging naar de balie achterin de kamer en praatte met de klerk erachter. 'Maart en april 1954 alstublieft. De *Globe* of de *Examiner*, welke ook maar te vinden is.'

Hij kreeg acht doosjes film en een box toegewezen. Hij vond hem, ging zitten en deed het eerste filmrolletje in de vergrotende viewer.

In maart '54 waren de bulletins die handelden over de toestand van Joshua Appleton – 'Kapitein Josh' – naar de achterpagina's verwezen. Hij was toen meer dan twintig weken in het ziekenhuis geweest. De beroemde nachtwake was overladen met details. Bray schreef de namen op van enkelen die geïnterviewd werden. Hij zou morgen weten of er enige reden was om met hen in contact te treden.

21 maart 1954
JONGE DOKTER STERFT AAN HERSENBLOEDING

Het korte verhaal stond op pagina zestien. Er werd niet vermeld dat de chirurg Joshua Appleton behandelde.

26 maart 1954
DRIE VERPLEEGSTERS VAN HET MASSACH. GENERAL GEDOOD
TIJDENS BUITENISSIG BOOTONGELUK

Het verhaal stond links onder op de voorpagina, maar weer werd Joshua Appleton niet genoemd. Het zou ook vreemd geweest zijn als het er wel gestaan had: de drie hadden een rooster van aflossing van vierentwintig uur. Als ze alle drie in Marblehead waren die avond, wie zat er dan aan Appletons bed?

10 april 1954
INWONER VAN BOSTON KOMT OM BIJ SKI-TRAGEDIE IN GSTAAD

Hij had het gevonden.

Het stond natuurlijk op de voorpagina met een vette kop, het artikel beschreef met sympathie de tragische dood van een jongeman. Scofield bestudeerde het verhaal, ervan overtuigd dat hij op bepaalde zinnen zou stuiten.

Dat was zo.

... Vanwege de grote liefde van het slachtoffer voor de Alpen en om familie en vrienden verder verdriet te besparen – heeft de familie aangekondigd dat de begrafenis plaats zal vinden in Zwitserland, in het dorp Col du Pillon...

Bray vroeg zich af wie er in die kist lag in Col du Pillon. Of was hij gewoon leeg?

Hij ging terug naar het goedkope hotel, zocht zijn spullen bij elkaar en nam een taxi naar het Prudential Center Parking Lot hek A. Hij reed Boston uit in de huurwagen, langs de Jamaica Way naar Brookline. Hij vond Appleton Hill, reed langs de hekken van Appleton Hall en nam elk detail op dat hij kon in de korte tijd.

Het reusachtige landgoed lag als een fort over de heuveltop. Een hoge stenen muur omringde de binnenste bebouwing, hoge daken gaven de illusie van borstweringen gezien boven een verre muur. De weg achter de hoofdingang slingerde de heuvel op langs een geweldig bakstenen koetshuis, bedekt met klimop; het bevatte niet minder dan acht of tien complete appartementen en vijf garages voor een enorme betonnen parkeerplaats.

Hij reed om de heuvel heen. Het ruim drie meter hoge smeedijzeren hek liep helemaal door. Om de paar honderd meter waren kleine schuilhuisjes in de heuvelgrond gebouwd als miniatuurbunkers en in een aantal ervan kon hij geüniformeerde mannen zien zitten en staan die sigaretten rookten en door telefoons praatten.

Het was de zetel van de Matarese raad, het huis van de herdersjongen.

Om halftien reed hij naar vliegveld Logan. Hij had Amos Lafollet gezegd dat hij als hij uit het vliegtuig kwam meteen naar de schemerig verlichte bar tegenover de grootste kiosk moest gaan. De hoekjes waren zo donker dat het bijna onmogelijk was een gezicht te onderscheiden op twee meter voor je, het enige licht was het geflits van een enorm televisiescherm aan de muur.

Bray glipte het zwarte plastic hoekje in en liet zijn ogen wennen aan het weinige licht. Een ogenblik dacht hij aan een ander hoekje in een ander schaars verlicht vertrek en een andere man. Londen, het Connaught-hotel, Roger Symonds. Hij drong de herinnering uit zijn gedachten. Hij werd erdoor gehinderd en dat kon hij nu net niet hebben.

Hij zag de student de ingang van de bar binnenlopen. Scofield stond even op. Amos zag hem en kwam naar hem toe. Hij had een bruine envelop in zijn hand en Bray voelde zijn hart sneller kloppen.

'Ik neem aan dat alles goed ging?'

'Ik moest ervoor tekenen.'

'Je moest wát?' Bray voelde zich beroerd. Het was zoiets onbetekenends, zo voor de hand liggend en hij had er niet aan gedacht.

'Rustig maar. Ik ben niet voor niets opgegroeid in 135th Street en Lenox Avenue.'

'Welke naam heb je gebruikt?' vroeg Scofield en zijn pols zakte.

'R. M. Nixon. De receptioniste was heel aardig. Ze bedankte me.'

'Je zult het ver brengen, Amos.'

'Dat ben ik ook van plan.'

'Ik hoop dat dit helpt.' Bray gaf hem zijn envelop.

De student hield hem tussen zijn vingers. 'Nou zeg, u weet dat dit echt niet hoeft.'

'Natuurlijk wel. Dat hadden we afgesproken.'

'Dat weet ik. Maar ik heb zo'n idee dat u heel wat zweet gelaten hebt voor heel wat mensen die u niet eens kent.'

'En voor een aantal die ik heel goed ken. Het geld is bijzaak. Gebruik het.' Bray opende zijn koffertje en liet de envelop met röntgenfoto's erin glijden – precies bovenop een dossiermap waarin de foto's van Joshua Appleton van vijfentwintig jaar geleden zaten. 'Denk eraan, je hebt mijn naam nooit gehoord en je bent niet in Washington geweest. Als het je ooit gevraagd wordt, heb je alleen wat vergeten namen in de computer gestopt voor een man die zich niet geïdentificeerd heeft. Alsjeblieft, denk eraan.'

'Dan wordt het moeilijk.'

'Waarom?' Scofield schrok.

'Hoe moet ik mijn eerste boek aan u opdragen?'

Bray lachte. 'Bedenk maar iets. Dag,' zei hij en verliet het hoekje. 'Ik moet nog een uur rijden en een paar uur slaap inhalen.'

'Hou je goed, man.'

'Dank u, professor.

Scofield stond in de wachtkamer van de tandarts in Main Street in Andover, Massachusetts. De naam van de tandarts was hem – met plezier, enthousiast zelfs – gegeven door het verpleegsterskantoor van de Andover Academy. Alles voor Andovers illustere – en rijke – oud-leerlingen, en verder voor de adjudant van de senator, allicht. De tandarts was natuurlijk niet dezelfde man die senator Appleton behandeld had toen hij student was. De praktijk was een aantal jaren geleden overgenomen door een neef, maar het was vanzelfsprekend dat de tegenwoordige dokter zou meewerken. Het verpleegsterskantoor zou hem bellen en hem laten weten dat de adjudant van de senator naar hem onderweg was. Bray had rekening gehouden met een psychologie die zo oud was als de boor van de tandarts. Twee jongens die dikke vrienden waren en na de basisschool niet alles met elkaar overlegden, maar ze zouden dezelfde tandarts hebben.

Ja, beide jongens waren naar dezelfde man in Andover gegaan. De tandarts kwam de deur uit die naar een magazijn leidde, een bril met halve glazen stond op de punt van zijn neus. In zijn hand had hij twee stukken karton waarin kleine negatieven waren gezet. Röntgenfoto's van twee studenten in Andover, meer dan dertig jaar geleden gemaakt.

'Alstublieft, meneer Vickery,' zei de tandarts die de foto's aangaf. 'Verdomme, moet u eens kijken hoe primitief ze die dingen monteerden! Ik moet onderhand die rommel daar achter eens opruimen, maar je kunt nooit weten. Verleden jaar moest ik een oud-patiënt van mijn oom identificeren die verbrand was bij die brand in Boxford.'

'Dank u wel,' zei Scofield en pakte de kartons aan. 'Tussen haakjes, dokter, ik weet dat u het druk hebt, maar ik vraag me af of u me nog een dienst zou willen bewijzen. Ik heb hier twee nieuwere stellen foto's van beide mannen en ik moet ze vergelijken met die u ons leent. Ik kan natuurlijk naar iemand toegaan om dat te doen, maar als u een minuutje hebt?'

'Zeker. Dat duurt nog geen minuut. Geef ze maar.' Bray haalde de twee stellen foto's uit de enveloppen, het ene gestolen uit het Massachusetts General Hospital, het andere in Washington verkregen. Hij had wit plakband over de namen gedaan. Hij gaf ze aan de tandarts die ermee naar een lamp ging en ze vervolgens tegen het schijnsel van de gloeilamp hield, boven de kap.

'Alsjeblieft,' zei hij en hield de bij elkaar passende röntgenfoto's apart in iedere hand.

Scofield deed elk paar in een aparte envelop. 'Nogmaals dank, dokter.'

'Tot uw dienst.' De tandarts liep vlug naar zijn kantoor. Hij was een druk bezet man.

Bray zat voorin de auto, zijn adem was onregelmatig, het zweet stond op zijn voorhoofd. Hij opende de enveloppen en haalde de röntgenfoto's eruit.

Hij trok de strookjes plakband die de namen bedekten eraf.

Hij had gelijk gehad. Het vreselijke stukje was onherroepelijk op zijn plaats. Hij had het bewijs in zijn hand.

De man die in de senaat zat, de man die onbetwistbaar de volgende president van de Verenigde Staten zou zijn, was niet Joshua Appleton IV.

Het was Julian Guiderone, de zoon van de herdersjongen.

35

Scofield reed in zuidoostelijke richting naar Salem. Er mocht nu geen oponthoud meer zijn. De vorige schema's konden weggegooid worden. Hij had alles te winnen door zo snel te handelen als hij kon, zo lang elke handeling de juiste was, elke beslissing de meest weloverwogen beslissing. Hij had zijn kanonnen en zijn atoombom – zijn lijst van bijzonderheden en de röntgenfoto's. Het was nu zaak zijn wapens goed op te stellen, ze te gebruiken, niet alleen om de Matarese beweging uit de wereld te schieten maar eerst – en vooral dat – Antonia te vinden en ze dwingen haar vrij te laten. En Talenjekov, als hij nog leefde.

Dat betekende dat hij zelf een misleiding moest creëren. Alle misleiding was gebaseerd op illusie, en de illusie die hij over moest brengen was dat Beowulf Agate gepakt kon worden, zijn kanonnen en zijn bom onschadelijk gemaakt, zijn aanval gestopt, de man zelf vernietigd. Daarvoor moest hij beginnen met de sterke positie in te nemen... gevolgd door de zwakheid.

De strategie van gijzelen zou niet langer opgaan. Hij zou Appleton niet dicht kunnen benaderen. De herdersjongen zou dat niet toelaten, de prijs van het Witte Huis was te groot om die in gevaar te brengen. Zonder de man was er geen prijs. Dus hij stond sterk door de röntgenfoto's. Het was geboden ze in de mening te laten verkeren dat er in feite maar één enkel stel röntgenfoto's bestond, dat er geen sprake was van duplicaten. Spectraalanalyse zou elk kopieerproces onthullen en Bray was geen dwaas. Hij kon verwachten dat er een analyse gemaakt zou worden. Hij wilde het meisje en, hij wilde de Rus. De röntgenfoto's konden ze krijgen in ruil voor hen.

Er zou vernuftig iets achterwege blijven in de uitwerking van de ruil, een schijnbare zwakheid waar de vijand zich op zou storten, maar het zou berekend zijn en helemaal geen zwakheid. Het Matarese genootschap zou gedwongen zijn om door te gaan met de ruil. Een Corsicaans meisje en een Russische inlichtingenofficier voor röntgenfoto's die onbetwistbaar aantoonden dat de man die in de Senaat zat en op weg was naar het presidentschap, niet Joshua Appleton IV was, Korea-legende, buitengewoon politicus, maar in plaats daarvan een man die geacht werd in 1954 begraven te zijn in het Zwitserse dorp Col du Pillon.

Hij reed naar de haven van Salem, aangetrokken zoals altijd door het water, er niet zeker van wat hij zocht tot hij het zag: een schildvormig uithangbord op het gazon van een hotelletje. *Kamers met kookgelegenheid*. Dat was iets. Kamers met een koelkast en kookgelegenheid. Er zou geen vreemdeling in restaurants zitten eten. Het was geen toeristenseizoen in Salem.

Hij parkeerde de auto op een plaats die bedekt was met wit grind en omringd door een hek van witte paaltjes. Aan de overkant van de weg was het grijze water van de haven. Hij nam zijn koffertje en tas mee naar binnen, schreef zich in onder een ongevaarlijke naam en vroeg om een suite.

'Betaalt u met een cheque, meneer?' vroeg de jonge vrouw achter de balie.

'Wat zegt u?'

'U hebt de wijze van betaling niet aangekruist. Als het een betaalkaart is, doen we de kaart altijd door de machine.'

'O juist. Nou, eigenlijk niet, ik ben een van die vreemde mensen die echt geld gebruiken. Een man die tegen plastic vecht. Waarom betaal ik u niet vast een week vooruit; ik betwijfel of ik langer zal blijven.' Hij gaf haar het geld. 'Er is zeker wel een kruidenier vlakbij?'

'Ja meneer. Hier verderop in de straat.'

'Wat zijn er verder voor winkels? Ik moet enkele dingen kopen.'

'Ongeveer tien blokken verder is er het Shopping Plaza. Ik weet zeker dat u daar alles vindt wat u nodig hebt.'

Bray hoopte het en hij rekende erop.

Hij werd naar zijn 'suite' gebracht, wat eigenlijk neerkwam op een grote kamer met een opklapbed en een scherm waarachter een klein kacheltje, een kookplaatje en een koelkast. Hij opende zijn koffertje, haalde de foto eruit die hij van de muur had gehaald in mevrouw Appletons graftombe voor haar zoon, en staarde ernaar. Twee gespierde jongemannen, die je niet met elkaar zou verwarren, maar die toch genoeg op elkaar leken voor een onbekende chirurg ergens in

Zwitserland om van de een de ander te maken. Een jonge Amerikaanse dokter die betaald werd om het ontslag uit het ziekenhuis te ondertekenen en daarna voor de zekerheid gedood. Een moeder die als alcoholiste onderhouden werd en op een afstand gehouden, maar met wie gepronkt werd als het zo uitkwam en het nuttig was. Wie kende een zoon beter dan zijn moeder? Wie in Amerika zou mevrouw Appleton III tegenspreken, laat staan beschuldigen?

Scofield ging zitten en voegde nog een bladzijde toe aan de zeventien van zijn lijst met bijzonderheden. Dokters: Nathaniel Crawford en Thomas Belford. Een Zwitserse arts op de computer gedeprogrammeerd, een jonge plastisch chirurg plotseling dood door hersenbloeding. Drie verpleegsters verdronken bij Marblehead. Gstaad: een lijkkist in Col du Pillon, röntgenfoto's, één paar uit Boston, één paar uit Washington, twee uit Main Street in Andover, Massachusetts. Twee verschillende mannen tot één samengesmolten en die ene was een vervalsing. Een bedrieger stond op het punt president van de Verenigde Staten te worden. Bray hield op met schrijven en liep naar het raam dat uitkeek over het stille, koude water van Salem Harbor. Het dilemma was duidelijker dan het ooit was geweest: ze hadden de Matarese beweging opgespoord vanaf zijn oorsprong in Corsica via een bond van multinationale ondernemingen die de wereld omspande. Ze wisten dat deze de terreur wereldwijd financierde, de chaos aanmoedigde die het gevolg was van sluipmoord en ontvoering, doden op straat en neerschieten van vliegtuigen. Ze wisten dat alles, maar ze begrepen niet waarom.

Waarom?

Het waarom zou nog even moeten wachten. Nu was het alleen van belang dat senator Joshua Appleton IV een vervalsing was. Want als de zoon van de herdersjongen eenmaal het presidentschap bereikte, was het Witte Huis van de Matarese raad.

Is er een betere woning voor een *consigliere*...?

Blijf ademhalen, mijn oude vijand.

Toni, mijn liefste. Blijf leven. Hou je hoofd erbij.

Scofield deed een zijklep van zijn koffertje open en haalde er een scheermes met één scherpe kant uit dat tussen het leer geschoven was. Daarna nam hij de twee stukken karton met de gemonteerde röntgenfoto's van twee studenten uit Andover van vijfendertig jaar geleden en legde ze op tafel, op elkaar. Er waren vier rijen negatieven, elk met vier foto's, in totaal zestien op elke kaart. Rood-omrande etiketten die de patiënten identificeerden en de data van de foto's zaten bovenaan links bevestigd. Hij controleerde nauwkeurig of de randen van de kartons precies op elkaar lagen, wat het geval was.

Hij drukte een envelop op het bovenste karton tussen de eerste en tweede rij foto's, nam het scheermes en begon te snijden, zodat het blad door beide kartons sneed. De bovenste rij viel eraf, twee stroken met vier röntgennegatieven. De namen van de patiënten en de data – getypt op de roodomrande etiketten van meer dan vijfendertig jaar geleden – zaten op de stroken, een eenvoudige chemische analyse zou bevestigen dat ze authentiek waren.

Bray betwijfelde of zulk een analyse gedaan zou worden op de nieuwe etiketten die hij zou kopen en op de overblijvende twee stroken met elk twaalf foto's zou plakken. Het zou tijdverlies zijn. De röntgenfoto's zelf zouden worden vergeleken met nieuwe röntgenfoto's van de man die zichzelf Joshua Appleton IV noemde. Julian Guiderone. Dat was alle bewijs dat de Matarese raad nodig had.

Hij nam de stroken en de grotere vellen van de negatieven, knielde neer en veegde met de randen over het vloerkleed. Na vijf minuten waren de randen glad gewreven en vuil genoeg om bij de ouderdom te passen van de originele randen.

Hij stond op en stopte alles weer in zijn reiskoffertje. Het was tijd om naar Andover terug te gaan en het plan uit te gaan voeren.

'Meneer Vickery, is er iets mis?' vroeg lichtelijk geïrriteerd de tandarts die zijn kantoor uitkwam, nog steeds gehaast. Drie middagpatiënten zaten tijdschriften te lezen.

'Ik ben bang dat ik iets vergeten heb. Kan ik u heel even spreken?'

'Kom maar hier binnen,' zei de tandarts die Scofield een kleine werkkamer binnenleidde, waar schappen vol stonden met indrukken van gebitten in gips, gemonteerd op beweegbare klemmen. Hij stak een sigaret aan uit een pakje op de balie. 'Ik kan u wel vertellen dat het een rotdag geweest is. Wat is er?'

'Het gaat eigenlijk om de wetten.' Bray glimlachte, deed zijn koffertje open en haalde de twee enveloppen eruit. 'HR Zeven-Vier-Acht-Vijf.'

'Wat heeft dat verdomme te betekenen?'

'Een nieuwe regeling van het congres, een deel van de moraal na Watergate. Als een regeringsfunctionaris eigendom leent uit enige bron, voor welk doel dan ook, moet een volledige beschrijving van genoemd eigendom vergezeld gaan door een getekende machtiging.'

'Jezus nog aan toe.'

'Het spijt me, dokter. De senator hecht zeer aan deze dingen.'

Scofield haalde de foto's uit de envelop. 'Als u deze nog even nakijkt, roept u dan uw assistente en geef haar een beschrijving. Ze kan de machtiging op uw briefpapier typen en dan ben ik weer weg.'

'Omdat het allemaal voor de volgende president van de Verenigde Staten is,' zei de tandarts die de afgesneden stroken met foto's aanpakte en de telefoon oppakte. 'Zeg tegen Appleton dat hij mijn belasting verlaagt.' Hij drukte op de intercomknop. 'Breng je schrijfblok mee, alsjeblieft.'

'Staat u mij toe?' Bray haalde zijn sigaretten te voorschijn.

'Waarom niet? Carcinoma houdt van gezelschap.' De zuster kwam binnen, stenoblok en pen in haar hand. 'Hoe moet ik beginnen?' vroeg de dokter die Scofield aankeek.

'Geachte heren.'

'Goed.' De tandarts keek zijn assistente aan. 'Wij houden de regering eerlijk.' Hij knipte een onderzoeklamp aan en hield beide stroken foto's tegen het glas. 'Geachte heren. De heer...' De dokter zweeg en keek Bray weer aan. 'Wat is uw voornaam?'

'Zet maar B. A.'

'De heer B. A. Vickery van senator Appletons kantoor in Washington D.C. heeft van mij gevraagd en ontvangen twee stel röntgenfoto's, gedateerd 11 november 1943, van patiënten die bekend staan als Joshua Appleton en... Julian Guiderone.' De tandarts zweeg weer even. 'Nog meer?'

'Een beschrijving, dokter. Dat vereist HR Zeven-Vier-Acht-Vijf.'

De tandarts zuchtte met de sigaret tussen zijn lippen. 'Genoemde identieke sets bevatten... een, twee, drie, maal vier... twaalf negatieven.'

De dokter pauzeerde en keek over zijn halve brilleglazen. 'Weet u,' merkte hij op, 'mijn oom was niet alleen primitief, hij was gewoonweg zorgeloos.'

'Wat bedoelt u?' vroeg Scofield, die de tandarts nauwkeurig observeerde.

'De rechter en linker tweepuntige kiezen ontbreken in beide. Ik had zo'n haast dat ik het niet eerder opmerkte.'

'Het zijn de kaarten die u mij vanmorgen gaf.'

'Dat weet ik, de etiketten zitten erop. Ik denk dat ik de bovenste en onderste snijtanden vergeleek.' Hij gaf de foto's aan Scofield en wendde zich tot de assistente. 'Vertaal wat ik zei in het Engels en typ het, ja? Ik zal het straks tekenen.' Hij drukte zijn sigaret uit en stak zijn hand uit. 'Prettig u ontmoet te hebben, meneer Vickery. Nu moet ik echt weer daarheen.'

'Nog één ding, dokter. Wilt u deze stroken tekenen en ze dateren?' Bray legde de kaarten naast elkaar op de balie.

'Natuurlijk,' zei de tandarts.

Scofield reed terug naar Salem. Er moest nog heel wat opgehelderd worden, nieuwe beslissingen genomen worden naar gelang de omstandigheden, maar hij had zijn plan in grote lijnen klaar. Hij had een plek waar hij kon beginnen. Het was bijna tijd voor de heer B. A. Vickery om aan te komen in het Ritz-Carlton, maar nog niet helemaal.

Hij was eerder al uitgestapt bij de Shopping Plaza in Salem, waar hij roodomrande etiketjes had gevonden die bijna identiek waren aan die van vijfendertig jaar geleden, en bij de winkel die typemachines verkocht, waar hij de namen en data getypt had. Hij had er wat over gewreven, zodat ze er oud uitzagen. En terwijl hij naar zijn auto liep, keek hij even om zich heen naar de winkels en zag weer wat hij gehoopt had te zien.

KOPIEËN KLAAR TERWIJL U WACHT
INKOOP, VERKOOP EN VERHUUR VAN KANTOORMACHINES
VAKKUNDIGE REPARATIES

Het was maar twee deuren verder van een slijterij en drie van een supermarkt. Daar zou hij nu heen gaan om zijn lijst met bijzonderheden te laten kopiëren en daarna wat te drinken en te eten halen. Hij zou lang in zijn kamer blijven omdat hij telefoongesprekken moest voeren. Het kon wel vijf tot zeven uur duren eer hij daarmee klaar was. Ze moesten volgens een zeer precies tijdschema via Lissabon.

Bray keek toe hoe de bedrijfsleider van de Plaza Duplicating Service de gekopieerde vellen van zijn beschuldiging uit de grijze bakjes die uit de machine staken haalde. Hij had even een praatje gemaakt met de kalende man en opgemerkt dat hij een neefje een gunst bewees. De jongeman volgde een creatieve schrijfcursus in Emerson en deed mee met een soort wedstrijd op school.

'Die knaap heeft fantasie,' zei de bedrijfsleider die de stapeltjes kopieën met een paperclip samenvoegde.

'O, hebt u het gelezen?'

'Alleen maar gedeeltes. Je staat bij zo'n machine en hebt niets anders te doen dan te kijken of er geen storing komt, en dan kijk je. Maar als mensen met persoonlijke dingen komen – zoals brieven en testamenten, u weet wel wat ik bedoel – probeer ik altijd alleen naar de knoppen te kijken. Soms is dat wel moeilijk.'

Bray lachte. 'Ik heb mijn neefje gezegd dat hij maar beter kan winnen en dat hij anders in de gevangenis komt.'

'Nee hoor. Die jongens van tegenwoordig zijn geweldig. Ze zeggen alles. Ik ken heel wat mensen die ze daarom niet mogen, maar ik wel.'

'Ik ook, denk ik.' Bray keek naar de rekening die voor hem werd gelegd en haalde zijn geld uit zijn zak. 'Zeg, u hebt hier toevallig niet een Alpha Twaalf-machine?'

'Alpha Twaalf? Dat is een apparaat van 80 000 dollar. Ik heb wel een goede zaak, maar in die prijsklasse doe ik niet.'

'Ik zal er wel een in Boston kunnen vinden, denk ik.'

'Die verzekeringsmaatschappij in Lafayette Street heeft er een. Je kunt er alles onder verwedden dat het ministerie van binnenlandse zaken hem betaald heeft. Dat is de enige die ik weet ten noorden van Boston, en ik denk wel tot Montreal.'

'Een verzekeringsmaatschappij?'

'De West Hartford Ongevallen. Ik heb de twee meisjes opgeleid die de Alpha Twaalf bedienen. Is dat niet echt iets voor een verzekeringsmaatschappij? Ze kopen wel zo'n machine, maar ze willen niet betalen voor een service-contract.'

Scofield leunde op de toonbank, een vermoeide man die vertrouwelijk doet. 'Moet je horen, ik heb vijf dagen gereisd en ik moet vanavond een rapport op de post doen. Daarvoor heb ik een Alpha Twaalf nodig. Nou kan ik wel naar Boston rijden en er waarschijnlijk een vinden. Maar het is al verdomd gauw vier uur en ik doe het liever niet. Mijn maatschappij is een beetje getikt. Ze denken dat mijn tijd kostbaar is en geven me genoeg geld om tijd te sparen waar ik kan. Wat denkt u, kunt u mij helpen?' Bray haalde een honderddollar biljet uit zijn clip.

'U werkt voor een verduiveld gekke zaak.'

'Ja zeker.'

'Ik zal bellen.'

Het was kwart voor zes toen Bray terugkwam in het hotel bij de haven van Salem. De Alpha Twaalf had de dienst verricht die hij nodig had en hij had een kantoorboekhandel gevonden waar hij een nietmachine had gekocht, zes enveloppen, twee rollen plakband en een weegschaal die in ounces en grammen woog. Op het postkantoor van Salem had hij voor vijftig dollar postzegels gekocht. Een biefstuk van de haas en een fles whiskey completeerden zijn boodschappenlijst. Hij spreidde zijn aankopen op het bed uit en legde er toen enkele op tafel, andere op de formicatafel tussen het piepkleine kacheltje en de koelkast. Hij schonk zich in en ging in de stoel zitten voor het raam dat uitkeek op de haven. Het werd donker en hij kon het water nauwelijks zien, behalve waar het de lichten van de pier weerkaatste.

Hij dronk zijn whiskey met kleine slokjes, liet de alcohol door zijn lichaam trekken en alle gedachten uitschakelen. Hij had nog tien minuten voor de telefoongesprekken zouden beginnen. Zijn kanonnen stonden opgesteld, zijn atoombom zat in het bommenrek. Het was nu van belang dat alles in volgorde gebeurde – altijd volgorde – en dat betekende de juiste woorden op de juiste tijd. Er was geen ruimte voor fouten. Om fouten te voorkomen moest zijn geest vrij zijn, met niets anders bezig zijn, onbelast en in staat om nauwkeurig te luisteren en nuances waar te nemen.

Toni?...

Nee!

Hij sloot zijn ogen. De meeuwen in de verte fourageerden op het water hun laatste maaltje voor het helemaal donker was. Hij luisterde naar hun geschreeuw. De wanklanken gaven op een of andere manier troost. Er was een soort energie in elke strijd voor het leven. Hij hoopte dat hij die energie zou hebben.

Hij dommelde en werd met een schok wakker. Hij keek geërgerd op zijn horloge. Het was zes minuten over zes, zijn tien minuten waren bijna een kwartier geworden. Het was tijd voor het eerste telefoongesprek, het gesprek waarvan hij het minst waarschijnlijk achtte dat het resultaten zou brengen. Het hoefde niet via Lissabon te gaan. De kans op afluisteren was zo klein dat hij bijna te verwaarlozen was. Maar bijna is niet helemaal. Daarom zou zijn gesprek niet langer dan twintig seconden duren: de minimumtijd die nodig was om zelfs de meest moderne opsporingsapparatuur in werking te stellen.

De limiet van twintig seconden had hij ook de Française weken geleden opgedragen te gebruiken toen ze de hele nacht door voor hem gebeld had naar een suite in het hotel aan Nebraska Avenue. Hij stond op van zijn stoel en haalde uit zijn koffertje de notities die hij voor zichzelf opgeschreven had. Namen en telefoonnummers. Hij ging naar de telefoon naast het bed, trok de leunstoel naast de telefoon en ging zitten. Hij dacht een ogenblik na, vormde een gesproken steno-Frans voor wat hij wilde zeggen, maar betwijfelde of het enig verschil zou maken. Ambassadeur Robert Winthrop was ruim een maand geleden verdwenen en er was geen reden om aan te nemen dat hij nog in leven was. Winthrop had de namen van de Matarese beweging bij de verkeerde mannen – of man – in Washington ter sprake gebracht.

Hij nam de hoorn op en draaide. De bel ging driemaal over voordat een telefoniste opnam en hem naar zijn kamernummer vroeg. Hij gaf dat en weer ging de bel, nu op grotere afstand.

'Hallo?'

'Luister! Er is geen tijd. Begrijp je?'

'Ja. Ga je gang.'

Ze kende hem en ze begreep hem. Hij sprak snel in het Frans, zijn ogen op de secondewijzer van zijn horloge. 'Ambassadeur Robert Winthrop. Georgetown. Neem twee man van de Firma mee, geen uitleg. Als Winthrop er is vraag hem alleen te spreken, maar zeg niets hardop. Geef hem een briefje met de woorden: "Beowulf wil contact met u." Laat hem zeggen wat geschreven moet worden. Het contact moet steriel zijn. Ik bel je terug.'

Zeventien seconden.

'We móeten praten was het resolute, vlugge antwoord. Bel terug?

Hij hing op. Ze zou veilig zijn. Het was niet alleen onwaarschijnlijk dat de Matarese beweging haar gevonden en afgeluisterd had, maar zelfs al zou dat zo zijn, dan zouden ze haar niet doden. Daar konden ze niets bij winnen. Ze konden meer te weten komen door de tussenpersoon te laten leven, en het zou te veel moeilijkheden geven om de mannen van de Firma mét haar te doden. Er waren trouwens grenzen aan zijn verantwoordelijkheden onder deze omstandigheden. Het speet hem, maar zo was het.

Het was tijd voor Lissabon. Sinds Rome had hij geweten dat hij Lissabon zou gebruiken als het ogenblik daar was. Een serie telefoongesprekken kon maar éénmaal via Lissabon gaan. Want als degenen die gebeld werden gedurende de nacht in de databanken genoteerd werden, zouden rode kaarten uit de computers in de alarmsleuven glijden en de gecodeerde bron opgespoord worden via andere computers in Langley en kon hij zich geen verdere gesprekken veroorloven via die bron, werd het seinens geheel stopgezet. Lissabon was alleen toegankelijk voor hen die alleen met overlopers van hoog niveau te maken hadden. Mannen in het veld die zich in noodgevallen direct tot hun superieuren in Washington moesten wenden, die op hun beurt bevoegd waren om onmiddellijke beslissingen te nemen. Niet meer dan twintig inlichtingenofficieren in het hele land beschikten over de codes voor Lissabon, en in Washington werd een gesprek uit Lissabon nooit geweigerd. Ze wisten nooit of er een generaal, een kernfysicus of een belangrijk lid van het presidium of de KGB gewonnen kon worden.

Het was ook vanzelfsprekend dat misbruik van de mogelijkheid via Lissabon de ernstigste gevolgen zou hebben voor de betrokken persoon. Bray amuseerde zich grimmig bij die gedachte. Het misbruik dat hij ging plegen ging verder dan degenen die de regels maakten zich ooit voorgesteld hadden. Hij keek naar de vijf namen en titels en stond op het punt te bellen. De namen op zichzelf waren niet zo erg ongebruikelijk. Ze konden waarschijnlijk in elk telefoonboek gevonden worden. Hun functies echter niet.

De minister van buitenlandse zaken.
De voorzitter van de Nationale Veiligheidsraad.
De directeur van de Central Intelligence Agency.
De hoofdadviseur van de president inzake buitenlandse politiek.
De voorzitter van de verenigde chefs van staven.

De mogelijkheid dat een, misschien twee van deze mannen *consiglieri* waren van de Matarese gaf Bray de overtuiging dat hij zijn beschuldiging niet direct naar de president moest proberen te sturen. Talenjekov en hij dachten dat, als ze het bewijs eenmaal in handen hadden, de twee leiders van beide landen benaderd en overtuigd konden worden. Maar dat was niet waar. Presidenten en premiers werden te nauwkeurig bewaakt, waren te beschermd, boodschappen lekten uit, woorden werden verklaard. De beschuldigingen van verraders zouden van de hand gewezen worden. Anderen moesten de president en de premier benaderen. Mensen wier vertrouwenspositie en verantwoordelijkheid boven alle verdenking verheven waren. Zulke mensen moesten hun het nieuws brengen, niet 'verraders'. De meesten van hen die hij ging bellen waren het welzijn van de staat toegedaan en elk van hen kon gehoor vinden bij de president. Dat was alles wat hij vroeg en geen van hen zou een gesprek via Lissabon weigeren. Hij nam de hoorn op en belde de telefoniste buitenland.

Twintig minuten later belde ze terug. Lissabon had, zoals altijd, vlug het telefoonverkeer met Washington vrijgemaakt. De minister van buitenlandse zaken was aan de lijn.

'Dit is State One,' zei de minister. 'Uw codes zijn in orde, Lissabon. Wat is de boodschap?'

'Meneer de minister, binnen achtenveertig uur zult u per post een envelop ontvangen. De naam Agate staat in de linker bovenhoek...'

'Agate? Beowulf Agate?'

'Alstublieft, luistert u, meneer. Laat de envelop direct ongeopend bij u brengen. Hij bevat een gedetailleerd rapport dat een reeks gebeurtenissen beschrijft die heeft plaatsgehad – en op dit ogenblik plaatsvindt – en neerkomt op een samenzwering om de regering in handen te nemen...'

'Samenzwering? Weest u duidelijker. Communistisch?'

'Dat denk ik niet.'

'U moet duidelijker zijn, meneer Scofield! U wordt gezocht en u maakt misbruik van de verbinding via Lissabon! Egoïstisch alarmgeroep van u is niet in uw belang. Of in het belang van het land.'

'U zult alle details die u nodig hebt in mijn rapport vinden. Daaronder zijn bewijzen – ik herhaal, bewijzen, meneer de minister – dat er twintig jaar geleden in de Senaat bedrog is gepleegd. Het is van zo'n omvang dat ik niet weet of het land de schok zal kunnen verdragen. Het is misschien zelfs niet in het landsbelang om het bekend te maken.'

'Verklaar u nader!'

'De verklaring zit in de envelop. Maar geen aanbeveling. Ik doe geen aanbevelingen. Dat is uw zaak. En die van de president. Geef hem de informatie door zo gauw u die hebt.'

'Ik gebied u mij onmiddellijk rapport uit te brengen!'

'Ik kom over achtenveertig uur te voorschijn, als ik dan nog leef. Als dat zo is, wil ik twee dingen: rehabilitatie voor mij en asiel voor een Russische agent... als hij nog leeft.'

'Scofield, waar bent u?'

Bray hing op.

Hij wachtte tien minuten en belde voor de tweede keer naar Lissabon. Vijfendertig minuten later was de voorzitter van de Nationale Veiligheidsraad aan de lijn.

'Meneer de voorzitter, binnen achtenveertig uur zult u per post een envelop ontvangen. De naam Agate staat in de linker bovenhoek...'

Het was precies veertien minuten na middernacht toen hij klaar was met het laatste gesprek. Onder de mannen die hij benaderd had waren eerbare lieden. Hun stemmen zouden gehoord worden door de president.

Hij had achtenveertig uur. Een zee van tijd.

Het was tijd om iets te drinken. Tijdens de gesprekken had hij tweemaal naar de fles whiskey gekeken en had hij bijna besloten dat hij moest drinken om zijn ongerustheid tot bedaren te brengen, maar beide keren had hij die manier verworpen. Onder druk was hij de koelste man die hij kende. Misschien voelde hij zich niet altijd zo, maar het was de wijze waarop hij functioneerde. Nu had hij een borrel verdiend. Het zou een passende dronk zijn op het gesprek dat hij nu ging voeren met senator Joshua Appleton IV, geboren Julian Guiderone, zoon van de herdersjongen.

De telefoon rinkelde, hij schrok zo van het geluid dat hij de fles stijf vastgreep en er niet meer aan dacht dat hij whiskey inschonk. De vloeistof liep over het glas op de tafel. Dát kón niét! Er was geen methode om de gesprekken via Lissabon zo snel op te sporen. De magnetische hoofdlijnen veranderden om het uur en verzekerden dat de oorsprong verborgen bleef. Het hele systeem zou minstens acht uur stopgezet moeten worden om een enkel gesprek te kunnen opsporen. Je kon via Lissabon bellen en je was absoluut veilig, de verblijfplaats was onbekend zo lang dat nodig was.

De telefoon ging weer. Niet opnemen betekende niets weten en gebrek aan kennis was oneindig veel gevaarlijker dan het risico opgespoord te worden. Hoe dan ook, hij had nog troeven achter de hand, of tenminste de overtuiging dat het troeven waren. Dat zou hij ze laten weten. Hij nam op. 'Ja?'

'Kamer twee-twaalf?'

'Wat is er?'

'De bedrijfsleider, meneer. Het is echt niet belangrijk, maar de telefoniste buitenland heeft – natuurlijk – onze telefoniste ingelicht over uw transatlantische gesprekken. We hebben genoteerd dat u geen kredietkaart wilt gebruiken, maar de gesprekken liever op uw hotelrekening heeft. We dachten dat u er prijs op zou stellen te weten dat de kosten al meer dan 300 dollar bedragen.'

Scofield keek naar de leeggelopen whiskeyfles. Het Amerikaanse scepticisme zou er blijven tot het eind van de wereld en daarna zouden de boekhouders het heelal om schadevergoeding vragen.

'Waarom komt u dan niet even zelf hier, dan zal ik u het geld voor de telefoon geven, contant.'

'O, dat is niet nodig, helemaal niet nodig, meneer. Ik ben trouwens niet in het hotel, ik ben thuis.' Het was heel even verrassend stil. 'In Beverly. We zullen gewoon verbin...'

'Bedankt voor je bezorgdheid,' interrumpeerde Bray die ophing en terugliep naar de tafel en de whiskeyfles.

Vijf minuten later was hij klaar. Een ijzige kalmte ging door hem heen toen hij naast de telefoon ging zitten. De woorden zouden komen omdat de woede er was. Hij hoefde er niet bij te denken, ze zouden vanzelf komen. Waar hij wel over had moeten denken was de volgorde. Afpersing, compromis, zwakheid, ruil. Iemand van de Materese beweging wilde met hem praten, hem werven om de meest logische reden ter wereld. Hij zou die man – wie het ook was – de kans geven om beide te doen. Het maakte deel uit van de ruil, voorspel tot de ontsnapping. De eerste stap op het slappe koord zou niet gedaan worden door Beowulf Agate, maar door de zoon van de herdersjongen.

Hij nam de hoorn op. Dertig seconden later hoorde hij de beroemde stem met het duidelijke Bostonse accent dat velen zo vaak deed denken aan een jonge president die neergeschoten was in Dallas.

'Hallo? Hallo?' De senator was uit zijn slaap gehaald, dat was te horen aan het schrapen van zijn keel. 'Wie is daar in godsnaam?'

'Er is een graf in het Zwitserse dorp Col du Pillon. Als er een lijk in de kist ligt, is het niet de man wiens naam op de steen staat.' Het gehijg door de telefoon was schrikwekkend, de stilte die volgde een schreeuw die ingehouden werd in de greep van de angst.

'Wie?...' De man was geschokt, niet in staat de vraag te formuleren.

'Er is geen reden voor je om ook maar iéts te zeggen, Julian...'

'Hou op!' De schreeuw kwam eruit.

'Goed, geen namen. Je weet wie ik ben – als je het niet weet, heeft de herdersjongen zijn zoon niet op de hoogte gehouden.'

'Ik wil niets horen!'

'Jawel, senator. Op dit ogenblik is die telefoon gewoon een deel van je hand. Je zult hem niet loslaten. Dat kun je niet. Dus luister maar. Op 11 november 1943 gingen jij en een goede vriend van je naar dezelfde tandarts in Main Street in Andover, Massachusetts. Die dag liet je röntgenfoto's maken.' Scofield zweeg gedurende precies een seconde. 'Ik heb ze, senator. Je kantoor kan het morgenvroeg bevestigen. Je kantoor kan ook het feit bevestigen dat gisteren een koerier van de Algemene Rekenkamer een serie recente röntgenfoto's opgehaald heeft bij je tegenwoordige tandarts in Washington. En tenslotte, als je wilt, kun je na laten vragen bij het depot van röntgenfoto's van het Massachusetts General Hospital in Boston. Je zult horen dat er één enkele plaat een frontale röntgenfoto die vijfentwintig jaar geleden genomen werd, ontbreekt aan het Appleton-dossier. Sinds een uur zijn alle foto's in mijn bezit.'

Er klonk een zacht, klaaglijk geluid door de telefoon, een geklaag zonder woorden.

'Blijf luisteren, senator,' vervolgde Bray. 'Je hebt een kans. Als het meisje nog leeft, heb je een kans. Als ze niet leeft, heb je geen kans meer. Wat de Rus betreft, als hij gedood moet worden, zal ik dat doen. Ik denk dat je wel weet waarom. Je ziet, het kan geregeld worden. Wat ik weet, wíl ik niet weten. Wát jij doet, gaat mij niets aan, nu niet meer. Wat jij wilt, heb je al gewonnen, en mensen als ik houden gewoon op voor mensen als jij te werken, dat is alles wat er ooit gebeurt. Er is uiteindelijk niet veel verschil tussen jullie. Dat is overal zo.' Scofield zweeg weer, het aas was duidelijk voorgehouden. Zou hij bijten?

Dat deed hij, hees fluisterend, de verklaring was aarzelend. 'Er zijn... mensen die met je willen praten.'

'Ik zal luisteren. Maar alleen nadat het meisje vrij is en de Rus aan mij overgedragen.'

'De röntgenfoto's?...' De woorden waren gehaast, kortaf. Hij was een drenkeling.

'Die zijn het ruilmiddel.'

'Hoe?'

'We zullen onderhandelen. Je moet begrijpen, senator, dat het enige dat me nu interesseert, ikzelf ben. Het meisje en ik, wij willen alleen maar weg.'

'Wat?...' Weer was de man niet in staat een vraag te stellen.

'Ik wil?' maakte Scofield de zin af. 'Een bewijs dat ze nog leeft, dat ze nog kan lopen.'

'Dat begrijp ik niet.'

'Je weet ook niet veel over ruilen. Een ruilmiddel dat niet verplaatst kan worden is geen ruilmiddel en het maakt de ruil ongeldig. Ik wil een bewijs en ik heb een heel sterke verrekijker.'

'Verrekijker?'

'Je mensen zullen het begrijpen. Ik wil een telefoonnummer en een vertoning. Het ligt voor de hand dat ik in de omgeving van Boston ben. Ik zal je morgenvroeg bellen. Op dit nummer.'

'Er is een debat in de Senaat, een quorum...'

'Dat moet je missen,' zei Bray en hing op.

De eerste zet was gedaan. Er zou de hele nacht gebeld worden tussen Washington en Boston. Zet en tegenzet, stoot en afweer, druk en controle: de onderhandelingen waren begonnen. Hij keek naar de enveloppen op tafel. Tussen de telefoontjes door had hij ze alle verzegeld, gewogen en gefrankeerd. Ze waren klaar om verzonden te worden.

Behalve één, en er was geen reden aan te nemen dat hij hem zou posten. De tragiek lag in het verdwijnen van de man en wat hij gedaan zou kunnen hebben. Het was tijd zijn oude vriend in Parijs terug te bellen. Hij pakte de telefoon en draaide het nummer.

'Bray, goddank! We hebben uren gewacht!'

'We?'

'Ambassadeur Winthrop.'

'Is hij daar?'

'Het is in orde. Het werd heel goed aangepakt. Zijn man Stanley verzekerde me dat niemand ze heeft kunnen volgen en het is een feit dat de ambassadeur in Alexandrië is.'

'Stanley is goed!' Scofield kon het van louter opluchting, van louter plezier, wel uitschreeuwen. Winthrop leefde! De flanken waren gedekt, de Matarese beweging vernietigd. Hij was zo vrij om te onderhandelen als hij nog nooit was geweest, en hij was de beste. 'Laat me met Winthrop praten.'

'Brandon, ik ben het. Ik denk dat ik de telefoon nogal ruw afgepakt heb. Neem me niet kwalijk, beste kerel.'
'Wat is er gebeurd? Ik probeerde u te bellen...'
'Ik was gewond – niet ernstig – maar wel zo dat behandeling nodig was. Ik ging naar een dokter in Fredericksburg die ik kende. Hij heeft een particuliere kliniek. Als oudste van de zogenaamde staatslieden kon ik niet bij een Washingtons ziekenhuis aankomen met een kogel in mijn arm. Ik bedoel, kun jij je Harriman voorstellen die in een eerste-hulpkliniek in Harlem aankomt met een kogelwond?... Ik kon je er niet verder in betrekken, Brandon.'
'Jezus. Dat had ik moeten bedenken.'
'Je had al wel genoeg te bedenken. Waar ben je?'
'Buiten Boston. Ik moet u heel wat vertellen, maar niet door de telefoon. Het zit in een envelop, samen met vier stroken röntgenfoto's. Ik moet u die direct toesturen en u moet er direct mee naar de president.'
'Is de Matarese beweging in het spel?'
'Meer dan één van ons beiden zich had kunnen voorstellen. Ik heb het bewijs.'
'Neem het eerste vliegtuig naar Washington. Ik zal de president nu benaderen en zorgen dat je volledig beschermd wordt, met een militair escorte als dat nodig is. Het arrestatiebevel zal ingetrokken worden.'
'Dat kan ik niet doen, meneer.'
'Waarom niet?' zei de ambassadeur verbaasd.
'Er zijn... gijzelaars bij betrokken. Ik heb tijd nodig. Ze zullen gedood worden als ik niet onderhandel.'
'Onderhandelen? Dat hoef je niet. Als je hebt wat je beweert te hebben, laat het dan de regering doen.'
'Er is ongeveer een pond druk nodig en minder dan een vijfde seconde om een trekker over te halen,' zei Scofield. 'Ik moet onderhandelen... Maar ziet u, dat kán ik nu. Ik blijf contact met u houden, prik een plaats voor de ruil. U kunt me dekken.'
'Weer die woorden,' zei Winthrop. 'Die blijven altijd in jouw vocabulaire, niet waar?'
'Ik ben er nog nooit zo blij mee geweest.'
'Hoeveel tijd?'
'Dat hangt ervan af. Het is een delicate zaak. Vierentwintig, misschien dertig uur. Het moet minder dan achtenveertig uur zijn, dat is de limiet.'
'Stuur me het bewijs, Brandon. Er is een procureur, zijn firma is in Boston gevestigd, maar hij woont in Waltham. Hij is een goede vriend. Heb je een auto?'

'Ja. Ik kan in ongeveer veertig minuten in Waltham zijn.'
'Goed. Ik zal hem bellen. Hij zal morgenochtend met het eerste vliegtuig naar Washington reizen. Hij heet Paul Bergeron, je moet zijn adres uit het telefoonboek halen.'
'Geen probleem.'

Het was kwart voor twee 's nachts toen Bray aanbelde bij het natuurstenen huis in Waltham. De deur werd opengedaan door Paul Bergeron, die gekleed was in badjas en rimpels van bezorgdheid op zijn ouder wordend, intelligent gezicht had.
'Ik weet dat ik niet naar uw naam moet vragen, maar wilt u binnenkomen? Volgens mij bent u wel aan een borrel toe.'
'Bedankt voor het aanbod, maar ik heb nog iets te doen. Hier is de envelop. Nogmaals dank.'
'Een andere keer dan misschien.' De procureur keek naar de dikke envelop in zijn hand. 'Weet u, ik voel me zoals Jim St. Clair zich gevoeld moet hebben toen hij voor het laatst bericht kreeg van Al Haig. Is dit een soort rookbom?'
'Hij brandt al, meneer Bergeron.'
'Ik heb de luchtvaartmaatschappij een uur geleden gebeld. Ik ga om vijf voor acht naar Washington. Winthrop heeft dit om tien uur morgenochtend.'
'Dank u. Goedenacht.'
Scofield reed terug naar Salem en keek nauwkeurig de straten af of iemand hem volgde. Hij zocht ook een supermarkt die 's nachts geopend was. Daar waren meestal niet alleen voedingsmiddelen, maar ook allerlei andere dingen te koop.
Hij vond er een in de buitenwijken van Medford, dat terzijde van de hoofdweg lag. Hij parkeerde ervoor, liep naar binnen en zag in het tweede gangpad wat hij zocht. Een uitstalling van goedkope wekkers. Hij kocht er tien van.
Het was achttien over drie toen hij weer in zijn kamer was. Hij haalde de wekkers uit de dozen, zette ze op een rij op tafel en opende zijn handkoffertje. Hij haalde er een leren doosje uit dat miniatuur-gereedschap bevatte. Hij zou morgenvroeg eerst dun elektriciteitsdraad en batterijen kopen, en later op de dag de springstof. De lading zou een probleem kunnen zijn, maar het was niet onoverkomelijk. Hij had meer behoefte aan vertoon dan aan macht en naar alle waarschijnlijkheid was er helemaal niets nodig. Door de jaren heen had hij echter geleerd voorzichtig te zijn. Een ruil werkte ongeveer net zo als een groot vliegtuig. Elk systeem had een veiligheidssysteem, voor elke veiligheid was er een alternatief.

Hij had zes uur om zijn alternatieven voor te bereiden. Het was goed dat hij wat te doen had, want van slapen was nu toch geen sprake.

36

De overgang van nacht naar dag was nauwelijks waarneembaar. Er waren weer winterse buien voorspeld. Om acht uur was het gaan regenen. Bray stond met zijn handen op de vensterbank uit te kijken over de oceaan en dacht aan rustiger, warmer zeeën. Hij vroeg zich af of Toni en hij die ooit zouden bevaren. Gisteren was er geen hoop. Vandaag wel en hij was erop voorbereid om te werken zoals hij nog nooit gewerkt had. Ze zouden vandaag zien en horen wat Beowulf Agate waard was. Hij had een leven lang doorgebracht met zich voor te bereiden op de enkele korte uren die het zouden verlengen op de enige manier die aanvaardbaar was voor hem. Hij zou haar vrij krijgen of hij zou sterven, daar bleef hij bij. Het feit dat hij de Matarese beweging doeltreffend had vernietigd was nu bijna een bijkomstigheid. Dat was een professioneel doel en hij was de beste... hij en de Rus waren de besten.

Hij wendde zich van het raam af en ging naar de tafel, overzag daar zijn werk van de laatste paar uur. Het had minder lang geduurd dan hij gepland had, zo totaal was zijn concentratie. Elke klok was uit elkaar gehaald, elke veer bij de as ingeboord, nieuwe schroefjes ingezet in het radermechaniek, de miniatuurboutjes gebalanceerd. Elke wekker was nu klaar om er een draad in te monteren, die leidde naar een batterij die dertig seconden vonken op het kruit zou geven. Dit kruit zou op zijn beurt het dynamiet ontsteken. Elke wekker was twaalf keer afgesteld. Heel kleine groefjes waren in het raderwerk gevijld om de volgorde te verzekeren; ze werkten alle tien in volgorde. Professioneel gereedschap, zonder dat hij vakman was. De ontwerper was ook monteur, de architect bouwvakker, de criticus beoefende het vak zelf. Dat was van belang.

Kruit kon je bij iedere wapensmid krijgen door patronen te kopen. Voor dynamiet hoefde je alleen maar naar een plek waar iets afgebroken of uitgegraven werd. Gewapend met de juiste overheidspapieren kon er dan een inventarisatie plaatsvinden. De rest was een kwestie van een regenjas met grote zakken. Dat had hij allemaal al eens eerder gedaan en de lekenmentaliteit was overal hetzelfde. Pas op voor de man met een zwart koffertje die zacht praat. Hij is gevaarlijk. Wees hem terwille en zorg dat je naam niet op een lijst gezet wordt.

Hij deed de uurwerkmechanieken in een doos die hij vijf uur geleden van de bediende in de supermarkt gekregen had, plakte de bovenkant dicht en droeg hem naar buiten, naar zijn auto. Hij opende de kofferruimte, schoof de doos in een hoek en ging terug naar de hal van het hotel.

'Ik ga straks weg,' zei hij tegen de jongeman achter de balie. 'Ik heb voor een week betaald, maar mijn plannen zijn gewijzigd.'

'U hebt ook veel telefoongesprekken op uw kamernummer genoteerd staan.'

'Dat is waar,' gaf Scofield toe en vroeg zich af hoeveel mensen in Salem het ook in de gaten hadden. Werden er nog heksen verbrand in Salem? 'Als u de nota voor me klaar wilt maken, ik ben over ongeveer een halfuur beneden. Zet deze kranten ook op mijn rekening, alstublieft.' Hij nam de twee kranten uit de standaard op de balie, het ochtendblad *Examiner* en een plaatselijk weekblad. Hij ging de trap weer op naar zijn kamer. Hij maakte een kopje poederkoffie en zette het op tafel bij de kranten en het telefoonboek van Salem. Het was vijf voor halfnegen. Paul Bergeron was al een halfuur in de lucht, als het weer op Logan Airport dat toeliet. Dat was iets dat hij zou controleren als hij begon met opbellen.

Hij sloeg de *Examiner* open en zocht de geëigende rubriek. Er werden twee bouwvakkers gevraagd, de eerste in Newton, de tweede in Braintree. Hij schreef de adressen op en hoopte dat er een derde of een vierde dichterbij te vinden was.

Hij vond er inderdaad een. In het Salemse weekblad stond een foto die vijf dagen geleden genomen was en waarop senator Joshua Appleton stond bij een opening van een bouwterrein in Swampscott. Het was een federaal project in samenwerking met de staat Massachusetts voor het ontwikkelen van middenklasse woonwijken, te bouwen op rotsachtige grond ten noorden van Philips Beach. De kop was: BEGIN VAN OPBLAZEN EN UITGRAVEN... O schitterende ironie.

Hij opende het telefoonboek en vond een wapensmid in Salem, er was geen reden om verder te zoeken. Hij schreef het adres op. Het was 8.37. Tijd om de leugenaar te bellen die doorging onder de naam Joshua Appleton. Hij stond op en ging naar het bed en besloot eerst Logan Airport op te bellen. Dat deed hij en hij hoorde de woorden die hij wilde horen.

'Zeven-vijfenvijftig naar Washington? Dat moet Eastern Flight zestwee zijn. Even nakijken, meneer... Er was een vertraging van twaalf minuten, maar het toestel is in de lucht. Geen verandering in de aankomsttijd.'

Paul Bergeron was op weg naar Washington en Robert Winthrop. Er zouden nu geen vertragingen zijn, geen crisisconferenties, geen haastig samengeroepen ontmoetingen tussen arrogante mannen die probeerden te beslissen hoe en wanneer er begonnen zou worden. Winthrop zou de Oval Office bellen. Er zou direct een audiëntie gegeven worden en alle macht van de regering zou ingezet worden tegen de Matarese beweging. En morgenvroeg – Winthrop had daarin toegestemd – zou de senator opgepakt worden door de Geheime Dienst en onmiddellijk naar het Walter Reed Hospital overgebracht worden, waar hij onderworpen zou worden aan uitgebreide onderzoeken. Een vijfentwintig jaar durend bedrog zou onthuld worden, de zoon mét de herdersjongen vernietigd.

Bray stak een sigaret aan, nam een slok koffie en pakte de telefoon. Hij beheerste zichzelf volkomen. Hij zou zich volledig concentreren op de onderhandelingen, op de ruil die voor de Matarese beweging niets te betekenen zou hebben.

De stem van de senator was gespannen en er klonk uitputting uit.

'Nicholas Guiderone wil je spreken.'

'De herdersjongen zelf,' zei Scofield. 'Je kent mijn voorwaarden. Hij ook? Is hij erop voorbereid daarop in te gaan?'

'Ja,' fluisterde de zoon. 'Via een telefoonnummer dat hij goedkeurt. Hij weet niet wat je bedoelt met een "vertoning".'

'Dan hoeven we niet verder te praten. Ik hang op.'

'Wácht!'

'Waarom? Het is een gewoon woord. Ik zei dat ik een verrekijker heb. Wat valt er nog meer te zeggen? Hij heeft geweigerd. Goedendag, senator.'

'Néé!' Appletons ademhaling was te horen. 'Goed, goed, je krijgt een tijd en een plek als je het nummer belt dat ik je geef.'

'Ik moet wát? Je bent ten dode opgeschreven, senator. Als ze je willen opofferen is dat hun zaak – en de jouwe, neem ik aan – maar niet de mijne.'

'Waar heb je het verdomme over? Wat is er niet goed?'

'Het is onaanvaardbaar. Míj wordt niet een tijd en een plek opgegeven, dat doe ik jóu en jij vertelt het hún! Om precies te zijn, ik geef je een plaats en een bepaalde tijdsdúúr, senator. Tussen drie en vijf uur vanmiddag, bij de noordelijke ramen van Appleton Hall, die uitkijken over Jamaica Pond. Heb je dat? Appleton Hall.'

'Dat is het adres van het telefoonnummer!'

'Is het werkelijk? De ramen moeten verlicht worden, de vrouw in

één kamer, de Rus in een andere. Ik wens beweeglijkheid, conversatie. Ik wil ze zien lopen, praten, reageren. Is dat duidelijk?'
'Ja. Lopen... reageren.'
'En, senator, zeg tegen uw mensen dat ze niet proberen mij te vinden. Ik zal de röntgenfoto's niet bij me hebben. Ze zullen bij iemand anders zijn die gezegd is waar hij ze heen moet sturen als ik niet om halfzes bij een bepaalde bushalte ben.'
'Een bushalte?'
'De noordelijke weg langs Appleton Hall is de route van een buslijn. Die bussen zitten altijd vol en in de lange bocht om Jamaica Pond moeten ze snelheid minderen. Als de regen aanhoudt, zullen ze nog langzamer rijden dan gewoonlijk, niet waar? Dan heb ik tijd genoeg om te zien wat ik wil zien.'
'Zul je Nicholas Guiderone ontmoeten?' De vraag werd haastig gesteld, op de rand van hysterie.
'Als ik tevreden ben,' zei Scofield koel. 'Ik zal je om ongeveer halfzes vanuit een cel bellen.'
'Hij wil nú met je praten!'
'Meneer Vickery praat met niemand voor hij zijn intrek neemt in het Ritz-Carlton-hotel. Ik dacht dat dat duidelijk was.'
'Hij is bang dat je kopieën gemaakt hebt en daar maakt hij zich erg bezorgd over.'
'Dit zijn negatieven van vijfentwintig en achtendertig jaar oud. Elke blootstelling aan fotografisch licht zou op een spectografie onmiddellijk te zien zijn. Daar waag ik mijn leven niet voor.'
'Hij staat erop dat je hem nu spreekt! Hij zegt dat het van vitaal belang is!'
'Alles is van vitaal belang.'
'Hij zei dat ik je moest vertellen dat je ongelijk hebt. Heel erg ongelijk.'
'Als ik vanmiddag tevreden gesteld word, heeft hij de kans dat te bewijzen. En dan heb jij je presidentschap. Of hijzelf?' Bray hing op en drukte zijn sigaret uit. Zoals hij al gedacht had, was Appleton Hall de meest logische plaats voor Guiderone om zijn gijzelaars vast te houden. Hij had geprobeerd er niet aan te denken toen hij om het grote buiten heen reed – de nabijheid van Toni was een hindernis die hij nauwelijks kon nemen – maar hij had het instinctief geweten. En omdat hij het wist, hadden zijn ogen gereageerd als de snelle sluiters van tien camera's die honderden beelden opnamen. Het gebied eromheen was ruim, hectaren dicht bos en struikgewas en wachtposten in kleine tentjes om de heuvel heen. Zo'n fort kwam in aanmerking voor een inval, en die mogelijkheid was blijkbaar nooit ver uit Gui-

derones gedachten. Scofield was van plan munt te slaan uit die vrees. Hij zou een denkbeeldige inval op touw zetten, steunend op het soort leger dat de herdersjongen kende als geen ander.

Hij belde nog een keer voor hij Salem verliet, naar Robert Winthrop in Washington. De ambassadeur zou misschien wel uren opgehouden worden in het Witte Huis – zijn adviezen zouden verwerkt worden in alle besluiten die de president zou nemen – en Scofield wilde zijn eerste beschermingslinie. Dat was eigenlijk zijn enige bescherming. Denkbeeldige invallen hadden geen invallers.

'Brandon? Ik heb de hele nacht niet geslapen.'

'Heel wat andere mensen ook niet, meneer. Is deze lijn steriel?'

'Ik heb hem vanmorgen vroeg elektronisch laten testen. Wat gebeurt er nu? Heb je Bergeron gesproken?'

'Hij is op weg. Eastern Flight zes-twee. Hij heeft de envelop en zal om tien uur in Washington zijn.'

'Ik zal Stanley sturen om hem van het vliegveld af te halen. Ik heb de president een kwartier geleden gesproken. Hij maakt tijd vrij om twee uur. Ik verwacht dat het een lange bijeenkomst zal zijn. Ik denk zeker dat hij er anderen bij wil hebben.'

'Daarom bel ik u nu. Ik dacht dat namelijk ook. Ik heb de plaats van de ruil. Hebt u een pen?'

'Ja, ga je gang.'

'Het is een buiten genaamd Appleton Hall in Brookline.'

'Appleton? Senator Appleton?'

'Dat zult u begrijpen als u de envelop van Bergeron krijgt.'

'Mijn god!'

'Het landgoed ligt bij Jamaica Pond, op een heuvel genaamd Appleton Hill en is welbekend. Ik zal de ontmoeting stellen op halftwaalf vanavond en ik zal nauwkeurig op tijd zijn. Zeg het volgende tegen de man die het bevel heeft de heuvel om kwart voor twaalf te omsingelen. Zet de wegen 800 meter in alle richtingen af door gebruik te maken van omleggingsverkeersborden en kom voorzichtig dichterbij. Binnen het hek zijn om de 70 tot 100 meter wachtposten. Plaats de commandopost op de zandweg tegenover de hoofdpoort. Er staat daar een groot wit huis als ik me goed herinner. Bezet het en snijd de telefoonlijnen door. Het zou van de Matarese beweging kunnen zijn.'

'Een ogenblik, Brandon,' onderbrak Winthrop. 'Ik schrijf het alleaal op, maar mijn handen en mij ogen zijn niet meer wat ze waren.'

'Neemt u me niet kwalijk, ik zal langzamer praten.'

'Goed zo. De telefoonlijnen doorsnijden dus. Ga verder.'

'Mijn tactiek komt zo uit het boekje. Ze zouden dat kunnen verwachten, maar ze kunnen er niets tegen doen. Ik zou zeggen dat mijn limiet om kwart over twaalf is. Dat is wanneer ik met de gijzelaars de voordeur uitga naar mijn auto en twee lucifers achter elkaar aanstrijk. Ze zullen dan weten dat het volgens plan gaat. Ik zal vertellen dat er een helper buiten de poort is met een envelop die de röntgenfoto's bevat.'

'Helper? Röntgenfoto's?'

'De helper is iemand die ik huur. De foto's zijn het bewijs waarvan ze verwachten dat ik het hun geef.'

'Maar dat kun je niet geven!'

'Het zou niets uitmaken als ik het deed. U zult genoeg in de envelop hebben die Bergeron u brengt.'

'Natuurlijk. Wat nog meer?'

'Als ik de tweede lucifer aansteek, zeg dan dat de commandant mij overeenkomstige signalen geeft.'

'Overeenkomstig?...'

'Twee lucifers aanstrijken.'

'O, natuurlijk. Neem me niet kwalijk. En dan?'

'Wacht tot ik naar het hek gereden ben. Ik zal al het mogelijke doen om er precies om twintig over twaalf te zijn. Zodra het hek wordt opengedaan, gaan de troepen naar binnen. Ze zullen gedekt worden door een afleidingsmanoeuvre – zeg ze maar dat het dat is. Een afleidingsmanoeuvre.'

'Wat? Ik begrijp het niet.'

'Zij wel. Ik moet nu weg, meneer de ambassadeur. Er is nog veel te doen.'

'Brandon!'

'Ja, meneer?'

'Er is iéts dat je niét hoeft te doen.'

'Wat is dat?'

'Je bezorgd te maken over de rehabilitatie. Dat beloof ik je. Je bent altijd de beste geweest.'

'Dank u, meneer. Bedankt voor alles. Ik wil alleen maar vrij zijn.'

De wapensmid aan Salems Hawthorne Boulevard was geamuseerd en tegelijk blij dat de vreemdeling twee gros Ought-Fourpatronen kocht nu het geen seizoen was. Toeristen waren trouwens verdomde idioten, maar deze beging de verdomde dwaasheid om niet alleen goed geld uit te geven voor de patronen, maar ook voor twaalf plastic etalagebuizen die de fabrikanten gratis leverden. Hij sprak met een gladde, een soort olieachtige stem. Waarschijnlijk een Newyorkse advocaat die nog nooit een geweer in handen had gehad. Verdomde idioten.

De regen gutste neer en vormde plassen in de modder terwijl landerige groepjes bouwvakkers in auto's zaten te wachten tot het weer op zou klaren, zodat ze aan de slag konden; vier uur betekende een dag loon, maar als ze niet konden beginnen, kregen ze niets.

Scofield naderde de deur van een geprefabriceerde keet, stapte op een planken vloertje dat in de modder zakte voor het raam waar de regen tegen sloeg. Binnen kon hij de voorman achter een tafel zien zitten opbellen. Tien meter naar links was een betonnen bunker, een zwaar hangslot op de stalen deur, met daarop duidelijk in rode letters gespoten:

GEVAAR
ALLEEN VOOR BEVOEGD PERSONEEL
SWAMPSCOTT ONTW. MIJ

Bray tikte eerst op het raam om de man die in de keet telefoneerde af te leiden, stapte daarna van de planken af en opende de deur.

'Ja, wat is er?' riep de voorman.

'Ik zal wachten tot u klaar bent,' zei Scofield, die de deur sloot. Er stond een bordje op tafel met de naam van de man: A. Patelli.

'Dat kan wel even duren, vriend! Ik heb een dief aan de lijn. Een smerige dief die zegt dat zijn verrekte lieve chauffeurtjes niet kunnen rijden omdat het buiten nat is!'

'Maak het niet te lang alstublieft.' Bray pakte zijn tasje. Hij knipte het open. 'U bent meneer Patelli, niet waar?'

De voorman staarde naar de identiteitskaart. 'Ja.' Hij wendde zich weer naar de telefoon. 'Ik bel je nog wel, dief!' Hij kwam van zijn stoel. 'Bent u van de overheid?'

'Ja.'

'Wat is er in godsnaam aan de hand?'

'Iets waarvan we denken dat u het zich niet bewust bent, meneer Patelli. Mijn afdeling werkt samen met het Federal Bureau of Investigation...'

'De FBI?'

'Juist. U hebt verschillende zendingen explosieve materialen op deze plaats aangekregen.'

'Zit achter slot en is verantwoord,' viel de voorman in de rede. 'Ieder stokje dynamiet.'

'Wij denken van niet. Daarom ben ik hier.'

'Wat?'

'Eergisteren is er een bom ontploft in New York, misschien hebt u het gelezen. Een bank in Wall Street. Er waren enkele nummers te lezen op de ontplofte dop. We denken dat het spoor misschien naar een van uw partijen leidt.'

'Wat een verdomde onzin!'

'Waarom kijken we het niet even na?'

De explosieven in de betonnen bunker waren geen stokjes, het waren zware blokken van ongeveer tien centimeter lang, zeven hoog en vijf dik, verpakt in dozen van vierentwintig.

'Maak een verklaring van overdracht klaar alstublieft,' zei Scofield, die het oppervlak van een steen bekeek. 'We hadden gelijk. Dit zijn ze.'

'Een verklaring?'

'Ik neem een doos mee voor bewijzende analyse.'

'Wat?'

'Kijk, meneer Patelli, misschien hangt u wel. U tekende voor deze zendingen en ik denk niet dat u ze geteld hebt. Ik zou u aanraden volledige medewerking te verlenen. Elke aanwijzing dat u weerstand biedt kan verkeerd uitgelegd worden. Het is per slot van rekening uw verantwoording. Eerlijk gezegd denk ik niet dat u er iets mee te maken heeft gehad, maar ik ben de enige onderzoeker in de buitendienst. Aan de andere kant, mijn woorden tellen. 'Ik zal elk rotding tekenen dat je wilt. Wat moet ik schrijven?'

Bij een ijzerwarenhandel kocht Bray tien batterijen, tien plastic bussen, een rol dunne elektriciteitskabel en een bus zwarte spuitverf. Hij vroeg om een heel grote doos om alles door de regen te dragen.

Hij ging op de achterbank van zijn huurauto zitten, deed de laatste klok in zijn plastic bus en drukte het explosieve blokje naast de batterij. Hij luisterde naar het gestage getik van het mechanisme. Het wás er. Daarna drukte hij de randen van het deksel dicht en verzegelde het met plakband.

Het was achttien voor één, de wekkers waren in serie gezet, de groefjes in de tandwielen werden vastgehouden door de tanden van het drijfwerk, de volgorde begon over precies elf uur en zesentwintig minuten.

Zoals hij ook met de vorige negen gedaan had, bespoot hij de bus met zwarte verf. Een groot deel ervan kwam op de bekleding van de achterbank. Hij zou er als vergoeding een honderd-dollarbiljet op achterlaten.

Hij stopte een munt in de telefoonmeter. Hij was in West Roxbury, twee minuten van de grens met Brookline. Hij draaide, wachtte tot er opgenomen werd en brulde door de hoorn.

'Rioleringsafdeling?'

'Ja, meneer. Wat kunnen we voor u doen?'

'Appleton Drive! Brookline! Het riool zit verstopt! Het loopt verdomme allemaal over mijn gazon!'

'Waar is dat, meneer?'

'Dat zeg ik net! Appleton Drive en Beachnut Terrace! Het is verschrikkelijk!'

'We sturen meteen een wagen, meneer.'

'Vlug alstublieft!'

De vrachtwagen van de Rioleringsafdeling kwam hortend en stotend Beachnut Terrace op naar de kruising met Appleton Drive. De bestuurder controleerde blijkbaar de rioleringsbuizen in de straat. Toen hij bij de hoek kwam, stond er een man met een donkerblauwe regenjas aan te zwaaien dat hij moest stoppen. Het was niet mogelijk om de man heen te rijden. Hij liep heen en weer op het midden van de weg en zwaaide wild. De bestuurder deed het portier open en riep door de regen: 'Wat is er?'

Het was het laatste dat hij de eerste uren zou zeggen.

In het Appleton Hall-complex nam een wacht in een tentje zijn telefoon op en zei tegen de telefonist aan het schakelbord om hem een buitenlijn te geven. Hij belde naar de Rioleringsafdeling in Brookline. Een van hun vrachtwagens reed op Appleton Drive en stopte ongeveer om de dertig meter.

'Er is een aangifte van een verstopping in de buurt van Beachnut en Appleton, meneer. We hebben een wagen gestuurd om het te controleren.'

'Dank u,' zei de wacht en drukte op een knop van de intercom voor alle posten. Hij gaf de informatie door en ging weer zitten. Welke idioot zou er voor zijn beroep riolen controleren?

Scofield droeg de zwarte waterdichte jas met de opgespoten letters op de rug. RIOLERINGSAFD. BROOKLINE. Het was 3.05. De vertoning was begonnen. Antonia en Talenjekov stonden achter de ramen aan de andere kant van het buitenhuis. In Appleton Hall zou men zich concentreren op de weg beneden. Hij reed de rioleringsvrachtwagen langzaam Appleton Drive op, bleef dicht bij het trottoir en stopte bij iedere rioolput in de straat. Daar de weg lang was, waren er ongeveer twintig tot dertig van zulke putten. Iedere keer als hij stopte, stapte hij uit en droeg de twee meter lange uitgetrokken slang en ander gereedschap dat hij in de wagen kon vinden en dat passend leek bij het snel verzonnen probleem. Dit gebeurde bij iedere halte. Bij tien daarvan voegde hij er iets anders aan toe. Een plastic bus die zwart gespoten was. Zeven ervan kon hij tussen de spijlen van het smeedijzeren hek buiten het gezichtsveld van de schuiltentjes schuiven en hij drukte ze met de slang de bosjes in. Bij drie gebruikte hij wat over was van het dunne draad en hing ze op onder de roosters van de riolen.

Om 4.22 was hij klaar en reed hij terug naar Beachnut Terrace waar hij het vervelende karwei begon om de rioleringsbeambte achter in de vrachtwagen bij te brengen. Er was geen tijd om erg voorzichtig te zijn. Hij deed de regenjas uit en sloeg de man tot bewustzijn.

'Wat is er in godsnaam gebeurd?' De man was bang en deinsde terug toen hij Bray over zich heen gebogen zag staan.

'Ik heb een fout gemaakt,' zei Scofield gewoon. 'Je kunt het geloven of niet, maar er ontbreekt niets, er is geen schade toegebracht en er zijn geen moeilijkheden met de riolen.'

'Je bent gek!'

Bray pakte zijn portemonnee. 'Ik denk dat dat zo lijkt, dus ik zou graag betalen voor het gebruik van uw vrachtwagen. Niemand hoeft er iets van te weten. Hier is 500 dollar.'

'Vijf?...'

'Het afgelopen uur bent u bezig geweest met het controleren van de riolen langs Beachnut en Appleton, dat is alles wat men hoeft te weten. U werd erop uitgestuurd en u deed uw werk. Tenminste als u de 500 wilt hebben.'

'Je bent gék!'

'Ik heb geen tijd om met u te discussiëren. Wilt u het geld of niet?'

De ogen van de man werden heel groot. Hij nam het geld aan.

Het deed er niet toe of ze hém nu zagen. Alleen wat hij zag, deed er wel toe. Zijn horloge stond op 4.57, er waren nog drie minuten over voor de vertoning ophield. Hij stopte zijn auto precies voor Appleton Hall, draaide zijn raampje neer, hief de verrekijker op en stelde door de regen in op de verlichte ramen bijna 300 meter verder naar boven.

De eerste gestalte die in zicht kwam was Talenjekov, maar het was niet de Talenjekov die hij voor het laatst in Londen gezien had. De Rus stond bewegingloos achter het venster. De zijkant van zijn hoofd was bedekt met een verband, een zwelling onder het openstaande boord van zijn hemd was een verder bewijs van wonden die met verband bedekt waren. Naast de Rus stond een donkerharige, gespierde man, zijn hand verborgen achter Talenjekovs rug. Scofield had de duidelijke indruk dat Talenjekov zonder steun van de man ineen zou zakken. Maar hij leefde, zijn ogen staarden recht vooruit en knipperden ongeveer elke seconde. De Rus liet hem weten dat hij nog in leven was.

Bray bewoog de kijker naar rechts. Zijn adem stokte, het kloppen in zijn borst was als een vlug sneller wordende trommel in een echokamer. Het was bijna meer dan hij verdragen kon; de regen benevelde de lenzen. Hij kon niet meer denken.

Daar wás ze! Ze stond rechtop achter het venster, haar hoofd omhoog, eerst naar links gedraaid, daarna naar rechts, haar ogen waren ergens op gericht, ze reageerde op stemmen. Ze reageerde. En toen zag Scofield wat hij niet had durven hopen te zien.

Er kwam een opluchting over hem en hij wilde door de regen roepen van louter uitbundigheid. Er was weliswaar angst in Antonia's ogen, maar er was ook nog iets anders. Kwaadheid.

De ogen van zijn geliefde waren vol boosheid en dat kon met niets ter wereld verward worden! Iemand die kwaad was, had zijn verstand erbij.

Hij legde de kijker neer, draaide het raampje omhoog en startte de motor. Hij moest nog een aantal telefoongesprekken voeren en een laatste regeling treffen. Als dat gebeurd was, was het tijd voor de heer B. A. Vickery om naar het Ritz-Carlton-hotel te gaan.

37

'Was je tevreden?' De stem van de senator klonk beheerster dan hij 's morgens was geweest. De bezorgdheid was er nog, maar bedekter.

'Hoe erg is de Rus gewond?'

'Hij heeft bloed verloren, hij is zwak.'

'Dat kon ik zien. Kan hij zich bewegen?'

'Genoeg om hem in een auto te zetten, als je dat wilt.'

'Ja. Hij en de vrouw gaan in mijn auto, precies op het ogenblik dat ik het zeg. Ik zal de auto naar het hek rijden en op mijn teken zal het geopend worden. Dan krijg je de röntgenfoto's en gaan we weg.'

'Ik dacht dat je hem wilde doden.'

'Ik wil eerst iets anders. Hij heeft inlichtingen die de rest van mijn leven erg plezierig kunnen maken. Het doet er niet toe wie er over wat de baas is.'

'Ik begrijp het.'

'Dat denk ik ook.'

'Je zei dat je Nicholas Guiderone zult ontmoeten. Luister naar wat hij te zeggen heeft.'

'Dat zal ik doen. Ik zou liegen als ik beweerde geen vragen te hebben.'

'Hij zal alles beantwoorden. Wanneer ga je naar hem toe?'

'Hij zal weten wanneer ik inboek in het Ritz-Carlton. Zeg hem dat hij me daar belt. En laat één ding duidelijk zijn, senator. Een telefoontje, geen aanval. De röntgenfoto's zullen niet in het hotel zijn.'

'Waar zijn ze dan?'

'Dat is mijn zaak.' Scofield hing op en verliet de telefooncel. Hij zou zijn volgende gesprek voeren vanuit een cel in het centrum van Boston, om te overleggen met Robert Winthrop, en ook om de reactie van de ambassadeur te horen over het materiaal in de envelop. En om er zeker van te zijn dat zijn bescherming geregeld werd. Als er beletsels waren, wilde hij dat weten.

'Met Stanley, meneer Scofield.' Zoals altijd klonk de stem van Winthrops chauffeur nors, maar niet onaangenaam. 'De ambassadeur is nog op het Witte Huis. Hij vroeg me naar hier terug te gaan en te wachten op telefoon van u. Hij zei me u te vertellen dat er voor alles wat u gevraagd hebt, gezorgd wordt. Hij zei dat ik de tijden moest herhalen. Elf-dertig, elf-vijfenveertig en twaalf-vijftien.'

'Dat is wat ik wilde horen. Dank je wel.' Bray deed de deur open van de telefooncel in de winkel en liep naar de toonbank waar tekenpapier en pijltjes van vilt in verschillende kleuren werden verkocht. Hij koos heldergeel papier en een donkerblauw pijltje. Hij ging weer naar zijn auto, gebruikte zijn koffertje als tafeltje en schreef zijn boodschap in grote, duidelijke letters op het gele papier. Tevreden opende hij het koffertje, haalde er de vijf dichtgeplakte enveloppen uit, gefrankeerd en geadresseerd aan vijf van de machtigste mannen van het land. Hij legde ze op de zitting naast hem. Het was tijd om ze te posten. Daarna haalde hij een zesde envelop te voorschijn en deed er het gele papier in. Hij plakte hem dicht en schreef voorop:

AAN DE POLITIE VAN BOSTON

Hij reed langzaam door Newbury Street en zocht het adres dat hij in de telefooncel gevonden had. Het was aan de linkerkant, vier huizen van de hoek af, met een groot geschilderd bord voor het raam.

PHOENIX BOODSCHAPPENDIENST
24 UUR PER DAG – MEDISCH, ACADEMISCH, ZAKELIJK

Een slanke, goed uitziende vrouw aan wie je kon zien dat ze haar werk serieus nam, stond op van haar bureau en kwam naar de balie.
'Kan ik u helpen?'
'Dat hoop ik,' zei Scofield ernstig toen hij zijn identificatiekaart liet zien. 'Ik ben van de politie, verbonden aan de afdeling Interdepartementale Onderzoeken.'
'De politie? Goede hemel...'
'U hoeft nergens bang voor te zijn. We zijn bezig met een oefening en controleren reacties in het district op noodtoestanden van buitenaf. Wij willen deze envelop vanavond bezorgd hebben op het station op Boylston. Kunt u dat voor elkaar krijgen?'
'Zeker, dat kunnen we.'
'Mooi. Wat zijn de kosten?'
'O, ik denk dat dat niet nodig is, meneer. We moeten hier toch allemaal aan meedoen?'
'Dat kan ik niet accepteren, dank u. We vragen trouwens om de beste prestatie. En uw naam natuurlijk.'
'Natuurlijk. De prijs voor avondbestellingen is als regel tien dollar.'
'Wilt u me een ontvangstbewijs geven, alstublieft.' Scofield haalde het geld uit zijn zak. 'En als u het niet erg vindt, wilt u dan alstublieft specificeren dat de bezorging plaats moet vinden tussen elf en kwart over elf. Dat is zeer belangrijk voor ons. Kunt u daar zeker voor zorgen, ja?'
'Ik zal het nog beter doen, meneer. Ik bezorg hem zelf. Ik heb tot middernacht dienst, dus ik kan een van de jongens op laten passen en daar zelf heen gaan. Ik heb echt bewondering voor wat u doet. De misdaad is tegenwoordig ontzettend groot. We moeten allemaal aanpakken, zeg ik maar.'
'U bent erg vriendelijk, mevrouw.'
'Weet u, er zijn heel wat zeer vreemde mensen in de buurt van het appartement waar ik woon. Zeer vreemd.'
'Wat is het adres? Ik zal de patrouillewagens van nu af aan wat beter op laten letten.'
'Nou, dank u wel.'
'Dank u, mevrouw.'

Het was 9.20 toen hij de hal van het Ritz-Carlton binnenliep. Hij was naar de pieren gereden, had een vismaaltijd genoten en had zijn tijd doorgebracht met erover te denken wat hij en Toni zouden doen als de nacht voorbij was. Waar zouden ze heengaan? Hoe zouden ze leven? Over geld maakte hij zich niet bezorgd. Winthrop had hem eerherstel beloofd en het berekenende hoofd van Consular Operations, de man die zijn executeur had willen zijn, genaamd Daniel Congdon, was zo vrijgevig geweest met pensioen en verdere voordelen die hem in handen zouden vallen zolang hij maar bleef zwijgen. Beowulf Agate stond op het punt van deze wereld te verdwijnen. Waar zou Bray Scofield heen gaan? Het deed er niet toe, zo lang Antonia maar bij hem was.

'Er is een boodschap voor u, meneer Vickery,' zei de baliebediende, die hem een kleine envelop voorhield.

'Dank u,' zei Scofield, die zich afvroeg of onder het witte hemd van de man een blauw vlekje van inkt in zijn vlees zat.

De boodschap was een telefoonnummer. Hij verfrommelde hem in zijn hand en liet hem op de balie vallen.

'Is er iets mis?' vroeg de bediende.

Bray glimlachte. 'Zeg tegen die klootzak dat ik niet telefoneer met nummers. Alleen met namen.'

Hij liet de telefoon driemaal overgaan voor hij opnam. 'Ja?'

'U bent een arrogant man, Beowulf.' De stem was hoog, snerpender, 'wreder dan de wind'. Het was de herdersjongen, Nicholas Guiderone.

'Dus ik had gelijk,' zei Scofield. 'Die man beneden werkt niet alleen voor het Ritz-Carlton. En als hij een douche neemt, kan hij een blauw cirkeltje niet van zijn borst wassen.'

'Het wordt met grote trots gedragen, meneer. Het zijn buitengewone mannen en vrouwen die zich in dienst gesteld hebben voor onze buitengewone zaak.'

'Waar vind je ze? Mensen die zichzelf voor het hoofd schieten en cyaankali slikken?'

'Heel eenvoudig, in onze bedrijven. Sinds het begin der tijden zijn mensen bereid geweest het grootste offer te brengen voor bepaalde doelen. Dat hoeft niet altijd op het slagveld te zijn, of tijdens een oorlog bij de ondergrondse, of zelfs in de wereld van spionage. Er zijn veel doelen, u hoef ik dat niet te vertellen.'

'Zoals zijzelf? De *Fida'is*, Guiderone? Hassan ibn-al Sabbahs kader van sluipmoordenaars?'

'U hebt de padrone bestudeerd, merk ik.'

'Zeer nauwkeurig.'

'Er zijn bepaalde praktische en filosofische overeenkomsten, dat zal ik niet ontkennen. Deze mannen en vrouwen hebben alles wat ze wensen op deze aarde, en als ze haar verlaten zullen hun gezinnen – vrouwen, kinderen, mannen – meer hebben dan ze ooit nodig hebben. Is dat geen mooie gedachte? Met meer dan 500 bedrijven kunnen de computers een handvol mensen uitzoeken, die bereid en in staat zijn tot zo'n regeling. Een eenvoudige uitbreiding van de mooie gedachte, meneer Scofield.'

'Nogal verdomd uitgebreid.'

'Echt niet. Er zijn veel meer werknemers die bezwijken onder een hartinfarct dan door geweld. Lees de dagelijkse doodsberichten maar eens. Maar ik weet dat dit maar één van de vele vragen is. Mag ik een wagen sturen om u te halen?'

'Dat mag u niet.'

'Er is geen aanleiding om vijandig te doen.'

'Ik ben niet vijandig. Ik ben voorzichtig. In wezen ben ik eigenlijk een lafaard. Ik heb ee schema opgezet en ik ben van pan me daaraan te houden. Ik ben er om precies halftwaalf. U praat, ik luister. Precies om kwart over twaalf ga ik met het meisje en de Rus naar buiten. Er zal een teken gegeven worden, dan gaan we in de auto en rijden naar uw hoofdingang. Dan krijgt u de röntgenfoto's en wij gaan weg. Als er ook maar de minste afwijking is, zullen de foto's verdwijnen. Ze zullen dan ergens anders terechtkomen.'

'Wij hebben het recht ze te onderzoeken,' protesteerde Guiderone. 'Op juistheid en voor spectroanalyse. We willen ons ervan overtuigen dat er geen kopieën gemaakt zijn. We moeten daar tijd voor hebben.'

De herdersjongen hapte. Het was heel logisch dat het weglaten van het onderzoek de zwakheid was waar Guiderone zich op wierp. Het grote elektrisch bediende ijzeren hek moest geopend worden en open blijven. Als het dicht bleef, zouden alle troepen en afleidingsmanoeuvres die ingezet konden worden, niet verhinderen dat iemand met een geweer op de auto schoot. Bray aarzelde.

'Eerlijk is eerlijk. Zorg dat u uitrusting en een technicus bij het poorthuis hebt. Verificatie neemt twee of drie minuten in beslag, maar het hek moet open blijven terwijl het gebeurt.'

'Uitstekend.'

'Tussen haakjes,' voegde Scofield eraan toe, 'ik meende wat ik zei tegen uw zoon...'

'U bedoelt senator Appleton, neem ik aan.'

'Neem maar aan. U zult de röntgenfoto's intact aantreffen, zonder belichtingstekens van dupliceren. Daarvoor riskeer ik mijn leven niet.'

'Daar ben ik van overtuigd. Maar ik vind dat er een zwak punt is in deze overeenkomst.'

'Een zwak punt?...' Bray voelde zich koud worden.

'Ja. Van halftwaalf tot kwart over twaalf is maar drie kwartier. Daarin kunnen we niet veel bepraten.'

Scofield ademde weer vrij. 'Als u overtuigend bent, zal ik weten waar ik u 's morgens kan vinden, niet waar?'

Guiderone lachte zacht met zijn vreemde, hoge stem. 'Natuurlijk. Heel eenvoudig. Je bent een logisch man.'

'Dat probeer ik te zijn. Om halftwaalf dus.' Bray hing op.

Hij had het gedaan! Elk systeem had een veiligheidssysteem, elk veiligheidssysteem een alternatief. De ruil was aan alle kanten gedekt.

Het was 11.29 toen hij door het hek van Appleton Hall reed en de oprijlaan opging die om het koetshuis boog naar het ommuurde buiten op de heuveltop. Toen hij de spelonkachtige garage van het koetshuis voorbij reed, was hij verbaasd een aantal limousines te zien staan. Een stuk of tien, twaalf chauffeurs in uniform stonden er te praten. Zo te zien mannen die elkaar kenden. Ze waren hier waarschijnlijk al eerder bij elkaar geweest.

De muur die het enorme hoofdgebouw omringde was meer voor het gezicht dan voor bescherming. Hij was nog geen drie meter hoog en zo ontworpen dat hij van onderaf veel hoger leek. Joshua Appleton I had een reusachtig stuk speelgoed laten maken. Een derde kasteel, een derde fort, een derde landhuis met een ongelooflijk uitzicht op Boston. De lichtjes van de stad flikkerden in de verte. De regen was opgehouden en liet een kille, doorschijnende damp achter in de lucht.

Bray zag twee mannen in het schijnsel van zijn koplampen. De een rechts beduidde hem te stoppen voor een opening in de muur. Hij stopte er. Het pad achter de muur was afgezet met twee zware kettingen die aan dikke ijzeren palen hingen. De deur aan het eind was in een overwelfde poort. Het enige dat ontbrak was een valpoort en dodelijke pinnen die neerkomen na het doorsnijden van een touw.

Bray kwam de auto uit en werd onmiddellijk over de motorkap geduwd. Elk plekje van zijn lichaam werd nagezocht op wapens. Door de wachters geflankeerd werd hij vergezeld naar de deur in de poort en toegelaten.

Op het eerste gezicht begreep Scofield waarom Nicholas Guiderone het Appleton-landgoed in bezit had. De trap, de kleden, de kandelaars... de zuivere grootsheid van de grote hal was adembenemend.

Het enige dat hem er het meest aan deed denken was de uitgebrande ruïne in Porto Vecchio, die eens Villa Matarese was geweest.

'Deze kant op, alstublieft,' zei de wacht rechts van hem en opende de deur. 'U hebt drie minuten tijd voor de gasten.'

Antonia wierp zich in zijn armen. De tranen liepen over haar wangen, de kracht van haar omhelzing was wanhopig. 'Liefste! Je komt ons halen!'

'Sst...' Hij hield haar vast. O god, hij had haar in zijn armen! 'We hebben geen tijd,' zei hij zacht. 'Nog even en we gaan hier weg. Alles komt in orde. We zullen vrij zijn.'

'Hij wil met je praten,' fluisterde ze. 'Vlug.'

'Wat?' Scofield deed zijn ogen open en keek achter Toni. Aan de andere kant van de kamer zat Talenjekov stijf rechtop in een leunstoel. Het gezicht van de Rus was bleek, zo bleek alsof het van kalk was. De linkerkant van zijn hoofd was verbonden, zijn oor en halve wang waren weggeschoten. Zijn hals en schouderblad waren ook verbonden en zaten in een T-vormige metalen beugel. Hij kon ze nauwelijks bewegen. Bray hield Antonia's hand vast en benaderde hem. Talenjekov was stervend. 'We gaan hier weg,' zei Scofield. 'We brengen je naar een ziekenhuis. Het komt best in orde.'

De Rus schudde langzaam, pijnlijk en bedachtzaam zijn hoofd. 'Hij kan niet praten, schat.' Toni raakte Wasili's wang aan. 'Hij heeft geen stem.'

'Jézus! Wat hebben ze...? Nou ja, over drie kwartier zijn we hier toch weg.'

Weer schudde Talenjekov zijn hoofd. De Rus probeerde hem iets te vertellen.

'Toen de wachten hem de trap afhielpen, had hij stuiptrekkingen,' zei Antonia. 'Het was verschrikkelijk. Ze werden met hem naar beneden getrokken en waren woedend. Ze sloegen hem steeds... en hij heeft zo'n pijn.'

'Werden ze meegetrokken...?' vroeg Bray verwonderd, en keek naar Talenjekov.

De Rus knikte en greep onder zijn hemd naar zijn riem. Hij trok er een pistool uit en schoof het over zijn benen naar Scofield.

'Hij is goed gevallen,' fluisterde Bray, glimlachte en knielde neer om het wapen aan te nemen. 'Je kunt die rotcommunisten niet vertrouwen.' Daarna bracht hij zijn mond vlak bij Talenjekovs rechteroor. 'Alles gaat goed. We hebben buiten mannen. Ik heb springladingen in de hele heuvel geplaatst. Ze willen het bewijs dat ik heb. We gaan weg.'

De KGB-man schudde nogmaals zijn hoofd. Toen hield hij ermee op, zijn ogen stonden wijd open en hij gebaarde Scofield naar zijn lippen te kijken.

De woorden werden gevormd: *Pazjar... sigda pazjar.*

Bray vertaalde ze: 'Vuur, altijd vuur?'

Talenjekov knikte en vormde toen andere woorden, nu met een nauwelijks hoorbaar gefluister. '*Zazjiganije... Pazjar.*'

'Explosies? Na de explosie vuur? Is dat wat je zegt?'

Weer knikte Talenjekov en zijn ogen keken smekend.

'Ik begrijp het niet,' zei Bray. 'We worden gedekt.'

De Rus schudde alweer zijn hoofd, nu heftig. Daarna hief hij zijn hand op en deed twee vingers over zijn lippen.

'Een sigaret?' vroeg Scofield. Wasili knikte. Bray haalde het pakje uit zijn zak, met een doosje lucifers. Talenjekov wees de sigaretten af en greep de lucifers.

De deur ging open en de wacht zei scherp: 'Dat is genoeg. Meneer Guiderone wacht op u. Zij zullen hier zijn als u klaar bent.'

'Dat is je geraden ook.' Scofield stond op en stak het pistool achter zijn riem onder de regenjas. Hij pakte Antonia's hand en liep met haar naar de deur. 'Ik kom straks terug. Niemand houdt ons meer tegen.'

Nicholas Guiderone zat achter het bureau in zijn bibliotheek. Hij had een groot hoofd met wit haar en een oudemannengezicht, de bleke huid was strak, terugwijkend op zijn slapen en uitgerekt en uitgezakt onder zijn donkere, glanzende ogen. Hij had iets van een kabouter. Je kon je hem wel voorstellen als de 'herdersjongen'.

'Zou u uw schema willen herzien, meneer Scofield?' vroeg Guiderone met zijn hoge, hese stem, terwijl hij Bray niet aankeek, maar papieren zat te bestuderen. 'Veertig minuten is echt heel weinig tijd en ik heb u heel wat te vertellen.'

'Dat kun je misschien een andere keer doen. Vanavond blijft het schema gehandhaafd.'

'O.' De oude man keek op en staarde Scofield nu aan. 'U denkt dat wij verschrikkelijke dingen gedaan hebben, niet waar?'

'Ik weet niet wat je gedaan hebt.'

'Dat weet u wél. Wij hebben bijna vier hele dagen de Rus bij ons gehad. Zijn monologen waren niet vrijwillig, maar met chemische hulp kwamen de woorden. U hebt het patroon van de grote maatschappijen over de hele wereld blootgelegd; u hebt gemerkt dat we via deze bedrijven overal geldsommen toestoppen aan terroristengroepen. Tussen twee haakjes, u had helemaal gelijk. Ik betwijfel of er ergens een effectieve groep fanaten is die geen voordeel van ons gehad heeft. U bespeurt dat allemaal, maar u kunt niet begrijpen waarom. Het ligt voor de hand, maar het ontgaat u.'

'Voor de hand?'

'Dat zijn uw eigen woorden. De Rus gebruikte ze, maar ze waren van u afkomstig. Door een chemisch middel geprikkeld spreken meertalige personen de taal van degene van wie ze de woorden gehoord hebben... Verlamming, meneer Scofield. Regeringen moeten verlamd worden. Dat wordt met niets zo snel en volledig bereikt als met de wilde chaos over de hele wereld die we terrorisme noemen.'

'Chaos...' fluisterde Bray. Dát was het woord waar hij steeds weer op kwam zonder ooit te weten waarom. Chaos. Botsende lichamen in de ruimte...

'Ja. Chaos!' herhaalde Guiderone en zijn schrikwekkende ogen waren twee glanzende zwarte stenen die het licht van de bureaulamp weerkaatsten. 'Als de chaos compleet is, als burgerlijke en militaire autoriteiten machteloos zijn en toegeven dat ze duizend ontwijkende wolventroepen niet met tanks en torpedo's en tactische wapens kunnen vernietigen, dan zullen de verstandige mannen hun plaats innemen. Het tijdperk van het geweld zal eindelijk voorbij zijn en dan kan deze wereld weer tot produktief leven komen.'

'Op een nucleaire ashoop?'

'Zoiets gebeurt niet. We hebben het bestuursapparaat beproefd. Onze mannen zitten daarin.'

'Waar heb je het in godsnaam over?'

'Regeringen, meneer Scofield!' riep Guiderone met vlammende ogen. 'Regeringen zijn uit de tijd! Ze kunnen niet langer toegestaan worden om te functioneren. Als ze dat wel doen, beleeft onze planeet de volgende eeuw niet meer. Regeringen zoals wij ze gekend hebben zijn niet langer van werkelijk belang. Ze moeten vervangen worden.'

'Door wie? Door wat?'

De oude man ging zachter spreken. Zijn stem werd hol en hypnotiserend. 'Door een nieuw ras van filosofische heersers, om ze zo maar te noemen. Mannen die deze wereld begrijpen zoals zij zich werkelijk voordoet, die haar mogelijkheden meten in termen van hulpbronnen, technologie en produktiviteit, die zich niet druk maken over de huidskleur van de mens of de erfenis van zijn voorouders of welke afgoden hij aanbidt. Zij bekommeren zich alleen om zijn volledige produktieve potentieel als menselijk wezen. En zijn bijdrage aan de markt.'

'Mijn god,' zei Bray. 'Je hebt het over de conglomeraten.'

'Ergert u dat?'

'Niet als ik er een bezat.'

'Heel goed.' Guiderone brak even in jakhals-achtig lachen uit; maar het lachen hield meteen weer op. 'Maar dat is een beperkt gezichtspunt. Er waren mensen onder ons die dachten dat speciaal u dat wel begrijpen zou. U hebt die andere nutteloosheid gezien en u hebt hem meegemaakt.'

'Uit vrije wil.'

'Heel, heel goed. Maar u veronderstelt dat er geen keus is in onze structuur. Dat is niet waar. Een man is vrij om al zijn mogelijkheden te ontwikkelen. Hoe groter zijn produktiviteit, des te groter zijn vrijheid en beloningen.'

'Stel dat hij niet produktief wil zijn, zoals jij het definieert?'

'Dan ligt het voor de hand dat er een kleinere beloning is voor de kleinere bijdrage.'

'Wie bepaalt dat?'

'Opgeleide eenheden van leidinggevend personeel die alle technologie gebruiken die ontwikkeld is door de moderne industrie.'

'Ik denk dat het een goed idee zou zijn om ze te leren kennen.'

'Verdoe geen tijd met sarcasme. Over de hele wereld zijn dagelijks zulke groepen aan het werk. De internationale maatschappijen doen geen zaken om geld te verliezen of voordelen te verbeuren. Het systeem werkt. We bewijzen het iedere dag. De nieuwe maatschappij zal functioneren in een concurrerende, niet-gewelddadige structuur. Regeringen kunnen dat niet langer garanderen en ze zijn overal op weg naar nucleaire botsingen. Maar de Chrysler Corporation maakt geen oorlog met Volkswagen. De lucht is niet vol vliegtuigen om fabrieken weg te vagen en hele steden die om het een of andere bedrijf liggen. De nieuwe wereld zal gewijd zijn aan de markt, aan de ontwikkeling van hulpbronnen en technologie die de produktieve overleving van de mensheid verzekert. Er is geen andere weg. De multinationale gemeenschap is het bewijs, die is agressief, zeer concurrerend, maar geweldloos. Hij draagt geen wapens.'

'Chaos,' zei Bray. 'Het botsen van lichamen in de ruimte... vernietiging vóór de schepping van de orde.'

'Ja, meneer Scofield. De periode van het geweld voor het blijvende tijdperk van rust. Maar regeringen en hun leiders doen niet gemakkelijk afstand van hun verantwoordelijkheden. Mannen die met de rug tegen de muur staan moet een alternatief gegeven worden.'

'Alternatief?'

'In Italië hebben we twintig procent van het parlement in handen. In Bonn twaalf procent van de Bondsdag; in Japan bijna eenendertig procent van de Diet. Hadden we dat gekund zonder de Brigate

Rosse of Baader-Meinhof of het Rode Leger van Japan? Ons gezag groeit elke maand. Met elke terreurdaad komen we dichter bij ons doel: de totale afwezigheid van geweld.'

'Dat is niet wat Guillaume de Matarese zeventig jaar geleden voor ogen stond.'

'Het komt er dichterbij dan u denkt. De padrone wilde de corrupte lieden in de regeringen vernietigen, wat maar al te vaak een hele regering betekende. Hij gaf ons de structuur, de methodes en huurmoordenaars om politieke groeperingen overal tegen de tegenstanders op te zetten. Hij verschafte het kapitaal om het allemaal in beweging te zetten en hij toonde ons de weg naar de chaos. Alles wat overbleef was er iets voor in de plaats te stellen. Wij hebben het gevonden. Wij zullen deze wereld van zichzelf redden. Er kan geen grootser doel zijn'

'Je bent overtuigend,' zei Scofield. 'Ik denk dat we een basis kunnen hebben om verder te praten.'

'Ik ben blij dat u dat denkt,' antwoordde Guiderone en zijn stem klonk plotseling weer koel. 'Het geeft voldoening te weten dat je overtuigend bent, maar het is veel interessanter om de reacties van een leugenaar te bezien.'

'Leugenaar?'

'U had hier deel aan kunnen hebben!' De oude man krijste weer. 'Na die nacht in Rock Creek Park heb ik zelf de raad bijeengeroepen. Ik zei dat ze opnieuw moesten taxeren, herwaarderen! Beowulf Agate zou van onschatbare waarde kunnen zijn! De Rus was waardeloos, maar ú niet. De inlichtingen waarover u beschikte konden de morele posities van Washington bespottelijk maken. Ik zelf zou u directeur van de hele veiligheidsdienst gemaakt hebben. Op mijn voorstel probeerden we wekenlang u te benaderen, u over te halen, u een van ons te maken. Dat is natuurlijk niet langer mogelijk. U bent meedogenloos in uw bedrog! Om kort te gaan: u bent niet te vertrouwen. U bent nóóit te vertrouwen!'

Bray zat voorover. De herdersjongen was een maniak, dat was te zien aan zijn maniakale ogen in de holten van zijn bleke, hoekige schedel. Hij was een man die in staat was tot rustig, schijnbaar logisch praten, maar hij werd beheerst door onredelijkheid. Hij was een bom en een bom moest in bedwang gehouden worden. 'Als ik jou was, zou ik het doel van mijn komst maar niet vergeten.'

'Uw doel?' Dat zal in elk geval bereikt worden. U wilt de vrouw? U wilt Talenjekov? Ze zijn van u! U zult samen zijn, dat verzeker ik u. U wordt hier vandaan weggebracht, ver weg en er zal nooit meer iets van u vernomen worden.'

'Laten we zaken doen, Guiderone. Maak geen dwaze fouten. Je hebt een zoon die de volgende president van de Verenigde Staten kan zijn... zolang hij Joshua Appleton is. Maar dat is hij niet, en ik heb de röntgenfoto's die dat bewijzen.'

'De röntgenfoto's!' brulde Guiderone. 'Jij ezel!' Hij drukte op een knop op zijn bureaupaneel en zei: 'Breng hem binnen. Breng onze geachte gast binnen.' De herdersjongen ging achterover in zijn stoel zitten. De deur achter Scofield ging open.

Bray keerde zich om... lichaam en geest bevangen door pijn bij wat hij zag.

Robert Winthrop werd, gezeten in een rolstoel, zijn ogen glazig zijn gezicht gekneusd, binnengebracht door de man die al twintig jaar zijn chauffeur was. Stanley glimlachte met een arrogante uitdrukking. Scofield sprong op. De chauffeur hief zijn hand op van achter de rolstoel. Hij hield een pistool vast.

'Jaren geleden,' zei Guiderone, 'werd een marine-sergeant veroordeeld om het grootste deel van zijn leven in de gevangenis door te brengen. Wij vonden produktiever werk voor een man met zijn vaardigheden. Het was noodzakelijk dat de vriendelijke oude staatsman, bij wie iedereen in Washington troost en raad zocht, zeer grondig bewaakt werd. We zijn heel wat te weten gekomen.'

Bray wendde zijn blik af van de gehavende Winthrop en staarde Stanley aan. 'Gefeliciteerd, jij... schoft! Wat heb je gedaan? Hem met je pistool geslagen?'

'Hij wilde niet komen,' zei Stanley, wiens glimlach verdween. 'Hij viel.'

Scofield liep naar voren. De chauffeur hief zijn pistool hoger en mikte op Brays hoofd. 'Ik ga met hem praten,' zei Scofield, die het wapen negeerde en bij Winthrops voeten knielde. Stanley keek de herdersjongen aan. Bray zag dat Guiderone instemmend knikte. 'Meneer de ambassadeur?'

'Brandon...' Winthrops stem was zwak, zijn vermoeide ogen stonden droevig. 'Ik vrees dat ik je niet erg geholpen heb. Ze zeiden tegen de president dat ik ziek was. Er zijn buiten geen soldaten, er is geen commandopost, er wacht niemand op je om een lucifer aan te strijken en naar het hek te rijden. Ik heb je in de steek gelaten.'

'De envelop?'

'Bergeron denkt dat ik hem heb. Hij kent Stanley, weet je. Hij nam het volgende vliegtuig naar Boston. Het spijt me, Brandon. Het spijt me, het is heel, heel jammer. Van heel veel dingen.' De oude man blikte op naar de ex-marineman met wie hij zoveel jaar bevriend was geweest, daarna weer naar Scofield. 'Ik heb het evangelie van de onzin, naar Nicholas Guiderone, gehoord. Weet je wat ze gedaan hebben? Mijn god, weet je wat ze gedaan hebben?'

'Ze hebben het nog niet gedaan,' zei Bray.

'In januari hebben ze het Witte Huis! De regering zal hún regering zijn!'

'Dat zal niet gebeuren.'

'Het gebeurt wél!' gilde Guiderone. 'En de wereld zal een betere wereld zijn. Overal! De periode van geweld zal eindigen... duizend jaar produktieve rust zal ervoor in de plaats komen!'

'Duizend jaar...?' Scofield stond op. 'Dat heeft een andere maniak ook eens gezegd. Wordt het uw eigen duizendjarig *Reich*?'

'Vergelijkingen hebben geen betekenis, etiketten slaan nergens op! Er is geen verband.' De herdersjongen stond op achter zijn bureau en zijn ogen waren weer vurig. 'In onze wereld kunnen de naties hun leiders behouden, de volken hun identiteit. Maar de regeringen zullen geleid worden door de multinationals. overal. De marktwaarden zullen alle volken van de wereld verbinden!' Bray ving het woord op en het deed hem walgen. 'Identiteit? In jouw wereld zijn er geen identiteiten! Daar zijn we nummers en symbolen in computers! Cirkels en vierkanten.'

'We moeten onze persoonlijkheid gedeeltelijk verliezen om de vrede te kunnen laten voortduren.'

'Dan zijn we robots!'

'Maar levend. En functionerend!'

'Hoe dan? Vertel me dat eens? Jij daar! Jij bent geen persoon meer, je bent een factor. Je bent X of Y of Z, en wat je ook doet, het wordt gemeten en opgeslagen op bandspoelen door experts die opgeleid zijn om factoren te evalueren. Ga door, factor! Wees produktief of de experts ontnemen je je brood... of die glanzende nieuwe auto!' Scofield zweeg even in zijn koortsachtigheid. 'Je hebt ongelijk. Geef mij maar de onvolmaakte wereld, waar ik weet wie ik ben.'

'Zoek die maar in de andere wereld!' schreeuwde de herdersjongen. 'Daar zul je gauw genoeg zijn!'

Bray voelde het gewicht onder zijn riem – het pistool dat de stervende Talenjekov hem bezorgd had. De bezoeker van Appleton Hall was grondig onderzocht op wapens. Er was niets gevonden, maar zijn oude vijand had gezorgd dat hij een wapen kreeg. Het besluit om een laatste gebaar te maken was klinisch. Er was tenslotte toch geen hoop. Maar voor hij probeerde te doden en gedood werd, zou hij het gezicht van Guiderone zien als hij het hem vertelde. 'Je zei straks dat ik een leugenaar was, maar je hebt er geen idee van hoe ver mijn leugens gingen. Jij denkt de röntgenfoto's te hebben, niet waar?'

'We weten dat we ze hebben.'
'Anderen weten ook dat ze ze hebben.'
'Is het waar?'
'Ja zeker. Heb je ooit gehoord van een Alpha Twaalf-kopieermachine? Het is een van de mooiste apparaten die ooit ontworpen zijn. Het is het enige kopieerapparaat dat een röntgennegatief positief kan kopiëren. Een afdruk die zo precies is dat hij voor de rechtbank als bewijsstuk wordt geaccepteerd. Ik heb de bovenste vier röntgenfoto's van beide moedervellen uit Andover afgesneden, er kopieën van gemaakt en ze naar vijf verschillende mannen in Washington gestuurd! Het is afgelopen met je, dit is je einde! Daar zullen ze voor zorgen.'

'En nu is het wel genoeg.' Guiderone kwam achter zijn bureau vandaan. 'We zitten midden in een vergadering en jij hebt me al genoeg tijd gekost.'

'Ik denk dat je beter kunt luisteren!'

'En ik denk dat je maar eens naar dat gordijn moet lopen en aan het koord trekken. Dan zul je onze vergaderzaal zien, maar degenen die er binnen zijn zullen jou niet zien... Ik weet dat ik de technische kant ervan niet uit hoef te leggen. Je hebt zo graag de leden van de Matarese raad willen ontmoeten... doe het nu maar. Ze zijn er niet allemaal vanavond, en ze zijn niet allemaal gelijk, maar er is een behoorlijke verzameling. Help jezelf. Alsjeblieft.'

Bray liep naar het gordijn, voelde het koord en trok eraan. De gordijnen gingen van elkaar en lieten een grote kamer zien met een grote ovale conferentietafel waar ruim twintig mannen omheen zaten.

Er stonden karaffen cognac bij elke zitplaats, naast papier, pennen en kruiken met water. De verlichting kwam van kristallen kandelaars, versterkt door een gelig schijnsel aan het andere einde van de zaal waar een vuur gloeide. Het had de enorme eetzaal van Villa Matarese kunnen zijn, die zo tot in detail beschreven was door een blinde vrouw in het heuvelland boven Porto Vecchio. Scofield merkte dat hij naar een balkon zocht met daarop een bang meisje dat zich in de schaduw verborg.

Maar zijn blik werd getrokken naar de muur van minstens dertien meter achter de tafel. Een man met een aanwijsstok sprak de anderen toe vanaf een klein spreekgestoelte. Alle ogen waren op hem gericht.

De man was in het uniform van het Amerikaanse leger. Het was de voorzitter van de verenigde chefs van staven.

'Ik zie dat je de generaal voor de kaart herkent.' De stem van de herdersjongen bewees nogmaals de woorden van de blinde vrouw:

wreder dan de wind. 'Zijn aanwezigheid verklaart denk ik de dood van Anthony Blackburn. Misschien zou ik je enkelen van de anderen voor moeten stellen, in *absentia*... In het midden van de tafel, direct onder het spreekgestoelte zit de minister van buitenlandse zaken, naast hem de Russische ambassadeur. Tegenover de ambassadeur zit de directeur van de Central Intelligence Agency. Hij schijnt een onderonsje te hebben met de Russische commissaris van Planning en Ontwikkeling. Eén man die je misschien interesseert ontbreekt. Hij behoorde het niet te doen, zie je, maar hij belde toch de CIA op nadat hij een heel vreemd telefoontje via Lissabon kreeg. De eerste adviseur van de president voor buitenlandse politiek. Hij heeft een ongeluk gehad. Zijn post wordt onderschept, de laatste röntgenfoto's zijn nu ongetwijfeld in onze handen... Moet ik doorgaan?' Guiderone trok aan het koord en de gordijnen schoven voor het raam.

Scofield hief zijn hand, het gordijn werd nog even tegengehouden. Hij keek niet naar de mannen aan de tafel. De boodschap was duidelijk. Hij keek naar een wacht die voor een deur stond, rechts van het haardvuur. De man stond in de houding, de blik vooruit. In zijn hand hield hij een geladen .30-kaliber machinegeweer.

Talenjekov wist van dit verraad op de hoogste niveaus. Hij had anderen horen praten toen ze de naalden in hem staken die zijn leven verder weg deden ebben.

Zijn vroegere vijand had geprobeerd hem een laatste kans te geven om te kunnen leven. Zijn laatste kans. Wat zei hij ook al weer?

Pazjar... sigda pazjar! Zazjiganye pazjar!

Als de ontploffingen beginnen, volgt er vuur.

Hij wist niet wat hij bedoelde, maar hij wist dat hij zich daardoor moest laten leiden. Zij tweeën waren de besten. De enige prof die je gelijke is op aarde, die vertrouw je.

En dat betekende zich beheersen zoals de ander dat zou vragen. Geen verkeerde zet doen nu. Stanley stond bij Winthrops rolstoel met zijn pistool op Bray gericht. Als hij zich maar kon omdraaien, het wapen onder zijn regenjas vandaan halen... Hij keek neer op Winthrop en zijn aandacht werd getrokken door de ogen van de oude man. Winthrop probeerde hem iets te vertellen, net als Talenjekov dat gedaan had. Het lag in zijn ogen. De oude man draaide ze steeds naar rechts. Dat was het! Stanley was nu naast de rolstoel, niet erachter. Met heel kleine, nauwelijks waarneembare bewegingen draaide Winthrop zijn stoel om. Hij was op Stanleys pistool uit! Zijn ogen vertelden hem dat. Ze vertelden hem ook dat hij moest blijven praten.

Scofield keek onopvallend op zijn horloge. Het was nog zes minuten voor de serie ontploffingen zou beginnen. Hij had er drie nodig voor de voorbereiding. Er bleven er drie over om Stanley uit te schakelen en iemand anders in te zetten. 180 seconden. Blijf praten!

Hij wendde zich naar het monster naast hem. 'Weet je nog dat je hem doodde? Toen je die nacht in Villa Matarese de trekker overhaalde?'

Guiderone staarde hem aan. 'Dat zal ik geen ogenblik vergeten. Dat was mijn bestemming. Dus de hoer van Villa Matarese leeft nog.'

'Niet meer.'

'Nee? Dat stond niet in de brief die je aan Winthrop stuurde. Dus ze werd gedood?'

'Door de legende. *Per nostro circolo.*'

De oude man knikte. 'Woorden die lang geleden iets inhielden, maar nu iets heel anders betekenen. Ze bewaken nog steeds het graf.'

'Ze zijn er nog bang voor. Dat graf zal nog eens de ondergang voor hen allen worden.'

'De waarschuwing van Guillaume de Matarese.' Guiderone liep terug naar zijn bureau.

Blijf praten. Winthrop drukte op de wielen van zijn rolstoel, met iedere druk een centimeter.

'Waarschuwing of profetie?' vroeg Bray vlug.

'Dat komt vaak op hetzelfde neer, niet waar?'

'Ze noemden je de herdersjongen.'

Guiderone keerde zich om. 'Ja, dat weet ik. Het was maar gedeeltelijk waar. Als kind moest ik op mijn beurt de kuddes hoeden, maar dat gebeurde steeds minder vaak. Dat wilden de priesters zo, die hadden andere plannen met mij.'

'Priesters?'

Winthrop bewoog zich weer.

'Ik had ze verbaasd doen staan. Toen ik zeven was, kende en begreep ik de catechismus beter dan zij zelf. Met acht kon ik lezen en schrijven in het Latijn. Voor mijn tiende kon ik meepraten over de ingewikkeldste theologische zaken en dogma's. De priesters zagen mij als de eerste Corsicaan die naar het Vaticaan zou gaan om een hoge post te bereiken... misschien de hoogste. Ik zou tot eer strekken van hun parochies. Die eenvoudige priesters uit de heuvels van Porto Vecchio merkten eerder dat ik een genie was dan ik zelf. Ze praatten met de padrone en verzochten hem om mijn studies te betalen... Guillaume de Matarese deed dat op een manier die hun begrip ver te boven ging.'

Veertig seconden. Winthrop was een halve meter van het pistool af. Blijf praten!

'Maakte De Matarese toen zijn afspraken met Appleton? Joshua Appleton II?'

'De Amerikaanse industriële expansie was buitengewoon sterk. Het was de logische plaats voor een begaafde jongeman met een fortuin tot zijn beschikking.'

'Was je getrouwd? Je had een zoon.'

'Ik kocht een vat, het volmaaktst gevormde vrouwelijke wezen om kinderen te laten baren. Het ontwerp was er altijd al.'

'Hoorde daarbij ook de dood van de jonge Joshua Appleton?'

'Een ongeluk door oorlog en noodlot. Het besluit was een gevolg van de heldendaden van de kapitein, het maakte geen deel uit van het oorspronkelijke plan. Het was in plaats daarvan een ongeëvenaarde gelegenheid om aan te grijpen. Ik denk dat we genoeg gepraat hebben.'

Nú! Winthrop schoot uit zijn stoel. Zijn handen grepen Stanleys pistool, trok het met al zijn kracht naar zich toe en weigerde het los te laten. Het wapen ging af. Bray trok zijn eigen pistool en mikte op de chauffeur. Winthrop zakte voorover. Hij was door de keel geschoten. Scofield haalde eenmaal de trekker over, meer was niet nodig. Stanley viel.

'Blijf bij dat bureau vandaan!' gilde Bray.

'Je bent gefouilleerd! Dat kan niet. Waar...?'

'Van een betere man dan enige computer van jou ooit zou kunnen vinden!' zei Scofield, die heel even met smart naar de dode Winthrop keek. 'Net als hij was.'

'Je komt er nooit uit!'

Bray sprong naar voren, greep Nicholas Guiderone bij zijn keel en duwde hem tegen het bureau. 'Je doet wat ik je zeg of ik schiet je door je oog!'

Hij drukte het pistool in de holte onder Guiderones rechteroog.

'Dood me niet!' commandeerde de opperheer van het Matarese genootschap. 'De waarde van mijn leven is te hoog! Mijn werk is nog niet klaar. Het moet af zijn voor ik sterf!'

'Jij bent alles wat ik op de wereld haat in eigen persoon,' zei Scofield en drukte het pistool in de schedel van de oude man. 'Verder hoef ik je niets te vertellen. Elke seconde die je blijft leven betekent dat je er misschien nog één beleeft. Doe wat ik zeg. Ik druk op de knop – dezelfde knop waar jij eerder op drukte. Je gaat het volgende bevel geven. Doe dat op de juiste manier, anders zul je nooit meer iets zeggen. Je zegt tegen degene die opneemt: Stuur de wacht uit de vergaderzaal naar binnen, degene met het machinegeweer. Heb je me gehoord?' Hij drukte Guiderones hoofd over het bureau en drukte op de knop.

'Stuur de wacht uit de vergaderzaal naar binnen.' De woorden werden haastig uitgesproken, maar de angst was niet te horen. 'Degene met het machinegeweer.'

Scofield klemde zijn linkerarm om Guiderones hals, sleepte hem naar de gordijnen en trok ze open. Door het raam zag hij een man de zaal doorlopen naar de wacht. Deze knikte, richtte zijn wapen naar beneden en liep vlug de zaal door naar de uitgang met het poortgewelf.

'*Per nostro circolo*,' fluisterde Bray. Hij kneep met al zijn kracht Guiderones keel dicht als een bankschroef en kraakte bot en kraakbeen. Er knapte iets en er werd adem uitgestoten. De ogen van de oude man puilden uit hun kassen. Zijn nek was gebroken. De 'herdersjongen' was dood.

Scofield rende door de kamer naar de deur en drukte zijn rug tegen de muur bij de scharnieren. De deur ging open. Hij zag eerst het naar beneden gerichte wapen en een fractie van een seconde later de wacht. Bray trapte de deur dicht en zijn beide handen schoten naar de keel van de man.

De afgematte wachtmeester van het politiedistrict Boylston Street keek neer op de slanke, goed uitziende vrouw wier mond was samengetrokken en wier ogen afkeurend vernauwd waren. Hij hield de envelop in zijn handen.

'Goed, dame, u hebt hem bezorgd en ik heb hem. Goed? De telefoons zijn wat druk vanavond, goed? Ik kijk ernaar zo gauw ik kan, goed?'

'Niet goed. Wachtmeester... Witkowski,' zei de vrouw die de naam op het bordje op het bureau las. 'De burgers van Boston zullen niet werkeloos toezien dat hun rechten worden beknot door criminele elementen. Wij zijn met recht boos en ze zullen ons geroep horen. Er wordt op u gelet, wachtmeester! Er zijn mensen die onze nood begrijpen en ze stellen u op de proef. Ik raad u aan niet zo nonchalant...'

'Goed, goed.' De wachtmeester scheurde de envelop open en trok er een vel geel papier uit. Hij vouwde het open en las de woorden die met grote blauwe letters geschreven waren. 'Jezus Christus op een houtvlot,' zei hij rustig en zijn ogen gingen plotseling wijd open van verbazing. Hij keek neer op de afkeurend kijkende vrouw alsof hij haar voor het eerst zag. Terwijl hij haar aanstaarde stak hij zijn hand uit naar een knop op zijn bureau en hij drukte er herhaaldelijk op.

'Wachtmeester, ik maak ten strengste bezwaar tegen uw godslasterlijke taal...'

Boven alle deuren in het politiebureau begonnen rode lampen aan en uit te gaan. Van binnenuit weerklonk het geluid van een alarmbel tegen de muren van kamers en gangen. Binnen enkele seconden gingen er deuren open en kwamen gehelmde mannen naar buiten, die haastig vijf centimeter dikke kogelvrije schilden van canvas en staal voor hun borst bonden.

'Grijp haar!' schreeuwde de sergeant. 'Houd haar armen vast! Gooi haar in de bomkamer!'

Zeven agenten gingen op de vrouw af. Een inspecteur kwam zijn bureau uitsnellen. 'Wat is er in godsnaam aan de hand, sergeant?'

'Kijk maar!'

De inspecteur las de woorden op het gele papier. 'O god!'

Aan de fascistische zwijnen van Boston, beschermers van de Albasten Bruid. Dood aan de economische tirannen! Dood aan Appleton Hall!
Terwijl de zwijnen dit lezen, zullen onze bommen doen wat we met onze verzoeken niet kunnen bereiken. Onze zelfmoordbrigades zijn op hun posten om iedereen te doden die de rechtvaardige slachting ontvluchten. Dood aan Appleton Hall!
Het Derde-wereldleger voor Bevrijding en Recht

De inspecteur gaf zijn instructies. 'Guiderone heeft bewakers om het hele gebied. Waarschuw het huis! Bel daarna Brookline, vertel ze wat er aan de hand is. Roep alle patrouilles op die we in de buurt van Jamaica Way hebben en stuur ze erheen.' De inspecteur zweeg, tuurde naar het gele papier met de precieze blauwe letters erop en voegde er toen scherp aan toe: 'Godverdomme! Draai het Centrale Hoofdkwartier. Ik wil dat ze hun beste groep naar Appleton Hall sturen.' Hij ging weer terug naar zijn kantoor, wachtte even en keek met afschuw naar de vrouw die door een deur werd geduwd. Haar armen werden uitgespreid vastgehouden en ze werd aangepord door mannen met gecapitonneerde vesten en helmen. 'Derde-wereldleger voor Bevrijding en Recht! Stel idiote rotzakken! Berg haar op!' brulde hij.

Scofield sleepte het lichaam van de wacht door de kamer en verborg het achter Guiderones bureau. Hij liep naar de dode herdersjongen en keek een kort ogenblik naar het arrogante gezicht. Als het mogelijk was om meermalen te doden, zou Bray dat nu doen. Hij trok Guiderone naar de verste hoek en smeet het lichaam daar neer. Daarna stond hij stil bij Winthrops lijk en wilde dat er op een of andere manier tijd was om afscheid te nemen.

Hij greep het machinegeweer van de wacht van de vloer en rende naar de gordijnen. Hij trok ze open en keek op zijn horloge. Over vijftig seconden zouden de ontploffingen beginnen. Hij controleerde het wapen dat hij vasthield. Alle patroonhouders waren vol. Hij keek door het raam de vergaderzaal in en zag wat hij tevoren niet gezien had, omdat de man er niet eerder was geweest.

De senator was aangekomen. Alle ogen waren nu op hem gericht. De magnetische aanwezigheid biologeerde allen die in de kamer waren. De ongedwongen beleefdheid, het afgeleefde en toch nog knappe gezicht dat aan iedereen aandacht schonk, al was het maar heel even, en iemand het idee gaf dat hij bijzonder was. En elke man werd aangetrokken door de pure macht. Dit was de volgende president van de Verenigde Staten en hij was een van hen.

Voor het eerst sinds al die jaren dat Scofield dat gezicht had gezien, zag hij wat een verwoeste alcoholische moeder zag: het was een masker. Een briljant ontworpen, vernuftig geprogrammeerd masker... een geprogrammeerde geest.

Twaalf seconden nog!

Er kraakte een luidspreker op het bureau. Er klonk een stem door.

'Meneer Guiderone, we moeten onderbreken! We hebben telefoontjes gehad van de politie uit Boston en Brookline! Er zijn berichten over een gewapende aanval op Appleton Hall. Van mensen die zichzelf het Derde-wereldleger voor Bevrijding en Recht noemen. Er staat bij ons op geen enkele lijst een dergelijke organisatie. Onze patrouilles zijn gewaarschuwd. De politie wil dat iedereen blijft...'

Nog twee seconden!

Het nieuws was doorgegeven aan de vergaderzaal. Mannen sprongen op van hun stoelen en graaiden papieren bij elkaar. Hun eigen persoonlijke paniek brak uit: hoe kan de aanwezigheid van zulke mannen worden verklaard? Wie zou dat verklaren?

Eén seconde!

Bray hoorde de eerste ontploffing achter de muren van Appleton Hall. Het was in de verte, helemaal onderaan de heuvel, maar onmiskenbaar. Het geluid van snelvuurwapens volgde. Mannen schoten in de richting van de eerste explosies.

In de vergaderzaal nam de paniek toe. De *consiglieri* van de Matarese beweging liepen haastig rond, één enkele bewaker stond rustig bij de overwelfde deur met zijn machinegeweer naar buiten gericht. Plotseling besefte Scofield wat de machtige mannen deden. Ze gooiden papieren en kaarten in het haardvuur aan het einde van de zaal.

Dit was zijn ogenblik. De wacht zou de eerste zijn, maar alleen de eerste.

Bray sloeg het raam kapot met de loop van zijn automatische wapen en opende het vuur. De wacht draaide zich om toen de kogels hem raakten. Zijn automatische geweer stond op snelvuur. De doodskramp van zijn vinger op de trekker liet het geweer in het wilde weg vuren. De .30-kaliber hulzen ratelden uit de uitwerper, muren, kandelaars en mannen barstten, verbrijzelden en zakten in elkaar door de kogels. Doodsschreeuwen en gillen van afgrijzen vulden de zaal.

Scofield kende zijn doelen, zijn ogen zagen de levens vol geweld. Hij sloeg de puntige stukken glas weg en schouderde het geweer. Hij haalde de trekker over met snel bepaalde, behoorlijk goed gerichte vuurstoten. Bij elke stoot een dode.

Het geweer spoot de kogels door het raam. De generaal viel en de aanwijsstok in zijn hand haalde zijn gezicht open toen hij in elkaar zakte. De minister van buitenlandse zaken kromp ineen naast de tafel; Scofield schoot hem door zijn hoofd. De directeur van de Central Intelligence Agency rende zijn collega van de National Security Council achterna, naar de poort. In hun hysterie sprongen ze over lichamen. Bray raakte ze beiden. De keel van de directeur was een en al bloed, de voorzitter van de NSC hief zijn handen naar een voorhoofd dat er niet meer was.

Waar was hij? Juist hij moest gevonden worden!

Dáár was hij!

De senator zat onder de vergadertafel gehurkt voor het laaiende haardvuur. Scofield richtte op het doel van zijn leven en haalde de trekker over. Het sproeivuur van kogels sloeg in het hout, sommige moesten er wel doorheen gaan. Dat deden ze ook! De senator viel achterover en stond weer op. Bray gaf nog een vuurstoot. De senator draaide zich om, viel in het vuur en sprong er toen weer uit. Vuur en bloed bedekten zijn lichaam. Hij rende blindelings vooruit, daarna naar links en greep het wandkleed toen hij viel.

Het kleed vatte vlam en in zijn dodelijke val trok de senator het van de muur. Het reusachtige doek kwam met een boog brandend neer op de vergadertafel. Het vuur breidde zich uit, de vlammen sloegen over naar alle hoeken van de enorme ruimte.

Brand!

Na de ontploffingen. Brand!...

Talenjekov.

Scofield rende van het raam weg. Hij had gedaan wat hij móest doen. Nu was het ogenblik gekomen om te doen wat hij zo wanhopig graag wilde doen. Als het kón, als er nog énige hoop was. Voor de deur bleef hij staan en controleerde de overgebleven munitie. Hij had nog flink wat overgehouden. De derde en vierde springlading aan de voet van de heuvel waren ontploft. De vijfde en zesde waren gepland om over een paar seconden te ontploffen. Daar was de vijfde. Hij trok de deur open en vloog erdoor met het geweer in de aanslag. Hij hoorde de zesde explosie. Twee wachten bij de kathedraalachtige toegangsdeuren sprongen van het pad buiten in zicht. Bray gaf twee vuurstoten: de wachters van de Matarese beweging vielen.

Hij rende naar de deur van de kamer waarin Antonia en Talenjekov waren. Hij was op slot.

'Ga bij de deur weg! Ik ben het!' Hij vuurde vijf kogels in het hout rondom het slot. Het versplinterde. Hij trapte de zware deur open en die sloeg tegen de muur. Bray rende naar binnen.

Talenjekov was van zijn stoel af en zat geknield bij de sofa aan het eind van de kamer met Toni naast zich. Ze werkten beiden verwoed en scheurden kussens uit overtrekken. Scheuren... kussens? Wat deden ze toch! Antonia keek op en riep: 'Vlug! Help ons!'

'Wat?' Hij ging snel naar ze toe.

'*Pazjar!*' De Rus moest zijn stem geweld aandoen; het klonk nu als een fluisterend gebrom.

Zes kussens waren uit de overtrekken. Toni ging staan en gooide vijf van de kussens door de kamer.

'Nu!' zei Talenjekov en gaf haar de lucifers die hij eerder van Bray gekregen had. Ze rende naar het verste kussen, stak een lucifer aan en hield hem bij de zachte stof. Die vatte onmiddellijk vlam. De Rus stak zijn hand uit naar Scofield. 'Help me... opstaan!' Bray trok hem van de vloer. Talenjekov klemde het laatste kussen tegen zijn borst. Ze hoorden de zevende ontploffing in de verte en er volgde staccato geweervuur dat door het geschreeuw in het huis drong.

'Kom!' gilde Scofield en sloeg zijn arm om het middel van de Rus. Hij keek om naar Toni. Ze had het vierde kussen aangestoken. Vlammen en rook vulden de kamer. 'Kom! We gaan naar buiten!'

'Nee!' fluisterde Talenjekov. 'Jij! Zij! Breng mij bij de deur!' De Rus hield het kussen vast en viel naar voren.

De grote hal van het huis was vol met rook. Het vuur uit de vergaderzaal drong onder deuren door en door de booggewelven, terwijl mannen de trap oprenden naar ramen, gunstige punten – hoog gelegen – om hun wapens op de indringers te richten. Een wacht merkte hen op en hij hief zijn machinegeweer.

Scofield vuurde het eerst. De man werd geraakt en sloeg achterover.

'Luister naar me!' hijgde Talenjekov. 'Altijd *pazjar*! Bij jou is het opeenvolging, bij mij is het vuur!' Hij hield het zachte kussen op. 'Steek het aan! Ik zal de race van mijn leven hebben!'

'Doe niet zo dwaas.' Bray probeerde het kussen af te pakken, maar de Rus liet dat niet toe.

'*Njet!*' Talenjekov keek Scofield aan met een laatste smeekbede in zijn ogen. 'Als ik kon zou ik het niet erg vinden om verder te leven. Jij ook niet. Doe dit voor me, Beowulf. Ik zou het voor jou ook doen.'

Bray beantwoordde de blik van de Rus. 'We hebben samengewerkt,' zei hij alleen maar. 'Daar ben ik trots op.'

'Wij waren de allerbesten.' Talenjekov glimlachte en bracht zijn hand tegen Scofields wang. 'Zo, vriend. Doe wat ik voor jou zou doen.'

Bray knikte en wendde zich naar Antonia. Er stonden tranen in haar ogen. Hij nam het doosje lucifers van haar aan, streek er een aan en hield die onder het kussen.

De vlammen sloegen omhoog. De Rus draaide zich om en drukte het vuur tegen zijn borst. En met het gebrul van een gewond dier dat plotseling bevrijd wordt uit een dodelijke klem, schoot Talenjekov naar voren, stuwde zichzelf tot een strompelend rennen en ging langs de muren en stoelen, duwde het brandende kussen en zichzelf tegen alles wat hij tegenkwam – en alles wat hij aanraakte begon te branden. Twee wachten renden de trap af en zagen hen drieën. Voor zij of Scofield konden vuren, was de Rus bij hen en slingerde de vlammen en zichzelf boven op hen, wierp het vuur in hun gezicht.

'*Skarjei!*' schreeuwde Talenjekov. 'Ren, Beowulf!' Op het bevel dat gesmoord opklonk uit het brandende lichaam van de Serpent volgde een vuurstoot. Hij viel en trok de beide Matarese bewakers met zich mee de trap af.

Bray greep Antonia bij de arm en rende naar buiten, naar het stenen pad met de zware, zwarte kettingen erlangs. Ze snelden door de opening in de muur naar de betonnen parkeerplaats. Schijnwerperbundels schenen neer van het dak van Appleton Hall. Voor de ramen stonden mannen met wapens in hun handen.

De achtste explosie klonk van beneden bij de voet van de heuvel, de lading was zo zwaar dat de omringende begroeiing door de hitte vlam vatte. Mannen bij de ramen sloegen ruiten kapot en vuurden naar het dansende licht. Scofield zag dat drie van de andere explosies brand hadden veroorzaakt in de struiken. Dat waren toegiften waar hij dankbaar voor was. Hij en Talenjekov hadden beiden gelijk. Opeenvolging en vuur, vuur en opeenvolging. Dat waren allebei afleidingsmanoeuvres die je leven konden redden. Er waren geen garanties – nooit – maar er was hoop.

De huurauto stond geparkeerd aan de kant van de muur, ongeveer vijftig meter naar rechts. Hij stond in de schaduw, een alleenstaand voertuig, daar neergezet met de bedoeling het te laten staan. Bray trok Toni tegen de muur.

'Die auto daar. Dat is de mijne. Het is onze kans!'

'Ze zullen op ons schieten!'

'Het is beter dan te gaan lopen. Er zijn patrouilles op en onderaan de heuvel. Als we lopen, krijgen ze ons te pakken!'

Ze renden langs de muur. De negende dynamietlading lichtte tegen de hemel aan de noordwestelijke voet van de heuvel. Automatische geweren en schot-voor-schotwapens vuurden. Plotseling werd vanuit de groeiende branden van Appleton Hall door een zware explosie een deel van de voorgevel opgeblazen. Er vielen mannen uit ramen, stukken steen en ijzer vlogen door de nacht en de helft van de schijnwerpers verdween. Scofield begreep het. Het hoofdkwartier van de Matarese beweging had wapenkamers en het vuur had er een gevonden.

'Laten we gaan!' riep hij en duwde Antonia naar de auto. Ze wierp zich erin en hij rende om de achterkant heen naar de bestuurdersplaats. Het beton om hem heen sprong overal open; van ergens op de rest van het dak had een man met een machinegeweer hen opgemerkt. Bray kroop onder de auto en zag waar het vuur vandaan kwam. Hij richtte zijn wapen en hield de trekker vast in een lange vuurstoot. Een schreeuw ging vooraf aan een lichaam dat naar beneden viel. Hij opende het portier en ging achter het stuur zitten.

'Er is geen sleutel!' riep Toni. 'Ze hebben de sleutel afgenomen!'

'Hier,' zei Scofield, gaf haar het geweer en greep naar het plastic omhulsel van het daklampje. Hij trok het eraf en er viel een sleutel in zijn hand. Hij startte de motor. 'Ga achterin!' riep hij. Ze gehoorzaamde en klom over de rugleuning. 'Steek het geweer door het linkerraampje en als ik hier wegscheur, haal je de trekker over! Richt hoog en blijf vuren. Doorzeef alles tot ik de eerste bocht bereik, maar hou je hoofd naar achteren! Kun je dat?'

'Jawel!'

Bray keerde snel de auto en racete over de parkeerplaats. Antonia deed wat haar gezegd was, het geratel van het machinegeweer vulde de auto. Ze kwamen bij de bocht van de oprijlaan, de eerste helling van de heuvel.

'Ga nu naar het rechterraampje!' beval hij en trok de auto overhellend door de bocht, waarbij hij het stuur met zo'n kracht vasthield dat hij er pijn van in zijn armen voelde. 'Over een paar seconden komen we voorbij het koetshuis. Er is daar een garage met mannen erin. Als ze wapens hebben, vuur dan weer op dezelfde manier. Hou je hoofd naar achteren en de trekker overgehaald. Hoor je me?'

'Ik heb het gehoord.'

Er wáren mannen. Ze hadden wapens en gebruikten ze. De voorruit werd verbrijzeld toen een fusillade van kogels uit de open garagedeuren kwam.

Antonia had het portierraampje neergedraaid. Ze stak het geweer naar buiten, hield de trekker tegen de deurrand en weer trilden de knallen door de racende auto. Lichamen vielen, geschreeuw en het versplinteren van glas en de gierende ricochetkogels vulden de spelonkachtige garage van het koetshuis. De laatste patroonhouder was leeg toen Scofield, zijn gezicht met snijwonden van stukken voorruit, aan de laatste 200 meter naar de hekken van Appleton Hall begon. Daar beneden waren mannen, gewapende geüniformeerde mannen, maar zij waren geen soldaten van de Matarese. Bray bracht zijn hand naar de lichtschakelaar en drukte hem herhaaldelijk aan en uit. De koplampen flikkerden aan en uit – in opeenvolging, áltijd opeenvolging.

De hekken waren opengebroken; hij trapte hard op de rem. De auto kwam slippend, met gierende banden tot staan.

De politie verzamelde zich. Daarna anderen dan politie: mannen in zwarte pakken met paramilitaire uitrusting, mannen getraind voor gespecialiseerde oorlogvoering, op slagvelden die ontstaan door plotselinge uitbarstingen van gewapend fanatisme. Hun commandant naderde de auto.

'Kalm aan,' zei hij tegen Bray. 'U bent eruit. Wie bent u?'

'Vickery. B. A. Vickery. Ik had een zakengesprek met Nicholas Guiderone. Zoals u zegt... we zijn eruit! Toen die hel losbarstte greep ik mijn vrouw en hebben we ons verstopt in een kast. Ze zijn het huis binnengevallen, in groepen, denk ik. Deze wagen stond buiten. Het was de enige kans die we hadden.'

'Rustig maar, meneer Vickery, maar vlug. Wat gebeurt daar boven?'

De tiende springlading explodeerde aan de andere kant van de heuvel, maar het licht ervan ging verloren in de vlammen die over de heuveltop werden verspreid.

Appleton Hall werd verteerd door vuur, de ontploffingen werden nu frequenter en meer wapenkamers vlogen in brand. De herdersjongen had zijn bestemming bereikt. Hij had zijn Villa Matarese gevonden en evenals zijn padrone zeventig jaar geleden zou zijn stoffelijk overschot omkomen in de ruïne ervan.

'Wat gebeurt daar, meneer Vickery?'

'Het zijn moordenaars. Ze hebben binnen iedereen vermoord. Ze zullen iedereen doden die ze kunnen doden. U zult ze niet levend te pakken krijgen.'

'Dan pakken we ze dood,' zei de commandant met een stem vol emotie. 'Ze zijn nu hier gekomen, ze zijn echt gekomen. Italië, Duitsland, Mexico... Libanon, Israël, Buenos Aires. Waarom dachten wij dat we immuun waren? Rijd uw wagen naar buiten, meneer Vickery. Recht naar beneden, ongeveer 400 meter. Er zijn daar ambulances. We krijgen uw verklaring later wel.'

'Ja meneer,' zei Scofield en startte de motor.

Ze reden onderaan Appleton Drive en draaiden naar links de weg in naar Boston. Heel gauw zouden ze de Longfellow Bridge overgaan in Cambridge. Er was een kluis op het perron van de ondergrondse in Harvard Square; in die kluis lag zijn handkoffertje.

Ze waren vrij. De Serpent was op Appleton Hall gestorven, maar zij waren vrij, en hun vrijheid was zijn geschenk.

Beowulf Agate was eindelijk verdwenen.

Epiloog

Mannen en vrouwen werden vlug en onopvallend in hechtenis genomen. Er werden geen processen gevoerd door de gerechtshoven, want hun misdaden gingen het gezond verstand van de rechtbanken te boven, en waren ook meer dan de natie verdragen kon, alle naties. Elk land rekende op eigen wijze met de volgelingen van de Matarese beweging af. Waar men ze kon vinden.

Staatshoofden over de hele wereld overlegden per telefoon, de normale tolken werden vervangen door hooggeplaatst personeel dat de nodige talen vloeiend sprak. De leiders verklaarden verbaasd en geschokt te zijn en erkenden stilzwijgend de ontoereikendheid en de infiltratie van hun inlichtingendiensten. Ze uitten subtiel genuanceerde beschuldigingen tegen elkaar, in de wetenschap dat de pogingen vruchteloos waren. Ze waren geen idioten. Ze onderzochten waar hun zwakke plekken waren. Die hadden ze allen. Uiteindelijk – stilzwijgend – werden ze het eens over een conclusie. Het was de enige die zin had in deze krankzinnige tijd. Stilzwijgen!

Ieder was verantwoordelijk voor zijn eigen bedrog, niemand kon de anderen meer kwalijk nemen dan zichzelf of vijandschap tonen. Want de geweldige wereldwijde samenzwering toegeven was het bestaan toegeven van het basisprobleem: regeringen waren verouderd.

Ze waren geen idioten. Ze waren bang.

In Washington werden door een handjevol mannen in het geheim snelle besluiten genomen.

Senator Joshua Appleton IV stierf zoals hij gekomen was, bij een auto-ongeluk 's nachts op een donkere hoofdweg. Er was een staatsbegrafenis, de doodkist werd met praal in de Rotunda bijgezet, waar weer een nachtwake werd gehouden. De woorden die werden gesproken pasten bij een man van wie iedereen wist dat hij het Witte Huis betrokken zou hebben als er niet de tragedie was geweest die hem geveld had.

Een Lockheed Tristar van de regering werd geofferd in het Coloradogebergte ten noorden van Poudre Canyon. Een dubbele motorstoring die het vliegtuig hoogte deed verliezen terwijl het over dat gevaarlijke gebied vloog. De piloot en de rest van de bemanning werden betreurd, vol pensioen toegekend aan hun gezinnen, afgezien van hun aantal dienstjaren. Maar de rouw ging gepaard met een tragische les om nooit te vergeten. Want er werd onthuld dat er drie van de meest eminente mannen aan boord waren en de dood vonden in dienst van het land terwijl ze op een inspectietocht waren langs militaire installaties. De voorzitter van de verenigde chefs van staven had zijn collega's van de Central Intelligence Agency en de National Security Council uitgenodigd hem op zijn tocht te vergezellen. Naast de boodschap van presidentiële rouw werd een order uitgegeven door de Oval Office. Het was nooit meer toegestaan dat zulke hooggeplaatste regeringsfunctionarissen samen in één vliegtuig vlogen. Het land zou niet een tweede maal zo'n ernstig verlies kunnen lijden.

In de loop van de volgende weken werden de hoogste employés van het ministerie van buitenlandse zaken, evenals talrijke verslaggevers die van dag tot dag over haar operaties schreven, zich van een eigenaardigheid bewust. De minister van buitenlandse zaken was al zeer lang niet meer aanwezig geweest. Er was een groeiende bezorgdheid toen roosters werden veranderd en reizen afgezegd. Vergaderingen werden uitgesteld of gingen niet door. Er gingen geruchten door de hoofdstad. In sommige kringen hield men vol dat de minister betrokken was bij verlengde, geheime onderhandelingen in Peking, terwijl anderen beweerden dat hij in Moskou was en op het punt stond een doorbraak te bereiken bij de controle op de bewapening. Daarna kregen de geruchten een minder aantrekkelijke kleur. Er was iets mis en er werd een verklaring geëist.

De president gaf die op een warme middag in de lente. Hij kwam voor radio en televisie vanuit een medisch tehuis in Moorefield West Virginia.

'In dit tragische jaar drukt op mij de last u verder verdriet te brengen. Ik heb zojuist afscheid genomen van een dierbare vriend. Een groot en moedig man die het delicate evenwicht kende dat vereist werd in onze onderhandelingen met onze tegenstanders, die niet wilde toestaan dat die tegenstanders wisten van zijn snel wegebbend leven. Dat buitengewone leven eindigde slechts enkele uren geleden, bezweek ten slotte aan de verwoestende ziekte. Ik heb bevolen de vlaggen van het capitool vandaag...'

En zo ging het. Over de hele wereld.

De president zat achterover in zijn stoel toen onderminister Daniel Congdon de Oval Office binnenkwam. De hoogste man mocht Congdon niet. Hij had iets van een fret over zich, zijn al te oprechte ogen verborgen een ontzaglijke ambitie. Maar de man deed zijn werk goed en dat was alles wat ertoe deed. Vooral nu, vooral dit werk.

'Wat is het besluit?'

'Zoals verwacht, meneer de president. Beowulf Agate deed zelden normaal.'

'Hij leidde geen erg normaal leven, wel? Ik bedoel, jullie verwachtten dat niet van hem, hè?'

'Nee, meneer. Hij was...'

'Vertel eens, Congdon,' onderbrak de president. 'Hebt u werkelijk geprobeerd hem te laten doden?'

'Het was een bevel tot executie, meneer. We beschouwden hem als reddeloos en voor onze mensen overal gevaarlijk. Tot op zekere hoogte geloof ik dat nog.'

'Dat is maar beter ook. Hij ís gevaarlijk. Dus daarom drong hij aan om met u te onderhandelen. Ik raad u aan – nee, ik beveel u – om zulke bevelen tot actie uit uw hoofd te zetten. Hebt u dat begrepen?'

'Ja, meneer de president.'

'Ik hoop het. Omdat, als dat niet zo is, ik zelf een bevel tot arrestatie zou moeten geven. Nu ik weet hoe het gedaan is.'

'Begrepen meneer.'

'Goed. Het besluit?'

'Behalve de eerste voorwaarde wil Scofield verder niets met ons te maken hebben.'

'Maar u weet waar hij is?'

'Ja, meneer. In het Caribische gebied. We weten echter niet waar de documenten zijn.'

'Doe geen moeite om ze te zoeken. Hij is beter dan u. En laat hem met rust. Geef hem nooit de minste aanleiding te denken dat u enig belang in hem stelt. Want als u dat doet, zullen die documenten opeens op honderd verschillende plaatsen te voorschijn komen. Deze regering – dit land – zou de gevolgen niet kunnen verdragen. Misschien over een paar jaar, maar nu niet.'

'Ik aanvaard die uitspraak, meneer de president.'

'Dat is u verdomme geraden ook. Wat kostte het besluit ons en waar is die post geboekt?'

'176 412 dollar en 18 cent. Dat is geboekt bij een overschrijving van een post voor oefenmateriaal van de marine en de betaling is gedaan uit bezit van de CIA direct aan de scheepswerf in Mystic, Connecticut.'

De president keek uit het raam op het grasveld van het Witte Huis. De bloesem aan de kersebomen verwelkte en verdorde. 'Hij had de sterren van de hemel kunnen vragen en we zouden ze hem gegeven hebben. Hij had ons miljoenen lichter kunnen maken. In plaats daarvan wil hij alleen maar een boot en met rust gelaten worden.'

Maart 198...

Het twintig meter lange jacht de *Serpent,* waarvan het hoofdzeil klapperde in de eilandwind, gleed naar haar ligplaats. De vrouw sprong de pier op met het touw in haar hand. Ze deed het met een lus om de voorste paal en legde de boeg vast. Op de achtersteven zette de gebaarde schipper het stuurwiel vast, stapte op het dolboord en vandaar naar de pier, slingerde het achterste touw om de dichtstbijzijnde paal, trok het strak en knoopte het vast.

Midscheeps stapte een vriendelijk uitziend paar van middelbare leeftijd voorzichtig de pier op. Het was duidelijk dat ze afscheid genomen hadden en dat afscheid was een klein beetje pijnlijk geweest.

'Zo, de vakantie is voorbij,' zei de man zuchtend en hield de arm van zijn vrouw vast. 'We komen volgend jaar terug, kapitein Vickery. U bent de beste schipper van de eilanden. En nogmaals bedankt, mevrouw Vickery. Zoals altijd was de kombuis verschrikkelijk goed.'

Het paar liep de pier langs.

'Ik zal aftuigen terwijl jij de voorraden controleert, goed?' zei Scofield.

'Goed, schat. We hebben tien dagen voor het paar uit New Orleans komt.'

'Laten we zelf een tocht maken,' zei de kapitein lachend en sprong terug aan boord van de *Serpent*.

Een uur en twintig minuten gingen voorbij. De voorraden werden ingeladen, de weerberichten genoteerd en de kustvaartkaarten bestudeerd. De *Serpent* was klaar voor vertrek.

'Laten we wat gaan drinken,' zei Bray, nam Toni bij de hand en ze liepen het zandpad op naar de warme St. Kitts' Street. Aan de overkant van de weg was een café, een primitieve keet met ouderwetse rieten tafels en stoelen en een bar die in dertig jaar niet veranderd was. Het was een verzamelplaats voor schippers van vrachtboten en hun bemanningen.

Antonia ging zitten, groette vrienden, lachte met haar ogen en haar spontane stem. Ze was geliefd bij de ruwe, flinke zwervers van het Caribisch gebied. Ze was een dame en dat wisten ze. Scofield keek naar haar vanaf de bar waar hij hun drankjes bestelde en herinnerde zich een andere havenkroeg, op Corsica. Dat was pas een paar jaar geleden – het leek wel een mensenleven – maar ze was niet veranderd. Ze had nog de spontane bevalligheid, haar gevoel voor waardigheid en vriendelijke, openhartige humor. Ze was geliefd omdat ze zo geweldig aardig was. Zo was het gewoon.

Hij bracht hun glazen naar het tafeltje en ging zitten. Antonia reikte naar een ander tafeltje en leende daar een een week oude Barbados-krant. Een artikel had haar aandacht getrokken.

'Schat, kijk hier eens,' zei ze, draaide de krant om en hield hem in zijn richting met haar wijsvinger bij een kolom.

TRANS-COMMUNICATIONS WINT PROCESSEN OVER DE REORGANISATIE VAN CONGLOMERAAT

Washington, D.C. – Gezamenlijke persbureaus: Na enkele jaren van procesvoering over eigendomsrechten voor de federale rechtbanken, is de weg geëffend voor de executeurs van het landgoed van Nicholas Guiderone om voortgang te maken met de reorganisatieplannen die belangrijke fusies inhouden met Europese maatschappijen. Men zal zich herinneren dat na de terroristische aanval op het huis van Guiderone in Brookline, Massachusetts, toen Guiderone en anderen die veel aandelen bezaten van Trans-Comm, wreed vermoord werden, de eigendomsrechten van het conglomeraat in een justitieel doolhof terechtkwamen. Het is geen geheim dat het ministerie van justitie de executeurs gesteund heeft, evenals het ministerie van buitenlandse zaken. Men is van mening dat, terwijl de multinationale onderneming is blijven functioneren, het gebrek aan uitbreiding als gevolg van onduidelijk leiderschap het Amerikaanse prestige schade heeft berokkend op de internationale markt.

De president zond, nadat hij op de hoogte was van de laatste gerechtelijke besluiten, het volgende telegram aan de executeurs: 'Het lijkt mij gepast dat gedurende de week die een mijlpaal is na mijn eerste jaar als president, de belemmeringen zijn weggenomen en een grote Amerikaanse onderneming weer in een positie is om Amerikaanse know-how en technologie te exporteren en uit te breiden over de hele wereld, en zich met andere grote maatschappijen te verenigen om ons een betere wereld te geven. Ik feliciteer u.'

Bray schoof de krant opzij. 'Het wordt steeds duidelijker, hè?'

Ze laveerden in de wind Bassaterre uit. De kust van St. Kitts week terug. Antonia trok de kluiver strak, maakte de schoot vast en klom weer achter het stuurrad. Ze ging naast Scofield zitten Ze liet haar vingers over de kortgeknipte baard gaan, die meer grijs dan donker haar had. 'Waar gaan we heen, schat?' vroeg ze.

'Ik weet het niet,' zei Bray en dat meende hij. 'Een tijdje voor de wind, als je dat goedvindt.'

'Dat vind ik heel goed.' Ze leunde achterover en keek naar zijn gezicht. Hij was helemaal in gedachten verzonken. 'Wat gaat er gebeuren?'

'Het is al gebeurd. Door fusies hebben ze de aarde beërfd,' antwoordde hij lachend. 'Guiderone had gelijk: niemand kan het tegenhouden. Misschien moet niemand het ook doen. Laat ze hun gang maar gaan. Het maakt geen enkel verschil wat ik denk. Ze zullen mij met rust laten... ons met rust laten. Ze zijn nog steeds bang.'

'Waarvoor?'

'Voor mensen. Gewoon mensen. Wil je de kluiver naar de wind zetten? We verspillen te veel. We kunnen sneller varen.'

'Waarheen?'

'Verdomd als ik het weet. Ik weet alleen dat ik erheen wil.'

Het Halidon Komplot

Alex McAuliff, beroemd wetenschapper, krijgt het aanbod een geologisch onderzoek in de binnenlanden van Jamaica te leiden. Als Alex ontdekt dat zijn expeditie niet de eerste is en dat van zijn voorgangers nooit meer iets is vernomen, beseft Alex dat hij gebruikt wordt in een smerig, gecompliceerd spel.

De Scorpio Obsessie

Amaya Bajaratt is een van de gevaarlijkste terroristen ter wereld, en onwaarschijnlijk mooi. Gedreven door wraak bereidt zij een aanslag op de president van de Verenigde Staten voor. Op de kantoren van het Deuxième Bureau in Parijs en van MI6 in Londen worden haar overlevingskansen geanalyseerd. Een 42-jarige ex-marinier wordt het Caribisch gebied ingestuurd om deze ongrijpbare vrouw te elimineren.

Het Rhinemann Spel

Herfst 1943. Zowel de Amerikanen als de Duitsers ontwikkelen koortsachtig wapens die de overwinning moeten brengen.
De Duitsers hebben voor hun langeafstandsraketten diamanten nodig uit het door de geallieerden overheerste Afrika.
De Amerikanen missen voor hun bommenwerpers een gyroscoop, waarvan de Duitsers een geperfectioneerde versie bezitten. In het diepste geheim wordt een ruil voorbereid.

HET PARSIFAL MOZAÏEK

Michael Havelock werd geboren met de naam Havlicek. Met het veranderen van zijn naam is het helaas niet gelukt de geliefde te vergeten die hij op een maanverlichte nacht in de branding van de Costa Brava heeft moeten doodschieten. De demonen die hem nimmer met rust laten, komen pas goed tot leven als hij haar op een dag in Rome meent te zien.
Of achtervolgt zij hem?!